George R. R. Martin (Hrsg.)

Wild Cards – Die erste Generation 2

Der Schwarm

Wild Cards – Die erste Generation bei Penhaligon:
1. Vier Asse
2. Der Schwarm
Weitere Bände in Vorbereitung

Wild Cards (die zweite Generation) bei Penhaligon:
1. Das Spiel der Spiele
2. Der Sieg der Verlierer
3. Der höchste Einsatz
Weitere Bände in Vorbereitung

GEORGE R.R. MARTIN

präsentiert

DER SCHWARM

Wild Cards – Die erste Generation 2

Geschrieben von
George R. R. Martin, Lewis Shiner, Walter Jon Williams,
Roger Zelazny, Walter Simons, Melinda M. Snodgrass,
Victor Milán, Pat Cadigan und John J. Miller

Deutsch von Christian Jentzsch

penhaligon

Die amerikanische Originalausgabe erschien unter dem Titel
»Wild Cards – Aces High« bei Bantam Books, New York.

Die vorliegende Anthologie ist bereits in zwei Bänden
im Heyne Verlag erschienen unter den Titeln »Wild Cards – Asse Hoch«
und »Wild Cards – Schlechte Karten«.

FSC www.fsc.org MIX Papier aus verantwortungsvollen Quellen FSC® C083411

Verlagsgruppe Random House FSC® N001967

1. Auflage

Umschlaggestaltung und -illustration: Isabelle Hirtz, Inkcraft
Redaktion: Catherine Beck
HK · Herstellung: sam
Satz: Uhl + Massopust, Aalen
Druck: CPI books GmbH, Leck
Printed in Germany
ISBN 978-3-7645-3171-3

www.penhaligon.de

Inhalt

Für Chip Wideman, Jim Moore,
Gail Gerstner-Miller und Parris,
die geheimen Asse,
ohne die die Wild Cards vielleicht
nie ausgespielt worden wären.

1979
Pennys aus der Hölle
Lewis Shiner

Sie waren vielleicht ein Dutzend. Fortunato bekam es nicht richtig mit, weil sie ständig in Bewegung blieben und ihn einzukreisen versuchten. Zwei oder drei hatten Messer, die übrigen abgesägte Billardqueues, Autoantennen oder sonst was, das sich als Waffe nehmen ließ. Sie waren schwer auseinanderzuhalten. Jeans, schwarze Lederjacke, langes, mit Gel zurückgekämmtes Haar. Auf mindestens drei von ihnen passte die vage Beschreibung, die Chrysalis ihm gegeben hatte.

»Ich suche jemanden namens Gizmo«, sagte Fortunato. Sie wollten ihn von der Brücke wegtreiben, ihn aber noch nicht mit Gewalt drängen. Der gepflasterte Weg links von ihm führte bergauf zu den Kreuzgängen. Der ganze Park war verlassen, war jetzt seit zwei Wochen verlassen, seitdem sich die Gangs dort breitgemacht hatten.

»Hey, Gizmo«, sagte einer. »Was hältst du von dem Mann?«

Also war es derjenige mit den dünnen Lippen und den blutunterlaufenen Augen. Fortunato stellte Blickkontakt zu dem Jungen her, der ihm am nächsten war. »Zisch ab«, sagte Fortunato. Verunsichert wich der Junge zurück. Fortunato sah den Nächsten an. »Du auch. Verschwinde.« Dieser war schwächer. Er drehte sich um und lief.

Mehr Zeit blieb ihm nicht. Ein Billardqueue sauste wie ein Schwert auf seinen Kopf zu. Fortunato verlangsamte den

Ablauf der Zeit, nahm das Queue und benutzte es, um das nächste Messer wegzuschlagen. Er atmete ein, und der Zeitablauf war wieder normal.

Jetzt wurden alle nervös. »Geht«, sagte er, und drei weitere flohen, darunter auch Gizmo. Er lief bergab, dem Ausgang an der 193rd Street entgegen. Fortunato warf das Billardqueue weg und rannte ihm nach.

Sie liefen bergab. Fortunato spürte, dass er müde wurde, und setzte einen Energiestoß frei, der ihn abheben und durch die Luft fliegen ließ. Der Bursche unter ihm fiel hin und überschlug sich. Im Rückgrat des Jungen brach etwas, und seine Beine zuckten noch einmal. Dann war er tot.

»Jesus«, hauchte Fortunato, während er sich welkes Oktoberlaub von der Kleidung klopfte. Die Bullen hatten die Streifen in der Umgebung des Parks verdoppelt, obwohl sie sich scheuten, den Park selbst zu betreten. Sie hatten es einmal versucht, und es hatte sie zwei Männer gekostet, die Kids aus dem Park zu verjagen. Am nächsten Tag waren die Kids zurückgekehrt. Aber die Bullen beobachteten den Park, und bei einem derartigen Vorfall würden sie kommen und die Leiche abtransportieren.

Er durchsuchte die Taschen des Jungen, und dort war sie – eine Kupfermünze von der Größe eines Fünfzig-Cent-Stücks, so rot wie getrocknetes Blut. Seit zehn Jahren ließ er Chrysalis und ein paar andere danach Ausschau halten, und letzte Nacht hatte sie den Jungen im Crystal Palace mit einer solchen Münze herumspielen sehen.

Er fand weder eine Brieftasche noch sonst etwas von Bedeutung. Fortunato nahm die Münze und lief zum Eingang der U-Bahn-Station.

♣

»Ja, ich erinnere mich daran«, sagte Hiram, als er die Münze mit einer Ecke seiner Serviette aufhob. »Es ist eine Weile her.«

»Es war 1969«, sagte Fortunato. »Vor zehn Jahren.«

Hiram nickte und räusperte sich. Fortunato brauchte keine Magie, um zu wissen, dass sich der fette Mann unbehaglich fühlte. Fortunatos offenes schwarzes Hemd und die ebenso schwarze Lederjacke entsprachen nicht unbedingt der hier geltenden Kleidervorschrift. Das Aces High thronte über der Stadt auf der Aussichtsplattform des Empire State Building, und die Preise waren ebenso gigantisch wie die Aussicht.

Er hatte seine Neuerwerbung mitgebracht, eine Dunkelblonde namens Caroline, die fünfhundert pro Nacht kostete. Sie war klein, fast zierlich, hatte ein kindliches Gesicht und einen Körper, der zu Vermutungen anregte. Sie trug hautenge Jeans und eine pinkfarbene Seidenbluse, an der einige Knöpfe geöffnet waren. Wenn sie sich bewegte, dann bewegte sich auch Hiram. Es schien ihr Spaß zu machen, ihn schwitzen zu sehen.

»Allerdings ist dies nicht die Münze, die ich Ihnen vor zehn Jahren gezeigt habe. Es ist eine andere.«

»Bemerkenswert. Es ist kaum zu glauben, dass Sie auf zwei davon gestoßen sind, die sich in einem derart guten Zustand befinden.«

»Das ist noch milde ausgedrückt. Diese Münze stammt von einem Burschen, der zu einer der Gangs gehörte, die sich in den Kreuzgängen herumtreiben. Er trug sie lose in der Tasche. Die erste gehörte einem Typ, der sich dem Okkulten verschrieben hatte.«

Es fiel ihm immer noch schwer, darüber zu reden. Der Bursche hatte drei von Fortunatos Geishas ermordet, sie aus irgendwelchen verqueren Gründen in einem Pentagramm aufgeschlitzt. Fortunato hatte sein bisheriges Leben fortgesetzt, seine Frauen ausgebildet und mehr über die tantrischen Kräfte in Erfahrung gebracht, die ihm das Wild-Card-Virus verliehen hatte, sich aber ansonsten bedeckt gehalten.

Wenn es ihm in den Sinn kam, verbrachte er ein, zwei Tage oder gar eine Woche damit, einem der Hinweise nachzugehen, die der Mörder hinterlassen hatte. Die Münze. Das letzte Wort, das er von sich gegeben hatte: »TIAMAT«. Die Energierückstände von etwas anderem, das sich in der Dachkammer des toten Mörders befunden hatte, eine Präsenz, der Fortunato nicht auf die Spur gekommen war.

»Sie wollen damit sagen, dass sie irgendetwas Übernatürliches an sich haben«, sagte Hiram. Seine Augen huschten zu Caroline, die sich träge auf ihrem Stuhl reckte.

»Ich möchte nur, dass Sie noch einen Blick darauf werfen.«

»Tja«, meinte Hiram.

Um sie herum verursachten die Mittagsgäste des Restaurants leise Geräusche mit ihren Bestecken und Gläsern und unterhielten sich dabei so leise, dass es wie das Murmeln eines entfernten Bachs klang. »Wie ich Ihnen bereits sagte, *scheint* es sich um einen prägefrischen amerikanischen Penny aus dem Jahr 1794 zu handeln. Die Prägestöcke sind offensichtlich von Hand graviert. Die Münzen könnten aus einem Museum oder einer Münzhandlung gestohlen worden sein, vielleicht auch aus einer privaten Sammlung ...« Seine Stimme verlor sich. »Mmmmm. Sehen Sie sich das an.«

Er hielt ihm die Münze hin und zeigte mit einem seiner fleischigen kleinen Finger auf eine Stelle. »Sehen Sie den unteren Rand dieses Lorbeerkranzes hier? Es sollte ein Bogen sein. Aber stattdessen ist er irgendwie formlos und sieht schrecklich aus.«

Fortunato starrte die Münze an, und für einen Augenblick hatte er das Gefühl zu fallen. Die Blätter des Lorbeerkranzes verwandelten sich in Tentakel, die Enden des Kranzes öffneten sich wie ein Schnabel, aus den Schlaufen des Bogens wurde gestaltloses Fleisch mit zu vielen Augen. Fortunato hatte dieses Bild schon einmal gesehen, und zwar in einem Buch über sumerische Mythologie. Die Bildunterschrift hatte ›TIAMAT‹ gelautet.

»Geht es dir nicht gut?«, fragte Caroline.

»Doch, doch.« Er wandte sich Hiram zu. »Fahren Sie fort.«

»Mein Instinkt sagt mir, dass es sich um Fälschungen handelt. Aber wer würde einen Penny fälschen? Und warum hat man sich nicht die Mühe gemacht, sie älter wirken zu lassen? Sie sehen aus, als wären sie erst gestern geprägt worden.«

»Wurden sie aber nicht, falls das eine Rolle spielt. Die Aura beider Münzen weist darauf hin, dass sie ausgiebig benutzt wurden. Ich würde sagen, sie sind mindestens hundert Jahre alt, wahrscheinlich eher zweihundert.«

Hiram legte die Fingerspitzen zusammen. »Ich kann Sie zu jemandem schicken, der Ihnen vielleicht eine größere Hilfe ist. Sie heißt Eileen Carter und leitet ein kleines Museum auf Long Island. Wir … äh … korrespondieren miteinander. Über Numismatik, wissen Sie. Sie hat ein paar Bücher über okkulte Geschichte geschrieben, lokales Zeug.« Er schrieb eine Adresse in ein kleines Notizbuch und riss die Seite heraus.

Fortunato nahm sie und erhob sich. »Ich bin Ihnen sehr verbunden.«

»Hören Sie, glauben Sie …« Er leckte sich die Lippen. »Glauben Sie, dass es für eine ganz normale Person ungefährlich wäre, eine dieser Münzen zu besitzen?«

»Wie zum Beispiel einen Sammler?«, fragte Caroline.

Hiram sah zu Boden. »Wenn Sie die Münzen nicht mehr benötigen, bin ich bereit, dafür zu bezahlen.«

»Wenn das vorbei ist«, sagte Fortunato, »und wir dann alle noch leben, überlasse ich sie Ihnen gern.«

♥

Eileen Carter war Ende dreißig und hatte graue Strähnen in ihrem brünetten Haar. Sie betrachtete Fortunato durch die Gläser einer eckigen Brille und musterte dann Caroline. Sie lächelte.

Fortunato verbrachte einen Großteil seiner Zeit mit Frauen. So schön Caroline auch sein mochte, sie war unsicher, eifersüchtig und sehr empfänglich für unvernünftige Ernährung und Schminke. Eileen war ganz anders. Carolines Aussehen schien sie höchstens zu amüsieren. Und was Fortunato anging – ein in Leder gekleideter Schwarzer, der zur Hälfte japanischer Abstammung war und dessen geschwollene Stirn von einer näheren Bekanntschaft mit dem Wild-Card-Virus zeugte –, so schien sie an ihm überhaupt nichts Ungewöhnliches zu finden.

»Haben Sie die Münze dabei?«, fragte sie und sah ihm dabei direkt in die Augen. Er war Frauen überdrüssig, die aussahen wie Models. Diese Frau hier hatte eine Hakennase, Sommersprossen und zehn, fünfzehn Pfund zu viel. Am meisten gefielen ihm ihre Augen. Sie waren leuchtend grün, und er sah Lachfältchen in den Augenwinkeln.

Er legte die Münze auf den Tisch, mit der Zahl nach oben.

Sie beugte sich vor, um sie zu betrachten, wobei sie mit einem Finger den Bügel ihrer Brille berührte. Sie trug ein grünes Flanellhemd. Die Sommersprossen reichten so weit hinab, wie Fortunato sehen konnte. Ihr Haar roch sauber und angenehm.

»Darf ich fragen, woher Sie die haben?«

»Das ist eine lange Geschichte«, erwiderte Fortunato. »Ich bin ein Freund von Hiram Worchester. Er wird für mich bürgen, falls das eine Hilfe ist.«

»Es reicht. Was wollen Sie wissen?«

»Hiram sagte, die Münze sei vielleicht eine Fälschung.«

»Eine Sekunde.« Sie nahm ein Buch aus dem Regal hinter ihr. Sie schien sich in jähen Energieausbrüchen zu bewegen und dem, was sie gerade tat, vollkommen hinzugeben. Sie legte das Buch auf den Tisch und blätterte darin herum. »Hier«, sagte sie. Ein paar Sekunden lang musterte sie die Rückseite der Münze angestrengt, wobei sie auf ihrer Unterlippe herumnagte. Ihre Lippen waren klein, kräftig und beweglich. Plötzlich stellte er fest, dass er sich fragte, wie es wohl wäre, sie zu küssen.

»Da haben wir sie«, sagte sie. »Ja, es ist eine Fälschung. Die Münze wird Balsam-Penny genannt. Benannt nach ›Black John‹ Balsam, heißt es hier. Er hat sie um 1800 oben in den Catskills geprägt.« Sie sah zu Fortunato auf. »Bei dem Namen klingelt was bei mir, aber ich kann nicht sagen, warum.«

»›Black John?‹«

Sie zuckte die Achseln und lächelte wieder. »Ich könnte mich ein paar Tage dahinterklemmen. Vielleicht finde ich etwas für Sie heraus.«

»In Ordnung.« Von hier aus konnte Fortunato das Rauschen des Ozeans hören, und das ließ die ganze Sache nicht mehr ganz so trübe aussehen. Er gab ihr seine Visitenkarte, und zwar diejenige, auf der nur sein Name und seine Telefonnummer standen. Als sie gingen, lächelte sie und winkte Caroline zu, doch Caroline tat so, als würde sie es nicht sehen.

Im Zug zurück in die Stadt sagte Caroline: »Du willst sie ficken, oder?«

Fortunato lächelte und antwortete nicht.

»Ich fass es nicht«, sagte sie.

Fortunato konnte wieder Houston aus ihrer Stimme heraushören. Zum ersten Mal seit Wochen.

»Eine übergewichtige, abgetakelte alte Schulmeisterin.«

Er war nicht so dumm, etwas zu entgegnen. Natürlich war es eine Überreaktion seinerseits, das war ihm klar. Zum Teil lag es wahrscheinlich nur an den Pheromonen, an irgendeiner sexuellen Chemie, die er längst verstanden hatte, bevor er sich die wissenschaftliche Grundlage dafür angeeignet hatte. Aber er hatte sich auch in ihrer Gegenwart wohlgefühlt, was nicht sehr oft vorkam, seit ihn das Wild-Card-Virus verändert hatte. Sie schien keine Befangenheit zu kennen.

Hör auf damit, dachte er. *Du benimmst dich wie ein Teenager.*

Caroline, die sich wieder unter Kontrolle hatte, legte ihm eine Hand auf den Oberschenkel. »Wenn wir wieder zu Hause sind«, sagte sie, »werde ich sie dir aus dem Kopf ficken.«

♦

»Fortunato?«

Er nahm den Telefonhörer in die linke Hand und sah auf die Uhr. Neun Uhr früh. »Ja?«

»Hier spricht Eileen Carter. Sie haben mir letzte Woche eine Münze dagelassen.«

Plötzlich hellwach, richtete er sich auf. Caroline drehte sich um und vergrub den Kopf unter dem Kissen. »Ich habe es nicht vergessen. Wie geht es Ihnen?«

»Ich bin vielleicht auf etwas gestoßen. Was halten Sie von einem Ausflug aufs Land?«

♠

Eileen holte ihn mit ihrem VW Golf ab. Sie fuhren nach Shandaken, einem kleinen Ort in den Catskills. Er hatte sich möglichst schlicht angezogen, Levi's, ein dunkles Hemd und eine alte Sportjacke. Aber er konnte weder seine Vorfahren noch das Mal verbergen, das das Virus an ihm hinterlassen hatte.

Sie stellten den Wagen auf einem Parkplatz vor einer weißen Holzkirche ab. Kaum waren sie ausgestiegen, als sich die

Kirchentür öffnete und eine alte Frau herauskam. Sie trug einen billigen, doppelt gestrickten marineblauen Hosenanzug und ein Tuch um den Kopf. Eine Zeit lang musterte sie Fortunato von oben bis unten, aber schließlich streckte sie die Hand aus. »Amy Fairborn. Sie müssen die Leute aus der Stadt sein.«

Eileen stellte sich und Fortunato vor, und die alte Frau nickte. »Das Grab ist dort drüben«, sagte sie.

Das Grabmal war ein schlichtes Rechteck aus Marmor und lag außerhalb des weißen Lattenzauns, der den Friedhof umgab, ein ganzes Stück von den anderen Gräbern entfernt. Die Inschrift lautete: »John Joseph Balsam. Gestorben 1809. Möge er in der Hölle schmoren.«

Der Wind ließ Fortunatos Jacke flattern und wehte ihm einen Hauch von Eileens Parfum zu. »Es ist eine ziemlich haarsträubende Geschichte«, sagte Amy Fairborn. »Niemand weiß mehr, wie viel davon wahr ist. Balsam soll angeblich ein Hexenmeister gewesen sein und hat oben in den Bergen gelebt. Das erste Mal hat man wohl um 1790 von ihm gehört. Man wusste nur, dass er aus Europa gekommen war. Sie kennen das ja. Ein Fremder, der abgeschieden lebt und für alles verantwortlich gemacht wird. Wenn die Kühe saure Milch geben oder jemand eine Missgeburt hat, ist es gleich seine Schuld.«

Fortunato nickte. Im Augenblick kam er sich selbst wie ein Fremder vor. Wohin er auch blickte, er konnte nichts außer Bäumen und Bergen sehen, wenn man einmal von der Kirche absah, die wie eine Festung auf dem Gipfel eines kleinen Hügels stand. Er fühlte sich ungeschützt, verletzlich. Natur war etwas, das von einer Stadt umgeben sein sollte.

»Eines Tages wurde die Tochter des Sheriffs von Kingston vermisst«, sagte Fairborn. »Das muss Anfang August 1809 gewesen sein. Da brachen alle Dämme. Sie drangen in Balsams Haus ein und fanden das Mädchen nackt ausgestreckt auf einem Altar vor.« Die Frau zeigte ihre Zähne. »So heißt es jedenfalls in der Geschichte. Balsam wurde in ziemlich seltsamer Aufmachung mit einer Maske angetroffen. Er hatte ein Messer von der Größe Ihres Arms. Offenbar wollte er sie zur Ader lassen.«

»Was war das für eine seltsame Aufmachung?«, fragte Fortunato.

»Er trug eine Mönchskutte und eine Hundemaske, heißt es. Tja, den Rest können Sie sich denken. Sie knüpften ihn auf, verbrannten das Haus, machten den Boden mit Salz unfruchtbar und versperrten den dorthin führenden Weg mit Baumstämmen.«

Fortunato holte einen der Pennys aus seiner Jackentasche. Den anderen hatte Eileen. »Diese Münze hier wird Balsam-Penny genannt. Sagt Ihnen das irgendwas?«

»Ich habe drei oder vier ähnliche im Haus. Hin und wieder werden welche aus seinem Grab an die Oberfläche getragen. ›Was hinabgeht, muss auch wieder heraufkommen‹, pflegte mein Mann immer zu sagen. Er hat eine ganze Menge von den Leuten hier unter die Erde gebracht.«

»Man hat ihm die Pennys ins Grab gelegt?«, fragte Fortunato.

»Alle, die man finden konnte. Als die Leute das Haus verbrannt haben, fanden sie im Keller eine ganze Truhe davon. Sie sehen ja, wie rot er aussieht. Das wird angeblich durch den hohen Kupferanteil oder irgendwas anderes bewirkt. Damals haben die Leute gesagt, er hätte Menschenblut unter das Kupfer gemischt. Jedenfalls sind dann die Münzen aus dem Sheriffbüro verschwunden. Die meisten Leute dachten, Balsams Frau und sein Kind hätten sich damit aus dem Staub gemacht.«

»Er hatte eine Familie?«, fragte Eileen.

»Die Leute haben sie nicht oft zu Gesicht bekommen, aber ja, er hatte eine Frau und einen kleinen Sohn. Soweit die Leute wissen, haben sie sich in die große Stadt abgesetzt, nachdem Balsam gehängt worden war.«

♣

Auf der Rückfahrt durch die Catskills konnte er Eileen dazu bewegen, ein wenig von sich zu erzählen. Sie war in Manhattan geboren, hatte Ende der Sechzigerjahre an der Columbia-Universität ihren Abschluss gemacht, sich dann in politischem Aktivismus und Sozialarbeit versucht und war mit den üblichen Beschwerden daraus hervorgegangen. »Das System konnte sich einfach nie schnell genug für mich ändern. Ich bin dann irgendwie auf Geschichte ausgewichen. Sie wissen ja. Wenn man Geschichte studiert, kann man erkennen, wie sich alles entwickelt.«

»Warum okkulte Geschichte?«

»Ich glaube nicht daran, falls Sie das meinen. Sie lachen! Warum lachen Sie über mich?«

»Gleich. Erzählen Sie weiter.«

»Es ist eine Herausforderung, das ist alles. Gewöhnlich nehmen Historiker dieses Gebiet nicht ernst. Das Thema ist kaum bearbeitet, und es gibt haufenweise faszinierendes Zeug, das noch nie richtig dokumentiert worden ist. Die Hashishin, die Kabbala, David Home, Crowley.« Sie sah ihn an. »Und jetzt raus damit. Ich will mitlachen.«

»Sie haben mir nie eine persönliche Frage gestellt. Das ist sehr freundlich, aber Sie werden wissen, dass ich mit dem Virus infiziert bin. Dem Wild-Card-Virus.«

»Ja.«

»Dadurch habe ich ziemlich viel Macht. Astrale Projektion, Telepathie, gesteigerte Wahrnehmung. Aber die einzige Möglichkeit, diese Kräfte auf ein Ziel zu richten, sie zu aktivieren, ist tantrische Magie. Es hat etwas mit der Energetisierung des Rückgrats zu tun …«

»Kundalini.«

»Ja.«

»Sie reden jetzt von echter tantrischer Magie. Intromission. Menstruelles Blut. Die ganze Palette.«

»Genau. Das ist der Teil, der das Wild-Card-Virus betrifft.«

»Da ist noch mehr?«

»Da ist noch das, womit ich meinen Lebensunterhalt verdiene. Ich bin ein Kuppler. Ein Zuhälter. Ich führe einen Ring von Callgirls, die bis zu tausend Dollar pro Nacht kosten. Habe ich Sie schon nervös gemacht?«

»Nein. Vielleicht ein wenig.« Sie bedachte ihn mit einem Seitenblick. »Wahrscheinlich ist das jetzt ziemlich dumm. Aber Sie entsprechen ganz und gar nicht meiner Vorstellung von einem Zuhälter.«

»Die Bezeichnung gefällt mir nicht besonders. Aber ich drücke mich auch nicht vor ihr. Meine Mädchen sind nicht einfach nur Huren. Meine Mutter stammt aus Japan und bildet sie zu Geishas aus. Ein Großteil von ihnen hat einen akademischen Grad. Keine von ihnen hängt an der Nadel, und wenn sie dieses Leben satthaben, wechseln sie in einen anderen Bereich der Organisation.«

»Aus Ihrem Munde klingt das alles sehr moralisch.«

Die Missbilligung war ihr deutlich anzusehen, aber Fortunato konnte jetzt keinen Rückzieher mehr machen. »Nein«, sagte er. »Sie haben die Werke von Crowley gelesen. Er konnte mit gewöhnlichen Moralvorstellungen nichts anfangen, und das gilt auch für mich. ›Tu, was du willst, soll das einzige Gesetz sein.‹ Je mehr ich erfahre, desto klarer wird mir, dass alles in diesem einen Satz gipfelt. Er ist ebenso sehr Drohung wie Versprechen.«

»Warum erzählen Sie mir das?«

»Weil ich Sie mag und anziehend finde, und das ist nicht unbedingt gut für Sie. Ich will nicht, dass Sie in irgendeiner Weise Schaden nehmen.«

Sie legte beide Hände auf das Lenkrad und sah starr auf die Straße. »Ich kann auf mich selbst aufpassen«, sagte sie.

Du hättest den Mund halten sollen, sagte er sich, aber er wusste, dass das nicht stimmte. Besser, sie jetzt zu verschrecken, bevor er sich auf mehr einließ.

Ein paar Minuten später brach sie das Schweigen. »Ich weiß nicht, ob ich Ihnen das sagen soll oder nicht. Ich habe diese Münze an einigen Orten vorgezeigt. In okkulten Buchläden, Geschäften für Zauberartikel und so weiter. Nur um zu sehen, was sich daraus ergibt. Im Miskatonic-Buchladen habe ich einen Burschen namens Clarke getroffen. Er schien sehr interessiert zu sein.«

»Was haben Sie ihm erzählt?«

»Ich sagte, die Münze gehöre meinem Vater. Und dass ich neugierig deswegen wäre. Er fing an, mir Fragen zu stellen, ob ich Interesse an okkulten Dingen hätte oder je paranormale Erfahrungen gemacht hätte, solches Zeug. Es war ziemlich leicht, die Antworten zu geben, die er hören wollte.«

»Und?«

»Er will, dass ich ein paar Leute kennenlerne.« Ein paar Sekunden später sagte sie: »Sie strafen mich schon wieder mit Schweigen.«

»Ich glaube nicht, dass Sie hingehen sollten. Die Sache ist gefährlich. Vielleicht glauben Sie nicht an okkulte Dinge, aber Tatsache ist, dass das Wild-Card-Virus alles geändert hat. Die Fantasien und Vorstellungen der Leute können jetzt Wirklichkeit werden. Und sie können Ihnen wehtun – oder Sie sogar umbringen.«

Sie schüttelte den Kopf. »Es ist immer dasselbe. Aber nie gibt es irgendeinen Beweis. Sie können den ganzen Weg zurück nach New York auf mich einreden, aber überzeugen werden Sie mich nicht. Wenn ich es nicht mit eigenen Augen sehe, kann ich es einfach nicht ernst nehmen.«

»Machen Sie, was Sie wollen«, sagte Fortunato. Er ließ seinen Astralkörper frei und eilte dem Wagen voraus. Dann blieb er stehen und machte sich sichtbar, als der Wagen dicht vor ihm war. Durch die Windschutzscheibe konnte er erkennen, wie sich Eileens Augen weiteten. Neben ihr saß sein Körper und starrte blicklos ins Leere. Eileen schrie auf, und die Bremsen quietschten. Er fuhr wieder in seinen Körper zurück. Sie schleuderten auf die Bäume zu, und Fortunato griff ins Lenkrad, um sie vor einem Unfall zu bewahren. Der Motor des Wagens wurde abgewürgt, und sie rollten langsam auf den Seitenstreifen.

»Was … was …«

»Es tut mir leid«, sagte er. Das Bedauern klang nicht sehr aufrichtig.

»Das waren *Sie* dort auf der Straße!« Ihre Hände umklammerten immer noch das Lenkrad, und ihre Arme zitterten.

»Es war nur … eine Demonstration.«

»Eine Demonstration? Sie haben mich zu Tode erschreckt!«

»Es war nichts. Verstehen Sie? Nichts. Wir reden hier über einen Kult, der ein paar hundert Jahre alt ist und Menschenopfer darbringt. Es könnte schlimmer sein, verdammt viel schlimmer. Ich kann es einfach nicht verantworten, dass Sie in die Sache verwickelt werden.«

Sie ließ den Wagen wieder an und fuhr auf die Straße zurück. Eine Viertelstunde war vergangen, und sie fuhren bereits wieder auf der I-87, als sie sagte: »Sie sind nicht mehr richtig menschlich, nicht wahr? Sonst hätten Sie mich nicht so erschrecken können. Obwohl Sie gesagt haben, Sie seien an mir interessiert. Davor wollen Sie mich warnen.«

»Ja«, sagte er. Ihre Stimme klang jetzt anders, distanzierter, unvoreingenommener. Er wartete darauf, dass sie noch etwas sagte, aber sie nickte nur und legte eine Mozart-Kassette ein.

♥

Er dachte, das sei es gewesen. Stattdessen rief sie ihn eine Woche später an und fragte ihn, ob er sich mit ihr gegen Mittag im Aces High treffen wolle.

Er saß bereits am Tisch, als sie hereinkam. Sie würde nie wie ein Model oder eine seiner Geishas aussehen, aber es gefiel ihm, wie sie das Beste aus sich machte: glatter grauer Flanellrock, weiße Baumwollbluse, marineblaue Strickjacke, bernsteinfarbene Perlen und einen breiten Schildpattreif im Haar. Kein sichtbares Make-up, abgesehen von Mascara und farblosem Lippenstift.

Fortunato stand auf, um ihren Stuhl zurechtzurücken, und wäre dabei fast mit Hiram zusammengestoßen. Eine peinliche Stille trat ein. Schließlich streckte sie die Hand aus, und Hiram neigte sich vor, verweilte einen Augenblick zu lange und verabschiedete sich dann mit einer angedeuteten Verbeugung. Fortunato starrte ihm ein oder zwei Sekunden nach. Er wollte, dass Eileen etwas über Hiram sagte, doch sie verstand die stumme Aufforderung nicht. »Schön, Sie zu sehen«, sagte er.

»Ich freue mich auch, Sie zu sehen.«

»Trotz … allem, was letztes Mal vorgefallen ist?«

»Wie, ist das etwa eine Entschuldigung?« Sie lächelte wieder.

»Nein«, sagte er. »Obwohl es mir wirklich leidtut. Es tut mir leid, Sie überhaupt in diese Sache hineingezogen zu haben. Es tut mir leid, dass ich Sie nicht bei einer anderen Gelegenheit kennengelernt habe. Es tut mir leid, dass jedes Mal, wenn wir uns sehen, diese hässliche Geschichte zwischen uns steht.«

»Mir auch.«

»Und ich habe Angst um Sie. Ich bin auf etwas gestoßen, das mir nie zuvor begegnet ist. Da ist diese … Sache, diese Verschwörung, dieser Kult, was auch immer. Und ich kann nichts darüber in Erfahrung bringen.« Ein Kellner brachte die Speisekarten und Wasser in Kristallkaraffen. Fortunato verscheuchte ihn mit einem Nicken.

»Ich habe Clarke aufgesucht«, fuhr er fort. »Ich habe ihm ein paar Fragen gestellt und dabei auch TIAMAT erwähnt, aber seine Reaktion bestand aus verständnislosen Blicken. Er hat mir nichts vorgemacht. Ich habe einen Blick in seinen Verstand geworfen.« Er holte tief Luft. »Er konnte sich nicht an Sie erinnern.«

»Das ist unmöglich«, sagte Eileen. Sie schüttelte den Kopf. »Es ist so merkwürdig, dass Sie hier vor mir sitzen und davon reden, seine Gedanken gelesen zu haben. Da muss irgendein Irrtum vorliegen, das ist alles. Sind Sie sicher?«

Fortunato konnte ihre Aura ganz klar sehen. Sie sagte die Wahrheit. »Ich bin sicher«, sagte er.

»Ich habe mich letzte Nacht mit Clarke getroffen und kann Ihnen versichern, dass er sich an mich erinnert hat. Er hat mich mit ein paar Leuten bekannt gemacht. Es waren Mitglieder des Kults oder der Gesellschaft oder was immer es sein mag. Die Münzen sind ein Erkennungszeichen.«

»Haben Sie ihre Namen oder Adressen oder irgendetwas in der Art herausgefunden?«

Sie schüttelte den Kopf. »Ich würde sie wiedererkennen. Einer von ihnen wurde Roman genannt. Sehr gut aussehend, fast zu gut, wenn Sie wissen, was ich meine. Der andere war ziemlich normal. Er heißt Harry, wenn ich mich nicht täusche.«

»Hat diese Gruppe einen Namen?«

»Sie haben keinen erwähnt.« Als der Kellner zurückkam, warf sie einen Blick auf die Speisekarte. »Die Kalbsmedaillons, würde ich sagen. Und ein Glas Chablis.«

Fortunato bestellte Insalata composta und ein Beck's.

»Aber ich habe ein paar andere Dinge erfahren«, sagte sie. »Ich habe versucht, die Spuren von Balsams Frau und seinem Sohn zu verfolgen. Ich meine, die Geschichte hat ein paar lose Enden. Zuerst habe ich es mit der üblichen Detektivroutine versucht: Geburts-, Sterbe- und Heiratsurkunden. Nichts. Dann habe ich nach okkulten Verbindungen gesucht. Kennen Sie die *Abramelin Review*?«

»Nein.«

»Das ist ein Führer durch die Flut der okkulten Veröffentlichungen. Und dort tauchte die Balsam-Familie auf. Es gibt einen Marc Balsam, der in den letzten Jahren mindestens ein Dutzend Artikel veröffentlicht hat, die meisten davon in einem Magazin namens *Nectanebus*. Klingelt da was bei Ihnen?«

Fortunato schüttelte den Kopf. »Ein Dämon oder so was? Es klingt, als müsste ich es kennen, aber ich komme nicht darauf.«

»Ich wette, er hat mit derselben Gesellschaft zu tun wie Clarke.«

»Wegen der Münzen?«

»Genau.«

»Was ist mit diesen Jugendbanden, die sich in den Kreuzgängen herumtreiben? Ich habe einem von diesen Burschen die Münze abgenommen. Können Sie eine Verbindung erkennen?«

»Noch nicht. Die Artikel helfen vielleicht, aber das Magazin ist ziemlich obskur. Ich habe noch kein einziges Exemplar davon auftreiben können.«

Der Kellner kam mit ihren Gerichten. Beim Essen erwähnte sie schließlich Hiram. »Vor fünfzehn Jahren war er attraktiver, als Sie sich vielleicht vorstellen können. Ein wenig stämmig, aber äußerst charmant. Er wusste sich zu kleiden und konnte sich unterhalten. Und natürlich kannte er immer fantastische Restaurants.«

»Was ist passiert? Oder geht mich das nichts an?«

»Ich weiß nicht. Was passiert mit zwei Leuten? Ich glaube, es lag vor allem daran, dass er zu befangen wegen seines Gewichts war. Jetzt bin ich die Befangene.«

»Dazu besteht überhaupt kein Grund. Sie sehen großartig aus. Sie können jeden Mann bekommen, den Sie wollen.«

»Sie brauchen nicht mit mir zu flirten. Ich meine, Sie haben sexuelle Macht und Charisma, aber mir gefällt die Vorstellung nicht, dass Sie mir damit auf den Leib rücken. Mich damit manipulieren.«

»Ich versuche gar nicht, Sie zu manipulieren«, sagte Fortunato. »Wenn es so aussieht, als sei ich an Ihnen interessiert, dann liegt das daran, dass ich an Ihnen interessiert bin.«

»Sind Sie immer so leidenschaftlich?«

»Ja. Ich glaube schon. Ich sehe Sie an, und Sie lächeln die ganze Zeit. Das macht mich wahnsinnig.«

»Ich versuche damit aufzuhören.«

»Bitte nicht.«

Ihm wurde klar, dass er sie zu sehr bedrängt hatte. Sie legte ihr Silberbesteck auf den Teller und die Serviette daneben. Fortunato schob den Rest seines Salats weg. Plötzlich fiel ihm etwas ein.

»Wie, sagten Sie, hieß dieses Magazin? In dem Balsam seine Artikel veröffentlicht hat?«

Sie zog ein zusammengefaltetes Blatt Papier aus ihrer Handtasche. »*Nectanebus.* Warum?«

Fortunato bedeutete dem Kellner, dass er zahlen wollte. »Hören Sie, können Sie mit in meine Wohnung kommen? Ohne Hintergedanken. Die Sache ist wichtig.«

»Ich denke schon.«

Der Kellner verbeugte sich und wandte sich an Eileen. »Mr. Worchester ist leider … verhindert. Aber er hat mich gebeten, Ihnen zu sagen, dass Ihr Menü selbstverständlich auf Kosten des Hauses geht.«

»Richten Sie ihm meinen Dank aus«, sagte Eileen. »Und sagen Sie ihm … sagen Sie einfach nur danke.«

♦

Caroline hatte noch geschlafen, als sie in seiner Wohnung ankamen. Sie ließ absichtlich die Schlafzimmertür offen, während sie nackt ins Badezimmer ging. Dann setzte sie sich auf die Bettkante und zog sich langsam an, wobei sie mit Strümpfen und Strumpfgürtel begann.

Fortunato ignorierte sie und ging die Bücherstapel durch, die mittlerweile so zahlreich waren, dass sie eine ganze Wand im vorderen Zimmer einnahmen. Entweder sie lernte, ihre Eifersucht zu zügeln, oder sie würde sich eine andere Beschäftigung suchen müssen.

Eileen lächelte sie an, als sie auf ihren zehn Zentimeter hohen Pfennigabsätzen herausstakste. »Sie ist wunderschön«, sagte sie.

»Das sind Sie auch.«

»Fangen Sie nicht wieder an.«

»Sie haben damit angefangen.« Er gab ihr Budges *Ägyptische Magie.* »Da ist es. Nectanebus.«

»›... berühmt als Magier und Weiser, und er war äußerst bewandert in den überlieferten Weisheiten der Ägypter.‹«

»Langsam fügt sich alles zusammen. Erinnern Sie sich noch an Black Johns Hundemaske? Ich frage mich, ob es sich bei Balsams Kult nicht um die Ägyptischen Freimaurer handelt.«

»O mein Gott. Denken Sie an das Gleiche wie ich?«

»Ich glaube, der Name Balsam könnte eine Amerikanisierung von Balsamo sein.«

»Wie in Giuseppe Balsamo aus Palermo«, warf Eileen ein. Sie ließ sich auf das Sofa sinken.

»Der Welt besser bekannt«, sagte Fortunato, »als Graf Cagliostro.«

♠

Fortunato zog einen Stuhl heran und setzte sich ihr gegenüber, die Ellbogen auf die Knie gestützt. »Wann hat ihn die Inquisition eingesperrt?«

»Irgendwann um 1790, oder nicht? Sie haben ihn in ein Verlies gesteckt. Aber seine Leiche wurde nie gefunden.«

»Er soll Verbindung zu den Illuminaten gehabt haben. Angenommen, sie haben ihn befreit und nach Amerika geschmuggelt.«

»Wo er als Black John Balsam, der zurückgezogene Spinner, auftaucht. Aber was hatte er vor? Warum die Münzen? Und das Menschenopfer? Cagliostro war ein Schwindler und Betrüger. Er wollte immer nur ein angenehmes Leben führen. Mord war nicht sein Stil.«

Fortunato gab ihr Darauls *Hexen und Zauberer.* »Lassen Sie es uns herausfinden. Wenn Sie nichts Besseres vorhaben?«

♣

»England im Jahr 1777«, sagte Eileen. »Am 12. April ist er in Soho in die Bruderschaft der Freimaurer eingeführt worden. Danach bestimmt die Freimaurerei sein Leben. Er gründet die Ägyptischen Freimaurer als eine Art höheren Orden, fängt an, Geld zu verschenken und jeden von Rang und Namen als Freimaurer anzuwerben, der willens und bereit ist mitzumachen.«

»Was hat ihn dazu gebracht?«

»Angeblich hat er eine Rundreise durch England gemacht und war danach – Zitat – wie verwandelt – Zitatende. Seine magischen Kräfte hatten zugenommen. Er wurde von einem Abenteurer zu einem echten Mystiker.«

»Okay«, sagte Fortunato. »Jetzt hören Sie sich das an. Tolstoi über die Freimaurerei: ›Das erste und oberste Ziel unseres Ordens … ist die Bewahrung und Weitergabe eines wichtigen Geheimnisses an die Nachwelt … eines Geheimnisses, von dem vielleicht das Schicksal der Menschheit abhängt.‹«

»Langsam ängstigt mich diese Angelegenheit wirklich«, sagte Eileen.

»Da ist noch etwas. Das Ding auf der Rückseite des Balsam-Pennys ist eine sumerische Gottheit namens TIAMAT. Daraus hat Lovecraft Cthulu abgeleitet. Ein riesiges gestaltloses Ungeheuer aus dem All jenseits der Sterne. Lovecraft hat seine Mythologie angeblich aus den geheimen Unterlagen seines Vaters. Lovecrafts Vater war Freimaurer.«

»Also glauben Sie, dass sich alles darum dreht. Um diese TIAMAT-Sache.«

»Überlegen Sie selbst«, sagte Fortunato. »Angenommen, das Geheimnis der Freimaurer hat etwas damit zu tun, TIAMAT zu kontrollieren. Cagliostro erfährt das Geheimnis. Die anderen Freimaurer wollen ihr Wissen nicht für üble Zwecke einsetzen, also gründet Cagliostro seinen eigenen Orden, um seine Ziele zu verfolgen.«

»Um dieses Ding zur Erde zu bringen.«

»Ja«, sagte Fortunato. »Um dieses Ding zur Erde zu bringen.«

Eileen hatte mittlerweile doch aufgehört zu lächeln.

♥

Im Laufe ihres Gesprächs war es dunkel geworden. Die Nacht war kalt und klar, und Fortunato konnte Sterne durch die Oberlichter im vorderen Zimmer sehen. Er wünschte, er könnte sie aussperren.

»Es ist spät geworden«, sagte Eileen. »Ich muss gehen.«

Auf den Gedanken, dass sie gehen könnte, war er gar nicht gekommen. Die Nachforschungen hatten ihn mit nervöser Energie aufgeladen, der Aufregung der Jagd. Ihr Verstand erregte ihn, und er wollte, dass sie sich ihm öffnete –

mit ihren Geheimnissen, ihren Gefühlen und ihrem Körper. »Bleib«, sagte er, sorgfältig darauf bedacht, seine Kräfte nicht zu benutzen und einen Befehl daraus zu machen. »Bitte.« Er hatte ein kaltes Gefühl in der Magengegend.

Sie stand auf und zog den Pullover an, den sie über die Sofalehne gelegt hatte. »Ich muss das … erst einmal alles verdauen«, sagte sie. »Es passiert einfach viel zu viel auf einmal. Es tut mir leid.« Sie sah ihn nicht an. »Ich brauche mehr Zeit.«

»Ich bringe dich zur 8th Avenue«, sagte er. »Dort bekommst du ein Taxi.«

Die Sterne schienen Kälte auszustrahlen. Er zog die Schultern ein und schob die Hände tief in die Taschen. Ein paar Sekunden später spürte er Eileens Arm um seine Hüfte, und er hielt sie unterwegs fest.

Sie blieben an der Ecke 8th Avenue und 19th Street stehen, und gleich darauf hielt ein Taxi. »Sag es nicht«, sagte Eileen. »Ich werde vorsichtig sein.«

Fortunatos Kehle war so zusammengeschnürt, dass er selbst dann nichts hätte sagen können, wenn er gewollt hätte. Er legte eine Hand auf ihren Nacken und küsste sie. Ihre Lippen waren so zart, dass er sich schon halb abgewandt hatte, bevor ihm klar wurde, wie gut sie sich anfühlten. Er drehte sich wieder um, und sie stand immer noch da. Er küsste sie noch einmal, fester diesmal, und sie lehnte sich für einen Augenblick an ihn, bevor sie sich von ihm löste.

»Ich ruf dich an«, sagte sie.

Er sah dem Taxi nach, bis es um die Ecke bog und verschwand.

♦

Die Polizei weckte ihn am nächsten Morgen um sieben Uhr.

»Wir haben einen toten Jungen im Leichenschauhaus«, sagte der erste Bulle. »Jemand hat ihm vor einer Woche in den Kreuzgängen das Genick gebrochen. Wissen Sie irgendwas darüber?«

Fortunato schüttelte den Kopf. Er stand in der Tür und hielt seinen Bademantel mit einer Hand geschlossen. Wenn sie hereinkamen, würden sie das auf den Holzfußboden gezeichnete Pentagramm, den Totenschädel im Bücherregal und die Joints auf dem Kaffeetisch sehen.

»Ein paar von seinen Freunden sagen, sie hätten Sie dort gesehen«, sagte der zweite Bulle.

Fortunato sah ihm in die Augen. »Ich war nicht da«, sagte er. »Das glauben Sie ganz fest.«

Der zweite Bulle nickte, und der erste machte Anstalten, nach seiner Kanone zu greifen. »Nein«, sagte Fortunato. Diesmal gelang es dem ersten Bullen nicht, rechtzeitig wegzusehen. »Sie glauben es auch. Ich war nicht da. Ich bin sauber.«

»Sauber«, sagte der erste Bulle.

»Und jetzt gehen Sie«, sagte Fortunato, und sie gingen.

Er setzte sich aufs Sofa und stellte fest, dass seine Hände zitterten. Sie würden zurückkommen. Oder sie würden, was wahrscheinlicher war, jemanden vom Jokertown-Revier schicken, der immun gegen seine Kräfte war.

Er würde sich nicht wieder hinlegen. Er hatte ohnehin nicht gut geschlafen. Tentakelbewehrte Wesen hatten seine Träume bevölkert, Wesen, die so groß wie der Mond waren, den Himmel verdeckten und die Stadt verschlangen.

Plötzlich ging ihm auf, dass die Wohnung leer war. Er konnte sich nicht erinnern, wann er die Nacht zum letzten Mal allein verbracht hatte. Beinahe wäre er zum Telefon gegangen, um Caroline anzurufen. Es war nur ein Reflex, und er wehrte ihn ab. Eigentlich wollte er mit Eileen zusammen sein.

♠

Zwei Tage später rief sie wieder an. In diesen beiden Tagen war er zweimal in seiner Astralgestalt in ihrem Museum gewesen. Unsichtbar für sie war er durch den Raum geschwebt und hatte sie beobachtet. Er wäre öfter gegangen und länger geblieben, aber es bereitete ihm zu viel Vergnügen.

»Hier ist Eileen«, sagte sie. »Sie wollen mich initiieren.«

Es war halb vier Uhr nachmittags. Caroline war an der Berlitz-Schule und lernte Japanisch. Sie war in den letzten Tagen nicht oft in seiner Wohnung gewesen.

»Du bist zurückgegangen«, sagte er.

»Ich musste. Wir haben das alles doch schon durchgesprochen.«

»Wann soll es stattfinden?«

»Heute Nacht. Ich soll um elf Uhr da sein. In dieser alten Kirche in Jokertown.«

»Kann ich dich sehen?«

»Ich denke schon. Ich könnte vorbeikommen, wenn du willst.«

»Bitte. So schnell du kannst.«

Er saß am Fenster und sah hinaus, bis ihr Wagen vorfuhr. Er drückte auf den Türöffner und erwartete sie am Treppenabsatz. Sie ging vor ihm in die Wohnung und drehte sich um. Er wusste nicht, was er von ihr erwarten sollte. Er schloss die Tür, und sie streckte die Hände aus. Er legte die Arme um sie, und sie hob ihm ihr Gesicht entgegen. Er küsste sie, dann küsste er sie noch einmal. Ihre Arme legten sich um seinen Hals und hielten ihn fest.

»Ich will dich«, sagte er.

»Ich will dich auch.«

»Komm ins Bett.«

»Ich möchte schon. Aber ich kann nicht. Es ist… es ist einfach eine lausige Idee. Es ist ziemlich lange her bei mir. Ich kann nicht einfach mit dir ins Bett steigen und alle möglichen verdrehten tantrischen Sexkunststückchen vorführen.

Das will ich auch gar nicht. Du kannst nicht mal kommen, um Himmels willen!«

Er strich ihr mit den Fingern durch das Haar. »Schon gut.« Er hielt sie noch eine Weile in den Armen, dann ließ er sie los. »Willst du irgendwas? Einen Drink?«

»Einen Kaffee, wenn du welchen hast.«

Er setzte Wasser auf und mahlte eine Handvoll Bohnen, wobei er Eileen ständig ansah. »Ich verstehe nicht«, sagte er, »warum ich den Gedanken dieser Leute nichts entnehmen kann.«

»Du glaubst doch nicht etwa, dass ich das alles erfinde?«

»Ich weiß, dass du das nicht tust«, sagte Fortunato. »Ich wüsste sofort, wenn du mir etwas vormachen würdest.«

Sie schüttelte den Kopf. »Du bist ziemlich gewöhnungsbedürftig.«

»Manche Dinge sind wichtiger als gesellschaftliche Umgangsformen.« Das Wasser kochte. Fortunato machte zwei Tassen und nahm sie mit zum Sofa.

»Wenn sie so bedeutend sind, wie du glaubst«, sagte Eileen, »werden vermutlich auch Asse für sie arbeiten. Jemand, der Gedankenblöcke errichten könnte, Gedankenblöcke gegen andere Leute mit mentalen Kräften.«

»Wahrscheinlich.«

Sie trank einen Schluck Kaffee. »Heute Nachmittag habe ich Balsam kennengelernt. Wir haben uns alle in dem Buchladen getroffen.«

»Wie ist er?«

»Glatt. Er sieht aus wie ein Bankdirektor oder so. Dreiteiliger Anzug, Brille. Aber ziemlich sonnengebräunt, so als würde er am Wochenende häufig Tennis spielen.«

»Was hat er gesagt?«

»Sie haben endlich das Wort ›Freimaurerei‹ erwähnt. Als sei es ein letzter Test, um festzustellen, ob es mich aus der Fassung bringt. Dann hat mir Balsam Geschichtsunterricht gegeben. Dass die Schottischen und Yorker Freimaurer nur Ableger der Spekulativen Freimaurer seien und ihre Geschichte nur bis ins achtzehnte Jahrhundert zurückreiche.«

Fortunato nickte. »Das stimmt alles.«

»Dann hat er von Salomon angefangen und gesagt, dass der Architekt des Tempels in Wirklichkeit ein Ägypter gewesen sei. Dass die Freimaurerei mit Salomon begonnen habe und den anderen Ablegern der ursprüngliche Sinn verloren gegangen sei. Nur sie hätten ihn bewahrt. Genauso, wie du es dir gedacht hast.«

»Ich muss heute Nacht mit dir gehen.«

»Du kommst unmöglich herein. Nicht einmal, wenn du dich verkleidest. Sie würden dich erkennen.«

»Ich könnte meinen Astralleib schicken. Dann könnte ich alles sehen und hören.«

»Wenn jemand in seiner Astralgestalt in dieses Zimmer käme, könntest du ihn dann sehen?«

»Natürlich.«

»Da siehst du es! Es wäre ein ziemliches Risiko, oder?«

»Schon gut, okay.«

»Ich muss einfach allein gehen. Es gibt keine andere Möglichkeit.«

»Es sei denn ...«

»Es sei denn, was?«

»Es sei denn, ich wäre in dir.«

»Wovon redest du?«

»Die Kraft liegt in meinem Sperma. Wenn du etwas davon in dir ...«

»Ach, hör doch auf«, sagte sie. »Von allen lahmen Vorwänden, jemanden ins Bett zu kriegen ...« Sie starrte ihn an. »Das ist kein Witz, oder?«

»Du kannst nicht allein dorthin gehen. Nicht nur wegen der Gefahr, sondern weil du auf dich allein gestellt nicht viel machen kannst. Du kannst ihre Gedanken nicht lesen. Ich schon.«

»Selbst wenn du nur – mitfährst?«

Fortunato nickte.

»O Gott«, sagte sie. »Das ist … Es gibt so viele Gründe, die dagegen sprechen – zum einen habe ich gerade meine Tage.«

»Umso besser.«

Sie umklammerte ihre linke Hand mit der rechten und hielt sie sich vor die Brust. »Ich habe mir fest vorgenommen, dass es romantisch sein muss, falls ich je wieder mit einem Mann ins Bett gehe – und ich sagte *falls*. Mit Kerzen und Blumen und allem. Und nun sieh mich an.«

Fortunato kniete sich vor sie und schob sanft ihre Hände weg. »Eileen«, sagte er. »Ich liebe dich.«

»Du hast leicht reden. Ich bin sicher, du meinst es aufrichtig und alles, aber ich bin genauso sicher, dass du das ständig sagst. Es gibt nur zwei Männer in meinem Leben, zu denen ich das je gesagt habe, und einer von ihnen war mein Vater.«

»Ich rede nicht davon, wie du empfindest. Ich rede nicht von der Ewigkeit. Ich rede von mir in diesem Augenblick. Und ich liebe dich.« Er hob sie auf und trug sie ins Schlafzimmer.

Es war ungeheizt, und ihre Zähne fingen an zu klappern. Fortunato zündete den Gasofen an und setzte sich neben sie auf das Bett. Sie umschloss seine Rechte mit beiden Händen und führte sie an ihren Mund. Er küsste sie und spürte, wie sie darauf reagierte, fast gegen ihren Willen. Er zog sich aus, deckte sie beide zu und knöpfte ihre Bluse auf. Ihre Brüste waren groß und weich, und die Brustwarzen verhärteten sich unter seiner Zunge, als er sie küsste.

»Warte«, sagte sie. »Ich muss … ich muss ins Badezimmer.«

Als sie zurückkam, hatte sie ihre übrige Kleidung ausgezogen. Sie hielt ein Handtuch vor sich. »Um dein Laken zu schonen«, sagte sie. Auf der Innenseite eines ihrer Schenkel sah er einen kleinen Blutfleck.

Er nahm ihr das Handtuch weg. »Mach dir keine Sorgen um das Laken.« Sie stand nackt vor ihm. Sie sah aus, als hätte sie Angst, dass er sie fortschicken würde, aber er legte den Kopf zwischen ihre Brüste und zog sie an sich.

Sie kroch wieder unter das Laken und küsste ihn, und ihre Zunge zuckte in seinem Mund. Er küsste ihre Schultern, ihre Brüste, die Unterseite ihres Kinns. Dann wälzte er sich auf sie und stützte sich auf Hände und Knie.

»Nein«, flüsterte sie. »Ich bin noch nicht so weit…«

Er hielt den Penis in der Hand und drückte die Eichel gegen ihre Schamlippen, sacht und behutsam. Augenblicklich spürte er, wie sie warm und feucht wurde. Sie hatte die Augen geschlossen und biss sich auf die Unterlippe. Langsam glitt er in sie hinein, und die Reibung schickte Wellen der Lust sein Rückgrat hinauf.

Er küsste sie wieder. Er spürte, wie sich ihre Lippen unter seinen bewegten und unhörbare Worte formten. Seine Hände strichen über ihre Seiten, schlossen sich hinter ihrem Rücken. Er dachte daran, dass er daran gewöhnt war, eine Frau stundenlang zu lieben, und der Gedanke erstaunte ihn. Es war alles zu intensiv. Er war voller Hitze und Licht. Er konnte nicht alles zurückhalten.

»Musst du dabei nicht irgendwas sagen?«, flüsterte Eileen abgehackt, da sie nur noch stoßweise atmete. »Irgendeinen Zauberspruch oder so?«

Fortunato küsste sie wieder, und seine Lippen kribbelten, als wären sie eingeschlafen und erwachten gerade wieder zum Leben. »Ich liebe dich«, sagte er.

»O Gott«, sagte sie und fing an zu weinen. Tränen liefen in ihre Haare, und gleichzeitig stießen ihre Hüften immer schneller gegen seine. Ihre Leiber waren heiß und gerötet, und Fortunato lief der Schweiß über die Brust. Eileen versteifte sich. Eine Sekunde später blitzte es in Fortunatos Verstand weiß auf, und er warf zehn Jahre Übung ab und ließ es einfach geschehen, ließ die Macht aus sich heraus und in die Frau spritzen, und einen Moment lang war er beide zugleich, hermaphroditisch und allumfassend, und er spürte, wie er sich in einer gewaltigen Atomexplosion bis an die Grenzen des Universums ausdehnte.

Und dann lag er wieder mit Eileen im Bett und spürte, wie sich ihre Brüste unter ihm hoben und senkten, während sie schluchzte.

♣

Die einzige Lichtquelle war die Flamme des Gasofens. Er musste eingeschlafen sein. Das Kopfkissen fühlte sich an seiner Wange wie Schmirgelpapier an, und er musste seine ganze Kraft aufwenden, um sich auf den Rücken zu wälzen.

Eileen zog gerade ihre Schuhe an. »Es wird Zeit«, sagte sie.

»Wie fühlst du dich?«

»Unglaublich. Stark. Mächtig.« Sie lachte. »So habe ich mich noch nie gefühlt.«

Er schloss die Augen und glitt in ihren Geist. Er konnte sich auf dem Bett liegen sehen, skelettartig, seine dunkle goldene Haut im Schatten verschwunden, seine Stirn eingesunken, sodass sie glatt in seinen haarlosen Schädel überging.

»Und du«, sagte sie. Er spürte, wie die Stimme ihr in der Brust nachhallte. »Wie fühlst du dich?«

Er glitt wieder in seinen Körper zurück. »Schwach«, sagte er. »Aber es geht schon.«

»Soll ich … jemanden für dich anrufen?«

Er wusste, was sie ihm anbot, wusste, dass er zustimmen

sollte. Caroline oder eine der anderen würde der schnellste Weg sein, seine Kräfte zurückzubekommen. Aber es würde auch seine Verbindung zu Eileen schwächen. »Nein«, sagte er.

Sie hatte sich fertig angezogen und beugte sich über ihn, um ihn lange zu küssen. »Danke«, sagte sie.

»Nicht«, sagte er. »Bedank dich nicht bei mir.«

»Ich gehe jetzt besser.« Ihre Ungeduld, ihre Stärke und Vitalität waren eine physikalische Kraft in dem Zimmer, und er war zu weit entfernt, um sie ihr zu neiden. Dann war sie verschwunden, und er schlief wieder ein.

♥

Er sah durch Eileens Augen mit an, wie sie vor dem Eingang des Buchladens stand und darauf wartete, dass Clarke abschloss. Er hätte ganz in ihren Geist gleiten können, aber das hätte das Wenige an Kraft aufgezehrt, das er mittlerweile wiedererlangt hatte. Außerdem war es dort, wo er war, warm und gemütlich.

Bis ihn die Hände packten und wachrüttelten und er in zwei goldene Schilde sah. »Ziehen Sie sich an«, sagte eine Stimme. »Sie sind verhaftet.«

♦

Er bekam eine Zelle für sich allein, mit grauem Kachelboden und grau gestrichenen Zementwänden. Er hockte sich in die Ecke und zitterte, da er zu schwach war, um aufrecht zu stehen. Auf die Wand neben ihm hatte jemand ein Strichmännchen mit einem riesigen tropfenden Schwanz und Eiern gezeichnet.

Eine ganze Stunde lang war er nicht in der Lage gewesen, sich lange genug zu konzentrieren, um Kontakt mit Eileen aufzunehmen. Er war sicher, dass Balsams Freimaurer sie umgebracht hatten.

Er schloss die Augen. Am Ende des Gangs knallte eine Zellentür zu und riss ihn zurück. Konzentriere dich, gottverdammt noch mal, dachte er.

Er befand sich in einem länglichen Raum mit hoher Decke. Gelbes Licht von zahlreichen Kerzen flackerte an den entfernten Wänden. Der Flur war mit schwarzen und weißen Fliesen schachbrettartig gekachelt. An der Vorderseite des Raums standen zwei dorische Säulen, eine auf jeder Seite, die fast bis zur Decke reichten. Sie standen für Salomons Tempel und trugen die Namen Boaz und Joachim, die ersten beiden Freimaurer-Worte.

Er wollte nicht die Kontrolle über Eileens Körper übernehmen, wenngleich er es konnte, falls es erforderlich werden sollte. Nach allem, was er feststellen konnte, ging es ihr gut. Er konnte ihre Aufregung spüren, aber sie hatte weder Schmerzen noch große Angst.

Ein Mann, der Eileens Beschreibung von Balsam entsprach, stand an der Vorderseite auf dem Podest, das für den Ehrwürdigen Meister des Tempels reserviert war. Über seinem dunklen Anzug trug er eine weiße Freimaurerschürze mit roten Verzierungen. Um den Hals lag ein Leibchen wie ein übergroßer Latz. Es war ebenfalls weiß, hatte jedoch ein rot umrandetes Kreuz in der Mitte. Ein Ankh.

»Wer spricht für diese Frau?«, fragte Balsam.

Es waren ein Dutzend oder noch mehr Freimaurer beiderlei Geschlechts im Raum, alle in Schürzen und Leibchen. Sie bildeten eine gekrümmte Linie auf der linken Seite. Die meisten von ihnen machten einen völlig normalen Eindruck. Ein Mann hatte hellrote Haut und keine Haare, offensichtlich ein Joker. Ein anderer wirkte furchtbar zerbrechlich mit seinen dicken Brillengläsern und einem benebelten Gesichtsausdruck. Er war der Einzige, der keine Straßenkleidung unter seiner Schürze trug, sondern einen weißen Kapuzenumhang, der ihm ein paar Nummern zu groß war. Die Ärmel verbargen seine Hände.

Clarke trat aus der Reihe und sagte: »Ich spreche für sie.« Balsam gab ihm eine kunstvolle Maske, die vergoldet zu sein schien. Sie stellte einen Falkenkopf dar und bedeckte Clarkes Gesicht völlig.

»Wer erhebt Einspruch?«, fragte Balsam.

Eine junge orientalische Frau, ziemlich schlicht, aber mit einer unerklärlichen sexuellen Ausstrahlung, trat vor. »Ich erhebe Einspruch.« Balsam gab ihr eine Maske mit langen spitzen Ohren und einem scharf geschnittenen Gesicht. Als sie sie aufsetzte, verlieh sie ihr etwas Kaltes, Verächtliches. Fortunato spürte, wie sich Eileens Puls beschleunigte.

»Wer beansprucht sie?«

»Ich beanspruche sie.« Ein weiterer Mann trat vor und bekam eine Maske mit Anubis' Schakalsgesicht.

Die Luft hinter Balsam kräuselte sich und leuchtete plötzlich auf. Die Kerzen erloschen. Langsam nahm ein goldener Mann Gestalt an und erhellte den Raum. Er reichte bis zur Decke und hatte hundeartige Gesichtszüge und brennende gelbe Augen. Mit verschränkten Armen stand er da und betrachtete Eileen. Ihr Puls beschleunigte sich noch mehr und wurde unregelmäßig, sie grub die Fingernägel in ihre Handflächen. Niemand schien zu bemerken, dass er da war.

Die Frau mit der spitzohrigen Maske trat vor Eileen. »Osiris«, sagte die Frau. »Ich bin Set aus der Gilde Annus, Sohn von Seb und Nut.«

Er spürte, wie Eileen den Mund öffnete, doch bevor sie ein Wort herausbekam, knallte die rechte Hand der Frau in ihr Gesicht. Eileen fiel hintenüber und rutschte einen Meter über die Fliesen. »Sieh«, sagte die Frau. Sie legte die Finger auf Eileens Augen, und als sie sie zurückzog, waren sie nass. »Der befruchtende Regen.«

»Osiris«, sagte der schakalköpfige Mann, indem er vortrat, um den Platz der Frau einzunehmen. »Ich bin Anubis, Sohn des Ra, der Seelengeleiter. Mein ist der Begräbnishügel.« Er trat hinter Eileen und hielt sie am Boden fest.

Jetzt kniete sich Clarke neben sie, während der goldene Mann hinter ihm aufragte. »Osiris«, sagte er. Licht blitzte aus den kleinen Augen der Falkenmaske. »Ich bin Horus, dein Sohn und der Sohn von Isis.« Er drückte zwei Finger auf Eileens Lippen und zwang sie, den Mund zu öffnen. »Ich bin gekommen, um dich zu umarmen, ich bin dein Sohn Horus, ich habe deinen Mund geöffnet. Ich bin dein Sohn, ich liebe dich. Dein Mund war geschlossen, aber ich habe deinen Mund und deine Zähne gerichtet. Ich öffne dir deine beiden Augen. Ich habe deinen Mund mit dem Werkzeug des Anubis geöffnet. Horus hat den Mund der Toten geöffnet, wie er vor undenklichen Zeiten deinen Mund geöffnet hat: mit dem Eisen, das aus Set erwachsen ist. Die Toten werden auferstehen und sprechen, und ihr Körper soll sich in der großartigen Versammlung der Götter im Großen Haus des Alten in Annu befinden, und dort soll sie die *Ureret*-Krone von Horus, dem Herrn über die Menschheit, erhalten.«

Clarke nahm von Balsam etwas entgegen, das wie eine hölzerne Schlange aussah. Eileen wollte zurückweichen, aber der Griff des schakalköpfigen Mannes war zu fest. Clarke holte mit der Schlange aus und berührte dann viermal Eileens Mund und Augen damit. »O Osiris, ich habe für dich die beiden Kieferknochen in deinem Gesicht erschaffen, und sie sind jetzt getrennt.«

Er trat beiseite. Balsam beugte sich über sie, bis sein Gesicht nur noch ein paar Zentimeter entfernt war, und sagte: »Jetzt nenne ich dir das *Hekau,* das Wort der Macht. Horus hat dir die Sprache gegeben, und du kannst es jetzt aussprechen. Das Wort lautet TIAMAT.«

»TIAMAT«, flüsterte Eileen.

Fortunato, vor Angst außer sich, drängte sich in Balsams Gedanken.

♠

Der Trick bestand darin, in Bewegung zu bleiben, sich nicht von der Fremdheit überwältigen zu lassen. Wenn er weiterhin Assoziationen auslöste, würde er schließlich in dem Teil von Balsams Gedächtnis landen, den er suchte.

Im Augenblick war Balsam der Ekstase nahe. Fortunato folgte den Bildern und Totems ägyptischer Magie, bis er die frühesten fand, und von dort aus glitt er weiter zu Balsams Vater und durch sieben Generationen zurück zu Black John selbst.

Alles, was Balsam je über seinen Vorfahren gehört, gelesen oder sich vorgestellt hatte, befand sich hier. Sein erster Schwindel, als er den Goldschmied Marano um sechzig Unzen Feingold betrogen hatte. Seine Flucht aus Palermo. Seine Begegnung mit Altotas, dem Griechen, der ihm Alchimie beibrachte. Ägypten, die Türkei, Malta und schließlich, im Alter von sechsundzwanzig Jahren, Rom. Er war attraktiv und klug und hatte Empfehlungsbriefe für die oberen Kreise der Gesellschaft bei sich.

Wo er dann Lorenza kennenlernte. Fortunato sah sie, wie Cagliostro sie gesehen hatte, als sie zum ersten Mal nackt vor ihm stand. Erst vierzehn Jahre alt, aber schwindelerregend schön: schlank, elegant, olivhäutig und mit kohlschwarzen Locken, die sich um sie ausbreiteten, und winzigen, vollkommenen Brüsten, die nach Wildblumen rochen, während ihre kehlige Stimme seinen Namen rief, als sie ihn mit ihren Beinen umschlang.

Sie reisten durch Europa in Kutschen, die mit dunkelgrünem Samt ausgeschlagen waren. Lorenzas Schönheit öffnete ihnen vorbehaltlos die Tür zur besseren Gesellschaft. Sie lebten von dem, was sie in den Salons der Reichen erbettelten, und verteilten den Rest als Almosen.

Und dann schließlich England.

Fortunato sah Cagliostro auf dem Rücken eines Vollblutrappen in den Wald reiten. Er war, nicht ganz zufällig, von Lorenza und dem jungen englischen Lord getrennt worden, der so von ihr eingenommen war. Zweifellos bekam Seine Lordschaft gerade in irgendeinem Graben neben der Straße seinen Willen, und zweifellos hatte Lorenza bereits eine Möglichkeit gefunden, ihren Vorteil daraus zu ziehen.

Dann fiel mitten am Nachmittag der Mond vom Himmel.

Cagliostro gab dem Hengst die Sporen, der der leuchtenden Erscheinung entgegengaloppierte. Sie ging ein paar hundert Meter entfernt in einer Lichtung nieder. Das Pferd wollte nicht näher als bis auf dreißig Meter heran, also band Cagliostro es an einen Strauch und ging zu Fuß weiter. Das Gebilde war verworren und bestand aus Winkeln, die nicht miteinander harmonierten, und als Cagliostro darauf zuging, löste sich ein Teil von ihm …

Und das war alles. Plötzlich fuhr Cagliostro mit Lorenza in einer Kutsche nach London, von einem erhabenen Vorsatz erfüllt, den Fortunato nicht näher bestimmen konnte.

Er durchwühlte Balsams Verstand. Das Wissen musste dort irgendwo sein. Irgendein Fragment von einer Erkenntnis, was dieses Ding im Wald gewesen war, was es gesagt oder getan hatte.

Und da schoss Balsam kerzengerade in die Höhe und sagte: »Die Frau ist in meinem Verstand.«

♣

Er sah wieder durch Eileens Augen, erzürnt über seine Plumpheit. Die Sache war schrecklich schiefgegangen. Er starrte in das Gesicht des kleinen Mannes mit den dicken Brillengläsern und der Kutte.

Und dann war er wieder in seiner Zelle.

Zwei Wächter hatten ihn an den Armen gepackt und schleiften ihn zur Tür. »Nein!«, rief er. »Bitte. Nur noch ein paar Minuten!«

»Ach, dir gefällt's hier wohl, was?«, fragte einer der Wächter. Er schob Fortunato zur Zellentür. Fortunato glitt auf dem glatten Linoleum aus und fiel. Der Wächter verpasste ihm einen Tritt in die Nierengegend, aber nicht so fest, dass er das Bewusstsein verlor.

Dann schleiften sie ihn durch endlose Gänge mit abblätternder grüner Farbe in einen mit dunklem Holz vertäfelten, fensterlosen Raum mit einem langen Holztisch. Ein Mann in einem billigen Anzug, vielleicht dreißig Jahre alt, saß auf der anderen Seite des Tisches. Sein Haar war mittelbraun, das Gesicht wenig bemerkenswert. An seiner Jackentasche war eine Anstecknadel befestigt, die einen goldenen Schild darstellte. Neben ihm saß ein Mann in Polohemd und teurem Sportsakko. Er war der arische Typ und sah gut aus, lockiges blondes Haar, eisblaue Augen. Fortunato fiel der Freimaurer ein, den Eileen beschrieben hatte – Roman.

»Sergeant Matthias?«, fragte der zweite Wächter.

Der Mann im billigen Anzug nickte. »Das ist er.«

Matthias lehnte sich zurück und schloss die Augen. Fortunato spürte, wie etwas seinen Geist streifte.

»Und?«, fragte Roman.

»Nicht viel«, antwortete Matthias. »Ein wenig Telepathie, etwas Telekinese, aber alles sehr schwach. Ich bezweifle, dass er auch nur ein Schloss knacken könnte.«

»Also, was meinen Sie? Muss sich der Boss seinetwegen Sorgen machen?«

»Ich sehe keinen Grund. Sie könnten ihn eine Weile für den Mord an dem Jungen hierbehalten und sehen, was passiert.«

»Was würde das nützen?«, fragte Roman. »Er würde auf Notwehr plädieren, und der Richter würde ihm wahrscheinlich einen Orden verleihen. An diesen kleinen Bastarden liegt sowieso niemandem was.«

»Schön«, sagte Matthias. Er wandte sich an die Wächter. »Lasst ihn laufen. Wir sind fertig mit ihm.«

♥

Es dauerte eine weitere Stunde, bis er draußen auf der Straße stand, und natürlich bot man ihm keine Heimfahrt an. Aber das war schon in Ordnung. In Jokertown war er ohnehin richtig.

Er setzte sich auf die Eingangsstufen des Reviers und tastete forschend nach Eileens Verstand.

Plötzlich starrte er auf die Ziegelmauer einer Gasse. Er dachte und fühlte nichts. Während er sich mühte, die Wolken in ihrem Verstand zu durchstoßen, spürte er, wie sich ihre Blase entleerte und sich der warme Urin in einer Pfütze unter ihr ausbreitete, um dort rasch abzukühlen.

»Hey, Kumpel, nicht einschlafen auf der Treppe!«

Fortunato ging auf die Straße und hielt ein Taxi an. Er schob einen Zwanziger durch den kleinen Metallschlitz und sagte: »Nach Süden. Und beeilen Sie sich.«

♦

An der Chrystie südlich der Grand verließ er das Taxi. Sie hatte sich nicht bewegt. Ihr Verstand, ihr Geist war verschwunden. Er hockte sich vor sie und sondierte ein paar Sekunden lang, dann konnte er es nicht mehr ertragen und ging zum Ende der Gasse. Er hämmerte gegen die Metallwand eines Müllcontainers, bis seine Hände taub waren. Dann ging er zurück und versuchte es noch einmal.

Er öffnete den Mund, aber nichts kam heraus. In seinem Kopf waren keine Worte mehr, nur noch blutrote Klumpen und eine Flut von Säure, die ihm immer wieder in die Augen stieg.

Er ging über die Straße und wählte 911. Es tat weh, die Tasten zu drücken. Als sich jemand meldete, forderte er einen Krankenwagen an, nannte die Adresse und legte auf.

Er ging wieder zurück. Ein Wagen hupte ihn an, und er begriff nicht, warum. Er kniete vor Eileen nieder. Ihr Mund stand offen, ein Speichelfaden hing ihr bis auf die Bluse. Er konnte es nicht ertragen, sie anzusehen. Also schloss er die Augen, tastete sich mit seinem Geist vor und hielt ihren Herzschlag an.

♠

Den Tempel zu finden war leicht. Er lag nur drei Blocks entfernt. Er folgte den Energiespuren der Männer, die Eileen in die Gasse gebracht hatten.

Er stand auf der anderen Straßenseite der Kirche, deren Eingang zugemauert war. Ständig musste er blinzeln, um einigermaßen klar sehen zu können. Die Spuren der Männer führten in das Gebäude, und zwei oder drei andere Spuren führten hinaus. Doch Balsam war immer noch dort, Balsam, Clarke und ein Dutzend weitere.

Das war gut. Er wollte sie alle, aber er würde sich mit denen zufriedengeben, die da waren. Mit ihnen und ihren Münzen, den goldenen Masken, den Ritualen, dem Tempel und mit allem, das einen Anteil an dem Versuch hatte, ihre außerirdische Monstrosität zur Erde zu bringen und dabei Blut vergossen und Hirne zerstört und Leben ruiniert hatte. Er wollte, dass es vorbei war, ein für alle Mal.

Die Nacht war unsagbar kalt, ein Vakuum so kalt wie der

Weltraum, das allem Hitze und Leben aussog, was es berührte. Seine Wangen brannten, wurden gefühllos.

Er konzentrierte sich auf die Macht, die er noch besaß; es war nicht genug.

Ein paar Sekunden lang stand er unschlüssig da und zitterte in ohnmächtigem Zorn, bereit, das Gebäude mit seinen bloßen, zerschundenen Händen einzureißen. Dann sah er sie an der Ecke in der klassischen Pose unter einer Straßenlaterne stehen: schwarze Hotpants, Kaninchenfelljacke, Stola aus falschem Pelz. Hohe Absätze und zu viel Make-up. Er hob den Arm und winkte sie zu sich.

Sie blieb vor ihm stehen und musterte ihn wachsam von oben bis unten. »Hey«, sagte sie. Ihre Haut war grobporig, die Augen blickten müde. »Willst du Spaß haben?«

Er zückte einen Hundertdollarschein und öffnete den Reißverschluss seiner Hose.

»Gleich hier auf der Straße? Junge, du musst es aber nötig haben.« Sie starrte den Hunderter an und sank langsam auf die Knie. »Puuh, ist der Beton kalt.« Sie fummelte in seiner Hose herum und sah dann überrascht zu ihm auf. »Scheiße, was ist das denn? Getrocknetes Blut?«

Er zückte noch einen Hunderter. Die Frau zögerte für eine Sekunde, dann stopfte sie beide Scheine in ihre Handtasche und klemmte sie sich unter den Arm.

Bei der ersten Berührung ihrer Lippen wurde Fortunato augenblicklich hart. Er empfand einen Stromstoß, der in seinen Füßen begann und bei dem ihm Fingernägel und Schädeldecke schmerzten. Seine Augen verdrehten sich, bis er den ersten Stock der alten Kirche anstarrte.

Er wollte seine Macht benutzen, um den ganzen Block hochzuheben und ins All zu schleudern, aber er hatte nicht mal die Kraft, ein Fenster einzuschlagen. Er sondierte die Ziegel und die Holzträger und die elektrischen Leitungen, und dann fand er, was er gesucht hatte. Er folgte einer Gasleitung hinunter in den Keller und weiter zur Hauptleitung, und dann fing er an, das Gas hindurchzupumpen, wobei sich der Druck in der Leitung ebenso aufbaute wie in ihm, bis die Rohre zitterten, die Mauern bebten und der Mörtel knirschte.

Die Hure sah auf und über die Straße, sah Risse in den Mauern entstehen. »Lauf«, sagte er. Während sie auf ihren hohen Absätzen davonklapperte, bildete Fortunato mit Daumen und Zeigefinger einen festen Ring um seine Peniswurzel und zwang die heiße Flut seiner Ejakulation zurück. Seine Eingeweide verwandelten sich in Feuer, und im Tempel verbog sich das schwarze Stahlrohr der Gasleitung und riss sich aus seinen Verankerungen. Es versprühte Gas und fiel zu Boden, wobei es an der Wand aus Gips und Klingeldraht Funken schlug.

Das Gebäude schwoll einen Moment lang an, als fülle es sich mit Wasser, und dann explodierte es in einem schmutzig orangen Feuerball. Ziegel prallten rechts und links gegen die Mauer hinter ihm, aber er wandte sich erst ab, als seine Augenbrauen weggesengt waren und seine Kleidung zu glimmen anfing. Der Explosionsdonner zerschmetterte in der ganzen Straße die Fenster, und als er sich schließlich legte, trat das Jaulen der Alarmsirenen an seine Stelle.

Er wünschte, er hätte sie schreien hören können.

♣

Schließlich hielt ein Taxi an. Der Fahrer wollte ihn ins Krankenhaus bringen, aber Fortunato redete ihm die Idee mit einem Hundertdollarschein aus.

Das Erklimmen der Treppe zu seiner Wohnung dauerte länger als alles, woran er sich erinnern konnte. Er ging ins Schlafzimmer. Die Kopfkissen rochen immer noch nach Eileens Parfum.

Er ging in die Küche zurück, goss sich einen Whiskey ein, setzte sich ans Fenster und trank ihn, während er zusah, wie das rote Leuchten des Feuers über Jokertown langsam verblasste.

Als er schließlich auf dem Sofa einnickte, träumte er von Tentakeln und feuchtem, gummiartigem Fleisch und Schnäbeln, die sich mit langem, schallendem Gelächter öffneten und schlossen.

♣ ♦ ♠ ♥

1985
Jube: Eins
George R. R. Martin

Nachdem Jube den Zeitungsstand für die Nacht abgeschlossen hatte, lud er sich seinen Einkaufswagen mit Zeitungen voll und machte sich auf seine tägliche Runde durch die Bars von Jokertown.

Bis Thanksgiving war es kaum noch eine Woche, und der kalte Novemberwind pfiff durch die Bowery. Jube trottete dahin, eine Hand auf seinem Filzhut, während die andere den zweirädrigen Einkaufskarren über den Bürgersteig zog. Seine Hose war groß genug, um darin eine Wiedersehensfeier zu veranstalten, und sein kurzärmliges blaues Hawaiihemd war mit Surfermotiven bedruckt. Er trug nie einen Mantel. Jube verkaufte seit 1952 Zeitungen und Illustrierte an der Ecke Hester/Bowery, und er hatte nicht ein Mal einen Mantel getragen. Wenn er darauf angesprochen wurde, pflegte er sich auf den Bauch zu klopfen und zu sagen: »Mehr Isolierung brauche ich nicht, nein, Sir.«

An einem guten Tag und mit Absätzen übertraf Jube Benson einen Meter fünfzig um fast zwei Zentimeter. Es steckte eine Menge in seiner kompakten Gestalt, dreihundert Pfund öliges, blauschwarzes Fleisch, das an halb geschmolzenes Gummi erinnerte. Sein Gesicht war breit und grobporig, sein Schädel mit Strähnen steifer roter Haare bedeckt, aus seinen Mundwinkeln wuchsen zwei gekrümmte Hauer nach unten. Er roch wie gebuttertes Popcorn und kannte mehr Witze als sonst irgendwer sonst in Jokertown.

Jube watschelte rasch vorwärts, grinste die Passanten an und bot seine Zeitungen den Insassen der vorbeifahrenden Wagen an (selbst zu dieser Stunde war die Hauptstraße von Jokertown weit davon entfernt, verlassen zu sein). Am Funhouse gab er dem Türsteher einen Stapel *Daily News*, die dieser an die herauskommenden Gäste verteilen würde, und eine *Times* für Des, den Besitzer. Ein paar Blocks weiter unten war der Chaos Club, der ebenfalls Zeitungen an die Gäste verteilte. Jube hatte für Lambent eine Ausgabe des *National Informer* aufgehoben. Der Türsteher nahm sie mit einer mageren leuchtenden Hand entgegen. »Danke, Walross.«

»Stehen interessante Sachen drin«, sagte Jube. »Angeblich gibt es jetzt 'ne neue Behandlung, die Joker in Asse verwandelt.«

Lambent lachte. »Ja, klar«, sagte er, während er rasch die Zeitung durchblätterte. Ein zögerliches Lächeln breitete sich auf seinem phosphoreszierenden Gesicht aus. »Hey, sieh mal an, Sue Ellen geht wieder zu J. R. zurück.«

»Tut sie doch immer«, sagte Jube.

»Diesmal will sie sein Joker-Baby austragen«, berichtete Lambent. »Jesus, was für 'ne dämliche Kuh.« Er faltete die Zeitung zusammen und klemmte sie sich unter den Arm. »Hast du schon gehört?«, fragte er. »Gimli kommt zurück.«

»Was du nicht sagst«, erwiderte Jube.

Hinter ihnen öffnete sich die Tür. Lambent beeilte sich, sie aufzuhalten, und pfiff ein Taxi für das gut gekleidete Pärchen herbei, das den Club verließ. Während er den beiden die Tür des Taxis aufhielt, gab er ihnen ihr kostenloses Exemplar der *Daily News*, und der Mann drückte ihm einen Fünfer in die Hand. Lambent ließ ihn verschwinden, wobei er Jube zublinzelte. Jube winkte, machte sich wieder auf den Weg und überließ den in seiner Chaos-Club-Livree am Bordstein stehenden phosphoreszierenden Türsteher der Lektüre seines *Informer*.

Der Chaos Club und das Funhouse waren die erstklassigen Etablissements. Die Bars, Kneipen und Cafés in den Seitenstraßen verschenkten nur selten etwas. Aber er war in allen bekannt, und sie ließen ihn von Tisch zu Tisch gehen und seine Zeitungen anbieten. Jube kehrte in The Pit und Hairy's Kitchen ein, spielte in Squisher's Basement eine Runde Shuffleboard und brachte Wally von Wally's ein *Penthouse.* In Black Mike's Pub scherzte er unter der großen Schaefer-Neonreklame mit ein paar Huren, die ihm von dem abseitigen Normalo-Politiker erzählten, den sie zu zweit bedient hatten.

Er hinterließ Captain McPhersons *Times* beim diensthabenden Sergeant im Jokertown-Polizeirevier und verkaufte einem Bullen in Zivil eine *Sporting News,* der zu wissen glaubte, wo er das Jokers Wild finden konnte, in dem vergangene Woche ein Stricher auf offener Bühne kastriert worden war. Im Twisted Dragon am Rande Chinatowns wurde Jube seine chinesischen Zeitungen los, bevor er ins Freakers am Chatham Square ging, wo er eine *Daily News* und ein halbes Dutzend *Jokertown Crys* verkaufte.

Die Redaktion des *Cry* lag auf der anderen Seite des Platzes. Der Nachtredakteur nahm immer eine *Times,* eine *Daily News,* eine *Post* und eine *Village Voice* und goss Jube eine Tasse schwarzen, starken Kaffee ein. »Öde Nacht«, sagte Crabcakes, der auf einer unangezündeten Zigarre herumkaute, während er die Seiten der Konkurrenz mit seinen Krebsscherenhänden umblätterte.

»Ich hab gehört, die Bullen wollen dieses Joker-Porno-Studio auf der Division Street dichtmachen«, sagte Jube, um dann geziert an seinem Kaffee zu nippen.

Crabcakes blinzelte ihn an. »Meinst du? Ich würde nicht darauf wetten, Walross. Der ganze Haufen steckt doch unter einer Decke. Die Gambione-Familie, glaube ich. Wo hast du das aufgeschnappt?«

Jube bedachte ihn mit einem gummiartigen Grinsen. »Ich muss meine Quellen schützen, Chef. Kennen Sie den von dem Burschen, der eine Jokerfrau geheiratet hat? Sie sieht einfach umwerfend aus, langes blondes Haar, Gesicht wie ein Engel, entsprechender Körper. In ihrer Hochzeitsnacht kommt sie im weißen Spitzennachthemd ins Schlafzimmer und sagt zu ihm, Liebling, ich habe eine gute und eine schlechte Nachricht. Er sagt, schön, zuerst die gute. Tja, sagt sie, die gute Nachricht ist, dass das Wild-Card-Virus *das hier* aus mir gemacht hat, und sie dreht sich vor ihm und lässt ihn ordentlich hinsehen, bis er dämlich grinst und sabbert. Und die schlechte Nachricht? fragt er. Die schlechte Nachricht, sagt sie, ist die, dass mein richtiger Name Joseph ist.«

Crabcakes schnitt eine Grimasse. »Verschwinde«, sagte er.

Die Stammgäste bei Ernie's kauften ihm noch ein paar *Crys* und eine *Daily News* ab, und für Ernie hatte er die Ausgabe von *Ring* dabei, die erst heute Nachmittag eingetroffen war. Es war wenig los, also lud Ernie ihn zu einer Piña Colada ein, und Jube erzählte ihm dafür den von der Jokerbraut, die eine gute und eine schlechte Nachricht für ihren Mann hat.

Die Bedienung im durchgehend geöffneten Doughnut-Laden nahm eine *Times.* Als Jube in die Henry Street einbog und seiner letzten Station für heute entgegenstrebte, war seine Ladung so leicht geworden, dass der Einkaufskarren hinter ihm über jede leichte Erhebung hüpfte.

Drei Taxis standen vor dem mit einer Markise überdachten Eingang zum Crystal Palace und warteten auf Kundschaft. »Hey, Walross«, rief ihm einer der Taxifahrer zu. »Hast du 'n *Cry* dabei?«

»Klar, hab ich«, sagte Jube. Er tauschte die Zeitung gegen eine Münze. Der Fahrer hatte anstelle eines rechten Arms ein Bündel schlangengleicher dünner Ranken und Flossen statt Beinen, aber sein Checker hatte spezielle Handkontrollen, und er kannte die Stadt wie die Rückseite seines Tentakels. Er bekam immer ein gutes Trinkgeld. Heutzutage waren die Leute so erleichtert, einen Taxifahrer zu bekommen, der Englisch sprach, dass es sie einen Dreck scherte, wie er aussah.

Der Türsteher trug Jubes Karren die drei Steinstufen zum Haupteingang des dreistöckigen Jahrhundertwende-Stadthauses hinauf. Im viktorianischen Vorzimmer hinterließ Jube den Hut und den Karren beim Garderobenmädchen, klemmte sich die übrig gebliebenen Zeitungen unter den Arm und ging in den großen, hohen Barraum des Clubs. Elmo, der zwergenhafte Rausschmeißer, beförderte gerade einen tintenfischgesichtigen Mann in einem paillettenbesetzten Kapuzencape an die frische Luft, als Jube eintrat. In seinem Gesicht war eine hässliche Schramme. »Was hat er angestellt?«, fragte Jube.

Elmo grinste ihm zu. »Es geht nicht darum, was er angestellt hat, sondern darum, was er anstellen wollte.« Der kleine Mann flog durch die geöffneten Buntglastüren, wobei ihm sein Tintenfischgesicht auf der Schulter lag wie ein Sack Kartoffeln.

Es war kurz vor Feierabend im Crystal Palace. Jube machte einen Rundgang durch die Hauptschankstube – mit den Nebenräumen und Séparées gab er sich nur selten ab – und verkaufte noch ein paar Zeitungen. Dann setzte er sich auf einen Barhocker. Sascha stand hinter der langen Mahagoni-Bar, und sein augenloses Gesicht mit dem bleistiftdünnen Schnurrbart war im Spiegel zu sehen, als er einen Planter's Punch mixte. Er stellte ihn vor Jube ab, ohne dass ein Wort oder Geld gewechselt wurde.

Während Jube an seinem Drink nippte, stieg ihm der Duft eines vertrauten Parfums in die Nase. Er wandte den Kopf gerade in dem Moment, als sich Chrysalis auf den Hocker links neben ihm setzte. »Guten Morgen«, sagte sie. Ihre

Stimme war kühl und klang schwach britisch. Sie trug eine Spirale aus silbernem Glitzerstaub auf einer Wange, und das durchsichtige Fleisch darunter ließ es so aussehen, als schwebe er wie eine Galaxis über dem Weiß ihres Kopfes. Ihr Lippenstift war silberner Glanz, die langen Fingernägel funkelten wie Dolche. »Was macht das Neuigkeitengeschäft, Jubal?«

Er grinste sie an. »Kennst du schon den von der Jokerbraut, die eine gute und eine schlechte Nachricht für ihren Mann hat?«

Die geisterhaft grauen Schatten ihrer Muskeln um den Mund verzogen ihre silbrigen Lippen zu einer Grimasse. »Erspar mir das.«

»Na schön.« Jube nuckelte mit dem Strohhalm an seinem Planter's Punch. »Im Chaos Club werden die mit einem kleinen Papierschirm drin serviert.«

»Im Chaos Club werden Drinks in Kokosnüssen serviert.«

Jube nahm noch einen Schluck. »Dieser Laden auf der Division Street, wo sie den Hardcore-Kram filmen. Ich habe gehört, dass es ein Gambione-Unternehmen ist.«

»Das ist nichts Neues«, sagte Chrysalis.

Es wurde Zeit zu schließen. Die Lichter gingen an. Elmo begann seinen Rundgang, wobei er die Stühle auf die Tische stellte und die Gäste aufscheuchte.

»Troll wird neuer Sicherheitsleiter in Tachyons Klinik. Das hat mir Doc selbst gesagt.«

»Als Demonstration für die Gleichbehandlung von Minderheiten?«, fragte Chrysalis trocken.

»Auch das«, sagte Jube. »Vor allem aber deswegen, weil er knapp drei Meter groß, grünhäutig und so gut wie unverwundbar ist.« Geräuschvoll sog er die letzten Tropfen seines Drinks ein und rührte dann mit dem Strohhalm in dem gestoßenen Eis herum. »Guy, der Zivilbulle, hat eine Spur, die ihn vielleicht zum Jokers Wild führt.«

»Er wird es nicht finden«, sagte Chrysalis. »Und wenn doch, wird er sich wünschen, er hätte es nie gefunden.«

»Wenn sie einen Funken Verstand hätten, würden sie dich fragen.«

»Der Etat der ganzen Stadt ist nicht groß genug, um für *die* Information zu bezahlen«, sagte Chrysalis. »Was noch? Das Beste hebst du dir immer bis zuletzt auf.«

»Vielleicht nichts«, sagte Jube, indem er sich zu ihr umdrehte. »Aber ich habe gehört, dass Gimli nach Hause kommen soll.«

»Gimli?« Ihre Stimme klang gelassen, aber die dunkelblauen Augen, die sich scheinbar schwerelos in den Höhlen ihres durchsichtigen Schädels bewegten, musterten ihn scharf. »Wie interessant. Einzelheiten?«

»Noch nicht«, sagte Jube. »Aber ich halte dich auf dem Laufenden.«

»Davon bin ich überzeugt.« Chrysalis hatte überall in Jokertown ihre Informanten verstreut, aber Jube das Walross war einer der zuverlässigsten. Alle kannten ihn, alle mochten ihn, alle redeten mit ihm.

Jube war der letzte Gast, der das Crystal Palace in dieser Nacht verließ. Als er nach draußen kam, hatte es gerade angefangen zu schneien. Er schnaubte, hielt seinen Hut fest und watschelte die Henry Street entlang, wobei er den leeren Karren hinter sich herzog. Unter der Manhattan Bridge fuhr ein Streifenwagen an ihm vorbei, dessen Fahrer auf Schritttempo abbremste und das Fenster der Beifahrertür herunterkurbelte. »Hey, Walross«, rief der schwarze Bulle hinter dem Lenkrad. »Es schneit, du dämlicher Joker. Du wirst dir die Eier abfrieren.«

»Die Eier?«, rief Jube. »Wer sagt, Joker hätten Eier? Ich liebe dieses Wetter, Chaz. Sieh dir meine rosigen Wangen an!« Er zwickte sich in seine ölige, schwarzblaue Wange und kicherte.

Chaz seufzte und öffnete die hintere Tür des Streifenwagens. »Steig schon ein, ich fahr dich nach Hause.«

Sein Zuhause war ein fünfstöckiges Mietshaus nicht weit entfernt in der Eldridge Street. Jube stellte seinen Einkaufskarren unter der Treppe neben den Mülltonnen ab und öffnete das Sicherheitsschloss seiner Souterrainwohnung. Das einzige Fenster wurde vollständig von einer riesigen Klimaanlage uralter Bauart ausgefüllt, deren verrostetes Gehäuse halb vom wehenden Schnee bedeckt war.

Als er das Licht einschaltete, tauchten die roten Fünfzehn-Watt-Birnen der Deckenlampe den Raum in ein düsteres, scharlachrotes Dämmerlicht. In der Wohnung war es eiskalt, kaum wärmer als draußen auf den Novemberstraßen. Jube stellte niemals die Heizung an. Ein- oder zweimal im Jahr kam ein Mann von den Gaswerken vorbei, um sich zu vergewissern, dass er nicht am Gaszähler herumgepfuscht hatte.

Unter dem Fenster lagen mehrere Scheiben verwesenden Fleisches auf der Platte eines Spieltisches. Jube zog sein Hemd aus, darunter kam eine breite Brust mit sechs Brustwarzen zum Vorschein. Er holte sich ein Glas mit Eis zum Zerkauen und suchte sich das abgehangenste Steak aus, das er finden konnte.

Eine nackte Matratze lag auf dem Boden seines Schlafzimmers, und in der Ecke stand seine jüngste Erwerbung, eine nagelneue Heißwasserwanne, direkt vor einem Projektionsfernseher mit Großbildschirm. Die Bezeichnung »Heißwasserwanne« war ein wenig irreführend, da er die elektrische Heizanlage nie benutzte. Er hatte in den letzten dreiundzwanzig Jahren viel über die Menschen erfahren, aber bis heute nicht begriffen, warum sie sich in kochendes Wasser legten, dachte er, während er sich auszog. So dumm waren selbst die Takisier nicht.

Das Steak mit einer Hand haltend, ließ sich Jube behutsam in das eiskalte Wasser gleiten. Mit seiner Fernbedienung schaltete er den Fernseher ein, um sich die Nachrichtensendungen anzusehen, die er aufgezeichnet hatte. Er schob sich das Steak in seinen breiten Mund und kaute langsam das rohe Fleisch, während er im Wasser trieb und jedes Wort verschlang, das Tom Brokaw zu sagen hatte. Es war sehr entspannend, aber am Ende der Nachrichten wusste Jube, dass er sich an die Arbeit machen musste.

Er stieg aus der Wanne, rülpste und trocknete sich energisch mit einem Donald-Duck-Handtuch ab. Eine Stunde, nicht länger, dachte er, als er durch das Zimmer watschelte und nasse Fußabdrücke auf dem Holzboden hinterließ. Er *war* müde, aber er musste noch einiges aufarbeiten, sonst würde er zu sehr in Rückstand geraten. Als er vor der Rückwand seines Schlafzimmers stand, gab er eine lange Zahlenkombination in seine Fernbedienung ein. Nachdem er die letzte Taste gedrückt hatte, schien sich die nackte Ziegelwand aufzulösen.

Jube ging durch den ehemaligen Kohlenkeller des Hauses. Die gegenüberliegende Wand wurde von einem Holowürfel dominiert, neben dem sogar sein Projektionsfernseher winzig aussah. Eine hufeisenförmige Konsole schwang sich um einen großen Kontursessel, der für Jubes einzigartige Physiognomie entworfen worden war. An den Seitenwänden der gemütlichen Kammer standen Maschinen, von denen einige von jedem Oberschüler identifiziert worden wären, wohingegen andere Dr. Tachyon persönlich verblüfft hätten.

So primitiv es auch war, das Büro gefiel Jube. Er setzte sich in den Sessel, schaltete die Stromzufuhr von der Fusionsbatterie ein und nahm einen Kristallstab, nicht größer als der kleine Finger eines Kindes, aus einem Gestell neben seinem Ellbogen. Als er ihn in die entsprechende Buchse in der Konsole schob, erhellte sich der Rekorder von innen, und er fing an, seine jüngsten Beobachtungen und Schlussfolgerungen in einer Sprache zu diktieren, die halb Musik und halb

Kakofonie zu sein schien und zu gleichen Teilen aus Bellen, Pfeifen, Rülpsen und Klicken bestand. Sollten seine anderen Sicherheitssysteme je versagen, war seine Arbeit immer noch nicht gefährdet, denn schließlich gab es im Umkreis von vierzig Lichtjahren kein zweites Lebewesen, das seine Muttersprache verstand.

♣♦♠♥

Bis in die sechste Generation
Prolog
Walter Jon Williams

An den Stellen, wo die Atmosphäre sein Fleisch verbrannt hatte, rauchte es immer noch. Erhitztes Lebensblut lief durch seine Tracheen. Er versuchte, sie zu schließen, den letzten Rest der Flüssigkeit zu behalten, aber er hatte die Fähigkeit eingebüßt, seine Atmung zu kontrollieren. Seine Körperflüssigkeiten hatten sich während des Absturzes erhitzt und waren durch seine Membranen gezischt wie Dampf aus einem explodierenden Kessel.

Lichter blinkten am Ende der Gasse. Sie blendeten seine Augen. Harte Geräusche knisterten in seinen Ohren. Blut dampfte auf dem Beton, als es sich abkühlte.

Die Schwarmmutter hatte sein Schiff entdeckt und ihn mit einem gewaltigen Partikelstrahl beschossen, der in dem monströsen Planetoidenkörper der Kreatur erzeugt worden war. Ihm war kaum noch Gelegenheit geblieben, Jhubben auf der Oberfläche dieses Planeten ein Signal zu schicken, bevor das Chitin seines Schiffs auseinandergebrochen war. Er war gezwungen gewesen, den Singularitätswandler, die experimentelle Kraftquelle seiner Rasse, zu nehmen und ins finstere Vakuum zu springen. Doch der Wandler war bei dem Angriff beschädigt worden, er hatte ihn nicht bedienen können – und so war er beim Absturz fast verglüht.

Er versuchte, sich zu konzentrieren und neues Fleisch wachsen zu lassen, schaffte es jedoch nicht. Ihm wurde klar, dass er starb.

Es war unbedingt nötig, das Verrinnen seines Lebens zu stoppen. Nicht weit entfernt stand ein Metallcontainer, groß, mit einem Klappdeckel. Unter sengenden Schmerzen wälzte er sich über den feuchten Beton, schwang das unbeschädigte Bein über den Deckel des Containers und hakte es ein. Das Bein war stark, da es auf seiner Welt mit geringer Gravitation dazu diente, hoch in den Himmel zu springen; jetzt war es seine letzte Hoffnung. Er stemmte sich gegen die bedrückende Schwerkraft und wälzte seinen Körper das Bein hinauf. Gequälte Nerven kreischten in seinem Körper. Flüssigkeit bespritzte die Außenseite des Containers.

Das Metall hallte, als er hineinfiel. Substanzen knisterten unter ihm. Er starrte in eine Nacht, die in reflektiertem Infrarot leuchtete. Hier drin gab es Reste organischer Stoffe, zerdrückt und flachgepresst, auf die Farbmuster gedruckt waren. Er packte sie mit seinen Fühlern und Wimpern, riss sie in Streifen und drückte sie auf seine leckenden Tracheen. So stoppte er den Blutfluss.

Er nahm organische Gerüche wahr. Hier hatte es Leben gegeben, aber es war gestorben.

Er griff in den Unterleib, holte den Wandler heraus und hielt ihn sich vor die aufgerissene Brust. Wenn er für eine Weile die Zeit anhalten konnte, würde er heilen. Dann würde er irgendwie versuchen, Kontakt mit Jhubben aufzunehmen. Wenn der Wandler nicht zu stark beschädigt war, konnte er vielleicht einen kurzen Sprung zu Jhubbens Koordinaten machen.

Der Wandler summte. Seltsame Leuchterscheinungen, ein Nebeneffekt, flackerten sanft in der Dunkelheit des Containers. Zeit verstrich.

♥

»Also letzte Nacht hat mich meine Nachbarin Sally angerufen ...«

Aus seinem Zeitkokon hörte er wie aus weiter Ferne das Geräusch der Stimme. Sie hallte schwach in seinem Schädel wider.

»Und Sally sagt, Hildy, sagt sie, ich hab gerade von meiner Schwester Margaret in Kalifornien gehört. Du erinnerst dich doch noch an Margaret, sagt sie. Sie ist mit dir in die St.-Mary-Schule gegangen.«

In der Nähe seiner Hörfühler klopfte es gegen das Metall. Eine Silhouette vor der leuchtenden Nacht. Arme, die nach ihm griffen.

Die Schmerzen kehrten zurück. Er schrie auf, ein Zischen. Die Arme tasteten über seinen Körper.

»Sicher erinnere ich mich an Margaret, sag ich. Sie war eine Klasse unter mir. Die Nonnen waren immer hinter ihr her, weil sie Gummi gekaut hat.«

Etwas ergriff seinen Wandler. Er drückte ihn an sich, versuchte zu protestieren.

»Das gehört mir, du Arsch«, sagte die Stimme, schnell und wütend. »Ich hab's zuerst gesehen.«

Er sah ein Gesicht. Blasse Haut, dreckverschmiert, gebleckte Zähne, graue Wimpern, die von einem anorganischen Auswuchs herabhingen.

»Nicht«, sagte er. »Ich sterbe.«

Mit einem Ruck entriss ihm die Kreatur den Wandler. Als ihn die Wärme verließ, als er spürte, wie der schleichende, kalte Tod zurückkehrte, schrie er auf.

»Halt's Maul. Das gehört mir.«

Das Pochen der Schmerzen griff auf seinen ganzen Körper über. »Du verstehst nicht«, sagte er. »Eine Schwarmmutter befindet sich in der Nähe eures Planeten.«

Die Stimme leierte weiter. Dinge knisterten und klirrten in dem Container. »Also Margaret, sagt Sally, die hat diesen Ingenieur von Boeing geheiratet. Und sie kriegen fünfzig Riesen pro Jahr raus, mindestens. Urlaub auf Hawaii, in St. Thomas, du meine Güte.«

»Bitte hör zu.« Die Schmerzen nahmen zu. Er wusste, dass ihm nur noch wenig Zeit blieb. »Die Schwarmmutter hat bereits Intelligenz entwickelt. Sie hat bemerkt, dass ich sie identifiziert habe, und sofort angegriffen.«

»Aber sie muss sich nicht mit meiner Familie abgeben, sagt Sally. Sie ist drüben an der anderen gottverdammten Küste, sagt Sally.«

Sein Körper weinte scharlachrote Tränen. »Das nächste Stadium ist ein Schwarm der ersten Generation. Die Schwarmmutter wird ihn bald zu eurem Planet steuern. Hör mir zu.«

»Also, für meine Mom hab ich Unterstützung beantragt und ihr diese nette kleine Wohnung besorgt, sagt Sally. Aber die Wohlfahrt will, dass ich und Margaret Mom jeder zusätzlich fünf Dollar im Monat geben. Und Margaret, die sagt, sie hat das Geld nicht. Kalifornien ist teuer, sagt sie.«

»Ihr seid in schrecklicher Gefahr. Hör bitte zu.«

Wiederum dröhnte Metall. Die Stimme wurde leiser, als entferne sie sich. »Also wie leicht dagegen alles hier ist, sagt Sally. Ich hab fünf Kinder und zwei Wagen und eine Hypothek, und Bill sagt, in der Agentur steckt er in einer Sackgasse.«

»Der Schwarm. Der Schwarm. Sag es Jhubben!«

Das andere Wesen war weg, und er starb. Das Zeug unter ihm saugte seine Körperflüssigkeiten auf. Das Atmen war eine Qual.

»Hier ist es kalt«, sagte er.

Tränen fielen vom Himmel und pochten leise gegen das Metall. Die Tränen enthielten Säure.

Jube: Zwei

George R.R. Martin

In dem Mietshaus in der Eldridge Street hatten die Bewohner eine kleine Weihnachtsfeier, und Jube war als Weihnachtsmann verkleidet. Er war zwar ein wenig klein für die Rolle, und die Weihnachtsmänner in den Schaufenstern hatten nur selten Hauer, aber dafür beherrschte er das *Ho-ho-ho* perfekt.

Die Feier fand im Wohnzimmer der Erdgeschosswohnung statt. Sie wurde in diesem Jahr früher abgehalten, weil Mrs. Holland nächste Woche nach Sacramento flog, um die Ferien bei ihrem Enkel zu verbringen, und niemand wollte ohne Mrs. Holland feiern, die fast schon so lange in dem Haus wie Jube wohnte und praktisch jedem Bewohner mindestens einmal aus der Patsche geholfen hatte. Abgesehen von Vater Fahey, dem Jesuitenpater und Alkoholiker aus dem vierten Stock, waren alle Bewohner Joker, und keiner von ihnen hatte einen Haufen Geld für Weihnachtsgeschenke übrig. Also kaufte jeder ein Geschenk, alle Päckchen wanderten in einen großen Postsack, und jedes Jahr fiel Jube die Aufgabe zu, sie zu verteilen. Er liebte das. Die menschliche Verhaltensweise des Schenkens war unsagbar faszinierend, und er hatte die Absicht, eines Tages eine Studie über dieses Thema zu verfassen, sobald er sein Traktat über den menschlichen Humor beendet hatte.

Er fing immer bei Doughboy an, der groß und weich und champignonweiß war und in der Wohnung im ersten Stock bei dem Schwarzen wohnte, den alle nur Shiner nannten. Doughboy übertraf Jubes Gewicht um gute hundert Pfund und war so stark, dass er mindestens einmal im Jahr die Haustür aus den Angeln riss (Shiner reparierte sie immer). Doughboy liebte Roboter und Puppen und Spielzeuglaster und Plastikgewehre, die Geräusche machten, aber er bekam alles innerhalb weniger Tage kaputt, und die Spielzeuge, die ihm besonders gefielen, hatten eine Lebenserwartung von wenigen Stunden.

Jube hatte Doughboys Geschenk in Silberfolie eingewickelt, sodass er es nicht versehentlich jemand anders geben konnte. »Oh, *Mann*«, rief Doughboy, als er das Päckchen aufgerissen hatte. Er hielt das Geschenk hoch, damit es alle sehen konnten. »Ein Strahler, Mannomann!« Der Strahler war schwarz und rot und ein wenig durchscheinend, seine Umrisse waren rundlich und glatt und doch irgendwie beunruhigend. Der Lauf war bleistiftdünn. Als sich seine gewaltigen Finger um den Kolben legten und er die Waffe auf Mrs. Holland richtete, flackerten tief im Innern Lichtpunkte, und Doughboy stieß einen Schrei des Entzückens aus, als der Mikrocomputer eine Zielkorrektur vornahm.

»Das ist mal 'n Spielzeug«, sagte Callie. Sie war eine kleine, ziemlich wählerische Frau mit vier nutzlosen Zusatzarmen.

»Ho ho ho«, machte Jube. »Und außerdem kann er sie nicht kaputt machen.«

Doughboy richtete die Waffe auf Old Mister Cricket, kniff ein Auge zu und drückte auf den Feuerknopf, wobei er laute Zischgeräusche von sich gab.

Shiner lachte. »Ich wette, dass er es kann.«

»Die Wette halte ich«, sagte Jube. Die Ly'bahr-Legierung war so dicht und widerstandsfähig, dass sie sogar einer kleineren Atomexplosion standhalten konnte. Er hatte die Waffe während seines ersten Jahrs in New York selbst getragen, aber der Tragegurt hatte sich durchgescheuert, und nach einer Weile war ihm die Waffe zu lästig geworden. Natürlich hatte Jube die Energiezelle entfernt, bevor er das Geschenk für Doughboy eingepackt hatte, und ein Zertrümmerer des Galaktischen Netzes ließ sich nicht mit einer gewöhnlichen Batterie betreiben.

Jemand drückte ihm einen Eierflip in die Hand, der großzügig mit Rum und Muskat angereichert war. Jube nahm einen ordentlichen Schluck, grinste vergnügt und machte sich wieder an die Verteilung der Geschenke. Callie war die Nächste, sie bekam ein Abonnement für das Kino in der Nachbarschaft. Denton aus dem dritten Stock zog eine wollene Strickmütze, die er von seinen Geweihenden herunterbaumeln ließ, was allgemeines Gelächter hervorrief. Reginald, den die Nachbarskinder Kartoffelkopf nannten (wenngleich nicht in seiner Gegenwart), fand einen Elektrorasierer in seinem Päckchen, und Shiner bekam einen bunten Schal. Sie sahen einander an, lachten und tauschten.

Er ging von einem zum anderen, bis jeder ein Geschenk hatte. Das letzte Geschenk in dem Sack blieb normalerweise für ihn. In diesem Jahr war der Sack jedoch leer, nachdem Mrs. Holland ihre Eintrittskarten für *Cats* bekommen hatte. Jube war ein wenig verdutzt. Seine Verblüffung musste sich in seiner Miene widergespiegelt haben, denn plötzlich lachten alle. »Wir haben dich nicht vergessen, Walross«, sagte Chucky, der spinnenbeinige Junge, der als Bote in der Wall Street arbeitete. »Dieses Jahr haben wir alle zusammengelegt, um dir was Besonderes zu besorgen«, fügte Shiner hinzu.

Mrs. Holland gab es ihm. Es war klein und offenbar in dem Geschäft eingepackt worden, in dem man es gekauft hatte. Jube öffnete es vorsichtig. »Eine Uhr!«

»Das ist keine Uhr, Walross, das ist ein *Chronometer*!«, sagte Chucky. »Zieht sich automatisch auf und ist wasserdicht und stoßfest.«

»Die Uhr verrät dir das Datum und die Mondphasen, Scheiße, sie verrät dir alles, nur nicht, wann deine Freundin ihre Tage hat«, sagte Shiner.

»Shiner!«, sagte Mrs. Holland entrüstet.

»Du trägst diese Micky-Maus-Uhr seit, na ja, seit *ich* dich kenne«, sagte Reginald. »Wir dachten uns, es wird Zeit, dass du was Moderneres bekommst.«

Es war eine sehr teure Uhr, also blieb ihm nichts anderes übrig, als sie zu tragen. Jube löste Micky von seinem dicken Handgelenk und streifte sich den brandneuen Chronometer mit dem flexiblen Metallarmband über. Er legte seine alte Uhr sehr behutsam auf den Kaminsims, aus dem Weg, und dann machte er die Runde durch das volle Zimmer und dankte jedem einzeln.

Danach rieb Old Mister Cricket zur Melodie von »Jingle Bells« seine Beine aneinander, und Mrs. Holland servierte den Truthahn, den sie bei der Kirchentombola gewonnen hatte (Jube schob seine Portion ausgiebig herum, sodass es so aussah, als hätte er etwas davon gegessen), es wurde mehr Eierflip getrunken, und nach dem Kaffee spielte man Karten, und als es sehr spät war, erzählte Jube ein paar von seinen Witzen. Schließlich dachte er, dass es Zeit für ihn wurde, sich zurückzuziehen. Er hatte seiner Hilfskraft den Tag freigegeben, also musste er den Stand am nächsten Morgen in aller Frühe selbst öffnen. Doch als er beim Hinausgehen am Kaminsims vorbeiging, war Micky verschwunden. »Meine Uhr!«, rief Jube.

»Was willst du denn noch mit dem alten Ding, wo du jetzt die neue hast?«, fragte ihn Callie.

»Sie hat einen gewissen Erinnerungswert«, sagte Jube.

»Ich habe gesehen, wie Doughboy damit gespielt hat«, sagte Warts. »Er steht auf Micky Maus.«

Shiner hatte Doughboy vor Stunden ins Bett gebracht. Jube musste nach oben gehen. Sie fanden die Uhr an Doughboys Fuß, und Shiner entschuldigte sich lang und breit. »Ich glaube, er hat sie kaputt gemacht«, sagte der alte Mann.

»Sie ist ziemlich robust«, sagte Jube.

»Sie hat ein Geräusch gemacht«, sagte Shiner. »Andauernd gesummt. Muss wohl 'n Rädchen oder so was sein.«

Einen Moment lang begriff Jube nicht, wovon Shiner redete. Dann wich seine Verwirrung nackter Angst. »Sie hat gesummt? Wann …«

»Vor einer ganzen Weile«, sagte Shiner, der ihm die Uhr zurückgab. Aus dem Gehäuse drang ein hohes, dünnes Jaulen. »Alles in Ordnung mit dir?«

Jube nickte. »Ich bin nur müde«, sagte er. »Frohe Weihnachten.« Und dann watschelte er nach unten, so schnell er konnte.

In seiner kalten, düsteren Wohnung eilte er sofort in den Kohlenkeller. Wie nicht anders zu erwarten, leuchtete der Kommunikator violett. Der Farbcode des Galaktischen Netzes für einen dringenden Notfall. Seine Herzen schlugen schneller. Wie lange schon? Seit Stunden, *Stunden,* und er hatte die ganze Zeit gefeiert. Jube fühlte sich elend. Er ließ sich in seinen Sessel fallen und drückte ein paar Tasten an der Konsole, um die aufgezeichnete Botschaft abzuspielen.

Der Holowürfel erhellte sich von innen, erzeugte einen Dunstschleier violetten Lichts. In seiner Mitte befand sich Ekkedme, der seine hinteren Sprungbeine unter sich verschränkt hatte, sodass er fast zu knien schien. Der Embe-Nymph befand sich offensichtlich in einem Zustand großer Erregung. Die Wimpern, die sein Gesicht bedeckten, zitterten, während sie die Luft schmeckten, und die Fühler auf seinem winzigen Kopf drehten sich hektisch. Dann wich der Violetthintergrund, und das überfrachtete Innere des Einzelschiffs nahm Gestalt an. »Die Mutter!«, rief Ekkedme in der Handelssprache, indem er die Worte mit seinem pfeifenden

Embe-Akzent durch seine Tracheen zwang. Das Hologramm löste sich in statisches Rauschen auf.

Als es sich einen Augenblick später wieder stabilisierte, sprang der Embe plötzlich zur Seite, streckte ein stabdünnes Vorderglied aus und presste eine glatte schwarze Kugel gegen das fahlweiße Fell seiner Chitinbrust. Er wollte etwas sagen, doch hinter ihm wölbte sich die Wand des Einzelschiffs mit einem scheußlichen metallischen Kreischen nach innen und löste sich dann vollständig auf. Voller Entsetzen sah Jube, wie Luft, Instrumente und Embe von der Kälte des Weltraums angesogen wurden. Ekkedme krachte gegen ein gezacktes Bullauge und glitt höher, während er die schwarze Kugel festhielt und mit den Hinterbeinen nach Halt suchte. Ein Lichtwirbel wanderte über die Oberfläche der Kugel, und dann schien diese sich auszudehnen. Eine schwarze Flut hüllte den Embe ein. Als sie zurückwich, war er verschwunden. Jube wagte wieder zu atmen.

Einen Augenblick später brach die Sendung abrupt ab.

Jube drückte die Wiederholungstaste in der Hoffnung, dass ihm irgendetwas entgangen war. Er konnte sich nur die Hälfte ansehen. Dann sprang er auf, eilte zur Toilette und erbrach den Eierflip, den er im Laufe des Abends zu sich genommen hatte.

Als er zurückkam, fühlte er sich schon besser. Er musste nachdenken, musste die Dinge mit äußerster Ruhe betrachten. Panik und Schuldgefühle brachten ihn nicht weiter. Selbst wenn er die Uhr getragen hätte, wäre er nie rechtzeitig hierhergekommen, um den Hilferuf entgegenzunehmen, und er hätte ohnehin nichts unternehmen können. Außerdem war Ekkedme mit dem Singularitätswandler entkommen, das hatte Jube mit eigenen Augen gesehen. Gewiss hatte sich sein Kollege in Sicherheit gebracht.

Nur … wenn er das hatte … wo war er dann?

Bedächtig sah sich Jube um. Der Embe war jedenfalls nicht

hier. Aber wohin konnte er sonst gehen? Wie lange konnte er in dieser Schwerkraft überleben? Und was war dort oben im Orbit *passiert*?

Mit grimmiger Entschlossenheit stellte er Verbindung zu den Satellitenscannern her. Insgesamt gab es sechs davon, hochentwickelte Geräte von der Größe eines Golfballs, die mit Rhindaria-Sensoren bestückt waren. Ekkedme hatte sie benutzt, um Wetterstrukturen, Militäraktivitäten sowie Radio- und Fernsehsendungen zu beobachten und zu überwachen, aber sie ließen sich auch anderweitig verwenden. Jube suchte den Orbit methodisch nach dem Einzelschiff ab, doch wo es hätte sein müssen, fanden sich nur noch verstreute Trümmer.

Plötzlich fühlte sich Jube sehr einsam.

Ekkedme war ... nun, kein richtiger Freund gewesen, nicht so, wie die Menschen oben Freunde waren, hatte ihm nicht einmal so nahegestanden wie Chrysalis oder Crabcakes, aber ... ihre Spezies hatten tatsächlich wenig gemeinsam. Ekkedme gehörte einer seltsam zurückgezogenen Art an, die rätselhaft und unkommunikativ war. Und dreiundzwanzig Jahre im Orbit, eingesperrt in der Enge des Einzelschiffs, ohne eine Beschäftigung mit Ausnahme von Meditation und Beobachten, hatten den Nymph nur noch merkwürdiger gemacht – aber das war natürlich gerade der Grund, warum er von all jenen, die der Handelsmeister hätte auswählen können, den Vorzug erhielt, als im menschlichen Jahr 1952 das Raumschiff *Gelegenheit* aufkreuzte, um den Verlauf des großen Experiments der Takisier zu beobachten.

Ungebeten stellten sich Erinnerungen ein. Das große Raumschiff des Netzes hatte den kleinen blauen Planeten den ganzen Sommer umkreist und wenig Interessantes gefunden. Die eingeborene Zivilisation war vielversprechend, aber kaum höher entwickelt als bei ihrem letzten Besuch vor ein paar Jahrhunderten. Und das viel gerühmte takisische Virus, Wild Card, schien eine große Anzahl Missgeburten, Krüppel und Ungeheuer produziert zu haben. Aber der Handelsmeister sicherte sich gern gegen alle Eventualitäten ab, sodass er, als die *Gelegenheit* weiterflog, zwei Beobachter zurückließ: den Embe im Orbit und einen Xenologen auf der Oberfläche. Es amüsierte den Handelsmeister, seinen Agenten für alle sichtbar zu verstecken, auf den Straßen der größten Stadt der Welt. Und für Jhubben, der einen lebenslänglichen Dienstvertrag unterschrieben hatte, um entfernte Welten sehen zu können, war es eine einmalige Gelegenheit, wichtige Arbeit zu leisten.

Dennoch, bis zu diesem Augenblick hatte er immer gewusst, dass die *Gelegenheit* eines Tages zurückkehren, dass er eines Tages wieder durchs All fliegen und vielleicht sogar zu den Gletschern und Eisstädten von Glabber und seiner schwachen roten Sonne zurückkehren würde. Der Embe-Nymph war nie ein Freund gewesen, dafür aber etwas anderes, ebenso Wichtiges. Sie hatten eine gemeinsame Vergangenheit gehabt. Nur Jube hatte gewusst, dass der Embe dort oben war und beobachtete und lauschte. Nur Ekkedme hatte gewusst, dass Jube das Walross, Joker und Zeitungsjunge, in Wirklichkeit Jhubben war, ein Xenologe von Glabber. Der Nymph war ein Verbindungsglied zu seiner Vergangenheit, zu seiner Heimatwelt und seinem Volk, zur *Gelegenheit* und zum Netz selbst und seinen einhundertsiebenunddreißig Mitgliederrassen gewesen, die sich über mehr als tausend Welten ausgebreitet hatten.

Jube betrachtete die neue Uhr, die seine Freunde ihm geschenkt hatten. Es war nach zwei. Die Botschaft war kurz vor acht empfangen worden. Er hatte nie selbst einen Singularitätswandler benutzt – es war ein Apparat der Embe, der sich noch im Experimentalstadium befand und seine Energie aus einem winzigen schwarzen Loch bezog. Er konnte als Stasisfeld, Teleportationsmaschine und sogar Kraftquelle benutzt werden, war jedoch unvorstellbar teuer. Seine Geheimnisse wurden geradezu fanatisch vom Netz gehütet. Er bildete sich nicht ein, seine Funktionsweise zu verstehen, aber er hätte Ekkedme *hierher* bringen müssen, wo Jhubben ihm helfen konnte. Wenn der Wandler nicht richtig funktioniert hatte, mochte der Embe in den luftleeren Raum oder auf den Grund eines Meeres oder … nun, *überallhin* in Reichweite teleportiert worden sein.

Er schüttelte den massigen Kopf. Was konnte er tun? Wenn Ekkedme noch lebte, würde er es hierher schaffen. Jube hatte keine Möglichkeit, ihm zu helfen. Und in der Zwischenzeit hatte er ein dringenderes Problem: Etwas oder jemand hatte das Einzelschiff entdeckt, angegriffen und zerstört. Die Menschen besaßen weder die Technologie noch die entsprechenden Beweggründe. Der oder die Verantwortlichen waren ganz eindeutig keine Freunde des Netzes, und wenn sie von seiner Existenz wussten, waren sie vielleicht auch hinter ihm her. Plötzlich wünschte sich Jube, er hätte seine Waffe nicht verschenkt.

Er sah sich noch einmal Ekkedmes letzte Botschaft an, in der Hoffnung, einen Hinweis auf den unbekannten Feind zu finden. Da war nichts, außer … »Die Mutter!«, hatte Ekkedme gesagt. Was war das? Irgendeine religiöse Anrufung der Embe, oder wandte sich sein Kollege in höchster Not tatsächlich an das weibliche Wesen, das ihn ausgebrütet hatte?

Jube verbrachte die nächsten Stunden in seiner Wanne und dachte nach. Ihm gefielen die Schlussfolgerungen nicht, aber die Logik war unausweichlich. Das Netz hatte viele Feinde, innen und außen, aber nur einen wahrhaft mächtigen Rivalen in diesem Raumsektor und nur einen, der aufs Höchste verärgert darüber sein mochte, die Erde unter Beobachtung vorzufinden: eine Rasse, die der menschlichen so ähnlich und zugleich so verschieden von ihr war, anmaßend und reserviert, rassistisch, unerbittlich blutrünstig und zu jeder Gräueltat fähig, nach dem zu urteilen, was sie auf der Erde angerichtet hatte und was sie ihresgleichen immer wieder antat.

Als der Morgen graute und er sich nach einer schlaflosen Nacht anzog, war Jube überzeugt. Nur ein takisisches Symbioseschiff konnte getan haben, was er miterlebt hatte. *Mit der Geisterlanze oder mit dem Laser?*, fragte er sich. Er war kein Experte in martialischen Dingen.

Es war ein grauer, matschiger, deprimierender Tag, der genau Jubes Stimmung entsprach, als er seinen Zeitungsstand öffnete. Das Geschäft ging schleppend. Es war kurz nach acht, als Dr. Tachyon die Bowery entlangging. Er trug einen weißen Pelzmantel und versuchte durch energisches Reiben einen Eifleck vom Kragen zu entfernen. »Stimmt irgendwas nicht, Jube?«, fragte Tachyon, als er sich die *Times* kaufte. »Du siehst nicht besonders gut aus.«

Jube hatte Mühe, die richtigen Worte zu finden.

»Äh ... ja ... Doc. Ein Freund von mir ist ... äh ... gestorben.« Er suchte in Tachyons Miene nach einer Andeutung von Schuldgefühl, das den Takisier sehr schnell überkam, sodass er sich mit Sicherheit verraten würde, wenn er etwas wusste.

»Das tut mir leid«, sagte Doc, und seine Stimme klang aufrichtig und mitfühlend. »Ich habe diese Woche selbst jemanden verloren, einen Pfleger in der Klinik. Ich habe den schrecklichen Verdacht, dass der Mann ermordet wurde. Am gleichen Tag ist nämlich einer meiner Patienten verschwunden, ein Mann namens Spector.« Tachyon seufzte. »Und jetzt will die Polizei, dass ich eine Autopsie an irgendeinem armen Joker vornehme, der in einem Müllcontainer in Chelsea gefunden wurde. Der Mann sieht aus wie ein bepelzter Grashüpfer, hat mir McPherson gesagt. Das macht ihn zu meiner Angelegenheit, weißt du.« Müde schüttelte er den Kopf. »Tja, sie werden ihn auf Eis legen müssen, bis ich die

Suche nach Mr. Spector organisiert habe. Halt die Ohren offen, Jube, und lass es mich wissen, wenn du irgendwas hörst, in Ordnung?«

»Ein Grashüpfer, sagen Sie?« Jube versuchte, seine Stimme beiläufig klingen zu lassen. »Ein bepelzter Grashüpfer?«

»Ja«, sagte Tach. »Hoffentlich niemand, den du kennst.«

»Ich bin nicht sicher«, sagte Jube rasch. »Vielleicht sollte ich hingehen und mal einen Blick auf ihn werfen. Ich kenne viele Joker.«

»Er liegt im Leichenschauhaus in der 1st Avenue.«

»Ich weiß nicht, ob ich das aushalte«, sagte Jube. »Ich habe einen empfindlichen Magen, Doc. Wie ist es denn in diesem Leichenschauhaus?«

Tachyon versicherte Jube, dass er vor nichts Angst zu haben brauchte. Um alle etwaigen Befürchtungen zu zerstreuen, beschrieb er Jube das Leichenschauhaus und seine Abläufe. Jube merkte sich jede Einzelheit. »Hört sich gar nicht so schlimm an«, sagte er schließlich. »Vielleicht gehe ich mal vorbei, falls es ... äh ... der Bursche ist, den ich kenne.«

Tachyon nickte abwesend, offenbar mit anderen Problemen beschäftigt. »Weißt du«, sagte er zu Jube, »dieser Mann, Spector, der Patient, der verschwunden ist – er war so gut wie tot, als man ihn zu mir brachte. Ich habe dem Mann das Leben gerettet. Und wenn ich es nicht getan hätte, wäre Harry vielleicht noch am Leben. Natürlich habe ich keinen Beweis.« Der Takisier klemmte sich die *Times* unter den Arm und stapfte weiter durch den Schneematsch.

Der arme Ekkedme, dachte Jube. So weit von zu Hause entfernt zu sterben ... Er hatte keine Ahnung, welche Begräbnisbräuche die Embe pflegten. Es blieb nicht einmal Zeit zu trauern. Tachyon wusste ganz eindeutig von nichts. Und, was noch wichtiger war, Tachyon *durfte* auch nichts wissen. Die Anwesenheit des Netzes auf der Erde musste unter allen Umständen geheim bleiben. Und wenn der Takisier die

Autopsie vornahm, würde er es erfahren, daran konnte kein Zweifel bestehen. Tachyon hatte Jube als Joker akzeptiert, und warum auch nicht? Er sah so menschenähnlich aus wie die meisten Joker, und er lebte schon länger in Jokertown als der Doc selbst. Glabber war tiefste Provinz, fernab und ärmlich. Seine Rasse betrieb selbst keine Raumfahrt, und weniger als hundert Glabberaner hatten je ihren Dienst auf einem der großen Raumschiffe des Netzes angetreten. Die Chancen, dass er Jhubben erkannte, waren äußerst gering. Aber die Embe bewohnten ein Dutzend Welten, und ihre Schiffe waren auf weiteren hundert bekannt. Sie gehörten ebenso zum Netz wie die Ly'bahr, Kondikki, Aevre oder auch die Handelsmeister. Ein Blick auf diese Leiche, und Tachyon würde Bescheid wissen.

Jube trat von einem Fuß auf den anderen, als er den ersten schwachen Anflug von Panik empfand. Er musste diese Leiche bekommen, bevor Tachyon sie zu Gesicht bekam. Und den *Wandler*! Wie hatte er den vergessen können? Wenn ein so unschätzbar wertvolles Gerät wie ein Singularitätswandler in takisische Hände fiel, waren die Konsequenzen nicht auszudenken. Aber *wie*?

Ein Mann, den er noch nie zuvor gesehen hatte, blieb vor seinem Zeitungsstand stehen. Zerstreut sah Jube zu ihm auf. »Zeitung?«

»Eine von jeder«, sagte der Mann. »Wie üblich.«

Es dauerte einen Augenblick, bis er begriff, aber dann wusste Jube, dass er die Antwort gefunden hatte.

♣ ♦ ♠ ♥

Asche zu Asche

Roger Zelazny

Aus dem Radio kam nur statisches Rauschen. Croyd Crenson schaltete das Gerät aus, packte es und warf es quer durch das Zimmer in Richtung des Papierkorbs neben der Kommode. Er betrachtete es als ein gutes Omen, dass es hineinfiel.

Dann streckte er sich, schlug das Laken zurück und begutachtete seinen nackten, hellhäutigen Körper. Alles schien am richtigen Platz und richtig proportioniert zu sein. Er stellte sich vor zu schweben, und nichts geschah, also schwang er die Beine über die Bettkante und setzte sich auf. Er strich sich über den Kopf und stellte zu seiner Freude fest, dass er Haare besaß. Aufzuwachen war immer ein Abenteuer.

Er versuchte, sich unsichtbar zu machen, den Papierkorb mit einem Gedanken zu schmelzen und Funken zwischen seinen Fingern zu erzeugen. Nichts davon klappte.

Er stand auf und ging ins Badezimmer. Während er ein Glas Wasser nach dem anderen trank, betrachtete er sich im Spiegel. Diesmal hatte er helle Haare und Augen, regelmäßige Züge. Er sah sogar ziemlich gut aus. Er schätzte, dass er etwas über eins achtzig groß war. Und ziemlich muskulös. Im Kleiderschrank würde sich sicher etwas finden, das ihm passte. Es war nicht das erste Mal, dass er mit dieser Größe und Figur erwachte.

Ein Blick aus dem Fenster verriet ihm, dass es ein grauer Tag war und der Bürgersteig mit einer dünnen Decke matschig aussehenden Schnees bedeckt war. Wasser lief in den Rinnstein. Auf dem Weg zum Kleiderschrank blieb Croyd stehen, um einen massiven Stahlstab aus einer Kiste neben seinem Schreibtisch zu nehmen. Fast beiläufig verbog er den Stahlstab zu einem U und verdrehte ihn dann. Die außerordentliche Kraft hatte er auch diesmal behalten, überlegte er, während sich das Metall zum Radio im Papierkorb gesellte. Er fand ein Hemd und eine Hose, die ihm gut passten, und eine Tweedjacke, die ein wenig an den Schultern spannte. Dann richtete er seine Aufmerksamkeit auf eine beachtliche Sammlung von Schuhen und hatte nach einiger Zeit ein bequemes Paar gefunden.

Auf seiner Rolex war es kurz nach acht, und da es Winter und hell war, bedeutete das Morgen. Sein Magen knurrte. Zeit für ein Frühstück und eine allgemeine Orientierung. Er entnahm seinem versteckten Geldvorrat ein paar Hundertdollarscheine und stellte dabei fest, dass er zur Neige ging. *Ich muss später zur Bank,* sann er. *Oder vielleicht eine ausrauben. Die Aktien waren beim letzten Mal ziemlich im Keller. Später …*

Er steckte ein Taschentuch, einen Kamm, seine Schlüssel und eine kleine Packung Tabletten ein. Er trug nicht gern Ausweise bei sich, gleich welcher Art. Einen Mantel brauchte er nicht. Extreme Temperaturen störten ihn selten.

Er schloss die Tür hinter sich ab und ging die Treppe hinunter. Auf der Straße wandte er sich nach links und ging die Bowery entlang, wo ihm ein schneidender Wind ins Gesicht blies. Er ließ einen Dollar in die ausgestreckte Hand eines großen, leichenhaft aussehenden Jokers mit einer Nase wie ein Eiszapfen fallen, der reglos wie ein Totempfahl im Eingang eines geschlossenen Maskengeschäfts stand. Croyd fragte den Mann, welcher Monat gerade war.

»Dezember«, sagte die Gestalt, ohne die Lippen zu bewegen. »Frohe Weihnachten.«

»Danke«, sagte Croyd.

Er stellte noch ein paar einfache Tests an, während er sich seiner ersten Station näherte, aber weder konnte er die leeren Whiskeyflaschen im Rinnstein mit einem bloßen Gedanken zerbrechen noch einen der Abfallhaufen in Brand setzen. Er versuchte es damit, Laute im Ultraschallbereich von sich zu geben, produzierte jedoch nur ein Quieken.

Er schlenderte zum Zeitungsstand an der Hester Street, wo der kleine, fette Jube Benson saß und eine seiner Zeitungen las. Benson trug ein gelb-orangefarbenes Hawaiihemd unter einem hellblauen Sommeranzug. Unter seinem Filzhut lugten rote Haarsträhnen hervor. Die Kälte schien ihn ebenso wenig zu stören wie Croyd. Er hob sein dunkles, speckiges Kratergesicht und zeigte zwei kurze, gekrümmte Hauer, als Croyd vor dem Stand stehen blieb.

»Zeitung?«, fragte er.

»Eine von jeder«, sagte Croyd. »Wie üblich.«

Jubes Augen verengten sich leicht, während er den Mann vor sich musterte. »Croyd?«, fragte er dann.

Croyd nickte.

»Ich bin's, Walross. Wie geht's denn so?«

»Kann nicht klagen, Kumpel. Diesmal hast du's aber ziemlich gut getroffen.«

»Ich probier immer noch herum«, sagte Croyd, indem er einen Stapel Zeitungen an sich nahm.

Jube zeigte noch mehr von seinen Hauern.

»Was ist der gefährlichste Job in Jokertown?«, fragte er.

»Keine Ahnung.«

»Beifahrer auf dem Müllwagen«, sagte er. »Hast du schon gehört, was mit der Kleinen passiert ist, die den Titel der Miss Jokertown gewonnen hat?«

»Was denn?«

»Der Titel ist ihr nachträglich aberkannt worden, als herauskam, dass sie nackt für die *Geflügelzüchter-Gazette* posiert hat.«

»Das ist krank, Jube«, sagte Croyd, indem er sich ein Lächeln abrang.

»Ich weiß. Wir hatten hier einen Wirbelsturm, während du geschlafen hast. Weißt du, was er angerichtet hat?«

»Was?«

»Vier Millionen Dollar. Stadtsanierung.«

»Schon gut, das reicht!«, sagte Croyd. »Was bin ich dir schuldig?«

Jube legte seine Zeitung beiseite, stand auf und trat aus seinem Kiosk.

»Nichts«, sagte er. »Ich will mit dir reden.«

»Ich muss was essen, Jube. Wenn ich aufwache, brauche ich reichlich Nahrung, und zwar schnell. Ich komme später wieder, in Ordnung?«

»Kann ich dich begleiten?«

»Klar. Aber was ist mit deinem Morgengeschäft?«

Jube schloss den Stand.

»Das ist schon okay«, sagte er. »Schließlich geht es dabei auch ums Geschäft.«

Croyd wartete, bis Jube den Stand abgeschlossen hatte, dann gingen sie zwei Blocks weiter zu Hairy's Kitchen.

»Lass uns die Nische hinten nehmen«, sagte Jube.

»Gut. Aber nichts über Geschäfte, bevor ich nicht meinen ersten Gang intus habe, okay? Mit niedrigem Blutzuckerspiegel, verrücktspielenden Hormonen und haufenweise Transaminasen kann ich mich nicht konzentrieren. Lass mich erst was anderes zu mir nehmen.«

»Ich verstehe. Lass dir Zeit.«

Als der Kellner kam, sagte Jube, er hätte bereits gefrühstückt, und bestellte nur eine Tasse Kaffee, die er nicht anrührte. Croyd begann mit einer doppelten Portion Steaks mit Spiegelei und einem Krug Orangensaft.

Zehn Minuten später, als die Pfannkuchen kamen, räusperte sich Jube.

»Ja«, sagte Croyd. »Das ist schon besser. Also, was hast du auf dem Herzen, Jube?«

»Ich weiß nicht, wie ich anfangen soll.«

»Fang einfach irgendwo an. Das Leben kommt mir jetzt schon viel rosiger vor.«

»Hier in der Gegend ist es nicht immer das Gesündeste, wenn man die Nase in die Angelegenheiten anderer Leute steckt …«

»Stimmt«, pflichtete Croyd ihm bei.

»Andererseits klatschen die Leute gern, und jeder macht sich so seine Gedanken.«

Croyd nickte und aß weiter.

»Es ist kein Geheimnis, dass du in regelmäßigen Abständen lange schläfst, und das macht es dir unmöglich, einen normalen Job anzunehmen. Alles in allem hast du mehr von einem Ass als von einem Joker an dir. Ich meine, meistens siehst du zwar ziemlich normal aus, hast aber irgendein besonderes Talent.«

»Ich weiß noch nicht, was es diesmal ist.«

»Wie auch immer. Du bist gut gekleidet, zahlst deine Rechnungen, isst gern im Aces High, und das ist keine Timex, die du da trägst. Du musst irgendwas *tun,* um das alles zu bezahlen – falls du nicht ein Vermögen geerbt hast.«

Croyd lächelte. »Ich habe eine Heidenangst davor, einen Blick in das *Wall Street Journal* zu werfen«, sagte er, indem er auf den Stapel Zeitungen neben sich deutete. »Ich muss vielleicht etwas *tun,* was ich schon lange nicht mehr getan habe, wenn darin steht, was ich befürchte.«

»Darf ich annehmen, dass deine Arbeit manchmal nicht ganz legal ist – *wenn* du arbeitest?«

Croyd hob den Kopf, und als sich ihre Blicke trafen, zuckte Jube zusammen. Croyd ging plötzlich auf, dass Jube ziemlich nervös war. Er lachte.

»Teufel, Jube«, sagte er. »Ich kenne dich lange genug, um

zu wissen, dass du kein Bulle bist. Du willst, dass ich was für dich erledige, ist es das? Wenn es darum geht, etwas zu stehlen – das kann ich. Ich bin bei einem Experten in die Lehre gegangen. Wenn jemand erpresst wird, ist es mir ein Vergnügen, das Belastungsmaterial wiederzubeschaffen und dem Erpresser gut zuzureden, bis er sich vor Angst in die Hose macht. Wenn du etwas haben, beseitigen oder transportieren willst, bin ich dein Mann. Wenn du andererseits jemanden beseitigen lassen willst, ohne mich. Aber ich könnte dir die Namen mehrerer Leute nennen, die solche Jobs übernehmen.«

Jube schüttelte den Kopf.

»Ich will niemanden umbringen lassen, Croyd. Aber ich will, dass etwas gestohlen wird.«

»Bevor du ins Detail gehst, sage ich dir besser, dass ich nicht billig bin.«

Jube entblößte seine Hauer.

»Die – äh – Interessenten, die ich vertrete, sind bereit, dich für deine Bemühungen angemessen zu entschädigen.«

Croyd verspeiste die Pfannkuchen, trank Kaffee und aß ein Plunderteilchen, während er auf die Waffeln wartete.

»Es geht um eine Leiche, Croyd«, sagte Jube schließlich.

»Was?«

»Es geht um eine Leiche.«

»Das verstehe ich nicht.«

»Es gibt da so einen Burschen, der am Wochenende gestorben ist. Die Leiche wurde in einem Müllcontainer gefunden. Keine Papiere und bisher noch nicht identifiziert. Sie liegt drüben im Leichenschauhaus.«

»Jesus, Jube! Eine Leiche? Ich habe in meinem ganzen Leben noch keine Leiche gestohlen. Was will jemand mit 'ner Leiche?«

Jube zuckte die Achseln.

»Sie sind bereit, richtig gut dafür zu bezahlen – und für

alle Gegenstände, die der Bursche bei sich hatte. Mehr haben sie dazu nicht gesagt.«

»Ich schätze, es ist ihre Sache, wofür sie die Leiche brauchen. Aber was verstehen sie unter einer richtig guten Bezahlung?«

»Die Sache ist ihnen fünfzig Riesen wert.«

»Fünfzig Riesen? Für 'ne Leiche?« Croyd hörte auf zu essen und starrte Jube ungläubig an. »Machst du Witze?«

»Nein. Zehn Riesen sofort und vierzig bei Lieferung.«

»Und wenn ich das Ding nicht gedreht bekomme?«

»Dann kannst du die zehn behalten. Für den Versuch. Hast du Interesse?«

Croyd holte tief Luft und stieß sie ganz langsam wieder aus.

»Ja«, sagte er dann. »Habe ich. Aber ich weiß nicht mal, wo das Leichenschauhaus ist.«

»Es ist im Gerichtsmedizinischen Institut, 21st Avenue 5.«

»Okay. Also angenommen, ich gehe dorthin und …«

Hairy kam vorbei und stellte einen Teller mit Würstchen und Frikadellen vor Croyd ab. Er goss Kaffee nach und legte mehrere Scheine und ein paar Münzen auf den Tisch.

»Ihr Wechselgeld, Sir.«

Croyd betrachtete das Geld.

»Was soll das?«, sagte er. »Ich habe noch gar nicht bezahlt.«

»Sie haben mir einen Fünfziger gegeben.«

»Nein, habe ich nicht. Ich bin noch nicht fertig.«

Es sah aus, als lächle Hairy tief im Innern des dichten, dunklen Fells, das seinen ganzen Körper bedeckte.

»Ich könnte mich nicht lange im Geschäft halten, wenn ich Geld verschenkte«, sagte er. »Ich weiß, wann ich Wechselgeld herausgebe.«

Croyd zuckte die Achseln und nickte.

»Vermutlich.«

Als Hairy gegangen war, runzelte Croyd die Stirn und schüttelte den Kopf.

»Ich habe noch nicht bezahlt, Jube«, sagte er.

»Ich kann mich auch nicht erinnern, es gesehen zu haben. Aber er sagte, du hättest ihm einen Fünfziger gegeben … Das kann man eigentlich nicht vergessen.«

»Und es ist ziemlich merkwürdig. Weil ich daran gedacht habe, einen Fünfziger anzubrechen, wenn ich fertig bin.«

»Ach, tatsächlich? Weißt du noch, wann du daran gedacht hast?«

»Ja. Als Hairy die Waffeln gebracht hat.«

»Hast du dir dabei richtig vorgestellt, einen Fünfziger zu nehmen, und ihn ihm zu geben?«

»Ja.«

»Interessant …«

»Was willst du damit sagen?«

»Ich glaube, das könnte diesmal deine Kraft sein – irgendeine Art von telepathischer Hypnosefähigkeit. Du wirst ein wenig damit experimentieren müssen, um ein Gefühl dafür zu bekommen und ihre Grenzen herauszufinden.«

Croyd nickte zögernd.

»Aber probier es bitte nicht an mir aus. Wie es aussieht, ist der Tag für mich ohnehin schon erbärmlich genug.«

»Warum? Steckst du in dieser Leichengeschichte mit drin?«

»Je weniger du darüber weißt, desto besser, Croyd. Glaub mir.«

»Okay, das kann ich verstehen. Im Grunde ist es mir sowieso egal. Jedenfalls für die Summe, die sie bezahlen«, sagte er. »Also gut, ich übernehme den Job. Angenommen, alles läuft glatt und ich habe diese Leiche. Was mache ich dann mit ihr?«

Jube zog einen Stift und ein kleines Notizbuch aus der Innentasche seiner Jacke. Er schrieb etwas auf, riss das Blatt heraus und gab es Croyd. Dann wühlte er in einer Außentasche, zückte einen Schlüssel und legte ihn neben Croyds Teller.

»Diese Adresse ist fünf Blocks von hier entfernt«, sagte er. »Ein Zimmer im Souterrain. Der Schlüssel passt ins Schloss. Du bringst die Leiche dorthin, schließt ab und kommst zu meinem Kiosk.«

Croyd fing wieder an zu essen. Nach einer Weile sagte er: »Okay.«

»Gut.«

»Aber vielleicht haben sie dort um diese Jahreszeit mehr als eine nicht identifizierte Leiche. Erfrorene Penner, du weißt schon. Woran erkenne ich die Leiche?«

»Das wollte ich gerade sagen. Der Bursche ist ein Joker. Klein, vielleicht einen Meter fünfzig groß. Sieht aus wie 'n großes Insekt – Beine, die sich wie die von einem Grashüpfer zusammenfalten lassen, ein Exoskelett, das mit Fell bewachsen ist, vier Finger an den Händen, viergliedrig, Augen an den Seiten des Kopfes, verkümmerte Flügel auf dem Rücken …«

»Ich glaube, das reicht. Klingt ganz so, als könne man den Burschen kaum mit dem Standardmodell verwechseln.«

»Ja. Und er dürfte auch nicht besonders viel wiegen.«

Croyd nickte. Jemand vor dem Restaurant sagte: »… Pterodaktylus!« Croyd drehte den Kopf noch rechtzeitig, um die geflügelte Gestalt am Fenster vorbeihuschen zu sehen.

»Schon wieder dieser Bengel«, sagte Jube.

»Ja. Ich frage mich, wem er diesmal auf die Nerven geht.«

»Du kennst ihn?«

»Ja. Taucht hin und wieder auf. Ist wohl ein begeisterter Asse-Fan. Wenigstens weiß er nicht, wie ich diesmal aussehe. Aber egal … Wie schnell brauchen sie diese Leiche?«

»Je früher, desto besser.«

»Kannst du mir irgendwas über die Anlage des Leichenschauhauses sagen?«

Jube nickte zögernd.

»Ja. Es ist ein sechsstöckiges Haus. Oben Labors und Büros und dergleichen. Empfang und Besichtigungsbereich im Erdgeschoss. Die Leichen werden im Keller aufbewahrt. Die Autopsieräume sind auch dort. Sie haben hundertachtundzwanzig Kühlfächer und spezielle Regale für Kinderleichen. Wenn jemand eine Leiche identifizieren muss, wird sie in einen besonderen Aufzug verfrachtet, der sie in eine Glaskammer in einem Wartezimmer im Erdgeschoss bringt.«

»Also bist du schon mal dort gewesen?«

»Nein, ich habe Milton Helperns Memoiren gelesen.«

»Ich finde, du hast eine ziemlich gute Allgemeinbildung«, sagte Croyd. »Ich sollte wahrscheinlich auch mehr lesen.«

»Für fünfzig Riesen kann man sich 'ne Menge Bücher kaufen.«

Croyd lächelte.

»Dann ist die Sache abgemacht?«

»Lass mich noch darüber nachdenken – beim Frühstück –, während ich meinem neuen Talent auf den Grund gehe. Ich komme an deinem Stand vorbei, wenn ich fertig bin. Wann würde ich die zehn Riesen bekommen?«

»Bis heute Nachmittag habe ich sie.«

»Okay. Dann sehe ich dich in einer Stunde.«

Jube nickte, wuchtete seine Körperfülle hoch und glitt aus der Nische. »Achte auf deinen Cholesterinspiegel«, sagte er.

♦

Die graue Wolkendecke am Himmel war aufgerissen, und Sonnenstrahlen fielen auf die Straße. Von irgendwo hinter dem Zeitungsstand drang das stetige Geräusch tröpfelnden Wassers an Jubes Ohren. An jedem anderen Tag hätte Jube das als angenehme Untermalung des Straßenlärms und der anderen Geräusche der Stadt betrachtet, aber heute hatte ihm ein kleines moralisches Dilemma den Morgen verdorben. Ihm wurde erst klar, dass er eine Entscheidung getroffen hatte, als er aufschaute und Croyd erblickte, der ihn lächelnd ansah.

»Kein Problem«, sagte Croyd. »Das wird ein Kinderspiel.«

Jube seufzte.

»Zuerst muss ich dir noch etwas sagen.«

»Probleme?«

»Keine, die unmittelbar mit dem Job zu tun haben«, erklärte Jube. »Aber du hast vielleicht ein Problem, von dem du bisher noch nichts gewusst hast.«

»Und das wäre?«, sagte Croyd stirnrunzelnd.

»Der Pterodaktylus, den wir vorhin gesehen haben …«

»Ja?«

»Kid Dinosaur war zu mir unterwegs. Er hat hier auf mich gewartet, als ich zurückkam. Er sucht dich.«

»Ich hoffe, du hast ihm nicht gesagt, wo er mich finden kann.«

»Nein, das würde ich nie tun. Aber du weißt ja, dass er sich über alle Asse und hochkarätigen Joker auf dem Laufenden hält …«

»Ja. Warum interessiert er sich nicht für Baseballspieler oder Kriegsverbrecher?«

»Er hat jemanden gesehen und will, dass du Bescheid weißt. Er sagte, Devil John Darlingfoot sei vor einem Monat aus dem Krankenhaus entlassen worden und untergetaucht. Aber jetzt soll er wieder zurück sein. Kid hat ihn bei den Kreuzgängen gesehen. Er sagt, er ist auf dem Weg in die Stadt.«

»Aha. Na und?«

»Er glaubt, dass er dich sucht und Revanche will. Kid ist der Meinung, dass er immer noch ganz aus dem Häuschen über das ist, was du ihm angetan hast, als ihr die Rockefeller Plaza verwüstet habt.«

»Soll er doch suchen. Ich bin nicht mehr der kleine, untersetzte, dunkelhaarige Bursche. Ich gehe jetzt und hole die Leiche – bevor sie auf den Obduktionstisch kommt.«

»Willst du nicht deinen Vorschuss?«

»Du hast ihn mir schon gegeben.«

»Wann?«

»Woran kannst du dich erinnern, seit ich hier bin?«

»Ich habe vor einer Minute aufgeschaut und dich lächelnd vor mir stehen sehen. Du sagtest, ›Kein Problem‹, und dass die Sache ein Kinderspiel wäre.«

»Gut. Dann funktioniert es.«

»Das musst du mir näher erklären.«

»Ich wollte, dass das deine erste Erinnerung ist. Ich war schon eine Minute früher hier und habe dich überredet, mir das Geld zu geben und die Sache dann zu vergessen.«

Croyd zog einen Umschlag aus der Innentasche seiner Jacke und zeigte ihm Bargeld.

»Du meine Güte, Croyd! Was hast du in dieser Minute sonst noch getan?«

»Deine Tugend hast du dir bewahrt, wenn du das meinst.«

»Du hast mir keine Fragen gestellt über …?«

Croyd schüttelte den Kopf.

»Ich sagte dir doch, dass mir egal ist, wer die Leiche haben will und aus welchem Grund. Ich belaste mich nicht gern mit anderer Leute Angelegenheiten. Ich habe selbst genug Probleme.«

Jube seufzte.

»Okay. Dann geh und tu es, Junge.«

Croyd zwinkerte Jube zu.

»Keine Sorge, Walross. Betrachte die Sache als erledigt.«

Croyd ging in den nächsten Supermarkt und kaufte sich eine Rolle großer Plastikmüllsäcke. Er faltete einen davon zusammen und schob ihn in die Innentasche seiner Jacke. Den Rest warf er in einen Papierkorb. Dann ging er zur nächsten Kreuzung und hielt ein Taxi an.

Während der Fahrt durch die Stadt ging er noch einmal seinen Plan durch. Er würde einfach hineingehen und den Mann am Empfang mit seiner neuen Kraft davon überzeugen, dass er ein Pathologe aus dem Bellevue war, der von einem Freund aus dem hiesigen Stab hinzugezogen worden war, um eine gerichtsmedizinische Kuriosität zu begutachten, und erwartet wurde. Er spielte einen Moment lang mit den Namen Malone und Welby, bevor er sich für Anderson entschloss. Dann würde er den Mann am Empfang dazu bringen, jemanden mit weitreichenden Befugnissen zu rufen, der ihn nach unten brachte und die namenlose Leiche für ihn suchte. Er würde die Kontrolle über denjenigen übernehmen, sich die Leiche und ihre Habseligkeiten schnappen, sie in den Müllsack stopfen, hinausgehen und jeden, der ihm begegnete, vergessen lassen, dass er da gewesen war. Mit Sicherheit viel einfacher als die anstrengenden Strategien, derer er sich im Laufe der Jahre bedient hatte. Er lächelte über die klassische Einfachheit des Unternehmens – keine Gewalt, keine Erinnerung…

Als er an dem Gebäude aus blauen und weißen Ziegeln ankam, wies er den Taxifahrer an, ihn an der nächsten Ecke abzusetzen. Vor dem Haus parkten zwei Polizeiwagen, und vor dem Eingang lag eine zerschmetterte Tür. Die Anwesenheit von Polizei in einem Leichenschauhaus schien kein ungewöhnliches Ereignis zu sein, aber die zerschmetterte Tür mahnte ihn zur Vorsicht. Er gab dem Fahrer einen Fünfziger und sagte ihm, er solle auf ihn warten. Er schlenderte an dem Haus vorbei und schaute hinein. Mehrere Polizisten waren zu sehen, die sich anscheinend mit den Angestellten unterhielten.

Es schien nicht der geeignete Zeitpunkt zu sein. Andererseits konnte er es sich nicht leisten, wieder zu verschwinden, ohne zu wissen, was passiert war. Also machte er an der Ecke kehrt und ging zurück. Ohne zu zögern, betrat er das Haus und sah sich rasch um.

Ein Mann in Zivil, der bei den Polizisten stand, drehte sich plötzlich um und starrte ihn an. Croyd gefiel dieses Starren nicht im Geringsten. Es drehte ihm den Magen um und erzeugte ein Kribbeln auf seinen Handrücken.

Sofort setzte er seine neue Fähigkeit ein und ging direkt auf den Mann zu, wobei er sich zu einem Lächeln zwang.

Alles in Ordnung. Du willst mit mir reden und genau das tun, was ich sage. Wink mir jetzt zu, sag laut und deutlich »Hi, Jim!« und geh mit mir dort drüben in die Ecke.

»Hi, Jim!«, sagte der Mann, während er zu Croyd ging.

Nein!, dachte Judas. Das ging viel zu schnell. Er hat mich festgenagelt, kaum dass ich ihn entdeckt hatte … Wir könnten den Burschen gut gebrauchen …

»Zivilbulle?«, fragte ihn Croyd.

»Ja«, hörte der Mann sich antworten.

»Wie heißt du?«

»Matthias.«

»Was ist hier vorgefallen?«

»Eine Leiche wurde gestohlen.«

»Welche?«

»Eine nicht identifizierte.«

»Kannst du sie beschreiben?«

»Sah aus wie ein großes Insekt – Grashüpferbeine …«

»Scheiße!«, fluchte Croyd. »Und die Habseligkeiten?«

»Es gab keine.«

Mehrere Uniformierte sahen jetzt in ihre Richtung. Croyd gab seinen nächsten Befehl auf telepathischem Weg. Matthias wandte sich an die Uniformierten.

»Nur 'ne Minute, Jungens«, rief er. »Geschäfte.«

Verdammt! dachte er. *Der kommt uns gerade recht. Du kannst mich nicht für immer kontrollieren, Kumpel …*

»Wie hat es sich abgespielt?«, fragte Croyd.

»Vor einer Stunde ist ein Bursche hier reingekommen. Er ging gleich nach unten, zwang einen Angestellten, ihm das

Fach zu zeigen, nahm die Leiche heraus und verschwand mit ihr.«

»Und niemand hat versucht, ihn aufzuhalten?«

»Doch, sicher. Deshalb sind jetzt vier Mann auf dem Weg ins Krankenhaus. Der Bursche war ein Ass.«

»Welches?«

»Es handelt sich um den Kerl, der letzten Herbst die Rockefeller Plaza verwüstet hat.«

»Darlingfoot?«

»Ja, das ist er.« *Stell … stell bloß keine Fragen mehr – ob ich in die Sache verwickelt bin, ob ich ihn beauftragt habe, ob ich die Sache jetzt vertusche …*

»In welche Richtung ist er verschwunden?«

»Nordwesten.«

»Zu Fuß?«

»Das haben jedenfalls die Zeugen ausgesagt – mit riesigen Sechs-Meter-Sätzen.« *Sobald du mich freigibst, Wichser, schick' ich dir die Hölle an den Hals.*

»Hey, warum hast du dich umgedreht und mich so angestarrt, als ich reinkam?«

Verdammt!

»Ich habe gespürt, dass ein Ass durch die Tür ging.«

»Woher wusstest du das?«

»Ich bin selbst ein Ass. Das ist meine Fähigkeit – andere Asse zu erkennen.«

»Nützliches Talent für einen Bullen, schätze ich. So, und jetzt hör gut zu. Du wirst jetzt vergessen, dass du mir begegnet bist, und du wirst auch nicht merken, wenn ich jetzt verschwinde. Du wirst dir einen Becher Wasser holen und wieder zu deinen Kollegen gehen. Wenn jemand fragt, mit wem du gesprochen hast, sagst du, es war dein Buchmacher, und vergisst die Sache. Du fängst sofort an. Vergiss!«

Croyd drehte sich um und ging. Judas merkte plötzlich, dass er Durst hatte.

Draußen ging Croyd zu seinem wartenden Taxi, stieg ein, knallte die Tür zu und sagte: »Nach Nordwesten.«

»Nach Nordwesten? Wie meinen Sie das?«, fragte ihn der Fahrer.

»Fahren Sie einfach in nordwestlicher Richtung, ich sage Ihnen dann unterwegs, wohin Sie fahren sollen.«

»Sie sind der Boss.«

Sie fuhren los.

Die nächste Meile fuhren sie ungefähr nordwestwärts, und Croyd hielt nach Anzeichen dafür Ausschau, dass Darlingfoot hier vorbeigekommen war. Er hielt es für unwahrscheinlich, dass Devil John ein öffentliches Transportmittel benutzen würde, solange er eine Leiche trug. Andererseits war es möglich, dass irgendwo ein Komplize mit einem Wagen auf ihn gewartet hatte. Da er die Chuzpe des Mannes genau kannte, war es trotzdem nicht ausgeschlossen, dass er sich zu Fuß mit der Leiche aus dem Staub gemacht hatte. Er wusste, dass Devil John kaum aufzuhalten war, wenn er sich nicht aufhalten lassen wollte. Croyd seufzte, während er die Straße vor sich in Augenschein nahm. Warum waren einfache Sachen nie einfach?

Später, als sie sich Morningside Heights näherten, murmelte der Fahrer: »… schon wieder einer von diesen verdammten Jokern!«

Croyd sah in die Richtung, in die der Taxifahrer zeigte, und erhaschte noch einen Blick auf einen Pterodaktylus, bevor er hinter einem Haus verschwand.

»Folgen Sie ihm!«, sagte Croyd.

»Dem Ledervogel?«

»Ja!«

»Ich weiß nicht, wo er jetzt ist.«

»Suchen Sie ihn!«

Croyd winkte mit einem weiteren Geldschein, und Reifen quietschten und eine Hupe plärrte, als der Wagen eine scharfe Kurve nahm. Croyd suchte die Häuserschluchten ab, aber von Kid war nichts zu sehen. Er ließ das Taxi anhalten, um einen vorbeikommenden Jogger zu fragen. Der Mann setzte den Kopfhörer seines Walkmans ab, hörte einen Moment zu, zeigte dann nach Osten und lief weiter.

Minuten später entdeckte Croyd die eckige Vogelgestalt, die über einer Stelle im Norden zu kreisen schien. Diesmal verloren sie sie nicht so schnell wieder aus den Augen und konnten aufholen.

Als sie die Gegend erreichten, über der der Pterodaktylus kreiste, forderte Croyd den Fahrer auf, langsamer zu fahren. Am Boden war immer noch nichts Ungewöhnliches zu sehen, aber die Kreise des Sauriers schlossen ein Gebiet von mehreren Blocks ein. Wenn er tatsächlich Devil John verfolgte, konnte der Mann durchaus in der Nähe sein.

»Wonach suchen wir?«, fragte ihn der Fahrer.

»Nach einem großen, rotbärtigen Mann mit Locken und zwei ganz verschiedenen Beinen«, antwortete Croyd. »Das rechte ist ziemlich massig, behaart und endet in einem Huf. Das andere ist normal.«

»Ich hab was über diesen Burschen gehört. Er ist gefährlich …«

»Ja, ich weiß.«

»Was haben Sie vor, wenn Sie ihn gefunden haben?«

»Ich hoffe auf eine interessante Unterhaltung«, sagte Croyd.

»Ich will mit Ihrer Unterhaltung nichts zu tun haben. Sobald wir ihn gefunden haben, verschwinde ich.«

»Ich werde Sie für Ihre Mühe angemessen entschädigen, wenn Sie warten.«

»Nein, danke«, sagte der Fahrer. »Wenn wir ihn gefunden haben, setze ich Sie ab und verdufte. Das war's.«

»Tja … der Pterodaktylus fliegt nach Norden. Wir versuchen ihn zu überholen, und wenn uns das gelungen ist, biegen wir bei der ersten Gelegenheit nach Osten ab.«

Der Fahrer beschleunigte wieder und hielt sich rechts, während Croyd versuchte, das Zentrum von Kids Kreisen zu schätzen.

»Die nächste Querstraße«, sagte Croyd schließlich. »Nehmen Sie die, mal sehen, was passiert.«

Sie bogen langsam um die Ecke und fuhren den ganzen Block entlang, ohne dass Croyd eine Spur von seinem Wild oder dessen fliegendem Verfolger sah. An der nächsten Kreuzung segelte die geflügelte Gestalt wieder über sie hinweg, und diesmal entdeckte er auch den Gesuchten.

Devil John war auf der anderen Straßenseite, etwa einen halben Block voraus. Er trug ein verhülltes Päckchen in den Armen. Seine Schultern waren massig. Seine weißen Zähne blitzten, als ihm eine Frau mit einem Einkaufswagen eiligst aus dem Weg ging. Er trug eine Levi's – das rechte Bein war oben am Oberschenkel abgeschnitten – und ein pinkfarbenes Sweatshirt, das nahelegte, dass er Disney World besucht hatte. Ein vorbeifahrendes Motorrad streifte einen geparkten Wagen, als John mit dem linken Bein einen kurzen Schritt machte, dann das rechte in einem seltsamen Winkel beugte und sechs Meter weiter zu einer freien Stelle am Bordstein sprang. Mit einem normalen Schritt drehte er sich, um dann wieder zu springen, über einen langsam fahrenden roten Honda hinweg auf einen Grasstreifen in der Mitte der Straße. Zwei große Hunde, die ihm gefolgt waren, liefen zum Bordstein, wo sie laut bellten, aber stehen blieben und den vorbeifahrenden Verkehr betrachteten.

»Anhalten!«, rief Croyd dem Fahrer zu. Er riss die Tür auf und sprang aus dem Taxi, bevor der Wagen vollständig stand.

Er hielt sich die Hände trichterförmig vor den Mund und rief: »Darlingfoot! Bleib stehen!«

Der Mann warf nur einen flüchtigen Blick in seine Richtung und beugte bereits das Bein zum nächsten Sprung.

»Ich bin's – Croyd Crenson!«, rief er. »Ich will mit dir reden!«

Die satyrähnliche Gestalt erstarrte. Der Schatten eines Pterodaktylus zog vorbei. Die beiden Hunde bellten weiter, und ein kleiner weißer Pudel bog um eine Ecke und lief zu ihnen, um in das Gebell einzufallen. Eine Autohupe plärrte zwei Fußgänger an, die auf einem Fußgängerüberweg stehen geblieben waren. Devil John drehte sich um und gaffte. Dann schüttelte er den Kopf.

»Du bist nicht Crenson!«, rief er.

Croyd trat ein paar Schritte vor.

»Bin ich wohl, verdammt noch mal!«, antwortete er, dann lief er auf die Straße und zu der Verkehrsinsel.

Devil Johns Augen hatten sich unter seinen buschigen Brauen verengt, während er Croyd musterte. Er walkte seine Unterlippe gründlich mit den oberen Schneidezähnen durch und schüttelte bedächtig den Kopf.

»Nee«, sagte er. »Croyd war dunkler und viel kleiner. Was willst du hier eigentlich abziehen?«

Croyd zuckte die Achseln.

»Mein Aussehen verändert sich regelmäßig«, sagte er. »Aber ich bin derselbe, der dir letzten Herbst den Arsch versohlt hat.«

Darlingfoot lachte.

»Verpiss dich, Kumpel«, sagte er. »Ich hab keine Zeit für Groupies …«

Als ein Wagen neben ihnen hielt und hupte, bissen sie beide die Zähne zusammen. Ein Mann in einem grauen Anzug steckte den Kopf aus dem Fenster.

»Was ist denn hier los?«, fragte er.

Croyd knurrte, trat auf die Straße und riss die hintere Stoßstange ab. Dann legte er sie durch ein Fenster, das bis dahin noch geschlossen gewesen war, auf den Rücksitz.

»Autoinspektion«, sagte er. »Sie haben bestanden. Herzlichen Glückwunsch.«

»Croyd!«, rief Darlingfoot, als der Wagen davonraste. »Du bist es tatsächlich!«

Er warf seine eingewickelte Last auf den Boden und ballte die Fäuste.

»Darauf habe ich mich den ganzen Winter gefreut …«

»Dann kannst du auch noch 'ne Minute länger warten«, sagte Croyd. »Ich muss dich was fragen.«

»Was?«

»Die Leiche … Warum hast du sie geklaut?«

Der große Mann lachte.

»Für Geld natürlich. Was sonst?«

»Würde es dir was ausmachen, mir zu sagen, was sie dir dafür zahlen?«

»Fünf Riesen. Warum?«

»Geizige Hunde«, sagte Croyd. »Haben sie gesagt, wofür sie die Leiche brauchen?«

»Nein, und ich habe auch nicht danach gefragt, weil es mir egal ist. Fünf Riesen sind fünf Riesen.«

»Ja«, sagte Croyd. »Wer hat dich eigentlich beauftragt?«

»Warum? Was geht dich das an?«

»Tja, ich glaube, dass du bei dem Deal übers Ohr gehauen wurdest. Ich glaube, sie ist mehr wert.«

»Wie viel?«

»Was sind das für Leute?«

»Irgendwelche Freimaurer, glaube ich. Was ist sie wert?«

»Freimaurer? Mit geheimen Handzeichen und so? Ich dachte, die existierten nur, um sich gegenseitig teure Begräbnisse auszurichten. Was wollen die mit einem toten Joker?«

Darlingfoot schüttelte den Kopf.

»Ist 'n ziemlich verdrehter Haufen«, sagte er. »Nach allem, was ich weiß, wollen sie die Leiche essen. Also, wie war das jetzt mit der Kohle?«

»Ich glaube, ich kriege mehr dafür«, sagte Croyd. »Was

sagst du, wenn ich dir ihre fünf gebe und noch einen Riesen drauflege? Ich geb dir sechs große Scheine dafür.«

»Ich weiß nicht, Croyd ... ich hintergehe nicht gern Leute, für die ich arbeite. So was spricht sich schnell rum, und dann heißt es, dass ich unzuverlässig bin.«

»Schön, vielleicht könnte ich auch auf sieben gehen ...«

Beide fuhren herum, als ein wüstes Knurren und Schnappen zu hören war. Die Hunde – denen sich noch zwei Streuner angeschlossen hatten – waren während der Unterhaltung auf die Verkehrsinsel gelaufen und hatten die kleine insektenähnliche Leiche aus ihrer Umhüllung gezerrt. Sie war an mehreren Stellen auseinandergerissen. Die Dänische Dogge hielt den größten Teil eines Arms zwischen den Zähnen, während sie knurrend vor dem Deutschen Schäferhund zurückwich. Zwei weitere Hunde hatten eines der Grashüpferbeine losgerissen und kämpften darum. Der Pudel war bereits halb über die Straße, eine vierfingrige Hand im Maul. Croyd wurde sich plötzlich eines widerwärtigen Gestanks bewusst.

»Scheiße!«, rief Devil John und sprang vorwärts, wobei sein Huf eine der Betonplatten, mit denen die Verkehrsinsel gepflastert war, in kleine Splitter zerschmetterte. Er griff nach der Dogge, die sich umdrehte und weglief. Der Terrier ließ das Bein los. Die braune Promenadenmischung nicht. Sie lief in die andere Richtung über die Straße, das Bein hinter sich herzerrend. »Ich hole den Arm, du das Bein!«, rief Devil John und machte sich an die Verfolgung der Dogge.

»Was ist mit der Hand?«, brüllte Croyd, indem er einem Hund, der gerade erst aufgetaucht war, einen Tritt versetzte.

Wie nicht anders zu erwarten, fiel Darlingfoots Antwort sehr schroff aus und beschrieb eine anatomische Unwahrscheinlichkeit ersten Ranges. Croyd rannte hinter der braunen Promenadenmischung her.

Als sich Croyd der Ecke näherte, um die der Hund gebogen war, hörte er ein jämmerliches Jaulen. Er bog in die Seitenstraße ein und sah, dass der Hund auf dem Rücken lag und nach dem Pterodaktylus schnappte, der ihn auf den Bürgersteig drückte. Das ziemlich mitgenommene Bein lag neben ihm. Croyd lief hin.

»Danke, Kid. Ich bin dir was schuldig«, sagte er. Er griff nach dem Bein, zögerte, wickelte sein Taschentuch um die Hand, nahm das Glied auf und hielt es dann weit von sich weg.

Die Pterodaktylus-Gestalt zerfloss, um von der eines nackten Jungen – vielleicht dreizehnjährig – mit leuchtenden Augen, widerspenstigen braunen Haaren und einem kleinen Muttermal auf der Stirn ersetzt zu werden.

»Ich hab's für dich erwischt, Croyd«, verkündete er. »Aber, *Mann*, das stinkt vielleicht!«

»Ja, Kid«, sagte Croyd. »Und jetzt entschuldige mich bitte. Ich muss alles wieder zusammensetzen.«

Er machte kehrt und rannte in die Richtung, aus der er gekommen war. Hinter sich hörte er schnelle Schritte.

»Wofür brauchst du das Ding?«, fragte der Junge.

»Das ist eine lange, komplizierte, langweilige Geschichte, und es ist besser, wenn du es nicht weißt«, antwortete er.

»Ach, komm schon. Du kannst es mir ruhig sagen.«

»Keine Zeit. Ich bin in Eile.«

»Wirst du wieder gegen Devil John kämpfen?«

»Das habe ich eigentlich nicht vor. Ich glaube, wir können zu einer vernünftigen Übereinkunft kommen, ohne gewalttätig werden zu müssen.«

»Aber wenn ihr doch kämpft, welche Kraft hast du diesmal?«

Croyd erreichte die Kreuzung und lief über die Straße zur Verkehrsinsel. Er sah, dass sich dort ein neu hinzugekommener Hund an den Überresten der Leiche zu schaffen machte. Von Devil John war nichts zu sehen.

»Verdammt noch mal!«, schrie er. »Weg da! Verschwinde!«

Der Hund beachtete ihn nicht, sondern zerrte Fell vom Chitin des Rückenschilds. Croyd bemerkte, dass eine farblose Substanz aus dem zerrissenen Gewebe tröpfelte. Die Überreste sahen jetzt feucht aus. Croyd wurde klar, dass aus den Atemlöchern im Thorax Flüssigkeit austrat.

»Weg da! Verschwinde!«, wiederholte er.

Der Hund knurrte ihn an. Doch plötzlich verwandelte sich das Knurren in ein Winseln, und der Schwanz des Hundes verschwand zwischen den Beinen. Ein Tyrannosaurus von etwa einem Meter Größe hoppelte an Croyd vorbei und zischte bösartig. Der Hund fuhr herum und floh. Einen Augenblick später trat Kid an die Stelle des Tyrannosaurus.

»Er entkommt mit dem Stück«, sagte der Junge.

Croyd wiederholte den Kommentar, den Darlingfoot hinsichtlich der Hand abgegeben hatte, während er das Bein neben die verstümmelte Leiche legte. Er zog den zusammengefalteten Müllsack aus der Innentasche seiner Jacke und schüttelte ihn aus.

»Wenn du mir helfen willst, Kid, dann halte den Sack, während ich die Überreste hineinwerfe.«

»Okay. Aber es ist ekelig.«

»Es ist ein schmutziger Job«, stimmte Croyd zu.

»Warum erledigst du ihn dann?«

»Genau darum geht es beim Erwachsenwerden, Kid.«

»Wie meinst du das?«

»Du verbringst einen immer größeren Teil deiner Zeit damit, hinter Fehlern herzuträumen.«

Ein stampfendes Geräusch näherte sich, ein Schatten zog an ihnen vorbei, und dann landete Devil John krachend neben ihnen.

»Der verdammte Köter ist entkommen«, verkündete er. »Hast du das Bein?«

»Ja«, antwortete Croyd. »Es ist in dem Sack.«

»Gute Idee … ein Plastiksack. Wer ist der nackte Junge?«

»Du kennst Kid Dinosaur nicht?«, fragte Croyd. »Ich dachte, alle kennen ihn. Er ist der Pterodaktylus, der dir gefolgt ist.«

»Warum?«

»Ich bin gern da, wo was los ist«, sagte Kid.

»Hey, wie kommt es eigentlich, dass du nicht in der Schule bist?«, fragte Croyd.

»Schule ist was für 'n Arsch.«

»Augenblick mal. Ich musste in der neunten Klasse mit der Schule aufhören und habe später nie wieder damit angefangen. Das habe ich immer bereut.«

»Warum? Es geht dir doch gut.«

»Ja, aber da sind so viele Sachen, die ich verpasst habe. Ich wünschte, ich hätte sie nicht verpasst.«

»Was denn … zum Beispiel?«

»Tja … Algebra. Ich habe nie Algebra gelernt.«

»Wozu um alles in der Welt soll Algebra gut sein?«

»Ich weiß es nicht, und ich werde es auch nie wissen, weil ich es nie gelernt habe. Manchmal sehe ich mir die Leute auf der Straße an und sage: ›Jesus, ich wette, die haben alle Ahnung von Algebra‹, und dann fühle ich mich irgendwie minderwertig.«

»Tja, ich hab nicht die geringste Ahnung von Algebra und fühle mich deswegen nicht die Spur minderwertig.«

»Das kommt noch«, sagte Croyd.

Kid wurde sich plötzlich bewusst, dass Croyd ihn seltsam anstarrte.

»Du gehst jetzt sofort in die Schule zurück«, sagte Croyd, »und wirst dir für den Rest des Tages den Arsch abrackern, und heute Abend machst du deine Hausaufgaben, und es wird dir gefallen.«

»Ich bin schneller, wenn ich fliege«, sagte Kid, und er verwandelte sich in ein Pterodaktylus, nahm einen kurzen Anlauf und segelte davon.

»Und besorg dir vorher noch was zum Anziehen!«, rief Croyd ihm nach.

»Was zum Teufel geht hier vor?«

Croyd drehte sich um, und sein Blick fiel auf einen uniformierten Polizisten, der gerade auf die Verkehrsinsel gekommen war.

»Ach, fick dich doch selbst!«, knurrte er.

Der Mann löste seinen Gürtel.

»Halt! Kommando zurück«, sagte Croyd. »Mach deinen Gürtel wieder zu. Vergiss, dass du uns gesehen hast, und geh in einer anderen Straße Streife.«

Devil John glotzte sprachlos, als der Mann gehorchte.

»Croyd, wie machst du das?«, fragte er.

»Das ist diesmal meine Kraft.«

»Dann könntest du mir einfach befehlen, dir die Leiche zu geben, oder was?«

Croyd schüttelte den Müllsack, sodass die Leichenteile ganz nach unten rutschten, und band ihn zu. Als er den Brechreiz niedergekämpft hatte, nickte er.

»Ja. Und ich kriege sie auch auf die eine oder andere Art. Aber mir ist heute nicht danach, einen hart arbeitenden Kumpel übers Ohr zu hauen. Mein Angebot steht noch.«

»Sieben Riesen?«

»Sechs.«

»Du hast sieben gesagt.«

»Ja, aber jetzt ist die Leiche nicht mehr vollständig.«

»Das ist deine Schuld, nicht meine. Du hast mich aufgehalten.«

»Aber du hast sie da hingelegt, wo die Hunde sie erwischen konnten.«

»Ja, aber wie hätte ich denn … hey, da vorne an der Ecke ist ein Grillrestaurant.«

»Stimmt.«

»Hättest du was dagegen, die Geschichte bei einem kleinen Imbiss und ein paar Bieren zu bereden?«

»Jetzt, wo du es sagst, könnte ich einen Happen vertragen«, sagte Croyd.

♠

Sie nahmen den Tisch am Fenster und legten den Müllsack auf einen Stuhl. Croyd ging zur Toilette und wusch sich mehrmals die Hände, während Devil John zwei Biere besorgte. Als Croyd zurückkehrte, bestellte er sich ein halbes Dutzend Sandwiches. Darlingfoot folgte seinem Beispiel.

»Für wen arbeitest *du* eigentlich?«, fragte er.

»Keine Ahnung«, antwortete Croyd. »Ich mache es über eine dritte Partei.«

»Kompliziert. Ich frage mich, was alle mit dem Ding wollen?«

Croyd schüttelte den Kopf.

»Ist mir zu hoch. Ich hoffe nur, dass noch genug von ihm übrig ist, um zu kassieren.«

»Das ist einer der Gründe, warum ich zu einem Handel bereit bin. Ich glaube, meine Jungens wollten ihn in besserem Zustand. Sie könnten versuchen, mich zu verschaukeln. Besser den Spatz in der Hand, du weißt schon. Ich traue ihnen nicht so besonders. 'n Haufen Spinner, wenn du mich fragst.«

»Sag mal, hatte er irgendwelche Habseligkeiten?«

»Fehlanzeige, nicht die geringste Kleinigkeit.«

Die Sandwiches kamen, und sie fingen an zu essen. Nach einer Weile warf Darlingfoot einen Blick auf den Müllsack und bemerkte dann: »Weißt du, das Ding sieht größer aus.«

Croyd betrachtete ihn einen Moment.

»Das sind nur die Teile, die sich setzen und deshalb bewegen«, sagte er.

Sie aßen auf und bestellten noch zwei Bier.

»Nein, verdammt! Es *ist* größer!«, beharrte Darlingfoot.

Croyd sah noch einmal hin, diesmal genauer. Der Sack schien anzuschwellen, während er zusah.

»Du hast recht«, bestätigte er. »Das müssen die Gase von der … äh … Zersetzung sein.«

Er streckte einen Finger aus, als wolle er damit gegen den Sack drücken, überlegte es sich dann aber anders und ließ die Hand wieder sinken.

»Also, was sagst du? Sieben Riesen?«

»Ich finde sechs fair – für den Zustand, in dem er sich befindet.«

»Aber sie wussten, worauf sie sich eingelassen haben. Bei Leichen muss man doch mit so was rechnen.«

»Bis zu einem gewissen Grad schon. Aber du musst zugeben, dass du auch ziemlich grob mit ihm umgesprungen bist.«

»Das stimmt, aber eine gewöhnliche Leiche hätte das besser verkraftet. Woher hätte ich wissen sollen, dass dieser Bursche ein Sonderfall ist?«

»Du hättest ihn dir nur anzusehen brauchen. Er war klein und zerbrechlich.«

»Er fühlte sich ziemlich kräftig an, als ich ihn mir geschnappt habe. Was hältst du davon, wenn wir uns auf halbem Weg entgegenkommen? Sechs-fünf?«

»Ich weiß nicht …«

Andere Gäste sahen immer öfter zu ihnen herüber, da der Müllsack weiter anschwoll. Sie tranken ihr Bier aus.

»Noch 'ne Runde?«

»Warum nicht?«

»Kellner!«

Der Kellner, der einen gerade frei gewordenen Tisch abgeräumt hatte, kam zu ihnen, einen Stapel Geschirr und Besteck auf dem Arm.

»Was darf ich Ihnen …«, begann er, als die Schneide eines Steakmessers, das ein Stück weit aus dem Geschirrstapel ragte, den ballonartig aufgeblähten Müllsack streifte. »Mein Gott!« Ein Zischen ertönte, und dem Müllsack entwich ein Gestank nach Kloakengasen und Schlachthausabfällen. Er breitete sich im ganzen Restaurant aus wie ein außer Kontrolle geratenes Experiment in chemischer Kriegsführung.

»Entschuldigen Sie mich«, sagte der Kellner, drehte sich um und floh von ihrem Tisch.

Augenblicke später war nur noch das Stöhnen, Japsen und Keuchen der anderen Gäste zu hören.

»Setz deine Kraft ein, Croyd!«, flüsterte Devil John. »Beeil dich!«

»Ich weiß nicht, ob ich ein ganzes Restaurant …«

»Versuch es!«

Croyd konzentrierte sich auf die anderen:

Es hat einen kleinen Unfall gegeben. Nichts von Bedeutung. Jetzt werdet ihr ihn vergessen. Ihr riecht nichts Ungewöhnliches. Esst ganz normal weiter, und seht nicht mehr in diese Richtung. Ihr werdet nichts von dem zur Kenntnis nehmen, was wir tun. Es gibt hier nichts zu sehen. Und auch nichts zu riechen.

Die anderen Gäste wandten sich ab, aßen weiter und nahmen ihre unterbrochenen Gespräche wieder auf.

»Du hast es geschafft«, bemerkte Devil John in einem sonderbar nasalen Ton.

Croyd drehte sich um und sah, dass sich Darlingfoot die Nase zuhielt.

»Hast du irgendwas verschüttet?«, fragte Croyd.

»Nein.«

»Au-ha. Hörst du das?«

Devil John lehnte sich zur Seite und bückte sich.

»Ach, verdammt!«, sagte er. »Der Sack ist umgefallen, und jetzt läuft uns der Bursche aus dem Riss aus, den der Kellner mit dem Messer reingemacht hat. Hey, könntest du meinen Geruchssinn vielleicht auch betäuben?«

Croyd schloss die Augen und biss die Zähne zusammen.

»Das ist schon besser«, hörte er einen Augenblick später, als Darlingfoot den Sack wieder aufrichtete. Es gurgelte und schwappte.

Croyd sah auf den Boden und erblickte eine große Pfütze, die eine gewisse Ähnlichkeit mit verschüttetem Eintopf aufwies. Er würgte und schaute weg.

»Was willst du jetzt machen, Croyd? Die Schweinerei hierlassen und den Rest mitnehmen, oder was?«

»Ich glaube, ich bin verpflichtet, so viel mitzunehmen, wie ich kann.«

Devil John hob eine Augenbraue und grinste.

»Gut«, sagte er, »geh auf sechs-fünf, und ich helfe dir, alles vernünftig einzupacken.«

»Abgemacht.«

»Dann gib mir Deckung, wenn du kannst, damit mich die Leute in der Küche nicht bemerken.«

»Ich versuch's. Was hast du vor?«

»Vertrau mir.«

Darlingfoot stand auf, reichte Croyd den oberen Teil des Müllsacks und hinkte in die Küche. Er blieb mehrere Minuten weg, und als er zurückkehrte, waren seine Hände voll.

Er schraubte den Deckel von einem großen leeren Gurkenglas und stellte es auf den Boden neben den Stuhl.

»Jetzt musst du den Sack ein wenig kippen und die Öffnung genau über das Glas halten«, sagte er. »Ich hebe den Boden an, und dann können wir ihn in das Glas schütten.«

Croyd befolgte Darlingfoots Anweisungen, und das Glas war mehr als halb voll, bevor das Rinnsal schließlich versiegte.

»Und jetzt?«, fragte er, während er den Deckel zuschraubte.

Darlingfoot nahm die erste von einem ganzen Stapel Servietten, den er mitgebracht hatte, und öffnete einen kleinen weißen Beutel.

»Hundetüten«, sagte er. »Ich wische das feste Zeug vom Boden auf und packe es hinein.«

»Und dann?«

»Ich habe auch einen neuen Müllsack in der Küche gefunden«, erklärte er, indem er sich bückte. »Da müsste eigentlich alles problemlos hineinpassen.«

»Könntest du dich beeilen?«, fragte Croyd. »Meinen eigenen Geruchssinn kann ich nämlich nicht betäuben.«

»Ich wisch ja, so schnell ich kann. Aber öffne das Glas wieder, ja? Dann kann ich den Rest von ihm aus den Servietten auswringen.«

♣

Als sich alle flüssigen und weichen Überreste in dem Gurkenglas und neun Hundetüten befanden, riss Darlingfoot den beschädigten Müllsack ganz auf und entnahm ihm die Chitinplatten, die sich noch darin befanden. Er stellte das Gurkenglas in die Wölbung des Brustkorbs, schob dann alles in den frischen Müllsack und bedeckte es mit Knorpelresten und kleineren Chitinplatten. Kopf und Gliedmaßen legte er obenauf. Dann packte er die Hundetüten dazu und band den Sack zu.

Croyd war mittlerweile aufgesprungen.

»Entschuldige mich«, sagte er. »Ich bin gleich zurück.«

»Ich komme mit. Ich muss mich gründlich waschen.«

Über das Rauschen des Wassers hinweg sagte Devil John plötzlich: »Jetzt, wo alles so ziemlich geregelt ist, möchte ich dich um einen Gefallen bitten.«

»Und der wäre?«, fragte Croyd, während er sich die Hände einseifte.

»Ich habe immer noch ein komisches Gefühl wegen der Leute, die mich beauftragt haben, weißt du?«

Croyd zuckte die Achseln.

»Du kannst nicht beides haben«, sagte er.

»Warum nicht?«

»Ich kann dir nicht folgen.«

»Ich wollte gerade liefern, als du mich eingeholt hast. Angenommen, wir gehen zusammen zum Treffpunkt – ein kleiner Park in der Nähe der Kreuzgänge –, und ich erzähle ihnen den Quatsch von den Hunden … dass ein ganzes Rudel darüber hergefallen ist und sich mit den Einzelteilen aus dem Staub gemacht hat. Du sagst ihnen, dass sie es glauben sollen, und lässt sie dann vergessen, dass du dabei warst. Dann bin ich aus dem Schneider.«

»Okay. Klar«, stimmte Croyd zu, während er sich wiederholt Wasser ins Gesicht spritzte. »Aber du redest von ›ihnen‹. Wie viele Leute erwartest du denn?«

»Nur ein oder zwei. Der Bursche, der mich angesprochen hat, hieß Matthias, und da war noch ein rotgesichtiger Mann bei ihm. Er hat versucht, mich für die Freimaurer zu interessieren, bis dieser Matthias sagte, er solle die Klappe halten …«

»Das ist komisch«, sagte Croyd. »Ich bin heute Morgen einem Matthias begegnet. Er war ein Bulle. In Zivil. Und was ist mit diesem Roten? Hört sich nach einem Ass oder vielleicht auch Joker an.«

»Ist er wahrscheinlich auch. Aber wenn er über irgendwelche besonderen Talente verfügt, hat er sie jedenfalls nicht eingesetzt.«

Croyd trocknete sich das Gesicht ab.

»Plötzlich ist mir nicht mehr ganz wohl bei der Sache«, sagte er. »Dieser Bulle, Matthias, ist ein Ass. Der Name mag nur Zufall sein, und mein Talent hat bei ihm funktioniert, aber mir gefällt nichts, was nach zu vielen Assen riecht. Ich könnte auf jemanden stoßen, der gegen mein Talent immun ist. Diese Gruppe … Es könnte sich dabei um einen Haufen Freimaurer-Asse handeln, oder?«

»Keine Ahnung. Der rotgesichtige Bursche wollte, dass ich zu irgendeiner Versammlung mitkomme, aber ich habe ihm gesagt, ich wäre nicht interessiert und dass wir entweder gleich hier ins Geschäft kämen oder gar nicht. Also haben sie mir meinen Vorschuss sofort gegeben. Die Art, wie der rote Kerl manche Sachen gesagt hat, ist ziemlich schräg rübergekommen.«

Croyd runzelte die Stirn.

»Vielleicht sollten wir sie einfach vergessen.«

»Ja, aber ich habe eben diesen Fimmel, Geschäfte sauber abzuschließen, damit sie mich nicht eines Tages einholen und heimsuchen«, beharrte Darlingfoot. »Könntest du nicht irgendwie aufpassen, während ich mit ihnen rede, und dich dann entscheiden?«

»Tja, von mir aus … ich habe ja bereits gesagt, dass ich es tue. Erinnerst du dich sonst noch an irgendwas, das gesagt wurde? Über Freimaurer, Asse, die Leiche … irgendwas?«

»Nein … aber was sind Pheromone?«

»Pheromone? Die sind wie Hormone, die man riechen kann. Chemische Verbindungen in der Luft, die einen beeinflussen können. Tachyon hat mir mal davon erzählt. Da war dieser Joker, den ich getroffen habe. Wenn man im Restaurant zu nah bei ihm saß, schmeckte alles, was man gegessen hat, nach Bananen. Jedenfalls lag das an den Pheromonen, hat Tachy gesagt. Und, was ist damit?«

»Keine Ahnung. Der Rotgesichtige hat gerade irgendwas über Pheromone im Zusammenhang mit seiner Frau erzählt, als ich kam. Er hat das Thema aber nicht weiter verfolgt.«

»Sonst nichts?«

»Sonst nichts.«

»Okay.« Croyd knüllte sein Papierhandtuch zusammen und warf es in den Müll. »Dann los.«

Als sie zu ihrem Tisch zurückkehrten, zählte Croyd das Geld ab und gab es seinem Begleiter.

»Hier. Ich kann nicht sagen, dass du es dir nicht verdient hast.«

Croyd betrachtete die verstreuten Servietten, den schmierigen Fußboden und den kaputten Müllsack.

»Was sollen wir mit dieser Schweinerei machen?«

Darlingfoot zuckte die Achseln.

»Die Kellner werden sich darum kümmern«, sagte er. »Die sind so was gewöhnt. Gib einfach ein ordentliches Trinkgeld.«

♥

Als sie den Park erreichten, ließ sich Croyd zurückfallen. Zwei Gestalten saßen auf einer Bank, und sogar aus dieser Entfernung war nicht zu übersehen, dass das Gesicht des einen Mannes krebsrot war.

»Und?«, fragte Devil John.

»Ich versuch's«, sagte Croyd. »Wir tun so, als würden wir nicht zusammengehören. Ich gehe weiter, und du gehst zu ihnen und tischst ihnen dein Märchen auf. Ich kehre in einer Minute um und gehe durch den Park. Ich versuche ihnen die Geschichte zu verkaufen, sobald ich in ihre Nähe komme. Aber du musst aufpassen. Wenn es nicht klappt, müssen wir möglicherweise zu handfesteren Argumenten greifen.«

»Schon begriffen. Okay.«

Croyd ging langsamer. Darlingfoot schritt einen Kiesweg hinauf, der zu der Bank führte. Croyd ging bis zur nächsten Biegung und kehrte dann um.

Als er näher kam, hörte er, dass sie sehr laut redeten, so als würden sie streiten. Er bog auf den Kiesweg ein und schlenderte zur Bank, den verschnürten Sack in der Hand.

»… Haufen Scheiße!«, hörte er Matthias sagen.

Der Mann schaute in seine Richtung, und Croyd sah, dass er tatsächlich der Polizist war, den er im Leichenschauhaus ausgefragt hatte. Nichts in der Miene des Mannes wies darauf hin, dass er Croyd wiedererkannte. Andererseits musste ihm sein Talent verraten, dass sich ihnen ein Ass näherte. Also …

»Meine Herren«, sagte er, indem er sich konzentrierte, »alles, was Devil John Darlingfoot Ihnen erzählt hat, stimmt. Die Leiche wurde von Hunden zerfetzt. Es ist nichts mehr da, was er abliefern könnte. Sie werden die Leiche wohl abschreiben müssen. Und Sie werden mich vergessen, sobald ich …«

Er sah, wie Darlingfoot plötzlich den Kopf drehte und an ihm vorbeischaute. Croyd wandte sich um und blickte in dieselbe Richtung.

Eine junge, schlicht aussehende Orientalin näherte sich ihnen, die Hände in den Taschen ihres Mantels, den Kragen gegen den Wind aufgestellt. Der Wind …

Der Wind drehte unvermittelt und wehte ihm mitten ins Gesicht.

Irgendwas an dieser Frau …

Croyd starrte sie an. Wie hatte er sie als schlicht einstufen können? Es musste irgendwie mit dem Licht zusammenhängen. Sie war atemberaubend schön. Tatsächlich … Er wollte, dass sie ihn anlächelte. Er wollte sie in den Armen halten. Er wollte mit den Händen über ihren Körper streichen. Er wollte ihr Haar streicheln, sie küssen, mit ihr schlafen. Sie war die umwerfendste Frau, die ihm je begegnet war.

Er hörte Devil John leise pfeifen.

»Sieh dir die mal an!«

»Was glaubst du, was ich die ganze Zeit tue?«, erwiderte er.

Er grinste sie an, und sie erwiderte das Lächeln. Er wollte sie an sich ziehen. Stattdessen sagte er: »Hallo.«

»Ich möchte Ihnen meine Frau vorstellen, Kim Toy«, hörte er den Rotgesichtigen sagen.

Kim Toy! Sogar ihr Name war Musik …

»Sagen Sie mir, was Sie wollen, und ich besorge es Ihnen«, hörte er Devil John zu ihr sagen. »Sie sind so etwas Besonderes, dass es schmerzt.«

Sie lachte.

»Wie galant«, stellte sie fest. »Nein, nichts. Jedenfalls nicht jetzt. Aber wenn Sie einen Augenblick warten, fällt mir vielleicht etwas ein.«

»Habt ihr ihn?«, fragte sie ihren Mann.

»Nein. Er wurde von Hunden zerrissen«, erwiderte er.

Sie neigte den Kopf und zog eine Augenbraue hoch.

»Erstaunliches Schicksal«, sagte sie. »Und woher wisst ihr das?«

»Diese Herren haben es uns gesagt.«

»Tatsächlich?« Sie wandte sich an Devil John. »Stimmt das? Haben Sie ihnen das gesagt?«

Devil John nickte.

»Das haben wir ihnen gesagt«, bestätigte Croyd. »Aber …«

»Und der Plastiksack, den Sie haben fallen lassen, als Sie mich gesehen haben«, sagte sie. »Was der wohl enthält? Öffnen Sie ihn bitte, und zeigen Sie es mir.«

»Natürlich«, sagte Croyd.

»Alles, was Sie sagen«, pflichtete Devil John bei.

Beide Männer sanken vor ihr auf die Knie und fummelten sekundenlang erfolglos an dem Bändchen herum, ehe sie in der Lage waren, die Knoten zu öffnen.

Croyd wollte ihr die Füße küssen, solange er in der dazu erforderlichen Position war, aber sie hatte darum gebeten, einen Blick in den Müllsack zu werfen, und das hatte Vorrang. Vielleicht war sie geneigt, ihn anschließend zu belohnen, und …

Er öffnete den Sack, und eine Wolke des Gestanks hüllte

sie ein. Kim Toy wich sofort zurück und würgte. Während sich ihm der Magen umdrehte, erkannte Croyd plötzlich, dass die Frau nicht begehrenswerter war als hundert andere Frauen, die er heute gesehen hatte. Aus dem Augenwinkel bemerkte er, wie sich Devil John langsam erhob – und in diesem Augenblick durchschaute Croyd den Grund für ihr verändertes Verhalten.

Als sich der Gestank ein wenig verflüchtigt hatte, kehrte etwas von der anfänglichen Welle der Begeisterung für die Frau zurück. Croyd biss die Zähne zusammen und hielt den Kopf ganz nah an die Öffnung des Müllsacks. Er holte tief Luft.

Im gleichen Augenblick starb ihre Schönheit, und er benutzte sein Talent.

Ja, wie ich schon sagte, die Leiche ist weg. Sie wurde von Hunden zerrissen. Devil John hat sein Bestes für Sie getan, aber er kann nicht liefern. Wir gehen jetzt. Sie werden vergessen, dass ich bei ihm war.

»Komm schon!«, sagte er zu Darlingfoot, indem er sich erhob.

Devil John schüttelte den Kopf.

»Ich kann diese Lady nicht verlassen, Croyd«, antwortete er. »Sie hat mich darum gebeten …«

Croyd wedelte mit dem geöffneten Müllsack vor Darlingfoots Gesicht herum, und dessen Augen weiteten sich. Er würgte und schüttelte den Kopf.

»Komm schon!«, wiederholte Croyd, wobei er sich den Sack über die Schulter warf und in Laufschritt verfiel.

Mit einem gewaltigen Satz landete Devil John drei Meter vor ihm.

»Irre, Croyd! Echt irre!«, verkündete er, als sie die Straße überquerten.

»Jetzt weißt du über Pheromone Bescheid«, sagte Croyd.

♦

Der Himmel war wieder vollständig bedeckt, und ein paar Schneeflocken trieben an Croyd vorbei. Er hatte sich vor einer Bar von Darlingfoot getrennt und ging durch die Stadt. Ständig hielt er nach einem Taxi Ausschau, sah jedoch keines. Andererseits war er nicht bereit, seine Last der Enge und dem Gedränge von Bus oder U-Bahn anzuvertrauen.

Der Schneefall wurde stärker, und Windböen wirbelten die Flocken umher. Die vorbeifahrenden Wagen schalteten die Scheinwerfer ein, und Croyd musste sich eingestehen, dass er bei dieser schlechten Sicht nicht einmal dann ein Taxi erkennen würde, wenn es direkt an ihm vorbeifuhr. Fluchend stapfte er weiter, wobei er sich die Häuser in der Hoffnung ansah, auf eine Bar oder ein Restaurant zu stoßen, wo er einen Kaffee trinken und darauf warten konnte, dass der Schnee nachließ … oder sich auch einfach ein Taxi rufen. Aber er schien nur an Bürogebäuden vorbeizukommen.

Mehrere Minuten später wurden die Schneeflocken kleiner und härter. Croyd hob seine freie Hand, um die Augen abzuschirmen. Der plötzliche Temperatursturz störte ihn nicht weiter, aber der Hagel schon. Er zog sich in die nächste Öffnung zurück, auf die er stieß – eine Gasse –, seufzte und ließ die Schultern sinken, als der Wind augenblicklich nachließ.

Besser. Der Schnee fiel hier wesentlich gemächlicher. Er bürstete ihn sich von der Jacke und aus den Haaren, stampfte mit den Füßen. Dann sah er sich um. Das Haus zu seiner Linken hatte einen überdachten Eingang, mehrere Meter tief und mehrere Stufen über Straßenniveau. Er sah trocken und behaglich aus. Er ging darauf zu.

Er hatte den Fuß bereits auf die erste Stufe gesetzt, als er sah, dass eine Ecke vor der geschlossenen Metalltür bereits besetzt war. Eine blasse Frau mit strähnigem Haar, die unter einer unmöglich zu schätzenden Anzahl von Kleiderschichten plump und untersetzt aussah, saß zwischen zwei Einkaufstaschen und starrte an ihm vorbei.

»... also Gladys sagt zu Marty, sie weiß, dass er sich mit dieser Kellnerin bei Jensen trifft ...«, murmelte die Frau.

»Entschuldigen Sie«, sagte Croyd. »Macht es Ihnen was aus, diesen Eingang mit mir zu teilen? Im Moment kommt ganz schön was runter.«

»... ich habe ihr gesagt, sie könnte schwanger werden, auch während sie stillt, aber sie hat mich nur ausgelacht ...«

Croyd zuckte die Schultern, betrat die Nische und ging in die andere Ecke.

»Wenn sie feststellt, dass wieder eins unterwegs ist, wird sie außer sich sein«, fuhr die Frau fort, »besonders jetzt, wo Marty sich mit der Kellnerin eingelassen hat ...«

Croyd fiel der Zusammenbruch seiner Mutter wieder ein, der dem Tod seines Vaters gefolgt war, und ein Anflug von Trauer über diesen offensichtlichen Fall von Senilität rührte sich in seiner Brust. Und da kam ihm ein Gedanke. Konnte seine neue Kraft, seine Fähigkeit, die Gedankengänge anderer Leute zu beeinflussen, eine therapeutische Wirkung auf eine Person wie diese haben? Er würde ohnehin noch einige Zeit hier warten müssen. Vielleicht ...

»Hören Sie«, sagte er zu der Frau, indem er in klaren und einfachen Bildern dachte und sich ganz auf sie konzentrierte, »Sie sind hier und jetzt, in der Gegenwart. Sie sitzen in einem Hauseingang und sehen, wie es schneit ...«

»Du Schweinehund!«, schrie die Frau ihn an, deren Gesicht jetzt nicht mehr blass war, während ihre Hände zu einer ihrer Taschen zuckten. »Kümmer dich um deinen eigenen Kram! Ich will kein Jetzt und keinen Schnee! Es tut weh!«

Sie öffnete die Tasche, und die Dunkelheit darin dehnte sich aus – stürzte ihm entgegen, füllte sein ganzes Gesichtsfeld aus, zerrte ihn plötzlich in mehrere Richtungen zugleich, verdrehte ihn ...

Die Frau, die jetzt wieder allein in dem Hauseingang war, schloss ihre Tasche, starrte eine Weile auf den Schnee und sagte dann: »… also sage ich zu ihr, ›Männer nehmen es nicht so genau mit den Unterhaltszahlungen. Manchmal muss man ihnen die Gerichte auf den Hals hetzen. Dieser nette junge Mann bei Legal Aid wird dir sagen, was du tun musst.‹ Und dann kam Charlie, der im Pizza Parlor arbeitet …«

♠

Croyds Kopf schmerzte, und dieses Gefühl war er nicht gewöhnt. Er hatte nie einen Kater, weil er Alkohol zu schnell umwandelte, aber im Augenblick fühlte er sich so, wie er sich einen Kater vorstellte. Dann wurde ihm bewusst, dass sein Rücken nass war. Er lag irgendwo, wo es kalt und nass war. Er beschloss, die Augen zu öffnen.

Der Himmel war klar, und es dämmerte; einige hellere Sterne waren bereits zu sehen. Es hatte geschneit. Außerdem war Nachmittag gewesen. Er richtete sich auf. Was war aus den letzten paar Stunden geworden, und …

Er sah einen Müllcontainer. Er sah eine Menge leerer Whiskey- und Weinflaschen. Er war in einer Gasse, aber …

Es war nicht dieselbe Gasse. Die Häuser waren niedriger, in der anderen hatte kein Müllcontainer gestanden, und er konnte den Hauseingang nicht finden, den er sich mit der alten Frau geteilt hatte.

Er massierte sich die Schläfen, spürte, wie das Pochen nachließ. Die alte Frau … Was zum Teufel war das für ein schwarzes Ding gewesen, mit dem sie ihn geschlagen hatte, als er ihr zu helfen versuchte? Sie hatte es aus einer ihrer Taschen geholt und …

Taschen! Hektisch suchte er nach seinem Müllsack mit den sorgfältig verpackten Überresten der mittlerweile arg verkleinerten unbekannten Leiche. Dann sah er, dass er ihn noch in der rechten Hand hielt, aber umgestülpt und zerrissen.

Er stand auf und sah sich im trüben Licht einer entfernten Straßenlaterne um. Die Hundetüten lagen um ihn verstreut auf dem Boden. Er zählte sie rasch. Neun. Ja. Alle neun waren da, und jetzt sah er auch die Gliedmaßen, den Kopf und den Brustkorb – obwohl der Brustkorb jetzt in vier Teile zerbrochen war und der Kopf viel blanker aussah als vorher. Wahrscheinlich durch die Nässe. Das Gurkenglas! Wo war es? Die Flüssigkeit mochte für denjenigen, der die Überreste wollte, sehr wichtig sein. Wenn das Glas zerbrochen war …

Als er es aufrecht im Schatten an der Hauswand stehen sah, stieß er einen leisen Schrei aus. Der Deckel fehlte, und außerdem zwei, drei Zentimeter des Glasrands. Er ging hin, und der Geruch verriet ihm, dass es sich noch um die ursprüngliche Flüssigkeit und nicht um Regenwasser handelte.

Er sammelte die Hundetüten ein, die überraschend trocken waren, und legte sie auf den geschützten Sims eines vergitterten Kellerfensters. Dann stapelte er die Chitinstücke zu einem Haufen. Als er die Beine aufhob, fiel ihm auf, dass beide gebrochen waren, aber er dachte sich, dass sie sich dadurch umso leichter einpacken ließen. Dann richtete er seine Aufmerksamkeit auf das am Verschluss gesplitterte Gurkenglas und lächelte. Alles war ganz einfach. Die Antwort lag vor ihm, ein Geschenk der Penner, die sich in dieser Gegend herumtrieben.

Er sammelte ein paar leere Flaschen auf und trug sie zu dem Gurkenglas, wo er sie der Reihe nach entkorkte. Als er damit fertig war, füllte er die dunkle Flüssigkeit um.

Er füllte acht Flaschen verschiedener Größe, die er zu den Hundetüten auf den Fenstersims stellte, direkt neben den kleinen Haufen aus zerbrochenem Exoskelett und Knorpeln.

Es schien so, als sei nach jedem Auspacken etwas weniger von dem Burschen übrig. Vielleicht hatte das etwas damit zu tun, wie er jetzt aufgeteilt war. Vielleicht brauchte man Algebra, um das zu verstehen.

Dann ging Croyd zu dem Müllcontainer und öffnete den Seitendeckel. Er lächelte, denn gleich obenauf lag haufenweise Weihnachtsband. Er nahm sich eine ganze Handvoll davon und stopfte es in eine Jackentasche. Dann beugte er sich vor. Wenn es Weihnachtsband gab, konnte auch …

Das Geräusch schneller Schritte kam und ging. Er wirbelte herum, die Hände erhoben, um sich zu verteidigen, doch es war niemand in der Nähe. Dann sah er ihn. Ein kleiner Mann in einem Mantel, der ihm ein paar Nummern zu groß war, blieb kurz vor dem Fenstersims stehen, wo er sich eine der größeren Flaschen und zwei von den Hundetüten griff. Dann lief er sofort weiter, auf das Ende der Gasse zu, wo zwei weitere schäbige Gestalten auf ihn warteten.

»Hey!«, rief Croyd. »Bleib stehen!« Er setzte sein Talent ein, aber der Mann war schon außer Reichweite.

Er hörte nur noch Gelächter und so etwas wie: »Heute Nacht wird gefeiert, Jungs!«

Seufzend zog Croyd einen großen Bogen grünrotes Weihnachtspapier aus dem Müllcontainer und ging zum Fenster zurück, um die Überreste neu zu verpacken.

Nachdem er ein paar Blocks mit seinem bunten Paket unter dem Arm gegangen war, kam er an einer Bar namens *The Dugout* vorbei, und ihm wurde klar, dass er sich im Village befand. Seine Miene verfinsterte sich, aber dann sah er ein Taxi und winkte. Der Wagen hielt an. Alles war in bester Ordnung. Sogar die Kopfschmerzen waren weg.

♣

Jube schaute auf. Croyd grinste ihn an.

»Wie … wie ist es gelaufen?«, fragte er.

»Auftrag ausgeführt«, antwortete Croyd, indem er ihm den Schlüssel rüberschob.

»Du hast die Leiche? Da war irgendwas in den Nachrichten über Darlingfoot …«

»Ich habe sie.«

»Und die Habseligkeiten?«

»Sie hatte keine bei sich.«

»Bist du dir da ganz sicher, Kumpel?«

»Vollkommen. Es war nichts da, nur er, und er liegt jetzt in der Badewanne.«

»Was?«

»Aber das ist schon okay, weil ich den Abfluss zugestöpselt habe.«

»Wovon redest du?«

»Mein Taxi war auf dem Weg dorthin in einen Unfall verwickelt, und einige von den Flaschen sind zerbrochen. Also achte auf Glassplitter, wenn du ihn auspackst.«

»Flaschen? Glassplitter?«

»Er ist irgendwie – geschrumpft. Aber ich habe alles mitgebracht, was noch von ihm übrig war.«

»Übrig war?«

»Verfügbar. Er ist sozusagen auseinandergefallen und ein wenig geschmolzen. Aber ich habe das meiste von ihm gerettet. Er ist in hübsches Papier eingepackt und mit einem roten Bändchen verschnürt. Ich hoffe, das ist okay.«

»Ja … Das ist riesig, Croyd. Hört sich an, als hättest du dein Bestes getan.«

Jube gab ihm einen Umschlag.

»Ich geb dir ein Essen im Aces High aus«, sagte Croyd, »sobald ich geduscht und mich umgezogen habe.«

»Nein, danke. Ich … ich muss noch ein paar Sachen erledigen.«

»Nimm ein Desinfektionsmittel mit, wenn du in der Wohnung vorbeischaust.«

»Ja … Ich schätze, es hat ein paar Probleme gegeben?«

»Nee, es war ein Kinderspiel.«

Croyd schlenderte pfeifend davon, die Hände in den Taschen. Während in der Ferne eine Uhr die volle Stunde schlug, starrte Jube den Schlüssel an.

♣♦♠♥

Bis in die sechste Generation
Teil eins
Walter Jon Williams

Kalter Regen prasselte auf die Oberlichter. Der Regen hatte schließlich den Weihnachtsmann der Heilsarmee an der Ecke zum Schweigen gebracht, und dafür war Maxim Travnicek dankbar – das Gebimmel nervte ihn schon seit Tagen. Er zündete sich eine russische Zigarette an und griff nach einer Flasche Schnaps.

Travnicek zog eine Lesebrille aus seiner Jackentasche und betrachtete die Kontrollen an den Fluxgeneratoren. Er war ein unglaublich großer Mann mit einer Hakennase und auf eine kalte Art attraktiv. Bei seinen ehemaligen Kollegen am MIT war er als »tschechische Antwort auf Victor Frankenstein« bekannt, ein Beiname, der von einem der dortigen Professoren, Bushmill, geprägt worden war, der später zum Dekan aufstieg und Travnicek bei der ersten Gelegenheit gefeuert hatte.

»Leck mich am Arsch, Bushmill«, sagte Travnicek auf Slowakisch. Er nahm einen Schluck Schnaps aus der Flasche. »Und zur Hölle mit dir, Victor Frankenstein. Hättest du dich mit Computerprogrammierung ausgekannt, wärst du nie in Schwierigkeiten geraten.«

Der Vergleich mit Frankenstein war hängen geblieben. Das Image des unglücklichen Wiederbelebungsforschers war ihm, so schien es, immer gefolgt. Seinen ersten Lehrauftrag im Westen hatte er an Frankensteins Alma Mater in Ingolstadt bekommen. Er hatte jede Minute der Zeit in Bayern gehasst. Er hatte noch nie viel mit Deutschen anfangen können, insbesondere nicht als Vorbilder. Möglicherweise war das eine Erklärung für seine Entlassung nach fünf Jahren.

Jetzt, nach Ingolstadt, nach dem MIT, nach Texas A&M war ihm nur noch sein Dachboden geblieben. Wochenlang hatte er wie in Trance gelebt, sich von Dosengerichten, Nikotin und Amphetaminen ernährt und dabei erst die Erinnerung an Stunden und schließlich an ganze Tage verloren, in denen sein fieberhaft arbeitender Verstand ein unablässiges Feuerwerk aus Ideen, Vorstellungen und Techniken produzierte. Auf der bewussten Ebene wusste Travnicek kaum, woher all das kam. In solchen Zeiten kam es ihm vor, als spreche irgendetwas in den Tiefen seiner Zellen durch seinen Körper und seinen Geist zur Welt, und zwar unter Auslassung seines Bewusstseins, seiner Persönlichkeit ...

So war es schon immer gewesen. Wenn er von einem Projekt besessen war, blieb alles andere auf der Strecke. Er brauchte kaum Schlaf. Seine Körpertemperatur schwankte wild. Sein Verstand arbeitete rasch und entschlossen und brachte ihn seinem Ziel stetig näher. Tesla, hatte er gelesen, war genauso – dieselbe Art Geist, Engel oder Dämon sprach durch Travnicek.

Doch jetzt, am späten Morgen, hatte sich die Trance verflüchtigt. Die Arbeit war getan. Er war sich nicht sicher, wie – später würde er Stück für Stück durchgehen und ergründen müssen, was er eigentlich bewerkstelligt hatte. Er nahm an, dass er danach ein halbes Dutzend Patente anmelden konnte, die ihn reich machen würden – aber das musste warten, weil Travnicek wusste, dass die Euphorie bald verschwinden und ihn die Müdigkeit überwältigen würde. Bis dahin musste er das Projekt beendet haben. Er nahm noch einen Schluck Schnaps und grinste, während er die längliche, scheunenartige Ausdehnung seines Dachbodens betrachtete.

Der Dachboden wurde von einer Reihe kalter Leuchtstoffröhren erhellt. Selbstgezimmerte Tische waren mit Gussformen, Bottichen, Computerfestplatten, Laptops, Papieren und leeren Konservendosen übersät, und auf den primitiven Pressspanplatten des Fußbodens lagen unzählige Zigarettenkippen. Vergrößerungen von Leonardos Zeichnungen der männlichen Anatomie stapelten sich bis zu den Dachsparren.

Am anderen Ende des Dachbodens war ein großer nackter Mann auf einen Tisch geschnallt. Er war haarlos, und seine Schädeldecke war transparent, aber ansonsten sah er aus wie etwas aus Leonardos besseren feuchten Träumen.

Der Mann auf dem Tisch war über dicke Elektrokabel mit mehreren Apparaten verbunden. Seine Augen waren geschlossen.

Travnicek drehte an einem Regler seines Tarnanzugs. Er konnte es sich nicht leisten, den ganzen Dachboden zu heizen, und trug stattdessen einen elektrisch beheizten Anzug, dessen eigentlicher Zweck darin bestand, stattliche Naturliebhaber warmzuhalten, wenn sie auf Entenjagd gingen. Er sah hoch zu den Oberlichtern. Der Regen schien nachzulassen. Gut. Er brauchte Victor Frankensteins billige Theatralik, den Blitz und den Donner, nicht als Hintergrund für seine Arbeit.

Er korrigierte den Sitz seiner Krawatte wie für ein unsichtbares Publikum – ordentliche Kleidung war ihm wichtig, und er trug unter dem Tarnanzug Jacke und Krawatte –, dann drückte er auf den Knopf, der die Fluxgeneratoren in Gang setzte. Ein leises Summen erfüllte den Dachboden und versetzte den Fußboden in tiefe Vibrationen. Die Leuchtstoffröhren an der Decke trübten sich ein und flackerten. Die Hälfte von ihnen erlosch. Elmsfeuer tanzten über die Dachträger. Es roch elektrisch.

Travnicek hörte ein leises, regelmäßiges Pochen. Die Frau

in der Wohnung unter ihm klopfte mit einem Besenstiel gegen die Decke.

Das Summen erreichte seinen Höhepunkt. Ultraschallfrequenzen ließen Travniceks Arbeitstische erbeben und zerschmetterten im ganzen Haus Geschirr. In der Wohnung unter ihm implodierte der Fernseher. Travnicek legte einen weiteren Schalter um. Schweiß lief ihm die Nase hinunter.

Der Android auf dem Tisch zuckte, als die Energie aus den Fluxgeneratoren in seinen Körper gepumpt wurde. Der Tisch leuchtete im Licht der Elmsfeuer. Travnicek durchbiss den Filter seiner Zigarette. Das brennende Ende fiel unbemerkt zu Boden.

Der Generatorenlärm ließ nach. Das Klopfen des Besenstiels ging weiter, so wie die undeutlichen Drohungen, die unter ihm ausgestoßen wurden.

»Den Fernseher bezahlen Sie mir, Sie verdammtes Arschloch!«

»Schieb dir deinen Besenstiel in den Arsch, Schätzchen«, sagte Travnicek. Auf Deutsch, einer idealen Sprache für Fäkalausdrücke.

Die erloschenen Leuchtstoffröhren erwachten flackernd zu neuem Leben.

Die Stapel von Leonardos Zeichnungen ragten vor dem Androiden auf, als er seine dunklen Augen öffnete. Die flackernden Leuchtstoffröhren hatten eine stroboskopische Wirkung, die das Weiß seiner Augen unwirklich aussehen ließ. Der Kopf drehte sich. Die Augen sahen Travnicek, korrigierten die Sehschärfe. Unter der transparenten Schädeldecke drehte sich eine silberne Scheibe. Das Klopfen des Besenstiels verstummte.

Travnicek ging zum Tisch. »Wie geht es dir?«, fragte er.

»Alle überwachten Systeme funktionieren.« Die Stimme des Androiden war tief und sprach amerikanisches Englisch.

Travnicek lächelte und spie den Zigarettenstummel zwischen seinen Lippen auf den Boden. Er war in das Computersystem der AT&T-Forschungslabors eingedrungen und hatte ein Programm gestohlen, das menschliche Sprache nachbildete. Vielleicht würde er ihnen in Kürze Lizenzgebühren bezahlen. »*Wer* bist du?«, fragte er.

Die Blicke des Androiden wanderten bedächtig über den Dachboden. Seine Stimme klang entschlossen. »Ich bin Modular Man«, sagte er. »Ich bin eine multifunktionale künstliche Vielzweckintelligenz der sechsten Generation, ein defensives, mit den modernsten Waffen ausgerüstetes Angriffssystem, das zu unabhängigen Handlungen und flexiblen Reaktionen fähig ist.«

Travnicek grinste. »Das Pentagon wird hingerissen sein«, sagte er. »Wie lauten deine Befehle?«

»Meinem Schöpfer, Dr. Maxim Travnicek, zu gehorchen. Seine Identität und sein Wohlergehen zu schützen und zu wahren. Mich selbst und meine Ausrüstung unter Kampfbedingungen zu testen, indem ich Feinde der Gesellschaft bekämpfe. Größtmögliche PR für die zukünftige Gesellschaft Modular Men Enterprises zu machen. Meine Existenz und mein Wohlergehen zu bewahren und zu fördern.«

Travnicek strahlte seine Schöpfung an. »Deine Kleider und Module sind im Schrank. Nimm sie, nimm deine Waffen, geh nach draußen und suche ein paar Feinde der Gesellschaft. Komm vor Sonnenuntergang zurück.«

Der Android erhob sich vom Tisch und ging zu einem Metallspind. Er öffnete die Tür. »Fluxfeld-Unstofflichkeit«, sagte er, indem er eine Einheit zum Einstöpseln vom Regal nahm. Damit konnte er seine Fluxgeneratoren so kontrollieren, dass sein Körper diese Existenzebene verließ, was es ihm ermöglichte, durch feste Materie zu gehen. »Flugeinheit, Höchstgeschwindigkeit achthundert Meilen pro Stunde.« Eine weitere Einheit kam zum Vorschein, eine, die es den Fluxgeneratoren gestattete, Schwerkraft und Trägheit so zu manipulieren, dass Fliegen möglich war. »Funkempfänger auf die Frequenz der Polizei eingestellt.« Ein weiteres Modul.

Der Android strich sich mit dem Finger über die Brust. Ein unsichtbarer Reißverschluss öffnete sich. Er klappte das synthetische Fleisch und seine metallene Brustplatte zurück und enthüllte sein Inneres. Ein Miniatur-Fluxgenerator strahlte eine schwache Elmsfeuer-Aura aus. Der Android stöpselte die drei Module in sein Metallskelett ein und verschloss dann wieder seine Brust. Auf der Polizeifrequenz herrschte hektische Betriebsamkeit.

»Dr. Travnicek«, sagte er. »Der Polizeifunk meldet einen Notfall im Central Park Zoo.«

Travnicek kicherte. »Ausgezeichnet. Zeit für deinen ersten Einsatz. Nimm deine Waffen. Vielleicht musst du jemanden außer Gefecht setzen.«

Der Android zog einen flexiblen marineblauen Overall an. »Mikrowellen-Laserkanone«, sagte er. »Granatwerfer mit Betäubungsgas-Granaten. Magazin mit fünf Granaten.« Der Android öffnete zwei Reißverschlüsse am Overall, wodurch sichtbar wurde, dass sich offenbar ganz von selbst zwei Schlitze an seinen Schultern geöffnet hatten. Er nahm zwei lange Röhren aus dem Spind. Beide hatten Zapfen an den Unterseiten. Der Android drückte die Zapfen in die Schlitze und nahm dann die Hände weg. Die Gewehrläufe drehten sich und zeigten dabei in alle möglichen Richtungen.

»Sämtliche Modular-Ausrüstung funktionsfähig«, sagte der Android.

»Dann ab mit dir.«

Es knisterte, dann roch es plötzlich nach Ozon. Das Unstofflichkeitsfeld erzeugte ein Flimmern, während sich der Android durch die Decke erhob. Travnicek starrte auf die Stelle an der Decke, durch die der Android verschwunden war, und lächelte zufrieden. Er hob die Flasche zu einem Toast.

»Ein moderner Prometheus«, sagte er. »Meine Güte.« Der Android erhob sich in die Luft. Elektronen rasten durch seinen Verstand wie die Regentropfen durch seinen unstofflichen Körper. Das Empire State Building ragte in die Wolkendecke hinein wie ein Schmuckspeer. Der Android wurde wieder stofflich – das Feld verbrauchte seine Energie zu rasch, um nach Belieben eingesetzt werden zu können. Regen trommelte auf seine Radarkuppel.

Komplizierte Programme rasten durch makroatomare Schaltungen. Subroutinen, die menschliche Vernunft imitierten und denen es in gewissen Grenzen gestattet war, sich zu verändern, ordneten sich effektiver an. Travnicek war ein genialer Programmierer, aber er war auch schlampig, und die Grammatik seiner Programmiersprache war viel ausführlicher und weitschweifiger als nötig. Der Android vereinfachte Travniceks Sprache und spürte, wie seine Effektivität stieg. Gleichzeitig studierte er ein Programm, das in ihm ruhte. Das Programm, das ETCETERA genannt wurde, beanspruchte eine Menge Platz und schien ein abstrakter und wirrer Versuch zu sein, den menschlichen Charakter zu beschreiben.

Offenbar war es Travniceks Absicht gewesen, dass dieses Programm hinzugezogen wurde, wenn sich der Android mit den Problemen menschlicher Motivation befassen musste. ETCETERA war extrem umfangreich, schlecht strukturiert und voller Abschweifungen und offenkundiger Widersprüche. Auf die von Travnicek beabsichtigte Art benutzt, würde das Programm eher uneffektiv sein. Der Android wusste, dass es viel sinnvoller war, das Programm in Subroutinen aufzuteilen und es in den Teil des Hauptprogramms zu integrieren, der für den Kontakt mit Menschen vorgesehen war. Dadurch würde sich seine Effektivität weiter erhöhen.

Der Android beschloss, die Veränderung vorzunehmen. Das Programm wurde analysiert, entschlüsselt und dem Hauptprogramm hinzugefügt.

Wäre er ein Mensch gewesen, hätte er geschwankt, vielleicht sogar die Kontrolle verloren. Da er ein Android war, flog er unbeirrt weiter, während sein Verstand unter dem Ansturm verschlüsselter menschlicher Erfahrung erstrahlte wie eine Miniaturnova. Seine Wahrnehmung der Außenwelt, die einem Menschen komplex erscheinen musste und aus Infrarot, sichtbarem Licht, Ultraviolett und Radarbildern bestand, schien im Vergleich zu der gigantischen Woge menschlicher Leidenschaft zu verblassen. Liebe, Hass, Lust, Neid, Angst, Erhabenheit… All das hinterließ ein elektrisches Analog-Muster im Geist des Androiden.

Während der Geist des Androiden glühte, flog dieser weiter und erhöhte seine Geschwindigkeit, bis ihm der Wind in den Ohren dröhnte. Infrarot-Empfänger schalteten sich ein. Die Gewehrläufe auf den Schultern drehten sich und schossen Probesalven in den Himmel. Seine Radarwellen griffen aus, erfassten Dächer, Straßen, Flugzeuge, während sein Maschinenverstand die Radarbilder mit denen verglich, die er früher erzeugt hatte, und nach Diskrepanzen suchte.

Mit dem Radarbild des Empire State Building war ganz eindeutig etwas nicht in Ordnung. Ein großes Objekt kletterte auf einer Seite an ihm empor, und mehrere kleinere Objekte von der Größe eines Menschen umkreisten das Gebäude. Der Android verglich die Daten mit Informationen in seinem Speicher und änderte dann den Kurs.

Nicht ohne Schwierigkeiten unterdrückte er den Aufruhr in seinem Inneren. Dies war nicht der richtige Zeitpunkt.

Ein fünfzehn Meter großer Affe kletterte an dem Gebäude empor, und zwar derselbe, der im Central Park Zoo gehalten wurde, seitdem er während des allgemeinen Stromausfalls im Jahre 1965 dabei entdeckt worden war, wie er im Central Park umherirrte. Zerrissene Ketten hingen an Fuß- und Handgelenken des Affen. Eine seiner riesigen Hände hielt eine blonde Frau. Fliegende Leute umschwirrten ihn. Als der

Android eintraf, war die Wolke der kreisenden Asse noch dichter geworden, wirbelnde kleine Elektronen um einen haarigen, fauchenden Nukleus. Die Luft war vom Lärm der Raketen, Schwingen, Kraftfelder und Propeller erfüllt. Gewehre, Strahlenprojektoren, Zauberstäbe und weniger klar identifizierbare Waffen waren auf den Affen gerichtet. Keine wurde abgefeuert.

Entschlossen setzte der Affe seine Kletterpartie fort. Fensterscheiben splitterten, als er sie mit den Zehen eindrückte. Aus dem Gebäude war das schwache Jaulen von Alarmsirenen zu hören.

Der Android glich seine Geschwindigkeit an die einer Frau mit Krallen, Federn und einer Flügelspannweite von vier Metern an. Sein Speicher legte ihm nahe, dass sie Peregrine hieß.

»Das ist seine zweite Flucht in diesem Jahr«, sagte sie. »Und immer schnappt er sich eine Blondine und klettert auf das Empire State Building. Warum eine Blondine? Das würde ich zu gern wissen.«

Der Android registrierte, dass die geflügelte Frau glänzende brünette Haare hatte. »Warum unternimmt niemand etwas?«, fragte er.

»Wenn wir den Affen abschießen, zerquetscht er vielleicht das Mädchen«, sagte Peregrine. »Oder lässt es fallen. Normalerweise zwängt der Große und Mächtige Turtle die Finger des Affen auseinander und lässt das Mädchen behutsam zu Boden sinken. Dann versuchen wir, den Affen auszuschalten. Er regeneriert sich ständig, sodass wir ihn nicht dauerhaft verletzen können. Aber Turtle ist nicht da.«

»Ich glaube, jetzt verstehe ich das Problem.«

»Hey, was ist eigentlich mit deinem Kopf los?«

Der Android antwortete nicht. Stattdessen schaltete er sein Unstofflichkeits-Fluxfeld ein. Ein knisterndes Geräusch ertönte. Energien strömten in den *n*-dimensionalen Raum. Er änderte seinen Kurs und stieß auf den Affen herab, der ihn anknurrte und die Zähne bleckte. Der Android segelte in die Mitte der Hand, die das blonde Mädchen hielt, und empfing ein impressionistisches Bild aus wirren blonden Haaren, Tränen und flehenden blauen Augen.

»Heilige Scheiße«, sagte das Mädchen.

Modular Man schoss mit dem unstofflichen Mikrowellen-Laser dem Affen eine Salve in den Arm. Der Affe reagierte, als habe ihn eine überdimensionale Wespe gestochen, und öffnete die Hand. Die Blondine fiel heraus. Die Augen des Affen weiteten sich voller Entsetzen.

Der Android schaltete sein Fluxfeld aus, wich einem dreieinhalb Meter großen Pterodaktylus aus, fing das Mädchen mit seinen wieder stofflichen Armen auf und flog davon.

Die Augen des Affen blickten noch entsetzter. Er war in den letzten zwanzig Jahren neunmal ausgebrochen, und mittlerweile wusste er, was ihn erwartete.

Hinter sich hörte der Android eine Serie von Explosionen, Donnerschlägen, Schüssen, Raketen, zischenden Strahlen, Schreien, Schlägen und ohnmächtigen Brülllauten. Er hörte ein letztes grollendes Ächzen und sah den dunklen Schatten eines stürzenden langarmigen Giganten die Fassade des Wolkenkratzers herabhuschen. Dann zischte und knisterte es, und über der 5th Avenue erschien ein Netz aus kaltem blauen Feuer. Der Affe fiel hinein, erbebte einmal und wurde dann bewusstlos und rauchend zu seiner Behausung im Central Park Zoo gebracht.

Der Android suchte die Straßen unter sich nach Fernsehkameras ab. Er flog nach unten.

»Könntest du noch einen Moment in der Luft bleiben?«, fragte die Blonde. »Wenn du vor den Kameras landest, würde ich mich gern vorher etwas zurechtmachen, okay?«

Schnelle Erholung, dachte der Android. Er blieb in der Luft und kreiste über den Kameras. Er konnte sein Spiegelbild in den entfernten Linsen sehen.

»Ich heiße Cyndi«, sagte die Blondine. »Ich bin Schauspielerin. Ich bin erst vor ein paar Tagen aus Minnesota angekommen. Das könnte mein großer Durchbruch werden.«

»Meiner auch«, sagte der Android. Er lächelte sie an, wobei er hoffte, den Gesichtsausdruck richtig hinzubekommen. Sie schien nicht beunruhigt zu sein, also hatte er wahrscheinlich alles richtig gemacht.

»Übrigens«, fügte er hinzu, »bin ich der Ansicht, dass der Affe einen ausgezeichneten Geschmack bewiesen hat.«

♥

»Nicht schlecht, nicht schlecht«, meinte Travnicek, während er sich einen Bericht über den Androiden im Fernsehen ansah, der sich, nachdem er den Medien ein kurzes Interview gegeben hatte, mit Cyndi in den Armen wieder in den Himmel erhob.

Er wandte sich an seine Schöpfung. »Warum um alles in der Welt hattest du die ganze Zeit die Hände auf dem Kopf?«

»Wegen meiner Radarkuppel. Sie macht mich befangen. Andauernd werde ich gefragt, was mit meinem Kopf los ist.«

»Ein errötendes, befangenes defensives Vielzweck-Angriffssystem«, sagte Travnicek. »Mein Gott, das hat der Welt gerade noch gefehlt.«

»Kann ich mir eine Schädelkappe machen? So, wie ich jetzt aussehe, werde ich es auf nicht besonders viele Titelseiten schaffen.«

»Ja, mach nur.«

»Das Aces High bietet jedem, der den Affen wieder einfängt, wenn er ausbricht, ein kostenloses Dinner für zwei Personen an. Darf ich heute Abend hingehen? Ich bin der Ansicht, dass ich dort eine Menge nützlicher Leute kennenlernen könnte. Und Cyndi – die Frau, die ich gerettet habe – will sich dort mit mir treffen. Peregrine hat mich auch gebeten, in ihrer Fernsehsendung aufzutreten. Darf ich gehen?«

Travnicek war bester Laune. Sein Android hatte sich als Erfolg erwiesen. Er beschloss, seine Schöpfung zu beauftragen, Bushmills Büro am MIT zu verwüsten.

»Klar«, sagte er. »Dort wirst du gesehen. Das ist gut. Aber zuerst öffne deine Kuppel. Ich will ein paar Veränderungen vornehmen.«

♦

Der Winterhimmel war voller bärtiger Sterne. Wo es klar war, sahen Millionen zu, wie feurige Muster – rot, gelb, blau, grün – über den Himmel rasten. Sogar auf der Tagseite der Erde zogen sich rauchende Finger über den Himmel, als der außerirdische Ansturm landete.

Ihre Reise hatte dreißigtausend Jahre gedauert, seit die Schwarmmutter den letzten eroberten Planeten verlassen und sich aufs Geratewohl in den Himmel gehoben hatte wie eine Samenkapsel auf der Suche nach fruchtbarer Erde. Dreißig Kilometer lang und zwanzig Kilometer im Durchmesser sah die Schwarmmutter aus wie ein zerklüfteter Asteroid, bestand jedoch ausschließlich aus organischer Materie. Ihr dicker harziger Rumpf schützte das empfindliche Innere, das Gewebe aus Nerven und Fasern, die riesigen nassen Säcke aus Biomasse und genetischem Material, aus dem die Schwarmmutter ihre Diener erschuf. In ihr existierte der Schwarm in Stasis, kaum lebendig, sich kaum der Existenz von etwas anderem außer sich selbst bewusst. Erst als er sich Sol näherte, erwachte der Schwarm.

Ein Jahr nachdem die Schwarmmutter die Umlaufbahn des Neptun passiert hatte, empfing sie chaotische Radiosendungen von der Erde, deren Strukturen eingelagerte Erinnerungen ihrer DNS ansprachen. Hier existierte intelligentes Leben.

Wenn sie die Wahl hatte, zog die Schwarmmutter unblutige Eroberungen vor. Ein Ziel ohne intelligentes Leben würde wiederholten Invasionen überlegener Schwärme ausgesetzt sein und schließlich unter Benutzung erbeuteten genetischen Materials und Biomasse eine neue Generation von Schwarmeltern hervorbringen. Aber es war schon vorgekommen, dass intelligente Spezies ihren Planeten gegen Angriffe schützten. Diese Möglichkeit musste berücksichtigt werden.

Die effektivste Art, einen Feind zu besiegen, bestand darin, Mikrolebewesen einzusetzen. Das Aussetzen eines maßgeschneiderten Virus konnte alles vernichten, was atmete. Doch die Schwarmmutter konnte ein Virus nicht so kontrollieren, wie sie größere Spezies beherrschte. Und Viren hatten die ärgerliche Angewohnheit, zu mutieren und ihren Wirten zu schaden. Die randvoll mit Biomasse und maßgeschneiderter mutagenischer DNS gefüllte Schwarmmutter war selbst viel zu anfällig für einen biologischen Angriff, um das Risiko einzugehen, einen Sprössling zu erschaffen, der seine Mutter verschlingen mochte. Eine andere Vorgehensweise war erforderlich.

In den nächsten elf Jahren unterzog sich die Schwarmmutter einer langsamen Umstrukturierung. Kleine unintelligente Schwarm-Diener – Keime – erschufen unter sorgfältig kontrollierten Bedingungen spezielles genetisches Material und führten es mit zahmen Virus-Implantaten wartender Biomasse zu. Zuerst wurde eine Überwachungsintelligenz geschaffen, die die unverständlichen Sendungen von der Erde empfing und aufzeichnete. Dann nahm eine schlussfolgernde Intelligenz Gestalt an, die in der Lage war, die Daten zu analysieren und entsprechend zu handeln. Eine überragende Intelligenz, die enorme Fähigkeiten hatte, doch noch immer nur einen Bruchteil der strukturierten Sendungen verstand, die sie empfing.

Die Zeit zum Handeln war gekommen, folgerte die Schwarmmutter. Wie ein Kind mit einem Stock einen Ameisenhaufen in Aufruhr versetzte, wollte die Schwarmmutter die Erde in Aufruhr versetzen. Schwarm-Diener vervielfältigten sich in ihrem Leib, transportierten genetisches Material, reproduzierten die gewaltigsten Raubtiere, die in der Erinnerung des Schwarms enthalten waren. In besonderen, eigens für diesen Zweck konstruierten Kammern wurden Feststoffraketen wie seltene Orchideen gezüchtet. Tief im Bauch der Mutter wurden aus zähen Harzen raumtüchtige Kapseln von blinden Dienern hergestellt. Ein Drittel der verfügbaren Biomasse wurde auf dieses Unternehmen verwandt, die erste Generation der Nachkommenschaft des Schwarms.

Die erste Generation war nicht intelligent, konnte aber auf telepathische Befehle der Schwarmmutter reagieren. Sie waren Furcht erregende Idioten und schlicht darauf programmiert, zu töten und zu zerstören. Die erforderlichen Taktiken waren in ihrem genetischen Gedächtnis verankert. Sie wurden in ihre Kapseln gesetzt, die Feststoffraketen flammten auf, und sie flogen zur Erde wie eine flackernde Glühwürmchen-Invasion.

Jeder Keim gehörte zu einem Zweig, von denen jeder zwei- bis zehntausend Keime beinhaltete. Vierhundert Zweige zielten auf verschiedene Teile der Landmasse der Erde.

Der Harz der Kapseln verglühte zum Teil in der Erdatmosphäre und erleuchtete den Himmel. Fäden wuchsen aus jeder Kapsel, verlangsamten den Absturz und stabilisierten die kreiselnden Raumboote. Dicht über der Erdoberfläche platzten die Kapseln auf und spien ihre Fracht aus.

Nach der langen Zeit der Stasis erwachten die Keime. Sie waren hungrig.

♠

An der hufeisenförmigen Bar stand ein Mann in einer kompliziert aussehenden Kampfrüstung, einen Fuß auf dem Messinggeländer, und unterhielt sich mit einer geschmeidigen, maskierten Blondine, die in seltenen Augenblicken der Unaufmerksamkeit durchsichtig wurde. »Entschuldigen Sie«, sagte er. »Aber habe ich Sie während des Affen-Theaters nicht gesehen?«

»Ihr Tisch ist gleich so weit, Modular Man«, sagte Hiram Worchester. »Es tut mir leid, aber mir war nicht klar, dass Fortunato alle seine Freunde einladen würde.«

»Ist schon okay, Hiram«, sagte der Android. »Uns geht's großartig. Danke.« Er experimentierte mit dem Gebrauch von Abkürzungen und Kurzformen. Er war nicht sicher, wann sie angemessen waren, und fest entschlossen, es herauszufinden.

»Zwei Fotografen warten ebenfalls.«

»Lassen Sie sie ein paar Bilder machen, sobald wir am Tisch sitzen, dann schmeißen Sie sie raus. Okay?«

»Gewiss.« Hiram, der Besitzer des Aces High, lächelte den Androiden an. »Sagen Sie«, fügte er hinzu, »Ihre Taktik heute Nachmittag war brillant. Ich habe vor, das Tier schwerelos zu machen, wenn es je bis hier oben kommt. Aber das ist noch nie geschehen. Sein Rekord liegt bei zweiundsiebzig Stockwerken.«

»Beim nächsten Mal, Hiram. Ich bin sicher, es wird klappen.«

Der Restaurantbesitzer lächelte erfreut und trollte sich. Der Android hob die Hand, um einen weiteren Drink zu bestellen.

Cyndi trug ein azurblaues Etwas, das den größten Teil ihres Brustbeins und einen noch größeren Teil ihres Rückgrats frei ließ. Sie sah zu Modular Man auf und lächelte.

»Mir gefällt die Kappe.«

»Danke. Ich habe sie selbst gemacht.«

Sie warf einen Blick auf sein leeres Whiskeyglas. »Macht dich das wirklich – du weißt schon – high?«

Der Android sah auf den Single Malt. »Nein. Nicht richtig. Ich speichere die Getränke zusammen mit der Nahrung in einem Reservoir und lasse alles von meinen Fluxgeneratoren in Energie umwandeln. Aber irgendwie …« Sein neues Glas Single Malt traf ein, und er nahm es mit einem Lächeln entgegen. »Irgendwie ist es einfach ein gutes Gefühl, hier zu stehen, den Fuß auf das Geländer zu stellen und zu trinken.«

»Ja. Ich weiß, was du meinst.«

»Und natürlich kann ich auch schmecken. Ich weiß nur nicht, was gut oder schlecht schmecken soll, also probiere ich alles aus. Ich finde es heraus.« Er hielt sich den Single Malt unter die Nase, schnüffelte und kostete dann. Geschmacksrezeptoren knisterten. Er hatte das Gefühl, dass sich in seinen Nasenhöhlen eine mittlere Explosion ereignete.

Der Mann in der Kampfrüstung versuchte den Arm um die maskierte Frau zu legen. Sein Arm drang durch sie hindurch. Sie sah mit lächelnden blauen Augen zu ihm auf.

»Darauf habe ich gewartet«, sagte sie. »Ich bin in einem nichtstofflichen Körper, Schwachkopf.«

Hiram kam wieder, um sie an ihren Tisch zu führen. Blitzlichter flammten auf, als Hiram eine Flasche Champagner öffnete. Als er aus dem Buntglasfenster in den Himmel schaute, sah der Android eine Sternschnuppe durch ein Loch in der Wolkendecke.

»Daran könnte ich mich gewöhnen«, sagte Cyndi.

»Warte«, sagte der Android. Er hörte etwas über seinen Radioempfänger. Das Empire State Building war so hoch, dass er auch Sendungen empfangen konnte, die von weither kamen. Cyndi betrachtete ihn neugierig.

»Was ist los?«

Die Sendung endete. »Ich muss mich leider entschuldigen. Kann ich dich später anrufen?«, fragte der Android. »In New Jersey ist ein Notfall eingetreten. Es hat den Anschein, als sei die Erde von Außerirdischen aus dem Weltraum angegriffen worden.«

»Tja, wenn du gehen musst …«

»Ich rufe dich später an. Ich verspreche es.«

Die Gestalt des Androiden verblasste. Ozon knisterte. Er stieg durch die Decke.

Hiram starrte ihm nach, die Champagnerflasche in der Hand. Er wandte sich an Cyndi. »War das sein Ernst?«, fragte er.

»Für eine Minute ist er ein netter Bursche«, sagte Cyndi, indem sie das Kinn aufstützte. »Aber er hat eindeutig 'ne Schraube locker.« Sie hielt Hiram ihr Glas hin. »Lass uns feiern, Hiram.«

♣

Nicht weit entfernt lag ein Mann, der von einem Albtraum zerfleischt wurde. Ungeheuer besabberten ihn in seinen Träumen. Bilder zogen an seinem geistigen Auge vorbei, eine tote Frau, ein invertiertes Pentagramm, ein geschmeidiger nackter Mann mit einem Schakalskopf. Er stöhnte. In seiner Kehle staute sich das Entsetzen. Er erwachte mit einem Schrei, war in Schweiß gebadet.

♥

Blind tastete er nach der Nachttischlampe und schaltete sie ein. Er suchte seine Brille. Seine Nase war schlüpfrig vor

Schweiß, und das schwere Gestell mit den dicken Gläsern rutschte ihm auf die Nasenspitze. Der Mann bemerkte es nicht.

Er dachte an das Telefon, aber ihm wurde klar, dass er sich in den Rollstuhl hieven musste, um es zu erreichen. Es gab einfachere Möglichkeiten der Kommunikation. Er ließ seinen Geist durch die Stadt wandern. Ein schläfriger Geist beantwortete seinen Ruf.

Wach auf, Hubbard, sagte er zu dem anderen, während er seine Brille hochschob. *TIAMAT ist da.*

♦

Eine Säule der Dunkelheit erhob sich über Princeton. Der Android sah sie auf dem Radar und hielt sie zuerst für Rauch, aber dann erkannte er, dass die Wolke nicht mit dem Wind trieb, sondern aus Tausenden Lebewesen bestand, die über dem Land kreisten wie ein Schwarm Aasvögel. Die Säule lebte.

Im makroatomaren Herzen des Androiden breitete sich eine Spur von Unsicherheit aus. Seine Programmierung hatte ihn nicht auf eine solche Situation vorbereitet.

Notrufe hallten in seinem Verstand, Fragen, Hilferufe, Verzweiflungsschreie. Modular Man wurde langsamer, während seine Wahrnehmungssensoren das dunkle Land unter ihm abtasteten. Große Infrarotechos – weitere Schwarmkeime – krochen über von Bäumen gesäumte Straßen. Die Echos waren verstreut, aber die Bewegungen waren zielgerichtet und führten sie zur Stadt. Es schien, als sei Princeton ihr Sammelpunkt. Der Android sank tiefer, hörte Reißlaute, Schreie, Schüsse. Die Waffen auf seinen Schultern zielten, während er tauchte und seine Geschwindigkeit erhöhte.

Der Schwarmkeim hatte keine Beine, sondern bewegte sich wie eine Schnecke mit wellenförmigen Schüben seines schlanken, zehn Meter langen Leibs. Der Kopf war gepanzert und wies seitliche geifernde Kiefer auf. Zwei riesige, knochenlose Arme endeten in Krallen. Die Kreatur stieß ihren Kopf in ein zweistöckiges Vorstadthaus und bohrte Löcher in die Mauern, während sich die Arme durch die Fenster quetschten und drinnen nach Leben suchten. Schüsse hallten aus dem ersten Stock. Weihnachtslämpchen blinkten an den Dachrändern und an Ziersträuchern.

Modular Man schwebte über der Kreatur und feuerte einen präzisen Schuss aus seinem Laser ab. Die pulsierende Mikrowelle war unsichtbar und lautlos. Die Kreatur erzitterte, wälzte sich auf die Seite, fing an, um sich zu schlagen. Das Haus erbebte unter ihren ungezielten Hieben. Der Android schoss noch einmal. Die Kreatur erschauerte und lag dann still. Der Android flog mit den Füßen voran durch das Fenster, aus dem die Schüsse gekommen waren, und sah einen splitternackten dicken Mann, der eine Jagdflinte umklammerte, einen etwa fünfzehnjährigen Jungen mit einer Übungspistole und eine Frau, die zwei junge Mädchen an sich drückte. Die Frau schrie. Die beiden Mädchen waren zu benommen, um auch nur zu zittern. »Jesus Christus«, sagte der dicke Mann.

»Ich habe es getötet«, sagte der Android. »Schaffen Sie es bis zu Ihrem Wagen?«

»Ich glaube schon«, sagte der Dicke. Er stopfte Patronen in seine Flinte. Seine Frau schrie noch immer.

»Fahren Sie nach Osten in Richtung New York«, sagte Modular Man. »In dieser Gegend scheinen die Biester besonders gebündelt aufzutreten. Vielleicht können Sie mit ein paar Nachbarn einen Konvoi bilden.«

»Was ist überhaupt los?«, fragte der Mann, indem er durchlud. »Wieder ein Ausbruch des Wild-Card-Virus?«

»Anscheinend handelt es sich um Ungeheuer aus dem All.« Hinter dem Haus ertönte ein krachendes Geräusch.

Der Android wirbelte herum und erblickte etwas, das wie eine zwanzig Meter lange Schlange aussah, sich seitwärts vorwärtsschlängelte und dabei Büsche, Bäume und Strommasten niederwalzte. Auf der Unterseite des Schlangenkörpers wanden sich drei Meter lange Wimpern. Modular Man flog aus dem Fenster und gab einen weiteren Schuss auf den Kopf des Ungeheuers ab. Keine Wirkung. Noch ein Schuss. Ohne Erfolg. Hinter ihm donnerte die Jagdflinte. Die Frau schrie immer noch. Modular Man folgerte, dass sich das Hirn der Schlange nicht im Kopf befand. Er fing an, den ganzen Leib der Schlange methodisch von vorne nach hinten mit seiner Waffe zu bestreichen.

Holz ächzte, als die Schlange das Haus traf, das in seinen Grundfesten erbebte, da eine Außenwand zerschmettert wurde und sich das obere Stockwerk gefährlich nach unten neigte. Der Android schoss immer wieder. Er spürte, dass seine Energiereserven knapp wurden. Die Jagdflinte dröhnte noch einmal. Die Schlange hob den Kopf und stieß ihn durch das Fenster, aus dem der Dicke schoss. Der Leib der Schlange zuckte mehrfach. Ihr Schwanz schlug um sich. Der Android schoss. Das Schreien hörte auf. Die Schlange zog den Kopf zurück und schlängelte sich auf das nächste Haus zu. Der Android war fast am Ende seiner Energiereserven angelangt. Ihm blieb gerade noch genug, um sich in der Luft zu halten.

Modular Man kam zu dem Schluss, dass diese Taktik nicht funktionierte. Weitere Versuche, Individuen zu helfen, würden seine Kräfte in Einzelaktionen erschöpfen und obendrein vergeblich sein. Er sollte den Feind ausforschen, seine Stärke und Strategie in Erfahrung bringen, organisierten Widerstand suchen und dort helfen.

Er flog auf Princeton zu und aktivierte seine Sensoren, um sich ein Bild von den Vorgängen zu machen.

Irgendwo unter ihm fingen Sirenen an zu jaulen. Leute wankten aus demolierten Häusern. Krankenwagen rasten mit blinkenden Blaulichtern dahin. Ein paar Autos fuhren im Zickzack über trümmerbedeckte Straßen. Hier und da waren Feuer ausgebrochen, aber die allgemeine Feuchtigkeit und ein leichter Nieselregen verhinderten ihre Ausbreitung. Modular Man sah ein Dutzend Schlangen, an die hundert kleinere Raubtiere, die sich auf ihren sechs Beinen wie Panther bewegten, Dutzende seltsamer Kreaturen, die wie einen Meter große Springspinnen aussahen und auf stelzenähnlichen Beinen über Bäume und andere Hindernisse hüpften. Ein sechs Meter großer zweibeiniger Fleischfresser hatte Zähne wie ein Tyrannosaurus. Andere Kreaturen, die mit Infrarot schwer auszumachen waren, bewegten sich wie Teppiche dicht über dem Boden. Etwas Unsichtbares schoss eine Wolke aus meterlangen Nadeln auf ihn ab, aber er sah sie auf dem Radar kommen und wich ihr aus. Die Wolke kreiste immer noch über Princeton. Der Android beschloss, sie sich aus der Nähe anzusehen.

Es waren Tausende, dunkle, ungefiederte flatternde Kreaturen, kleinen Teppichen gleich. Abgesehen von dem konzertierten Rauschen ihrer Flügelschläge stießen sie tiefe, stöhnende Laute aus, die wie Basssaiten vibrierten. Sie stürzten sich in Gruppen aus der Luft herab, und als der Android einen Wagen aus einer Garage schießen und auf die Straße schleudern sah, begriff er ihre Taktik. Eine Gruppe der Flieger stieß auf den Wagen nieder und hüllte ihn mit ledrigen Gestalten ein, um ihn mit dem schieren Gewicht zu zerquetschen. Der Android, dessen Energievorrat zum Teil wieder aufgefüllt war, schoss in die Schar der Flieger und fällte ein paar, aber der Wagen schleuderte über einen Bordstein und krachte gegen ein Haus. Weitere Flieger stießen herab, während sich die erste Gruppe durch die zerschmetterten Fenster quetschte. Säure zersetzte den Lack des Wagens. Der Android erhob sich und schoss in die fliegende Masse, um ihre Aufmerksamkeit auf sich zu lenken.

Eine ganze Wolke stürzte sich auf ihn, Hunderte auf einmal. Modular Man wurde schneller und flog nach Süden, um sie von Princeton wegzulocken. Tote Flieger fielen wie Blätter vom Himmel, als er immer wieder kurze Salven auf sie abfeuerte. Mehr und mehr von ihnen beteiligten sich an der Verfolgung. Offenbar waren diese Kreaturen nicht sehr intelligent. Der Android hielt sich immer dicht vor der flatternden Wolke, und nach kurzer Zeit waren ihm Tausende der Flieger auf den Fersen. Er flog über eine Anhöhe und sah weitere Heerscharen vor sich. Einen Moment lang wurden seine Sensoren mit dem schwindelerregenden Ansturm der Daten nicht fertig.

Eine Armee von Kreaturen rückte im Bogen auf Princeton vor. Die Luft war von knirschenden, reißenden Geräuschen erfüllt, als der Schwarm durch eine Stadt walzte und dabei alles – Häuser, Bäume, Bürogebäude, einfach alles – dem Erdboden gleichmachte. Der Android stieg höher und stellte ein paar Berechnungen an, während die Flieger dicht hinter ihm schwirrten. Angesichts der Tatsache, dass das Heer so gründlich vorging, bewegte es sich ziemlich schnell. Der Android schätzte seine Geschwindigkeit auf zwanzig bis fünfundzwanzig Kilometer pro Stunde..

Modular Man hatte eine ziemlich genaue Vorstellung von der durchschnittlichen Größe einer Schwarmkreatur. Er teilte die gewaltige Infrarotstrahlung durch die Strahlungsmenge einer einzigen Kreatur und kam zu dem Schluss, dass er es mit mindestens vierzigtausend zu tun hatte – und mit jedem Augenblick wurden es mehr. Hinzu kamen weitere zwanzigtausend Flieger. Die Zahlen waren gigantisch.

Anders als ein Mensch konnte der Android nicht an seinen Berechnungen zweifeln. Jemand musste erfahren, was auf die Welt zukam. Seine Schulterwaffen schwangen zurück, um weniger Luftwiderstand zu bieten. Er erhöhte die Geschwindigkeit und wendete. Die Flieger ahmten sein Manöver nach, konnten jedoch nicht mithalten. Sie flogen wieder nach Princeton zurück.

Sekunden später war Modular Man wieder über der Stadt. Tausend oder noch mehr Kreaturen des Schwarms waren mittlerweile in die Stadt eingedrungen, und der Android hörte das Krachen einstürzender Häuser, das vereinzelte Knattern von Gewehrfeuer und von einer Stelle das Donnern und Tosen schwerer Waffen. Diesem Geräusch flog der Android entgegen.

Das Waffendepot der Nationalgarde wurde angegriffen. Eine der Schlangen, die von einer Granate zerfetzt worden war, wand sich vor dem Depot auf der Straße und wirbelte Tränengaswolken auf. Die nähere Umgebung des Gebäudes war von toten Raubtieren und menschlichen Leichen übersät. Auf dem Beton des Vorplatzes lag ein umgestürzter M60-Panzer. Ein weiterer blockierte eine offene Hangartür und überflutete die Szenerie mit Infrarotlicht. Auf dem Panzer hinter dem Geschützturm standen drei Gardisten mit Gasmasken. Der Android tötete mit acht gezielten Schüssen die vorderste Welle der Angreifer. Er flog an dem Panzer vorbei und landete neben den Gardisten, die ihn durch ihre Masken eulenhaft anstarrten. Im Rücken der Gardisten stand ein Dutzend Zivilisten mit Schrotflinten und Jagdgewehren und hinter ihnen etwa fünfzig Flüchtlinge. Irgendwo in dem Gebäude heulten Motoren.

»Wer hat das Kommando?«

Ein Mann mit den silbernen Streifen eines Lieutenants hob die Hand. »Lieutenant Goldfarb«, sagte er. »Ich bin der Offizier vom Dienst. Was zum Teufel geht hier vor?«

»Sie müssen die Leute von hier wegschaffen. Außerirdische sind gelandet.«

»Ich dachte mir schon, dass es nicht die Chinesen sind.« Seine Stimme wurde durch die Gasmaske gedämpft.

»Sie kommen über Grovers Mills.«

Einer der Gardisten fing plötzlich an zu keuchen. Das Geräusch war kaum als Lachen zu erkennen. »Genau wie in *Krieg der Welten*. Echt klasse.«

»Halten Sie um Gottes willen das Maul.« Goldfarb versteifte sich vor Wut. »Ich habe nur ungefähr zwanzig einsatzfähige Soldaten. Glauben Sie, wir können sie am Raritan-Kanal aufhalten?«

»Es sind mindestens vierzigtausend.«

Goldfarb sackte gegen den Geschützturm. »Dann wenden wir uns nach Norden und versuchen, Somerville zu erreichen.«

»Ich schlage vor, dass Sie sich beeilen. Die Flieger kommen zurück. Haben Sie sie gesehen?«

Goldfarb zeigte auf die Leichen einiger Flieger. »Sie waren nicht zu übersehen. Tränengas scheint sie abzuhalten.«

»Da kommt wieder was, Boss.« Einer der Soldaten hob einen Granatwerfer. Ohne hinzusehen, schoss Modular Man über die Schulter und fällte eine Spinnenkreatur.

»Hat sich erledigt«, sagte der Soldat.

»Hören Sie«, sagte Goldfarb. »Der Gouverneur hat sein Anwesen, Morven, in der Stadt. Er ist unser Oberkommandierender, und wir sollten versuchen, ihn rauszuholen.«

»Ich könnte es versuchen«, sagte der Android, »aber ich weiß nicht, wo sein Haus steht.« Er erledigte einen gepanzerten Wurm, wiederum mit einem Schuss über die Schulter, und fixierte Goldfarb. »Ich könnte mit Ihnen auf dem Arm fliegen.«

»In Ordnung.« Goldfarb warf sich sein Sturmgewehr über die Schulter. Den anderen Nationalgardisten gab er Befehl, die Zivilisten in die Panzerfahrzeuge zu schaffen und einen Konvoi zu bilden.

»Ohne Licht«, sagte der Android. »Dann werden sie von den Fliegern vielleicht nicht so schnell entdeckt.«

Goldfarb beendete seine Anweisungen. Aus anderen Teilen des Gebäudes tauchten weitere Nationalgardisten auf, die Kisten mit Waffen und Munition schleppten. Kettenfahrzeuge wurden angelassen und heulten im Leerlauf. Der Android legte die Arme um Goldfarb und raste in den Himmel.

»Wir *fliegen*!«, schrie Goldfarb.

Modular Man nahm an, dass es sich dabei um einen Ausdruck der Begeisterung handelte.

Ein gewaltiges Rauschen in der Luft kündete von der Rückkehr der Flieger. Der Android ging tiefer und raste zwischen eingestürzten Häusern und Baumstümpfen durch.

»Heilige Scheiße«, sagte Goldfarb.

Morven war eine Ruine. Vom Anwesen des Gouverneurs standen nicht einmal mehr die Grundmauern. Nichts Lebendes war zu sehen.

Der Android brachte Goldfarb zu seiner Einheit zurück, wobei er unterwegs eine Gruppe von zwanzig Angreifern erledigte, die zu einem Angriff auf das Hauptquartier der Garde ansetzten. Im Fahrzeughangar roch es nach Abgasen. Sechs gepanzerte Truppentransporter und zwei Panzer waren startbereit. Modular Man setzte Goldfarb neben einem Truppentransporter ab. Am Himmel wurde das Rauschen der Flieger immer lauter.

»Ich werde versuchen, die Flieger wegzulocken«, sagte der Android. »Warten Sie, bis der Himmel einigermaßen frei ist, bevor Sie abfahren.«

Er schoss wieder in den Himmel, wobei er Schüsse aus seinem Laser abgab und in den sich rasch verdunkelnden Himmel schrie. Wieder folgten ihm die Flieger. Er führte sie erneut in Richtung Grovers Mills und sah, dass der riesige Halbmond erdgebundener Schwarmkreaturen immer noch mit gleichbleibender und beängstigender Geschwindigkeit vorrückte. Er kehrte um, beschleunigte und ließ die Flieger weit hinter sich zurück. Unter ihm stiegen ein paar Flieger auf, um ihm zu folgen. Es sah aus, als hätten sie sich über die Leiche eines Mannes hergemacht, der eine Kampfrüstung trug. Es war dieselbe Rüstung, die Modular Man im Aces High gesehen hatte, aber diese hier war jetzt vom Speichel der Flieger fleckig und geschwärzt.

In Princeton sah er Goldfarbs Konvoi auf dem Highway 206. Die Fahrzeuge waren in Infrarotlicht gehüllt und wurden zudem vom ständigen Mündungsfeuer ihrer Maschinengewehre beleuchtet. Flüchtlinge, die auf den Lärm der Panzer und Truppentransporter aufmerksam geworden waren, klammerten sich an die Fahrzeuge. Der Android schoss unablässig auf angreifende Schwarmkreaturen, bis seine Energie nahezu verbraucht war. Er folgte dem Konvoi, bis dieser die unmittelbare Gefahrenzone verlassen zu haben schien und wegen der Flüchtlingsmassen, die nach Norden drängten und die Straße verstopften, langsamer fahren musste.

Der Android beschloss, nach Fort Dix zu fliegen.

♣

Detective Lieutenant John F. X. Black vom Jokertown-Revier nahm Tachyon die Handschellen erst im Rathaus vor der Tür zum Büro des Bürgermeisters ab. Die anderen Beamten hielten ihre Schrotflinten bereit.

Angst, dachte Tachyon. *Diese Leute haben furchtbare Angst. Warum?* Er rieb sich die Handgelenke. »Hut und Jacke, bitte.« Das Anhängen der Höflichkeitsfloskel änderte nichts am Befehlscharakter der Forderung.

»Wenn Sie darauf bestehen«, sagte Black. Er gab ihm den gefiederten Kavaliershut und die lavendelfarbene Frackjacke aus Samt, deren Farbe Tachyons Augen entsprach. Blacks scharf geschnittenes Gesicht arrangierte sich in einem zynischen Lächeln. »Ihren Geschmack würde man selbst bei einem Kommissar vergeblich suchen«, sagte er.

»Das glaube ich auch«, sagte Tach kalt. Er strich sich das Haar über den Kragen.

»Hier entlang«, sagte Black.

Tach setzte den Hut auf, rückte ihn zurecht, sodass er verwegen über einem Auge saß, und trat ein.

Es war ein großer holzvertäfelter Raum mit einem langen Tisch, und er war ein Tollhaus. Tach sah Polizisten und Feuerwehrleute, Männer in militärischen Uniformen. Der Bürgermeister schrie etwas in ein Funktelefon und kam, dem grimmigen Gesichtsausdruck nach zu urteilen, nicht durch. Tachs Blick wanderte zur anderen Seite des Raums, und seine Augen verengten sich. Senator Hartmann unterhielt sich leise mit einigen Assen: Peregrine, Pulse, der Howler, der ganze Haufen von ANGST.

Tach fühlte sich in Hartmanns Nähe immer unwohl – New Yorker Liberaler oder nicht, er war Vorsitzender des Senatsausschusses für Nachforschungen über Geldmittel und Bestrebungen der Asse, kurz SCARE*, der seinem Namen unter Joseph McCarthy alle Ehre gemacht hatte. Die Gesetze waren jetzt anders, aber Tach wollte nichts mit einer Organisation zu tun haben, die Asse rekrutierte, um den Absichten der Mächtigen zu dienen.

Der Bürgermeister gab das Funktelefon einem seiner Sekretäre, und bevor er Gelegenheit bekam, etwas anderes zu tun, marschierte Tach zu ihm und fixierte ihn mit kalten Blicken.

»Ihre Sturmtruppen haben mich hergebracht«, sagte er. »Sie haben meine Tür aufgebrochen. Ich gehe davon aus, dass die Stadtverwaltung sie ebenso ersetzen wird wie alles, was möglicherweise gestohlen wird, solange die Tür offen steht.«

»Wir haben ein Problem«, erklärte der Bürgermeister. Ein Sekretär kam hereingeeilt, die Hände voller Straßenkarten von New Jersey, und der Bürgermeister sagte ihm, er solle

* SCARE (= Angst): **S**enate **C**ommittee on **A**ces **R**esources and **E**ndeavors

sie auf den Tisch legen. Tachyon redete auch während dieser Unterbrechung weiter.

»Sie hätten mich anrufen können. Ich wäre gekommen. Ihre Schläger haben nicht einmal angeklopft. In diesem Land gelten immer noch die verfassungsmäßigen Rechte, sogar in Jokertown.«

»Wir haben geklopft«, sagte Black. »Wir haben sogar richtig laut geklopft.« Er wandte sich an einen seiner Beamten, einen Joker mit brauner, schuppiger Haut. »Sie haben mich klopfen gehört, nicht wahr, Kant?«

Kant grinste, eine Echse mit Zähnen. Tachyon schauderte. »Klar habe ich das, Lieutenant.«

»Was ist mit Ihnen, Matthias?«

»Ich habe Sie auch klopfen hören.«

Tach biss die Zähne zusammen. »Sie … haben … nicht … geklopft.«

Black zuckte die Achseln. »Der Doktor hat uns wahrscheinlich nicht gehört. Er war beschäftigt.« Er grinste anzüglich. »Er hatte Gesellschaft, wenn Sie verstehen, was ich meine. Eine Krankenschwester. Echt scharf.« Er hielt ein amtliches Dokument in die Höhe. »Jedenfalls war unser Vorgehen legal. Dieser Haftbefehl ist vor einer halben Stunde von Richter Steiner hier in diesem Haus unterzeichnet worden.«

Der Bürgermeister wandte sich an Tachyon. »Wir wollten uns nur vergewissern, dass Sie mit dieser Sache nichts zu tun haben.«

Tach nahm den Hut ab und wedelte damit lässig vor seinem Gesicht herum, während er sich in dem Raum umsah, der voller hektischer, hastender Leute war, darunter auch – lieber Gott, ein nur ein Meter großer Tyrannosaurus, der sich soeben in einen nackten vorpubertären Jungen verwandelte.

»Wovon reden Sie, mein Guter?«, fragte er schließlich.

Der Bürgermeister sah Tachyon mit eiskalten Augen an.

»Uns liegen Berichte aus Jersey vor. Es könnte sich um einen Ausbruch des Wild-Card-Virus handeln.«

Tach stockte der Atem. *Nicht schon wieder,* dachte er, während er sich an jene ersten schrecklichen Wochen erinnerte, an die Toten, die Verstümmelungen, bei denen ihm das Blut in den Adern gefroren war, an den Wahnsinn, den *Geruch …* Nein, es war unmöglich. Er schluckte.

»Wie kann ich Ihnen helfen?«, fragte er.

♥

»Vierzigtausend in einer Gruppe«, murmelte der General, während er die Zahlen im Geiste durchging. »Wahrscheinlich mittlerweile in Princeton. Zwanzigtausend Flieger. Vielleicht weitere zwanzigtausend in der Gegend verstreut und unterwegs zum Treffpunkt in Princeton.« Er musterte den Androiden. »Irgendeine Idee, wohin sie sich nach Princeton wenden? Philadelphia oder New York? Süden oder Norden?«

»Kann ich nicht sagen.«

Der General nagte an seinen Fingerknöcheln. Er war dünn, trug eine Brille und hieß Carter. Die Vorstellung, dass fleischfressende Außerirdische in New Jersey gelandet waren, schien ihn keineswegs zu beunruhigen. Er befehligte die First Army der Vereinigten Staaten von seinem Hauptquartier hier in Fort Meade, Maryland. In Fort Dix, bei dem es sich, wie sich herausgestellt hatte, um ein Ausbildungslager handelte, war Modular Man von einem schwitzenden Generalmajor hierhergeschickt worden.

Chaos umgab Carters Aura der Ruhe. Telefone klingelten, Adjutanten huschten hierhin und dorthin, draußen auf dem Flur schrien Männer durcheinander.

»Bisher habe ich nur die Zweiundachtzigste und die Nationalgarde«, sagte Carter. »Das reicht nicht, um New York *und*

Philadelphia gegen eine derartige Zahl zu verteidigen. Wenn ich die Marineinfanterieregimenter aus Lejeune hätte, würde das unsere Situation verbessern, aber der Oberbefehlshaber der Marineeinheiten will sie nicht aus der Rapid Deployment Force freistellen, die der Marine untersteht. Er will, dass die RDF hier das Kommando übernimmt, weil die Zweiundachtzigste eigentlich auch ihm untersteht.« Er trank einen Schluck Preiselbeersaft und seufzte. »Das sind die Schwierigkeiten, die man in Friedenszeiten hat, ein Heer in den Kriegszustand zu versetzen. Unsere Zeit wird kommen, und dann sind wir an der Reihe.«

Der Android wusste mittlerweile, dass Schwärme an vier Stellen in Nordamerika gelandet waren: in New Jersey, in Kentucky südlich von Louisville, in Texas in der Gegend von McAllen, auf beiden Seiten der amerikanisch-mexikanischen Grenze. Bei der letzten Landung handelte es sich um ein Unternehmen, welches das gesamte nördliche Manitoba zu erfassen schien. Die Landung in Kentucky hatte ebenfalls innerhalb der Grenzen der Ersten Armee stattgefunden, und Carter hatte die Soldaten von Fort Knox und Fort Campbell bereits in den Einsatz geschickt. Glücklicherweise hatte er dafür nicht erst die Erlaubnis der Marine einholen müssen.

»Nach Norden oder nach Süden?«, fragte sich Carter. »Verdammt noch mal, ich wollte, ich wüsste, wohin sie sich wenden.« Er rieb sich die Schläfen. »Zeit für einen Schuss ins Blaue«, entschied er. »Sie haben gesehen, dass sie nach Norden unterwegs sind. Ich werde die Fallschirmjäger nach Newark schicken und der Garde befehlen, sich dort zu konzentrieren.«

Ein weiterer Adjutant stürzte herein und reichte Carter eine Nachricht. »Okay«, sagte der General. »Der Gouverneur von New York hat alle Asse im Gebiet von New York gebeten, sich im Rathaus zu versammeln. Man will euch als

Stoßtruppen einsetzen.« Er musterte den Androiden durch seine Brille. »Sie sind doch ein Ass, oder?«

»Ich bin eine Maschinenintelligenz der sechsten Generation, die darauf programmiert ist, die Gesellschaft zu verteidigen.«

»Dann sind Sie eine Maschine?« Carter sah aus, als sei ihm das bisher nicht klar gewesen. »Jemand hat Sie gebaut?«

»Genau.« Seine Sprachverkürzungen wurden immer besser, seine Sprechweise immer treffender. Er war mit sich zufrieden.

Carter reagierte schnell. »Gibt es noch mehr von Ihrer Sorte? Können wir mehr von Ihnen *bauen*? Wir sitzen hier ziemlich in der Klemme.«

»Ich kann Ihre Anfrage an meinen Schöpfer weiterleiten. Aber ich halte eine sofortige Hilfe für unwahrscheinlich.«

»Tun Sie das. Und bevor Sie wieder abfliegen, will ich, dass Sie mit jemandem aus meinem Stab reden. Erzählen Sie ihm von sich und Ihren Fähigkeiten. So können wir uns Ihre Fähigkeiten besser zunutze machen.«

»Jawohl, Sir.« Der Android versuchte, militärisch zu klingen, und glaubte, dass es ihm gelungen war.

♦

»Nein«, sagte Tachyon. »Das Wild-Card-Virus ist es nicht.« Weitere Fakten waren hereingekommen, darunter auch Bilder. Keine Wild-Card-Plage – nicht einmal eine weiterentwickelte Version – hätte derartige Ergebnisse hervorbringen können. Zumindest wird man mir nicht die Schuld *dafür* geben, dachte er.

»Ich glaube«, sagte Tach, »dass das, was gerade Jersey heimsucht, eine Bedrohung ist, der meine Rasse selbst schon bei mehreren Gelegenheiten begegnet ist – diese Wesen griffen zwei Kolonien an. Eine wurde von ihnen vernichtet, an der Vernichtung der anderen hat nicht viel gefehlt. Unsere Strafexpeditionen haben die Angreifer vernichtet, aber wir wissen, dass es noch viele andere gibt. Die T'zan-d'ran …« Als er die verständnislosen Blicke sah, hielt er inne. »Das lässt sich als ›Schwarm‹ übersetzen, glaube ich.«

Senator Hartmann machte einen skeptischen Eindruck. »Nicht Wild Card? Wollen Sie damit sagen, dass New Jersey von Killerbienen aus dem All angegriffen wird?«

»Das sind keine Insekten. Es sind – wie soll ich es ausdrücken?« Er zuckte die Achseln. »Es sind Hefekeime. Riesige, fleischfressende, telepathisch veranlagte Hefekeime, die von einer riesigen Mutterhefe im Raum kontrolliert werden. Sehr hungrig. Ich würde mobilmachen, wenn ich Sie wäre.«

Der Bürgermeister schaute gequält drein. »Okay. Wir haben unten ein halbes Dutzend Asse versammelt. Ich will, dass Sie nach unten gehen und sie ins Bild setzen.«

♠

Die Geräusche der Panik drangen durch das Oberlicht. Es war vier Uhr früh, aber halb Manhattan schien zu versuchen, aus der Stadt zu fliehen. Es war das größte Verkehrschaos seit dem Wild-Card-Tag.

Travnicek grinste, während er die wissenschaftlichen Notizen durchsah, die er im Laufe seines monatelangen Kreativitätswahns auf Butterbrotpapier und leere Zigarettenschachteln gekritzelt hatte.

»Also will die Armee mehr von dir, ja? Hä, hä. Wie viel bieten sie?«

»General Carter hat nur allgemeines Interesse gezeigt. Ich bin davon überzeugt, dass er keine Befugnis zum Ankauf hat.«

Travniceks Grinsen verwandelte sich in ein Stirnrunzeln, und er hielt seine Notizen näher vors Gesicht. Seine Schrift war entsetzlich, und die Notiz war völlig unleserlich. Was hatte er sich nur dabei gedacht?

Er sah sich auf dem Dachboden um, betrachtete das widerwärtige Durcheinander von Gerümpel und Abfall. Es gab *Tausende* dieser Notizen. Ein großer Teil von ihnen lag auf dem Fußboden und war festgetreten.

Sein Atem dampfte auf dem kalten Dachboden. »Frag nach einem festen Angebot. Sag ihm, ich will zehn Millionen pro Einheit. Oder nein, mach zwanzig daraus. Lizenzgebühren für die Programmierung. Und ich will die ersten zehn Einheiten für mich, als meine Leibwache.«

»Ja, Sir. Was soll ich ihm sagen, wie schnell sie damit rechnen können, die Pläne zu bekommen?«

Travnicek betrachtete noch einmal das Durcheinander. »Es könnte eine Weile dauern.« Er würde alles neu rekonstruieren müssen. »Aber als Erstes sieh zu, dass du eine feste Zusage in Bezug auf das Geld bekommst.«

»Ja, Sir.«

»Bevor du wieder gehst, räum diesen Saustall auf. Staple meine Notizen dort drüben.« Er zeigte auf einen einigermaßen sauberen Abschnitt an einem der Tische.

»Sir. Die Außerirdischen.«

»Die laufen dir nicht weg.« Travnicek kicherte. »Und du wirst viel wertvoller für das Militär sein, wenn diese Ungeheuer erst halb New Jersey aufgefressen haben.«

Das Gesicht des Androiden war ausdruckslos. »Ja, Sir.« Und dann machte er sich daran, das Labor aufzuräumen.

♣

»Meine Güte«, sagte Carter. Das Chaos, das ihn umgab, schien sich plötzlich aufgelöst zu haben. Die Stille in dem improvisierten Kommandostand in einer Abflughalle des Newark International Airport wurde nur durch das Triebwerksgeheul von Militärtransportern gestört, die Truppen und Ausrüstung ausspien. Fallschirmjäger in weiten Hosen und Kevlarhelmen des neuesten Modells standen neben rundbäuchigen Offizieren der Nationalgarde und Assen in Overalls. Sie alle warteten darauf, was Carter als Nächstes sagen würde. Carter hielt eine Reihe von Infrarotfotografien gegen das trübe Licht, das durch die Fenster fiel.

»Sie ziehen nach Süden. In Richtung Philadelphia. Vorhut, Flankenschutz, Hauptarmee, Nachhut.« Carter musterte seinen Stab. »Es sieht so aus, als hätten sie unsere Taktik-Handbücher gelesen, meine Herren.« Er legte die Fotografien auf den Tisch.

»Ich will, dass Sie Ihre Jungs nach Süden in Marsch setzen. Fahren Sie über den Jersey Turnpike. Beschlagnahmen Sie Zivilfahrzeuge, falls nötig. Wir wollen sie überflügeln und sie von Osten her aus Richtung Trenton angreifen. Wenn wir in ihre Flanke stoßen, können wir vielleicht ihre Nachhut festnageln, bevor sie Princeton räumen.« Er wandte sich an einen Adjutanten. »Verbinden Sie sich mit der Pennsylvania-Garde. Wir wollen, dass die Brücken über den Delaware gesprengt werden. Wenn sie keine Pioniere haben, um sie zu sprengen, sollen sie sie sperren. Von mir aus können sie Lastwagen querstellen, wenn es nicht anders geht.«

Carter wandte sich an die Asse, die in einer Ecke neben einem Stapel hastig zusammengestellter Plastikstühle standen. Modular Man, Howler, Mistral, Pulse. Ein Pterodaktylus, der in Wirklichkeit ein kleiner Junge mit der Fähigkeit war, sich in Reptilien zu verwandeln, und dessen Mutter zum zweiten Mal in wenigen Stunden kam, um ihn zu holen. Peregrine mit einem Kamerateam. Turtle kreiste in seinem Panzer über dem Terminal. Tachyon war nicht hier: Er war als wissenschaftlicher Berater nach Washington berufen worden.

»Die Marineinfanterie von Lejeune rückt nach Philadelphia ab«, sagte Carter. Er sprach sehr leise. »Jemand hatte ein Einsehen und hat sie mir unterstellt. Aber nur ein Regiment wird den Delaware rechtzeitig erreichen, um die Vorhut der Außerirdischen aufzuhalten, und dieses Regiment hat weder Panzer noch schwere Waffen, und die Leute werden in Schulbussen und Gott weiß was zu den Brücken geschafft. Das bedeutet, die Außerirdischen werden sie aufreiben. Ich kann Ihnen keine Befehle erteilen, aber ich möchte, dass Sie nach Philadelphia gehen und ihnen helfen. Wir brauchen Zeit, um den Rest der Marineinfanterie in Stellung zu bringen. Sie könnten dort einen Haufen Menschenleben retten.«

♥

Coleman Hubbard stand in der Falkenmaske des Re vor der versammelten Gruppe der Männer und Frauen. Seine Brust war nackt, aber er trug seine Freimaurerschürze. Er fühlte sich ein wenig befangen – man sah zu viel von seinem Narbengewebe, die Brandmale, die seinen Körper seit dem Feuer im alten Tempel in der Innenstadt bedeckten. Er schauderte bei dem Gedanken an die Flammen und sah dann auf, um sich von den Erinnerungen loszureißen.

Über ihm erstrahlte die Gestalt eines Astralwesens: ein riesiger Mann mit dem Kopf eines Widders und einem kolossalen Phallus, der ein Ankh und einen Krummstab in den Händen hielt, Symbole des Lebens und der Macht – Lord Amun, der Schöpfer des Universums, erstrahlte inmitten einer vielfarbigen Aura aus Licht.

Lord Amun, dachte Hubbard. Der Herr der Ägyptischen Freimaurer – in Wirklichkeit ein verkrüppelter alter Mann in einem ein paar Kilometer entfernten Zimmer. Sein Astralkörper konnte jede Gestalt annehmen, die er wollte, aber in seinem Körper war er als der Astronom bekannt.

Amuns Glanz leuchtete in den Augen der versammelten Gläubigen. Die Stimme des Gottes sprach in Hubbards Kopf, und Hubbard hob die Arme und übermittelte der Versammlung die Worte des Gottes.

»TIAMAT ist da. Unser Augenblick ist gekommen. Wir müssen unsere Bemühungen auf den neuen Tempel konzentrieren. Die Shakti-Vorrichtung muss zusammengesetzt und kalibriert werden.«

Über dem Widderkopf des Gottes erschien eine weitere Gestalt, eine sich ständig verändernde Masse aus Protoplasma, Tentakeln und Augen sowie kalter, eiskalter Haut.

»Schaut TIAMAT«, sagte Amun. Die Gläubigen murmelten. Die Kreatur wuchs und trübte den Glanz des Gottes.

»Meine Dunkle Schwester ist hier«, sagte Amun, und seine Stimme hallte in Hubbards Kopf wider. »Wir müssen ihren Empfang vorbereiten.«

♦

Ein Harrier der Marine sog einen Flieger in die Ansaugöffnung des Triebwerks und heulte auf, als er geschmolzenes Metall ausspie, um dann seitwärts abzuschmieren, dem rettungslos verlorenen Trenton entgegen. Der Lärm der Flieger übertönte das Heulen der Düsentriebwerke und das Knattern der Hubschrauber. Brennendes Napalm glühte auf, während es auf dem Wasser trieb. Farbiger Signalrauch schraubte sich in die Luft.

Die Hauptstreitmacht des Schwarms walzte durch Trenton, und die Vorhut hatte bereits den Fluss überquert. Die Sprengung der Brücken hatte sie nicht aufgehalten: Sie waren in das eiskalte Wasser gesprungen und wie eine riesige dunkle Welle herübergekommen. Hundert Flieger hatten sich auf den Hubschrauber des Kommandeurs der Marineinfanterie gestürzt und ihn zum Absturz gebracht. Danach gab es keine

Koordination mehr, nur noch Gruppen verzweifelter Männer, die Dämme gegen die Flut des Schwarms zu bilden versuchten.

Die Asse hatten sich getrennt und kümmerten sich um die dringendsten Notfälle. Modular Man versuchte den versprengten Widerstandsnestern zu helfen, die der Reihe nach angegriffen wurden. Es war ein hoffnungsloses Unterfangen.

Irgendwo zur Linken konnte er die Schreie des Howlers hören, die Knochen und Nerven der Schwarmwesen zerstörten. Sein Talent war nützlicher als das des Androiden: Der Mikrowellenlaser war eine zu präzise Waffe, um eines Angriffs auf breiter Front Herr zu werden, aber die Ultraschallschreie des Howlers konnten ganze Horden des Feinds innerhalb weniger Sekunden vernichten.

Ein Panzer der Nationalgarde bog um die Ecke und fuhr geradewegs in ein Haus, wo er in den Trümmern stecken blieb. Flieger hatten sich auf den Panzer gestürzt und verdeckten die Sehschlitze. Der Android stürzte sich auf den Panzer, packte Flieger und zerriss sie wie Papier. Säurehaltige Flüssigkeiten bespritzten seine Kleidung. Künstliches Fleisch rauchte. Der Panzer zermahlte Ziegel unter seinen Ketten, als er den Rückwärtsgang einlegte und sich aus den Trümmern löste.

Der Große und Mächtige Turtle war ein deutliches Echo auf Modular Mans Radar. Er ließ erdgebundene Schwarmwesen aufsteigen und dann einfach fallen. Es sah aus wie ein Springbrunnen. Flieger prallten gegen seinen Panzer, ohne Wirkung zu erzielen. Ihre Säuren reichten nicht, um durch die Schiffspanzerung zu dringen.

Die Luft knisterte, als sie von energiehaltigen Photonen gespalten wurde: Pulse, dessen Körper Licht geworden war. Der menschliche Laser tötete ein Dutzend Feinde und verschwand dann. Wenn Pulse schließlich die Energie ausging, würde er wieder seine menschliche Gestalt annehmen, und darin war er verwundbar. Der Android hoffte, dass ihn die Flieger nicht finden würden.

Mistral, die wie ihr Vater Zyklon-Kleidung in patriotischen Farben trug, erhob sich in die Luft. Sie war siebzehn und Studentin an der Columbia-Universität. Sie wurde durch ihren Umhang in der Luft gehalten, den sie mit den von ihr selbst erzeugten Winden füllte, und sie rückte den Fliegern mit Wirbelstürmen zu Leibe, die sie förmlich auseinanderrissen. Nichts kam auch nur in ihre Nähe.

Peregrine umkreiste sie hilflos. Sie war zu schwach, um gegen den Schwarm in irgendeiner ihrer Inkarnationen vorzugehen.

All das reichte jedoch nicht. Der Schwarm sickerte durch die Lücken zwischen den Assen.

Plötzlich lag ein Heulen in der Luft, als kantige schwarze Schatten, A-10s der Luftabwehr, vom Himmel fielen. Ihre Bordgeschütze hämmerten und verwandelten den Delaware in weiße brodelnde Gischt. Napalmbomben lösten sich aus den Halterungen unter ihren Tragflächen und verwandelten die Landschaft in ein Feuermeer.

Der Android schoss, bis seine Generatoren erschöpft waren, und bekämpfte die Flieger dann mit bloßen Händen. Verzweiflung überkam ihn, Wut und Enttäuschung. Nichts schien zu helfen.

Die Hauptstreitmacht des Feinds erreichte den Fluss und stürzte sich hinein. Nur wenige Soldaten lebten noch, um sie zu bekämpfen. Die meisten Überlebenden versuchten, sich zu verstecken oder zu fliehen; das Sechste Marineinfanterieregiment existierte praktisch nicht mehr.

♠

Zwischen Trenton und Levittown hatten Bomben und Feuer die braune Dezemberlandschaft geschwärzt. Schwarmkreaturen wogten über die versengte Landschaft wie eine Albtraumflut. Zwei weitere Marineinfanterie-Regimenter hatten sich in den Vororten Philadelphias verschanzt, diesmal mit Artillerieunterstützung und einer Gruppe leichter Panzer.

Die Asse warteten in einer Raststätte am Pennsylvania Turnpike. Der Plan sah vor, sie für Gegenangriffe einzusetzen.

Auf dem Parkplatz hatte eine Batterie 155er Artillerie Stellung bezogen und feuerte stetig. Das Donnern der Salven hatte die meisten Fensterscheiben bereits zerschmettert. Über ihnen erklang das beständige Jaulen der Kampfflugzeuge.

Pulse lag irgendwo in einem Lazarett-Zelt. Er hatte sich überanstrengt und befand sich am Rande des Zusammenbruchs. In einer Nische hatte sich Mistral auf einer Sitzbank aus orangefarbenem Plastik zusammengerollt. Ihre Schultern bebten bei jedem Donnern der Kanonen. Tränen liefen ihr in Strömen über das Gesicht. Keine einzige Schwarmkreatur war in ihre Nähe gekommen, aber sie hatte eine Menge Leute sterben sehen. Im Kampf und während des albtraumhaften Rückzugs hatte sie sich gut gehalten, aber jetzt hatte die Reaktion eingesetzt. Peregrine saß bei ihr und redete leise auf sie ein. Was sie sagte, konnte der Android nicht verstehen. Modular Man folgte Howler, als der ehemalige Bauarbeiter das Restaurant nach etwas Essbarem durchsuchte. Die Brust des Mannes war gewaltig, und der mutierte Kehlkopf hatte den Hals verbreitert, sodass der Android ihn nicht mit den Händen hätte umfassen können. Howler trug einen geliehenen Kampfanzug der Marineinfanterie. Die Säure der Flieger hatte seine Zivilkleidung weggeätzt. Der Android hatte ihn schließlich herausfliegen müssen und das Ass in seinen Armen gehalten. Sie waren von der Säure bis auf das nackte Metall bloßgelegt.

»Truthahn in Dosen«, sagte Howler. »Toll. Dann lasst uns Thanksgiving feiern.« Er sah Modular Man an. »Du bist eine Maschine, nicht wahr? Isst du auch?«

Der Android rammte zwei Metallfinger in die leere Fassung einer Lampe. Es blitzte einmal, dann roch es nach Ozon. »So geht es besser«, sagte er.

»Werden sie dich demnächst in Serie produzieren? Ich kann mir vorstellen, dass das Pentagon ziemliches Interesse an dir hat.«

»Ich habe General Carter die Bedingungen meines Schöpfers genannt. Bis jetzt habe ich noch keine Antwort bekommen. Ich nehme an, dass die Befehlsstrukturen in Unordnung geraten sind.«

»Ja. Erzähl mir mehr davon.«

»Warte«, sagte der Android. Neben dem Donnern der Kanonen und dem Heulen der Kampfflugzeuge hörte er jetzt noch ein anderes Geräusch. Das Knattern von Handfeuerwaffen.

Ein Offizier der Marineinfanterie kam mit dem Helm in der Hand in das Restaurant gerast. »Es geht los«, sagte er. Der Android begann mit einer Überprüfung seiner Systemfunktionen.

Mistral betrachtete den Offizier mit tränenden Augen. Sie sah viel jünger aus als siebzehn.

»Ich bin bereit«, sagte sie.

♣

Der Schwarm wurde in den Vororten Philadelphias aufgehalten. Die beiden Marineinfanterieregimenter hielten die Stellungen, die von Wällen aus toten Schwarmkreaturen umgeben waren. Der Sieg wurde erst durch die Unterstützung der Kampfflugzeuge der Luftwaffe und der Marine und des Schlachtschiffs *New Jersey* ermöglicht, das mit Salven aus seinen Fünfundvierzig-Zentimeter-Geschützen in den Kampf eingriff, und auch durch Carters Nationalgarde und Fallschirmjäger, die dem Schwarm in den Rücken fielen.

Und durch die Asse, die bis weit in die Nacht kämpften und ihre Bemühungen auch dann noch nicht einstellten, als der Schwarm seinen Angriff abbrach und nach Westen in Richtung Blue Mountains abschwenkte.

Auf dem Flughafen von Philadelphia herrschte die ganze Nacht Hochbetrieb, Transportflugzeuge flogen eine weitere Division Marineinfanterie aus Kalifornien ein.

Am nächsten Morgen begann der Gegenangriff.

♥

Am nächsten Tag nach Einbruch der Nacht: Aus einem Farbfernseher in einer Ecke der Abflughalle plärrte eine ernste Stimme. Carter machte sich bereit, seinen Kommandostand weiter westlich nach Allentown zu verlegen, und Modular Man war gerade mit den letzten Meldungen über die Stoßrichtung des Schwarms gelandet. Carter war im Moment beschäftigt, da er über Funk mit seinen Kommandeuren in Kentucky redete, und so hörte sich der Android die Nachrichten aus der übrigen Welt an.

Kampfhandlungen aus Kentucky flackerten über den Schirm. Bilder, die aus sicherer Entfernung mit Teleobjektiven gemacht worden waren. Mitten im dicksten Getümmel befand sich ein großer Mann in einfachem Drillich ohne Rangabzeichen, dessen Körper wie eine goldene Sonne leuchtete, während er Schwarmkreaturen mit einem sechs Meter langen Baumstumpf zerschmetterte. Anschließend wurde ein Interview mit ihm gesendet. Er sah nicht älter aus als zwanzig, aber in seinen Augen konnte man tausend Jahre alte Geister erkennen. Er sagte nicht viel, entschuldigte sich und ging wieder, um weiterzukämpfen. Jack Braun, der

Golden Boy der Vierziger- und das Judas-Ass der Fünfzigerjahre, war für die Dauer dieses Notfalls wieder aktiv.

Weitere Asse: Zyklon, Mistrals Vater, der den Schwarm in Texas mit Hilfe seines eigenen Kamerateams bekämpfte, dessen Mitglieder alle automatische Waffen trugen. Der Schwarm befand sich auf dem Rückzug über die mexikanische Grenze, da ihm die Panzer aus den Forts Bliss und Hood und die Infanterie aus Fort Polk schwer zusetzten, während die Flieger durch großflächigen Einsatz der Entlaubungsmittel aus der Vietnam-Ära dezimiert wurden. Die Mexikaner, die nicht so schnell mobilmachen konnten und deren Armee ungeeignet für moderne Kriegführung im großen Maßstab war, waren nicht allzu glücklich darüber, dass der Schwarm nach Chihuahua abgedrängt wurde, und protestierten vergeblich.

Weitere Bilder, weitere Schauplätze, weitere Leichen in einer verwüsteten Landschaft. Herbstliche Bilder aus der norddeutschen Tiefebene, wo der Schwarm mitten in einem großen Manöver der britischen Rheinarmee gelandet war und erst gar keine Gelegenheit zum Sammeln bekommen hatte. Problematischere Bilder aus Thrakien, wo ein Schwarm das griechisch-türkisch-bulgarische Grenzgebiet heimsuchte. Die Regierungen der drei Länder wollten nicht zusammenarbeiten, und ihre Völker hatten darunter zu leiden.

Bilder der Hoffnung und des Gebets: Szenen aus Jerusalem und Bethlehem, die beide voller Weihnachtspilger waren. Sie erfüllten die Kirchen mit dem langen, endlosen Gemurmel ihrer Gebete.

Eindringliche Schwarz-Weiß-Bilder aus China, Flüchtlinge und lange Truppenkolonnen der chinesischen Volksarmee auf dem Marsch. Die Anzahl der Todesopfer wurde auf fünfzig Millionen geschätzt. Afrika, der Nahe Osten, Südamerika – Bilder über das Vorrücken des Schwarms in der dritten Welt, Bilder einer endlosen Welle des Todes. Bis auf

Australien waren alle Kontinente betroffen. Hilfe wurde zugesagt, sobald die Supermächte ihre eigenen Probleme gelöst haben würden.

Über die Vorgänge im Ostblock gab es nur Spekulationen: Zwar gab es keine offiziellen Verlautbarungen, aber es gab Hinweise, dass der Schwarm in Südpolen, in der Ukraine und an mindestens zwei Stellen in Sibirien gelandet war. Die Streitkräfte des Warschauer Pakts hatten mobilgemacht und zogen in die Schlacht. Die Berichterstatter prophezeiten eine tiefgreifende Hungersnot in Russland. Die vollständige Mobilmachung beanspruchte die Lastwagen und Eisenbahnen, was zu Lasten der Nahrungsmitteltransporte für die Zivilbevölkerung ging.

Dann wanderten alte Bilder über den Schirm: Mistral, die unberührt von den Schwarmkreaturen am Himmel schwebte… Carter, der widerwillig eine halbherzige Pressekonferenz gab… Der Bürgermeister von Philadelphia am Rande der Hysterie… Der Android wandte sich ab. Er hatte zu viele dieser Bilder gesehen.

Und dann spürte er, wie ihn etwas durchfuhr, ein Geisterwind, der sein kybernetisches Herz erfasste. Plötzlich fühlte er sich schwächer. Der Fernseher zischte, und die Bilder erloschen. Unter den Kommunikationstechnikern erhob sich ein unterdrücktes Gemurmel. Ein Teil ihrer Ausrüstung funktionierte plötzlich nicht mehr. Modular Man war beunruhigt. Irgendetwas ging da vor.

Der Geisterwind kam wieder und berührte sein Innerstes. Die Zeit schien für einen Augenblick stillzustehen. Weitere Teile der Kommunikationsausrüstung versagten. Der Android ging zu Carter.

Als der General das Telefon auf seinem Schoß durch ein anderes ersetzte, zitterte seine Hand. Es war das erste Mal, dass der Android ihn ängstlich erlebte.

»Das waren elektromagnetische Impulse«, sagte Carter.

»Jemand hat gerade Atomwaffen gezündet, und ich glaube nicht, dass wir es waren.«

♦

In den Zeitungen beherrschte die Invasion immer noch die Schlagzeilen. Kinder im Mittelwesten wurden dazu angehalten, keine Milch zu trinken: Es bestand die Gefahr, dass die Milch durch die Atombombenexplosionen, mit denen die Sowjets die beiden sibirischen Schwärme vernichtet hatten, zu viel Radioaktivität enthielt. Die Kommunikationsverbindungen waren noch immer unterbrochen: Die Bomben hatten genug Strahlung in die Ionosphäre befördert, um eine Menge amerikanischer Computerchips unbrauchbar zu machen.

Die Menschen auf den Straßen machten einen in sich gekehrten, verschüchterten Eindruck. Es gab eine Debatte, ob New York verdunkelt werden sollte oder nicht, obwohl sich der Schwarm nach sechs Tagen ausgedehnter Kämpfe auf dem Rückzug befand.

Coleman Hubbard war zu beschäftigt, um sich damit auseinanderzusetzen. Er ging über die 6th Avenue und knirschte mit den Zähnen, während ihm von der Anstrengung, die mit seinem letzten Abenteuer verbunden gewesen war, fast der Kopf platzte.

Er hatte versagt. Ein vielversprechendes Mitglied des Ordens, der Junge Fabian, war wegen irgendeines albernen Überfalls verhaftet worden – der Junge konnte die Finger einfach nicht von den Frauen lassen, ob sie willig waren oder nicht –, und Hubbard war losgeschickt worden, um den verantwortlichen Polizeicaptain zu befragen. Es wäre gar nicht viel nötig gewesen, ein paar verloren gegangene Schriftstücke vielleicht, oder eine Anregung, die er im Geist des Captains hätte verankern können, dass die Beweise nicht ausreichten … Aber der Geist des Mannes war schlüpfrig, und Hubbard hatte ihn nicht zu fassen bekommen. Schließlich hatte ihn Captain McPherson hinausgeworfen. Hubbard hatte lediglich erreicht, dass er mit dem Fabian-Fall in Verbindung gebracht wurde, und vielleicht bewirkt, dass die Untersuchung noch gründlicher geführt würde.

Lord Amun hatte nicht viel für Versager übrig. Seine Strafen konnten ziemlich grausam sein. Hubbard ging seine Rechtfertigung noch einmal im Geiste durch.

Dann trat eine hochgewachsene rothaarige Frau in einem repräsentativen Burberry direkt vor Hubbard auf die Straße und rannte ihn beinahe um. Die Frau ging mit energischen Schritten einfach weiter, ohne sich zu entschuldigen. Sie trug einen kleinen Lederkoffer in der Hand und Tennisschuhe an den Füßen. Aus einer Schultertasche lugten die Spitzen akzeptableren Schuhwerks.

Der Wutanfall traf Hubbard wie ein Schlag. Er hasste Unhöflichkeit.

Dann verzog sich sein Gesicht zu einem hämischen Lächeln. Er tastete sich mit seinem Geist vor, berührte ihre Gedanken, ihr Bewusstsein. Er spürte Verletzlichkeit, eine Öffnung. Das Lächeln gefror auf seinen Lippen, als er seine Kräfte sammelte und zuschlug.

Als er die Kontrolle über ihren Geist übernahm, schwankte die Frau. Ihr Koffer fiel zu Boden. Er hob ihn auf und ergriff ihren Ellbogen. »Hier«, sagte er. »Ist Ihnen nicht gut?«

Sie blinzelte ihn an. »Was?« In ihrem Geist war nur Verwirrung. Sanft beruhigte er sie.

»Meine Wohnung ist nicht weit entfernt. In der 57th Street. Vielleicht sollten Sie dorthin gehen und sich ausruhen.«

»Wohnung? Was?«

Vorsichtig übernahm er das Kommando über ihren Geist und dirigierte sie vorwärts. Er fand nur selten jemanden, der so gefügig war. Unbändige Freude wallte in ihm auf.

Früher hatte er seine Macht nur benutzt, um hin und wieder eine Frau flachzulegen und in der Firma befördert zu werden. Dann war er Lord Amun begegnet und hatte entdeckt, wozu Macht tatsächlich gut war. Er hatte seinen Job gekündigt und fristete sein Leben jetzt als Angehöriger des Ordens.

Er würde ein paar Stunden in ihrem Verstand bleiben. Herausfinden, wer sie war, welche geheimen Schrecken sich in den Tiefen ihres Unterbewusstseins verbargen. Und sie ihr dann antun, einen nach dem anderen. Er würde ihr Zieren genießen, ihren Selbsthass, wenn er sie zwang, ihn um alles anzuflehen – und zwar eindringlich –, was er ihr antat. Er würde ihren Geist liebkosen und sich an ihrem zunehmenden Wahnsinn berauschen, während er sie um jede Demütigung, jede Erniedrigung, jeden Schrecken betteln ließ.

Das waren nur einige der Dinge, die er von Lord Amun gelernt hatte. Die Dinge, bei denen er lebendig wurde.

Wenigstens für ein paar Stunden konnte er sich in den Ängsten eines anderen verlieren und seine eigenen vergessen.

♣♦♠♥

Bis in die sechste Generation
Teil zwei
Walter Jon Williams

Eine eisige sibirische Luftströmung suchte die Stadt heim. Sie fuhr in die Lücken zwischen den Häusern, zerrte an den halbherzigen Weihnachtsdekorationen, die die Stadtverwaltung aufgehängt hatte, und verteilte winzige Partikel des russischen Fallouts auf den Straßen. Dies war der kälteste Winter seit Jahren. Der New-Jersey-Pennsylvania-Schwarm war vor zwei Tagen offiziell als vernichtet erklärt worden, und die Asse, die Marineinfanterie und die Armee waren zurückgekehrt, um über die 5th Avenue zu paradieren. In ein paar Tagen würden US-amerikanische Truppen und alle Asse, die dazu überredet werden konnten, sich ihnen anzuschließen, nach Norden und Süden fliegen, um sich mit den Invasionen in Afrika, Kanada und Südamerika zu befassen.

Der Android stieß einen wieder mit synthetischem Fleisch bedeckten Finger gegen den Geldeinwurfschlitz eines Münztelefons und spürte etwas klicken. Man musste diese Dinge einfach nur verstehen. Er wählte eine Nummer.

»Hallo Cyndi. Wie kommst du mit der Jobsuche voran?«

»Mod Man! Hey … ich wollte nur sagen … gestern, das war einfach wunderbar. Ich hätte nie gedacht, dass ich mal an einer Parade teilnehmen und dann auch noch neben einem Kriegshelden sitzen würde.«

»Tut mir leid, dass es so lange gedauert hat, bis ich mich wieder melden konnte.«

»Die Bekämpfung des Schwarms hatte Vorrang. Mach dir keine Gedanken. Du hast die verlorene Zeit mehr als wettgemacht. Die letzte Nacht war einfach unglaublich.«

»O nein.« Der Android empfing einen Polizeiruf. »Ich fürchte, ich muss Schluss machen.«

»Sie greifen doch nicht schon wieder an?«

»Nein, ich glaube nicht. Ich ruf dich an, okay?«

»Ich freue mich drauf.«

Etwas, das einer schleimgrünen Gelatinemasse glich, war aus einem Gully in die Straßen Jokertowns gequollen, eine Schwarmkreatur, die die Entscheidungsschlacht am Hudson offenbar überlebt hatte. Die Kreatur hatte zwei Weihnachtseinkäufer und einen Hot-Dog-Verkäufer verschlungen, bevor jemand einen Notruf absetzen konnte und die Meldung über den Polizeifunk gegangen war.

Der Android traf zuerst ein. Als er in die Straßenschlucht tauchte, sah er etwas, das wie ein zehn Meter durchmessender Wackelpudding aussah, der zu lange im Kühlschrank gestanden hat. In der Gelatine trieben schwarze Flecken, bei denen es sich offenbar um die Opfer handelte, die die Kreatur langsam verdaute.

Der Android stoppte über der Masse und gab gezielte Schüsse aus seinem Laser ab, wobei er die schwarzen Flecken in der Hoffnung mied, die Opfer noch wiederbeleben zu können. Die Gelatine warf Blasen, wo sie der lautlose unsichtbare Strahl traf. Die Kreatur unternahm einen vergeblichen Versuch, ihren fliegenden Peiniger mit einem Pseudopodium zu erreichen, dann wälzte sie sich auf der Suche nach einer Fluchtmöglichkeit einer Gasse entgegen. Sie war zu hungrig oder zu dumm, um ihre Nahrung zurückzulassen und in der Kanalisation Zuflucht zu suchen.

Die Kreatur zwängte sich in die Gasse und wälzte sich weiter. Der Android setzte seinen Beschuss fort. Teile der Gelatinemasse verdampften, und das Ding schien rasch Energie zu verlieren. Plötzlich sah Modular Man eine gebückte Gestalt in der Gasse stehen.

Die Gestalt war weiblich und weiß und trug mehrere Kleidungsschichten übereinander, alle abgetragen, alle schmutzig. Ein Schlapphut war über eine Schirmmütze der Marine gestülpt. Zwei Einkaufstaschen baumelten von ihren Armen herunter. Verfilztes graues Haar fiel ihr in die Stirn. Sie wühlte in einem Müllcontainer und warf zerknitterte Zeitungen über die Schulter in die Gasse. Modular Man erhöhte sein Tempo und gab radargelenkte Schüsse über die Schulter ab, während er durch die kalte, nasse Luft glitt. Er landete vor dem Müllcontainer, wobei er den Aufprall mit den Knien abfederte.

»Also sag ich zu Maxine, ich sag …«, hörte der Android.

»Entschuldigen Sie«, sagte er. Er packte die Frau und schoss aufwärts. Unter ihm wand sich die Schwarmkreatur unter dem Beschuss kohärenter Mikrowellen und löste sich langsam auf.

»Maxine sagt, meine Mutter hätte sich heute Morgen die Hüfte gebrochen, und ich würde nicht glauben …« Die alte Frau schlug um sich, während sie ihren Monolog fortsetzte. Schweigend ertrug er einen Ellbogenstoß gegen sein Kinn und landete auf dem nächsten Dach. Dort ließ er seinen Passagier los. Sie fuhr zu ihm herum, und ihr Gesicht hatte sich vor Wut gerötet.

»Okay, du Vogel«, sagte sie. »Sehen wir mal nach, was Hildy in ihrer Tasche hat.«

»Ich fliege Sie später wieder nach unten«, sagte Modular Man. Er wandte sich bereits ab, um die Kreatur zu verfolgen, als er aus dem Augenwinkel sah, wie die Frau ihre Tasche öffnete.

In der Tasche war etwas Schwarzes. Das schwarze Ding wurde größer.

Der Android versuchte sich zu bewegen, wegzufliegen,

aber irgendetwas hatte ihn gepackt und ließ ihn nicht mehr los.

Was sich auch in der Einkaufstasche befand, es wurde größer, und zwar sehr rasch, und es zog den Androiden in die Einkaufstasche.

»Aufhören«, sagte er nur. Aber das Ding wollte nicht aufhören. Der Android versuchte sich zu wehren, aber die Laserschüsse hatten ihn eine Menge Energie gekostet, und er schien kaum noch Kraft zu haben. Die Schwärze wuchs, bis sie ihn einhüllte. Er hatte das Gefühl zu fallen. Dann fühlte er überhaupt nichts mehr.

♠

New Yorks Asse, die auf den Notruf reagierten, erledigten die Schwarmkreatur schließlich. Was von ihr übrig war, dunkelgrüne Kleckse, gefror zu Klumpen schmutzigen Eises. Ihre Opfer, die halb verdaut waren, wurden anhand ihrer Kreditkarten und laminierten Ausweise identifiziert.

Bei Anbruch der Nacht bezeichneten die abgebrühten Bewohner Jokertowns die Kreatur bereits als das Erstaunliche Kolossale Rotzmonster. Keiner von ihnen hatte die obdachlose Frau bemerkt, als sie die Feuerleiter heruntergeklettert und durch die eiskalten Straßen gewandert war.

♣

Der Android erwachte in einem Müllcontainer in einer Gasse hinter der 52nd Street. Eine Überprüfung seiner Systeme ergab einige Schäden: Sein Mikrowellenlaser war zu einer Sinuskurve verbogen, sein Fluxmonitor war nicht mehr betriebsbereit, und sein Flugmodul war wie von den Händen eines Riesen verdreht. Er stieß gegen den Deckel des Müllcontainers, der mit lautem Krachen aufflog. Sorgfältig sah er sich in der Gasse um.

Niemand war zu sehen.

♥

Lord Amun strahlte in Hubbards Geist. Die Augen des Widders funkelten vor Zorn, und der Gott hielt das Ankh und den Krummstab in seinen geballten Fäusten.

»TIAMAT«, sagte er, »ist besiegt worden.« Hubbard zuckte vor der Gewalt von Amuns Zorn zurück. »Die Shakti-Vorrichtung war nicht rechtzeitig fertig.«

Hubbard zuckte die Achseln. »Die Niederlage war vorübergehend«, sagte er. »Die Dunkle Schwester wird zurückkehren. Sie könnte überall im Sonnensystem sein – das Militär hat keine Möglichkeit, sie zu finden oder auch nur zu identifizieren. Wir haben nicht so viele Jahrzehnte im Geheimen gelebt, um jetzt besiegt zu werden.«

♦

Der Dachboden wirkte im Vergleich zu dem vorherigen Chaos ziemlich ordentlich. Travniceks Notizen waren säuberlich gesammelt und, soweit möglich, nach Themen klassifiziert worden. Travnicek hatte angefangen, sie durchzugehen. Er kam nur mühsam voran.

»Also«, sagte Travnicek. Sein Atem kondensierte vor seinem Gesicht und beschlug seine Lesebrille. Er nahm die Brille ab. »Du bist also fünfzig Blocks weit im Raum versetzt worden und hast dich eine Stunde in der Zeit vorwärtsbewegt, ja?«

»Offenbar. Als ich aus dem Müllcontainer kletterte, musste ich feststellen, dass der Kampf in Jokertown schon seit fast einer Stunde vorbei war. Ein Vergleich mit meiner inneren

Uhr ergab eine Diskrepanz von zweiundsiebzig Minuten und fünfzehn Komma drei drei drei Sekunden.«

Der Android hatte seine Brust geöffnet und einige Komponenten ersetzt. Der Laser war ein für alle Mal hinüber, aber er hatte seine Flugfähigkeit wieder, und darüber hinaus war es ihm gelungen, den Fluxmonitor provisorisch zu reparieren.

»Interessant. Du sagtest, die Bag-Lady hat nicht mit diesem Matschding zusammengearbeitet?«

»Höchstwahrscheinlich war es ein Zufall, dass sie sich in derselben Straße befanden. Ihr Monolog klang nicht unbedingt vernünftig. Ich glaube nicht, dass sie geistig völlig gesund ist.«

Travnicek erhöhte die Heizleistung seines Anzugs. Die Temperatur war innerhalb von zwei Stunden um zwölf Grad gefallen, und mitten am Nachmittag bildeten sich Eiskristalle auf den Oberlichtern des Dachbodens. Travnicek zündete sich eine russische Zigarette an, stellte eine Kochplatte an, um Wasser für einen Kaffee zu erhitzen, und steckte dann die Hände in die warmen Taschen seines Anzugs.

»Ich will mir deinen Gedächtnisspeicher ansehen«, sagte er. »Öffne deine Brust.«

Modular Man gehorchte. Travnicek nahm zwei Kabel von einem Kleincomputer, der sich unter einer Videoausrüstung verbarg, und stöpselte sie in die Brustbuchsen ein, die sich in der Nähe des abgeschirmten Maschinenhirns des Androiden befanden. »Kopiere deinen Gedächtnisspeicher auf den Computer«, sagte er. Flackernde Leuchterscheinungen des Fluxgenerators spiegelten sich in Travniceks gespannt blickenden Augen. Der Computer zeigte an, dass der Kopiervorgang beendet war. »Mach dich wieder zu«, sagte Travnicek. Während der Android die Kabel entfernte und seine Brust schloss, schaltete Travnicek den Videorekorder ein und drückte auf ein paar Knöpfe. Ein Videobild lief rückwärts.

Er erreichte die Stelle, wo die Taschen-Lady auftauchte, und sah sich die Szene mehrmals an. Dann ging er zu einem Computer-Terminal und tippte Anweisungen ein. Das Gesicht der Taschen-Lady füllte jetzt den Schirm aus. Der Android betrachtete das faltige, verschmutzte Gesicht, das verfilzte, strähnige Haar, die abgetragene, schäbige Kleidung. Ihm fiel auf, dass ihr einige Zähne fehlten. Travnicek erhob sich, ging in sein Wohn- und Schlafzimmer im hinteren Teil des Dachbodens und kam mit einer alten Polaroid-Kamera zurück. Er verknipste die verbliebenen drei Bilder und gab eins davon seiner Schöpfung.

»Hier. Du kannst es den Leuten zeigen. Frag sie, ob sie die Frau gesehen haben.«

»Ja, Sir.«

Travnicek nahm Reißzwecken und befestigte die beiden anderen Bilder an den niedrigen Deckenträgern. »Du sollst herausfinden, wo diese Taschen-Lady ist und was sie in ihrer Tasche hat. Und finde heraus, woher sie es hat.« Er schüttelte den Kopf, wobei Zigarettenasche auf den Boden fiel, und murmelte: »Ich glaube nicht, dass sie das erfunden hat. Ich glaube, dass sie dieses Ding irgendwo *gefunden* hat.«

»Sir? Was ist mit dem Schwarm? Wir waren uns doch einig, dass ich in zwei Tagen nach Peru fliege.«

»Zur Hölle mit dem Militär«, sagte Travnicek. »Es hat uns keinen Penny für unsere Dienste bezahlt. Du durftest an einer lausigen Parade teilnehmen, und die hat nicht das Militär bezahlt, sondern die Stadt. Sollen sie ruhig herausfinden, wie leicht es ist, den Schwarm ohne dich zu bekämpfen. Dann nehmen sie uns vielleicht ernst.« Die Wahrheit war, dass Travnicek nicht einmal annähernd in der Lage war, seine Arbeit zu rekonstruieren. Es würde Wochen, vielleicht sogar Monate dauern. Das Militär verlangte Garantien, Pläne, Kenntnis seiner Identität. Das Problem der Taschen-Lady war ohnehin viel interessanter. Ohne besonderen Grund ließ er das Band mit den Erinnerungen des Androiden weiter zurücklaufen.

Modular Man erschrak tief in seinem Computerverstand. Er fing rasch an zu reden, in der Hoffnung, seinen Schöpfer von den Bildern ablenken zu können.

»Was diese Bag-Lady betrifft, könnte ich es in den Obdachlosenquartieren versuchen, aber das kann lange dauern. Meine Informationsspeicher verraten mir, dass es zwanzigtausend Obdachlose in New York gibt, und jetzt kommt noch eine unbekannte Anzahl Flüchtlinge aus Jersey hinzu …«

»Scheiße!«, rief Travnicek auf Deutsch. Der Android schrak erneut zusammen. Travnicek starrte mit offenem Mund auf den Fernseher.

»Du vögelst diese Schauspielerin!«, sagte er. »Diese Cyndi Wie-heißt-sie-noch-gleich!« Der Android fügte sich in das, was da kommen würde.

»Das stimmt«, sagte er.

»Du bist doch nur ein gottverdammter Toaster«, sagte Travnicek. »Was zum Teufel hat dich auf den Gedanken gebracht, du könntest ficken?«

»Sie haben mir das nötige Werkzeug dafür gegeben«, sagte der Android. »Und Sie haben mir Emotionen einprogrammiert. Und zu guter Letzt haben Sie mich auch noch gut aussehend erschaffen.«

»Aha.« Travniceks Blicke huschten zwischen Modular Man und dem Fernseher hin und her. »Ich habe dir das Werkzeug gegeben, damit du, wenn es sein muss, als Mensch durchgehst. Und ich habe dir Emotionen gegeben, damit du die Feinde der Gesellschaft verstehen kannst. Ich hätte nicht gedacht, dass du tatsächlich etwas *tun* würdest.« Er ließ seinen Zigarettenstummel auf den Boden fallen. Ein lüsternes Grinsen huschte über sein Gesicht. »Hat es Spaß gemacht?«, fragte er.

»Es war sehr schön, ja.«

»Dein blondes Flittchen scheint sich jedenfalls gut amüsiert zu haben.« Travnicek gackerte und griff nach der Fernbedienung. »Diese Party will ich mir von Anfang an ansehen.«

»Wollten Sie sich nicht noch einmal die Taschen-Lady ansehen?«

»Eins nach dem anderen. Hol mir ein Urquell.« Er sah auf, als ihm ein Gedanke kam. »Haben wir vielleicht Popcorn?«

»Nein!« Der Android spie es förmlich über die Schulter.

Modular Man brachte das Bier und sah Travnicek an, während dieser seinen ersten Schluck nahm. Der Tscheche schaute verärgert auf.

»Die Art, wie du mich ansiehst, gefällt mir nicht«, sagte er.

Der Android dachte darüber nach. »Würden Sie es vorziehen, wenn ich Sie anders ansähe?«, fragte er.

Travnicek wurde rot. »Geh und stell dich in die Ecke, du vögelnde Mikrowelle!«, bellte er. »Wende deinen gottverdammten Schädel ab, du vögelndes Videogerät!«

Den Rest des Nachmittags sah Travnicek sich das Video an, während seine Schöpfung in einer Ecke des Dachbodens stand. Er amüsierte sich köstlich. Die besten Stellen sah er sich mehrmals an, wobei er ständig vor sich hin gackerte. Dann beruhigte sich sein Gelächter langsam. Ein kaltes, unsicheres Gefühl kroch ihm in den Nacken. Immer häufiger warf er Seitenblicke auf die stoische Gestalt des Androiden. Er schaltete den Videorekorder aus, ließ seinen Zigarettenstummel in die leere Bierflasche fallen und zündete sich eine neue Zigarette an.

Der Android legte ein überraschendes Maß an Unabhängigkeit an den Tag. Travnicek vergegenwärtigte sich Elemente seiner Programmierung, wobei er sich auf die ETCETERA-Datei konzentrierte. Er hatte seine abstrakte Darstellung menschlicher Emotionen aus einer Vielzahl sachverständiger Quellen abgeleitet, die von Freud bis zu Dr.

Spock reichten. Die Programmierung war eine intellektuelle Herausforderung für Travnicek gewesen – die Unlogik des menschlichen Verhaltens in die kalte Rhetorik eines Programms zu transformieren. Dieses Werk hatte er in seinem zweiten Jahr an der Texas A&M vollbracht, als er das ganze Jahr lang seine Unterkunft kaum verlassen und gewusst hatte, dass er sich eine umfassende Aufgabe stellen musste, um von der geisteskranken Umgebung einer Universität, die eine Verkörperung der kollektiven unbewussten Fantasien Stonewall Jacksons und Albert Speers zu sein schien, nicht in den Wahnsinn getrieben zu werden. Er war kaum zehn Minuten an der A&M gewesen, als er bereits wusste, dass er einen Fehler gemacht hatte – die stoppelhaarigen Studenten mit ihren Uniformen, Stiefeln und Säbeln erinnerten ihn zu sehr an die SS-Männer, die Travnicek halb tot unter den Leichen seiner Familie in Lidice zurückgelassen hatten, ganz zu schweigen von den sowjetischen und tschechischen Sicherheitskräften, die den Deutschen gefolgt waren. Travnicek hatte gewusst, wenn er in Texas überleben wollte, musste er sich eine gewaltige Aufgabe stellen, um von seinen Erinnerungen nicht bei lebendigem Leib gefressen zu werden.

Travnicek hatte sich nie sonderlich für Psychologie interessiert – Leidenschaft, hatte er schon vor langer Zeit entschieden, war nicht nur albern, sondern auch langweilig, eine einzige Zeitverschwendung. Aber Leidenschaft in ein Programm zu packen, ja, das war interessant.

Er konnte sich kaum noch an diese Phase erinnern. Wie viele Monate hatte er in seiner kreativen Trance verbracht, die ein Zugang in die Tiefen seines eigenen Geists war? Was hatte er in dieser Zeit erarbeitet? Was zum Teufel *war* in ETCETERA?

Einen Augenblick lang empfand Travnicek eine elementare Furcht. Der Geist von Victor Frankensteins Schöpfung erhob sich vor seinem geistigen Auge. War es möglich, dass sich der Android gegen ihn auflehnte? Konnte er feindliche Gefühle gegenüber seinem Schöpfer entwickeln? Aber nein – Travnicek hatte einige vollkommen vorrangige Imperative in das System eingebaut. Modular Man konnte seine primären Direktiven nicht verändern oder gar außer Kraft setzen, solange sein Computerbewusstsein physikalisch intakt war, ebenso wenig, wie ein Mensch ohne Hilfe seine genetischen Voraussetzungen verändern konnte.

Travnicek beruhigte sich wieder. Er betrachtete den Androiden mit einer Art Bewunderung. Er war stolz, dass er etwas so Lernfähiges programmiert hatte.

»Du bist gar nicht schlecht, Toaster«, sagte er schließlich, indem er den Videorekorder abschaltete. »Du erinnerst mich an mich selbst, wie ich früher war.« Er hob warnend einen Finger. »Aber heute Nacht wird nicht gevögelt. Zieh los und such die Taschen-Lady.«

Modular Mans Stimme klang gedämpft, da er mit dem Gesicht zur Wand stand. »Ja, Sir«, sagte er.

♠

Neonröhren warfen ihren Schein auf den kondensierten Atem der Mitglieder der Normalo-Gang, die unter der pastellfarbenen Leuchtreklame des Run Run Club standen. Detective John F.X. Black, der in seinem unauffälligen Zivilfahrzeug saß und darauf wartete, dass die Ampel auf Grün schaltete, um auf den Schiff Parkway biegen zu können, begutachtete automatisch die Menge, bemerkte Gesichter, Namen, Möglichkeiten … Er hatte gerade seinen Dienst beendet und sich ein Zivilfahrzeug geben lassen, weil sein Dienstplan vorsah, dass er sich den nächsten Tag den Arsch bei etwas abfrieren würde, das im Fernsehen immer Observierung genannt wurde. Ricky Santillanes, ein kleiner Fisch von einem Dieb, der seit gestern auf Kaution draußen war, grinste Black mit einem Mundvoll stahlüberkronter Zähne an und zeigte Black den Mittelfinger. Soll er sich ruhig amüsieren, dachte Black. Die Normalo-Gangs wurden von den Dämonenfürsten aus Jokertown bei jedem Aufeinandertreffen aufgemischt.

Einem Plakat entnahm Black, dass sich die Band, die heute Nacht spielte, Schwarmmutter nannte – niemand konnte behaupten, dass die Hardcore-Gruppen nicht auf den Zeitgeist reagierten. Es war reiner Zufall, dass Black ausgerechnet in dem Augenblick das Plakat betrachtete, als Officer Frank Carroll ins Licht stolperte. Carroll machte einen verstörten Eindruck – er hielt seine Mütze in der Hand, sein Haar war zerzaust, und sein Mantel war mit etwas bekleckert, das in der grellen Neonbeleuchtung in einem fluoreszierenden Chromgelb schimmerte. Er sah aus, als wollte er auf dem schnellsten Weg zum nächsten Revier, das ein paar Blocks entfernt war. Die Gangmitglieder lachten, als sie ihm Platz machten. Black wusste, dass Carrolls Streifenbezirk einige Blocks von hier entfernt war und er auf seiner Runde normalerweise nicht mal in die Nähe dieser Ecke kam.

Carroll war gleich nach der High School zur Polizei gegangen und jetzt seit zwei Jahren dabei. Er war ein Weißer mit dunklem, rötlichem Haar, einem sorgfältig gestutzten Schnurrbart und von durchschnittlicher Statur, die er durch unregelmäßiges Hanteltraining aufzupeppen versuchte. Er schien die Polizeiarbeit sehr ernst zu nehmen, war fleißig und methodisch und leistete viele freiwillige Überstunden. Black hatte ihn als engagiert, aber fantasielos eingestuft. Es sah ihm nicht ähnlich, in einer Winternacht um zwölf Uhr mit verstörtem Blick planlos in der Gegend herumzulaufen.

Black öffnete die Tür, stieg aus und rief Carrolls Namen. Der Beamte drehte sich um und starrte verständnislos ins Leere, dann machte sich ein Ausdruck der Erleichterung auf seinem Gesicht breit. Er lief zu Blacks Wagen und rüttelte an der Beifahrertür, während Black sie noch entriegelte.

»Jesus Christus!«, sagte Carroll. »Ich bin gerade von einer Taschen-Lady in einen Abfallhaufen befördert worden!«

Black lächelte im Stillen. Die Ampel schaltete auf Grün, und Black bog um die Ecke. »Sie hat Sie überrascht?«, fragte er.

»Das können Sie laut sagen. Sie war in einer Gasse an der Forsyth. Sie hatte eine Streichholzschachtel und einen Haufen zusammengeknülltes Zeitungspapier und wollte einen ganzen Müllcontainer in Brand setzen, um sich zu wärmen. Ich habe gesagt, sie solle damit aufhören, und wollte sie in meinen Wagen verfrachten, um sie zum Zentrum am Rutger Park zu bringen. Und dann, *peng!*, hat mich ihre Tasche erwischt.« Er sah Black an und nagte an seiner Unterlippe. »Glauben Sie, sie könnte ein Joker sein, Lou?«

»Lou« war die im New York Police Department gültige Abkürzung für Lieutenant.

»Was meinen Sie damit? Sie hat Sie mit der Tasche geschlagen, richtig?«

»Nein. Ich meine, diese Tasche …« Wieder lag der verstörte Ausdruck in Carrolls Blick. »Die Tasche hat mich gefressen, Lou. Irgendwas hat aus dieser Tasche nach mir gegriffen und mich verschlungen. Es war …« – er suchte nach Worten – »ganz eindeutig paranormal.« Er betrachtete seine Uniform. »Sehen Sie sich das an, Lou.« Sein Abzeichen war seltsam verdreht, wie eine Uhr in einem Druck von Dali. Dasselbe galt für zwei seiner Knöpfe. Er berührte sie auf eine zögernde, fast ehrfürchtige Art.

Black fuhr auf einen Parkplatz und zog die Handbremse an. »Erzählen Sie mir alles ganz genau.«

Carroll sah verwirrt aus. Er rieb sich die Stirn. »Ich habe gespürt, wie mich etwas packte, Lou. Und dann … wurde ich direkt in die Tasche gesogen. Ich sah, wie die Tasche immer größer wurde, und … und dann weiß ich nur noch, dass ich plötzlich in diesem Abfallhaufen an der Ludlow nördlich der Stanton lag. Ich wollte gerade zum Revier, als Sie mich angehalten haben.«

»Sie sind von der Forsyth zur Ludlow teleportiert worden?«

»Teleportiert. Genau. Das ist das Wort.« Carroll sah erleichtert aus. »Dann glauben Sie mir also. Jesus, Lou, ich dachte schon, alle würden mich für verrückt halten.«

»Ich bin schon lange in Jokertown und habe viele merkwürdige Sachen erlebt.« Black löste die Handbremse und fuhr wieder an. »Dann wollen wir Ihre Taschen-Lady mal suchen«, sagte er. »Das ist erst ein paar Minuten her, richtig?«

»Ja. Und mein Wagen steht immer noch da oben. Scheiße. Mittlerweile haben ihn die Joker wahrscheinlich längst ausgeschlachtet.«

Die braunen Ziegelmauern der Gasse leuchteten im Widerschein des brennenden Müllcontainers orangerot. Black fuhr an den Randstein. »Wir gehen zu Fuß.«

»Finden Sie nicht, wir sollten die Feuerwehr rufen?«

»Noch nicht. Es könnte zu gefährlich für sie sein.«

Sie gingen zum Ende der Gasse, Black voran. Der Container loderte hell, und die Flammen schossen inmitten einer Aschewolke fünf Meter und mehr in die Höhe. Carrolls Streifenwagen war wunderbarerweise unversehrt, obwohl die hintere Tür offen stand. Vor dem Müllcontainer trat eine kleine weiße Frau mit einer vollen Einkaufstasche in jeder Hand von einem Fuß auf den anderen. Sie trug mehrere zerschlissene Kleidungsstücke übereinander und schien Selbstgespräche zu führen.

»Das ist sie, Lieutenant!«

Black betrachtete die Frau und sagte nichts. Er fragte sich, wie er sich ihr nähern sollte.

Die Flammen loderten knisternd höher, und plötzlich umspielten die Frau und ihre Taschen seltsam hell flackernde

Lichter wie Elmsfeuer. Dann schien sich etwas aus einer Tasche zu erheben, ein dunkler Schatten, und das Feuer neigte sich wie eine Kerzenflamme in einem starken Windzug und wurde in die Tasche gesogen. Einen Augenblick später war der Schatten verschwunden und das Feuer erloschen. Die seltsam gefärbten Lichter umspielten sanft die Gestalt der Frau. Fettige Ascheflocken schwebten träge zu Boden.

»Heilige Scheiße«, murmelte Carroll.

Black traf eine Entscheidung. Er wühlte in seiner Tasche und zückte seine Brieftasche und die Schlüssel zu seinem Wagen. Er gab Carroll einen Zehner.

»Nehmen Sie meinen Wagen. Fahren Sie zum Burger King am West Broadway und holen Sie zwei doppelte Cheeseburger, zwei große Portionen Pommes und einen großen Becher Kaffee.« Carroll starrte ihn an.

»Schwarz oder mit Milch und Zucker, Lou?«

»Bewegung!«, schnauzte Black.

Carroll zog ab.

♣

Es bedurfte beider Burger, des Kaffees und einer Portion Pommes, um die Taschen-Lady in Blacks Zivilfahrzeug zu locken. Black war der Ansicht, dass sie wahrscheinlich nie in einen blau-weißen Streifenwagen wie den von Carroll eingestiegen wäre. Er hatte Carroll befohlen, seinen Uniformmantel und die Dienstwaffe in den Kofferraum zu packen, um die Frau nicht zu beunruhigen, und Carroll zitterte vor Kälte, als er sich auf den Beifahrersitz sinken ließ.

Im Fond murmelte die Obdachlose vor sich hin und aß Pommes. Sie stank entsetzlich.

»Wohin jetzt?«, fragte Carroll. »Zu einem der Flüchtlingszentren? Ins Krankenhaus?«

Black fuhr los. »An einen ganz besonderen Ort. An dieser Frau ist einiges ziemlich merkwürdig.«

Carroll verbrauchte einen Großteil seiner Energie mit Zittern, während Black Jokertown verließ. Die Obdachlose legte sich auf dem Rücksitz schlafen. Ihre Schnarchgeräusche pfiffen durch Zahnlücken. Black hielt vor einem Sandsteinhaus in der 57th Street East.

»Warten Sie hier«, sagte er. Er ging die Treppe zum Eingang einer Souterrainwohnung hinunter und drückte auf die Klingel. An der Eingangstür hing ein Adventskranz aus Plastik. Jemand sah durch den Spion in der Tür, die sich gleich darauf öffnete.

»Sie habe ich hier nicht erwartet«, sagte Coleman Hubbard.

»Ich habe jemanden mit … Kräften … auf dem Rücksitz. Sie ist nicht bei klarem Verstand. Ich dachte, wir könnten sie im hinteren Schlafzimmer unterbringen. Ich habe einen Beamten bei mir, der nicht wissen darf, was los ist.«

Hubbards Blick huschte zum Wagen. »Was haben Sie ihm gesagt?«

»Ich habe ihm gesagt, er soll im Wagen bleiben. Er ist ein guter Junge und wird genau das tun.«

»Okay. Ich hole nur meinen Mantel.«

Während Carroll neugierig zusah, lockten Hubbard und Black die Taschen-Lady in Hubbards Wohnung, indem sie das Essen aus Hubbards Kühlschrank als Köder benutzten. Black fragte sich, was Carroll wohl sagen würde, wenn er die Einrichtung in der besonders gesicherten Wohnung nebenan sehen würde, vor allem den dunklen schalldichten Raum mit den Kerzen, dem Altar, dem auf den Fußboden gemalten Pentagramm, den Abflussrinnen im Boden, den glitzernden Ketten, die mit Krampen am Altar befestigt waren … Der Raum war nicht so sorgfältig und kunstvoll eingerichtet wie der Tempel des Ordens in der Innenstadt, der abgebrannt war, aber es handelte sich ohnehin nur um ein provisorisches Hauptquartier, bis der neue Tempel fertig war.

In Hubbards Wohnung gab es zwei Zimmer für Gäste, und die Taschen-Lady wurde in einem der beiden untergebracht.

»Verriegeln Sie die Tür«, sagte Black. »Und rufen Sie den Astronomen an.«

»Lord Amun wurde bereits verständigt«, sagte Hubbard, indem er sich an die Schläfe tippte.

Black kehrte zu seinem Wagen zurück und machte sich auf den Rückweg nach Jokertown. »Wir holen Ihren Wagen«, sagte Black. »Dann fahren wir zusammen zum Revier, wo Sie Ihren Bericht abgeben werden.«

Carroll sah ihn an. »Wer war der Bursche, Lieutenant?«

»Ein Spezialist für geistige Kräfte und Joker.«

»Diese Taschen-Lady könnte ihm Schaden zufügen.«

»Er ist jedenfalls weniger gefährdet als einer von uns.«

Black hielt hinter Carrolls Streifenwagen. Er stieg aus, öffnete den Kofferraum und nahm Carrolls Mütze und Mantel heraus. Beides gab er dem jungen Beamten. Dann zückte er eine Flöte – der gängige NYPD-Ausdruck für eine unschuldig aussehende Limonadenflasche, die mit Schnaps gefüllt war –, mit der er sich eigentlich bei der Überwachung morgen hatte warm halten wollen. Er bot Carroll die Flöte an. Der Streifenpolizist nahm die Flasche dankbar an. Black griff nach Carrolls Waffengurt.

»Es war Glück, dass Sie gerade in der Nähe waren, Lou.«

»Ja, da haben Sie recht.«

Black schoss Carroll viermal mit dessen Waffe in die Brust und dann, als er am Boden lag, noch zweimal in den Kopf. Er wischte seine Fingerabdrücke von der Waffe und ließ sie zu Boden fallen, dann nahm er die Colaflasche und stieg wieder in seinen Wagen. Mit dem verschütteten Rum würde es vielleicht so aussehen, als hätte Carroll angehalten, um sich einen Penner vorzunehmen, der ihn dann aber überwältigt hatte.

Im Wagen roch es nach Cheeseburgern. Black wurde daran erinnert, dass er noch nicht zu Abend gegessen hatte.

♥

Die Taschen-Lady hatte das Bett ignoriert und sich in einer Ecke des Zimmers schlafen gelegt. Ihre Taschen stapelten sich vor und auf ihr wie ein Bollwerk. Hubbard saß auf einem Stuhl und musterte sie gespannt. Sein verschmitztes Lächeln war zu einer unangenehmen Parodie seiner selbst erstarrt. Kopfschmerzen peinigten ihn. Die Anstrengung, ihre Gedanken zu lesen, kam ihn teuer zu stehen.

Kein Zurück, dachte er. Er musste das durchstehen. Durch sein Versagen bei Captain McPherson war er in Amuns und des Ordens Achtung gesunken. Als Black mit der Taschen-Lady aufgetaucht war, hatte Hubbard schlagartig erkannt, dass dies seine Chance war, verlorenes Terrain zurückzuerobern. Hubbard hatte Black belogen, als er ihm sagte, er habe Amun verständigt.

Er spürte Macht. Vielleicht genug, um die Shakti-Vorrichtung zu betreiben. Und wenn die Shakti-Vorrichtung von dem Ding in der Tasche betrieben wurde, dann war Amun überflüssig.

Das Ding in der Tasche konnte Leute verschlingen, das wusste Hubbard. Vielleicht konnte es sogar Amun verschlingen. Hubbard dachte an den Brand im alten Tempel, als Amun die Flammen mit seinen Jüngern im Schlepptau durchschritten und Hubbards Schreie ignoriert hatte.

Ja, dachte Hubbard, das hier war das Risiko wert.

Detective Harry Matthias, im Orden unter dem Namen Judas bekannt, saß auf dem Bett, das Kinn auf die Hände gestützt. Er zuckte die Achseln.

»Sie ist kein Ass. Auch das nicht, was sie in der Tasche hat.«

Hubbard antwortete ihm telepathisch. *Ich spüre zwei Bewusstseine. Eines gehört ihr – es ist verwirrt. Ich kann es nicht erreichen. Das andere ist in der Tasche – es steht irgendwie in Kontakt mit ihr … da ist eine empathische Verbindung. Das andere Bewusstsein scheint ebenfalls gestört* zu *sein. Es ist so, als habe es sich ihrem angepasst.*

Judas stand auf. Vor Wut war er rot angelaufen. »Warum, in Gottes Namen, nehmen wir die verdammte Tasche nicht einfach?« Er ging mit gekrümmten Händen zu der Taschen-Lady.

Hubbard spürte einen geradezu elektrischen Ruck des Erwachens in seinem Bewusstsein. Die Taschen-Lady war aufgewacht. Durch seine geistige Verbindung mit Judas spürte er, wie der Mann angesichts der jähen Boshaftigkeit in den Augen der alten Frau zögerte. Judas griff nach der Tasche.

Die Tasche griff nach Judas.

In Gedankenschnelle breitete sich Schwärze in dem Zimmer aus. Judas verschwand darin. Hubbard starrte die Stelle an, wo Judas gerade noch gestanden hatte. In seinem Bewusstsein schlug der Wahnsinn der Frau Kapriolen.

♦

Judas zitterte, seine Lippen waren blau. Im Haar hing Lametta. An einer Schuhsohle haftete ein Stück klebrige Pappe. Seine Waffe war sinusförmig verbogen. Er war in einen Müllcontainer in der Christopher Street versetzt worden und hatte für ungefähr zwanzig Minuten zu existieren aufgehört. Er hatte ein Taxi genommen, um zurückzukehren.

Macht, dachte Hubbard. Unglaubliche Macht. Das Ding in der Tasche verformt irgendwie die Raum-Zeit.

»Warum Müll?«, fragte Judas. »Warum Scheißhaufen?

Und wie meine Kanone aussieht …« Er bemerkte die Pappe und versuchte, sie von der Sohle abzuziehen. Sie löste sich mit einem klebrigen Geräusch.

»Weil sie auf Müll fixiert ist, nehme ich an«, sagte Hubbard. »Das Ding scheint unbelebte Gegenstände zu verzerren. Ich konnte spüren, dass etwas mit ihm nicht in Ordnung ist – vielleicht hängt das Problem damit zusammen.«

Er musste sich etwas einfallen lassen, um die Taschen-Lady gefügig zu machen. Zu warten, bis sie schlief, würde nicht klappen – sie war bei Judas' erster bedrohlicher Geste erwacht. Kurz dachte er an Giftgas, doch dann kam ihm eine Idee.

»Habt ihr im Revier Zugang zu Betäubungswaffen?«

Judas schüttelte den Kopf. »Nein. Könnte sein, dass sie bei der Feuerwehr welche haben, wenn sie sich um entlaufene Tiere kümmern müssen.«

In Hubbards Verstand nahm die Idee konkretere Formen an. »Ich will, dass Sie und Black eine stehlen.«

Er würde Black schießen lassen – wenn das Ding in der Tasche zurückschlug, würde es Black treffen. Und wenn die Taschen-Lady schlief, würde Hubbard sich den Apparat schnappen …

Und dann war Hubbard an der Reihe. Er konnte sich alle Zeit lassen, die er brauchte, um mit dem Bewusstsein der Taschen-Lady zu spielen. Und sie würde noch genug Verstand übrig haben, um zu wissen, was mit ihr geschah. O ja.

Er konnte die Macht des erbeuteten Apparats an Leuten ausprobieren, die er geradewegs von der Straße holte. Und danach kam vielleicht Amun an die Reihe.

Er leckte sich die Lippen. Er konnte es kaum erwarten.

♠

Die Legionen der Nacht schienen von unendlicher Zahl zu sein. Das abstrakte Wissen des Androiden über die New Yorker Unterschicht, der Umstand, dass Tausende Leute in der Umgebung der gläsernen Wolkenkratzer und soliden Sandsteingebäude eine Existenz führten, die fast so weit entfernt war von den Insassen dieser Gebäude wie die von Marsbewohnern … Die abstrakten, digitalisierten Fakten reichten irgendwie nicht aus, um die Wirklichkeit zu beschreiben, die Gruppen von Männern, die um Feuer in Aschentonnen saßen und Flaschen kreisen ließen, die Besitzlosen, in deren Augen sich die Weihnachtsbeleuchtung spiegelte, während sie hinter Pappwänden lebten, die Verrückten, die sich in Gassen oder U-Bahn-Eingängen herumdrückten und die Litaneien des Wahnsinns herunterleierten. Es war, als habe sich ein Bann des Bösen über die Stadt gelegt, als habe ein Teil der Bevölkerung einen Krieg oder eine Katastrophe erlebt und sei zu heimatlosen Flüchtlingen geworden, während die anderen mit dem Zauber belegt waren, sie nicht wahrzunehmen.

Der Android fand zwei Tote, aus deren Leibern die letzte Wärme längst entwichen war. Er ließ sie in ihren Zeitungspapier-Särgen und ging weiter. Er fand andere, die im Sterben lagen oder sehr krank waren und brachte sie ins Krankenhaus. Andere flohen vor ihm. Manche gaben vor, sich das Bild der Obdachlosen anzusehen, indem sie das Polaroid ins Licht eines Feuers hielten und als Gegenleistung für eine Information, die offensichtlich falsch war, Geld verlangten.

Die Aufgabe war so gut wie hoffnungslos.

Er machte weiter.

♣

Black und Hubbard warteten vor der verschlossenen Tür des Zimmers der Taschen-Lady. Black nuckelte an seiner Rum-

Cola-Flöte. »Träume, Mann. Unglaubliche Träume. Jesus. Ungeheuer, wie man sie sich nicht vorstellen kann – Löwenkörper, menschliche Gesichter, Adlerflügel, was Sie wollen –, und alle waren ausgehungert, alle wollten mich fressen. Und dann war da dieses riesige Ding hinter ihnen, nur ein Schatten, und dann … Jesus.« Er grinste nervös und wischte sich über die Stirn. »Mir bricht immer noch der Schweiß aus, wenn ich nur daran denke. Und dann wurde mir klar, dass die Ungeheuer alle irgendwie miteinander *verbunden* waren, dass sie alle *Teil* dieses Dings waren. Und da bin ich schreiend aufgewacht. Diesen Traum hatte ich fast jede Nacht. Ich war fast so weit, den Seelenklempner der Abteilung aufzusuchen.«

»Ihr träumender Verstand hat TIAMAT berührt.«

»Ja. Das hat Matthias – Judas – auch zu mir gesagt, als er mich rekrutierte. Irgendwie hat er gespürt, dass TIAMAT zu mir kam.«

Hubbard grinste sein verschmitztes Grinsen. Black wusste immer noch nicht, dass Revenant jede Nacht in Blacks Bewusstsein eingedrungen war und ihm die Träume beschert hatte, die ihn jede Nacht schreiend aufwachen ließen und an den Rand des Wahnsinns trieben. Als Judas ihm erklärte, was mit ihm geschah und wie die Freimaurer bewirken konnten, dass die Träume aufhörten, hatte der Orden leichtes Spiel gehabt. Man brauchte jemanden, der im NYPD weiter oben saß als Matthias, und Black war ein mutiger und verlässlicher Bulle, der für eine rasche Beförderung geradezu prädestiniert war …

»Und dann wurde ich abgelehnt.« Der Detective schüttelte den Kopf. »Balsam und die anderen, die etablierten Freimaurer, wollten keinen Burschen aufnehmen, der katholisch war. Die Wichser. Und TIAMAT war bereits unterwegs. Ich kann es immer noch nicht glauben.«

»Nach Francis Xavier benannt worden zu sein, war wohl auch nicht sehr hilfreich, nehme ich an.«

»Wenigstens haben sie nie herausgefunden, dass meine Schwester Nonne ist. Das hätte mir mit Sicherheit das Genick gebrochen.« Er trank die Flöte aus und ging in die Küche, um die Flasche in den Müll zu werfen. »Und beim zweiten Versuch bin ich aufgenommen worden.«

Du wirst nie erfahren, warum, dachte Hubbard. *Du wirst nie erfahren, dass Amun deine Mitgliedschaft als Waffe gegen Balsam einsetzte, dass er den ehemaligen Meister mit seinen irrationalen Vorurteilen, altehrwürdigen Methoden und ererbtem mystischen Hokuspokus vollständig aus dem Weg räumen wollte.* Wie er die Entscheidung gegen Black benutzt hat, um Kim Toy, Red und Revenant davon zu überzeugen, dass Balsam abtreten musste. Dann war das Feuer im alten Tempel ausgebrochen, das von Amun inszeniert worden sein musste, der seine Anhänger aus den Flammen gerettet hatte, während Balsam und all seine Jünger verbrannt waren.

Hubbard erinnerte sich an die Explosion, das Feuer, die Schmerzen, die Art, wie sich seine Haut in der lötlampenähnlichen Stichflamme schwarz verfärbt hatte. Er hatte um Hilfe geschrien, als er sah, wie die riesige Astralgestalt Amuns seine Jünger hinausführte, und hätte Kim Toy nicht darauf bestanden, umzukehren und ihn mitzunehmen, wäre er dort gestorben. Amun hatte ihm nicht völlig vertraut, damals noch nicht. Hubbard war dem Orden gerade erst beigetreten, und Amun hatte noch keine Möglichkeit gehabt, mit ihm zu spielen, in seinen Verstand einzudringen, zu bewirken, dass er sich krümmte und wand, die endlosen Spiele zu spielen und ihn mit einer Kette von Demütigungen zu peinigen … *Ja,* dachte er, *so ist Amun. Ich weiß das, weil ich genauso bin.*

Es klopfte an der Tür. Hubbard ließ Judas ein, der die gestohlene Betäubungswaffe in einem roten Metallkoffer mit dem Aufkleber NUR FÜR DEN DIENSTLICHEN GEBRAUCH bei sich hatte. »Mann. Was für ein Schlauch. Ich dachte schon, Captain McPherson würde mich nie mehr entlassen.«

Er und Black nahmen die große schwarze Luftpistole aus dem Koffer und legten einen Betäubungspfeil in die Kammer. »Der müsste sie für ein paar Stunden außer Gefecht setzen«, sagte Black zuversichtlich. »Ich bringe ihr etwas zu essen und verpasse ihr den Pfeil dann von der Tür aus, während sie isst.« Er steckte sich die Pistole hinten in den Hosenbund, holte einen Pappteller mit kalter Pizza aus dem Kühlschrank und ging zur Tür. Er öffnete das schwere Vorhängeschloss und schob vorsichtig die Tür auf. Hubbard und Matthias wichen unwillkürlich einen Schritt zurück, da sie halb damit rechneten, Black in der Raum-Zeit-Singularität, die die Tasche beherbergte, verschwinden zu sehen… Doch Blacks Gesichtsausdruck veränderte sich, er schob den Kopf durch die Tür und blickte nach links und rechts. Als er wieder in den Flur trat, drückte seine Miene völlige Verblüffung aus.

»Sie ist weg«, sagte er. »Sie ist nicht mehr im Zimmer.«

♥

Modular Man betrachtete die Drinks, die vor ihm auf dem Tresen aufgereiht standen. Irish Coffee, Martini, Margarita, Boilermaker, Cognac Napoleon. Er wollte neue Geschmacksrichtungen ausprobieren und fragte sich ernsthaft, ob die Beschädigung seiner Teile durch das Gerät der Taschen-Lady in ihm ein Gefühl der Sterblichkeit geweckt hatte.

»Mir wird langsam klar«, sagte der Android, indem er den Irish Coffee an die Lippen führte, »dass mein Schöpfer ein hoffnungsloser Soziopath ist.«

Cyndi dachte darüber nach. »Ich finde, wenn dir etwas Theologie nichts ausmacht, dass du damit im selben Boot sitzt wie wir anderen.«

»Er fängt an – nun, egal, womit er anfängt. Aber ich halte ihn für krank.« Der Android wischte sich Sahne von der Unterlippe.

»Du könntest weglaufen. Jedenfalls hieß es zuletzt, die Sklaverei sei abgeschafft. Er zahlt dir nicht mal den vorgeschriebenen Mindestlohn, nehme ich an.«

»Ich bin kein Mensch. Maschinen haben keine Rechte.«

»Das bedeutet nicht, dass du alles tun musst, was er dir sagt, Mod Man.«

Der Android schüttelte den Kopf. »Es würde nicht klappen. Ich bin mit Schaltungen versehen, die es mir unmöglich machen, ihm den Gehorsam zu verweigern oder seine Identität zu enthüllen.«

Das schien Cyndi zu erschrecken. »Er ist gründlich. Das will ich ihm gern zugestehen.« Sie sah Modular Man eindringlich an. »Warum hat er dich überhaupt gebaut?«

»Er wollte mich in Serie produzieren und ans Militär verkaufen. Aber ich glaube, es macht ihm so viel Spaß, mit mir herumzuspielen, dass er sich vielleicht nie dazu durchringen kann, dem Pentagon die Rechte zu verkaufen.«

»Dafür wäre ich sehr dankbar, wenn ich du wäre.«

»Ich würde es nicht wissen.« Der Android nahm sich den nächsten Drink und zeigte Cyndi das Polaroidfoto von der Taschen-Lady.

»Ich muss diese Frau finden.«

»Sie sieht wie eine Taschen-Lady aus.«

»Sie ist eine Taschen-Lady.«

Sie lachte. »Hast du keine Nachrichten gehört? Weißt du nicht, dass es Tausende von diesen Frauen in der Stadt gibt? Wir haben eine Rezession. Penner, Ausreißer, Leute, die keinen Job oder auch kein Glück mehr haben, Leute, die aus Heilanstalten entlassen wurden, weil der Staat Ausgabenkürzungen vorgenommen hat … In den Auffanglagern haben die Schwarm-Flüchtlinge Vorrang vor den Leuten von der Straße. Jesus – und das gilt auch für eine Nacht wie diese. Weißt du, dass heute die kälteste Dezembernacht seit Menschengedenken ist? Sie mussten Kirchen und Polizeireviere öffnen – alle möglichen Stellen, damit die Obdachlosen nicht erfrieren. Und ein Haufen dieser Obdachlosen wird nirgendwohin gehen, weil sie zu viel Angst vor den Behörden haben oder einfach nur zu verrückt sind, um zu bemerken, dass sie Hilfe brauchen. Ich beneide dich nicht, Mod Man, absolut nicht. In Gassen und Hauseingängen werden sich morgen die Toten stapeln.«

»Ich weiß. Ich habe schon ein paar gesehen.«

»Wenn du sie finden willst, bevor sie erfriert, versuch es zunächst bei den Aschentonnenfeuern und später in den Auffanglagern und Sammelstellen.« Stirnrunzelnd betrachtete sie das Bild. »Warum willst du sie überhaupt finden?«

»Ich glaube … Sie könnte eine wichtige Zeugin sein.«

»Aha. Tja. Dann viel Glück.«

Der Android warf einen Blick über die Schulter auf die Aussichtsplattform mit ihrem glitzernden Überzug aus Eis. Jenseits des Geländers funkelte ihn Manhattan kalt und mit einer Klarheit an, die er noch nie zuvor gesehen hatte, als sei alles, die Häuser, die Leute, die Lichter, in einem riesigen Kristall eingefroren. Es war, als sei die Stadt ebenso weit entfernt wie die Sterne und ebenso unfähig wie sie, Wärme abzugeben.

In seinem Bewusstsein vollzog der Android ein geistiges Schaudern. Er wollte hier bleiben, in der Wärme des Aces High, und sich der – für ihn – vollkommen abstrakten Beschäftigung widmen, einen warmen Drink zum Mund zu führen. Darin lag trotz der Sinnlosigkeit der Handlung etwas Tröstliches. Er verstand den Impuls nicht ganz, sondern registrierte nur die Tatsache. Wahrscheinlich der menschliche Teil seiner Programmierung.

Doch seine Wünsche unterlagen gewissen Einschränkungen, und eine davon lautete Gehorsam. Er konnte nur so lange im Aces High bleiben, wie es ihm bei seiner Aufgabe half, die Taschen-Lady zu finden.

Er genehmigte sich den letzten Drink in der Reihe und verabschiedete sich von Cyndi. Wenn kein Wunder geschah und er die Taschen-Lady nicht bald fand, würde er den Rest der Nacht auf den Straßen verbringen.

♦

Vier Uhr früh. Der Wagen fuhr über einen Kanaldeckel, und heißer Kaffee schwappte auf Coleman Hubbards Oberschenkel. Er achtete nicht darauf. Er hob den großen Pappbecher, den er zwischen die Beine geklemmt hatte, und nahm einen großen Schluck. Er musste wach bleiben.

Er suchte die Taschen-Lady; er klapperte jede Sammelstelle ab, fuhr jede dunkle Straße entlang, streckte seine geistigen Fühler in der Hoffnung aus, das verwirrte und zornige Gedankenmuster wiederzufinden, das er in ihrem gestörten Bewusstsein vorgefunden hatte.

Das tat er seit fast vierundzwanzig Stunden. Die Heizung in seinem billigen Mietwagen hatte den Geist aufgegeben. Sein Körper war eine Ansammlung von Krämpfen, und sein Schädel dröhnte in einem langsamen Rammbock-Rhythmus. Dass sich Black und Judas bei derselben Beschäftigung einen abfroren, war kein Trost.

Hubbard klemmte den Becher wieder zwischen die Oberschenkel, knipste die Leselampe an und warf einen Blick auf die Liste der Sammelstellen. Er befand sich ganz in der Nähe eines Mädchengymnasiums, das mit Flüchtlingen gefüllt war und das er noch nicht überprüft hatte.

Als er sich dem Ort näherte, spürte Hubbard eine bestürzende Vertrautheit, ähnlich einem Déjà-vu-Erlebnis. Kopfschmerzen marterten ihn, und er hatte ein unangenehmes Gefühl in der Magengegend. Ein paar Sekunden später wusste er es.

Sie war hier. Hochstimmung erfasste ihn. Er riss seinen

Geist von den verdrehten Gedankenmustern der Taschen-Lady los und tastete nach Black, der die geladene Betäubungspistole neben sich auf dem Sitz liegen hatte.

Beeilen Sie sich!, rief er. *Ich habe sie gefunden!*

♠

Modular Man schritt die langen Reihen ab, wobei er aufmerksam nach rechts und links sah. Achthundert Flüchtlinge waren in die Turnhalle des Gymnasiums gestopft worden. Für etwa die Hälfte gab es Matratzen, die aus irgendeinem Depot der Nationalgarde hergeschafft worden waren. Der Rest der Flüchtlinge schlief auf dem Boden. Der große Raum war von Schnarchgeräuschen, Weinen und dem Jammern von Kindern erfüllt.

Und da war sie. Mit ihren schweren Taschen ging sie durch die Reihen der Matratzen und murmelte vor sich hin. In dem Augenblick, in dem der Android sie erblickte, schaute sie ebenfalls auf. Nach dem Schock des gegenseitigen Erkennens verzog sich ihr Gesicht zu einem boshaften Grinsen.

Einen Sekundenbruchteil später war der Android bereits in der Luft. Er wollte keine anderen Leute gefährden, wenn sie ihn mit dem Inhalt ihrer Tasche angriff. Er hatte sich kaum vom Boden gelöst, als sich sein Fluxkraftfeld einschaltete und um seinen Körper knisterte. Das Ding in der Tasche würde nicht in der Lage sein, nach ihm zu greifen.

Der Gasgranatenwerfer auf seiner linken Schulter surrte, als er mit Radarunterstützung zielte. Seine Schulter absorbierte den Rückschlag. Die Granate wurde stofflich, sobald sie das Fluxfeld verließ, behielt jedoch Flugbahn und Geschwindigkeit bei. Undurchsichtiges Gas wallte um die Taschen-Lady auf.

Sie lächelte verschmitzt. Schwärze breitete sich plötzlich

um sie aus, und das Gas ertrank in ihr, wurde wie von einem Staubsauger in ihre Tasche gesogen.

Panik erfasste die Flüchtlinge, als immer mehr erwachten und sich in einem Kampf wiederfanden.

Die Taschen-Lady öffnete ihre Einkaufstasche. Der Android konnte die Schwärze darin sehen. Er spürte, wie er von etwas Kaltem durchdrungen wurde, etwas, das an seiner unstofflichen Gestalt zu zerren versuchte. Die Stahlträger, die die Decke stützten, ächzten metallisch.

Das verschmitzte Lächeln der Taschen-Lady erlosch. »Verdammter Hurensohn«, sagte sie. »Du erinnerst mich an Shaun.«

Modular Man beendete seinen Steigflug unter der Decke. Er wollte sich auf sie stürzen, im letzten Augenblick stofflich werden, nach der Einkaufstasche greifen und hoffen, dass sie ihn nicht verschlang.

Die Taschen-Lady fing wieder an zu grinsen. Der Android setzte gerade zu seinem Sturzflug an, als sie sich die Einkaufstasche über den Kopf stülpte.

Die Tasche verschlang die Frau. Ihr Kopf verschwand darin, dann der Rest ihres Körpers. Ihre Hände, die die Tasche hielten, zogen die Tasche hinter sich her in die Leere. Die Tasche faltete sich in sich selbst zusammen und verschwand.

»Das ist unmöglich«, sagte jemand.

Der Android durchsuchte die Turnhalle gründlich. Die Taschen-Lady war nirgendwo zu finden.

Den wachsenden Aufruhr unter ihm ignorierend, schwebte er nach oben und durch die Decke. Die kalten Lichter Manhattans tauchten um ihn herum auf. Allein erhob er sich in die Nacht.

♣

Hubbard starrte einen langen, scheinbar endlosen Augenblick auf die Stelle, wo die Taschen-Lady eben noch gewesen war. *So hat sie es also gemacht,* dachte er.

Er rieb seine halb erfrorenen Hände und dachte an die Straßen, die endlosen kalten Straßen, die langen Stunden seiner Suche. Nach allem, was er wusste, konnte sich die Taschen-Lady jetzt auch in Jersey befinden.

Die Nacht würde sehr lang werden.

♥

»Zum Teufel mit der Frau!«, rief Travnicek. Seine Hand, die einen Brief hielt, zitterte vor Zorn. »Sie hat mir gekündigt!« Er schwenkte den Brief hin und her. »Störungen!«, murmelte er. »Gefährliche Geräte! Sechzig verdammte Tage!« Er fing an, mit seinen schweren Stiefeln auf den Boden zu stampfen, um die Wohnung unter ihm zu erschüttern. Bei jedem Wort gefror ihm eine kleine Atemwolke vor dem Mund. »Das Miststück!«, bellte er. »Ich weiß, was sie vorhatte! Sie wollte nur, dass ich die Bude auf eigene Kosten renoviere; anschließend hätte sie mir gekündigt und dem nächsten Mieter eine höhere Miete abgeknöpft. Da ich kein Vermögen in die Einrichtung gesteckt habe, sucht sie jetzt einen anderen Dummen. Wahrscheinlich ein Mitglied der verdammten Oberschicht.« Er sah den Androiden an, der geduldig mit einer Tüte heißer Croissants und Kaffee vor ihm stand.

»Ich will, dass du heute Nacht in ihr Büro eindringst und es völlig verwüstest«, sagte Travnicek. »Lass nichts heil, kein Blatt Papier, keinen Stuhl, nichts. Ich will nur noch zerschmetterte Möbel und Konfetti. Und wenn sie das aufgeräumt hat, mach mit ihrer Wohnung dasselbe.«

»Ja, Sir«, sagte der Android. Er fand sich damit ab.

»Und das in der verdammten Lower East Side«, sagte Travnicek. »Was bleibt einem noch, wenn die Leute in dieser Gegend jetzt auch schon Ansprüche stellen? Ich werde nach Jokertown ziehen müssen, wenn ich meine Ruhe haben will.« Er nahm den Kaffee aus der Hand des Androiden, während er weiter auf dem Pressspanboden herumstampfte.

Er bedachte seine Schöpfung mit einem Schulterblick. »Nun?«, bellte er. »Suchst du jetzt die Taschen-Lady oder was?«

»Ja, Sir. Aber da ich mit dem Granatwerfer keinen Erfolg hatte, sollte ich es am besten mit dem Blender versuchen.«

Travnicek sprang mehrmals hoch. Die Geräusche hallten durch den Dachboden. »Wie du willst.« Er hörte auf zu springen und lächelte. »Okay«, sagte er. »Ich weiß, was ich mache. Ich schalte die *großen* Generatoren ein!«

Der Android stellte die Papiertüte auf eine Werkbank, tauschte die Waffen aus und flog geräuschlos durch die Decke. Draußen fegte ein eisiger Wind durch die Stadt und wirbelte die Leute umher wie Strohhalme im Wasser; die Kälte des Winds drückte die Lufttemperatur auf weit unter null Grad.

Der Android wusste, dass noch mehr Leute sterben würden.

♦

»Hey«, sagte Cyndi. »Wie wär's mit 'ner Pause?«

»Wenn du willst.«

Cyndi hob die Hände und umschloss damit den Kopf des Androiden. »Diese Anstrengung«, sagte sie. »Schwitzt du denn *überhaupt* nicht?«

»Nein. Ich schalte einfach meine Kühleinheiten ein.«

»Erstaunlich.« Der Android glitt von ihr herunter. »Es mit einer Maschine zu tun«, sagte sie nachdenklich. »Weißt du, ich hätte gedacht, dass es zumindest ein ganz klein wenig abartig ist. Ist es aber nicht.«

»Nett von dir, das zu sagen. Glaube ich.«

Modular Man hatte achtundvierzig Stunden nach der Taschen-Lady gesucht und war zu dem Schluss gekommen, dass er ein paar Stunden für sich brauchte. Er rechtfertigte den Aufenthalt, indem er ihn als unabdingbar notwendig für die Erhaltung seiner Moral einstufte. Er hatte die Absicht, die Erinnerung an diesen Abend in einer zeitlich weiter zurückliegenden Datei in seinem Gedächtnis zu speichern und den freien Platz mit einer langweiligen Wiederholung seiner gestrigen Suche nach der Taschen-Lady zu füllen. Mit etwas Glück würde sich Travnicek die Suche im Zeitraffer ansehen und nicht nach Erinnerungspornos suchen.

Sie setzte sich im Bett auf und machte sich am Nachtschränkchen zu schaffen. »Willst du auch was von dem Koks?«

»An mich wäre das verschwendet. Aber lass dich nicht aufhalten.«

Sie legte den Spiegel mit dem weißen Pulver vorsichtig auf den Schoß und ordnete es zu dünnen Linien an. Interessiert sah der Android zu, wie sie zwei dieser Linien durch die Nase zog und sich dann mit einem Lächeln in die Kissen zurücklehnte. Sie sah ihn an und nahm seine Hand.

»Weißt du«, sagte sie, »du brauchst dich echt nicht so auf Leistung zu konzentrieren. Ich meine, du hättest ruhig kommen können, wenn du wolltest.«

»Ich komme nicht.«

Ihr Blick war ein wenig glasig. »Was?«, fragte sie.

»Ich komme nicht. Der Orgasmus ist ein komplexes zufälliges Feuern von Neuronen. Ich habe keine Neuronen, und nichts, was ich tue, ist wirklich zufällig. Es würde nicht klappen.«

»Heilige Scheiße.« Cyndi blinzelte ihn an. »Aber wie ist es dann für dich?«

»Angenehm. Auf eine ziemlich komplizierte Art.«

Sie neigte den Kopf und dachte darüber nach. »Das ist es wohl«, schloss sie. Sie zog noch zwei Linien durch die Nase und sah ihn strahlend an.

»Ich habe einen Job«, erklärte sie. »Deshalb konnte ich mir auch das Koks leisten. Ein Weihnachtsgeschenk an mich selbst.«

Er lächelte. »Herzlichen Glückwunsch.«

»In Kalifornien. Ein Werbespot. Ich bin in der Hand dieses Riesenaffen, weißt du, und werde von Bud Man gerettet. Du weißt schon, das ist dieser Bursche aus der Bierreklame. Und am Schluss …« Sie verdrehte die Augen. »Am Schluss sind wir alle nett angesäuselt, Bud Man, der Affe und ich, und ich frage den Affen, wie es ihm geht, und der Affe *rülpst.*« Sie runzelte die Stirn. »Das ist irgendwie grob.«

»Das wollte ich auch gerade sagen.«

»Aber andererseits besteht die Chance für einen Gastauftritt in *Das Zwanzig-Dollar-Hotel.* Ich soll eine Affäre mit einem Mafioso haben oder so. Mein Agent hat sich nicht sehr klar ausgedrückt.« Sie kicherte. »Wenigstens kommen in der Serie keine Riesenaffen vor. Ich finde, einer reicht.«

»Du wirst mir fehlen«, sagte der Android. Er war ziemlich unsicher, was seine Gefühle für sie betraf. Und noch unsicherer, ob das, was er fühlte, überhaupt als *Gefühl* bezeichnet werden konnte.

Cyndi schien seine Gedanken zu lesen.

»Du wirst andere nette Mädchen retten.«

»Wahrscheinlich. Aber keines, das netter ist als du.«

Sie lachte. »Du kannst tolle Komplimente machen«, sagte sie.

»Danke.«

Sie tätschelte seinen Schädel. »Es dauert noch eine Woche, bis ich nach Kalifornien muss. Wir können uns noch öfter sehen.«

»Das würde mir gefallen.« Der Android dachte über sein

Verlangen nach Erfahrungen nach, über die seltsame Art, wie ihn seine Beschäftigung damit versorgte, und auch über seinen Eindruck, dass die Erfahrungen, die er machte, nicht reichten, niemals reichen würden.

♠

Infrarotdetektoren schalteten sich in den Plastikaugen des Androiden ein und aus, während er über der Straße schwebte. Windböen drohten ihn gegen Häuserwände zu drücken. Von den paar Stunden abgesehen, die er mit Cyndi verbracht hatte, war er seit vier Tagen ununterbrochen auf der Suche.

Auf der Straße unter ihm warf jemand einen Pappbecher aus dem Fenster eines blauen Dodge. Modular Man fragte sich, wo er dieses Bild schon einmal gesehen hatte.

Makroatomare Schaltungen führten eine schweigende, aber gründliche Datensichtung durch, und dem Androiden wurde klar, dass er diesen blauen Dodge schon oft gesehen hatte, und zwar an vielen Orten, die Modular Man in den letzten Tagen selbst aufgesucht hatte – Flüchtlingszentren, Sammelstellen, eine unablässige Mitternachtspatrouille auf den Straßen. Der Fahrer in diesem Dodge suchte jemanden. Der Android fragte sich, ob er nach der Taschen-Lady suchte. Modular Man beschloss, den Dodge unter Beobachtung zu halten.

Der Wagen kam langsamer voran als der Android – also scherte Modular Man aus, um die Seitenstraßen abzusuchen, kehrte aber in regelmäßigen Abständen zu dem Dodge zurück. Vor der Jokertown-Zweigstelle der Heilsarmee konnte er einen ausgiebigen Blick auf den Fahrer des Dodge werfen – ein Weißer mittleren Alters, dessen Gesicht einen abgespannten, ausgemergelten Eindruck machte. Er merkte sich das Kennzeichen des Wagens und stieg wieder in den Himmel.

Und dann, Stunden später, hatte er sie gefunden – ganz knapp vor dem Dodge. Sie hatte sich neben einer Veranda zusammengekauert und hielt die Einkaufstaschen vor sich. Der Android ließ sich auf einem Dach nieder und wartete. Der Dodge wurde langsamer.

♣

»Und Shaun sagt zu mir, er sagt, sehen Sie sich das mal an, Doktor …«

Hubbard verkroch sich förmlich in seinen Mantel. Er hatte das Gefühl, als schneide ihm der Wind durch den Körper, durch Muskeln und Knochen. Seine Zähne klapperten. Es kam ihm vor, als sei er Jahre unterwegs gewesen, bevor ihn wieder dieses scheußliche, Übelkeit erregende Gefühl des Déjà-vu übermannt hatte. Er hatte sie wiedergefunden; sie hockte hinter einer Veranda und einem Schutzwall aus Einkaufstaschen.

»Deine Mutter hat nichts, was ein Schluck irischer Whiskey nicht kurieren könnte …«

Black, ich habe sie wiedergefunden. Lower West Side.

Blacks Antwort war sardonisch. *Sind Sie sicher, dass diesmal nichts schiefgehen wird?*

Der Roboter ist nicht hier. Ich halte mich versteckt.

In zehn Minuten.

Bringen Sie was zu essen mit, sagte Hubbard. *Wir werden versuchen, sie zu überrumpeln.*

»Verpiss dich, Shaun, sag ich. Verpiss dich.« Die Taschen-Lady war aufgesprungen und schüttelte die Faust gen Himmel.

Hubbard sah sie an. »Ich bin ja bei dir, Lady«, murmelte er. Und dann sah er hoch. »Ach, Scheiße«, rief er.

♥

Modular Man schwebte vom Dach hinunter. Er wusste nicht, ob die Taschen-Lady ihn anschrie oder den Himmel. Der Fahrer des Dodge hatte sich mehrere Häuser weiter hinter einer anderen Veranda versteckt. Es sah nicht so aus, als plane der Mann in der nächsten Zeit irgendwelche Aktivitäten.

Er dachte daran, wie sie seine Bestandteile verdreht hatte, an die Auslöschung seiner Existenz, zu der es kommen würde, wenn sie seine Generatoren oder sein Hirn erwischte. Erinnerungen strömten in sein Bewusstsein. Das Stechen des Single Malts in seiner Nase, der dicke Mann mit seinem Gewehr, Cyndi, die leise in seinen Armen stöhnte, das wütende Knurren des Riesenaffen … Er wollte nichts davon verlieren.

♦

»Ach, Scheiße«, sagte Hubbard, während er entsetzt nach oben starrte. Der Android schwebte zehn Meter über der Taschen-Lady. Sie schrie ihn an und griff in ihre Tasche. Das Ding darin hatte ihm beim letzten Mal nichts anhaben können.

In einem jähen Wutanfall streckte Hubbard seine geistigen Fühler aus. Er würde die Kontrolle über den Androiden übernehmen und ihn immer wieder auf die Erde schmettern, bis er nur noch aus unbrauchbaren Einzelteilen bestand …

Sein Verstand berührte den kalten makroatomaren Geist des Androiden. Feuer flammte in Hubbards Bewusstsein auf. Er fing an zu schreien.

♠

In der Einkaufstasche der Taschen-Lady war etwas Schwarzes. Es wuchs.

Der Android stürzte geradewegs darauf zu, die Arme weit

ausgebreitet. Wenn die Frau die Tasche im letzten Augenblick noch bewegte, würde es sehr unangenehm für ihn werden.

Die Schwärze nahm zu. Der Wind zerrte an ihm, versuchte ihn vom Kurs abzubringen, doch der Android korrigierte.

Als er die Schwärze der Öffnung erreichte, spürte er, wie ihn die alles auslöschende Dunkelheit überkam. Doch bevor er sich selbst verlor, schlossen sich seine Hände um die Ränder der Einkaufstasche, klammerten sich daran fest und ließen nicht mehr los.

Für einen winzigen Sekundenbruchteil empfand er Befriedigung. Dann, wie nicht anders erwartet, empfand er gar nichts mehr.

♣

Die sibirischen Winde hatten die warme Luft über der städtischen Müllkippe von St. Petersburg, Florida, nicht abkühlen können. Es stank entsetzlich. Modular Man hatte diesmal fast vier Stunden verloren. Seine Funktionsprüfungen ergaben keine inneren Schäden. Er hatte Glück gehabt.

Er stand inmitten des stinkenden Mülls und durchwühlte die Einkaufstasche. Lumpen, Kleidungsstücke, Essensreste und dann das Ding… was immer es auch war. Eine schwarze Kugel mit einem Gewicht von etwa zwei Kilogramm und der Größe einer Bowlingkugel. Er sah weder Schalter noch andere Bedienungselemente.

Die Kugel war warm. Der Android drückte sie an die Brust und erhob sich in die milde, wohlriechende Luft.

♥

»Nett«, sagte Travnicek. »Das hast du gut gemacht, Toaster. Ich muss mich zu meiner großartigen Programmierung beglückwünschen.«

Der Android brachte ihm eine Tasse Kaffee. Travnicek grinste, nippte daran und fuhr fort, die fremdartige Kugel auf der Werkbank zu betrachten. Er hatte versucht, sie mit verschiedenen Arten von Fernbedienungen zu beeinflussen, damit jedoch nichts erreicht.

Travnicek ging zur Werkbank und betrachtete die Kugel aus respektvollem Abstand.

»Vielleicht ist eine gewisse Nähe erforderlich, um sie zu bedienen«, regte der Android an. »Vielleicht sollten Sie sie berühren.«

»Vielleicht solltest du dich um deinen eigenen verdammten Kram kümmern. Ich werde mich hüten, dem verdammten Ding zu nahe zu kommen.«

»Ja, Sir.« Der Android schwieg für einen Augenblick. Travnicek schlürfte seinen Kaffee. Dann schüttelte er den Kopf und wandte sich von der Werkbank ab.

»Du kannst morgen nach Peru fliegen und dich deinen Armeefreunden anschließen. Und nimm Kontakt mit den südamerikanischen Regierungen auf, wenn du schon mal dort bist. Vielleicht zahlen sie besser als das Pentagon.«

»Ja, Sir.«

Travnicek rieb sich die Hände. »Mir ist nach Feiern. Geh ins Geschäft und kauf mir eine Flasche Wein und ein paar Doughnuts.«

»Ja, Sir.« Mit ausdrucksloser Miene wurde der Android unstofflich und schoss durch die Decke.

Travnicek ging in den kleinen geheizten Raum, in dem er schlief, schaltete den Fernseher ein und setzte sich auf einen abgenutzten Sessel. Zwischen den hektischen Heiligabend-Werbespots für Leute, die noch auf den letzten Drücker ein Weihnachtsgeschenk kaufen wollten, lief in der Glotze ein japanischer Zeichentrickfilm über einen riesigen Androiden, der gegen feuerspeiende Echsen kämpfte. Travnicek liebte die Serie. Er lehnte sich zurück.

Als der Android zurückkehrte, fand er Travnicek schlafend vor. Auf dem Bildschirm spielte Reginald Owen gerade Scrooge, den Geizkragen. Leise stellte Modular Man die Tüte ab und zog sich zurück.

Vielleicht war Cyndi zu Hause.

♦

Coleman Hubbard saß in Anstaltskleidung in einer Station im Bellevue. Hirngeschädigte Leute gingen umher, stritten, spielten Karten. Vor dem Schwesternzimmer blinkte ein kleiner Weihnachtsbaum aus Plastik. Unbemerkt von allen außer Detective John F. X. Black schwebte Amun mit königlicher Erhabenheit über Hubbards Kopf und hörte Hubbard zu.

»Eins eins null eins null null null eins eins null eins eins eins …«

»So geht das schon seit vierundzwanzig Stunden«, sagte Black. »Wir können nichts anderes aus ihm herausbekommen.«

»Eins null null null eins null …«

Das Bild Amuns schien für einen Augenblick zu verblassen, und Black erhaschte einen Blick auf die Gestalt eines dünnen alten Mannes mit Augen wie durchbrochene Schatten. Dann war Amun wieder zurück.

Ich bekomme keinen Kontakt mit ihm. Ich kann ihm nicht einmal Schmerzen bereiten. Es ist, als habe sein Bewusstsein eine … eine Art Maschine berührt. Seine Hände ballten sich zu Fäusten. *Was ist nur mit ihm geschehen? Womit hatte er dort draußen Kontakt?*

Black hob eine Augenbraue. *TIAMAT?*

Nein. TIAMAT ist nicht so – TIAMAT ist lebendiger als alles, was du je kennenlernen wirst.

»... null eins eins null null null eins null ...«

Als ich ihn und die Taschen-Lady fand, legte ich sie schlafen und fand nichts in ihren Taschen. Was es auch war, jetzt hat es jemand anders.

»... eins null null eins null ...«

Die Augen in dem Widderkopf verwandelten sich in Feuer, und dann veränderte sich der Körper in die schlanke Gestalt eines Windhunds mit gekrümmtem Maul, gebleckten Zähnen und einem riesigen gegabelten Schwanz. Ein kalter Schauer der Angst lief über Blacks Rücken. Aus Amun war Setekh der Zerstörer geworden. Die astrale Illusion war erschreckend echt. Black rechnete damit, Blut aus dem Maul des Tiers tropfen zu sehen, aber es war keins da. Jedenfalls noch nicht.

Er hat dir einen unautorisierten Auftrag erteilt, sagte Setekh. *Dieser Auftrag war vermutlich Teil einer gegen mich gerichteten Verschwörung. Jetzt ist er eine Gefahr für uns alle. Wenn er aus diesem Zustand erwacht, könnte er Dinge ausplaudern, die er besser für sich behielte.*

Vernichte ihn, Meister, sagte Black.

Schaum tropfte aus dem Maul des Tiers und verdampfte auf dem Boden. Die anderen Patienten achteten nicht darauf. Der große Hund zögerte.

Wenn ich in seinen Kopf eindringe, werde ich vielleicht auch so wie er.

Black zuckte die Achseln. *Soll ich die Angelegenheit erledigen?*

Ja. Das halte ich für das Beste.

Das Testament, in dem er alles unserer Organisation vermacht, habe ich bereits in seiner Wohnung hinterlegt.

Die Bestie ließ die Zunge aus dem Maul hängen. Der Ausdruck ihrer Augen wurde weicher. *Du denkst voraus. Das ge-*

fällt mir. Vielleicht können wir eine Beförderung für dich erwirken.

♠

Millionen Meilen von der Erde entfernt, beinahe im Schatten der Sonne, begutachtete die Schwarmmutter ihre versprengten überlebenden Keimlinge. Beobachter auf der Erde wären überrascht gewesen zu erfahren, dass der Schwarm den Angriff nicht als Fehlschlag betrachtete. Die Invasion war eher als Sondierungsunternehmen gestartet worden denn als ernsthafter Eroberungsversuch, und der Schwarm, der die Daten auswertete, die ihm seine Kreaturen übermittelten, entwickelte eine ganze Reihe Hypothesen.

Der thrakische Schwarm war mit drei Reaktionen konfrontiert worden, die alle nicht miteinander kooperiert hatten. Es war möglich, erwog der Schwarm, dass die Erde unter mehreren Entitäten – Schwarmmutter-Äquivalenten – aufgeteilt war, die sich bei ihren Bemühungen nicht gegenseitig unterstützten.

Ein großer Prozentsatz des sibirischen Schwarms war sofort vernichtet worden, und die Schwarmmutter war auf telepathischem Weg Zeuge seiner Todesqualen gewesen. Es war offensichtlich, dass die Erdmütter über irgendeine verheerende Waffe verfügten, die sie jedoch nur in unbewohnten Gegenden einsetzten. Vielleicht waren die Auswirkungen auf die Umwelt zu gravierend.

Möglicherweise, folgerte der Schwarm, ließen sich die Erdmütter gegeneinander ausspielen, falls sie uneins waren und alle diese Waffe besaßen. Wenn die Erde dadurch unbewohnbar wurde, war der Schwarm gewillt, die Jahrtausende zu warten, die verstreichen mussten, bevor die Erde wieder nutzbar wurde. Diese Zeitspanne würde nichts sein im Vergleich zu den Jahren, die der Schwarm bereits gewartet hatte.

Als der Schwarm ganz in den Schatten der Sonne eintrat, beschloss er, seine Überwachungsaktivitäten auf die Bestätigung dieser Hypothesen zu konzentrieren.

Er spürte, dass es hier eine Reihe von Möglichkeiten gab.

♣

»Also sag ich zu Maxine, ich sage, wann unternimmst du endlich was wegen deines Zustands? Ich sage, es wird Zeit, dass sich das mal ein Arzt ansieht …«

Die Taschen-Lady hatte eine Einkaufstasche um den Arm hängen und die zweite an die Brust gedrückt, während sie gegen den sibirischen Wind ankämpfte und langsam die Gasse hinunterging.

Cyndis blondes Haar wurde vom Wind zerzaust, und in ihrer Kalbsfelljacke zitterte sie vor Kälte. Sie sah zu, wie Modular Man versuchte, mit der Frau zu reden und ihr eine Tüte mit chinesischem Essen zu geben, doch die Taschen-Lady murmelte nur vor sich hin und schlurfte weiter. Schließlich stopfte der Android die Tüte mit dem Essen in eine ihrer Einkaufstaschen und kehrte zur wartenden Cyndi zurück.

»Gib auf, Mod Man. Du kannst nichts für sie tun.«

Er nahm sie in die Arme und schraubte sich in den Himmel. »Ich glaube immer noch, dass es etwas geben muss.«

»Übernatürliche Kräfte sind nicht die Antwort auf alles. Du musst lernen, deine Grenzen zu akzeptieren.«

Der Android schwieg.

»Du musst begreifen, falls dich dieses Geschäft nicht vorher in den Wahnsinn treibt, dass noch niemand eine Wild-Card-Kraft erfunden hat, die auch nur das Geringste für verrückte alte Frauen tun kann, die ihre ganze Welt in Einkaufstaschen mit sich herumschleppen und in Mülltonnen leben. Ich habe keine Superkräfte, aber selbst ich weiß das.« Sie hielt inne. »Hörst du mir zu, Mod Man?«

»Ja. Ich höre zu. Weißt du, für ein Mädchen, das gerade erst aus Minnesota angekommen ist, bist du ziemlich abgebrüht.«

»Hey, Hibbing ist eine harte Stadt in der Wirtschaftskrise.«

Sie schwebten zum Aces High hinauf. Cyndi griff in ihre Jackentasche und holte ein kleines Päckchen heraus, das mit rotem Band umwickelt war. »Ich habe ein Geschenk für dich«, sagte sie. »Weil doch heute unsere letzte gemeinsame Nacht ist. Frohe Weihnachten.«

Der Android schien ein wenig verlegen zu sein. »Ich habe nicht daran gedacht, dir etwas zu besorgen«, sagte er.

»Das macht doch nichts. Du hattest andere Dinge im Kopf.«

Modular Man öffnete das Päckchen. Der Wind erfasste das rote Band und trug es hinab in die Dunkelheit. Das Päckchen enthielt eine goldene Anstecknadel in Form einer Spielkarte, dem Herz-Ass, in die die Worte MEIN HELD eingraviert waren.

»Ich dachte mir, du könntest vielleicht etwas Aufheiterung gebrauchen. Du kannst sie an deinen Boxershorts befestigen.«

»Danke. Das ist ein netter Einfall.«

»Nichts zu danken.« Cyndi umarmte ihn.

Das Empire State Building warf einen Strahl farbigen Scheinwerferlichts in die Nacht. Das Paar landete auf Hirams Terrasse. Die betriebsamen Bar-Geräusche waren selbst über dem Pfeifen des Winds deutlich zu hören. Die Heiligabend-Gesellschaft feierte. Cyndi und Modular Man schauten eine Weile durch das Fenster.

»Hey«, sagte sie. »Ich bin den Luxusfraß leid.«

Der Android dachte einen Augenblick nach. »Ich auch.«

»Wie wäre es mit chinesisch? Und dann könnten wir in meine Wohnung gehen.«

Wärme erfüllte ihn, selbst hier in der sibirischen Luftströmung. Einen Sekundenbruchteil später war er wieder in der Luft.

Unten in der Gasse stach der Taschen-Lady etwas Farbiges ins Auge. Sie bückte sich und hob ein Stück rotes Band auf.

Sie stopfte es in eine Tasche und ging weiter.

♣♦♠♥

Jube: Drei
George R. R. Martin

»Die Ferien sind die grausamste Zeit«, hatte Croyd vor Jahren einmal an einem Silvesterabend zu ihm gesagt. Der Times Square war voller Betrunkener gewesen, die darauf warteten, dass die Post abging. Jube war gekommen, um sich das Feuerwerk anzusehen, und Croyd hatte ihn aus einem Hauseingang begrüßt. Er hatte den Schläfer nicht erkannt, aber das gelang ihm ohnehin nur selten. Dieses Mal war Croyd einen Kopf kleiner als Jube und seine schlaffe, hängende Haut mit feinem rosafarbenem Gefieder bedeckt gewesen. Er hatte Schwimmhäute zwischen den Zehen gehabt, trug eine Hüftflasche mit braunem Rum und wollte über seine Familie, verlorene Freunde und Algebra reden. »Die Ferien sind die grausamste Zeit«, hatte er immer wieder gesagt, bis die Post abgegangen war und Croyd sich wie ein Ballon aus der Thanksgiving-Day-Parade von Macy's aufgeblasen hatte und in den Himmel entschwebt war. *»Die grausamste Zeit!«*, hatte er noch einmal nach unten gerufen, bevor Jube ihn aus den Augen verlor.

Erst jetzt hatte Jube begriffen, was er gemeint hatte. Er hatte die Ferienzeit der Menschen immer genossen, die bunte Festivitäten und überschwängliche Zurschaustellungen von Gier und Großzügigkeit mit faszinierenden Bräuchen verband. Als er in diesem Jahr am Morgen des letzten Dezembertags in seinem Zeitungskiosk stand, fand er, dass der Tag seinen Reiz verloren hatte.

Die Ironie war zu grausam. Überall in der Stadt bereiteten sich die Leute darauf vor, den Beginn des Jahres zu feiern, das durchaus das letzte ihres Lebens, ihrer Zivilisation und ihrer Rasse sein mochte. Die Zeitungen waren voll von Rückblicken auf das gerade zu Ende gehende Jahr, und der Krieg gegen den Schwarm stand überall im Mittelpunkt. Der gemeinsame Tenor der Berichte war, man habe es bis auf ein paar Aufräumaktionen in der dritten Welt überstanden.

Jhubben wusste es besser.

Er sortierte ein paar Zeitungen, verkaufte einen *Playboy* und schaute trübsinnig in den frischen Morgenhimmel. Außer einigen Zirruswolken, die hoch oben am Himmel hingen und schnell vorbeizogen, war nichts zu sehen. Und doch war sie noch da, das wusste er. Weit von der Erde entfernt flog sie schwarz und massiv wie ein Asteroid durch die Dunkelheit des Weltraums. Sie verdeckte die Sterne, wenn sie an ihnen vorbeischwebte, lautlos und kühl, allem Anschein nach tot und kalt. Wie viele Welten und Rassen waren schon gestorben, weil sie diese Lüge geglaubt hatten? Innen lebte sie und entwickelte sich. Ihre Intelligenz und Tücke wuchsen mit jedem Tag, und ihre Strategie wurde mit jedem Rückschlag besser.

Bei den Rassen des Netzes war sie der Feind mit den hundert Namen: Dämonensaat, das große Krebsgeschwür, Höllenmutter, Verschlinger der Welten, Mutter der Albträume. Die Gottköniginnen von Kondikki bezeichneten sie mit einem Symbol, das *Grauen* bedeutete. Die Maschinen-Intelligenzen der Kreg hatten ihr einen String von Binärimpulsen zugeordnet, der Fehlfunktion anzeigte, die Lyn-ko-neen sangen in hohen, schrillen, schmerzerfüllten Tönen von ihr. Und die Ly'bahr erinnerten sich ihrer am besten von allen. Für diese extrem langlebigen Cyborgs war sie *Thyat M'hruh,* die Dunkelheit-für-die-Rasse. Vor zehntausend Jahren war ein Schwarm auf der Ursprungswelt der Ly'bahr gelandet. In ihre lebenserhaltenden Panzer gehüllt, hatten die in Cyborgs verwandelten Ly'bahr überlebt, doch jene, die zurückgeblieben waren, weil sie ihr eigenes Fleisch und Blut Metall vorzogen, waren tot, und mit ihnen alle zukünftigen Generationen. Die Ly'bahr waren seit zehntausend Jahren eine tote Rasse.

»Mutter!«, hatte Ekkedme gerufen, und Jube hatte es nicht verstanden, bis er an dem Tag, als die Keime in New Jersey gelandet waren, das Band des ersten Zeitungsstapels durchgeschnitten hatte. Das muss ein Irrtum sein, hatte er geistlos gedacht, als er die Schlagzeilen sah. Der Schwarm war ein Grauen aus der Geschichte und Legende, er war der Albtraum, der anderen, weit entfernten Planeten zustieß und nicht dem, auf dem man sich gerade befand. Der Schwarm lag außerhalb seiner Erfahrung und seiner Sachkenntnis. Kein Wunder, dass er zuerst die Takisier verdächtigt hatte, als das Einzelschiff zerstört wurde. Er kam sich vor wie ein Narr.

Schlimmer noch, er war ein zum Tode verurteilter und hilfloser Narr.

Sie war noch dort oben, eine greifbare, lebende Dunkelheit, die Jube beinahe fühlen konnte. In ihr schwärten neue Generationen von Schwarmlingen, Leben-das-Tod-ist. Bald würden ihre Kinder wiederkommen und diese auf perverse Art hervorragende Rasse verschlingen, zu der er so große Zuneigung gefasst hatte ... und natürlich auch *ihn*, und was konnte er schon tun, um sie aufzuhalten?

»Du siehst heute Morgen aus wie ein Haufen Exkremente, Walross«, knirschte eine Stimme wie Sandpapier.

Jube sah hoch ... und immer höher. Troll war zwei Meter siebzig groß. Er trug eine graue Uniform über grüner warziger Haut, und wenn er grinste, standen gekrümmte gelbe Zähne in alle Richtungen ab. Eine grüne Hand, so groß wie ein Kanaldeckel, griff mit zwei Fingern vorsichtig nach einer Ausgabe der *Times*. Die Nägel waren so scharf wie Krallen.

Hinter der eigens angefertigten verspiegelten Sonnenbrille huschten die roten Augen unter den gewaltigen Brauenwülsten über die Schlagzeilen der ausliegenden Zeitungen.

»Ich fühle mich auch wie ein Haufen Exkremente«, sagte Jube. »Die Ferien sind die grausamste Zeit, Troll. Wie läuft es in der Klinik?«

»Ist 'ne ziemliche Hektik«, sagte Troll. »Tachyon pendelt zwischen der Klinik und Washington hin und her, wo eine Besprechung nach der anderen stattfindet.« Er raschelte mit der *Times.* »Diese Außerirdischen haben allen das Weihnachtsfest verdorben. Ich habe immer gewusst, dass Jersey nur ein großer Hefepilz ist.« Er wühlte in einer Tasche und gab Jube einen zerknitterten Dollarschein. »Das Pentagon will dem Mutter-Ding mit ein paar Atombomben den Garaus machen, aber sie können es nicht finden.«

Jube nickte, während er den Dollar wechselte. Er hatte selbst versucht, die Schwarmmutter zu finden, und zwar mit Hilfe der sensiblen Satelliten, die das Netz in der Umlaufbahn gelassen hatte, doch ohne Erfolg. Sie mochte sich hinter dem Mond verstecken oder auf der anderen Seite der Sonne oder auch irgendwo in der Weite des Alls. Und wenn er sie mit der ihm zur Verfügung stehenden Technologie nicht lokalisieren konnte, hatten die Menschen keine Chance. »Doc wird ihnen auch nicht helfen können«, murmelte er trübsinnig.

»Wahrscheinlich nicht«, erwiderte Troll. Er warf einen halben Dollar in die Luft, fing ihn geschickt wieder auf und steckte ihn ein. »Trotzdem muss man es versuchen, oder? Was kann man anderes tun, als es versuchen? Frohes neues Jahr, Walross.« Er stapfte auf Beinen davon, so dick und knorrig wie die Stämme kleiner Bäume und so lang, wie Jube groß war.

Jube sah ihm nach. *Er hat recht,* dachte er, als Troll um eine Ecke bog und verschwand. *Man muss es versuchen.*

An diesem Tag schloss er seinen Zeitungsstand früh und ging nach Hause.

Im kalten Wasser seiner Badewanne und in trübes rotes Licht gehüllt, ging er seine Möglichkeiten durch. Im Grunde gab es nur eine.

Das Netz konnte die Menschheit vor der Schwarmmutter retten. Natürlich würde das seinen Preis haben. Das Netz verschenkt nichts. Doch Jube war sicher, dass die Erde mit Freuden bezahlen würde. Auch wenn der Handelsmeister Rechte für den Mars, den Mond oder für alle Gasriesen verlangte, was war das schon im Vergleich zum Überleben ihrer Rasse?

Doch die *Gelegenheit* war Lichtjahre entfernt und würde erst in weiteren fünf oder sechs menschlichen Jahrzehnten in dieses System zurückkehren. Sie musste gerufen werden, der Handelsmeister musste unterrichtet werden, dass eine intelligente Rasse mit enormem Profitpotenzial von der Ausrottung bedroht war. Und der Tachyonentransmitter war mit dem Embe und dem Einzelschiff verloren gegangen.

Jhubben musste einen neuen bauen.

Er fühlte sich dieser Aufgabe in keiner Weise gewachsen. Er war Xenologe, kein Techniker. Er benutzte hundert Apparate des Netzes, die er weder bauen noch reparieren konnte und zum Teil nicht einmal verstand. Wissen war das kostbarste Gut in der Galaxis, die einzige echte Währung des Netzes, und jede Mitgliederrasse hütete ihre technologischen Geheimnisse mit fanatischem Eifer. Doch jeder Außenposten des Netzes verfügte über einen Tachyonentransmitter, sogar primitive Welten wie Glabber, die es sich nicht leisten konnten, eigene Raumschiffe zu kaufen. Auch die unbedeutenderen Welten mussten die Mittel haben, die großen Raumschiffe zu ihren rückständigen Welten zu rufen, denn wie hätte sonst Handel stattfinden, wie hätten Planeten gekauft und verkauft werden und wie die Handelsmeister von Starholme Profite ankaufen können?

Jubes Bibliothek bestand aus neun kleinen Kristallstäben. Einer enthielt die gesammelten Werke aus Musik, Literatur und Erotika seiner Heimatwelt. Ein zweiter sein Lebenswerk, darunter auch alle Studien über die Erde. Die anderen enthielten Wissen. Die Pläne für einen Tachyonentransmitter würden sich sicher irgendwo dort befinden. Jedes Wissen, zu dem er sich Zugang verschaffte, würde selbstverständlich vermerkt und sein Wert von dem Wert seiner Forschungen hier auf der Erde abgezogen werden. Aber die Rettung einer intelligenten Rasse war es zweifellos wert.

Er würde Auslagen haben, das war klar. Selbst wenn er die Pläne fand, war es unwahrscheinlich, dass er alle erforderlichen Teile besaß. Er würde mit primitiver menschlicher Elektronik auskommen müssen, mit der besten, die er bekommen konnte, und wahrscheinlich würde er gezwungen sein, einen Teil seiner eigenen Ausrüstung auszuschlachten. Und wenn schon. Er besaß Ausrüstung, die er noch nie benutzt hatte: die Sicherheitssysteme, die seine Wohnung bewachten (zusätzliche Schlösser würden auch reichen), der Raumanzug aus flüssigem Metall, in den er nicht mehr hineinpasste, der Kälteschlafsarg in der hinteren Kammer (für den Fall eines Atomkriegs während seines Aufenthalts auf der Erde gekauft), das Spielgerät …

Es gab ein ernsteres Problem. Er konnte einen Tachyonentransmitter bauen, da war er sich ganz sicher. Doch womit sollte er ihn *betreiben*? Seine Fusionszellen mochten reichen, einen Funkspruch bis nach Hoboken zu jagen, aber zwischen Hoboken und den Sternen lagen eine Menge Lichtjahre.

Jhubben stieg aus der Wanne und trocknete sich ab. Er war in etwa über die Ereignisse informiert, die sich zugetragen hatten, als der Schläfer Ekkedmes Leiche gestohlen hatte. Croyd hatte es ihm erzählt, eine Woche nach dem grausigen Nachmittag, den Jhubben damit verbracht hatte, die Überreste seines embischen Bruders in das salzige Meer zurückzuspülen, dem sie alle entstiegen waren, zumindest im metaphorischen Sinn. Doch das alles schien unwichtig geworden zu sein, als die Schwarmlinge gelandet waren.

Jetzt war es wichtig.

Er watschelte in sein Wohnzimmer und öffnete die unterste Schublade der Anrichte, die er 1952 bei Goodwill gekauft hatte. Die Schublade war mit grünen, roten, blauen und weißen Steinen gefüllt. Mit vieren der weißen Steine hatte er 1955 dieses Haus gekauft, obwohl ihm der alte Mann mit dem grünen Sonnenschild nur die Hälfte ihres tatsächlichen Werts bezahlt hatte. Jube hatte diese Geldquelle nur spärlich eingesetzt, da bis zur Rückkehr der *Gelegenheit* keine Steine mehr synthetisiert werden konnten. Doch die Krise war da.

Er war kein Ass, er hatte keine besonderen Fähigkeiten. Die Steine würden seine Fähigkeiten sein. Er streckte seine dicke vierfingrige Hand aus und nahm eine Handvoll ungeschliffener Saphire heraus. Damit würde er den Singularitätswandler des Embe ausfindig machen, um eine Kraftquelle für seinen Funkspruch ins All zu bekommen.

Zumindest würde er es versuchen.

♣ ♦ ♠ ♥

1986
Wenn Blicke töten könnten
Walter Simons

Das richtige Opfer auszusuchen war immer eine heikle Sache. Es musste reichlich Bargeld haben, damit sich der Mord lohnte, und die Tat musste an einem abgelegenen Ort verübt werden. Die Miete war fällig, und jemanden von der Straße zu töten war sinnvoller, als den Hausverwalter zu ermorden. Das mochte andere auf seinen Aufenthaltsort aufmerksam machen, und er war es leid, die Wohnung zu wechseln.

Die Kälte störte ihn. Sie drang ihm durch den einen Meter achtzig großen Körper und machte sich in seinen Knochen breit. Er stellte den Pelzkragen des locker sitzenden Mantels hoch. Vor seinem Tod, als er nur James Spector gewesen war, hatte ihm der Winter in New York immer schwer zu schaffen gemacht. Jetzt verursachte ihm nur noch die Qual seines Todes, die regelmäßig in ihm aufstieg, echte Schmerzen.

Er ging an der St. Mark's Church vorbei weiter nach Osten die 10th Street hinab. In dieser Richtung war die Gegend rauer, was seinen Bedürfnissen eher entgegenkam.

»Scheiße«, sagte er, als es wieder zu schneien anfing. Die wenigen Leute auf der Straße würden wahrscheinlich in Häusern Zuflucht suchen. Wenn er hier kein Opfer fand, würde er es in Jokertown versuchen müssen. Der Gedanke behagte ihm überhaupt nicht. Die Schneeflocken setzten sich in seinem dunklen Haar und Schnurrbart fest. Er wischte sie mit einer behandschuhten Hand weg und ging weiter.

In einem Hauseingang vor ihm zündete jemand ein Streichholz an. Spector ging langsam die Treppe hinauf und suchte nach einer Zigarette.

Der Mann im Eingang war groß und kräftig gebaut, hatte blasse, pockennarbige Haut und hellblaue Augen. Er zog kräftig an seiner Zigarette und blies Rauch in Spectors Gesicht.

»Hast du Feuer?«, fragte Spector unerschrocken.

Der Mann runzelte die Stirn. »Kenne ich dich?« Er musterte Spector sorgfältig von oben bis unten. »Nein. Aber vielleicht hat dich jemand geschickt.«

»Vielleicht.«

»Aha, ein ganz Schlauer.« Der junge Mann lächelte und zeigte ebenmäßige weiße Zähne. »Du sagst jetzt besser, was du willst, Mann, sonst prügele ich deinen faltigen Arsch die Treppe runter.«

Spector beschloss, einer Eingebung zu folgen. »Ich konnte mir seit Tagen nichts mehr beschaffen. Meine Quelle ist ausgetrocknet, aber ein Freund hat gesagt, dass es hier in der Gegend jemanden gibt, der mir vielleicht helfen kann.« Er ließ einen flehentlichen Unterton in seine Stimme einfließen und krümmte sich ein wenig, als habe er Schmerzen.

Der Mann klopfte ihm auf den Rücken und lachte. »Das muss dein Glückstag sein. Dann komm mal mit in Mikes Bude, da päppeln wir dich schon wieder auf.«

Mikes Wohnung stank schlimmer als ein wochenlang nicht gesäubertes Katzenklo. Der Boden war mit schmutzigen Kleidungsstücken und Pornoheften übersät. »Nette Bude«, sagte Spector, der seine Verachtung kaum verhehlen konnte.

Mike drückte ihn grob gegen die Wand und zog Spector die Hände über den Kopf. Er filzte ihn rasch, aber gründlich. »Und jetzt sag mir, was du brauchst, dann sage ich dir, was es kostet. Wenn du Ärger machst, puste ich dir den Schädel weg. Es wäre nicht das erste Mal.« Mike zog eine verchromte .38er mit dazu passendem Schalldämpfer und lächelte wieder.

Spector drehte sich langsam um und blieb stehen, als sich ihre Blicke trafen, und stellte die Verbindung zu Mikes Bewusstsein her. Die schrecklichen Eindrücke von Spectors Tod überfluteten den Pusher. Er konnte das zermalmende Gewicht auf seiner Brust spüren. Die Muskeln hatten sich mit derartiger Gewalt verkrampft, dass Knochen brachen und Sehnen rissen. Die Kehle schnürte sich ihm zu, als Erbrochenes in seinen Mund gewürgt wurde. Das Herz schlug heftig und pumpte das kontaminierte Blut durch den Körper. Brennende Schmerzen von sterbendem Gewebe wüteten in seinem Verstand. Die Lunge platzte und kollabierte. Das Herz flatterte und hörte auf zu schlagen, und auch nachdem die Dunkelheit über ihn hereingebrochen war, wollten die Schmerzen nicht nachlassen. Spector hielt den Blickkontakt, ließ Mike jede Einzelheit nachempfinden, überzeugte den Körper des Pushers davon, dass er tot war. Er hörte erst auf, als Mike auf eine Art erschauerte, die er mittlerweile gut kannte. Dann war es vorbei.

Mike verdrehte die Augen und fiel leblos zu Boden. Ein Zucken seines Zeigefingers bewirkte, dass sich ein Schuss aus der .38er löste. Die Kugel traf Spector in die Schulter und schleuderte ihn gegen die Wand. Er biss sich auf die Lippe, ignorierte die Wunde und drehte Mike um.

»Jetzt weißt du, wie es ist, wenn man die Pik-Dame zieht.« Er hob die Waffe auf, sicherte sie und schob sie dann vorsichtig in den Hosenbund. »Aber du solltest auch das Gute sehen. Du brauchtest das nur einmal zu erleben. Ich wache jeden Morgen damit auf.« Spector durchsuchte die Leiche. Er nahm alles Geld, sogar das Kleingeld. Insgesamt waren es fast sechshundert Dollar.

»Kleiner Gauner. Freut mich, dass ich dir etwas von mir

geben konnte«, sagte Spector, als er die Wohnungstür einen Spalt öffnete und in den Flur schaute. Er sah niemanden und ging rasch die Treppe hinunter. Die Kälte und der Schnee dämpften die Geräusche der Stadt, erstickten ihr Leben.

Als er seine Wohnung erreichte, war die Schulter bereits wieder verheilt.

♥

Er wurde verfolgt. Zwei Männer auf der anderen Straßenseite hielten mit ihm Schritt und blieben gerade so weit hinter ihm, dass sie nicht in sein Blickfeld gerieten. Spector hatte sie bereits vor mehreren Blocks entdeckt. Er wandte sich nach Süden, weg von seiner Wohnung und nach Jokertown. Dort würde es leichter sein, sie abzuschütteln. Er ging langsam und schonte seine Kräfte, falls er sich ein Wettrennen mit ihnen liefern musste.

Vielleicht waren die beiden Freunde von Mike dem Pusher. Unwahrscheinlich. Sie waren zu gut gekleidet, und Leute wie Mike hatten keine Freunde. Eher arbeiteten sie für Tachyon. Spector war gezwungen gewesen, am Tag seiner Flucht aus der Klinik einen der Pfleger zu töten. Der kleine karottenköpfige Scheißer würde mit Sicherheit versuchen, ihn zu finden und ins Gefängnis zu schicken – oder, schlimmer noch, ihn wieder in die Klinik zu schaffen. Er hatte nur schlechte Erinnerungen an die Jokertown-Klinik.

Du kleiner Bastard, dachte er, *hast du nicht schon genug angerichtet?* Er hasste Tachyon, weil er ihn zurückgeholt hatte. Hasste ihn mehr als irgendjemanden oder irgendetwas auf dieser Welt. Doch der Gedanke an den kleinen Außerirdischen machte ihm auch Angst. Spector fing in dem dicken Mantel an zu schwitzen.

Ein vierbeiniger Joker versperrte ihm den Weg. Als er sich ihm näherte, zog sich der Joker wie ein Krebs in eine Gasse zurück, um ihm Platz zu machen. Spector drehte sich um und blickte über die Straße.

Die beiden Männer waren noch da. Sie blieben stehen und wechselten ein paar Worte. Einer überquerte die Straße und näherte sich ihm. Spector konnte sie töten, aber dann würde Tachyon noch mehr Energie auf die Suche nach ihm verwenden. Es war besser, sie abzuschütteln und zu hoffen, dass der Takisier ihn vergaß.

Die spiegelglatten Straßen waren so gut wie verlassen. Sogar Joker mussten sich der bitteren Kälte beugen. Spector nagte an seiner Unterlippe. Das Crystal Palace war nur einen Block entfernt. Es war ebenso gut geeignet wie jede andere Stelle, um sie abzuschütteln. Vielleicht würde Sascha sie sich vornehmen und in hohem Bogen rauswerfen.

Der Türsteher warf Spector einen gemeinen Blick zu, als er hineinging. Spector wollte ihm zeigen, was ein wirklich gemeiner Blick war, aber Chrysalis zu verärgern, war das Letzte, was er sich im Moment erlauben konnte. Außerdem hatten nur wenige Läden in Jokertown Türsteher.

Die Einrichtung des Crystal Palace weckte in ihm immer Unbehagen. Der Laden war vom Boden bis zur Decke mit Antiquitäten aus der Zeit der Jahrhundertwende möbliert. Wenn er aus Unachtsamkeit irgendetwas zerbrach, würde er wahrscheinlich zwanzig Leute umbringen müssen, um den Schaden zu bezahlen.

Sascha war nicht da, also konnte er von dieser Seite keine Hilfe erwarten. Rasch ging er durch die Bar in den Raum mit den Séparées. Er glitt in die erste Nische und zog die schweren burgunderroten Vorhänge hinter sich zu.

»Kann ich irgendwas für Sie tun?«

Spector drehte sich langsam um. Der Mann auf der anderen Seite des Tisches trug eine Totenkopfmaske und einen schwarzen Kapuzenumhang. »Ich sagte, kann ich irgendwas für Sie tun?«

»Tja«, sagte er in dem Versuch, Zeit zu gewinnen, »haben Sie irgendwas zu trinken?« Die Maske hatte ihn erschreckt, und Spector brauchte dieser Tage nie einen Vorwand für einen Drink.

»Nur für mich selbst, fürchte ich.« Der Mann zeigte auf das halb volle Glas vor sich. »Sie scheinen in Schwierigkeiten zu stecken.«

»Wer tut das nicht?« Spector missfiel es, dass er ebenso leicht zu durchschauen war wie Chrysalis' Haut.

»Ja, Schwierigkeiten sind universell. Einer meiner nächsten Bekannten ist letzten Monat von einem unserer außerirdischen Besucher gefressen worden.« Er nahm einen Schluck von seinem Drink. »Wir leben in einer unsicheren Welt.«

Spector öffnete den Vorhang einen Spalt. Die zwei Männer standen an der Bar. Der Barmann stand bei ihnen und schüttelte gerade den Kopf.

»Offensichtlich werden Sie verfolgt. Wenn Sie eine Verkleidung hätten, könnten Sie vielleicht entkommen, ohne gesehen zu werden.« Er schlug die Kapuze zurück, streifte den Umhang ab und legte ihn auf den Tisch.

Spector knabberte an seinen Fingernägeln. Er hasste es, jemandem vertrauen zu müssen. »Okay. Jetzt sagen Sie mir, was ich für Sie tun soll. Da gibt es etwas, richtig?«

»Bringen Sie mir nur ein neues Glas. Cognac. Der Barmann weiß, welche Sorte.« Er nahm die Maske ab und warf sie auf den Tisch.

Spector wandte sich ab. Das Gesicht des Mannes glich der Maske. Seine Haut war gelblich und straff über den hervortretenden Gesichtsknochen gespannt. Er hatte keine Nase. Der Joker starrte ihn mit eingefallenen, blutunterlaufenen Augen an. »Nun …«

Er legte rasch Maske und Umhang an und nahm das Glas. »Ich bin in einer Minute zurück.« Er öffnete die Vorhänge und trat hinaus.

Die beiden Männer saßen fünf Meter von ihm entfernt. Sie starrten ihn an, als er zur Bar ging. Spector schwitzte wieder.

»Noch mal dasselbe«, sagte er zu dem Barmann.

Der Mann erfüllte den Wunsch.

Langsam ging Spector wieder zur Nische zurück. Nur einer der Männer betrachtete ihn, aber dafür sehr aufmerksam.

»Hier bitte«, sagte er, als er den Drink abstellte. »Ich gehe jetzt.«

»Vielleicht wollen Sie die Verkleidung behalten«, sagte der schädelgesichtige Mann. »Ich glaube, Sie werden sie brauchen.« Er zog die Vorhänge zu.

Spector ging langsam zur Tür. Die beiden Männer saßen immer noch auf ihren Plätzen.

Kaum hatte Spector den Laden verlassen, als er losrannte. Er spurtete über vereiste Bürgersteige, eine Vision des Todes in einem Kapuzenumhang, bis er ganz außer Atem war. Er drückte sich in eine Gasse, nahm Maske und Umhang ab, stopfte beides unter den Mantel und ging nach Hause.

♦

Er war zum dritten Mal in ebenso vielen Nächten betrunken ins Bett gegangen. Das linderte den Schmerz ausreichend, um schlafen zu können. Er war nicht sicher, ob er überhaupt noch Schlaf benötigte, aber in den Jahren vor seinem Tod hatte er sich daran gewöhnt.

Er hörte ein Klicken. Spector öffnete die Augen und holte tief Luft, während er sich benommen der Tatsache bewusst wurde, dass hier irgendetwas vorging. Die Tür öffnete sich einen Spalt, durch den Licht ins Zimmer fiel. Spector rieb sich die Augen und setzte sich auf. Während er nach seiner Kleidung tastete, wurde die Tür von der Kette aufgehalten. Er wich zum Fenster zurück, während er hastig in seine Hose schlüpfte.

Als er seinen Mantel überwarf, hörte er etwas auf den Boden fallen. Die Tür schloss sich wieder. Spector roch Rauch und den Geruch verfaulter Zitronen. Seine Augen fingen an zu tränen, und er schwankte auf unsicheren Beinen. Er musste nach draußen, sonst würde ihn das Gas außer Gefecht setzen. Er öffnete das Fenster und trat das Fliegengitter heraus, blieb jedoch mit dem Fuß am Fensterbrett hängen und fiel auf die Feuerleiter. Bei dem Sturz verlor er das Gleichgewicht und schlug mit dem Kopf gegen das schneebedeckte Stahlgeländer. Der Schmerz und die kalte Luft klärten ihm vorübergehend den Kopf. Über ihm war ein Mann auf der Feuerleiter, der rasch herunterkam, und er hörte einen weiteren von unten die Stufen heraufeilen. Die beiden würden ihn in wenigen Augenblicken erwischen.

Spector riss sich zusammen. Der Mann unter ihm hatte nur noch einen Treppenabsatz vor sich. Spector sprang ihn an, überrumpelte den Kerl, schleuderte ihn gegen das Geländer. Spector hörte, wie das Rückgrat des Mannes bei dem Aufprall brach. Er warf sich herum, lief die Treppe hinunter und ließ ihn schreiend auf dem Absatz zurück.

Zwei Stockwerke über der Straße sprang Spector. Seine Füße glitten bei der Landung auf dem vereisten Asphalt aus, und er fiel zu Boden. Er rang nach Luft und schaffte es, sich herumzuwälzen. Eine Frau, die eine verspiegelte Sonnenbrille trug, beugte sich über ihn. Sie hielt eine Injektionsspritze in der Hand. Er erkannte sie in dem Augenblick, als die Nadel in seine Haut stach.

♠

Spector kam in einem Flur zu sich. Hände und Füße waren sorgfältig mit Nylonschnur gefesselt. Die Frau, die ihn betäubt hatte, gab zwei Männern in schweren Mänteln und mit verspiegelten Sonnenbrillen Anweisungen. Die beiden Männer trugen ihn in einen dunklen Raum. Solange sie die Sonnenbrillen trugen, konnte er keinen Blickkontakt mit ihnen aufnehmen.

Spector wurde auf einen harten Holzstuhl mit Armlehnen gesetzt. Der Raum roch alt, wie eine Mansarde oder ein lange verlassenes Haus.

»Ah, Schwester Gresham, wie ich sehe, sind Sie mit unserem Unruhestifter zurück.« Die Stimme eines älteren Mannes, ihr Ton war hart und kalt.

»Aber er hat uns ziemlich zu schaffen gemacht. Ein Mann wurde getötet.«

Der Mann schnalzte mit der Zunge. »Dann ist er so gefährlich, wie Sie sagten. Also wollen wir ihn uns mal gründlich ansehen.«

Spector hörte Metall knirschen, als sich über ihm die Decke öffnete. Der Mond und die Sterne leuchteten hell durch das Oberlicht. Er hatte sein ganzes Leben in New York City verbracht. Der Smog und die Lichter der Stadt machten es sehr schwer, die Sterne überhaupt zu sehen, doch hier schienen sie so grell, dass seine Augen schmerzten. Seine Häscher blieben außerhalb des beleuchteten Bereichs.

»Nun, Mr. Spector, was haben Sie zu Ihrer Verteidigung zu sagen?«

Schweigen.

»Reden Sie. Leuten, die meine Zeit verschwenden, stoßen schlimme Dinge zu.«

Spector hatte Angst. Er wusste, dass Jane Gresham für Dr. Tachyon in der Jokertown-Klinik arbeitete, aber der Mann, der ihn befragte, war ganz eindeutig nicht Tachyon. »Soweit ich weiß«, sagte er, »waren Ihre Leute völlig grundlos hinter mir her. Es tut mir leid, dass dieser Bursche umgekommen ist, aber es war nicht meine Schuld.«

»Davon rede ich nicht, Mr. Spector. Vor drei Tagen haben Sie völlig grundlos einen unserer Leute umgebracht. Er hat lediglich versucht, Ihren Bedarf nach einigen Drogen zu befriedigen.«

»Das sehen Sie vollkommen falsch.« Spector dachte, dass er in eine ziemlich umfangreiche Drogenschieberei hineingeraten sein musste. Schwester Gresham konnte in Tachyons Klinik alle möglichen Drogen stehlen. »Der Deal ist sauber über die Bühne gegangen. Das muss jemand anderes gewesen sein.«

Ein Surren ertönte, und der alte Mann kam ins Licht. Er saß in einem elektrischen Rollstuhl. Sein Kopf war abnorm groß und spärlich mit weißen Haaren bedeckt, er trug eine Brille mit dicken Gläsern. Sein dünner Körper war verzerrt, als versuchten Kräfte in ihm, sich in verschiedene Richtungen zu bewegen. Seine Haut war blass, aber gesund.

»Erinnern Sie sich noch daran?« Der alte Mann hielt eine Münze hoch. Spector erkannte sie sofort. Es war ein alter Penny, den er Mike abgenommen hatte. Da er die Größe eines halben Dollars hatte und aus dem Jahr 1794 stammte, hatte er ihn für wertvoll gehalten und mitgenommen.

»Nein«, sagte er, indem er auf Zeit spielte.

»Tatsächlich nicht? Betrachten Sie ihn genau.« Der Penny leuchtete blutrot im Mondlicht.

Spector hatte genug gehört, um zu wissen, dass er ganz tief in der Klemme steckte. Gresham und der alte Mann würden ihn töten. Wenn er sie daran hindern wollte, war jetzt der Zeitpunkt gekommen, etwas zu unternehmen. »Wenn sich jemand bewegt, lege ich diesen alten Burschen genauso um, wie ich euren Pusher-Freund erledigt habe.«

Sie lachten. »Sehen Sie mich an, Mr. Spector.« Der alte Mann beugte sich vor. »Setzen Sie Ihre Kraft gegen mich ein.«

Spector stellte Blickkontakt mit ihm her und versuchte, ihm seinen Tod zu vermitteln. Er spürte, dass es nicht klappte, warum auch immer. Der alte Mann schien ihn irgendwie abzuwehren. Geschlagen ließ er sich in den Stuhl zurücksinken.

»Tut mir leid, Sie enttäuschen zu müssen. Sie sind nicht der Einzige, der ungewöhnliche Kräfte besitzt. Binden Sie ihn los, Schwester Gresham.«

Die Frau folgte widerwillig seinem Befehl. »Seien Sie auf der Hut«, warnte sie den alten Mann. »Er könnte noch immer gefährlich sein.«

Spector fühlte sich nicht gefährlich. Wo auch immer er hineingeraten war, es war ganz sicher keine Nullachtfünfzehn-Drogenoperation. »Wie kommt es, dass Sie über mich Bescheid wissen? Und was wollen Sie von mir?«

»Schwester Gresham hat in der Klinik eine ziemlich vollständige Akte über Sie angelegt.« Der alte Mann öffnete ein Notizbuch und fing an zu lesen. »James Spector, gescheiterter Wirtschaftsprüfer aus Teaneck, New Jersey, vor neun Monaten mit dem Wild-Card-Virus infiziert. Bei Ihrer Einlieferung in die Jokertown-Klinik waren Sie klinisch tot. Da Sie keine lebenden Angehörigen haben, die hätten Einspruch erheben können, hat Dr. Tachyon Sie mit einem Experimentalverfahren wiederbelebt, das mittlerweile aufgegeben wurde. Sie haben sechs Monate auf der Intensivstation verbracht und unkontrolliert geschrien. Mit Hilfe von Medikamenten beruhigten Sie sich schließlich. Vor ungefähr drei Monaten sind Sie verschwunden. Zufällig kam am gleichen Tag ein Pfleger auf ungeklärte Weise ums Leben. Es steht alles hier. Sehr ausführlich.«

»Miststück.« Spector versuchte, die Schwester in der Dunkelheit auszumachen.

»Na, na«, sagte der alte Mann. »Wenn ich Sie leben lasse, Mr. Spector, werden Sie noch Gefallen an ihr finden.«

»Sie wollen mich am Leben lassen?« Ihm wurde klar, dass das eine falsche Formulierung war. »Ich meine …«

»Realistisch betrachtet«, unterbrach ihn der alte Mann,

»haben Sie ein großes Talent. Asse sind selten, man spült sie nicht einfach die Toilette hinunter. Sie könnten recht nützlich für unsere Sache sein.«

»Welche Sache?«

Der alte Mann lächelte. »Das werden Sie herausfinden, falls wir Sie in unsere… *Gesellschaft* aufnehmen. Aber bevor wir das auch nur in Erwägung ziehen, werden Sie Ihren Wert unter Beweis stellen müssen. Wir haben einen kleinen Job für Sie, aber mit Ihren Fähigkeiten und den Informationen, die wir Ihnen geben, dürfte er nicht allzu schwierig sein.«

»Und wenn ich nicht mitspiele?« Spector hatte Angst, aber er wollte die genauen Konsequenzen erfahren.

Der alte Mann riss ein Blatt Papier aus dem Notizbuch und reichte es ihm zusammen mit einem Kugelschreiber. »Notieren Sie Ihre Adresse auf diesem Zettel, und stecken Sie ihn in die Tasche.«

Spector war verwirrt, tat es aber. Der alte Mann schloss die Augen und legte die Fingerspitzen zusammen.

Spector überlief ein Schaudern. Er hatte das Gefühl, als würde ihm kaltes Wasser über sein nacktes Hirn gegossen. »Ich fühle…« Er hielt inne, von der Empfindung überwältigt.

»Ja, ich weiß. Mit nichts anderem zu vergleichen, nicht wahr? Und jetzt nennen Sie mir Ihre Adresse.«

Spector öffnete den Mund, um zu antworten, und begriff plötzlich, dass er sich nicht mehr daran erinnern konnte. Die Information war ihm abhandengekommen.

»Selektive Amnesie. Wenn eine Person in meiner Nähe ist, kann ich löschen, was ich will.« Er hob eine buschige Augenbraue. »Anders gesagt, ich kann alles entfernen.«

Spector war erschüttert, aber ihm war sofort klar, dass die Macht des alten Mannes auch dazu benutzt werden mochte, ihm die Erinnerung an seinen Tod zu nehmen. Der Verlust seiner Macht wäre nur ein geringer Preis für die Möglichkeit, nachts wieder schlafen zu können. »Ich verstehe, was Sie meinen. Ich werde tun, was Sie sagen.«

»Sehen Sie, Schwester Gresham, er macht überhaupt keine Schwierigkeiten. Es wäre dumm, jemanden mit solchen Fähigkeiten zu töten. Betäuben Sie ihn wieder und bringen Sie ihn in seine Wohnung zurück, bevor er aufwacht.«

»Warten Sie einen Moment. Wer sind Sie? Wenn es Ihnen nichts ausmacht, es mir zu sagen.«

»Mein wirklicher Name würde Ihnen noch weniger bedeuten als mir. Sie können mich Astronom nennen.«

Spector überlegte, dass jemand, der sich selbst Astronom nannte, nicht besonders glaubwürdig war, aber dies war weder die richtige Zeit noch der richtige Ort, um diesen Punkt zur Sprache zu bringen. »Schön. Nun, Astronom, was soll ich für Sie tun? Ich bin nur gut im Umbringen von Leuten.«

Der Astronom nickte. »Genau.«

♣

Es machte Spector ziemlich nervös, einen Bullen umzulegen, insbesondere weil es sich um Captain McPherson handelte. Bisher war noch niemand so dumm gewesen, sich mit dem Leiter der Jokertown-Sondereinheit anzulegen. Der Astronom hatte ihm keine Wahl gelassen. McPhersons Tod musste wie ein Unfall aussehen, da einer von den Leuten des Astronomen in der Position war, seine Nachfolge anzutreten. Wenn Spector versagte oder zu fliehen versuchte, würde der Astronom seine gesamte Erinnerung löschen – mit Ausnahme derjenigen an seinen Tod.

Er befestigte die Schienbeinschoner und zog die Jeans darüber. Außerdem trug er Armschützer unter dem Hemd.

Der Astronom hatte den Tod McPhersons schon seit geraumer Zeit geplant. Spector saß auf einem Sofa in einer

Wohnung direkt unter der Wohnung der Zielperson. Die Frau, die hier wohnte, gehörte zu den Leuten des Astronomen. Nach allem, was man ihm erzählt hatte, war auch McPhersons Hausmädchen an dem Unternehmen beteiligt.

»Wenn Sie jemanden durch einen eigenen Mann ersetzen wollen, ersetzen Sie zuerst die Leute in seiner Umgebung«, hatte der Astronom gesagt.

Spector schaute auf die Wanduhr. Es war zwischen ein und zwei Uhr in der Nacht. Er vergewisserte sich noch einmal, dass er die Spritze in der Tasche hatte, dann schaltete er das Licht aus und öffnete die Balkontür.

Er hob das Seil auf und nahm den gummiüberzogenen Haken an dem einen Ende in die Hand. Die Entfernung zum Balkon über ihm betrug etwa dreieinhalb Meter. Er beugte sich vor und warf den Haken. Er landete perfekt. Eine Handvoll Schnee fiel Spector ins Gesicht. Er zog an dem Seil. Es straffte sich, und der Haken hielt.

Spector kletterte rasch hinauf und zog sich über den Rand von McPhersons Balkon. Der Schnee dämpfte das Geräusch seiner Schritte auf dem Beton. Er wartete einen Augenblick. Von drinnen war nichts zu hören.

Das Mädchen hatte getan, was ihm aufgetragen worden war. Die Balkontür war unversperrt. Spector öffnete sie. Ein kalter Luftzug wehte in die Wohnung. Er trat rasch ein und schloss die Tür hinter sich.

Der Hund erwartete ihn. Er sah das rote Glühen seiner Augen. Der Hund knurrte drohend und griff an. Spector konnte das Tier nicht richtig sehen und riss einen Arm hoch, um Kopf und Kehle zu schützen. Mit der freien Hand griff er nach der Spritze, die Schwester Gresham ihm gegeben hatte.

Der Dobermann prallte gegen ihn und schnappte nach seinem Arm. Er spürte, wie der Hund versuchte, die Armschoner zu durchbeißen, um die Sehnen zu durchtrennen. Er rammte dem Tier die Spritze in den Bauch. Der Hund knurrte lauter und zerrte noch stärker an Spectors Arm. Im Nebenzimmer ging das Licht an. Nun, da er etwas sehen konnte, stieß Spector den Hund von sich. Der Dobermann fiel zu Boden und versuchte schwerfällig, sich wieder zu erheben.

»Fass ihn, Oscar! Reiß ihn in Stücke!« Die Stimme kam aus dem erleuchteten Zimmer.

Oscar versuchte zu gehorchen. Er bleckte die Zähne und machte einen Schritt vorwärts, dann schlossen sich seine Augen, und er fiel einfach um.

So weit, so gut, dachte Spector. Er täuschte ein Hinken vor, als er sich dem erleuchteten Zimmer näherte. »Ich gebe auf. Ihr Hund hat mich schwer verletzt. Ich brauche einen Arzt. Bitte helfen Sie mir.« Er versuchte, seine Stimme schmerzerfüllt klingen zu lassen.

»Oscar?« McPhersons Stimme hatte einen unsicheren Unterton. »Bist du in Ordnung, Junge?«

Der Hund atmete schwer und rührte sich nicht. Das Licht im Nebenzimmer erlosch.

Spector rang die aufkommende Panik nieder. Dass McPherson das Licht wieder ausschaltete, war in seinem Plan nicht vorgesehen. Im Dunkeln war seine Kraft wirkungslos. Mehrere lange Augenblicke blieb er regungslos stehen. Aus dem anderen Zimmer war nicht das Geringste zu hören.

Er ging einen Schritt vorwärts. Er kannte den Grundriss und die Gegebenheiten der Wohnung. Der Lichtschalter befand sich rechts neben der Tür. Um ihn zu erreichen, würde er zumindest einen Moment lang gut sichtbar in der Tür stehen müssen. Er wusste, dass McPherson eine Kanone besaß und bereit war, sie zu benutzen. Er fing an zu schwitzen. Der Schmerz verknotete sich in ihm und bereitete sich auf den Angriff vor. Er ging noch einen Schritt weiter. Mit dem nächsten würde er in der Türöffnung stehen.

Spector hörte, wie ein Telefonhörer von der Gabel genommen wurde. Er trat vor und tastete nach dem Lichtschalter. Seine Finger fanden ihn und schalteten das Licht ein.

McPherson hockte hinter einem großen Messingbett. Er hatte den Telefonhörer in der einen und eine Automatik in der anderen Hand. Die Kanone war auf Spectors Herz gerichtet. Ihre Blicke begegneten sich, und Spector stellte den Kontakt her. Spector erinnerte sich an Mikes leblosen Finger, der trotzdem noch abgedrückt hatte, und ihm schauderte, während McPherson seinen Tod nacherlebte.

Der Polizist zitterte und keuchte, dann kippte er langsam rückwärts. Spector ballte die Hände zu Fäusten und seufzte. Er ging zu dem Toten und nahm ihm die Kanone ab. Er öffnete die Schublade seines Nachtschränkchens mit einer behandschuhten Hand und legte die Waffe vorsichtig hinein. Spector spürte eine Woge der Erleichterung. Er hatte sich lebhaft vorgestellt, wie die Kugel seine Brust durchschlug und er verblutete, bevor er sich regenerieren konnte.

Er nahm ein Kopfkissen und warf es zu Boden wie ein Wide Receiver, der nach einem Touchdown einen Football auf den Boden knallt. Jetzt würden der Astronom und Schwester Gresham ihn vielleicht in Ruhe lassen. Er legte das Kissen wieder zurück.

Spector hatte den Hörer kaum wieder auf die Gabel gelegt, als das Telefon klingelte.

Spector erschrak. Dann stellte er das klingelnde Telefon auf das Nachtschränkchen, setzte sich auf das zerwühlte Bett und untersuchte sein Opfer. Der Ausdruck auf McPhersons Gesicht war genauso, wie er sich seinen eigenen vorstellte, als er gestorben war.

»War das nur ein Albtraum, oder war das der Tod?«, fragte er die Leiche. »Ganz schön beeindruckend, was, Bulle?«

Er lachte.

♥

Spector trank einen Schluck Jack Daniel's Black Label und genoss die Wärme, die sich gleich darauf in ihm ausbreitete. Er lag auf seiner klobigen Matratze und starrte auf den Bildschirm des kleinen Schwarz-Weiß-Fernsehers. Ein Spätnachrichtenprogramm brachte einen Aufguss der Invasion der Außerirdischen. Die Ungeheuer waren immer noch so aktuell, dass es McPhersons Tod nicht einmal auf die Titelseite der *Times* geschafft hatte.

Aufnahmen des Angriffs bei Grovers Mill wurden zum tausendsten Mal gezeigt. Eine Einheit der Nationalgarde setzte einen Flammenwerfer gegen eines der Dinger ein. Es stieß ein schrilles Kreischen aus, als es Feuer fing und verbrannte. Spector schüttelte den Kopf. Leute umbringen zu können, indem man sie nur ansah, sollte reichen, um einem ein Gefühl der Sicherheit zu geben, aber das war nicht der Fall. Diese Weltraumungeheuer verursachten ihm dasselbe unangenehme Gefühl in der Magengegend wie der Astronom. Spector hoffte, dass er nun, da er seinen Teil der Abmachung erfüllt hatte, nie wieder etwas von dem alten Mann hören würde.

Das Videoband war zu Ende. »Und jetzt«, sagte der Moderator, »hören wir noch ein paar abschließende Gedanken zu dieser Tragödie. Wir freuen uns, einen Gast begrüßen zu dürfen – Dr. Tachyon.«

Spector nahm die fast leere Flasche und machte Anstalten, sie nach dem Fernseher zu werfen. Neben dem Bett flimmerte plötzlich die Luft, und er spürte, wie es in dem Zimmer kälter wurde. Die durchscheinenden Umrisse bildeten einen riesigen körperlosen Schakalskopf. Grell leuchtendes Feuer schoss aus dem Mund und den Nüstern.

Spector fiel vom Bett und zog das Bettzeug mit sich.

»Schon wieder betrunken«, sagte der Schakal. »Wenn ich es nicht besser wüsste, würde ich sagen, Sie haben ein schlechtes Gewissen.« Der Kopf löste sich auf, um durch die Gestalt des Astronoms ersetzt zu werden.

»Heilige Scheiße. Gibt es irgendwas, das Sie nicht können?« Er warf die Laken beiseite und kletterte wieder auf das Bett.

»Wir haben alle unsere Grenzen. Übrigens, wenn Sie den Schakalskopf sehen, reden Sie ihn mit ›Lord Amun‹ an. Ich erscheine nur so, indem ich eine weiterentwickelte Form astraler Projektion benutze. Eine meiner weniger beeindruckenden Fähigkeiten, aber sie hat ihren Nutzen.« Der Astronom sah den Fernseher an. Der Bildschirm knisterte und wurde schwarz. »Ich will keine Störung.«

»Hören Sie, ich habe getan, was Sie wollten. Der Bursche ist tot, und alle reden von einem Herzanfall. Ich würde sagen, wir sind jetzt quitt und belassen es dabei.« Er warf die Flasche nach dem Bild. Sie durchdrang es mühelos und knallte gegen die Wand. »Also verpissen Sie sich.«

Der Astronom rieb sich die Stirn. »Seien Sie kein Idiot! Das würde keinem von uns etwas nützen. Wir können Sie gut gebrauchen. Ein Mann mit Ihrer Macht wäre uns eine große Hilfe. Aber es ist nicht blanker Egoismus, wenn ich Sie zu bewegen versuche, sich uns anzuschließen. Es wäre geradezu kriminell, einfach zuzusehen, wie Sie Ihr Talent vergeuden. Sie brauchen nur ein wenig Anleitung, um Ihr Potenzial zu erkennen.«

»Ach ja?«, fragte Spector, indem er sich bemühte, deutlich zu reden. »Mein Potenzial wofür?«

»Ein Angehöriger der herrschenden Elite in einer neuen Gesellschaft zu sein. Andere bei dem bloßen Gedanken an Sie erbleichen zu lassen.« Der Astronom streckte seine Geisterhände aus. »Was ich Ihnen anzubieten habe, sind keine leeren Versprechungen. Die Zukunft liegt in unserer Hand. Was wir tun, ist von kosmischer Bedeutung.«

»Klingt gut«, sagte Spector ohne Überzeugung. »Ich schätze, wenn Sie mich umbringen wollten, hätten Sie es bereits getan. Aber ich bin im Augenblick nicht in der Verfassung, mich mit kosmischen Problemen herumzuschlagen.«

»Natürlich nicht. Schlafen Sie eine Nacht, wenn Sie können. Mein Wagen wird Sie morgen Abend um zehn Uhr vor Ihrer Wohnung abholen. Sie werden eine Menge lernen und den ersten Schritt auf dem Weg zur Größe tun.« Das Bild des Astronomen flimmerte und verschwand.

Spector war betrunken und verwirrt. Er traute dem Astronomen immer noch nicht, aber in einem Punkt hatte der alte Mann recht. Er verschwendete seine neue Kraft und sein neues Leben. Die Zeit war gekommen, etwas dagegen zu tun. So oder so.

♦

Die schwarze Limousine des Astronomen fuhr pünktlich vor. Spector steckte die .38er in die Manteltasche und ging langsam zur Beifahrertür. Wenn er die Möglichkeit bekam, würde er den alten Mann töten. Der Astronom war gefährlich, und er wusste zu viel, um vertrauenswürdig zu sein. Ein getöntes Fenster senkte sich, und eine blasse Hand winkte ihn in den Wagen. Das Gesicht des Astronomen wies tiefe Falten auf, die in der Nacht zuvor nicht da gewesen waren. Er trug einen Samtumhang und eine Halskette aus den Pennys von 1794.

»Wohin fahren wir?« Spector versuchte, sich unbesorgt zu geben. Er wusste, dass die Pistole seine einzige Waffe gegen den Astronomen war.

»Neugier. Das ist gut. Sie bedeutet, dass Sie interessiert sind.« Der Astronom fummelte an seinem Umhang herum. »Sie haben viel Schmerz und Tod in Ihrem Leben erfahren. Heute werden Sie noch mehr erleben, aber es wird weder Ihr Schmerz noch Ihr Tod sein.«

Spector zuckte zusammen. »Hören Sie, was wollen Sie

wirklich von mir? Sie machen sich eine Menge Mühe. Sie müssen etwas Besonderes vorhaben.«

»Ich habe immer etwas Besonderes vor, aber Sie müssen mir vertrauen, wenn ich Ihnen sage, dass Ihnen nichts geschehen wird. Ich habe jahrelang experimentiert, bis ich meine Kräfte kontrollieren konnte. Einige dieser Kräfte kennen Sie bereits. Andere« – er rieb sich die geschwollene Stirn – »werden Sie heute Nacht erleben. Ich habe die Zukunft gesehen, und Sie werden an unserem Sieg bedeutenden Anteil haben. Aber Ihre Kräfte müssen gestärkt und verfeinert werden. Das ist nur möglich, wenn Sie die richtige Unterweisung bekommen.«

»Schön. Wenn Sie wollen, dass ich weitere Leute für Sie umbringe, sagen Sie es einfach. Natürlich erwarte ich eine Bezahlung. Aber ich glaube nicht, dass ich in Ihre kleine Gruppe passe.« Spector schüttelte den Kopf. »Ich weiß immer noch nicht, wer zum Teufel Sie überhaupt sind.«

»Wir sind diejenigen, die die wahre Natur von TIAMAT verstehen. Durch sie werden wir unvorstellbare Macht erhalten.« Der Astronom sah ihm ohne jede Angst in die Augen. »Die Aufgabe ist schwierig, und um sie zu erfüllen, werden große Opfer erforderlich sein. Wenn das erledigt ist, können Sie Ihren Preis nennen.«

»TIAMAT«, murmelte Spector. Die Leidenschaft des Astronomen schien echt zu sein, aber er klang auch verrückt. »Hören Sie, das ist mir jetzt ein bisschen zu viel auf einmal. Sagen Sie mir einfach, wohin wir fahren.«

»Nach einem kurzen Aufenthalt fahren wir zu den Kreuzgängen.«

»Ist das nicht zu gefährlich? Es gibt da ziemliche Probleme mit Jugendbanden. Dort sind schon etliche Leute getötet worden.«

Der Astronom lachte leise. »Die Banden arbeiten für uns. Sie halten die Leute fern, auch die Polizei, und wir helfen ihnen dabei, ihre Machtbasis zu festigen. Die Kreuzgänge sind perfekt für uns, ein altes Gebäude auf alter Erde. Perfekt.«

Perfekt wofür?, wollte Spector fragen, überlegte es sich jedoch anders. »Sie haben nicht zufällig auch die Kontrolle über das Metropolitan Museum, oder?« Sein Versuch, humorvoll zu sein, ging unbemerkt unter.

»Nein. Wir hatten einen Tempel in der Innenstadt, aber er ist bei einem Unglück zerstört worden. Einer meiner hochgeschätzten Brüder ist dabei ums Leben gekommen.« In der Stimme des Astronomen lag zufriedener Sarkasmus. »Suchen Sie eine Frau für uns aus, Mr. Spector.«

Die Limousine kreuzte methodisch durch die Gegend um den Times Square. »Warum bestellen Sie nicht einfach ein Callgirl zu den Kreuzgängen?« Spector hatte schon immer eine schöne Frau töten wollen. »Diese Huren sind der Abschaum der Menschheit.«

»Ein Callgirl würde man vermissen«, besänftigte ihn der Astronom. »Und wir brauchen keine umwerfende Schönheit. Früher gab es schon mal Schwierigkeiten, wenn wir teure Frauen benutzt haben. Seither sind wir vorsichtiger.«

Spector gehorchte mürrisch und sah sich um. »Die Blonde dort drüben ist gar nicht so schlecht.«

»Eine gute Wahl. Halten Sie bei ihr.« Der Astronom rieb sich die Hände.

Der Fahrer fuhr an den Bordstein, und der Astronom ließ das Fenster herunter. »Entschuldigen Sie, Miss, könnten wir Sie für eine kleine Party interessieren? Natürlich eine ganz private Party.«

Die Frau blieb stehen und sah in den Wagen. Sie war jung, hatte platinblond gefärbte Haare und eine sachliche, kühle Art. Ihr nicht mehr ganz neuer unechter Pelzmantel klaffte auseinander und enthüllte einen wohlproportionierten Körper, der von einem engen schwarzen Minikleid nur spärlich bedeckt wurde.

»Wollt ihr mal die Unterschicht ausprobieren, Jungs?« Sie hielt in der Erwartung einer Antwort inne. Als keine kam, fuhr sie fort: »Da ihr zu zweit seid, kostet es das Doppelte. Abartiges oder Besonderes kostet extra. Wenn ihr Bullen seid, reiß ich euch euer verdammtes Herz raus.«

Der Astronom nickte. »Hört sich gut an. Wenn mein Freund auch einverstanden ist?«

»Bin ich das, was du dir vorgestellt hast, Schätzchen?« Die Frau hauchte Spector einen Kuss entgegen.

»Klar«, sagte er, ohne sie anzusehen.

♠

Der West Side Highway war fast leer, und die Fahrt dauerte nicht lange. Der Astronom hatte der Frau eine Droge verabreicht, die ihr das Bewusstsein für ihre Umgebung raubte. Als der Wagen auf den Fahrweg bog, entdeckte Spector mehrere Gestalten, die an den kahlen Bäumen lehnten. In dem düsteren Licht sah er das Glitzern kalten Stahls. Er tastete nach der .38er in der Manteltasche, um sich zu vergewissern, dass sie noch da war.

Spector stieg aus und ging rasch auf die andere Seite des Wagens. Er zog die Frau heraus und führte sie zu dem Gebäude. Der Astronom ging langsam zur Tür.

»Ich dachte, Sie wären gelähmt?«

»Manchmal bin ich stärker als gewöhnlich. Heute muss ich so stark wie möglich sein.« Eine Windböe erfasste seinen Umhang und wirbelte ihn durcheinander, doch er ließ kein Anzeichen des Unbehagens erkennen. Er redete kurz mit einem Mann an der Tür und schüttelte ihm die Hand auf eine rituelle Art. Der Mann öffnete die Tür und bedeutete Spector, ihm zu folgen.

Er war in seiner Jugend öfter in den Kreuzgängen gewesen. Die von der Architektur, den Fresken und den Wandbehängen heraufbeschworene mittelalterliche Ära kam Spector angenehmer vor als die, in der zu leben er gezwungen war.

Im Foyer ragte die Marmorstatue einer Bestie vor ihnen auf. Sie hatte eine eckige Statur und kleine Flügel auf dem breiten Rücken. Kopf und Maul waren riesig. Dünne, krallenbewehrte Hände hielten eine Kugel vor dem zahnbewehrten Maul. Spector erkannte in der Kugel die Erde.

Eine Gestalt trat hinter der Statue hervor und entfernte sich von ihnen. Die Gestalt trug einen Laborkittel über dem entfernt menschenähnlichen Körper. Sie verbarg ihr braunes, insektenähnliches Gesicht und verschwand in den Schatten. Spector schauderte.

Die Frau kicherte und presste sich an ihn.

»Folgen Sie mir«, sagte der Astronom ungeduldig.

Spector tat es. Ihm fiel auf, dass das Innere des Gebäudes mit weiteren abstoßenden Statuen und Bildern gefüllt war. »Sie wirken Magie, nicht wahr?«

Der Astronom versteifte sich. »Magie ist nur ein Wort, das die Unwissenden für Macht benutzen. Die Fähigkeiten, die Sie und ich besitzen, haben mit Magie nichts zu tun. Sie sind ein Produkt der takisischen Technologie. Gewisse Rituale, die früher als schwarze Magie angesehen wurden, öffnen tatsächlich nur Wahrnehmungspforten für diese Kräfte.«

Der Gang öffnete sich in einen Hof. Der Mond und die Sterne tauchten den schneebedeckten Boden in einen leuchtenden Schein. Spector glaubte, dass dies der Ort war, wo sie ihn verhört hatten. In der Mitte des Hofs standen zwei Steinaltäre. Auf einen der Altäre war ein nackter junger Mann gebunden. Der Astronom stellte sich neben seinen Gefangenen.

»Ziehen Sie die Frau aus und fesseln Sie sie«, sagte der Astronom.

Spector entkleidete sie und band ihr Hände und Füße zusammen. Die Frau kicherte immer noch. »Abartiges kostet extra. Abartiges kostet extra«, sagte sie.

Der Astronom warf ihm einen Knebel zu. Er schob ihn ihr in den Mund.

»Wer ist der Bursche?«, fragte Spector, indem er auf den nackten Mann zeigte.

»Der Anführer einer rivalisierenden Bande. Er ist jung, sein Herz ist stark und sein Blut heiß. Und jetzt Ruhe, bitte.«

Der Astronom reckte die Hände in den Himmel und redete in einer Sprache, die Spector nicht kannte. Mehrere andere Männer und Frauen in Umhängen traten lautlos in den Hof. Viele hatten die Augen geschlossen, andere starrten in den Nachthimmel. Der Astronom schob die Hand in die Brust des jungen Mannes. Der Mann schrie auf.

Der Astronom gab den Leuten im hinteren Teil des Hofs ein Zeichen. Etwa ein Dutzend von ihnen trugen einen großen Käfig zum Altar.

Die Kreatur darin war riesig. Ihr bepelzter länglicher Leib ruhte auf mehreren kurzen Beinen. Die Bestie bestand wie die Statue im Foyer hauptsächlich aus Maul und blitzenden Zähnen. Sie hatte zwei große dunkle Augen und kleine Ohren, die sie an den Kopf angelegt hatte. Spector erkannte in ihr eines der Ungeheuer aus dem All.

Der Mann schrie und flehte weiter. Er war nur eine Armeslänge vom offenen Maul des Wesens entfernt. Der Käfig wurde langsam vorgeschoben, bis sich der Kopf des Mannes zwischen den Gitterstäben befand. Die Kiefer der Kreatur schnappten zu und bereiteten dem Geschrei ein Ende.

Der Astronom richtete die enthauptete Leiche auf, wobei er die Fesseln einfach zerriss. Das Blut des Mannes sprudelte über seinen Umhang und seine nackte Haut. Der Körper des Astronomen straffte sich, und seine Haut strahlte eine unnatürliche Vitalität aus, während er seinen Singsang fortsetzte. Er entfernte die Hand aus der Brust des Mannes, hob sie über den Kopf und warf Spector dann einen Gegenstand vor die Füße. Das Herz war mit chirurgischer Präzision aus der Brust getrennt worden. Spector hatte Filme über übersinnlich veranlagte Chirurgen gesehen, doch nichts so Spektakuläres wie das hier.

Der alte Mann ging zum Käfig und starrte das Wesen darin an. »TIAMAT, durch das Blut der Lebenden werde ich dein Herr. Du kannst keine Geheimnisse vor mir haben.«

Die Kreatur wimmerte leise und rückte so weit von dem Astronomen ab, wie der Käfig es zuließ. Der Körper des Astronomen wurde starr, seine Atmung verlangsamte sich. Mehrere Augenblicke lang tat sich nichts. Dann ballte der alte Mann die Fäuste und schrie. Es war ein Heulen, ganz anders als alles, was Spector bisher gehört hatte.

Der Astronom wankte zu der Leiche und fing an, sie zu zerfetzen, wobei er große Stücke Fleisch und Eingeweide umherwarf wie ein Wirbelwind. Er lief wieder zum Käfig zurück und grub die Finger in den Kopf der Kreatur. Sie versuchte sich zu befreien, bekam mit ihrem Maul jedoch keinen der beiden Arme des Astronomen zu fassen. Der Astronom heulte wieder auf und verdrehte gewaltsam den Kopf des Dings. Als das Genick brach, knackte es laut. Der alte Mann sank in sich zusammen.

Spector hielt sich zurück, während die anderen zum Astronomen eilten. Die blutige Szene hatte ihn mit einem berauschenden Leuchten erfüllt. Er spürte, wie der Drang zu töten schnell und machtvoll in ihm aufstieg und alle anderen Gedanken überwältigte. Sein Blick fiel auf das Mädchen auf dem Altar.

»Nein!« Der Astronom richtete sich auf und sprang vor. »Noch nicht.«

Spector spürte, wie ihn Gelassenheit überkam. Er wusste, dass sie ihm vom Astronomen auferlegt wurde. »Sie haben mir das angetan. Ich muss jetzt rasch töten. Ich brauche es.«

»Ja. Ja, ich weiß. Aber warten Sie noch. Warten Sie, dann wird es besser, als Sie sich vorstellen können.« Er schwankte und holte mehrmals tief Luft. »TIAMAT zeigt sich nicht so leicht. Trotzdem musste ich es versuchen.« Der Astronom gab den anderen im Hof Zeichen, und sie entfernten sich rasch.

»Was hatten Sie mit diesem Ding vor? Und warum haben Sie es getötet?«, fragte Spector, während er seinen Drang zu bezähmen versuchte.

»Ich habe versucht, über eine von TIAMATs Kreaturen Kontakt mit ihr aufzunehmen. Das ist mir nicht gelungen. Daher war sie nutzlos für uns.« Der Astronom legte seinen Umhang ab und wandte sich der Frau zu. Mit blutigen Fingern strich er durch ihr platinblondes Haar und legte dann beide Hände auf ihren Unterleib. Als er sie bestieg, glitten seine Hände unter ihre Haut und fingen an, ihre inneren Organe zu kneten. Die Frau wimmerte, schrie aber nicht. Offenbar war sie immer noch viel zu verstört, um mitzubekommen, was mit ihr geschah.

Spector sah sich den Akt ohne große Anteilnahme an. Nach allem, was er erkennen konnte, massierte sich der alte Mann im Körper der Blonden selbst. Spector war schon vor seinem Tod nur mäßig an Sex interessiert gewesen. Jetzt war er auch das nicht mehr.

Wenn er den alten Mann erschießen wollte, würde er wahrscheinlich keine bessere Gelegenheit bekommen. Er griff nach seiner Pistole. In diesem Augenblick überkam ihn wieder der Drang zu töten. Der Astronom hatte seinen beruhigenden Einfluss zurückgezogen. Spector zog die Hand aus der Manteltasche. Er wusste, was er brauchte. Aus dem Lauf einer Kanone kam für ihn keine Befriedigung.

Der Astronom wurde immer erregter. Die Runzeln auf seiner Stirn fingen sichtbar an zu zucken, und er riss kleine Fetzen aus dem Körper der Frau, die jetzt zu schreien anfing.

Spector spürte, wie sich sein Drang im Einklang mit der Erregung des Astronomen steigerte.

»Jetzt«, sagte der Astronom, wobei er immer heftiger zustieß. »Töte sie jetzt.«

Spector trat näher, bis sein Gesicht nur noch ein paar Zentimeter von ihrem entfernt war. Er konnte die Furcht in ihren Augen sehen und war sicher, dass sie ihren Tod in seinen sah. Er gab ihr seinen Tod. Langsam. Er wollte sie nicht darin ertränken. Das würde zu schnell gehen. Er erfüllte ihren Verstand und ihren Körper. Sie wand sich, ein schreiender Behälter für die zähe schwarze Flüssigkeit seines Todes.

Der Astronom stöhnte und fiel auf sie, womit er Spector aus seinem tranceähnlichen Zustand riss. Er zerfleischte die Frau geradezu mit Zähnen und Klauen. Sie war tot.

Spector trat zurück und schloss die Augen. Bis jetzt hatte er den Akt des Tötens noch nie genossen, aber die Befriedigung und Erleichterung, die er empfand, überstiegen alles, was er je für möglich gehalten hätte. Er hatte seine Kraft beherrscht, hatte sie sich zum ersten Mal unterworfen. Und er wusste, dass er den Astronomen brauchte, um es zu wiederholen.

»Wollen Sie mich immer noch töten?« Der Astronom erhob sich von der Leiche. »Ich nehme an, die Kanone steckt immer noch in Ihrer Manteltasche. Sie müssen sich jetzt entscheiden.« Er hielt einen der Pennys hoch.

Er hatte kaum eine Wahl. Alle Zweifel waren ausgelöscht von dem, was er gerade erlebt hatte. Er nahm die Münze, ohne zu zögern. »Hey, jeder in New York trägt 'ne Kanone. In dieser Stadt wimmelt es nur so von gemeingefährlichen Leuten.«

Der Astronom lachte laut auf, und der Klang wurde von den Mauern des alten Gebäudes zurückgeworfen. »Das ist nur der erste Schritt. Mit meiner Hilfe werden Sie zu Dingen fähig sein, die Sie sich nie hätten träumen lassen. Von jetzt an gibt es keinen James Spector mehr. Wir aus dem inneren Kreis werden Sie Demise nennen. Und für jene, die gegen uns sind, werden Sie der Tod sein. Rasch und gnadenlos.«

»Demise, das klingt gut.« Er nickte und steckte den Penny in die Tasche.

»Vertrauen Sie nur denen, die sich mit der Münze ausweisen können. Ihre Freunde und Feinde werden von jetzt an für Sie ausgewählt. Verbringen Sie die Nacht, wie Sie wollen. Morgen setzen wir die Ausbildung fort.« Der Astronom hob seinen Umhang auf und ging wieder in das Gebäude.

Spector rieb sich die Schläfen und folgte ihm. Die Schmerzen wurden wieder stärker. Er akzeptierte sie, sie gefielen ihm sogar. Sie würden die Quelle seiner Macht und Erfüllung sein. Er hatte die Pik-Dame gezogen und einen schrecklichen Tod erlitten, aber ein Wunder war geschehen. Sein Geschenk für die Welt war das Entsetzen in ihm. Vielleicht reichte es nicht für die Welt, aber für ihn reichte es allemal.

Er legte sich unter die Statue im Foyer und schlief den Schlaf der Toten.

♣ ♦ ♠ ♥

Jube: Vier

George R. R. Martin

Im zweiten Stock des Crystal Palace befanden sich die Privaträume, die Chrysalis für sich reserviert hatte. Sie erwartete ihn in einem viktorianischen Wohnzimmer, wo sie auf einem roten, samtgepolsterten Stuhl mit geschwungener Rückenlehne hinter einem Eichentisch saß. Chrysalis bedeutete ihm, Platz zu nehmen. Sie kam gleich zur Sache. »Du hast mein Interesse geweckt, Jubal.«

»Ich weiß nicht, was du meinst«, sagte Jube, während er sich auf die Kante eines Stuhls setzte.

Chrysalis öffnete ein antikes Samtportemonnaie und entnahm ihm eine Handvoll Edelsteine. Sie legte sie in einer Reihe auf das weiße Tischtuch. »Zwei Saphire, ein Rubin und ein makelloser blauweißer Diamant«, sagte sie mit ihrer trockenen, kühlen Stimme. »Alle ungeschliffen und von höchster Qualität, keiner wiegt weniger als vier Karat. Alle sind in den vergangenen sechs Wochen auf den Straßen Jokertowns aufgetaucht. Merkwürdig, findest du nicht auch? Was hältst du davon?«

»Keine Ahnung«, erwiderte Jube. »Ich höre mich mal um. Hast du von dem Joker mit der Kraft gehört, einen Diamanten so lange zu drücken, bis er sich in einen Klumpen Kohle verwandelt?«

Er bluffte, und das wussten sie beide. Sie stupste einen der Saphire mit dem kleinen Finger der linken Hand, deren Fleisch so klar wie Glas war, über den Tisch. »Diesen hier hast du einem Müllmann für eine Bowlingkugel gegeben, die er in einem Müllcontainer gefunden hat.«

»Ja«, sagte Jube. Sie war rot und weiß gewesen und mit einem Kreis von sechs Löchern für irgendeinen Joker nach Maß gefertigt worden. Kein Wunder, dass sie weggeworfen worden war.

Chrysalis versetzte dem Rubin einen Stoß mit dem kleinen Finger, und er bewegte sich einen Zentimeter. »Dieser hier ist in die Tasche eines Asservatenbeamten der Polizei gewandert. Du wolltest Einsicht in die Akte einer Leiche nehmen, die aus dem Leichenschauhaus gestohlen wurde, und alles sehen, was sie über diese verlorene Bowlingkugel haben. Ich wusste gar nicht, dass du so ein Faible für Bowling hast, Jubal.«

Jube tätschelte sich den Bauch. »Sehe ich nicht wie ein Bowler aus? Nichts gefällt mir besser, als Kegel abzuräumen und dabei ein paar Bier zu trinken.«

»Du hast in deinem ganzen Leben noch keinen Fuß auf eine Bowlingbahn gesetzt und könntest einen Kegel nicht von einem Football unterscheiden.« Ihre Fingerknochen hatten nie furchterregender ausgesehen als jetzt, da sie den Diamanten aufhob. »Dieser Gegenstand ist in meinem eigenen roten Zimmer Devil John Darlingfoot angeboten worden.« Sie rollte ihn zwischen ihren transparenten Fingerspitzen, und ihre Gesichtsmuskeln verzogen sich zu einem trockenen Lächeln.

»Er hat Mutter gehört«, platzte Jube heraus.

Chrysalis kicherte. »Und sie hat sich nie die Mühe gemacht, ihn schleifen und fassen zu lassen? Wie seltsam.« Sie legte den Diamanten wieder auf den Tisch und nahm den zweiten Saphir. »Und dieser – also wirklich, Jubal! Hast du wirklich geglaubt, Elmo würde mir nichts davon erzählen?« Bedächtig legte sie den Edelstein wieder zu den anderen. »Du wolltest jemanden anheuern, der nicht näher beschriebene Aufgaben ausführt und Nachforschungen anstellt. Schön. Warum bist du nicht einfach zu mir gekommen?«

Jube kratzte sich an einem seiner Hauer. »Du stellst zu viele Fragen.«

»Faire Antwort.« Sie deutete auf die Juwelen. »Wir haben hier vier Stück. Hat es noch andere gegeben?«

Jube nickte. »Einen oder zwei. Die Smaragde sind dir entgangen.«

»Ein Jammer. Ich stehe auf Grün. Die britische Farbe für Rennen.« Sie seufzte. »Warum Edelsteine?«

»Die Leute wollten meine Schecks nicht nehmen«, sagte Jube, »und es war leichter, als große Geldsummen bei mir zu tragen.«

»Wenn es noch mehr dort gibt, wo die hier herstammen«, sagte Chrysalis, »dann sieh zu, dass sie dort bleiben. Falls sich in Jokertown herumspricht, dass das Walross einen geheimen Vorrat kostbarer Edelsteine angelegt hat, ist dein Leben keinen Pfifferling mehr wert. Vielleicht hast du das Wasser schon aufgewühlt, aber wir wollen hoffen, dass die Haie noch nichts bemerkt haben. Elmo hat natürlich nur mir davon erzählt, und Devil John hat sein ganz eigenes merkwürdiges Ehrgefühl. Ich glaube, wir können uns darauf verlassen, dass er den Mund hält. Was den Müllmann und den Polizeiangestellten betrifft, so habe ich für ihr Schweigen gleich mitbezahlt, als ich ihnen die Edelsteine abgekauft habe.«

»Das hättest du nicht tun müssen!«

»Ich weiß«, sagte sie. »Wenn du das nächste Mal Informationen brauchst, weißt du, wo man den Crystal Palace findet. Oder?«

»Wie viel weißt du schon?«, fragte Jube.

»Genug, um zu erkennen, wann du lügst«, erwiderte Chrysalis. »Ich weiß, dass du nach einer Bowlingkugel suchst, und zwar aus Gründen, die für alle Männer, Frauen und Joker gleichermaßen unverständlich sind. Ich weiß, dass Darlingfoot diese Joker-Leiche aus dem Leichenschauhaus gestohlen hat, vermutlich gegen Bezahlung. Das gehört jedenfalls nicht zu den Dingen, die er aus eigenem Antrieb tun würde. Ich weiß, dass die Leiche klein und bepelzt war, Beine wie ein Grashüpfer hatte und ziemlich stark verbrannt war. Keinem meiner Informanten ist so ein Joker bekannt, ein merkwürdiger Umstand. Ich weiß, dass Croyd an dem Tag, als die Leiche gestohlen wurde, eine ziemlich hohe Geldsumme eingezahlt hat und am folgenden Tag eine noch höhere, und dazwischen hatte er eine öffentliche Auseinandersetzung mit Darlingfoot. Und ich weiß, dass du Devil John fürstlich für die Information bezahlt hast, wessen Interessen er in diesem kleinen Melodram vertreten hat, und erfolglos versucht hast, seine Dienste zu kaufen.« Sie beugte sich vor. »Was ich nicht weiß, ist, was all das zu bedeuten hat, und du weißt, wie sehr ich Rätsel verabscheue.«

»Man sagt, dass jedes Mal, wenn ein Joker irgendwo in Manhattan furzt, Chrysalis sich die Nase zuhält«, sagte Jube. Er musterte sie durchdringend, aber die Transparenz ihres Körpers machte es unmöglich, ihre Miene zu deuten. Das Schädelgesicht unter ihrer kristallinen Haut starrte ihn ungerührt mit klaren blauen Augen an. »Was hast du für ein Interesse an der Sache?«, fragte er.

»Das weiß ich erst, wenn ich weiß, was ›diese Sache‹ ist. Aber du warst lange Zeit sehr wertvoll für mich, und es würde mir nicht gefallen, deine Dienste zu verlieren. Du weißt, dass ich diskret bin.«

»Es sei denn, du wirst dafür bezahlt, indiskret zu sein«, stellte Jube fest.

Chrysalis lachte und berührte den Diamanten. »Wenn man deine Reserven berücksichtigt, ist Schweigen vermutlich lukrativer als Reden.«

»Das ist wahr«, sagte Jube. Er kam zu dem Schluss, dass er nichts zu verlieren hatte. »Ich bin in Wirklichkeit ein außerirdischer Spion von einem weit entfernten Planeten«, begann er.

»Jubal«, unterbrach Chrysalis, »du strapazierst meine Geduld. Ich bin noch nie sonderlich auf deinen Humor abgefahren. Komm zur Sache. Was war mit Darlingfoot?«

»Nicht viel«, gab Jube zu. »Ich wusste, warum ich die Leiche wollte. Ich konnte mir nicht vorstellen, warum jemand anders sie haben wollte. Devil John wollte es mir nicht sagen. Ich glaube, diese Leute haben die Bowlingkugel. Ich wollte seine Dienste kaufen, damit er sie mir zurückholt, aber er wollte nichts mehr mit ihnen zu tun haben. Ich glaube, er hat Angst vor ihnen.«

»Ich glaube, du hast recht. Croyd?«

»Schläft wieder. Wer weiß, wie nützlich er ist, wenn er wieder aufwacht? Ich könnte sechs Monate warten, und dann stellt sich heraus, dass er ein Hamster ist.«

»Gegen eine Provision«, sagte Chrysalis kühl, »kann ich dir die Dienste einer Person vermitteln, die dir deine Antworten beschaffen wird.«

Jube beschloss, offen zu sein, da ihn Ausflüchte nicht weiterbringen würden. »Ich kann nicht sagen, dass ich jemandem trauen würde, den du anheuerst.«

Sie lachte. »Mein lieber Freund, das ist das Gescheiteste, was du seit Monaten gesagt hast. Und du hast recht. Du bist zu bekannt, und einige meiner Kontakte haben zugegebenermaßen keinen besonders guten Ruf. Aber mit mir als Vermittler sieht die Sache anders aus. Ich habe einen gewissen Ruf.« Neben ihrem Ellbogen stand eine kleine Glocke aus Silber. Sie klingelte leise. »Jedenfalls ist der Mann, der sich am besten für diese Aufgabe eignet, eine Ausnahme von der Regel. Er besitzt tatsächlich moralische Grundsätze.«

Das weckte Jubes Interesse. »Wer ist er?«

»Er heißt Jay Ackroyd. Ein erstklassiger Privatdetektiv. Und zwar erstklassig sowohl, was das Private, als auch, was das Detektivische anbelangt. Manchmal wird er Popinjay* genannt, aber nicht in seiner Anwesenheit. Jay und ich erweisen einander von Zeit zu Zeit Gefälligkeiten. Schließlich handeln wir beide mit derselben Ware.«

Jube kratzte sich nachdenklich an einem Hauer. »Was sollte mich davon abhalten, ihn direkt anzuheuern?«

»Nichts«, erwiderte Chrysalis.

Ein hochgewachsener Kellner mit beeindruckenden Elfenbeinhörnern trat ein und servierte einen Amaretto und einen Singapore Sling auf einem antiken Silbertablett.

Als er wieder gegangen war, fuhr sie fort. »Das heißt, wenn du willst, dass er auf dich neugierig wird und nicht auf mich.«

Das ließ ihn innehalten und nachdenken. »Vielleicht wäre es besser, wenn ich mich im Hintergrund hielte.«

»Ganz meine Meinung«, sagte Chrysalis und nippte an ihrem Amaretto. »Jay würde nicht einmal erfahren, dass du der Klient bist.«

Jube sah aus dem Fenster. Es war eine dunkle, wolkenlose Nacht. Er konnte die Sterne sehen und wusste, dass irgendwo dort draußen immer noch die Mutter wartete. Er brauchte Hilfe und ließ alle Vorsicht außer Acht. »Kennst du einen guten Dieb?«, fragte er frei heraus.

Das überraschte sie. »Kann sein«, sagte sie.

»Ich brauche«, begann er verlegen, »äh… Teile. Wissenschaftliche Instrumente und… hm … elektronische Bauteile, Mikrochips, solche Sachen. Ich könnte dir eine Liste geben. Wahrscheinlich lässt es sich nicht vermeiden, in ein paar Konzernlabors einzubrechen, vielleicht sogar in die eine oder andere Regierungseinrichtung.«

»Ich halte mich aus allem raus, was *so* illegal ist«, erklärte Chrysalis. »Was willst du mit elektronischen Bauteilen?«

* Popinjay = Fatzke – *Anm. d. Übersetzers*

»Mir ein Amateurfunkgerät bauen«, sagte Jube. »Würdest du es tun, um die Welt zu retten?«

Sie antwortete nicht.

»Würdest du es für sechs vollkommen gleiche Smaragde von der Größe eines Taubeneis tun?«

Chrysalis lächelte zögernd und sprach einen Toast. »Auf eine lange und *gewinnbringende* Geschäftsverbindung.«

Sie hätte fast ein Handelsmeister sein können, dachte Jube mit einer gewissen Bewunderung. Breit grinsend hob er den Singapore Sling und führte den Strohhalm an die Lippen.

♣♦♠♥

Bis in die sechste Generation
Epilog
Walter Jon Williams

Es war ganz leicht gewesen. Während Flush und Sweat auf der Straße vor dem langsam fahrenden Lieferwagen einen Kampf vortäuschten, waren Ricky und Loco hingegangen, hatten sich jeder zwei Kisten geschnappt und waren dann in die nächste Seitenstraße verschwunden. Der große Kerl, der den Wagen fuhr, hatte nicht einmal bemerkt, dass ein paar Kisten fehlten. Ricky klopfte sich innerlich für diese Idee auf die Schulter.

Gelegenheiten wie diese ergaben sich nicht mehr sehr oft für sie. Das Revier der Normalos wurde immer kleiner. Jokergangs wie die Dämonenfürsten schluckten immer mehr Gebiet. Teufel, wie sollte man etwas bekämpfen, das wie ein Tintenfisch aussah?

Ricky Santillanes wühlte in seiner Jeanstasche, fand den Schlüssel und sperrte das Clubhaus auf. Flush ging zum Kühlschrank, um ein paar Bier zu holen. Die anderen stellten die Kisten auf das abgewetzte Sofa und öffneten sie.

»Wow. Ein Videorekorder.«

»Was für Filme?«

»Sieht nach japanischen Monsterfilmen aus. Und hier ist noch ein Band, wo PORNO draufsteht.«

»Hey! Leg ein, Mann!«

Bierdosen zischten, als sie geöffnet wurden. »Loco! Ein Computer.«

»Das ist kein Computer. Das ist ein Equalizer.«

»Am Arsch. Ich hab schon Computer gesehen. In der Schule, bevor ich abgegangen bin.«

Ricky warf einen Blick darauf. »Wang baut keine Stereo-Klamotten, Kumpel.«

»Du weißt doch 'n Dreck.«

Sweat hielt eine Festplatte hoch. »Was zum Teufel ist das denn, Mann?«

»Teuer, würde ich sagen.«

»Wie sollen wir was verscheuern, wenn wir nicht wissen, was wir dafür verlangen können?«

»Hey! Ich hab den Video so weit!«

Sweat hielt eine nichtssagende schwarze Kugel hoch. »Was ist das, Mann?«

»'ne Bowlingkugel.«

»Am Arsch. Ist viel zu leicht.« Ricky griff sich das Ding.

»Hey. Die blonde Schnalle ist heiß.«

»Was macht sie? Die Kamera vögeln? Wo ist der Kerl?«

»Ich hab sie schon mal irgendwo gesehen.«

»Wo ist der Kerl, Mann? Das ist irre. Sieht aus wie 'ne Nahaufnahme von ihrem Ohr.«

Ricky sah zu, während er die schwarze Kugel jonglierte. Sie war warm.

»Hey! Fliegt die Schnalle jetzt, oder was?«

»Quatsch.«

»Nein. Sieh doch. Der Hintergrund bewegt sich.«

Die blonde Frau schien rückwärts in dem Zimmer herumzufliegen, während sie gleichzeitig in undeutlich zu erkennende sexuelle Handlungen vertieft war. Es war so, als könne ihr unsichtbarer Partner fliegen.

»Das ist unheimlich irre.«

Loco betrachtete die schwarze Kugel. »Gib mir das«, sagte er.

»Sieh dir den verdammten Film an, Mann.«

»Blödsinn. Gib sie mir einfach.« Er griff danach.

»Verpiss dich, Arschloch!«

Irre Lichter huschten über Rickys Hände. Etwas Dunkles griff nach Loco, und plötzlich war Loco nicht mehr da.

Ricky stand wie vom Donner gerührt stumm da, während die anderen aufstanden und irgendwas riefen. Es war, als taste etwas über seinen Verstand.

Die schwarze Kugel redete mit ihm. Sie schien einsam zu sein und irgendwie beschädigt.

Sie konnte Sachen verschwinden lassen. Ricky dachte an die Dämonenfürsten und daran, was man mit jemandem machen konnte, der wie ein Tintenfisch aussah. Ein Lächeln breitete sich auf seinem Gesicht aus.

»Hey, Jungs«, sagte er. »Ich hab 'ne Idee.«

♣ ♦ ♠ ♥

Winterkälte

George R. R. Martin

Der Tag, von dem er gewusst hatte, dass er schließlich kommen würde, war da. Es war ein Samstag, kalt und grau, und vom Kill wehte ein schneidender Wind herein. Mister Coffee hatte eine Kanne fertig, als er um halb elf erwachte. Am Wochenende schlief Tom gern länger. Er reicherte die erste Tasse großzügig mit Milch und Zucker an und nahm sie mit ins Wohnzimmer.

Sein Kaffeetisch war mit alter Post übersät: ein Stapel Rechnungen, Supermarkt-Flugblätter, die längst nicht mehr aktuelle Sonderangebote anpriesen, eine Postkarte von seiner Schwester, als sie im letzten Sommer nach England geflogen war, ein länglicher brauner Umschlag, der besagte, Mr. Thomas Tudbury sei vielleicht schon der Gewinner von drei Millionen Dollar, und haufenweise anderer Ramsch, um den er sich jetzt wirklich bald kümmern musste.

Unter all dem befand sich die Einladung.

Er schlürfte seinen Kaffee und starrte die Post an. Wie viele Monate lag sie schon hier? Drei? Vier? Nun war es zu spät, noch etwas zu unternehmen. Selbst ein Einschreiben per Eilboten wäre jetzt auf erbärmliche Art unangemessen gewesen. Ihm fiel wieder ein, wie *Die Reifeprüfung* geendet hatte, und er genoss die Vorstellung. Aber er war nicht Dustin Hoffman.

Wie ein Mann, der an altem Schorf herumkratzt, durchstöberte Tom die Post, bis er den kleinen Umschlag wiederfand. Die Karte darin war steif und weiß.

Mr. & Mrs. Stanley Casko
bitten um die Ehre Ihrer Anwesenheit
bei der Hochzeit ihrer Tochter Barbara
mit Mr. Stephen Bruder aus Weehawken.
St. Henry's Church
8. März, um 14.00 Uhr
Anschliessend Empfang in der Top Hat Lounge
um Antwort wird gebeten 555-6853

Tom befingerte die geprägten Buchstaben lange Zeit, dann legte er die Einladung auf den Tisch zurück, fegte den Ramsch zusammen, warf ihn in den Papierkorb neben dem Sofa und starrte aus dem Fenster.

Auf der anderen Seite der 1st Street waren schwarze Schneeberge neben den Fußwegen des kleinen Parks aufgehäuft. Ein unter norwegischer Flagge fahrender Frachter trieb, gezogen von einem kleinen blauen Schlepper, den Kill van Kull entlang zur Bayonne Bridge nach Port Newark. Tom stand vor seinem Wohnzimmerfenster, eine Hand auf der Fensterbank, die andere tief in der Hosentasche, und beobachtete die Kinder im Park, das erhabene Vorankommen des Frachters, das kalte grüne Wasser des Kill und die Kais und Hügel von Staten Island dahinter.

Vor langer, langer Zeit hatte seine Familie in einer Sozialwohnung in der Siedlung am Ende der 1st Street gewohnt, und ihr Wohnzimmerfenster war ebenfalls zum Park und zum Kill hinausgegangen. Manchmal in der Nacht, wenn seine Eltern schon schliefen, war er aufgestanden, hatte sich einen Kakao gemacht und aus dem Fenster auf die Lichter von Staten Island gestarrt, die so unglaublich weit entfernt und voller Versprechungen zu sein schienen. Was hatte er schon gewusst? Er war ein Siedlungskind gewesen, das Bayonne nie verließ.

Die großen Schiffe fuhren auch in der Nacht vorbei; und

in der Nacht konnte man weder die Roststreifen an den Seiten noch das Öl sehen, das sie ins Wasser abließen. In der Nacht waren die Schiffe magisch, unterwegs zu Abenteuern und sagenhaften Städten, in denen sich die Straßen vor Gefahren verfinsterten. Im richtigen Leben war für ihn sogar Jersey City das unbekannte Land, doch in seinen Träumen kannte er die Moore Schottlands, die Gassen Shanghais und den Staub Marrakeschs. Im Alter von zehn Jahren hatte Tom die Flaggen von über dreißig verschiedenen Ländern gekannt.

Doch er war nicht mehr zehn. Dieses Jahr wurde er zweiundvierzig, und er hatte es vier Blocks weit weg von der Siedlung in ein kleines orangebraunes Ziegelhaus auf der 1st Street geschafft. Auf der High School hatte er in den Sommerferien Fernseher repariert. Er arbeitete immer noch in demselben Laden, obwohl er mittlerweile zum Geschäftsführer aufgestiegen war und ihm fast ein Drittel des Betriebs gehörte. Heutzutage hieß das Geschäft Broadway Elektro-Markt, und es verkaufte nicht nur Fernseher, sondern auch Videorekorder, CD-Player und Computer.

Du hast es weit gebracht, Tommy, dachte er verbittert. Und Barbara Casko würde jetzt Steve Bruder heiraten.

Er konnte ihr deswegen keinen Vorwurf machen. Er konnte niemandem einen Vorwurf machen, außer sich selbst. Und vielleicht noch Jetboy und Dr. Tachyon … Ja, denen konnte er auch ein paar Vorwürfe machen.

Tom wandte sich ab und ließ die Vorhänge wieder zurückfallen. Er fühlte sich wie ein Haufen Mist. Er ging in die Küche und öffnete einen typischen Junggesellenkühlschrank. Kein Bier, nur noch ein Schluck abgestandene Shop Rite Cola in einer Zwei-Liter-Flasche. Er löste die Folie von einem Schälchen Thunfischsalat, um sich ein Sandwich zum Frühstück zu machen, doch der Salat war mit grünem Schimmel überzogen. Plötzlich hatte er keinen Appetit mehr.

Er ging zum Telefon an der Wand, nahm den Hörer von der Gabel und tippte sieben vertraute Zahlen ein. Beim dritten Klingeln antwortete eine Kinderstimme. »Hallo?«

»Hey, Vito«, sagte Tom. »Ist dein Vater zu Hause?«

Als an einer Nebenstelle abgehoben wurde, hörte er ein Klicken. »Hallo?«, sagte eine Frau. Das Kind kicherte. »Ist schon gut, Schatz, ich bin dran«, sagte Gina.

»Mach's gut, Vito«, sagte Tom, als das Kind auflegte.

»*Vito*«, sagte Gina, die sowohl verärgert als auch belustigt klang. »Tom, du bist verrückt, weißt du das? Warum willst du ihn immer verwirren? Letztes Mal war es Giuseppe. Er heißt Derek.«

»Pah«, erwiderte Tom. »Derek, was für ein Itaker-Name soll das sein? Zwei nette Spaghetti-Kinder wie du und Joey, und dann nennt ihr ihn nach irgendeinem Clown aus einer Seifenoper. Dom hätte einen Anfall bekommen. Derek DiAngelis – hört sich wie eine wandelnde Identitätskrise an.«

»Also bekommst du selbst eine und nennst *ihn* Vito«, sagte Gina.

Es war nur ein Witz. Gina machte nur Spaß und dachte sich nichts dabei. Aber das Wissen half nicht. Er fühlte sich trotzdem, als habe er einen Tritt in den Magen bekommen. »Ist Joey da?«, fragte er brüsk.

»Er ist in San Diego«, sagte sie. »Tom, ist alles in Ordnung? Du hörst dich so komisch an.«

»Mir geht's gut. Ich wollte nur mal guten Tag sagen.« Natürlich war Joey in San Diego. Joey reiste heutzutage ziemlich viel herum, der Glückliche. Schrottplatz-Joey DiAngelis war einer der Top-Fahrer auf der Demolition-Derby-Tour, und im Winter zog die Tour in wärmere Gefilde. Es war irgendwie seltsam. Während ihrer Kindheit waren sogar ihre Eltern überzeugt gewesen, dass Tom derjenige sein würde, der herumreiste, während Joey in Bayonne bleiben und den Schrottplatz seines Alten weiterführen würde. Und jetzt war

Joey fast im ganzen Land ein Begriff, während der alte Familienschrottplatz Tom gehörte. Hätte ich mir denken können. Schon in der Grundschule war Joey im Auto-Scooter der reinste Teufel gewesen. »Tja, dann sag ihm, ich hätte angerufen.«

»Ich habe die Nummer von dem Motel, in dem sie wohnen«, bot sie ihm an.

»Schon gut. So wichtig ist es nicht. Bis dann, Gina. Und pass auf Vito auf.« Tom legte den Hörer auf.

Seine Wagenschlüssel lagen auf der Anrichte. Er zog eine formlose braune Wildlederjacke an und ging in die Garage. Die Tür schloss sich automatisch hinter seinem dunkelgrünen Honda. Er fuhr auf der 1st Street nach Osten an der Siedlung vorbei und steuerte auf die Lexington. An der 5th Street bog er rechts ab und ließ die Wohnviertel hinter sich.

Es war ein kalter grauer Samstag im März mit Schnee auf dem Boden und Winterkälte in der Luft. Er war einundvierzig Jahre alt, und Barbara würde heute heiraten, und Thomas Tudbury musste in seinen Panzer kriechen.

♣

Sie hatten sich im Hauptseminar kennengelernt, Letztklässler von zwei verschiedenen High Schools.

Tommy hatte kein Interesse zu lernen, wie das System des freien Unternehmertums funktionierte, aber er hatte großes Interesse an Mädchen. An seiner High School waren ausschließlich Jungen, aber am Hauptseminar nahmen Schüler und Schülerinnen aus allen hiesigen High Schools teil, und Tom war bereits in der vorletzten Klasse hingegangen.

Es war ihm schon schwergefallen, sich mit *Jungen* anzufreunden, und Mädchen jagten ihm eine Heidenangst ein. Er wusste nicht, worüber er mit ihnen reden sollte, und hatte Angst, irgendetwas Dummes zu sagen, also sagte er überhaupt nichts. Nach ein paar Wochen fingen ein paar von den Mädchen an, ihn zu hänseln. Die meisten ignorierten ihn einfach. Die Dienstagabend-Treffen entwickelten sich rasch zu etwas, das er während der ganzen vorletzten Klasse fürchtete.

In der letzten Klasse wurde alles anders. Das lag an einem Mädchen namens Barbara Casko.

Bei ihrer ersten Begegnung saß Tom in der Ecke, kam sich zu dick vor und war niedergeschlagen, als Barbara zu ihm kam und sich vorstellte. Sie war aufrichtig *freundlich.* Tom war verblüfft. Das Unglaubliche und noch Verblüffendere als der Umstand, dass sich dieses Mädchen alle Mühe gab, nett zu ihm zu sein, war, dass sie das hübscheste Mädchen im ganzen Seminar und vielleicht sogar das hübscheste Mädchen in ganz Bayonne war. Sie hatte dunkelblonde Haare, die ihr auf die Schultern fielen und in einer Außenrolle endeten, hellblaue Augen und das wärmste Lächeln auf der ganzen Welt. Sie trug einen Angorapullover, nicht zu eng, aber er betonte vorteilhaft ihre reizende Figur. Sie war hübsch genug, um Cheerleader zu sein.

Tommy war nicht der Einzige, der von Barbara Casko beeindruckt war. In null Komma nichts war sie Seminarsprecherin. Und als ihre Amtszeit nach Weihnachten ablief und es an der Zeit für Neuwahlen war, schlug sie ihn als ihren Nachfolger vor, und sie war so beliebt, dass man ihn tatsächlich wählte.

»Frag sie, ob sie mit dir ausgeht«, sagte Joey DiAngelis im Oktober, als Tom den Mut aufbrachte, ihm von ihr zu erzählen. Joey war im Jahr zuvor von der Schule abgegangen. Er machte eine Lehre als Automechaniker in einer Werkstatt auf der Avenue E. »Sie mag dich, Dummkopf.«

»Ach, hör auf«, sagte Tom. »Warum sollte sie mit mir ausgehen? Du müsstest sie mal sehen, Joey, sie kann sich aussuchen, mit wem sie was unternehmen will.« Thomas Tudbury hatte noch nie in seinem Leben eine Verabredung gehabt.

»Vielleicht hat sie ja 'n schlechten Geschmack«, sagte Joey grinsend.

Doch Barbaras Name fiel immer wieder. Joey war der Einzige, mit dem Tom reden konnte, und Barbara war das Einzige, worüber er in diesem Jahr reden konnte. »Jetzt hör endlich auf damit«, sagte Joey an einem Abend im Dezember, als sie in dem alten Packard an der Bucht Bier tranken. »Wenn du sie nicht fragst, tu ich es.«

Tommy fand die Vorstellung schrecklich. »Sie ist nicht dein Typ, du dämlicher Itaker.«

Joey grinste. »Du hast doch gesagt, sie wär 'n Mädchen.«

»Sie geht aufs College, um Lehrerin zu werden.«

»Ach, darauf kommt's doch nicht an. Wie groß sind ihre Titten?«

Tom boxte ihm gegen die Schulter.

Im März, als Tom sie immer noch nicht gefragt hatte, sagte Joey: »Worauf wartest du eigentlich, verflucht? Sie hat dich als nächsten Sprecher für euer verdammtes Schwachsinns-Seminar vorgeschlagen, oder nicht? Sie mag dich, du Trottel.«

»Nur weil sie glaubt, dass ich einen guten Sprecher abgebe, heißt das noch lange nicht, dass sie sich auch mit mir trifft.«

»Frag sie, Blödmann.«

»Vielleicht tue ich es tatsächlich«, sagte Tom verlegen. Zwei Wochen später, an einem Mittwochabend nach einer Seminarveranstaltung, auf der Barbara besonders freundlich gewesen war, versuchte er immerhin, ihre Telefonnummer im Telefonbuch nachzuschlagen. Doch er rief nicht an. »Es stehen neun verschiedene Caskos darin«, sagte er zu Joey, als er ihn das nächste Mal sah. »Ich war nicht sicher, welche ihre Nummer ist.«

»Ruf sie alle an. Scheiße, bestimmt sind alle verwandt.«

»Ich würde mir wie ein Idiot vorkommen«, sagte Tom.

»Du *bist* ein Idiot«, sagte Joey. »Also, pass auf, wenn das so schwer ist, frag sie doch einfach nach ihrer Telefonnummer, wenn du sie das nächste Mal siehst.«

Tom schluckte. »Dann wird sie denken, dass ich sie fragen will, ob sie sich mit mir trifft.«

Joey lachte. »Und? Das willst du sie doch auch fragen!«

»Ich bin nur noch nicht so weit, das ist alles. Ich weiß nicht, wie.« Tom fühlte sich elend.

»Es ist ganz leicht. Du rufst sie an, und wenn sie rangeht, sagst du: ›Hey, hier ist Tom, willst du mit mir ausgehen?‹«

»Und wenn sie dann Nein sagt?«

Joey zuckte die Achseln. »Dann rufen wir jede Pizzeria in der Stadt an und lassen die ganze Nacht Pizzen zu ihrem Haus liefern. Mit Sardellen. Kein Mensch kann Sardellenpizza essen.«

Als der Mai gekommen war, hatte Tom herausbekommen, zu welcher Casko-Familie Barbara gehörte. Sie hatte eine beiläufige Bemerkung über ihre Wohngegend gemacht, und er hatte es sich auf die besessene Art gemerkt, auf die er sich alles merkte, was sie sagte. Er ging nach Hause, riss die Seite mit den Caskos aus dem Telefonbuch und kreiste ihre Nummer mit einem Kugelschreiber ein. Er wählte die Nummer sogar. Fünf- oder sechsmal. Aber jedes Mal legte er auf, bevor es am Ende der Leitung klingelte.

»Warum zum Teufel?«, wollte Joey wissen.

»Es ist zu spät«, sagte Tom trübsinnig. »Ich meine, wir kennen einander seit September, und ich habe sie noch kein einziges Mal gefragt, ob sie sich mit mir treffen will. Wenn ich sie jetzt frage, wird sie mich für ein schüchternes Arschloch oder so halten.«

»Du bist ein schüchternes Arschloch«, sagte Joey.

»Was soll's? Wir werden nicht auf dasselbe College gehen. Wahrscheinlich sehen wir uns nach Juni nie wieder.«

Joey drückte eine Bierdose in seiner Faust platt und sagte nur ein Wort: »Abschlussball.«

»Was ist damit?«

»Frag sie, ob sie mit dir zu deinem Abschlussball geht. Du willst doch zu deinem Abschlussball gehen, oder?«

»Ich weiß nicht«, sagte Tom. »Ich meine, ich kann nicht tanzen. Außerdem, was soll das? *Du* bist nie auf irgendeinen gottverdammten Abschlussball gegangen!«

»Bälle sind Scheiße«, erklärte Joey. »Wenn ich mit einem Mädchen ausgehe, fahr ich mit ihr auf die Vier-vierzig und seh zu, ob ich ein paar nackte Möpse zu fassen kriege, bevor ich irgendwo mit ihr Händchen halte, weißt du? Aber du bist nicht ich, Tom. Mach mir nichts vor. Du willst zu diesem dämlichen Ball gehen, und wir beide wissen das, und wenn du mit dem hübschesten Mädchen am Platz kämst, wärst du im Himmel.«

»Es ist Mai«, sagte Tom verdrossen. »Barbara ist das schönste Mädchen in ganz Bayonne. Es ist völlig ausgeschlossen, dass sie noch keine Verabredung für ihren Abschlussball hat.«

»Tom, sie geht auf eine andere Schule als du. Wahrscheinlich hat sie eine Verabredung für *ihren* Abschlussball, aber wie stehen die verdammten Chancen, dass sie eine für *deinen* hat? Mädchen lieben diese Ball-Kacke, schicke Klamotten anziehen, Mieder tragen und tanzen. Frag sie, Tom. Du hast nichts zu verlieren.« Er grinste. »Es sei denn, du zählst deine Unschuld mit.«

In der folgenden Woche dachte Tom an nichts anderes als dieses Gespräch. Die Zeit wurde knapp. Das Seminar ging zu Ende, und wenn es vorbei war, würde er Barbara nie wiedersehen, falls er nichts unternahm. Joey hatte recht. Er musste es versuchen.

Am Dienstagabend hatte sich sein Magen im Laufe der langen Busfahrt zum Seminar zu einem festen Knoten verkrampft, und er ging das Gespräch im Kopf immer wieder durch. Die Worte klangen einfach nicht richtig, wie oft er sie auch drehte und wendete, aber er war fest entschlossen, *irgendwas* herauszubekommen, egal wie. Er hatte schreckliche Angst, dass sie Nein sagen würde, und noch mehr Angst, dass sie tatsächlich Ja sagen könnte. Aber er musste es versuchen. Er konnte sie nicht einfach gehen lassen, ohne sie wissen zu lassen, wie sehr sie ihm gefiel.

Seine größte Sorge war, wie er sie zur Seite nehmen sollte, um allein mit ihr zu reden. Er wollte sie auf keinen Fall vor all den anderen fragen. Beim bloßen Gedanken daran bekam er eine Gänsehaut. Die anderen Mädchen machten sich schon genug über ihn lustig. Wenn sie mitbekamen, wie er Barbara Casko fragte, ob sie ihn zu seinem Abschlussball begleiten wolle, würden sie sich vor Lachen krümmen. Er hoffte nur, dass sie es ihnen hinterher nicht erzählen würde. Er glaubte es eigentlich nicht.

Das Problem löste sich von selbst. Es war das letzte Treffen, und die Studienberater befragten die Sprecher aller Seminare. Derjenige, der zum Sprecher des Jahres gewählt wurde, bekam von ihnen einen Gutschein. Barbara war im ersten Halbjahr Vorsitzende ihres Seminars gewesen, Tom im zweiten. Sie warteten gemeinsam draußen im Flur, nur sie beide, allein zusammen, während die anderen im Seminarraum waren und die Studienberater die Interviews mit den anderen Sprechern machten.

»Ich hoffe, du gewinnst«, sagte Tom, während sie warteten.

Barbara lächelte ihn an. Sie trug einen hellblauen Pullover und einen Faltenrock, der ihr bis unter die Knie fiel. Um den Hals trug sie eine zierliche Goldkette mit einem herzförmigen Medaillon daran. Ihr blondes Haar sah so weich aus, dass er es berühren wollte, aber natürlich wagte er es nicht. Sie stand ziemlich nah bei ihm, und er konnte riechen, wie sauber und frisch es war.

»Du siehst richtig toll aus«, platzte es verlegen aus ihm heraus.

Er kam sich vor wie ein Idiot, doch Barbara schien es nicht zu bemerken. Sie sah ihn mit ihren tiefblauen Augen an. »Danke«, sagte sie. »Ich wünschte, sie würden sich etwas beeilen.« Und dann tat sie etwas, das ihn erschreckte – sie streckte die Hand aus und berührte ihn, legte ihm die Hand auf den Arm und sagte: »Tommy, darf ich dir eine Frage stellen?«

»Eine Frage«, wiederholte er idiotisch. »Sicher.«

»Wegen deines Abschlussballs«, sagte Barbara.

Einen langen Moment stand er wie ein Zombie da und war sich der Kühle in der Halle bewusst, des entfernten Gelächters aus dem Klassenzimmer, der Stimmen der Studienberater, die durch die Milchglastür drangen, des leichten Drucks von Barbaras Hand und vor allem ihrer Nähe, jener bodenlosen blauen Augen, die ihn ansahen, des Medaillons, das zwischen den kleinen runden Wölbungen ihrer Brüste hing, ihres sauberen, frischen Geruchs. Zur Abwechslung lächelte sie einmal nicht. Der Ausdruck in ihrem Gesicht ließ fast auf Nervosität schließen. Er machte sie nur noch hübscher. Er wollte sie umarmen und küssen. Er hatte unbeschreibliche Angst.

»Wegen meines Abschlussballs«, bekam er schließlich mit schwankender Stimme heraus. Absurderweise wurde er sich plötzlich einer gewaltigen Erektion bewusst, die gegen die Innenseite seiner Hose drückte. Er hoffte nur, dass sie nicht zu sehen war.

»Kennst du Steve Bruder?«, fragte sie.

Tom kannte Steve Bruder seit der zweiten Klasse. Er war Klassensprecher und spielte als Stürmer in der Basketballmannschaft. In der Grundschule hatten Stevie und seine Freunde Tom immer mit ihren Fäusten gedemütigt. Jetzt waren sie kultivierte Oberschüler und benutzten nur noch Worte.

Barbara wartete seine Antwort nicht ab. »Wir sind zusammen ausgegangen«, sagte sie. »Ich dachte, er würde mich bitten, mit ihm zum Abschlussball zu gehen, aber das hat er nicht getan.«

Du könntest mit mir gehen!, dachte Tom erregt, aber er sagte nur: »Hat er nicht?«

»Nein. Weißt du vielleicht … ich meine, hat er eine andere gefragt? Wird er mich noch fragen, was meinst du?«

»Keine Ahnung«, sagte Tom trübe. »Wir reden kaum miteinander.«

»Ach so«, sagte Barbara. Sie zog ihre Hand zurück, und dann öffnete sich die Tür, und er wurde aufgerufen.

An diesem Abend gewann Tom einen Spargutschein über 50 Dollar als Hauptseminarsprecher des Jahres. Seine Mutter würde nie verstehen, warum er einen so unglücklichen Eindruck machte.

♥

Der Schrottplatz lag an der Hook Road zwischen einer stillgelegten Ölraffinerie und dem kalten grünen Wasser der New York Bay. Der drei Meter hohe Kettenzaun hing durch, und das Schild rechts vom Tor, das vor unbefugtem Zutritt warnte, war verrostet. Tom stieg aus dem Wagen, öffnete das Vorhängeschloss, löste die massiven Ketten und fuhr hinein.

Die Baracke, in der Joey und sein Vater Dom gewohnt hatten, war jetzt nahezu verfallen. Die Farbe des Schilds auf dem Dach war bis zur Unleserlichkeit verblasst, aber Tom konnte die Worte immer noch erkennen: DI ANGELIS METALLVERWERTUNG & AUTOTEILE. Tom hatte den Schrottplatz gekauft und ihn geschlossen, als Joey vor zehn Jahren geheiratet hatte. Gina hatte nicht auf einem Schrottplatz leben wollen, und außerdem hatte Tom die ganzen Leute sattgehabt, die stundenlang nach einem Getriebe für einen DeSoto oder einer Stoßstange für einen 57er Edsel suchten. Keiner von ihnen war je über seine Geheimnisse gestolpert, aber oft genug war es knapp zugegangen, und mehr als einmal war er gezwungen gewesen, die Nacht auf einem schmuddeligen Dach in Jokertown zu verbringen, weil das Ufer zu Hause nicht frei war.

Jetzt, nach einer Dekade der Vernachlässigung, war der Schrottplatz eine Einöde aus Rost und Trostlosigkeit, und niemand machte sich noch die Mühe, den weiten Weg hierherzufahren.

Tom parkte seinen Honda hinter der Baracke und trottete mit den Händen in den Hosentaschen und tief gegen den kalten Wind heruntergezogener Mütze über den Schrottplatz. Niemand hatte hier Schnee geschaufelt, und es fuhren auch keine Autos, die ihn in schmutzig braunen Matsch verwandelten. Die Berge aus Schrott und altem Plunder sahen aus, als seien sie mit Puderzucker überzogen, und er kam an Schneewehen vorbei, die größer waren als er, erstarrte weiße Wellen, die einbrechen würden, sobald die Temperaturen im Frühjahr stiegen.

Tief innerhalb des Schrottplatzes, zwischen zwei hoch aufragenden Bergen übereinandergestapelter Autowracks, die sich alle in scharfkantige Rostklumpen verwandelt hatten, befand sich ein freier Platz. Tom trat mit dem Absatz Schnee beiseite, bis er eine flache Metallplatte freigelegt hatte. Er kniete nieder, fand den Ring und zog. Das Metall war eiskalt, und er keuchte schon, lange bevor es ihm gelungen war, die Abdeckung einen Meter zur Seite zu schieben und den Schacht darunter zu öffnen. Es wäre so viel leichter gewesen, TK einzusetzen und die Abdeckung mit den Kräften seines Geists zu bewegen. Früher hätte er das auch gekonnt. Jetzt nicht mehr. Die Zeit spielt einem komische Streiche. In seinem Panzer war er immer stärker geworden, aber draußen hatten seine telekinetischen Fähigkeiten im Laufe der Jahre immer mehr nachgelassen. Es war alles psychologisch bedingt, das wusste Tom. Der Panzer war zu einer Krücke geworden, und sein Verstand weigerte sich, TK ohne ihn einzusetzen, das war alles. Aber es gab Tage, an denen er das Gefühl hatte, dass Thomas Tudbury und der Große und Mächtige Turtle zwei verschiedene Personen geworden waren.

Er sprang in die Dunkelheit hinab, in den Tunnel, den Joey und er Nacht um Nacht gegraben hatten, damals, im Jahre – wann war es gewesen? 69? 70? Irgendwann um diese Zeit. Er fand die große Plastiktaschenlampe an ihrem Haken, doch der Lichtstrahl, den sie warf, war matt und schwach. Er durfte nicht vergessen, beim nächsten Mal neue Batterien mitzubringen. Alkalische, die hielten länger.

Er ging ungefähr zwanzig Meter, bevor der Tunnel endete und sich die Schwärze des Bunkers vor ihm öffnete. Der Bunker war nur ein großes Loch im Boden, das er mit seiner TK ausgehoben hatte und dessen primitives Dach mit einer dünnen Schicht Erde und Schrott bedeckt war, um zu verbergen, was sich darunter befand. Die Luft war schal und muffig, und er hörte Ratten vor dem Licht seiner Taschenlampe davonhuschen. In dem Comicheft hatte Turtle eine geheime Turtle-Höhle tief unter dem Wasser der New York Bay, eine Art Palast mit gewölbter Decke und Computerbänken und einem echten Butler, der die Trophäen abstaubte und Feinschmeckermenüs servierte. Die Autoren von Cosh Comics hatten wesentlich besser für ihn gesorgt, als er es je selbst geschafft hatte.

Er ging an zwei der älteren Panzer vorbei zum letzten Modell, tippte die Kombination ein und öffnete die Luke. Nachdem er eingestiegen war, versiegelte Tom den Panzer hinter sich und setzte sich auf seinen Sessel. Er griff nach den Gurten und schnallte sich an. Der Sessel war breit und bequem, hatte dicke gepolsterte Armlehnen und roch angenehm nach Leder. An den Enden beider Armlehnen waren für mühelosen Zugang Kontrollleisten angebracht. Die Finger flogen mit einer aus langer Vertrautheit herrührenden Behändigkeit über die Tasten und schalteten Ventilatoren, Heizung und Scheinwerfer ein. Das Innere des Panzers war gemütlich und behaglich mit grünem Plüschteppich verkleidet. Er hatte vier 57-cm-Farbfernseher an den verkleideten Wänden angebracht, die von Reihen kleinerer Bildschirme und anderen Instrumenten umgeben waren.

Sein linker Zeigefinger drückte einen Knopf, und die Außenkameras erwachten zum Leben und füllten die Bildschirme mit vagen grauen Formen, bis er auf Infrarot wechselte. Tom drehte sich langsam, überprüfte die Bilder, testete die Beleuchtung, vergewisserte sich, dass alles funktionierte. Er stöberte in dem Koffer mit Kassetten herum, bis er Springsteen gefunden hatte. Ein guter Jersey-Junge, dachte Tom. Er legte die Kassette ein, und Bruce begann gleich mit »Glory Days«. Das zauberte ein entschlossenes, hartes Grinsen auf sein Gesicht.

Tom beugte sich vor und legte einen Schalter um. Von irgendwoher kam ein Surren. Der Garagentoröffner musste dem Geräusch nach bald ersetzt werden. Auf den Bildschirmen sah er, wie von oben Licht in den Bunker fiel. Eine Kaskade aus Schnee und Eis stürzte auf den nackten Boden. Er schob mit der Kraft seines Geists. Der Panzer erhob sich und schwebte dem Licht entgegen. Also heiratete Barbara Casko dieses Arschloch Steve Bruder, und was machte ihm das schon aus? Der Große und Mächtige Turtle würde irgendeinem Ungeheuer in den Arsch treten.

♦

Eines hatte Tom Tudbury schon vor langer Zeit herausgefunden: Das Leben gab einem nicht oft eine zweite Chance. Er hatte Glück. Er bekam eine zweite Chance bei Barbara Casko.

Es passierte im Jahre 1972, zehn Jahre nachdem er sie zuletzt gesehen hatte. Der Laden hieß noch Broadway Fernseher und Elektronik, und Tom war stellvertretender Geschäftsführer. Er stand an der Kasse mit dem Rücken zur Theke, weil er ein paar Regale aufräumte, als eine Frauenstimme sagte: »Verzeihen Sie.«

»Ja«, sagte er, indem er sich umdrehte und sie dann anstarrte.

Ihr dunkelblondes Haar war viel länger und fiel ihr bis zur Taille, und sie trug getönte Gläser in einem überdimensionalen Plastikgestell, aber die Augen hinter den Gläsern waren noch genauso blau wie früher. Sie trug einen Fair-Isle-Pullover und verwaschene Jeans, und ihre Figur war, wenn das überhaupt ging, mit siebenundzwanzig noch besser, als sie mit siebzehn gewesen war. Sein Blick fiel auf ihre Hand, und alles, was er dort sah, war ein Jahrgangsring vom College. »Barbara«, sagte er.

Sie musterte ihn überrascht. »Kenne ich Sie?«

Tom zeigte auf den McGovern-Button, der an ihrem Pullover befestigt war. »Du hast mich mal als Kandidaten nominiert«, sagte er.

»Habe ich nicht«, begann sie mit einem verwirrten Stirnrunzeln im immer noch hübschesten Gesicht, das Tom Tudbury in seinem ganzen Leben je angelächelt hatte.

»Ich hatte einen Bürstenschnitt«, sagte er, »und habe eine schwarze Cordjacke getragen.« Er tippte sich an seine Fliegerbrille. »Das war eine Hornbrille, als du mich zuletzt gesehen hast. Ich habe damals ungefähr dasselbe wie jetzt gewogen, war aber zwei, drei Zentimeter kleiner. Und ich war so verknallt in dich, dass du es nicht glauben würdest.«

Barbara Casko lächelte. Einen Moment lang dachte er, sie würde bluffen. Doch dann trafen sich ihre Blicke, und er wusste Bescheid. »Wie geht es dir, Tom? Es ist lange her, was?«

Sehr lange, dachte er. O ja. Ein ganzes Zeitalter. »Es geht mir großartig«, sagte er. Das war zumindest halb wahr. Es war gegen Ende von Turtles ungestümster Dekade. Toms Leben entwickelte sich nicht sonderlich schnell – er hatte das College geschmissen, nachdem Kennedy ermordet worden war, und seitdem wohnte er in einer schäbigen Souterrainwohnung in der 31st Street. Es kümmerte ihn einen Dreck. Tom Tudbury und sein lausiger Job und seine lausige Wohnung waren für sein *richtiges* Leben nebensächlich. Sie waren der Preis, den er für die Nächte und Wochenenden in seinem Panzer zahlte. Auf der High School war er ein pummeliger Introvertierter mit Bürstenhaarschnitt, einer Menge Unsicherheit und einer geheimen Fähigkeit gewesen, von der nur Joey wusste. Und jetzt war er der Große und Mächtige Turtle. Geheimnisvoller Held, Berühmtheit, Ass aller Asse und überall Gesprächsthema Nummer eins.

Natürlich konnte er ihr davon nichts erzählen.

Aber irgendwie spielte das keine Rolle. Turtle zu sein hatte Tom Tudbury verwandelt und ihm mehr Selbstvertrauen gegeben. Seit zehn Jahren hatte er feuchte Träume wegen Barbara Casko, bedauerte seine Feigheit, grübelte über verpasste Möglichkeiten und den Abschlussball nach, auf dem er nie gewesen war. Eine Dekade zu spät bekam Tom Tudbury schließlich die Worte heraus. »Du siehst sagenhaft aus«, sagte er mit aller Aufrichtigkeit, über die er verfügte. »Ich habe um fünf Feierabend. Gehst du mit mir essen?«

»Sicher«, sagte sie. Dann lachte sie. »Ich habe mich immer gefragt, wie lange es dauert, bis du mich fragst, ob ich mit dir ausgehe. Ich hätte nie gedacht, dass es zehn Jahre werden. Du könntest gerade einen neuen Schulrekord aufgestellt haben.«

♠

Ungeheuer sind wie Bullen, überlegte Tom, *nie in der Nähe, wenn man sie wirklich einmal braucht.*

Im Dezember war das ganz anders gewesen. Er erinnerte sich, wie er sie zum ersten Mal gesehen hatte, erinnerte sich an den langen surrealen Flug den Jersey Turnpike entlang nach Philadelphia. Hinter ihm war eine Panzerkolonne gefahren, vor ihm war der Turnpike verlassen gewesen. Nichts hatte sich bewegt, außer einigen Zeitungen, die über die leeren Fahrbahnen wehten. Die Giftmüllhalden und Chemiefabriken am Straßenrand hatten ausgesehen wie Geisterstädte. Ab und zu waren ihnen ausgemergelte Flüchtlinge begegnet, die vor dem Schwarm flohen, aber das war es dann auch. *Es war wie in einem Film,* dachte Tom. Er hatte das alles gar nicht richtig glauben können.

Bis sie Kontakt bekommen hatten.

Als der Android mit der Nachricht zurückgekommen war, der Feind sei in der Nähe und rücke auf Philadelphia vor, war ihm ein kalter Schauer über den Rücken gelaufen. »Es geht los«, hatte Tom zu Peregrine gesagt, die auf seinem Panzer mitgeflogen war, um ihre Schwingen zu schonen.

Er hatte gerade noch Zeit gehabt, eine Kassette auszusuchen – *Creedence Gold* – und sie in das Tape-Deck einzulegen, bevor die Schwarmlinge wie eine schwarze Flut am Horizont auftauchten. Die Flieger hatten den Himmel verdunkelt, so weit seine Kameras reichten, eine Wolke der Finsternis, die wie eine riesige Gewitterfront heranrauschte. Er erinnerte sich an den Wirbelsturm in *Das zauberhafte Land* und wie viel Angst er ihm eingejagt hatte, als er den Film zum ersten Mal gesehen hatte.

Unter diesen dunklen Schwingen rückten die anderen Schwarmlinge vor – krochen auf segmentierten Bäuchen, huschten auf meterlangen Spinnenbeinen, quollen vorwärts. Sie nahmen die gesamte Straße ein und bewegten sich schneller, als er es sich je hätte träumen lassen.

Peregrine hob ab. Der Android flog dem Feind bereits entgegen, und Tom sah Mistral von oben herabstoßen, ein blauer Blitz zwischen den dünnen kalten Wolken. Er schluckte und drehte die Lautstärke seiner Anlage bis zum Anschlag auf. »Bad Moon Rising« dröhnte in den verdunkelten Himmel. Er wusste noch, dass er gedacht hatte, das Leben würde nie wieder so sein, wie es war. Fast hatte er es glauben wollen. Vielleicht würde die neue Welt besser sein als die alte.

Aber das war im Dezember gewesen, und jetzt war März, und das Leben war viel unverwüstlicher, als er ihm zugetraut hatte. Wie die Wandertauben hatten die Schwarmlinge die Sonne verdunkelt, und wie die Wandertauben waren sie scheinbar im Nu verschwunden. Nach jenem ersten unvergesslichen Augenblick hatte sich der Krieg der Welten zu einer Routinearbeit entwickelt. Es hatte sich mehr um Schädlingsausrottung als um einen Kampf gehandelt, so als würden sie gegen besonders große und eklige Schaben vorgehen. Krallen, Zangen, Scheren und vergiftete Klauen konnten seinem Panzer nichts anhaben. Die von den Fliegern abgesonderte Säure hatte seine Kameralinsen ziemlich übel zugerichtet, aber das war eher ein Ärgernis als eine Gefahr. Um die Langeweile zu bekämpfen, hatte er sich neue, fantasievolle Tötungsmethoden ausgedacht. Er hatte sie hoch in die Luft geschleudert oder auseinandergerissen. Er hatte sie mit unsichtbaren Fäusten gepackt und zerquetscht. Immer und immer wieder, Tag für Tag, bis der Strom versiegt war.

Und anschließend hatte er zu Hause mit einiger Verblüffung zur Kenntnis genommen, wie schnell der Schwarmkrieg aus den Schlagzeilen verschwunden war und wie mühelos das Leben wieder in die alten Bahnen zurückkehrte. In Peru, im Tschad und in den Bergen Tibets setzten größere Kontingente der außerirdischen Ungeheuer ihre

Verwüstungsfeldzüge fort, und die Türken und Nigerianer hatten noch Probleme mit versprengten Überresten, aber die Schwärme der dritten Welt waren in den meisten amerikanischen Zeitungen nur Lückenfüller und bestenfalls gut genug für Seite vier.

In der Zwischenzeit ging das Leben weiter. Leute zahlten ihre Hypotheken ab und gingen zur Arbeit. Jene, deren Häuser und Arbeitsplätze vernichtet worden waren, füllten gehorsam Versicherungsformulare aus und meldeten sich arbeitslos. Die Leute beklagten sich über das Wetter, erzählten sich Witze, gingen ins Kino, unterhielten sich über Sport.

Manche Leute schmiedeten Heiratspläne.

Natürlich waren die Schwarmlinge nicht *völlig* ausgerottet worden. Ein paar übrig gebliebene Ungeheuer lauerten hier und da an abgelegenen und manchmal auch nicht ganz so abgelegenen Orten. Tom sehnte sich heute geradezu nach einem von ihnen. Ein kleines würde reichen – ob es flog oder kroch, hüpfte oder sprang, war ihm egal. Er hätte sich auch mit einigen ganz gewöhnlichen Verbrechern, einem Feuer, einem Autounfall, irgendwas zufriedengegeben, um sich von Barbara abzulenken.

Nichts rührte sich. Es war ein grauer, kalter, deprimierender, *öder* Tag, sogar in Jokertown. Der Polizeifunk meldete nichts außer einigen Familienstreitigkeiten, und er hatte es sich zur Gewohnheit gemacht, sich darin nicht einzumischen. Im Laufe der Jahre hatte er herausgefunden, dass auch die misshandeltsten Ehefrauen dazu neigten, entsetzt zu reagieren, wenn ein Panzer von der Größe eines Lincoln Continental durch die Schlafzimmerwand brach und ihrem Mann befahl, sie in Ruhe zu lassen.

Er schwebte die Bowery entlang, wobei er sich dicht über den Dächern hielt. Sein Panzer warf einen langen schwarzen Schatten, der auf dem Asphalt unten mit ihm Schritt hielt. Autos fuhren unter ihm hinweg, ohne auch nur langsamer zu werden. Alle seine Kameras suchten und zeigten ihm Bilder aus mehr Blickwinkeln, als er brauchen konnte. Tom sah ruhelos von Bildschirm zu Bildschirm und beobachtete die Passanten. Sie nahmen ihn kaum noch zur Kenntnis. Ein rascher Blick nach oben, wenn der Panzer am Rande ihres Blickfelds auftauchte, ein Flackern des Erkennens, und dann gingen sie gelangweilt wieder ihren Geschäften nach. *Es ist nur Turtle,* hörte er sie im Geiste sagen. *Kalter Kaffee. Die wunderbaren Zeiten sind vorbei.*

Vor zwanzig Jahren war alles anders gewesen. Er war das erste Ass gewesen, das nach einem langen Jahrzehnt des Versteckens an die Öffentlichkeit gegangen war, und alles, was er tat und sagte, war bejubelt worden. Die Zeitungen waren voll von seinen Heldentaten, und wenn Turtle über eine Straße flog, schrien die Kinder und zeigten nach oben, und alle Augen richteten sich auf ihn. Menschenmengen hatten ihm bei Paraden und öffentlichen Versammlungen zugejubelt. In Jokertown zogen die Männer die Masken vor ihm, und die Frauen warfen ihm Kusshände zu, wenn er vorbeiflog. Er war Jokertowns persönlicher Held. Weil er sich in einem Panzer verbarg und niemals sein Gesicht zeigte, nahmen viele Joker an, dass er einer von ihnen war, und dafür liebten sie ihn. Diese Liebe beruhte auf einer Lüge oder zumindest einem Missverständnis, und manchmal fühlte er sich deswegen schuldig, aber damals hatten die Joker dringend jemanden aus ihren Reihen gebraucht, den sie feiern konnten, also hatte er den Gerüchten nicht widersprochen. Er war nie dazu gekommen, der Öffentlichkeit zu sagen, dass er in Wirklichkeit ein Ass war. Irgendwann – an den genauen Zeitpunkt konnte er sich nicht mehr erinnern – hatte die Welt aufgehört, sich dafür zu interessieren, wer oder was sich im Innern von Turtles Panzer verbarg.

Inzwischen gab es allein in New York siebzig oder achtzig Asse, vielleicht sogar hundert, und er war immer noch derselbe alte Turtle. Jokertown besaß jetzt richtige Joker-Helden: Oddity, Troll, Quasiman, die Twisted Sisters und andere; Joker-Asse, die keine Angst hatten, der Welt ihr Gesicht zu zeigen. Jahrelang hatte er ein schlechtes Gewissen gehabt, weil er die auf falschen Voraussetzungen beruhende Bewunderung der Joker akzeptiert hatte, aber kaum dass sie verschwunden war, hatte sie ihm gefehlt.

Als er über den Sara-Roosevelt-Park flog, bemerkte Tom einen Joker mit dem Kopf einer Ziege. Er hockte auf dem Fundament der roten Abstraktion, errichtet als Denkmal für jene, die bei den großen Jokertown-Krawallen des Jahres 1976 ums Leben gekommen waren. Der Mann starrte mit offensichtlicher Faszination zu dem Panzer hinauf. *Vielleicht ist Turtle noch nicht völlig in Vergessenheit geraten*, dachte Tom. Er ging näher heran, um sich seinen Fan genauer anzusehen. Und da fiel ihm der dicke Faden aus grünem Schleim auf, der aus dem Mundwinkel des Ziegenkopfmanns hing, und die Leere in seinen winzigen schwarzen Augen. Ein wehmütiges Lächeln huschte über Toms Gesicht. Er schaltete sein Mikrofon ein. »Hey, Junge«, verkündete er über seine Außenlautsprecher. »Alles in Ordnung da unten?«

Der Ziegenkopfmann bewegte lautlos die Lippen.

Tom seufzte. Er setzte seine telekinetischen Kräfte ein und hob den Joker mühelos in die Luft. Der Ziegenkopfmann wehrte sich nicht mal, sondern starrte nur in die Ferne, wo er weiß Gott was sah, während ihm Speichel aus dem Mund lief. Tom hielt ihn unter dem Panzer und segelte in Richtung South Street davon.

Er legte den Ziegenkopfmann sanft zwischen die ramponierten Steinlöwen, die die Treppe zum Eingang der Jokertown-Klinik bewachten, und erhöhte die Lautstärke seiner Anlage. »Tachyon«, sprach er ins Mikrofon, und »TACHYON« dröhnte durch die Straßen, ließ Fensterscheiben erzittern und erschreckte die Autofahrer auf dem FDR Drive. Eine grimmig aussehende Schwester kam nach draußen und funkelte ihn an.

»Ich habe euch jemanden gebracht«, sagte Tom leiser.

»Wer ist er?«, fragte sie.

»Der Präsident des Turtle Fan Club«, sagte Tom. »Woher zum Teufel soll ich wissen, wer er ist? Aber er braucht Hilfe. Sehen Sie ihn sich an.«

Die Schwester unterzog den Joker einer oberflächlichen Untersuchung, dann rief sie zwei Pfleger, die den Mann in das Klinikgebäude brachten.

»Wo ist Tachyon?«, fragte Tom.

»Beim Mittagessen«, sagte die Schwester. »Wir erwarten ihn um halb zwei zurück. Wahrscheinlich ist er bei Hairy's.«

»Nichts für ungut«, sagte Tom. Der Panzer stieg steil in den Himmel auf. Die Schnellstraße, der Fluss und die Dächer Jokertowns schrumpften unter ihm.

Seltsam, aber je höher man stieg, desto wunderbarer sah Manhattan aus. Die großartigen Steinbögen der Brooklyn Bridge, die gewundenen Gassen der Wall Street, die Freiheitsstatue, die Schiffe auf dem Fluss und die Fähren in der Bucht, die hoch aufragenden Türme des Chrysler Building und des Empire State Building, die riesige grün-weiße Fläche des Central Park. Turtle sah sich alles von hoch oben an. Die verschachtelten Muster des durch die Straßen fließenden Verkehrs waren fast hypnotisch, wenn man sie lange genug anstarrte. Aus dem kalten Winterhimmel betrachtet, war New York prachtvoll und ehrfurchtgebietend wie keine andere Stadt der Welt. Erst wenn man in diese Steinschluchten hinabtauchte, sah man den Dreck, roch den verfaulten Abfall in einer Million verbeulter Tonnen, hörte die Flüche und Schreie und spürte das ganze Ausmaß der Angst und des Elends.

Er schwebte hoch über der Stadt, ein kalter Wind umtoste seinen Panzer. Über den Polizeifunk knisterte eine Nichtigkeit nach der anderen. Tom wechselte auf die Frequenz der Marine. Vielleicht stieß er auf ein kleines Boot in Seenot. Einmal hatte er sechs Leute von einer Jacht gerettet, die während eines Sommersturms gekentert war. Der dankbare Besitzer hatte ihm anschließend eine saftige Belohnung zukommen lassen. Und der Bursche war auch noch schlau gewesen. Er hatte ihm Bargeld gegeben, kleine gebrauchte Scheine, Zwanziger oder niedriger. Sechs verdammte Koffer voll. Die Helden, über die Tom als Kind gelesen hatte, lehnten Belohnungen immer ab, aber keiner von ihnen hatte in einer schäbigen Wohnung gewohnt oder einen acht Jahre alten Plymouth gefahren. Tom hatte das Geld genommen und sein Gewissen dadurch beruhigt, dass er einen Koffer der Klinik gab. Vom Inhalt der anderen fünf hatte er sich sein Haus gekauft. Allein von seinem Gehalt als Thomas Tudbury hätte er sich nie ein Haus kaufen können. Manchmal machte er sich Gedanken über Steuerprüfungen, aber bis jetzt war er davon verschont geblieben.

Auf seiner Uhr war es 13:03. Zeit für ein Mittagessen. Er öffnete den kleinen Kühlschrank im Boden, wo er einen Apfel, ein Schinkensandwich und ein Sechserpack Bier verstaut hatte.

Als er aufgegessen hatte, war es 13:17. Keine Dreiviertelstunde mehr, dachte er, und dann musste er an den alten Film mit James Cagney über George M. Cohan und das Lied »Forty-Five Minutes From Broadway« denken. Ein Bus, der in diesem Augenblick vom Busbahnhof losfuhr, würde fünfundvierzig Minuten bis nach Bayonne brauchen, aber auf dem Luftweg ging es schneller. Zehn Minuten, höchstens fünfzehn, und er konnte wieder zurück sein.

Aber wofür?

Er schaltete den Marinefunk aus, legte die Springsteen-

Kassette wieder ein und spulte das Band zurück, bis er »Glory Days« wiedergefunden hatte.

♣

Beim zweiten Mal lief alles viel besser.

Nach ihrem Collegeabschluss war sie zu Rutgers gegangen, erzählte ihm Barbara in jener ersten Nacht bei Steaksandwiches und Bier bei Hendrickson's. Sie hatte eine Lehrerlaubnis erhalten und zwei Jahre in Kalifornien mit einem Freund zusammengelebt und war dann nach ihrer Trennung nach Bayonne zurückgekehrt. Jetzt war sie Lehrerin im Ort, im Kindergarten und ironischerweise in Toms alter Grundschule. »Es ist wunderbar«, sagte sie. »Die Kinder sind fantastisch. Fünf ist ein magisches Alter.«

Tom ließ sie lange aus ihrem Leben erzählen. Er war zufrieden, einfach nur bei ihr zu sitzen und ihr zuzuhören. Ihm gefiel die Art, wie ihre Augen funkelten, wenn sie über die Kinder sprach. Als ihr schließlich die Puste ausging, stellte er ihr die Frage, die ihn schon die ganzen Jahre gequält hatte. »Hat Steve Bruder dich eigentlich gefragt, ob du mit ihm auf seinen Abschlussball gehst?«

Sie schnitt eine Grimasse. »Nein, der verdammte Hurensohn. Er ist mit Betty Moroski gegangen. Ich habe eine Woche lang geweint.«

»Er war ein Idiot. Jesus, sie hat nicht halb so gut ausgesehen wie du.«

»Nein«, sagte Barbara mit einem trockenen Lächeln, »aber sie hat ihn rangelassen und ich nicht. Aber egal. Was ist mit dir? Was hast du in den letzten zehn Jahren gemacht?«

Es wäre unendlich viel interessanter gewesen, ihr von Turtle zu erzählen, von dem Leben unter dem kalten Himmel und auf den düsteren Straßen, von knappen Siegen, den Hochs und den Schlagzeilen. Er hätte von der Gefangennahme des großen Affen während des Stromausfalls 1965 erzählen können oder davon, wie er Dr. Tachyons Leben und geistige Gesundheit gerettet hatte. Er hätte beiläufig die Namen berühmter und berüchtigter Asse und Joker und Prominenter aus jeder Ecke erwähnen können. Doch all das war Teil eines anderen Lebens, und es gehörte einem Ass, das sich in einem eisernen Panzer verbarg. Das Einzige, was er ihr anzubieten hatte, war Thomas Tudbury. Als er über sich selbst redete, ging ihm zum ersten Mal auf, wie öde und leer sein »wirkliches« Leben tatsächlich war.

Doch irgendwie schien es zu reichen.

Die erste Verabredung führte zu einer zweiten, die zweite zu einer dritten, und nach kurzer Zeit trafen sie sich regelmäßig. Es war nicht die aufregendste Beziehung der Welt. Wochentags sahen sie sich einen Film im DeWitt oder Lyceum an. Manchmal schauten sie auch einfach gemeinsam fern und kochten abwechselnd. Am Wochenende fuhren sie nach New York. Broadwayshows, wenn sie sich den Eintritt leisten konnten, späte Abendessen in Chinatown und Little Italy. Je öfter er mit ihr zusammen war, desto mehr fehlte sie ihm, wenn er es nicht war.

Sie mochten beide Rotwein und Pizza und Rock 'n' Roll. Sie war im Jahr zuvor beim Marsch auf Washington dabei gewesen, um die Truppen aus Vietnam herauszubekommen, und er war ebenfalls dort gewesen (er hatte in seinem mit Peace-Zeichen bemalten Panzer über der Promenade geschwebt, und auf dem Dach hatte eine üppige Blondine in einem Bikinioberteil und Jeans gesessen und die Antikriegslieder mitgesungen, die aus seinen Lautsprechern dröhnten, aber das konnte er ihr natürlich nicht erzählen). Sie mochte Gina und Joey, und sogar ihre Eltern akzeptierten ihn. Sie war Baseballfan und von Kindheit an dazu erzogen worden, die Yankees zu verabscheuen und die Brooklyn Dodgers zu lieben, genau wie er. Im Oktober saß sie neben ihm auf der offenen Tribüne von Ebbetts Field, als Tom Seaver die Dodgers im siebenten und entscheidenden Spiel der Serie gegen die Oakland A's zum Sieg peitschte. Einen Monat später war er da, um ihre Enttäuschung über die haushohe Niederlage McGoverns mit ihr zu teilen. Sie hatten so vieles gemeinsam.

Wie viel sie tatsächlich gemeinsam hatten, wurde ihm erst in der Woche nach Thanksgiving klar, als sie zum Abendessen in seine Wohnung kam. Er war in die Küche gegangen, um den Wein zu öffnen und nach der Spaghettisoße zu sehen, und als er zurückkam, stand sie vor seinem Bücherschrank und blätterte in einer Taschenbuchausgabe von Jim Bishops *Tag der Wild Card* herum. »Du scheinst dich ziemlich für diesen Kram zu interessieren«, sagte sie mit einem Kopfnicken in Richtung der Bücher. Seine Wild-Card-Sammlung erstreckte sich über drei Fächer. Er hatte alles – die Biografien von Jetboy, Earl Sandersons gesammelte Reden und Archibald Holmes' Memoiren, Tom Wolfes *Wild Card Chic*, die Autobiografie von Zyklon, wie er sie Robin Moore erzählt hatte, den *Almanach der Asse* und noch viel mehr. Darunter natürlich auch alles, was je über Turtle veröffentlicht worden war.

»Ja«, sagte er, »das … äh … hat mich schon immer interessiert. Ich meine, diese Leute. Eines Tages würde ich gern mal eine Wild Card kennenlernen.«

»Du kennst schon eine«, sagte sie lächelnd, während sie das Buch wieder an seinen Platz neben Ralph Ellisons *Der Unsichtbare* stellte.

»Ich kenne schon eine?« Er war verwirrt und ein wenig perplex. Hatte er sich irgendwie verraten? Hatte Joey es ihr gesagt? »Wen?«

»Mich«, sagte Barbara.

Er musste sie ungläubig angestarrt haben.

»Nein, wirklich«, sagte sie. »Ich weiß, es ist nichts zu sehen. Ich bin auch kein Ass oder so. Das Virus hat mir nichts getan, soweit man weiß. Aber ich habe es gehabt. Ich war erst zwei Jahre alt, also erinnere ich mich an nichts. Meine Mutter sagte, ich wäre fast gestorben. Die Symptome – ich muss wohl ein schlimmer Anblick gewesen sein. Unser Arzt hat erst gedacht, ich hätte Mumps, aber mein Gesicht schwoll immer weiter an, bis ich wie ein Basketball aussah. Dann brachte er mich ins Mt. Sinai. Dr. Tachyon hat damals dort gearbeitet.«

»Ja«, sagte Tom.

»Jedenfalls habe ich es überstanden. Die Schwellung hielt sich ein paar Tage, dann ging sie zurück, aber sie haben mich noch einen Monat dabehalten und Tests gemacht. Es war zwar die Wild Card, aber was ihre Wirkung auf mich betraf, hätte es auch die Hühnerpest sein können.« Sie grinste. »Trotzdem ist es unser am besten gehütetes Familiengeheimnis. Dad hat seinen Job aufgegeben und ist mit uns nach Bayonne gezogen, wo uns niemand kannte. Damals haben die Leute ziemlich komisch auf die Wild Card reagiert. Ich habe selbst erst davon erfahren, als ich aufs College kam. Mom hatte Angst, ich würde es weitererzählen.«

»Und, hast du?«

»Nein«, sagte Barbara. Sie wirkte seltsam ernst. »Niemandem. Jedenfalls nicht bis heute.«

»Warum hast du es mir dann erzählt?«, fragte Tom.

»Weil ich dir vertraue«, sagte sie leise.

Da hätte er ihr fast alles erzählt, gleich dort in seinem Wohnzimmer. Er wollte es. Wenn er hinterher an diesen Abend dachte, wünschte er sich immer, er hätte es getan, und fragte sich, was wohl geschehen wäre.

Doch als er den Mund öffnete, um es ihr zu sagen, um ihr von TK und Turtles und Schrottplätzen zu erzählen, war es, als habe sich das Rad der Zeit zurückgedreht und als sei er wieder in der High School, wo er mit ihr auf dem Flur gestanden und sich nichts sehnlicher gewünscht hatte, als sie aufzufordern, mit ihm auf seinen Abschlussball zu gehen, es aber irgendwie nicht geschafft hatte. Er hatte seine Geheimnisse so lange für sich behalten, und die Worte wollten ihm einfach nicht über die Lippen kommen. Er versuchte es, gab sich einen langen Augenblick alle Mühe. Dann gab er sich geschlagen, umarmte sie und murmelte: »Ich bin froh, dass du es mir erzählt hast«, bevor er sich in die Küche zurückzog, um sich zu fassen. Er betrachtete die Spaghettisoße, die auf dem Herd köchelte, und plötzlich nahm er den Topf von der Platte und stellte den Herd aus.

»Hol deinen Mantel«, sagte er. »Das Programm hat sich geändert. Ich führe dich zum Essen aus.«

»Aus? Wohin?«

»Ins Aces High«, sagte er, während er zum Telefon griff, um einen Tisch zu reservieren. »Wir werden uns diese Wild Cards heute Nacht ansehen.«

Sie dinierten inmitten von Assen und Stars. Der Abend kostete ihn ein halbes Monatsgehalt, aber er war es wert, obwohl der Oberkellner einen Blick auf seinen Cordanzug warf und ihnen einen Tisch weit abseits in der Nähe der Küche zuwies. Das Essen war fast so exquisit wie das Leuchten in Barbaras Augen. Sie genossen gerade einen Aperitif, als Dr. Tachyon in einem grünen Samtsmoking in Begleitung von Liza Minelli hereinkam. Tom ging an ihren Tisch und brachte beide dazu, ihm auf einer Cocktailserviette ein Autogramm zu geben.

In jener Nacht schliefen Barbara und er zum ersten Mal miteinander. Hinterher, als sie an ihn gekuschelt eingeschlafen war, klammerte sich Tom ganz fest an ihre Wärme, träumte von den zukünftigen Jahren und fragte sich, warum er sich nur so verflucht lange Zeit gelassen hatte.

♥

Er flog über den Central Park Lake, lauschte Bruce Springsteen und aß eine Tüte Nachos mit Käsegeschmack, als er bemerkte, dass ihn ein Pterodaktylus verfolgte.

Durch ein Weitwinkelobjektiv beobachtete Tom, wie er über seinem Panzer kreiste und mit seinen ledrigen zwei Metern Spannweite auf dem Wind ritt. Stirnrunzelnd stellte er die Kassette ab und schaltete auf seine Außenlautsprecher um. »HEY!«, donnerte er in die winterliche Luft. »IST ES KALT GENUG FÜR DICH? DU BIST EIN REPTIL, KID. DU WIRST DIR DEINEN SCHUPPIGEN ARSCH ABFRIEREN.«

Der Pterodaktylus antwortete mit einem hohen, schrillen Kreischen, flog einen weiten Bogen und ging auf seinem Panzer nieder, wobei er bei der Landung energisch mit den Flügeln schlug, um nicht über das Ziel hinauszuschießen. Seine Krallen kratzten über das Metall und fanden Halt in den Fugen zwischen den Panzerplatten.

Seufzend sah Tom auf einem der großen Bildschirme mit an, wie der Pterodaktylus zerfloss und sich in Kid Dinosaur verwandelte. »Für dich ist es genauso kalt«, sagte Kid.

»Ich habe hier drinnen Heizung«, sagte Tom.

Kid lief bereits blau an, was nicht weiter überraschend war, wenn man bedachte, dass er nackt war. Außerdem schien er dort oben auch keinen besonders guten Halt zu finden. Das Dach des Panzers war ziemlich breit, aber es wies auch ein starkes Gefälle auf, und menschliche Finger kamen nicht annähernd so leicht in die Fugen zwischen den Platten wie die Krallen eines Pterodaktylus. Tom schwebte langsam abwärts. »Es geschähe dir recht, wenn ich einen Looping fliegen und dich in den See werfen würde.«

»Dann würde ich mich einfach wieder verwandeln und wegfliegen«, sagte Kid Dinosaur. Er zitterte. »Es *ist* kalt. Das war mir gar nicht aufgefallen.« In seiner menschlichen Gestalt war New Yorks einziges Bengel-Ass ein linkischer Dreizehnjähriger mit einem kleinen Muttermal auf der Stirn. Er wirkte ein wenig trottelig und unkoordiniert und hatte zotteliges Haar, das ihm über die Augen fiel. Der gnadenlose Blick der Kameras zeigte die Mitesser auf seinem Nasenrücken in unerträglicher Schärfe. Er hatte einen großen Pickel in dem Grübchen in seinem Kinn. Und er war unbeschnitten, wie Tom bemerkte.

»Wo zum Teufel sind deine Sachen?«, fragte Tom. »Wenn ich dich im Park absetze, wirst du wegen Erregung öffentlichen Ärgernisses verhaftet.«

»Das würden sie nicht wagen«, sagte Kid Dinosaur in der übertrieben selbstsicheren Art des Heranwachsenden. »Was ist los? Arbeitest du an einem Fall? Ich könnte dir helfen.«

»Du liest zu viele Comics«, sagte Tom. »Ich habe gehört, was beim letzten Mal passiert ist, als du jemandem geholfen hast.«

»Ach, sie haben ihm die Hand wieder angenäht, und Tacky meint, sie wird wieder wie neu. Woher sollte ich auch wissen, dass der Kerl ein Undercover-Bulle ist? Hätte ich das gewusst, hätte ich nicht mal im Traum daran gedacht, ihn zu beißen.«

Es war absolut nicht komisch, aber Tom lächelte trotzdem. Kid Dinosaur erinnerte ihn an ihn selbst. Er hatte auch einen Haufen Comics gelesen. »Kid«, sagte er, »du rennst doch nicht immer nackt in der Gegend herum und verwandelst dich in Dinosaurier, richtig? Du hast noch ein anderes Leben.«

»Ich verrate auf keinen Fall meine Geheimidentität«, sagte Kid Dinosaur rasch.

»Hast du Angst, ich könnte deinen Eltern was erzählen?«, fragte Tom.

Das Gesicht des Jungen verfärbte sich rot. Der Rest seines Körpers war blauer denn je. »Ich habe vor nichts Angst, du alter Furz«, sagte er.

»Solltest du aber«, sagte Tom. »Zum Beispiel vor mir. Ja,

ich weiß, du kannst dich in einen Zwergtyrannosaurus verwandeln und dir die Zähne an meinem Panzer ausbeißen. Ich kann dir nur jeden Knochen in deinem Körper an zwölf oder dreizehn Stellen brechen. Oder in dich hineingreifen und dein Herz zu Brei zerquetschen.«

»Das würdest du nicht tun.«

»Nein«, gab Tom zu, »aber es gibt Leute, die es tun würden. Du lässt dich auf Dinge ein, die viel zu groß für dich sind, du dämlicher Trottel. Scheiße, es ist mir ganz egal, in was für Spielzeugsaurier du dich verwandeln kannst, eine *Kugel* kann dich trotzdem umbringen.«

Kid Dinosaur sah verdrossen aus. »Verpiss dich«, sagte er. Die nachdrückliche Art, in der er es sagte, ließ keinen Zweifel daran, dass er derartige Ausdrücke zu Hause nicht sehr oft benutzte.

Das läuft nicht besonders gut, dachte Tom. »Hör mal«, sagte er in beschwichtigendem Ton, »ich wollte dir nur ein paar Dinge sagen, die ich auf die harte Tour gelernt habe. Du solltest nicht bis über beide Ohren drinstecken. Es ist toll, dass du Kid Dinosaur bist, aber du bist auch noch ... äh ... der, der du eben bist. Vergiss das nicht. In welche Klasse gehst du?«

Kid stöhnte. »Was ist bloß mit euch allen los? Wenn du jetzt einen Vortrag über Algebra halten willst, vergiss es!«

»Algebra?«, fragte Tom verwirrt. »Ich habe kein Wort über Algebra gesagt. Die Schule ist wichtig, aber das ist längst nicht alles. Such dir Freunde, verdammt noch mal, verabrede dich, geh zu deinem Abschlussball. Nur weil du dich in einen Brontosaurus von der Größe eines Dobermanns verwandeln kannst, gewinnst du im Leben noch lange keinen Blumentopf, verstehst du?«

Sie landeten mit einem dumpfen Krach auf dem schneebedeckten Gras der Schafweide. Ein Hot-Dog-Verkäufer mit Ohrenschützern und dickem Mantel starrte den Panzer mit dem zitternden nackten Jungen darauf erstaunt an. »Hast du gehört, was ich gesagt habe?«, fragte Tom.

»Ja. Du hörst dich genauso an wie mein Dad. Ihr langweiligen alten Fürze glaubt immer, ihr wüsstet alles.« Sein schrilles Lachen ging in ein langgezogenes reptilienhaftes Zischen über, als sich seine Knochen und Muskeln veränderten und zerflossen und seine weiche Haut dicker und schuppig wurde. Äußerst geziert hinterließ der kleine Triceratops ein Ur-Koprolith auf dem Dach des Panzers, rutschte an der Seite herunter und watschelte über die Wiese davon, die Hörner arrogant in den Himmel gereckt.

♦

Das war das beste Jahr in Thomas Tudburys Leben.

Aber nicht für den Großen und Mächtigen Turtle.

In den Comics scheinen die Helden nie *Schlaf* zu brauchen. So einfach war es im echten Leben nicht. Da Tom einen Vollzeitjob hatte, der ihn von morgens bis abends beschäftigte, hatte er seine Aktivitäten als Turtle ohnehin auf die Nächte und Wochenenden beschränkt, und jetzt füllte Barbara diese Zeit aus. Je mehr Zeit er für sein gesellschaftliches Leben aufwandte, desto mehr litt seine Karriere als Ass darunter, und der eiserne Panzer wurde immer seltener über den Straßen Manhattans gesichtet.

Schließlich kam der Tag, als Thomas Tudbury mit nicht geringer Bestürzung feststellte, dass fast dreieinhalb Monate vergangen waren, seit er zum letzten Mal zum Schrottplatz mit seinem Panzer gefahren war. Der Auslöser für diese Erkenntnis war ein kleiner Artikel auf Seite vierundzwanzig der *Times* mit folgender Schlagzeile: TURTLE VERMISST, SEIN TOD WIRD BEFÜRCHTET. Der Artikel erwähnte, dass Dutzende von Rufen nach ihm in den letzten Monaten unbeantwortet geblieben waren (er hatte sein Amateurfunkgerät schon wer weiß wie lange nicht mehr eingeschaltet) und insbesondere Dr. Tachyon so beunruhigt war, dass er Kleinanzeigen in den Zeitungen aufgegeben und kleine Belohnungen für Hinweise auf den Verbleib Turtles ausgesetzt hatte (Tom las nie die Kleinanzeigen und in letzter Zeit auch kaum noch Zeitung).

Als er den Artikel gelesen hatte, überlegte er sich, dass er in seinen Panzer steigen und bei der Klinik vorbeischauen sollte. Aber dazu hatte er keine Zeit. Er hatte versprochen, Barbara zu helfen, die mit ihrer Klasse einen Ausflug nach Bear Mountain unternahm. In zwei Stunden würden sie aufbrechen. Also ging er in eine öffentliche Telefonzelle und rief in der Klinik an.

»Wer ist da?«, wollte Tachyon gereizt wissen, als Tom ihn schließlich an den Apparat bekam. »Wir sind hier ziemlich beschäftigt, und ich habe nicht viel Zeit für Leute, die sich weigern, ihren Namen zu nennen.«

»Hier spricht Turtle«, sagte Tom. »Ich wollte dich nur wissen lassen, dass es mir gut geht.«

Einen Moment lang herrschte Schweigen. »Sie klingen aber nicht wie Turtle«, sagte Tachyon.

»Die Soundanlage im Panzer ist eigens so angelegt, dass sie meine Stimme verändert. Natürlich klinge ich nicht wie Turtle. Aber ich bin es.«

»Davon werden Sie mich erst überzeugen müssen.«

Tom seufzte. »Gott, bist du nervig. Aber das hätte ich mir denken können. Vor zehn Jahren hast du mich angeschnauzt, nur weil du einen gebrochenen Arm hattest, und es war deine eigene gottverdammte Schuld. Du hast mir nicht gesagt, dass du dich unter einem Gabelstapler verstecken würdest, verdammt noch mal. Ich bin schließlich kein Telepath wie einige andere Leute, die ich aufzählen könnte.«

»Und ich habe dir nicht gesagt, dass du das halbe Lagerhaus umpflügen sollst«, sagte Tachyon. »Du hattest Glück, dass ich nicht zerquetscht worden bin. Ein Mann mit deinen Kräften sollte…« Er hielt inne. »Du *bist* Turtle.«

»Ahem«, machte Tom.

»Was ist los mit dir?«

»Ich bin glücklich. Keine Sorge, ab und zu werde ich wieder auftauchen. Aber nicht so oft wie früher. Ich bin ziemlich beschäftigt. Ich glaube, ich werde heiraten. Sobald ich den Mut aufbringe, sie zu fragen.«

»Herzlichen Glückwunsch«, sagte Tachyon. Er klang ehrlich erfreut. »Wer ist die glückliche Braut?«

»Das wäre zu aufschlussreich für dich. Aber du kennst sie. Sie war früher deine Patientin. Sie hatte ein kleines Techtelmechtel mit der Wild Card, als sie zwei war. Nichts Ernstes. Heute ist sie völlig normal. Ich würde dich zur Hochzeit einladen, Tacky, aber damit würde ich irgendwie alles verraten, oder? Vielleicht benennen wir eines unserer Kinder nach dir.«

Ein längeres peinliches Schweigen trat ein. »Turtle«, sagte der Takisier schließlich mit einer Stimme, die plötzlich ziemlich ernst klang, »wir müssen uns unterhalten. Kannst du die Zeit erübrigen und zu mir in die Klinik kommen? Ich werde meine Termine entsprechend verschieben.«

»Ich bin schrecklich beschäftigt«, sagte Tom.

»Es ist wichtig«, beharrte Tachyon.

»Also schön. Aber dann spät nachts. Und nicht heute, ich bin zu müde. Morgen, sagen wir nach Johnny Carson.«

»Einverstanden«, sagte Tachyon. »Wir treffen uns auf dem Dach.«

♠

Mittlerweile war die Hochzeit mit Sicherheit vorbei. Wenigstens dafür konnte er sich bei Kid Dinosaur bedanken. Der Bengel hatte ihn im schlimmsten Augenblick abgelenkt.

Sein Panzer schwebte langsam den Broadway entlang zum Times Square, aber er war mit seinen Gedanken auf der anderen Seite der New York Bay in der Top Hat Lounge. Im Top Hat war er zuletzt auf der Hochzeitsfeier von Joey und Gina gewesen, als Trauzeuge. Das war eine nette Nacht. Er konnte sich noch an alles erinnern, an die Velourstapete, an den Geschmack der Knoblauchsoße und den Sound der Band.

Barbara würde das Hochzeitskleid ihrer Großmutter tragen. Vor zehn Jahren hatte sie es ihm einmal gezeigt. Wenn er die Augen schloss, sah er selbst jetzt noch den Ausdruck in ihrem Gesicht, als sie mit der Hand über die antike Spitze gefahren war.

Ungebeten tauchte ihr Bild vor seinem geistigen Auge auf. Barbara in dem Kleid, ihr blondes Haar hinter dem Schleier, das Gesicht hoch erhoben. »Ich will.«

Und neben ihr Steve Bruder. Groß, dunkel, körperlich in bester Verfassung. Wenn überhaupt, sah der Hurensohn jetzt noch besser aus als in der High School. Er war ein Squash-Fanatiker, das wusste Tom. Mit einem jungenhaften Lächeln und einem modischen Tom-Selleck-Schnurrbart. Er würde sehr gut in seinem Smoking aussehen. Als Paar waren sie Dynamit.

Und ihr Kind würde umwerfend sein.

Er sollte hingehen. Auch wenn er nicht auf die Einladung geantwortet hatte, sie würden ihn trotzdem einlassen. Ab mit dem Panzer zum Schrottplatz, ab mit dem Panzer in den verdammten *Fluss,* so wichtig, wie er war, dann schnell in seinen Wagen, und er könnte in null Komma nichts da sein. Mit der Braut tanzen, sie anlächeln, ihr Glück wünschen, alles Glück der Welt. Und die Hand des glücklichen Bräutigams schütteln. Bruders Hand schütteln. Klar.

Bruder hatte einen tollen Händedruck. Er machte jetzt in Immobilien, hauptsächlich in Weehawken und Hoboken. Er hatte früh gekauft und dann auf purem Gold gesessen, als die ganzen Yuppies in Manhattan eines Morgens aufgewacht waren und entdeckt hatten, dass New Jersey gleich über den Fluss war. Er würde ein verdammtes Vermögen machen und mit fünfundvierzig Millionär sein. Das hatte er Tom in jener scheußlichen Nacht selbst gesagt, als Barbara sie beide zum Essen eingeladen hatte. Er war gut aussehend und selbstsicher mit seinem kecken, jungenhaften Lächeln und würde auch bald Millionär sein, aber sein Leben war nicht nur rosig, sein Fernseher mit dem Großbildschirm hatte ein paar Macken, und vielleicht konnte Tom einen Blick darauf werfen, hm? Um der alten Zeiten willen.

In der Grundschule hatten sie sich einmal die Hand geschüttelt, und Steve hatte so fest zugedrückt, dass Tom weinend in die Knie gegangen war, unfähig, sich loszureißen. Selbst jetzt war Steve Bruders kultivierter Erwachsenenhändedruck noch viel fester als nötig. Er sah es gern, wenn der andere Bursche zusammenzuckte.

Ich sähe es gern, wenn ihm Turtle die verdammte Hand schütteln würde, dachte Tom grausam. Er würde die Hand mit der Kraft seines Geists packen und freundschaftlich zudrücken, bis sie sich verdrehte, bis die glatte sonnengebräunte Haut riss und die Finger brachen, als wären sie Essstäbchen, und die Knochen durch die Haut drangen. Turtle konnte seine verdammte Hand schütteln, bis der ganze Arm aus dem Gelenk brach, und ihm dann jeden Finger einzeln ausreißen. *Sie liebt mich sie liebt mich nicht sie liebt mich sie liebt mich nicht sie liebt MICH.*

Toms Kehle war ausgedörrt, und ihm war übel und schwindlig. Er öffnete den Kühlschrank und holte ein Bier heraus. Es schmeckte gut. Der Panzer schwebte gerade über der Jauchegrube des Times Square. Seine Blicke wanderten rastlos von Bildschirm zu Bildschirm. Peepshows und Pornokinos, Sexshops, Liveshows, grelle Neonschilder, die verkündeten GIRLS GIRLS NACKTE GIRLS und DIE HEISSESTE SHOW IN DER STADT und NACKTE TEENIE-MODELLE, Strichjungen in Jeans und Cowboyhüten, Zuhälter in langen Nerzmänteln und mit einem Schnappmesser in der Tasche, abgebrüht aussehende Huren in Netzstrümpfen und geschlitzten Lederröcken. Er konnte sich eine Hure aufgabeln, dachte Tom plötzlich. Buchstäblich. Er konnte sie zehn Meter in die Luft heben und sich zeigen lassen, was sie zu verkaufen hatte, indem er sie gleich mitten auf dem Times Square einen Strip vorführen ließ und den verdammten Touristen damit eine richtige Show bot. Oder *er* konnte sie auch ausziehen, ihr Stück für Stück die Kleider vom Leib reißen und zu Boden fallen lassen. Das konnte er tun, genau. Sollte Bruder seine Hochzeitsnacht mit Barbara verbringen, Turtle konnte seine eigene Hochzeitsnacht feiern.

Er trank noch einen Schluck Bier.

Oder vielleicht sollte er diesen Schweinestall ausmisten. Alle beklagten sich immer, was für ein Pestloch der Times Square geworden war, aber niemand unternahm irgendwas dagegen. Zum Teufel damit, er würde es für sie tun. Er würde ihnen zeigen, wie man eine üble Gegend säuberte, wenn sie das wollten. Zuerst weg mit den Markisen, eine nach der anderen, dann die verdammten Huren und Zuhälter und Stricher in den Fluss treiben und schließlich noch ein paar Zuhälterschlitten durch die Fenster dieser Aufnahmestudios mit den nackten Teeniemodellen fahren. Wenn er Lust hatte, konnte er auch noch die gottverdammten Bürgersteige aufreißen. Es wurde langsam Zeit, dass es jemand tat. Man brauchte sich die Gegend doch nur anzusehen, einfach nur *anzusehen,* und sie war nur ein paar Schritte vom Busbahnhof entfernt, sodass sie mit das Erste war, was ein Jugendlicher aus der Provinz sah, wenn er aus dem Bus stieg.

Tom trank das Bier aus. Er ließ die Dose auf den Boden fallen und suchte nach einer neuen, aber von seinem Sechserpack war nur noch die Plastikhalterung übrig. »Scheiße«, sagte er. Plötzlich war er wütend. Er schaltete sein Mikrofon ein und drehte den Lautstärkeregler bis zum Anschlag auf. »SCHEISSE«, schrie er, und Turtles Stimme donnerte über die 42nd Street, verzerrt und zu einem Brüllen verstärkt. Leute blieben wie angewurzelt auf dem Bürgersteig stehen und reckten die Hälse. Tom lächelte. Es schien so, als hätte er ihre Aufmerksamkeit. »ALLES SCHEISSE«, sagte er. »IHR SEID ALLE SCHEISSE, JEDER VON EUCH.«

Er hielt inne und wollte das Thema gerade vertiefen, als die knisternde Stimme der diensthabenden Beamtin in der Funkzentrale der Polizei seine Aufmerksamkeit erregte. Sie wiederholte den Code für Beamter in Not, wiederholte ihn immer wieder.

Tom ließ die Leute gaffen, während er angestrengt den Einzelheiten lauschte. Ein Teil von ihm hatte Mitleid mit dem armen Arschloch, das er gleich einmachen würde.

Sein Panzer erhob sich steil in die Höhe, über die Straßen und Häuser, und schoss in Richtung Village.

♣

»Ich hatte gedacht, du wärst nur langsam«, sagte Barbara, als sie die Fassung wiedergefunden hatte. »Du hast schon immer viel Zeit gebraucht, bis du dich zu einer Entscheidung durchringen konntest. Ich verstehe es nicht, Tom.«

Er konnte ihr nicht in die Augen sehen. Seine Blicke irrten in ihrem Wohnzimmer umher, seine Hände steckten in den Hosentaschen. Über ihrem Schreibtisch hingen ihr Diplom und ihre Lehrerlaubnis. Darum herum waren Fotos arrangiert: Bilder einer Grimassen schneidenden Barbara, die ihrer vier Monate alten Nichte die Windeln wechselte, Bilder von Barbara, die ihrer Klasse zeigte, wie man aus buntem Karton schwarze Hexen und orangefarbene Kürbisse für Halloween ausschnitt, die sechs tanzende Präsidenten für eine Schulaufführung unterwies, die einen Projektor bediente, um Zeichentrickfilme zu zeigen. Und ein Bild, wie sie eine Geschichte vorlas. Das war ihr Lieblingsbild. Barbara mit einem kleinen farbigen Mädchen auf dem Schoß und einem Dutzend anderer Kinder, die im Kreis um sie saßen und mit gespannter Miene zu ihr aufsahen, während sie laut aus *Der Wind in den Weiden* vorlas. Das Foto hatte Tom selbst aufgenommen.

»Es gibt nichts zu verstehen«, schnauzte er sie an, nachdem er sich von den Bildern losgerissen hatte. »Es ist vorbei, das ist alles. Lass uns einen sauberen Schlussstrich ziehen, okay?«

»Gibt es eine andere?«, fragte sie.

Es wäre vielleicht gnädiger gewesen, sie zu belügen, aber er war ein schlechter Lügner. »Nein«, sagte er.

»Warum dann?«

Sie war verwirrt und gekränkt, aber ihr Gesicht hatte nie reizender ausgesehen. Tom konnte ihr nicht in die Augen blicken. »Es ist einfach besser so«, sagte er, indem er sich umdrehte, um aus dem Fenster zu sehen. »Wir wollen nicht dasselbe, Barbara. Du willst heiraten, richtig? Ich nicht. Vergiss es, auf gar keinen Fall. Du bist fantastisch, es liegt nicht an dir, es ... ach, Scheiße, es funktioniert einfach nicht. Kinder. Immer wenn ich mich umdrehe, ist da ein Haufen Kinder. Wie viele hat deine Schwester, drei? Vier? Ich bin es leid, dir etwas vorzumachen. Ich *hasse* Kinder.« Er hob die Stimme. »Ich *verachte* Kinder, verstehst du?«

»Das kann nicht dein Ernst sein, Tommy. Ich habe dich mit den Kindern aus meiner Klasse gesehen. Du hast sie mit zu dir nach Hause genommen und ihnen deine Comicsammlung gezeigt. Du hast Jenny dabei geholfen, dieses Modell von Jetboys Flugzeug zu bauen. Du magst Kinder.«

Tom lachte. »Ach, Scheiße, wie naiv bist du eigentlich?

Ich habe nur versucht, dich zu beeindrucken. Ich wollte dich nur ins Bett kriegen. Ich …« Seine Stimme brach. »Verdammt noch mal«, sagte er. »Wenn ich Kinder so sehr mag, wie kommt es dann, dass ich mich habe sterilisieren lassen? Wie kommt das, hm? Kannst du mir das sagen?«

Als er sich umdrehte, war ihr Gesicht so rot, als hätte er sie geschlagen.

♥

Der Spielplatz war von Streifenwagen umstellt, insgesamt sechs, und ihre Blaulichter blinkten in der hereinbrechenden Dämmerung. Bullen hockten mit gezogenen Waffen hinter den Wagen. Jenseits des hohen Kettenzauns lagen zwei dunkle Gestalten unter dem Basketballnetz, und eine weitere hing über einer Betonröhre. Jemand wimmerte vor Schmerzen.

Tom sah einen Detective, den er kannte. Er hielt einen mageren jungen Joker am Kragen, dessen Gesicht so weich und weiß war wie Grießpudding, und schüttelte ihn so heftig, dass seine Wangen auf und ab hüpften. Der Junge trug die Farben der Dämonenfürsten, Tom sah es in einer Nahansicht. Er schwebte tiefer. »KÖPFE HOCH«, donnerte er. »WAS GIBT ES FÜR EIN PROBLEM?«

Sie sagten es ihm.

Eine Auseinandersetzung zwischen zwei Gangs, das war alles. Kleinkram. Ein paar Normalo-Jugendliche, die ihr Unwesen am Rande Jokertowns trieben, hatten das Revier der Dämonenfürsten betreten. Die Dämonenfürsten hatten fünfzehn oder zwanzig Mitglieder versammelt und waren ins East Village gezogen, um den Eindringlingen Respekt vor territorialen Grenzen einzubläuen. Der Kampf hatte auf dem Spielplatz stattgefunden. Messer, Ketten, ein paar Kanonen. Hässlich.

Und dann war es unheimlich geworden.

Die Normalos *hätten* irgendwas, schrie Puddinggesicht.

♦

Sie waren Freunde geblieben. Darauf war er stolz. Am schwersten war es, als ihre Wunden noch frisch waren, und in den ersten elf Monaten nach ihrer Trennung waren sie einander aus dem Weg gegangen. Doch Bayonne war in vielerlei Hinsicht eine Kleinstadt, und es gab zu viele Leute, die sie beide kannten, und so konnte es nicht ewig weitergehen.

Vielleicht waren das die schwersten elf Monate, die Tom Tudbury je erlebt hatte. Vielleicht.

Eines Abends rief sie ihn aus heiterem Himmel an. Er war froh. Er hatte sie unsagbar vermisst, aber er wusste, dass er sie nach allem, was zwischen ihnen vorgefallen war, nie hätte anrufen können. »Ich muss mit dir reden«, sagte sie. Sie hörte sich an, als hätte sie ein paar Bier getrunken. »Du warst mein Freund, Tom. Neben allem anderen warst du auch mein Freund, richtig? Heute Abend brauche ich einen Freund, okay? Kannst du zu mir kommen?«

Er kaufte ein Sechserpack und ging zu ihr. Ihre jüngste Schwester war an diesem Nachmittag bei einem Motorradunfall ums Leben gekommen. Tom konnte nichts tun oder sagen, aber er tat und sagte all die üblichen sinnlosen Dinge, und er war für sie da und ließ sie bis zum Morgengrauen reden, und danach brachte er sie zu Bett. Er schlief auf dem Sofa.

Er erwachte am späten Nachmittag, als Barbara sich mit rot geweinten Augen und mit einem Frotteebademantel bekleidet über ihn beugte. »Danke«, sagte sie. Sie setzte sich ans Fußende des Sofas, nahm seine Hand und hielt sie eine Zeit lang schweigend. »Ich will dich in meinem Leben wissen«, sagte sie schließlich stockend. »Ich will nicht, dass wir uns noch einmal aus den Augen verlieren. Freunde?«

»Freunde«, sagte Tom. Er wollte sie zu sich herunterziehen und sie mit Küssen bedecken. Stattdessen drückte er ihre Hand. »Was auch kommt, Barbara. Immer. Okay?«

Barbara lächelte. Er täuschte ein Gähnen vor und vergrub sein Gesicht im Kissen, damit sie seine Augen nicht sehen konnte.

♠

»BLEIBT UNTEN«, warnte Turtle die Polizisten. Er brauchte es ihnen nicht zweimal zu sagen. Der Bursche versteckte sich in einer der Zementröhren, und sie hatten gesehen, was mit dem Bullen passiert war, der versucht hatte, ihn sich auf dem Spielplatz zu schnappen. Er war verschwunden, verschwunden, als habe er nie existiert, ausradiert, eingehüllt in eine plötzliche Schwärze und irgendwie … ausgelöscht.

»Wir haben's den Wichsern gegeben«, sagte der Dämonenfürst, »haben sie echt fertiggemacht und ihnen gezeigt, worauf sie sich einlassen, wenn sie sich in Jokertown blicken lassen, die verdammten Normalo-Jammerlappen, wir hatten sie am Arsch, und dann geht dieser Chico mit 'ner verdammten Bowlingkugel auf uns los, und wir haben den Wichser ausgelacht, was er denn vorhat, ob er uns *umkegeln* will, der dämliche Schwanz, und dann hat er mit der Kugel auf Waxy gezeigt, und sie ist *gewachsen,* Mann, als wär sie *lebendig.* Dann ist so 'ne Art schwarzer Mist rausgequollen, echt schnell, schwarzes Licht oder 'ne große dunkle Hand oder so was. Ich weiß nicht, nur dass es echt schnell war, und dann war Waxy einfach weg.« Seine Stimme wurde schrill. »Er war *weg,* Mann, er war einfach nicht mehr da. Und dann hat dieser Normalo-Wichser dasselbe mit Razor und Ghoul gemacht. Dann hat Heehaw auf ihn geschossen, und er hätte die Kugel beinahe fallen lassen, es hat ihn wohl an der Schulter erwischt, aber dann hat er Heehaw auch verschwinden lassen. Gegen so was kann man nicht kämpfen. Selbst der verdammte Bulle konnte 'n Dreck dagegen tun.«

Der Panzer glitt über den Kettenzaun, der den Spielplatz umgab, lautlos und langsam.

♣

»Wir teilen etwas«, sagte Barbara. »Wir teilen etwas Besonderes.« Ihr Finger zeichnete Muster auf die beschlagene Außenseite ihres Glases. Sie sah ihn an, und der Blick aus ihren blauen Augen war keck und offen, als wollte sie ihn herausfordern. »Er hat mich gebeten, ihn zu heiraten, Tom.«

»Und, was hast du gesagt?«, fragte er, wobei er sich Mühe gab, seine Stimme ruhig und stabil klingen zu lassen.

»Ich habe gesagt, ich würde es mir überlegen. Deshalb wollte ich mich mit dir treffen. Ich wollte zuerst mit dir reden.«

Tom bestellte noch ein Bier. »Es ist deine Entscheidung«, sagte er. »Ich wünschte, ich könnte mir den Burschen mal ansehen, aber das, was du mir von ihm erzählt hast, macht einen ziemlich guten Eindruck.«

»Er ist geschieden«, sagte sie.

»Das ist die halbe Welt«, sagte er, während sein Bier kam.

»Nur du und ich sind es nicht«, sagte Barbara lächelnd.

»Ja.« Stirnrunzelnd betrachtete er die Schaumkrone seines Biers und seufzte verlegen. »Hat dein mysteriöser Verehrer Kinder?«

»Zwei. Seine Exfrau hat das Sorgerecht. Aber ich habe sie bereits kennengelernt. Sie mögen mich.«

»Das versteht sich von selbst«, sagte Tom.

»Er will noch mehr haben. Mit mir.«

Tom sah ihr in die Augen. »Liebst du ihn?«

Barbara hielt seinem Blick mühelos stand. »Ich glaube schon. In letzter Zeit bin ich manchmal nicht so sicher. Vielleicht bin ich nicht mehr so romantisch, wie ich mal war.« Sie zuckte die Achseln. »Manchmal frage ich mich, wie mein Leben wohl wäre, wenn sich das alles zwischen dir und mir anders entwickelt hätte. Wir könnten bald unseren zehnten Hochzeitstag feiern.«

»Oder vielleicht den neunten Jahrestag unserer Scheidung«, sagte Tom. Er reichte über den Tisch und nahm Barbaras Hand. »Es hat sich gar nicht so schlecht entwickelt, findest du nicht? Andersherum hätte es nie funktioniert.«

»Die nicht beschrittenen Wege«, sagte sie versonnen. »In meinem Leben hat es schon so viele Hätte und Wenns gegeben, Tom, zu viel Reue über unterlassene Dinge und Entscheidungen. Meine biologische Uhr tickt. Wenn ich noch länger warte, warte ich wahrscheinlich ewig.«

»Ich wünschte nur, du würdest den Burschen etwas länger kennen«, sagte Tom.

»Oh, ich kenne ihn schon ziemlich lange«, sagte sie, indem sie eine Ecke von ihrer Cocktailserviette abriss.

Tom war verwirrt. »Ich dachte, du hättest ihn erst letzten Monat auf einer Party getroffen.«

»Ja. Aber wir kennen uns schon lange. Seit der High School.« Sie sah ihm wieder in die Augen. »Deshalb habe ich dir auch seinen Namen verschwiegen. Du hättest dich nur aufgeregt, und zuerst wusste ich auch nicht, ob sich irgendwas daraus ergibt.«

Tom brauchte nicht mehr zu hören. Barbara und er waren seit über zehn Jahren gute Freunde. Er sah in die blauen Tiefen ihrer Augen und wusste Bescheid. »Steve Bruder«, sagte er wie betäubt.

♥

Er schwebte über dem Spielplatz, hievte die gefallenen Krieger einen nach dem anderen über den Zaun und ließ sie neben den draußen wartenden Polizisten hinab. Die beiden vom Basketballfeld waren tot. Irgendjemand würde lange schrubben müssen, um die Blutflecken vom Zement zu entfernen. Der Junge, der über einer der Röhren hing, erwies sich als Mädchen. Sie wimmerte vor Schmerzen, als er sie mit seiner TK anhob, und aus der Art, wie sie sich krümmte, sah es so aus, als sei ihr der Bauch aufgeschlitzt worden. Er hoffte, dass man noch etwas für sie tun konnte.

Alle drei waren Normalos. Auf dem Schlachtfeld lagen keine gefallenen Joker. Entweder hatten die Dämonenfürsten den Normalos wirklich eine Lektion erteilt, oder ihre Toten waren irgendwo anders. Oder beides.

Er drückte auf einen Knopf an der Armlehne seines Sessels. Sämtliche Scheinwerfer flammten auf und tauchten den Spielplatz in einen grellweißen Schein. »ES IST VORBEI«, sagte er, und seine Lautsprecher brüllten die Worte in die Dämmerung hinaus. Mit den Jahren hatte er gelernt, dass die schiere Lautstärke den Punks mehr Angst einjagte als alles andere. »KOMM SCHON RAUS, JUNGE. HIER SPRICHT TURTLE.«

»Verschwinde«, schrie ihn eine dünne, heisere Stimme aus der Zementröhre an. »Ich lösche dich aus, du verdammte Joker-Fratze. Ich hab das Ding hier bei mir.«

Den ganzen Tag hatte Tom nach jemandem Ausschau gehalten, dem er wehtun konnte; nach einem Ungeheuer zum Zerfetzen, einem Mörder zum Reinschlagen, einem Ziel für seine Wut, einem Schwamm, der seinen Schmerz aufsaugen konnte. Nun, da der Augenblick endlich gekommen war, musste er feststellen, dass sein Zorn verraucht war. Er war müde. Er wollte nach Hause. Hinter der Maske seines herausfordernden Benehmens war der Bursche in der Röhre offenbar jung und verängstigt. »DU BIST EIN ECHT HARTER BURSCHE«, sagte Tom. »DU WILLST VERSTECKEN SPIELEN? TOLL.« Er konzentrierte sich auf die Röhre links von der Deckung des Jungen, umklammerte sie und drückte zu. Sie zerplatzte so abrupt, als habe sie einen Schlag von der Stahlkugel eines Abbruchkrans erhalten. Splitter und Staub flogen in alle Richtungen, als der Zement auseinanderbrach. »ALSO NICHT IN DER. MEINE GÜTE.« Er tat dasselbe mit der Röhre rechts von dem Jungen. »UND AUCH NICHT IN DER ANDEREN. ICH SCHÄTZE, ICH VERSUCH'S MAL MIT DER MITTLEREN.«

Der Junge kroch mit solcher Hast heraus, dass er sich den Kopf an der Röhre stieß, als er sich erhob. Einen Moment lang war er benommen. Die Bowlingkugel, die er mit beiden Händen umklammerte, wurde plötzlich seinem Griff entrissen und schoss steil in die Höhe. Der Junge spie Obszönitäten durch glänzende, stahlüberzogene Zähne. Er machte einen verzweifelten Satz nach seiner Waffe, streifte jedoch lediglich ihre Unterseite mit den Fingerspitzen. Dann prallte er hart zu Boden und schürfte sich auf dem Beton Hände und Knie auf.

Mittlerweile waren die Bullen längst zu ihm unterwegs. Tom sah zu, wie sie ihn umstellten, ihn hochrissen und ihm seine Rechte vorlasen. Er war neunzehn, vielleicht auch jünger, trug die Farben einer Gang sowie ein mit Nieten beschlagenes Hundehalsband. Die struppigen schwarzen Haare waren mit Gel zu Stacheln geformt. Sie fragten ihn, wo die ganzen Leute geblieben seien. Er warf ihnen Flüche an den Kopf und schrie, dass er es nicht wisse.

Während sie ihn zu ihrem wartenden Streifenwagen schleiften, öffnete Tom ein gepanzertes Luk und holte die Bowlingkugel in seinen Panzer, um sie sich genauer anzusehen. Der Schwall kühler Luft, der mit ihr hineinkam, ließ ihn erzittern. Es war ein seltsames Ding. Zu leicht für eine Bowlingkugel, dachte er, als er es in die Hand nahm. Vier Pfund, vielleicht fünf. Auch keine Löcher. Als er mit der Hand darüber strich, kribbelten seine Finger, und über die Oberfläche flackerten kurz Farben wie Regenbogen auf einem Ölfleck. Er hatte ein unangenehmes Gefühl dabei. Vielleicht wusste Tachyon etwas damit anzufangen. Er legte das Ding beiseite.

Dunkelheit senkte sich über die Stadt. Tom stieg mit seinem Panzer immer höher, bis er oberhalb des weit entfernten Empire State Building schwebte. Dort blieb er lange Zeit und sah zu, wie überall in der Stadt die Lichter angingen und Manhattan in ein elektrisches Wunderland verwandelten.

Von hier oben konnte er in einer klaren kalten Nacht wie dieser sogar die Lichter Jerseys jenseits des eisigen schwarzen Wassers sehen. Einer dieser Punkte war die Top Hat Lounge, das wusste er.

Ich sollte hier nicht einfach so in der Luft schweben, dachte er. *Ich sollte diese Bowlingkugel zur Klinik bringen. Das ist der nächste Punkt auf der Geschäftsordnung.* Doch er rührte sich nicht. Er würde es morgen erledigen. Tachyon lief ihm nicht weg, und die Bowlingkugel auch nicht. Irgendwie brachte Tom es nicht über sich, Tachyon heute Nacht gegenüberzutreten. Von allen Nächten nicht ausgerechnet in dieser.

♦

Damals war sein Panzer viel primitiver gewesen. Keine Teleobjektive, keine Weitwinkelobjektive, keine Infrarotkameras. Nur ein Ring gleißender Scheinwerfer, die so hell waren, dass Tachyon blinzeln musste. Aber er brauchte sie. Es war dunkel auf dem Dach der Klinik, wo der Panzer gelandet war.

Die Fotos, die Tachyon hochhielt, gehörten ohnehin nicht zu der Sorte, die sich Tom in allen Einzelheiten ansehen wollte. Er saß im Dunkeln, starrte auf seine Bildschirme und sagte nichts, während Tachyon ihm eines nach dem anderen zeigte. Sie waren alle in der Entbindungsstation der Klinik gemacht worden. Ein oder zwei von den Kindern hatten so lange gelebt, dass sie auf die Kinderstation gebracht worden waren.

Schließlich fand er seine Stimme wieder. »Ihre Mütter sind *Joker*«, sagte er mit dem Nachdruck falscher Überzeugung in der Stimme. »Sie ist normal, das kann ich dir sagen. Eine Normale. Sie hatte das Virus, als sie *zwei* war, verdammt noch mal. Es ist, als wäre es nie geschehen.«

»Es ist aber geschehen«, sagte Tachyon. »Sie mag normal erscheinen, aber das Virus ist trotzdem da. Latent. Höchstwahrscheinlich wird es sich nie manifestieren, und genetisch ist es rezessiv, aber wenn ihr zwei Kinder …«

»Ich weiß, dass mich viele Leute für einen Joker halten«, unterbrach ihn Tom, »aber ich bin keiner, glaub mir, ich bin ein Ass. Ich bin ein *Ass*, gottverdammt noch mal! Was macht es schon, wenn das Kind die Wild-Card-Gene in sich trägt? Dann wird es eben ein Ass wie ich.«

»Nein«, sagte Tachyon. Er schob die Fotos in seine Mappe zurück, den Blick von den Kameras abgewandt. Absichtlich? »Es tut mir leid, mein Freund. Die Chancen dagegen sind astronomisch hoch.«

»Zyklon«, sagte Tom, der am Rande der Hysterie war. Zyklon war ein Westküsten-Ass, dessen Tochter seine Fähigkeit der Windbeherrschung geerbt hatte.

»Nein«, sagte Tachyon. »Mistral ist ein Sonderfall. Wir sind jetzt fast sicher, dass ihr Vater unbewusst ihr Genmaterial manipuliert hat, als sie noch im Mutterleib war. Auf Takis … Nun, das Verfahren ist uns nicht unbekannt, aber es gelingt nur selten. Du bist der stärkste Telekinet, den ich je gesehen habe, aber so etwas erfordert eine Feinabstimmung, die deine Fähigkeiten bei Weitem übersteigt, von den Jahrhunderten der Erfahrung in Mikrochirurgie und Genetik ganz zu schweigen. Und selbst wenn du all das hättest, würdest du wahrscheinlich scheitern. Zyklon hatte auf der bewussten Ebene keine Ahnung, was er tat, und obendrein noch ein unglaubliches Glück.« Der Takisier schüttelte den Kopf. »Dein Fall liegt ganz anders. Fest steht lediglich, dass euer Kind eine Wild Card zieht, und die Chancen stehen ungefähr so, als ob …«

»Ich kenne die Chancen«, sagte Tom heiser. Von hundert Menschen, die eine Wild Card zogen, entwickelte nur einer Ass-Kräfte. Auf jedes Ass kamen zehn schrecklich missgestaltete Joker, und auf jeden Joker zehn Pik-Damen – der Tod.

Vor seinem geistigen Auge sah er Barbara im Bett sitzen, das Laken um die Hüfte, während ihr das blonde Haar weich auf die Schultern fiel. Ihr Gesicht war ernst und reizend zugleich, während ihr Kind an ihrer Brust nuckelte. Und dann sah das Kind auf, und er sah seine Zähne und vorquellenden Augen und die monströsen verzerrten Gesichtszüge, und als es ihn anzischte, schrie Barbara vor Schmerzen auf, da Milch und Blut aus ihrer zerbissenen Brustwarze liefen.

»Es tut mir leid«, wiederholte Dr. Tachyon wie betäubt.

Es war bereits nach Mitternacht, als Tom in sein leeres Haus in der 1st Street zurückkehrte.

Er schälte sich aus seiner Jacke, setzte sich auf das Sofa und sah aus dem Fenster auf den Kill und die Lichter von Staten Island. Ein eisiger Regen hatte eingesetzt. Die Tropfen schlugen scharf gegen die Scheiben, als prallten Gabeln gegen leere Weingläser, wenn die Hochzeitsgäste wollen, dass sich die Jungvermählten küssen. Tom saß lange Zeit im Dunkeln.

Schließlich schaltete er eine Lampe ein und ging zum Telefon. Er tippte sechs Ziffern ein und konnte sich nicht überwinden, die siebte zu wählen. Wie ein Schüler, der Angst davor hatte, ein hübsches Mädchen um eine Verabredung zu bitten, dachte er mit einem grimmigen Lächeln. Er drückte fest auf die Taste und lauschte dem Klingeln.

»Top Hat«, sagte eine schroffe Stimme.

»Ich würde gern mit Barbara Casko sprechen«, sagte Tom.

»Sie meinen die neue Mrs. Bruder«, erwiderte die Stimme.

Tom holte tief Luft. »Ja«, sagte er.

»Hey, die Jungvermählten sind schon vor Stunden gegangen. Um ihre Hochzeitsnacht zu feiern.« Der Mann war offensichtlich betrunken. »Sie sind nach Paris in die Flitterwochen geflogen.«

»Ja«, sagte Tom. »Ist ihr Vater noch da?«

»Ich sehe mal nach.«

Eine lange Pause trat ein, bevor der Hörer wieder aufgenommen wurde. »Hier ist Stanley Casko. Mit wem spreche ich?«

»Tom Tudbury. Es tut mir leid, dass ich nicht kommen konnte, Mr. Casko. Ich war … äh … verhindert.«

»Ja, Tom. Wie geht es Ihnen?«

»Prima. Könnte nicht besser sein. Ich wollte nur …«

»Ja?«

Er schluckte. »Wünschen Sie ihr einfach alles Gute, okay? Das ist alles. Sagen Sie ihr nur, ich will, dass sie glücklich ist.« Er legte den Hörer auf.

Draußen in der Nacht pflügte ein großer Frachter durch den Kill. Es war zu dunkel, um zu sehen, welche Flagge er gehisst hatte. Tom schaltete das Licht aus und beobachtete, wie der Frachter langsam an ihm vorbeitrieb.

♣♦♠♥

Jube: Fünf

George R. R. Martin

Das Signal war unmissverständlich.

Jube saß an der Konsole, während die Daten über den Holowürfel flackerten; seine Herzen klopften vor Hoffnung und Aufregung wie Dampfhämmer.

In den ersten vier Monaten auf der Erde hatte er sich in abgedunkelten Kinos immer und immer wieder dieselben Filme angesehen, um sein Englisch und sein Verständnis der Feinheiten menschlicher Kultur zu verbessern. Es hatte nicht lange gedauert, bis er anfing, die Filme zu lieben, ganz besonders Western, und am schönsten waren für ihn die Szenen, in denen die Kavallerie mit wehenden Fahnen über die Hügel geritten kam.

Das Netz schwenkte keine Fahnen. Dennoch glaubte Jube, in den spindligen Lichtreflexen des Holowürfels das schwache Geräusch schallender Trompeten und donnernder Hufschläge zu vernehmen.

Tachyonen! Trompeten und Tachyonen!

Seine Beobachtungssatelliten hatten einen Schwarm Tachyonen entdeckt, und das konnte nur eins bedeuten: Ein Raumschiff befand sich in der Erdumlaufbahn. Die Rettung war nah.

Jetzt erforschten die Satelliten den Himmel, um den Ursprung der Tachyonen zu finden. Die Schwarmmutter konnte es nicht sein, das wusste Jhubben. Die Mutter kroch mit Unterlichtgeschwindigkeit von Stern zu Stern. Zeit bedeutete ihr nichts. Nur die zivilisierten Rassen benutzten Raumschiffe mit Tachyonenantrieb.

Wenn Ekkedme einen Funkspruch abgeschickt hatte, bevor sein Einzelschiff zerstört worden war … wenn der Handelsmeister beschlossen hatte, sich früher als geplant über die Fortschritte der menschlichen Rasse zu informieren … wenn die Mutter von irgendeiner neuen, bei Jhubbens Dienstantritt auf der Erde noch unbekannten Technologie entdeckt worden war … wenn, wenn, wenn … dann mochte es sich dort oben um die *Gelegenheit* handeln und das Netz zurückgekehrt sein, um diese Welt zu retten, wobei nur noch der Preis und die einzusetzenden Mittel offen waren. Selbst dann würde es nicht leicht werden, aber am endgültigen Ausgang konnte kein Zweifel bestehen. Jube lächelte, während seine Satelliten forschten und seine Computer analysierten.

Der Holowürfel verfärbte sich violett, und Jubes Lächeln erlosch. Er stieß ein tiefes, kehliges Gurgeln aus.

Die hochentwickelten Sensoren der Satelliten durchdrangen die Schirme, die das Raumschiff vor den Ortungsinstrumenten der Menschen verbargen, und zeigten sein Abbild inmitten des ominösen Violetts des Würfels. Das Bild baute sich langsam auf, Umrisslinien aus rotem und weißem Licht wie eine furchtbare Konstruktion aus Feuer und Eis. Unter dem Bild blitzten die Messergebnisse auf: Abmessungen, Tachyonenausstoß, Kurs. Aber alles, was Jube wissen musste, verriet ihm die Schiffsform, verriet ihm jeder gewundene Zacken, verkündete jeder bizarre Auswuchs, trompetete jede barocke Windung und jeder Vorsprung, schrie der Schmuck unnötiger Lichter heraus.

Das Raumschiff sah aus wie das Ergebnis der Kollision einer Weihnachtsgirlande mit einer stacheligen Birne. Nur die Takisier besaßen solch eine Rokoko-Ästhetik.

Jube sprang auf. *Takisier!* Hatte Dr. Tachyon sie gerufen?

Nach all den Jahren, die der Doktor im Exil verbracht hatte, konnte Jube das kaum glauben. Was hatte es zu *bedeuten*? Hatte Takis die Erde die ganze Zeit überwacht und das Wild-Card-Experiment ebenso beobachtet, wie es das Netz getan hatte? Wenn ja, warum hatte Jhubben bislang keine Spur von ihnen entdeckt? Und wie war es ihnen gelungen, sich vor Ekkedme zu verstecken? Würden sie die Schwarmmutter vernichten? *Konnten* sie die Schwarmmutter überhaupt vernichten? Die *Gelegenheit* war etwa so groß wie Manhattan Island und beherbergte Zehntausende Spezialisten unzähliger Rassen, Kulturen, Kasten und Begabungen – Händler und Gaukler, Wissenschaftler und Priester, Techniker, Künstler, Krieger, Botschafter. Das takisische Schiff war winzig. Es konnte unmöglich mehr als fünfzig Wissenschaftlern Platz bieten, möglicherweise sogar nur halb so vielen. Wenn die takisische Militärtechnologie in den letzten vierzig Jahren keine astronomischen Fortschritte gemacht hatte, was konnte dann dieses kleine Ding gegen den Weltenverschlinger ausrichten? Und würden die Takisier überhaupt einen einzigen Gedanken an das Leben ihrer Versuchstiere verschwenden?

Jhubben starrte die Umrisse des Raumschiffs mit wachsender Wut und Verwirrung an, als plötzlich das Telefon klingelte.

Einen Moment lang glaubte er verrückterweise, die Takisier hätten ihn irgendwie aufgespürt, wussten, dass er sie geortet hatte, und riefen ihn an, um ihn deswegen zur Rede zu stellen. Aber das war natürlich lächerlich. Er rammte den Daumen gegen die Konsole, und der Holowürfel erlosch. Jube stapfte ins Wohnzimmer. Er musste einen Bogen um die verzerrte Geometrie des halb fertigen Tachyonentransmitters machen, der den Raum dominierte wie eine riesige avantgardistische Skulptur. Falls das Ding nicht funktionierte, hatte er die Absicht, es »Jokerlust« zu nennen und irgendeiner Galerie in Soho anzubieten. Bereits in diesem Zustand waren die Winkel und Kanten seltsam trügerisch, und er stieß ständig dagegen. Diesmal wich er ihm jedoch sauber aus und nahm den Telefonhörer aus Mickeys Hand. »Hallo«, sagte er, wobei er sich Mühe gab, ganz wie der joviale alte Jube zu klingen.

»Jubal, hier spricht Chrysalis.« Es war ihre Stimme, aber so hatte sie sich noch nie angehört. Außerdem hatte sie ihn noch nie zu Hause angerufen.

»Was ist los?«, fragte Jube. Er hatte sie letzte Woche gebeten, ihm einen weiteren Schwung Mikrochips zu beschaffen, und die Schärfe in ihrer Stimme ließ ihn befürchten, dass ihr Mittelsmann erwischt worden war.

»Jay Ackroyd hat gerade angerufen. Er ist erst jetzt dazu gekommen, mir Bericht zu erstatten. Er hat ein paar Dinge über die Leute herausgefunden, die Darlingfoot angeheuert haben.«

»Aber das ist doch ausgezeichnet. Hat er die Bowlingkugel ausfindig gemacht?«

»Nein. Und es ist auch nicht so gut, wie du glaubst. Ich weiß, es klingt verrückt, aber Jay sagt, diese Leute seien überzeugt, dass diese Leiche außerirdischen Ursprungs war. Wie es scheint, haben sie gehofft, mit Hilfe der Leiche irgendein widerliches Ritual vollziehen zu können, um Macht über dieses Ungeheuer dort draußen zu erlangen.«

»Über die Schwarmmutter?«, fragte Jube verblüfft.

»Ja«, erwiderte Chrysalis gereizt. »Jay sagt, sie hätten irgendetwas damit zu tun. Er glaubt, dass sie das Ding anbeten. Hör mal, wir sollten darüber nicht am Telefon reden.«

»Warum nicht?«, fragte Jube.

»Weil diese Leute *gefährlich* sind. Jay kommt heute Nacht in den Palace, um mir einen vollständigen Bericht zu geben. Du solltest auch kommen. Ich ziehe mich aus dieser Sache zurück, Jubal. Von jetzt an kannst du dich direkt mit Jay in

Verbindung setzen. Wenn du willst, kann ich Fortunato bitten, ebenfalls zu kommen. Ich glaube, er wäre ziemlich interessiert an dem, was Jay herausgefunden hat.«

»*Fortunato!*« Jube war entsetzt. Er kannte Fortunato hauptsächlich vom Hörensagen. Der hochgewachsene Zuhälter mit den halbmondförmigen Augen und der vorgewölbten Stirn war ein vertrauter Anblick im Crystal Palace, aber Jube hatte immer darauf geachtet, ihm aus dem Weg zu gehen. Telepathen machten ihn nervös. Dr. Tachyon drang niemals ohne guten Grund in einen anderen Verstand ein, aber Fortunato war nicht Tachyon. Wer wusste schon, wie und warum er seine Kräfte einsetzte oder wie er reagieren würde, wenn er herausfand, wer Jube das Walross *wirklich* war? »Nein«, sagte er rasch, »nein, ganz bestimmt nicht. Das hat nichts mit Fortunato zu tun!«

»Er weiß mehr über diese Freimaurer als jeder andere in der Stadt«, sagte Chrysalis. Sie seufzte. »Nun, du bezahlst dieses Begräbnis, also ist es dein gutes Recht, dir den Sarg auszusuchen. Ich sage kein Wort. Wir unterhalten uns nach Geschäftsschluss.«

»Nach Geschäftsschluss«, wiederholte Jube. Sie legte auf, bevor er sie fragen konnte, was sie mit ihrer Bemerkung über Freimaurer gemeint hatte. Natürlich hatte Jube schon von ihnen gehört. Vor zehn Jahren hatte er eine Studie über bruderschaftliche Organisationen der Menschen verfasst, in der er die Templer, die Kolumbusritter, die Komischen Käuze und die Freimaurer mit den Bruderschaften der Thdentischen Monde verglichen hatte. Reginald war ein Freimaurer, erinnerte sich Jube, und Denton hatte versucht, sich den Elchen anzuschließen, die ihn jedoch wegen seines Geweihs abgelehnt hatten. Was hatten die Freimaurer mit dieser Geschichte zu tun?

An diesem Tag fühlte sich Jube zu unbehaglich, um Witze zu erzählen. Schwarmmütter, takisische Kriegsschiffe, Freimaurer – er wusste kaum noch, vor wem er sich fürchten sollte. Selbst wenn die Kavallerie tatsächlich über den Hügel geritten kam, würde sie dann die Indianer überhaupt *erkennen?* Er schaute zum Himmel und schüttelte den Kopf.

Nachdem er seinen Stand abgeschlossen hatte, begann er seine Runde wie üblich mit dem Funhouse und dem Chaos Club, beschloss dann aber, sie abzukürzen und so schnell wie möglich zum Crystal Palace zu gehen. Doch vorher musste er noch ins Polizeirevier.

Der diensthabende Sergeant nahm eine *Daily News* und schlug gleich die Sportseite auf, während Jube eine *Times* und einen *Jokertown Cry* für Captain Black zurücklegte. Er wollte gerade gehen, als ihn der Beamte in Zivil sah. »Hey, Dicker«, rief der Mann. »Hast du 'n *Informer*?« Er hatte auf der Bank an der gekachelten Wand gehockt, als warte er auf jemanden. Jube kannte ihn vom Sehen: ein schmuddeliger, nichtssagender Typ mit einem unfreundlichen Lächeln. Er hatte sich nie dazu herabgelassen, Jube seinen Namen zu nennen, aber ab und zu ließ er sich an seinem Stand sehen, wenn er eine Zeitung haben wollte. Manchmal bezahlte er sie sogar.

Aber nicht heute Abend. »Danke«, sagte er, als er die Ausgabe des *National Informer* entgegennahm, die Jube ihm reichte. HERPES EINE ERFINDUNG DER TAKISIER? lautete die Schlagzeile. Sie versetzte Jube einen ziemlichen Schreck. Darunter warf ein Artikel die Frage auf, ob Sean bald Madonna wegen Peregrine verlassen würde. Der Zivilbeamte würdigte die Schlagzeilen keines Blickes. Er starrte Jube seltsam an. Seine Mundwinkel verzogen sich zu einem schmierigen Lächeln. »Du bist nur ein hässlicher Joker-Bursche, nicht wahr?«, fragte der Cop.

Jube ließ ein schmeichlerisches Grinsen aufblitzen, bei dem er Stoßzähne zeigte. »Was, ich und hässlich? Teufel, ich hab größere Titten als Miss Oktober!«

»Ich verschwende schon genug Zeit, auch ohne mir deine bescheuerten Witze anzuhören«, schnauzte der Zivile. »Aber was kann man schon erwarten? Du bist nicht besonders helle, oder?«

Helle genug, um deine Rasse vierunddreißig Jahre lang zu täuschen, dachte Jube, sagte es jedoch nicht. »Nun, Sie wissen ja, wie viele Joker nötig sind, um eine Lampe einzuschalten«, sagte er.

»Schaff deinen fettigen Jokerarsch hier raus«, sagte der Mann.

Jube watschelte zur Tür. An der Treppe drehte er sich noch einmal um und rief: »Die Zeitung geht auf mich!«

Er war früh dran, und der Crystal Palace war brechend voll. Jube ergatterte einen Hocker am Ende der Bar, wo er sich mit dem Rücken an die Wand lehnen und den ganzen Raum überblicken konnte. Heute war Saschas freier Tag, und Lupo stand hinter der Bar. »Was darf's denn sein, Walross?«, fragte er, wobei ihm die lange rote Zunge aus dem Mundwinkel hing.

»Eine Piña Colada mit der doppelten Menge Rum.«

Lupo nickte und machte sich an die Arbeit. Jube schaute sich argwöhnisch um. Er hatte ein unbehagliches Gefühl, als würde er beobachtet. Aber von wem? Die Bar war voller Fremder. Chrysalis war nirgendwo zu sehen. Drei Hocker weiter gab ein Mann in einer Löwenmaske einem jungen Mädchen Feuer, dessen tief ausgeschnittenes Abendkleid mehr als nur den Ansatz dreier voller Brüste zeigte. Ein paar Hocker weiter starrte eine zusammengekauerte Gestalt mit einem grauen Schleier in ihren Drink. Eine schlanke, lebhafte, grünhäutige Frau stellte Augenkontakt zu ihm her, als sein Blick über sie glitt, und leckte sich mit einer rosafarbenen Zunge aufreizend über die Unterlippe (zumindest wäre es für einen menschlichen Mann aufreizend gewesen), aber sie war offensichtlich eine Hure, und er achtete nicht weiter auf sie. Er sah Yin-Yang, dessen zwei Köpfe ein hitziges Streitgespräch führten, und auch Old Mister Cricket. Der Floater war weggetreten und schwebte dicht unterhalb der Decke. Aber es gab so viele Gesichter, die Jube nicht kannte, und eines davon mochte Jay Ackroyd gehören. Chrysalis hatte ihm nie gesagt, wie der Mann aussah, nur dass er ein Ass war. Er hätte sogar der Mann mit der Löwenmaske sein können, der – wie Jube nach einem raschen Seitenblick zur Kenntnis nahm – mittlerweile den Arm um das dreibrüstige Mädchen gelegt hatte und mit den Fingerspitzen zart über den Busen strich.

Lupo wischte die Bar ab, nahm ein Tablett und stellte die Piña Colada darauf. Jube hatte gerade den ersten Schluck getrunken, als sich ein Fremder auf den Barhocker neben ihm setzte. »Bist du nicht der Zeitungsverkäufer?«

»Klar bin ich das.«

»Gut.« Die Stimme wurde durch die Maske gedämpft, einem knochenbleichen Totenschädel. Der Fremde trug einen schwarzen Kapuzenumhang über einem abgetragenen Anzug, der seinem mageren, flachbrüstigen Körper wenig schmeichelte. »Dann nehme ich einen *Cry*.«

Jube fand, dass die Augen etwas Unangenehmes hatten. Er sah weg, fand eine Ausgabe des *Cry* und gab sie ihm.

Der Kapuzenmann gab ihm eine Münze.

»Was ist das?«, fragte Jube.

»Ein Penny«, erwiderte der Mann.

Der Penny war größer, als er hätte sein dürfen, und glänzte auf Jubes blauschwarzer Handfläche in einem lebhaften Rot. Er hatte so etwas noch nie gesehen. »Ich weiß nicht, ob …«

»Schon gut«, unterbrach ihn der Mann. Er nahm Jube den Penny aus der Hand und gab ihm stattdessen einen Susan-B.-Anthony-Dollar. »Wo bleibt mein Wechselgeld, Walross?«, wollte er wissen.

Jube gab ihm drei Vierteldollarstücke.

»Du hast mir zu wenig herausgegeben«, sagte der Mann mit einem gemeinen Unterton, während er die Münzen einsteckte.

»Habe ich nicht«, empörte sich Jube.

»Sieh mir in die Augen und sag das noch mal, du billiger Betrüger.«

Hinter dem schädelgesichtigen Mann öffnete sich die Tür, und Troll zog den Kopf ein, als er die Bar betrat, gefolgt von einem kleinen rothaarigen Mann in einem limonengrünen Anzug. *»Tachyon«,* sagte Jube mit einiger Besorgnis, da er plötzlich an das takisische Kriegsschiff in der Erdumlaufbahn erinnert wurde.

Der Fremde drehte so abrupt den Kopf, dass die Kapuze herunterrutschte und dünnes, schuppiges braunes Haar zum Vorschein kam. Er sprang auf, zögerte aber. Sobald Tachyon und Troll den Eingangsbereich verlassen hatten, eilte er zur Tür. »Hey!«, rief Jube ihm nach. »Hey, Mister, Ihre Zeitung!« Er hatte den *Cry* auf der Bar liegen gelassen. Der Mann verließ den Palace so schnell, dass er sich fast das Ende seines langen schwarzen Umhangs in der Tür eingeklemmt hätte. Jube zuckte die Achseln und widmete sich wieder seiner Piña Colada.

Mehrere Stunden und ein Dutzend Drinks später war Chrysalis noch immer nicht aufgetaucht, und Jube hatte niemanden entdeckt, der so aussah, wie er sich Popinjay vorstellte. Als Lupo die letzte Bestellung verkündete, winkte Jube ihn zu sich. »Wo ist sie?«, fragte er.

»Chrysalis?« Dunkelrote Augen funkelten auf beiden Seiten seiner haarigen Schnauze. »Erwartet sie dich?«

Jube nickte. »Ich habe ihr einiges zu erzählen.«

»Okay«, sagte Lupo. »Im roten Zimmer, die dritte Nische von links. Ein Freund ist bei ihr.« Er grinste. »Tu so, als würdest du ihn nicht sehen, wenn du verstehst, was ich sagen will.«

»Wie du meinst.« Jube dachte, dass es sich bei dem Freund um Popinjay handeln musste, sagte jedoch nichts weiter. Vorsichtig erhob er sich von dem Barhocker und ging ins rote Zimmer, das sich rechts von der Bar befand. Es war düster und verräuchert, das Licht rot, der dicke Teppichboden rot, und die schweren Samtvorhänge vor den Nischen hatten einen vollen, dunklen burgunderroten Farbton. Die meisten Nischen waren um diese Zeit leer, aber in einem Séparée hörte er eine Frau stöhnen. Er ging zur dritten Nische von links, schlug den Vorhang zurück und steckte den Kopf hinein.

Sie hatten sich in leisem, ernstem Ton unterhalten, aber nun unterbrachen sie ihr Gespräch abrupt. Chrysalis sah zu ihm auf. »Jubal«, sagte sie kurz angebunden. »Was kann ich für dich tun?«

Jube musterte ihren Begleiter, einen gedrungenen, kräftigen Weißen in einem schwarzen T-Shirt und einer dunklen Lederjacke. Er trug eine schwarze Kapuze, die das Gesicht bis auf die Augen bedeckte. »Sie müssen Popinjay sein«, sagte Jube, bevor ihm wieder einfiel, dass es dem Privatdetektiv nicht gefiel, mit diesem Namen angeredet zu werden.

»Nein«, erwiderte der Maskierte mit überraschend sanfter Stimme. Er warf einen kurzen Blick auf Chrysalis. »Wir können das Gespräch später fortsetzen, wenn Geschäfte auf Sie warten.« Er glitt aus der Nische und verschwand ohne ein weiteres Wort.

»Komm rein«, sagte Chrysalis.

Jube setzte sich und zog die Vorhänge zu. »Was du auch für mich hast, ich hoffe, es sind gute Neuigkeiten.« Sie klang entschieden verärgert.

»Was ich für dich habe?« Jube war verwirrt. »Was meinst du damit? Und wo ist Popinjay? Sollte er nicht längst hier sein?«

Sie starrte ihn an. Das durchsichtige Fleisch und die geisterhaft grauen Muskeln ihres Schädels erinnerten ihn an den unangenehmen Mann, der sich an der Bar neben ihn gesetzt hatte. »Ich wusste gar nicht, dass du Jay kennst. Was hat er damit zu tun? Ist etwas mit Jay, das ich wissen sollte?«

»Der Bericht«, stieß Jube hervor. »Er wollte uns doch alles über diese Freimaurer erzählen, die Devil John angeheuert haben, um diesen Toten aus dem Leichenschauhaus zu stehlen. Sie sind gefährlich, hast du gesagt.«

Chrysalis lachte ihn aus, zog die Vorhänge zurück und erhob sich träge. »Jubal, ich weiß nicht, wie viele exotische Cocktails du dir heute Abend einverleibt hast, aber ich habe den Verdacht, dass es ein paar zu viel waren. Das ist immer das Problem, wenn Lupo hinter der Bar steht. Sascha weiß immer, wann ein Kunde genug hat, aber unser kleiner Wolfsjunge nicht. Geh nach Hause und schlaf deinen Rausch aus.«

»Ich soll *nach Hause* gehen?«, fragte Jube. »Und was ist mit der Leiche, und was ist mit Devil John und diesen *Freimaurern ...?*«

»Wenn du dich einer Loge anschließen willst, würden dir die Komischen Käuze besser zu Gesicht stehen«, sagte Chrysalis gelangweilt. »Im Übrigen habe ich nicht die leiseste Ahnung, wovon du redest.«

Der Weg nach Hause war lang und unangenehm heiß. Jube hatte ein unbehagliches Gefühl, als werde er beobachtet. Er blieb mehrfach stehen und sah sich verstohlen nach möglichen Verfolgern um, konnte aber niemanden entdecken.

In der Abgeschiedenheit seiner Wohnung ließ sich Jube dankbar in die Wanne mit kaltem Wasser sinken und schaltete den Fernseher ein. Es lief gerade *Dreißig Minuten über dem Broadway!,* aber es war nicht die Howard-Hawks-Version, sondern die unsägliche Neuverfilmung von 1978 mit Jan-Michael Vincent als Jetboy und Dudley Moore, der aus

Tachyon eine Witzfigur mit einer widerlichen roten Perücke machte. Jube sah sich den Film trotzdem an. Geistlose Ablenkung war jetzt genau das, was er brauchte. Über Chrysalis und alles Übrige würde er sich morgen Gedanken machen.

Jetboy hatte gerade die JB-1 in den Zeppelin gejagt, als das Bild plötzlich knisterte und erlosch. »Hey«, sagte Jube, indem er auf der Fernbedienung ein paar Knöpfe drückte. Nichts geschah.

Ein Hund von der Größe eines kleinen Pferds stieg aus seinem Fernseher. Er war mager und sah schrecklich aus mit seinem rauchgrauen, ausgemergelten Leib und Augen, die Jube an Fenster eines Beinhauses erinnerten. Ein langer, gegabelter Schwanz krümmte sich über dem Rücken wie ein Skorpionstachel und wedelte hin und her.

Jube zuckte so heftig zurück, dass das Wasser aus der Wanne über den ganzen Schlafzimmerfußboden spritzte. Er fing an, das Ding anzuschreien. Der Hund bleckte Zähne wie gelbe Dolche. Jube ging mit einem Mal auf, dass er in der Handelssprache des Netzes plapperte, und wechselte auf Englisch. »Raus mit dir!«, sagte er. »Verschwinde!« Er kletterte aus der Wanne, wobei er noch mehr Wasser verspritzte, und trat zurück. Er hatte die Fernbedienung nicht losgelassen. Wenn er sein Allerheiligstes erreichte – aber was würde ihm das gegen ein Wesen nützen, das durch Wände gehen konnte? Jubes Haut erhitzte sich vor jähem Entsetzen.

Der Hund trabte ihm nach und blieb dann stehen, den Blick auf Jubes Schritt geheftet. Der gegabelte Doppelpenis und die weiblichen Genitalien darunter schienen ihn zu verwirren. Jube kam zu dem Schluss, dass er versuchen sollte, die Straße zu erreichen. Er wich zurück.

»Fetter kleiner Mann«, rief der Hund mit einer Stimme, die vor Boshaftigkeit triefte. »Willst du etwa vor mir weglaufen? Schließlich hast du mich gesucht, du Narr. Glaubst du, deine dicken Jokerbeine sind schneller als Setekh der Zerstörer?«

Jube keuchte. »Wer …?«

»Ich bin der, nach dessen Geheimnissen du trachtest«, sagte der Hund. »Erbärmlicher kleiner Joker, hast du geglaubt, wir würden es nicht bemerken, uns nicht darum kümmern? Ich habe die Gedanken deiner Mietlinge gelesen und die Spur zu dir zurückverfolgt. Jetzt wirst du sterben.«

»*Warum?*«, fragte Jube. Er bezweifelte nicht, dass ihn das Wesen töten konnte, aber wenn er schon sterben sollte, hoffte er zumindest, den Grund dafür zu erfahren.

»Weil du meine Zeit verschwendet hast«, sagte der Hund. Das Maul verzerrte sich beim Sprechen zu obszönen, unnatürlichen Formen. »Ich erwartete, einen bedeutenden Feind vorzufinden, und stattdessen finde ich einen fetten kleinen Joker, der sein Geld damit verdient, dass er Klatsch an eine Kneipenwirtin verkauft. Wie viel sind die Geheimnisse unseres Ordens wert? Und wer sollte dafür bezahlen, Walross? Sag es mir, und ich werde nicht mit dir spielen. Lüg mich an, und dein Sterben dauert bis zum Morgengrauen.«

Der Hund hatte keine Ahnung, wer er war, wurde Jhubben plötzlich klar. Woher auch? Er hatte von Chrysalis oder von der Straße von ihm erfahren. Er hatte seine Tarnung nicht durchschaut. Schlagartig, aus Gründen, die er nicht hätte erklären können, wusste Jube, dass Setekh sein Geheimnis nicht erfahren *durfte.* Er musste ihn ablenken. »Ich wollte nicht spionieren, mächtiger Setekh«, sagte er laut. Er gab sich seit vierunddreißig Jahren als Joker aus, er wusste, wie man kroch. »Ich flehe um Gnade«, bat er, indem er sich rückwärts ins Wohnzimmer vortastete, »ich bin nicht dein Feind.«

Der Hund trabte auf ihn zu. Die Augen glühten, die Zunge hing ihm aus dem länglichen Maul.

Jube sprang ins Wohnzimmer, schlug die Tür hinter sich zu und lief los.

Der Hund sprang durch die Wand, um ihm den Weg abzuschneiden; Jube verlor den Halt, als er ausweichen wollte. Er fiel zu Boden, der Hund hob eine furchtbare Pfote, um ihn damit zu schlagen … und hielt plötzlich inne, während sich Jube in Erwartung des tödlichen Schlags zusammenkrümmte. Das Maul des Hunds verzerrte sich und triefte vor Phantomgeifer. Jube wurde plötzlich klar, dass er lachte. Er starrte auf etwas hinter Jube und lachte. Jube wandte den Kopf und sah nur den Tachyonentransmitter.

Als er sich wieder umdrehte, war der Hund verschwunden. Stattdessen hatte er einen gebrechlichen alten Mann in einem Rollstuhl vor sich, der ihn anstarrte. »Wir sind Mitglieder eines alten Ordens«, sagte der kleine Mann. »Die Geheimnisse sind durch viele Münder gewandert, manche sind auf Abwege geraten, und einige Ableger sind in Vergessenheit geraten. Sei froh, dass du nicht getötet wurdest, Bruder.«

»O ja«, sagte Jube, indem er sich auf die Knie erhob. Er hatte keine Ahnung, warum er verschont wurde, aber er würde deswegen nicht streiten. »Vielen Dank, Meister. Ich werde Euch nicht wieder behelligen.«

»Ich lasse dich am Leben, damit du uns dienen kannst«, sagte die Erscheinung in dem Rollstuhl. »Selbst jemand, der so schwach und dumm ist wie du, mag einen Nutzen in dem bevorstehenden großen Kampf haben. Aber verrate nichts von dem, was du erfahren hast, sonst wirst du deine Initiation nicht mehr erleben.«

»Ich habe es schon vergessen«, sagte Jube.

Der Mann im Rollstuhl schien das höchst amüsant zu finden. Seine Stirn pulsierte, als er lachte. Einen Augenblick später war er verschwunden.

Jube richtete sich vorsichtig auf.

Früh am nächsten Morgen kaufte ein Joker mit dunkelroter Haut eine Ausgabe der *Daily News* und bezahlte mit einem glänzenden roten Penny von der Größe eines halben Dollars. »Den würde ich behalten, wenn ich du wäre, Kumpel«, sagte er lächelnd. »Ich glaube, er könnte dein Glückspenny werden.« Dann sagte er Jube, wann und wo das nächste Treffen stattfinden würde.

♣ ♦ ♠ ♥

Verwandtschaftsprobleme

Melinda M. Snodgrass

Dr. Tachyon sprang die Stufen der Blythe-van-Renssaeler-Gedächtnisklinik hinunter und blieb stehen, um einen der niedergeschlagenen Sandsteinlöwen zu tätscheln, die die Treppe flankierten. Er bemerkte, dass sein Artgenosse noch immer ein Toupet aus schmutzigem Schnee auf dem bröckelnden Kopf trug. Obwohl er zu seiner Verabredung mit Senator Hartmann im Aces High ohnehin zu spät kommen würde, konnte er es sich nicht verkneifen, den Schnee mit einer zarten Geste wegzuwischen. Vom East River wehte ein schneidend kalter Wind herauf, der weiße Wolkenfetzen vor sich hertrieb und Hupgeräusche vom Stoßverkehr auf der Brooklyn Bridge mit sich trug.

Der drängende Klang der Hupen erinnerte ihn an die verstreichende Zeit, und er nahm die restlichen zwei Stufen mit einem langen Schritt. Er wurde von einem pinkfarbenen Etwas aufgehalten. *Eine Weste,* erkannte Tach, bevor ihm eine Gladiole die Sicht versperrte, die ihm entschlossen unter die Nase gehalten wurde. Tach sah auf und erkannte, dass er es mit einem Fremden zu tun hatte – und jeder Fremde barg Gefahr oder zumindest potenzielle Gefahr. Drei rasche Schritte beförderten ihn außer Reichweite von Waffen mit Ausnahme einer Pistole oder irgendeiner esoterischen Ass-Fähigkeit, dann musterte er die Erscheinung wachsam.

Der Mann war *sehr* groß, und die hagere Gestalt wirkte durch den gewaltigen Zylinder auf dem strähnigen blonden Haar noch größer. Ein violetter Mantel hing ihm um die schmalen Schultern und schuf einen – in Tachs Augen – reizenden Gegensatz zu dem orange-violetten Hemd und der grünen Hose. Die grinsende Vogelscheuche hielt ihm abermals die Gladiole hin.

»Ich bin Captain Trips, Mann«, sagte er, während er schwankend und strahlend wie ein betrunkener Leuchtturm dastand.

Fasziniert starrte Tachyon in die blassblauen Augen, die sich hinter Brillengläsern verbargen, bei denen er unwillkürlich an abgeschlagene Böden von Colaflaschen denken musste. Unfähig, etwas Zusammenhängendes zu sagen, nahm Tachyon die Blume entgegen.

»Das ist natürlich nicht mein richtiger Name«, bekannte der Captain in einem Bühnenflüstern, das mühelos bis in den letzten Winkel der Carnegie Hall getragen hätte. »Ich bin ein Ass, also brauche ich eine Geheimidentität, verstehen Sie?« Der Captain strich sich mit einer knochigen Hand über den Mund und glättete den fleckigen Schnäuzer und die dünnen Bartstoppeln auf den Wangen. »Oh, wow, ich kann's kaum glauben! Dr. Tachyon persönlich. Ich bewundere Sie wirklich, Mann.«

Tach, der ein Kompliment immer zu schätzen wusste, war erfreut, sich aber auch der Tatsache bewusst, dass die Zeit verging. Er stopfte die Blume in eine Manteltasche und setzte sich wieder in Bewegung. Sein neuer Begleiter hielt sich neben ihm. Der Mann vermittelte Tach ein gutes Gefühl, das von ihm mit dem schwachen Duft nach Ginseng, Sandelholz und altem Schweiß ausging, aber Tach konnte sich des Eindrucks nicht erwehren, dass er es mit einem liebenswürdigen Irren zu tun hatte. Er steckte die Hand in die Tasche seiner mitternachtsblauen Hose, warf Trips einen Seitenblick zu und kam zu dem Schluss, dass er etwas sagen musste. Offensichtlich würde er den Mann nicht so schnell loswerden. »Gibt es einen besonderen Grund dafür, dass Sie mich aufgesucht haben?«

»Tja, ich glaube, ich brauche einen Rat. Wissen Sie, ich hatte den Eindruck, Sie wären der Richtige dafür.« Die Hände des Mannes wanderten zu der gigantischen grünen Fliege mit den gelben Punkten und zogen daran, als fände er sie beengend. »Ich bin nicht wirklich Captain Trips.«

»Ja, ich weiß, das sagten Sie schon«, erwiderte Tach, der sich an die Reste seiner rasch schwindenden Geduld klammerte.

»In Wirklichkeit bin ich Mark Meadows. *Dr.* Mark Meadows. Wir haben irgendwie 'ne ganze Menge gemeinsam, Mann.«

»Das kann nicht Ihr Ernst sein«, entfuhr es Tachyon, der seine Schroffheit augenblicklich bedauerte.

Die lächerliche Gestalt schien in sich zusammenzusinken und kleiner zu werden. »Ich bin's, Mann, echt.«

Vor zehn Jahren hatte man Mark Meadows für den weltweit brillantesten Biochemiker gehalten, für einen Einstein auf seinem Gebiet. Es hatte ein Dutzend verschiedene Erklärungen für den plötzlichen Rückzug ins Privatleben gegeben: Stress, Persönlichkeitsverfall, das Scheitern seiner Ehe, Drogenmissbrauch. Aber sich vorzustellen, dass der junge Gigant zu dieser Jammergestalt …

»Ich hab irgendwie nach Radical gesucht, Mann.«

Tach erinnerte sich. 1970? Der Krawall im People's Park, als ein mysteriöses Ass aufgetaucht war, den Lizard King gerettet hatte und dann verschwunden war, um nie wieder aufzutauchen.

»Sie sind nicht der Einzige. Ich habe ihn 1970 ausfindig zu machen versucht, aber er ist nie wieder aufgetaucht.«

»Ja, es ist echt Mist«, pflichtete ihm der Captain traurig bei. »Ich hatte ihn einmal … tja, ich *glaube,* ich hatte ihn einmal, aber es ist mir nicht gelungen, ihn zurückzuholen, also hatte ich ihn vielleicht auch nicht. Vielleicht ist alles auch nur ein Traum, Mann.«

»Sie behaupten, *Sie* sind Radical?« Die Ungläubigkeit ließ Tachs Stimme gleich um mehrere Oktaven klettern.

»O nein, Mann, weil ich keinen Beweis habe. Ich habe all diese Pülverchen hergestellt, um ihn zu finden, ihn zurückzuholen, aber wenn ich sie nehme, verwandle ich mich in all diese *anderen* Leute.«

»In andere Leute?«, wiederholte Tach unnatürlich ruhig.

»Ja, in meine Freunde, Mann.«

Tachyon war jetzt ganz sicher. Er hatte es mit einem Irren zu tun. Hätte er doch nach seinem Wagen geschickt! Er überlegte, wie er seinen unwillkommenen Begleiter loswerden und zu seiner Besprechung kommen konnte, bevor ihm die staatliche Unterstützung gestrichen wurde oder Gott weiß was geschah… Sein Blick fiel auf eine Gasse, die, wie er wusste, zu einem Taxistand führte. Dort würde er seinen Begleiter abschütteln…

Trips plapperte wieder drauflos. »Sie sind so was wie ein Vater für die Asse, Mann. Und Sie tun immer alles Mögliche, um den Leuten zu helfen. Ich würde den Leuten auch gern helfen, also dachte ich mir, Sie könnten mir beibringen, ein Ass zu sein und das Böse zu bekämpfen und…«

Was der Captain sonst noch wollte, ging im Quietschen von Reifen unter. Ein Wagen schoss in die Gasse und hielt abrupt an. Die Überlebensinstinkte, die in Tachs Erziehung von frühester Kindheit an geschärft worden waren, übernahmen die Kontrolle. Er wirbelte herum und floh aus der Gasse, die zu einer tödlichen Falle geworden war. Trips' Kopf fuhr zwischen dem Wagen und dem fliehenden Takisier hin und her, was ihm das Aussehen eines verwirrten Storchs verlieh.

Das Quietschen von Bremsen! Ein Knall! Ein weiterer Wagen, der ihm den Fluchtweg versperrte. Gestalten – vertraute Gestalten –, die aus den Wagen sprangen. Er hatte keine Zeit, sich über die Anwesenheit seiner Verwandten auf der Erde Gedanken zu machen. Stattdessen errichtete er gerade noch rechtzeitig seine Abwehrschirme, um einen starken Gedankenblitz abzuwehren. Er setzte seine Kräfte ein, Abwehrschirme erbebten und gaben nach, und einer der Angreifer ging zu Boden.

Er versuchte es bei einem anderen. Die Schirme hielten. *Es sind zu viele.* Zeit, sich ihnen körperlich zu entziehen. Die Gedankensplitter, die er auffing, deuteten auf eine Gefangennahme hin, aber dann sah er, wie ein Hemmer aus der Unterarmscheide seines Cousins Rabdan glitt, eine besonders gemeine und beliebte Mordwaffe. Ein Druck auf die Brust des Opfers ließ das Herz stehen bleiben. Rasch, sauber, einfach, und der Job war erledigt. Ein Sprungtritt beförderte Rabdan in eine Ansammlung von Mülltonnen. Die verbeulten Tonnen kippten scheppernd um und verbreiteten fauligen Gestank; vier oder fünf fauchende Hinterhofkatzen sprangen umher. Die silbrige Scheibe des Hemmers entglitt Rabdans Hand, und Tach sprang danach.

Aus dem Augenwinkel sah er, wie sich der Captain an den Kopf griff und stöhnend auf dem glitschigen Asphalt zu Boden ging. Tachs Schirme wehrten einen weiteren mentalen Angriff ab, aber sie nützten ihm einen Dreck gegen den Betäubungsstab, den Sedjur, sein alter Waffenmeister, sachkundig schwang. Als ihm der Schädel in einer Explosion aus Licht und Schmerz in Fragmente zerstob, hatte Tach das tiefe Gefühl, verraten und gedemütigt worden zu sein. Hätte er doch eine *Pistole* gehabt!

♠

»… hast du diesen anderen mitgebracht?«

»Der Befehl lautete, weder Zeugen noch Leichen zurückzulassen.«

Rabdans mürrische Stimme schien durch kilometerdicke Lagen Baumwolle gefiltert zu werden, und diese andere Stimme … es konnte nicht sein. Tach schloss fest die Augen und sehnte die Rückkehr der Bewusstlosigkeit herbei, alles, nur nicht die Anwesenheit der *Kibr,* Benaf'saj.

Die alte Frau seufzte. »Na schön, vielleicht kann er als Versuchsobjekt dienen. Bring ihn in die Kabine zu den anderen.« Rabdans von Schleifgeräuschen begleitete Schritte wurden leiser.

»Der Junge hat sich gut gehalten«, sagte Sedjur, als Rabdan gegangen war und nicht mehr durch diese Bemerkungen beleidigt werden konnte. »Die Jahre hier haben ihn gestärkt. Er hat Rabdan ausgeschaltet.«

»Ja, ja. Geh jetzt. Ich muss mit meinem Enkel reden.«

Sedjurs Schritte verhallten. Tach stellte sich weiterhin bewusstlos. Er streckte seine Gedankenfühler aus, tastete sich durch das Schiff – es war eindeutig ein Kriegsschiff der Courser-Klasse –, spürte die vertrauten Muster takisischer Hirne, die Panik zweier … nein, *dreier* Menschen, und schließlich einen Geist, dessen Berührung eine Aufwallung von Furcht und Hass und Reue, durchsetzt von Traurigkeit, in ihm hervorrief. Sein Cousin Zabb, der die federleichte Berührung bemerkte, stieß sofort zurück, und Tachyons unvollständiger Schirm ließ einen Teil des Schlags durch. Die Heftigkeit seiner Kopfschmerzen nahm zu.

»Ich weiß, dass du wach bist«, sagte Benaf'saj im Konversationston.

Mit einem Seufzen öffnete Tach die Augen und betrachtete die wie gemeißelt wirkenden Züge seiner ältesten lebenden Verwandten. Das opaline Leuchten der Schiffswände bildete einen Lichtkranz um ihr silberweißes Haar und ließ das Netz der Falten, die sich in ihr Gesicht gegraben hatten, deutlich hervortreten. Doch trotz ihres Alters war es noch möglich, Spuren der unglaublichen Schönheit zu entdecken, die mehrere Generationen von Männern verzaubert hatte. Der Überlieferung nach hatte ein Mitglied der Alaa-Familie alles aufs Spiel gesetzt, um eine Nacht mit ihr zu verbringen. Man fragte sich unwillkürlich, ob ihm das Erlebnis den hohen Preis wert gewesen war, denn sie hatte ihn noch vor dem Morgengrauen getötet; jedenfalls wurde die Geschichte so erzählt. Ihre knorrige Hand zupfte an einer Haarsträhne, die sich aus der kunstvollen Frisur gelöst hatte, während ihn die blassgrauen Augen mit einer Kühle musterten, die an Gleichgültigkeit grenzte.

»Wirst du mich ehrerbietig begrüßen, oder haben die Jahre auf der Erde deine Manieren verdorben?«

Er raffte sich auf, verneigte sich vor ihr und ließ sich auf ein Knie sinken. Ihre langen, trockenen Finger umfassten sein Gesicht und zogen ihn näher heran, die verwitterten Lippen drückten ihm einen Kuss auf die Stirn.

»Du warst nicht immer so still. Zu Hause hielt man dein ständiges Geplapper für einen Makel.« Er blieb stumm, da er nicht sein Gesicht verlieren wollte, indem er die erste Frage stellte. »Sedjur sagt, du hast gelernt zu kämpfen. Hat die Erde dich auch gelehrt, deine Meinung für dich zu behalten?«

»Rabdan hat versucht, mich zu töten.«

Weder brachte sie die Direktheit seiner Feststellung aus der Fassung, noch schien sie sich durch den unnachgiebigen, feindseligen Ton beleidigt zu fühlen. »Nicht jeder würde deine Rückkehr nach Takis begrüßen.«

»Zabb ist an Bord.«

»Aus dieser Tatsache kannst du deine eigenen Schlussfolgerungen ziehen.«

»Ich verstehe.« Er wandte sich ab. Abscheu lag ihm wie ein ekelhafter Geschmack auf der Zunge. »Ich gehe nicht wieder nach Takis, und das gilt auch für die Menschen.«

Ihre dünnen Finger schlossen sich ihm wie Klauen um das

Kinn und zwangen ihn, sie anzusehen. »Du mürrischer, ungezogener Junge. Was ist mit deiner Pflicht und Verantwortung deiner Familie gegenüber?«

»Und was ist mit meinem Streben nach Tugend?«, entgegnete er, indem er ihr den anderen, ebenso bedeutenden und völlig gegensätzlichen Leitsatz des takisischen Lebens vorhielt.

»Die Zeit stand zu Hause nicht still, während du dich auf der Erde amüsiert hast. Als du verschwunden warst, hatte Shaklan sofort den Verdacht, dass du dem Schiff zur Erde gefolgt warst.

Aber du warst nicht allein mit deiner Besorgnis, was das große Experiment betraf. Andere beobachteten die Vorgänge ebenfalls, aber anstatt loszustürzen, um die Freisetzung des Virus zu verhindern, griffen sie den Ursprung an. L'gura, dieses mutterlose Tier, schmiedete ein Bündnis aus fünfzehn anderen Familien, und sie griffen an.« Sie starrte auf ihre Hände, und plötzlich sah sie sehr alt aus. »Viele sind dabei umgekommen. Doch wäre Zabb nicht gewesen, wären wir vielleicht *alle* gestorben.« Tach nagte an der Unterlippe, um sich Entschuldigungen für seine Abwesenheit zu verkneifen. »Hast du dich nie gefragt, als die Jahre vergingen und wir immer noch nicht kamen, was geschehen sein könnte?«

Eine kalte Klinge schien sich ihm im Magen zu drehen. Mühsam quetschte er heraus: »Vater?«

»Eine Kopfwunde. Der Körper lebt, aber der Geist ist nicht mehr da.« Eine geistige Taubheit überkam ihn, ihre nächsten Worte schienen aus weiter Ferne zu kommen.

»Da du verschwunden warst, bewarb sich Zabb um das Zepter, aber viele fürchteten seinen Ehrgeiz. Um ihm den Aufstieg zu verwehren, hat dein Onkel Taj die Regentschaft ausgeübt, aber es wurde beschlossen, dass du gefunden werden musst, denn es ist fraglich, wie lange Shaklans Leib noch durchhält …«

Ein bitterkalter Morgen. Sein Vater drückt ihm eine Papiertüte mit gerösteten Nüssen in die Hand, während ein Straßenverkäufer die Adligen anstrahlt … Er schwingt traurig an einer Tür hin und her, während Shaklan seinen Geschäften nachgeht und offenbar vergessen hat, dass er seinem Sohn versprochen hat, ihm heute das Reiten beizubringen. Die Besprechung ist zu Ende, und die Arme sind weit geöffnet. Er wirft sich in die Umarmung und fühlt sich vollkommen sicher, als sich die starken Arme um ihn schließen, spürt das Kitzeln des Spitzenhalstuchs an der Wange und riecht den warmen Männerduft, der von der Würze seines Duftwassers überlagert wird … Der unbeschreibliche Schmerz, als sein Vater ihm bei einer der Psi-Unterrichtssitzungen in den Oberschenkel geschossen hat. Ihre Tränen vermengen sich, während ihm Shaklan zu erklären versucht, warum er es getan hat. Dass Tisianne fähig sein muss, allem diesseits des Todes zu widerstehen, ohne die mentale Beherrschung zu verlieren. Eines Tages könnte sein Leben davon abhängen … Das Flackern des Feuerscheins auf der runzligen Ebene seines Gesichts, als sie in der Nacht, in der sie von Jadlans Selbstmord erfahren haben, eine Flasche Wein trinken und ihren Kummer teilen.

Tach bedeckte das Gesicht mit den Händen und schluchzte. Benaf'saj machte keine Anstalten – weder körperlich noch geistig –, seinen Kummer zu lindern, und er hasste sie. Der Sturm legte sich. Er wischte sich mit einem Taschentuch, das ihm seine Urahnin zur Verfügung stellte, über die tränenden Augen und die laufende Nase. Ihre Augen begegneten sich, und in den ihren sah er … Kummer? Er konnte es kaum glauben, und der Augenblick war vorbei, bevor er sich dessen, was er gesehen hatte, vergewissern konnte.

»Wir fliegen, sobald wir das Gebiet nach Schwarmlingen abgesucht haben. Wir sind nicht gut genug bewaffnet, um einen Angriff von einem der Verschlinger abwehren zu können, und unsere Schirme müssen abgeschaltet werden, bevor wir in den Geisterflug übergehen. Es ist eine Schande«, sann sie weiter, »dass wir nur so wenige Exemplare retten konnten. Sehr wahrscheinlich wird der T'zan-d'ran diese Welt vernichten.«

Sein Kopf bewegte sich in einer raschen Verneinung.

»Du bist anderer Ansicht?«

»Ich denke, die Menschen könnten dich überraschen.«

»Ich bezweifle es. Aber zumindest haben wir viele Daten gesammelt.« Sie betrachtete ihn mit kalten grauen Augen. »Du wirst selbstverständlich das Kommando über das Schiff übernehmen, aber halte dich bitte von den Menschen fern. Es würde sie nur aufregen und ihnen erschweren, sich an ihr neues Leben zu gewöhnen.«

Sie stieß einen telepathischen Ruf aus, und eine schlanke Frau betrat den Raum. Tach wurde zu seiner Verblüffung bewusst, dass sie bei ihrer letzten Begegnung noch eine pummelige Fünfjährige gewesen war, die mit einer großen Puppenfamilie gespielt und ihm das Versprechen abgenommen hatte, sie zu heiraten, wenn sie erwachsen war, sodass sie hübsche Kinder bekommen würden. Jetzt würde sie nie heiraten. Ihre Anwesenheit auf diesem Schiff – und nicht sicher und wohlbehütet in den Frauengemächern – bedeutete, dass sie zu den *Bitshuf'di* gehörte, zu den Geschlechtslosen, von denen man der Ansicht war, dass sie gefährlich rezessive Gene in sich trugen oder von nicht ausreichendem genetischen Wert waren, um ihnen die Fortpflanzung zu gestatten.

Ihr Blick huschte traurig – es war schwierig, die Empfindung einzuschätzen, so schnell war sie wieder verschwunden – über ihn hinweg, und sie bezeugte ihre Ehrerbietung.

»Sire, wenn Ihr mich begleiten würdet.«

Er verabschiedete sich von Benaf'saj mit einer Verbeugung und ging mit Talli, grübelnd, wie er das Schweigen brechen sollte. Er kam zu dem Schluss, dass seichtes Geplauder unangemessen war – *natürlich ist sie erwachsen geworden, es ist Jahrzehnte her!*

»Kein Wort der Begrüßung, Talli?« Der Gang wand sich vor ihnen und glänzte wie poliertes Perlmutt, während sie spiralförmig tiefer in das Herz des Schiffs vordrangen.

»Du hast kein Wort des Abschieds gefunden.«

»Ich musste es tun.«

»Andere leben auch nach diesem Imperativ.« Sie sah sich nervös um und wechselte auf den engen, intimen telepathischen Modus. *Zabb will dich töten. Iss und trink nichts, was ich dir nicht gebracht habe, und halte dir den Rücken frei.* Sie drückte ihm einen kleinen, scharfen Dolch in die Hand, und er schob ihn rasch in den Ärmel.

Das habe ich mir schon gedacht. Aber vielen Dank für die Warnung und die Waffe.

Er wird mich umbringen, wenn er davon erfährt.

Von mir wird er es nicht erfahren. In Mentatik war ich ihm immer überlegen. Doch sie schien daran zu zweifeln, und auf einmal erkannte er mit nicht geringer Verlegenheit, wie lasch seine Schirme waren. Er verstärkte sie, und sie nickte erleichtert.

Besser.

Nein, furchtbar. Das ist eine entsetzliche Situation. Er sah sie ernst an. *Ich habe nicht die Absicht, nach Takis zurückzukehren.*

Sie hatten die Tür zur Kabine erreicht, die sich ihm gehorsam öffnete.

Sie legte ihm die Hände auf die Schultern und drängte ihn hinein. *Du musst. Wir brauchen dich.*

Als sich die Tür schloss, kam er zu dem Schluss, dass Talli vielleicht doch keine so großartige Verbündete war.

♣

Für Tom Tudbury war es einer der schlimmsten Tage in seinem Leben. Der schlimmste überhaupt war der 8. März gewesen, als Barbara und Steve Bruder geheiratet hatten, aber der heutige Tag war ein ernsthafter Mitbewerber um den Titel. Er war mit jenem seltsamen Apparat, den er dem Straßenpunk abgenommen hatte, unterwegs zu Tachyons Klinik gewesen, als ein merkwürdiges Schiff, das mehr wie eine wendeltreppenartige Seemuschel ausgesehen hatte, aus den Wolken herabgeschossen war, sich neben ihn gesetzt und ihn eingeladen hatte, an Bord zu gehen. Vielleicht war *eingeladen* nicht ganz das richtige Wort. *Gezwungen* traf es eher. Eisige Krallen schienen sich ihm in den Verstand zu bohren, und er hatte den Panzer durch das gähnende Schott eines Laderaums geflogen. Danach fehlte ihm die Erinnerung bis zu dem Punkt, an dem er sich auf einmal bewusst geworden war, dass er sich in einem riesigen Raum befand und sein Panzer hinter ihm stand.

Mehrere schlanke Männer in gold-weißen Comicuniformen traten vor und durchsuchten ihn, während ein anderer in den Panzer kletterte und mit der seltsamen schwarzen Kugel und einem halb geleerten Sechserpack Bier wieder herauskam. Er hantierte mit den Dosen, sodass sie mit einem matten Scheppern zusammenstießen, was schallendes Gelächter hervorrief. Als Nächstes wurde die schwarze Kugel untersucht, begleitet von einem Gewirr musikalischer Worte, die immer wieder von wahllosen, unerklärlichen Pausen unterbrochen wurden. Schließlich wurde die Kugel achselzuckend auf ein Regal an einer Wand des gewundenen Raums gelegt. Einer seiner Häscher deutete höflich auf eine Tür. Die Höflichkeit der Geste zerstreute seine schlimmsten Befürchtungen – er befand sich ganz eindeutig nicht in den Händen des Schwarms. Irgendwie kam ihm Höflichkeit bei Ungeheuern fehl am Platz vor.

Sie traten in einen langen, gewundenen Gang, dessen

Wände wie polierte Abalonen glänzten. Als sie sich in Bewegung setzten, leuchtete die gewölbte Decke vor ihnen auf, während sie sich hinter ihnen wieder verdunkelte. An einer Wand fiel ihm ein Flechtwerk aus rosafarbenen Linien auf, die wie die Blüten einer Blume aussahen. Dieser Abschnitt öffnete sich unvermutet, und Tom wurde in eine luxuriöse Kabine geführt.

Ein Ausbruch spröden weiblichen Gelächters begrüßte ihn, und er glotzte die wunderschöne Frau an, die sich in der Mitte eines großen runden Betts zusammengerollt hatte.

»Na, nach viel siehst du nicht gerade aus«, sagte sie, während sie ihn von oben bis unten musterte. Er zog den Bauch ein und wünschte sich, sein T-Shirt wäre sauberer gewesen. »Ich bin Asta Lenser. Wer zum Teufel bist du?« Er hatte Angst, aber die Angst machte ihn vorsichtig. Er schüttelte den Kopf. »Ach, komm schon! Wir sitzen beide in der Tinte.«

»Ich bin ein Ass. Ich muss vorsichtig sein.«

»Na und, was soll's? Ich bin auch eins.«

»Du bist ein Ass?«

»Ja. Ich vollführe den Tanz der sieben Schleier.« Ihre langen, grazilen Arme woben ein Muster über dem Kopf. »Ich bin besser als Salome.«

Er sah verwirrt aus.

»Gehst du nie ins Ballett?«

»Nein.«

»Trottel.« Sie wühlte in einem großen unförmigen Beutel und brachte ein Päckchen mit weißem Pulver, einen Spiegel und einen Strohhalm zum Vorschein. Ihre Hände zitterten so stark, dass sie fünf Versuche brauchte, um zwei Linien zu bilden. Sie schnupfte das Kokain und lehnte sich mit einem tiefen Seufzer der Erleichterung zurück. »Wo waren wir? Ach ja, meine Kraft. Ich kann die Leute mit meinem Tanz verzaubern. Besonders Männer. Aber es ist eine ziemlich bescheidene Kraft, wenn man von Außerirdischen entführt wird. Trotzdem, *er* wusste sie ganz gewiss zu schätzen. Ich habe ihm eine Menge wertvolle Informationen mit meiner bescheidenen Kraft besorgt und ihn … bei Laune gehalten.« Sie machte eine obszöne Geste zwischen ihren Beinen.

Tom fragte sich, wovon sie eigentlich redete, aber im Grunde war es ihm nicht wichtig genug, um auch nur den Versuch zu unternehmen, es sich zusammenzureimen. Er stolperte durch den Raum und ließ sich auf eine niedrige Bank sinken. Als er sich auf das dicke, bestickte Polster setzte, ertönte ein Knistern wie von Blättern oder getrockneten Blüten, und ein volles, würziges Aroma lag in der Luft.

Er war sich nicht sicher, wie lange er auf der Bank gehockt und über seine Situation nachgegrübelt hatte – Takisier! Jesus Christus! Was würde mit ihnen geschehen? Tach? Konnte er helfen? Wusste er überhaupt davon? Ach, Scheiße!

»Hey«, rief Asta. »Es tut mir leid. Hör mal, wir sind beide Asse, da müssten wir doch in der Lage sein, irgendwas zu tun, um diesem Schlamassel hier zu entkommen.«

Tom schüttelte den Kopf. Wie konnte er ihr sagen, dass er seine Kräfte im Panzer zurückgelassen hatte?

♥

Das Anreißen des Streichholzes wirkte laut in dem stillen Raum. Tach beobachtete mit unnötiger Aufmerksamkeit, wie die Kerze entflammte. Das Licht entlockte der Schiffswand Farbe und setzte einen angenehmen Blumenduft frei. Er zog einen Vierteldollar aus der Tasche und legte ihn auf den Altar. Zwischen den goldenen takisischen Münzen wirkte er unangemessen. Er zückte das winzige Messer mit dem Perlmuttgriff, murmelte ein rasches Gebet für die Erlösung des Geists seines Vaters und stach sich in die Kuppe des Zeigefingers. Das Blut quoll langsam hervor, und er streifte den glänzenden Tropfen auf der Münze ab. Dann setzte er sich mit gekreuzten Beinen vor den Familienaltar, sog an der winzigen Schnittwunde und betrachtete sinnend das winzige, fünf Zentimeter lange Messer.

»Als Waffe macht das nicht viel her.«

Zabb lehnte mit vor der Brust verschränkten Armen in der Tür. Er war annähernd einen Meter achtzig groß, hatte einen gertenschlanken Körper und die mächtigen Schultern und die vorgewölbte Brust eines Langstreckenschwimmers oder Kampfsportlers. Das wellige, silbrige Haar war aus der hohen weißen Stirn zurückgekämmt und berührte den Kragen seiner weiß-goldenen Tunika. Kalte graue Augen verstärkten den Eindruck von Metall und Kristall, der Blick ließ jede Wärme vermissen. Aber er strahlte Macht, Beherrschung und ein überwältigendes Charisma aus.

»Daran habe ich nicht gedacht.«

»Das solltest du aber.«

Der Augenblick hatte etwas an sich, die Haltung von Zabbs Schultern oder vielleicht auch die sanfte Neigung seines Kopfs, das Tach an frühere Zeiten denken ließ … bevor die Familienpolitik in sein Leben eingedrungen war, bevor er die Gerüchte verstanden hatte, die Zabbs Mutter mit dem Tode seiner eigenen Mutter in Verbindung brachten, bevor … An Zeiten, als ein fünfjähriger Tach seinen bezaubernden älteren Cousin bewundert hatte.

»Ich musste daran denken, dass du mir meinen ersten Hund geschenkt hast. Er stammte aus dem Wurf der alten Tu'shula.«

»Lass es, Tis. Das ist längst tot und vergangen.«

»So, wie ich es sein werde?«

Ihre Augen trafen sich, grau und lila. Tach senkte den Blick zuerst.

»Ja.« Eine feingliedrige manikürte Hand strich sich nervös über den vollen Schnurrbart und die Koteletten. »Ich habe die Absicht, dich umzubringen, bevor wir Takis erreichen«, sagte Zabb im Konversationston.

»Ich will die Familie nicht. Ich will auf der Erde bleiben.«

»Das spielt keine Rolle. Solange du lebst, kann *ich* sie nicht haben.«

»Und die Menschen?«

»Sie sind Versuchstiere. Nützlich, wenn wir zur zweiten Stufe übergehen sollten.« Er wandte sich zum Gehen.

»Zabb, was ist geschehen?«

Die Schultern seines Cousins sackten zusammen, dann strafften sie sich wieder zu militärischer Haltung. »Du bist erwachsen geworden.« Die Tür schloss sich hinter ihm.

♦

Tom und Asta erschraken, als die beiden Männer eintraten und eine reglose, schlaksige Gestalt in einem violetten Uncle-Sam-Anzug hereinschleiften. Der jüngere Mann ließ sich auf ein Knie sinken und durchsuchte rasch die großen Manteltaschen des Hippies, um schließlich eine kleine Flasche mit einem silbrig glänzenden blauen Pulver hervorzuholen. Der ältere Takisier nahm das Fläschchen, öffnete es und roch neugierig daran. Eine Augenbraue hob sich.

»Und dieser hier war bei Tisianne?«, fragte er auf Englisch.

»Ja, Rabdan.«

»Und sie waren befreundet?« Seine blassen Augen huschten zu Tom.

»J-ja.«

»Das ist irgendeine Droge; zu viel von einer Droge kann schreckliche Wirkungen haben. Ich kann nur hoffen, dass mein werter Cousin sich auf die Behandlung einer Überdosis versteht. Andernfalls könnte sein Freund sterben.« Ein weiterer heimlicher, katzenhafter Blick in Toms Richtung.

Sein Begleiter strich sich über das Kinn und sagte dann zögernd: »Sollten wir nicht vorher Zabb fragen?«

»Unsinn, ihm wird es egal sein, was mit einem Menschenfreund Tisiannes passiert.«

Kniend ließ er den Inhalt des Fläschchens zwischen die schlaffen Lippen des Hippies rieseln. Tom machte Anstalten, sich zu erheben und zu protestieren, doch ein eisiger Blick Rabdans ließ ihn innehalten. Alle Augen richteten sich auf die hagere Gestalt am Boden, Astas mit offensichtlicher Erregung, während sich ihre Zungenspitze zwischen den Lippen zeigte. Toms mit Entsetzen. Die des jungen Takisiers mit Besorgnis, und Rabdans mit jovialer guter Laune.

Der Mann bewegte sich, krümmte sich, und einen Moment lang gafften alle nur verständnislos, als sich eine blau leuchtende Gestalt majestätisch vom Boden erhob. In der Weltraum-Dunkelheit der Kapuze des Umhangs waren die Augen Schlitze aus weißem Feuer, auf dem Futter des Umhangs funkelten leuchtende Sterne, Nebel und galaktische Spiralen. Die Takisier sprangen vor und griffen nach Luft, als die exotische Gestalt rasch und sauber durch den Boden sank.

♠

Tachyon kehrte in seine Kabine zurück und legte sich bäuchlings aufs Bett, das Kinn auf die Hände gestützt, und überlegte, was er tun sollte. Sein kurzes Gespräch mit Zabb hatte ihm nicht nur die Gefahr verdeutlicht, in der er schwebte, sondern vor allem die Gefahr, in der sich die Menschen befanden. Es war offensichtlich, dass sie trotz Benaf'sajs Bemerkungen als Versuchskaninchen dienen sollten.

Er hatte nicht lange gebraucht, um das Schiff als die *Hellcat* zu identifizieren, das bevorzugte und innigst geliebte Schiff seines Cousins. Folglich war jeder Versuch, das Schiff zu übernehmen, sinnlos. Mit *diesem* Schiff würde er auf keinen Fall fertigwerden. Er konnte sich noch an den Tag erinnern, als die Schiffszüchter angerufen hatten, um ihnen zu sagen, dass das neueste Schiff seines Cousins wild, überheblich und ganz und gar unerziehbar sei und sie besser noch einmal von vorn begannen. Das hatte Zabb gereicht. Selbst bei den anderen Familien, die mit ihrem Lob extrem geizten, war er als der beste Schiffsausbilder des ganzen Planeten bekannt. Und er konnte keiner Herausforderung widerstehen. Der neun Jahre alte Tisianne war mit seinem Vater im Ausbildungszentrum in der Umlaufbahn, als Zabb das Schiff betrat, die mächtigen Traktorstrahlen abgeschaltet wurden und das Schiff in die ungefähre Richtung des galaktischen Zentrums losraste. Niemand hatte damit gerechnet, Zabb noch einmal wiederzusehen, aber zwei Wochen später waren Schiff und Mann nach Hause gedümpelt, und nichts konnte fügsamer als *Hellcat* sein, wenn sie unter dem Kommando ihres Herrn stand. Sie war ein Ein-Mann-Schiff.

Genauso wie bei Baby *und mir,* dachte Tach.

Der Witz war, sie konnte nicht durch bloße Psi-Kräfte kontrolliert werden. Andererseits war sie ein Kriegsschiff, was bedeutete, dass zusätzliche Kontrollkonsolen im Rumpf eingebaut waren, sodass sie, sollte sie schwer verwundet werden, von der Besatzung nach Hause geflogen werden konnte. Doch wenn er versuchte, das Schiff mit Hilfe der Konsolen zu übernehmen, würde sie seine Befehle missachten und nach Zabb rufen. Und gegen Zabb konnte er zwar bei einer mentalen Konfrontation Mann gegen Mann bestehen, aber an Bord dieses Schiffes waren noch neunzehn weitere Takisier.

Was sollte er also tun? Benaf'saj hatte eindeutig das Kommando. Und wenn sie den Befehl gab, Tachyon und die Gefangenen zur Erde zurückzubringen … Er wälzte sich vom Bett hinunter und machte sich auf die Suche nach seiner *Kibr.*

Sie war auf der Brücke und funkelte Andami an, während Sedjur stirnrunzelnd den Text las, den *Hellcat* gehorsam auf den Boden projiziert hatte. Der jüngere Mann wand sich.

»Wärst du so nett, mir zu erklären, warum du einem Gefangenen eine unbekannte Substanz verabreicht hast?«

»Rabdan hat es getan, nicht ich«, sagte Andami mürrisch.

»Dann seid ihr beide Idioten – er, weil er es getan hat, und du, weil du es zugelassen hast. Jetzt läuft ein fremdes Wesen mit unbekannten Fähigkeiten frei im Schiff herum.«

»Er bewegt sich wieder«, meldete sich Sedjur. »Jetzt ist er auf Ebene fünf. Nein, wieder zurück auf Ebene zwei. Jetzt ist er in Eurer Kabine.«

Benaf'sajs Mund verzog sich missbilligend.

»Ich weiß gar nicht, warum sich alle so aufregen. *Hellcat* kann uns doch sagen, wo er ist.«

»Er geht durch Wände und Böden, und wenn wir die Stelle erreichen, an der er war, ist er längst wieder weg«, erklärte die alte Frau geduldig, als rede sie mit einem zurückgebliebenen Kind.

Tach trat vor, wobei er versuchte, der Aufmerksamkeit des Trios am Hauptschott zu entgehen, umklammerte die Rückenlehne eines Beschleunigungssitzes und sandte einen winzigen Faden aus. Er hatte eine Gabe, sich an Gedankenschirmen vorbeizuschleichen, aber Benaf'saj hatte über zweitausend Jahre Zeit gehabt, ihre zu vervollkommnen. Sein Mund war trocken, und das Herz schlug ihm im Hals, als er durch die erste Barriere schlüpfte.

Zweite Ebene. Schon kitzliger. Fallen für die Unachtsamen, die den Eindringling in mentale Endlosschleifen schleudern, bis Benaf'saj bereit ist, ihn freizulassen.

Er kratzte einen der Schirme an und wob rasch einen Dämpfer, um den Fehler zu verbessern. Der Dämpfer saß wie eine tanzende Schneeflocke mitten im Verstand seiner *Kibr* und glättete die Zacke, die er hinterlassen hatte. Wieder an einem vorbei. *Wie viele Ebenen hat die alte Teufelin eingerichtet?*

Pennnng! Er sah den Schlag nicht mal kommen. Er löste einen Alarm aus, eine weiß glühende Platte hob sich wie eine Feuerwand und krachte nieder. Es war, als hätte jede Synapse in seinem Gehirn gleichzeitig gefeuert, und es schien in seinem Schädel herumzuklappern wie eine verfaulte Walnuss in ihrer Schale. Ihm wurde klar, dass er rückwärts über den Boden rutschte, während die Finger über den perlmuttartigen Boden der *Hellcat* kratzten. Er prallte gegen die Wand, und alle Luft wurde ihm mit einem Schlag aus der Lunge gepresst.

Benaf'saj starrte ihn an, während Belustigung und Verärgerung zugleich über ihr Gesicht huschten. Er spürte, wie ihm das Blut in die Wangen schoss.

»Ich hatte meine Schirme oben!«, verkündete er erregt. Er fühlte sich furchtbar zerschlagen.

»Du und *meine* Gedanken kontrollieren, dummer Junge. Du kannst keinen Schirm errichten, den ich nicht durchbrechen kann. Ich habe dir die Windeln gewechselt, als du noch ein plärrender Balg warst! Es gibt nichts, was ich nicht über dich weiß!« Sie wandte sich ab, wobei jede Linie des zerbrechlich wirkenden Körpers Verachtung ausdrückte, und ein Gefühl der Demütigung schnürte ihm die Kehle zu. »Bring ihn weg«, sagte sie über die Schulter zu Sedjur. »Und diesmal sperrst du ihn in seiner Kabine ein.« Dieser letzte Befehl war an das Schiff gerichtet.

Mit ausdrucksloser Miene bot Sedjur ihm die Hand an, um ihn hochzuziehen, und führte ihn wieder in seine Kabine zurück. Er eilte voraus, den Kopf gesenkt, die Schultern eingezogen, und fühlte sich miserabel. In der luxuriösen Kabine nahm Tach mehrere großzügige Schlucke aus seinem silbernen Hüftflakon. Der Brandy half ihm, die bebenden Nerven zu beruhigen, trug aber nicht gerade zur Unterstützung der

Denkprozesse bei. Er ging auf und ab und versuchte, sich einen Plan zurechtzulegen. Als ihm nichts, aber auch gar nichts einfallen wollte, geriet er in Panik. Er fragte sich, wer da frei im Schiff umherschwebte. Fragte es sich noch mal.

Er beschloss, zunächst einmal in Erfahrung zu bringen, welche Menschen an Bord dieses Schiffs gefangen gehalten wurden. Er ertastete einen vertrauten weiblichen Verstand. Asta Lenser, die Primaballerina des American Ballet Theater. Sie dachte gerade an einen Mann, der große Probleme im Bett hatte. Während sein untersetzter, schweißnasser Körper in dem Bemühen nach Erleichterung gegen den ihren klatschte, dachte sie daran, wie lächerlich es doch war, dass ein Mann mit dieser Macht ihn nicht hochbekam. *Der gefürchtetste Mann in …*

Tach zog sich zurück und suchte weiter, da ihm sein Eindringen peinlich war und er sich vorkam wie ein Voyeur. Er fand niemanden, der sich nach dem freundlichen Irren anfühlte, der ihn vor der Klinik angesprochen hatte, und er hoffte nur, dass man Trips nicht für unnütz gehalten und sich seiner entledigt hatte. Dann stieß er auf etwas Seltsames. Auf einen Verstand, so verschlossen, dass er fast undurchsichtig war. Er hätte ihn nie gespürt, wäre nicht plötzlich so etwas wie Entsetzen in ihm aufgeflackert, das jedoch rasch unterdrückt wurde, sodass er die Quelle wieder verlor. Vielleicht war es der Eindringling. Er suchte weiter und fand …

»Turtle!«, rief er aus. Überraschung und Sorge ließen ihn kerzengerade hochschießen.

Er verfeinerte und verkleinerte seine geistige Sonde und bildete einen Halbschatten, um bei etwaigen mentalen Lauschern die Vorstellung zu erzeugen, er schliefe, und stellte eine Verbindung her. Es war schwerer als erwartet. Die erste kurze Berührung hatte ihm einen Turtle gezeigt, den er nicht kannte, und er wollte ihm keinen Schock versetzen, indem er plötzlich in seinem Verstand auftauchte. Er begann nach

Möglichkeiten zu suchen, um ihn allmählich auf seine Anwesenheit aufmerksam zu machen, und wurde mit jeder Sekunde mutloser. Düstere, schwermütige Gefühle wogten wie träge, zähflüssige Wellen durch Turtles Verstand: Angst, Wut, Einsamkeit, Verlust und ein überwältigendes Gefühl der Hoffnungslosigkeit.

Da er sich wie ein Eindringling vorkam und nicht wollte, dass Turtle dachte, er schnüffle in Angelegenheiten herum, die ihn nichts angingen, klopfte er entschlossen an die primitiven Schirme des Mannes, bis ihm ein Funke der Überraschung und des wachsamen Interesses zeigte, dass er Turtles Aufmerksamkeit erregt hatte.

Turtle.

Tacky, bist du das?

Ja. Er spürte Misstrauen und Argwohn. Es schmerzte, und er fragte sich wiederum, was seinem ältesten Freund auf der Erde widerfahren war. *Ich bin ein Gefangener wie du.*

Ach so. Eine von den anderen Familien, von denen du immer geredet hast?

Nein, meine eigene. Sie ist gekommen, um mich zu finden und sich das Ergebnis ihres Experiments anzusehen. Turtles Zweifel war wie eine harte Klinge. *Was kann ich tun, um dich davon zu überzeugen, dass ich nichts damit* zu *tun habe?*

Vielleicht nichts.

Mein Freund, früher warst du nicht so.

Ja. Der Gedanke war von Verbitterung durchdrungen. *Und ich war auch nicht in der schlechten Hälfte der Vierziger und ganz allein und nirgendwohin unterwegs außer ins Grab.*

Turtle, was ist mit dir? Was stimmt nicht? Lass mich helfen.

Wie du und deine Rasse geholfen haben, als ihr das Virus zur Erde brachtet? Nein, danke.

Der alte Kummer und das Schuldgefühl waren wieder da, stärker als seit vielen Jahren, in denen er die Klinik aufgebaut hatte, berühmt anstatt berüchtigt geworden war und von vielen seiner »Kinder« geliebt wurde. Jahre, die seiner Schuld die Schärfe genommen hatten. Sie waren weit offen füreinander, und Tach glaubte, in Turtle so etwas wie Befriedigung über seinen Kummer zu spüren.

Wie haben sie dich geschnappt?

Es war nicht besonders schwierig. Sie müssen mich mental beeinflusst haben, weil ich geradewegs zu ihnen geflogen bin.

Was hast du überhaupt dort draußen gemacht?, fragte Tach gereizt, indem er unsinnigerweise versuchte, Turtle den schwarzen Peter zuzuschieben.

Ich war mit einer verdammten Bowlingkugel zu dir unterwegs. Ich dachte mir, du wolltest vielleicht ein paar Runden kegeln. Was zum Teufel glaubst du, was ich gemacht habe?

Ich weiß es nicht, deshalb frage ich dich, schnauzte Tach, dessen geistiger Tonfall mittlerweile ebenso schroff war wie Turtles.

Es war eine verdammt merkwürdige Bowlingkugel, die ich einer Straßengang abgenommen habe.

Wo ist sie jetzt?

Sie haben sie aus dem Panzer genommen und sie in ein Regal in dem Raum gelegt.

Zeig mir den Raum.

Turtles Wut war wie Säure in seinem Verstand, aber er gehorchte. Tach wusste eigentlich nicht, warum er wegen dieser Kugel so hartnäckig war. Wahrscheinlich war es nur ein Vorwand, um ihn von ihrer gegenwärtigen misslichen Lage abzulenken.

Ich denke über die Durchführbarkeit eines Ausbruchs nach, sagte er nach einer langen Pause. *Mit deiner TK, meiner Gedankenkontrolle und dem Dolch, den mir meine Urgroßnichte Talli zugesteckt hat, könnten wir es vielleicht schaffen. Ich bin froh, dass du bisher noch nicht versucht hast, dich zu befreien.*

Ich … kann nicht.

Wie bitte?

Ich sagte, ich kann nicht.

Die Jahre rollten rückwärts, und plötzlich war er es und nicht Turtle, der diese Worte aussprach. Zitternd und weinend hatte er auf den Stufen von Jetboys Grab gestanden und zu erklären versucht, dass er, obwohl er helfen *wollte,* einfach nicht konnte. Turtle hatte ihn geschlagen. Die telekinetische Kraft des Asses war wie eine unsichtbare große Faust gewesen, die ihn die Stufen hinuntergetrieben hatte. Aber er wollte Turtle nicht schlagen, er wollte nur verstehen.

Warum nicht, Turtle? Warum kannst du es nicht?

Ich benötige meinen Panzer. Der Große und Mächtige Turtle könnte Hackfleisch aus diesen Kotzbrocken machen, aber ich nicht. Ich bin nur der gute alte Tom … Er verschloss sich panikartig, aber der Rest des Gedankens drang klar und deutlich zu Tachyon durch.

Tom Tudbury.

Glücklicherweise sagte der Name Tachyon nichts. Also war Turtles Geheimidentität dem Geiste nach noch intakt.

Ist schon in Ordnung, beschwichtigte er. *Wahrscheinlich hätte es ohnehin nicht geklappt. Der Plan hätte davon abgehangen, dass wir sie einen nach dem anderen ausschalten; aber in dem Augenblick, in dem du die Tür aufgerissen hättest, hätte* Hellcat *nach Zabb gerufen, und dann wären alle über uns hergefallen. Und selbst wenn wir Erfolg hätten, wäre ich wieder bei dem Ausgangsdilemma angelangt – wie ich mit* Hellcat *fertigwerden soll.*

Mit wem?

Mit dem Schiff. Es hat ein Bewusstsein.

Dann muss es im Moment ziemlich verwirrt sein, weil irgendein Bursche darin herumschwebt.

Du hast ihn gesehen? Was …

»SIE!«, erklärte eine Stimme, der es gelang, so viel Empörung in dieses eine Wort zu legen, wie überhaupt möglich war.

Tachs Augen öffneten sich, da die zur Aufrechterhaltung einer privaten telepathischen Verbindung erforderliche Konzentration wie weggeblasen war. Eine unheimliche, blau leuchtende Gestalt stand in der Mitte der Kabine. Rasch wälzte er sich vom Bett, und die Klinge glitt ihm den Ärmel hinunter in die Hand. Er nahm die geduckte Haltung eines Messerkämpfers an, wobei die Klinge und die freie Hand verschnörkelte und verwirrende Muster vor ihm in die Luft zeichneten. Aus der Sicherheit seiner mentalen Schirme streckte er einen telepathischen Fühler aus und begegnete einem starken Gedankenblock.

»Ach, legen Sie das doch weg, Sie grässlicher kleiner Mann! *Mir* können Sie nichts anhaben.«

»Darüber mache ich mir keine Gedanken. Was mir Sorgen bereitet, sind *Ihre* Absichten *mir* gegenüber.«

Das Wesen richtete sich zu voller Größe auf, und die seltsamen Augen blitzten wie Wunderkerzen in dem ausdruckslosen Gesicht. »Das ist alles *Ihre* Schuld. Ich habe versucht, den drogenverseuchten Hippie von diesem empörenden Weg abzubringen, aber er war unbelehrbar, völlig unbelehrbar! Der Vater der Asse, in der Tat. Er hat einen wirklich netten Vater, der ihn niemals zu dieser Art von kindischer Verantwortungslosigkeit ermuntert hätte. Die Welt hätte sich auch ohne Ihre Einmischung munter weitergedreht.

Und nicht genug, dass Sie seltsame und unnatürliche außerirdische Substanzen an uns ausprobieren, nein, jetzt müssen Sie uns auch noch Ihre *Familie* auf den Hals hetzen! Einen ganzen Stamm von Ihresgleichen! Unsere einzige Hoffnung ist, dass sie ebenso wichtigtuerisch und ansonsten unfähig sind, wie Sie sich erwiesen haben. Zuerst verlieren Sie das Virus, dann erlauben Sie seine Freisetzung, helfen dabei, Freunde und Geliebte zu schikanieren und in Gefängnisse und Irrenanstalten werfen zu lassen, und …«

»RUHE!«, brüllte Tachyon. *Ach, Blythe,* stöhnte er innerlich. Der Gedanke war wie Wasser auf Feuer, löschte seine aufflammende Wut und hinterließ nur eine kalte, klebrige Masse aus schlammiger Asche.

Dennoch schien sein Ausbruch eine Wirkung auf den Besucher zu haben. Der Mund des Mannes blieb fest verschlossen, und er holte ein paarmal kurz und hechelnd Luft durch verengte Nasenlöcher. Dann begann er mit überlegener Würde, im Boden zu versinken. Einen Moment lang glotzte Tachyon nur, aber nur einen Moment lang. Dieser Mann konnte sehr nützlich sein, und jetzt hatte er ihn dummerweise vertrieben. Er rühmte sich immer seines Scharfsinns und der Fähigkeit, Leute zu durchschauen und sie beeinflussen zu können. Jetzt war der Augenblick gekommen, um zu überprüfen, wie ausgeprägt diese Fähigkeit bei ihm wirklich war.

Eilig trat er einen Schritt vor. »Nein, warten Sie bitte, Sir. Gestatten Sie mir, mich für meine Grobheit und den Mangel an Manieren zu entschuldigen.« Die Erscheinung hielt inne. Mittlerweile waren nur noch der Kopf und der Oberkörper zu sehen. »Ich hatte noch nicht die Ehre, Ihre Bekanntschaft zu machen. Ich bin Dr. Tachyon.«

»Cosmic Traveler.«

»Sie müssen mir verzeihen. Ich … ich bin schon den ganzen Tag ziemlich starkem Stress ausgesetzt. Ich war unaufmerksam, als Sie eintrafen, sonst wäre mir Ihre Macht gleich von Anfang an bewusst gewesen.«

Traveler lächelte geziert, dann nahmen seine Züge einen Ausdruck göttlicher Ruhe und Weisheit an. Tachyon begriff, dass er sich gar nicht um Feinfühligkeit bemühen brauchte. Bei diesem Mann würde selbst die offensichtlichste Schmeichelei ihren Zweck erfüllen.

»Würden Sie bitte bleiben? Ich bin ganz durcheinander, und ich habe das sichere Gefühl, dass bereits ein kurzes Gespräch mit Ihnen helfen würde.« Traveler erhob sich gnädig wieder aus dem Boden und setzte sich in einen Sessel. Dabei wurden die Umrisse seines Körpers deutlicher und fester.

Also kann er stofflich werden, sann Tachyon.

»Haben Sie die anderen Gefangenen gesehen?«

»Ja. Als dieser jämmerliche Idiot Trips in die Kabine gebracht wurde, habe ich einen molligen kleinen Mann in Jeans und T-Shirt und eine äußerst attraktive junge Frau gesehen.« Die Spitze seiner Zunge erschien zwischen den dünnen Lippen, befeuchtete die Oberlippe und verschwand wieder.

»Wo waren Sie?«

»Ich war ... anwesend«, sagte er vorsichtig. »Glücklicherweise konnte ich mich befreien. Ich denke mit Schaudern daran, was hätte geschehen können, wenn einer von diesen anderen aufgeblasenen Idioten erschienen wäre. Sie haben nicht das geringste Interesse an meinem Wohlergehen.« Offenbar bezog er Tachyon in diese Feststellung mit ein, da er ihn wütend anfunkelte.

Tach wurde nicht ganz schlau aus dem ganzen Gerede von anderen Personen und drogenverseuchten Hippies. Meadows vielleicht? Aber im Augenblick war er weniger an den metaphysischen Rätseln interessiert, vor die Cosmic Traveler ihn stellte, sondern mehr an dessen einzigartigen Fähigkeiten.

»Traveler, ich glaube, mit *Ihrer* Hilfe können wir fliehen und zur Erde zurückkehren.«

»Ach?« Die Stimme war mit Argwohn durchtränkt.

»Gehen Sie in die Kabine zurück, wo Turtle, der Captain und die Frau gefangen gehalten werden ...«

»Der Captain ist nicht mehr da.«

»Wie?«

»*Ich* bin hier.«

»Ach ... äh ... ja, nun, wie auch immer. Jedenfalls, gehen Sie in die Kabine und sagen Sie den anderen, sie sollen sich bereithalten. Dann führen Sie Zabb und seine Lakaien zum anderen Ende des Schiffs.« Tachyon legte den Kopf ein wenig schief und begutachtete seinen merkwürdigen Verbündeten. »Es würde Zeit sparen, wenn Sie zur Berichterstattung nicht hierher zurückkehren müssten. Wären Sie bereit, Ihren Gedankenblock fallen zu lassen, sodass ich in telepathischer Verbindung mit Ihnen bleiben könnte?«

»Nein! Ich soll einen außerirdischen Spanner in meinen Kopf lassen? Das kommt nicht infrage.«

Tachyon starrte ihn wütend an. »Ich bin nicht sonderlich daran interessiert, was in Ihrem Kopf vorgeht. Mich interessiert nur …«

Die Tür öffnete sich. Traveler verschwand, indem er elegant in immer noch sitzender Haltung durch Sessel und Boden sank. Zabb kam mit fünf Soldaten in den Raum gestürzt. Tach schloss den Mund und verlieh seiner Miene einen Ausdruck unschuldigen Interesses. »Wo ist er?«, knirschte Zabb.

Tach zeigte mit dem Finger nach unten. »Er ist da lang.«

♣

Die Dinge verwirrten sich zusehends. Zunächst hatte sich der Hippie in Luft aufgelöst, und dann war die blau leuchtende Erscheinung verschwunden. Die Takisier hatten sich an die energische, wenn auch irgendwie desorganisierte Verfolgung gemacht. Tachyon hatte Verbindung mit ihm aufgenommen, und jetzt war die Verbindung mitten in der telepathischen Unterhaltung abgebrochen. Tom versuchte, den Kontakt zu seinem Freund wiederherzustellen und ging dabei sogar so weit, mehrfach leise »Tach?« vor sich hin zu murmeln. Er sah auf, begegnete Astas wachsamem Blick und strich sich verlegen mit der Hand durchs Haar.

»Ich … ich habe versucht, mich mit Tach in Verbindung zu setzen.«

»Aha.« Die Tatsache, dass sie ihn ganz eindeutig für einen Irren hielt, trug nicht gerade dazu bei, seinen ohnehin sinkenden Mut zu stärken.

Wäre Turtle hier gewesen, würde sie ihn nicht so ansehen, dachte er, zwischen Verstimmung und Müdigkeit hin- und hergerissen. Sie würde sich auf dem Dach seines Panzers festkrallen, während er aus der Kabine ausbrach und dabei die Takisier wie Kegel umwarf, Tach rettete und triumphierend mit ihnen nach Hause flog. Oder vielmehr die Takisier zwang, sie nach Hause zu fliegen. Im Panzer war kein Platz für Passagiere, und er wusste nicht, wie dicht er war. Er würde wie ein echter Trottel aussehen, wenn sie alle erstickten …

Er schlug sich mit der Faust auf das Knie und unterbrach den quälenden und sinnlosen Gedankengang. Er war nicht Turtle. Er war nur Tom Tudbury, der Junge aus New Jersey, der es in dreißig Jahren geschafft hatte, zwei Blocks weit umzuziehen. Er schloss die Augen und sah die geisterhaften Schiffssilhouetten durch den Kill treiben, deren Positionslichter sich im nachtschwarzen Wasser spiegelten. Ihm wurde klar, dass er noch eine weite Reise unternehmen würde, wenn auch nicht zu einem Ziel seiner Wahl.

Ein spitzer Schrei von Asta ließ seinen Kopf hochrucken. Traveler war wieder zurück.

»Ich bin Cosmic Traveler«, verkündete er, um dann innezuhalten, als erwarte er eine Fanfare.

Asta und Tom starrten ihn gebannt an.

»Dieser lächerliche kleine Mann hat mich hergeschickt, um den Aufenthaltsort unserer Häscher in Erfahrung zu bringen und euch mitzuteilen, dass er einen zweifellos völlig undurchführbaren und äußerst gefährlichen Fluchtplan ausheckt.«

Asta schlängelte sich auf dem Bett vorwärts und erhob sich geschmeidig auf die Knie. »Du kannst dich frei durch das ganze Schiff bewegen«, flüsterte sie. »Kannst du auch zur Erde zurückkehren?«

»Ja.«

Sie streckte die Arme aus, und ihr Schlüsselbein zeichnete sich deutlich unter der weißen Haut ab. »Wärst du bereit, mich mitzunehmen?«, gurrte sie.

Tom wollte sie fragen, was sie dazu verleitete zu glauben, dass der Mann die Wahrheit sagte, und wie er sie mitnehmen wollte, falls er tatsächlich der Kälte und dem Vakuum des Weltraums widerstehen konnte.

Sie reckte ihren schwanengleichen Hals und fuhr sich mit den Händen durchs Haar. Durch diese Gesten wurden ihre kleinen festen Brüste gegen das Trikot gedrückt, und ihre Brustwarzen sahen wie harte Knöpfe unter dem dünnen Material aus. »Ich kann sehr großzügig zu Leuten sein, die mir helfen, und mein Arbeitgeber hätte einem Mann mit deinen einzigartigen Fähigkeiten möglicherweise ein interessantes Angebot zu machen.«

Die völlige Unangemessenheit der Situation raubte Tom den Atem. Er fragte sich, ob diese Frau sich wirklich entblättern und vor seinen verwunderten Augen mit diesem Fremden vögeln würde. Der Mann würde zweifellos erkennen, dass dringendere Angelegenheiten auf sie warteten. Doch Cosmic Traveler sprang voll darauf an. Astas Verrenkungen hatten ihn zum Keuchen gebracht, und die Hände an seinen herabhängenden Armen zuckten krampfhaft. Er warf einen nervösen Blick über die Schulter in Richtung Tür, und Tom sah, wie Lust und Angst in dem glatten blauen Gesicht miteinander rangen. Die Lust gewann.

Mit einem kehligen »Einverstanden«, das halb ein Ächzen war, wankte er zum Bett. Asta schälte sich bereits aus ihren Jeans. Darunter trug sie ein blassrosa Höschen, das sie zusammen mit dem Trikot rasch auszog, um dann die Arme auszubreiten. Traveler brach mit einem Stöhnen über ihrem dünnen weißen Körper zusammen, und sie begannen ein hektisches Vorspiel.

Verlegen, aber doch fasziniert fiel Tom mit jenem seltsamen Auge für Details, das man immer dann zu entwickeln scheint, wenn man sich in einer höchst unangenehmen Situation befindet, auf, dass ihre Füße ausgesprochen hässlich waren. Die Zehen waren mit Schwielen und entzündeten Stellen übersät, und ein großer Zeh hatte sich offenbar infolge vieler Ballettsprünge schwarzblau verfärbt.

Zehn Minuten später waren sie immer noch dabei, und Asta sagte zunehmend gereizt: »Mach schon! Mach schon!« Traveler stieß in regelmäßigen Abständen raue Grunzlaute aus, während sein blauer Hintern heftig pumpte und mit wachsender Verzweiflung auf und nieder stieß, auf und nieder.

Das Stampfen von Stiefelabsätzen entlockte Asta ein Keuchen, gefolgt von einem wilden Kreischen, als Traveler *durch* ihren Körper sank und in den Tiefen des Betts verschwand. Tom hätte beinahe ebenfalls die Beherrschung verloren und eilte zum Bett, um sich davon zu überzeugen, dass Asta noch lebte. Sie lag totenstill. Er streckte die Hand aus und berührte ihre nackte Schulter. Sie kreischte wieder. Tom erschrak, verlor das Gleichgewicht und fiel der Länge nach auf das Bett. Der Takisier starrte sie an, dann rief er: »Captain, er war …« Das Schließen der Tür schnitt die restlichen Worte ab.

Cosmic Traveler kehrte zurück.

»Also wirklich! Ich hoffe aufrichtig, du musst den Takisiern nicht als Sexsklavin dienen. Dir fehlen aber auch die grundlegendsten erotischen Fertigkeiten.«

»Mir?«, rief Asta, indem sie Tom wegschob. »Du bist doch derjenige, der ihn nicht …«

»Was gibt es da zu kichern, du dicker kleiner Mann«, brüllte Traveler.

Tom hatte nicht gekichert, nicht richtig, aber die Lächerlichkeit der Situation hatte ihm ein Geräusch entlockt.

»Weißt du, was sie mit dir vorhaben?«, fuhr Traveler an Asta gewandt fort, »Vivisektion! Weißt du, was das heißt? Ich kann mir nicht vorstellen, warum sie sich ausgerechnet dich geschnappt haben. Du musst das armseligste aller Asse sein. Zitterst wie eine Schüssel Wackelpudding und schniefst wie eine Jungfrau, die sich ziert.« Er warf ihr einen grollenden Blick zu. Sie zeigte ihm einen Vogel.

Tom explodierte. »Würdest du von hier verschwinden, verdammt noch mal! Verpiss dich! Du hältst dich für so verdammt schlau, aber du sitzt hier auch fest wie wir anderen. Du kannst nicht von diesem Schiff herunter. Wenn du es könntest, wärst du längst weg. Und jetzt verschwinde. Raus mit dir!« Tom stürmte auf ihn los, wobei er wild mit den Armen wedelte, als wollte er ein paar Hühner verscheuchen. Als Traveler ging, sah er entschieden vergrätzt aus.

♥

»Wo zum Teufel sind Sie gewesen?«

♦

Tachyon unterbrach sein nervöses Umherwandern.

♠

»Wie lange dauert es, ein Schiff auszukundschaften…« Traveler, der bereits halb durch die Kabinenwand gedrungen war, machte Anstalten, sich wieder zurückzuziehen.

♣

Tachyon eilte auf ihn zu. »Nein, bitte warten Sie. Es tut mir leid. Der Stress … Was haben Sie herausgefunden?«

»Unsere Häscher verfolgen *mich* und rennen dabei wild durch das Schiff. Obwohl ich mir nicht vorstellen kann, wie sie mir auf den Fersen bleiben. Sie werden zweifellos bald hier sein …«

»Und meine *Kibr*? Die alte Frau mit den Juwelen im Haar«, erklärte er, als er Travelers verständnislose Miene sah.

»Ich habe keine Ahnung.«

Tach hielt seine Zunge im Zaum und kam zu dem Schluss, dass Benaf'sajs Aufenthaltsort vielleicht doch nicht so wichtig war.

»Also schön, nichts für ungut, wir werden es versuchen. Links von der Kabinentür ist ein kleiner Vorsprung in der Schiffswand. Das ist ein Notschalter für die Türen. Öffnen Sie meine, dann werden wir …«

»Nein.«

»Ich bitte um …«, begann er höflich, hielt dann inne und knurrte: »Was?«

»Sie haben mich schon verstanden. Ich sagte Nein. Ich habe nicht das geringste Vertrauen zu Ihren Fähigkeiten, diesen Fluchtplan erfolgreich in die Tat umzusetzen, und ich will nichts damit zu tun haben. Außerdem, wenn ich stofflich vor Ihrer Tür stehe, werden diese Schläger über mich herfallen.«

»Es dauert doch nur einen Augenblick.«

Traveler verschränkte die Arme vor der Brust und starrte majestätisch die Wand an. »Nein.«

»Bitte.«

»Nein.«

Tachyon faltete die Hände vor der Brust. »Bitte, bitte, bitte.«

»Nein.«

»Du winselnder, speichelleckender Feigling!«, bellte Tach. »Du bringst uns alle in Gefahr. Du bist der einzige …«

Doch Traveler war bereits wieder unterwegs. Tachyon lief zu einer Nische in der Wand, nahm eine wunderschöne Membres-Vase und warf sie nach dem sich rasch zurückziehenden Ass. Sie flog durch ihn hindurch und krachte gegen die Wand. Traveler warf ihm einen Blick zu, aus dem äußerste Verachtung und Abscheu sprachen. Tach zitterte aus Wut und Verzweiflung über seine heftige Reaktion. Er lockerte sein Spitzenhalstuch und riss sich nach Luft schnappend den Kragen auf. Er hatte sich die ganzen Jahre über solche Mühe gegeben, derartige Reaktionen zu unterdrücken und allen Leuten nett und freundlich zu begegnen. Jetzt hatte er vollkommen die Beherrschung verloren. Er benahm sich wie … Er hielt inne, suchte nach einem angemessen verabscheuungswürdigen Vergleich.

Wie Zabb.

Dieses kurze Schwelgen in Selbstmitleid tat gut, beseitigte aber nicht das Hauptproblem. Sie saßen in einem Boot ohne das Paddel.

Und das ist auch meine Schuld, dachte Tach, ohne sich zu überlegen, ob es vielleicht möglich war, das widerspenstige Ass durch irgendeine Bestechung oder Schmeichelei umzustimmen.

♥

Seine Zeit war fast um. Gegen die Unwägbarkeiten eines gefühllosen, gleichgültigen Schicksals wetternd, das ihn in den Körper eines Mannes gesperrt hatte, den er kaum höher einstufte als Gemüse, streifte er durch das takisische Schiff, wobei er ständig vor den zunehmend hysterischen Suchtrupps floh. Doch so konnte es nicht weitergehen. Wenn er zauderte, würde er sich wieder in diesen Idiot Meadows verwandeln, und die Außerirdischen mochten ihm *Schaden* zufügen. Wie sehr Traveler seinen Wirtskörper auch verachten mochte, ihm war durchaus bewusst, dass es ohne Mark kein Leben für ihn gab. Ihm war aufgefallen, dass Türen schwache Linien wie die versteinerten Abdrücke uralter Blütenblätter auf den Wänden hinterließen. Manche öffneten sich automatisch, bei anderen schien ein telepathischer Befehl erforderlich zu sein, wieder andere ließen sich durch die Zugangsschalter öffnen, die Tachyon beschrieben hatte. Er machte sich auf die Suche nach einer, die sich nicht automatisch öffnen würde. Nach einer, die von außen gründlich verschlossen zu sein schien.

♦

Mark kam langsam zu sich. Und blinzelte… und blinzelte wieder, weil es *dunkel* war. Hastig tasteten seine Hände über Gesicht und Kopf, bis er sich seines Bewusstseins vollkommen versichert hatte. Aber es war immer noch dunkel. Er schlurfte vorwärts und stieß mit seiner langen Nase gegen eine Wand. Mit einer Hand die schmerzende Nase haltend, starrte er in die Finsternis. Zögernd streckte er die Arme aus, um die Ausdehnung seines Gefängnisses zu erkunden. Es war klein. Kabuffgroß. Sarggroß.

Dieser Gedanke war deprimierend, also schüttelte er ihn ab und versuchte sich stattdessen durch den verschwommenen Filter von Travelers Erinnerungen zusammenzureimen, was geschehen war.

»Außerirdische, Mann. Ach, Mist.«

Und Tachyon… ein Gefangener? Ja, das klang richtig. Er war wütend gewesen, weil Traveler… irgendetwas… getan oder nicht getan hatte. Mark seufzte und rieb sich das Gesicht. Ja, soweit es Traveler betraf, klang alles richtig. Einen Augenblick lang sann er verdrießlich über die sozialen und emotionalen Unzulänglichkeiten seines alternativen Selbst nach.

Er fragte sich, wie spät es war. Wahrscheinlich war Sprout mittlerweile längst aus dem Kindergarten heimgekehrt. Er traute Susan zu, dass sie die Kleine im Auge behielt, solange der Kürbis geöffnet hatte, doch wer würde auf sie aufpassen, wenn der Head Shop schloss? Sicher würde Susan sie nicht einfach allein lassen, wenn Mark bis dahin nicht zurückgekehrt war. Er versuchte in seinem winzigen Gefängnis auf und ab zu gehen, verschätzte sich in der tintigen Schwärze jedoch und lief gegen die Wand.

»Ich muss hier raus und Dr. Tachyon helfen. Er wird wissen, was zu tun ist.« Er fummelte in seinem Lederbeutel herum und zückte ein Fläschchen. Er hielt es sich vor die Augen und starrte angestrengt, doch ohne Erfolg. Es war zu dunkel, um das Glas zu sehen, ganz zu schweigen von der Farbe des Pulvers, die es enthielt.

»Ach, Mist, Mann. Wenn ich Flash ziehe, kann er die Tür niederbrennen, aber Starshine kann nicht im Dunkeln arbeiten. Und Moonchild …« Er stieß gegen die unnachgiebige Wand. »Ich weiß nicht, ob sie hier ausbrechen könnte oder nicht.«

Er steckte das Fläschchen in den Beutel zurück und fischte ein anderes heraus. Er zögerte, steckte es zurück und versuchte es mit einem anderen. Schließlich zog er zwei heraus. Sein Kopf ruckte zwischen den beiden Fläschchen hin und her wie ein verwirrter Storch. Er steckte sie wieder weg und schlug die Hände vor das Gesicht.

»Ich muss etwas tun. Ich bin ein Ass, Mann. Leute sind von mir abhängig. Das ist wie eine Prüfung. Ich muss beweisen, dass ich würdig bin.«

Er nahm das fruchtlose Durchwühlen des Beutels wieder auf. Er bildete sich ein zu spüren, wie sich das Schiff bewegte, sie über die Umlaufbahn des Neptun hinaustrug und ihn für immer von Sprout trennte. Von seiner wunderschönen goldhaarigen Tochter, die geistig nie älter als vier Jahre sein würde. Von seinem Alice-im-Wunderland-Schätzchen, das ihn brauchte. Und er brauchte das Gefühl, gebraucht zu werden. Seine Finger schlossen sich krampfhaft um eine Phiole, dann riss er sie förmlich aus dem Beutel und murmelte: »Ach, zum Teufel damit.«

Er öffnete das Fläschchen und schluckte den Inhalt. Später würde er wissen, ob seine Wahl die richtige gewesen war.

♠

Talli hatte ihm eine Mahlzeit gebracht. Köstliche, mit Fleisch und Obst gefüllte Pfannkuchen, die zu Hause sein Leibgericht gewesen waren. Der erste Bissen blieb ihm im Halse stecken, und er spülte den Rest die Toilette hinunter. Mit seinem rastlosen Umherwandern hatte er nichts erreicht außer einem Krampf im linken Oberschenkel. Er holte sich eine Bürste vom Frisiertisch im Badezimmer und versuchte sich zu beruhigen, indem er sich die Haare bürstete. Das Kratzen der Borsten auf der Kopfhaut tat gut, und ein Teil der Spannung wich aus seinen Schultern.

Dann schien *Hellcat* kaum merklich zu erbeben, und durch ihren Verstand hallte ein lautes, bedrücktes »AU!«. Offensichtlich hielt dieses Schiff nicht viel davon, Leiden stumm zu ertragen.

Traveler?, fragte er sich. Hatte sich dieser winselnde Feigling endlich dazu durchgerungen, etwas zu unternehmen? Oder war es vielleicht Turtle, der seine mentale Sperre überwunden und die Tür aufgebrochen hatte und Zabb gerade zu Brei zerquetschte …

Hellcat veranstaltete ein derartiges Psi-Spektakel, dass er nicht glaubte, irgendjemandem würde eine nicht abgeschirmte telepathische Unterhaltung mit Turtle auffallen. Er tastete sich vor.

Ach, Scheiße!

Tut mir leid, ich wollte dich nicht erschrecken.

Tach spürte keinerlei Gefühl von unmittelbarer Gefahr in Turtles Gedanken und seufzte. *Ich nehme an, du bist nicht gerade dabei, uns zu retten.*

Ich kann nicht, erwiderte Turtle verdrossen. *Das habe ich dir bereits gesagt.*

Tom, sagte er sanft und erst, als er Turtles Keuchen hörte, erinnerte er sich wieder daran, dass er sein Wissen um Turtles Geheimidentität besser nicht enthüllt hätte. Er fuhr fort. *Könntest du es nicht einfach versuchen? Ich bin sicher, wenn du es versuchst, kannst du …*

Ich kann nicht! Wie oft muss ich dir das noch sagen, ich kann nicht. Und ich erinnere mich dunkel an eine Schnapsleiche, die ständig jammerte, nichts tun zu *können, und dann tief gekränkt war, als ich nicht sehr verständnisvoll war. Tja, jetzt bin ich in deiner Lage, Tachy. Nun sei du mal verständnisvoll.*

Der Hieb saß. Er war sich der Schuld, in der er bei Turtle stand, völlig bewusst, aber er mochte es nicht, wenn man ihn mit der Nase auf Sünden der Vergangenheit stieß. Sie waren genau das … Vergangenheit. *Das Virus steckt in deinen Zellen …*

Das weiß ich. Wie könnte ich das je vergessen? Das hat mein ganzes verdammtes Leben ruiniert! Du und Jetboy und deine gottverdammten Takisier. Lass mich, verdammt noch mal, in Ruhe.

Turtle mangelte es an mentalem Geschick, Tachyon tatsächlich aus seinem Verstand auszusperren, aber er konnte jeden bedeutsamen Gedanken unter einer dicken Schicht Wut verbergen, was das Lesen und Senden ziemlich erschwerte. Tach atmete mehrmals tief durch die Nase und machte sich klar, dass Turtle sein ältester Freund auf der Erde war. Er fragte sich, ob er Turtle mental kontrollieren und ihn zwingen konnte, seine emotionale Sperre zu durchbrechen. Doch nein, das Trauma lag zu tief vergraben, um es mit derartigen Holzhammermethoden beseitigen zu können. Vater mit seinen Fähigkeiten könnte … Tach schlug die Arme um sich und wiegte den Oberkörper hin und her, als ihn der Kummer mit voller Wucht traf und wiederum unter sich begrub.

Lautes Geschrei, Krachen und heftige Flüche brachten ihn wieder zurück in die Gegenwart. Er runzelte die Stirn und wich langsam von der Tür zum Bett zurück, als er erkannte, dass der Lärm näher kam. Viel näher. Ganz nah. Eine große graue Faust durchschlug die Tür. Die spatelförmigen Finger schlossen sich um die gezackten Ränder des Lochs, und ein großer Teil der Tür wurde herausgerissen. *Hellcat* kreischte, und die klare, klebrige Flüssigkeit, die in dem lebendigen Schiff als Blut diente, quoll aus der Wunde, erstarrte jedoch schnell zu durchsichtigen Rinnsalen. Tach sah fasziniert zu, wie ein Teil der Tür nach dem anderen herausgerissen wurde. Durch das unregelmäßige Loch kam ein massiger, untersetzter Mann mit unbehaarter grauer Haut und einem kahlen Kopf mit vorgewölbter Stirn. Takisier hingen an ihm wie Schmuck an einem Weihnachtsbaum.

»Erledigt ihn mit einem Gedankenblitz!«, schrie Zabb, indem er dem Wesen seine Faust ins Gesicht pflanzte. Er tänzelte zurück, als das Ungeheuer einen Soldaten vom Rücken pflückte und ihn nach Zabb warf.

Ein Takisier ließ sich trotz der großen Kraft des Wesens nicht vertreiben. Ein zierliches Gesicht, das zu einem gewaltigen Körper gehörte und sich zu einer Miene verbissener Grausamkeit verzogen hatte. Durg at'Morakh bo Zabb. Zabbs Schoßungeheuer. Ekel und Abscheu schnürten Tach die Kehle zu. Er lief zu der zertrümmerten Tür, während sich seine Gedanken überstürzten.

Nicht von diesen Händen. Wate in meinem Blut, Zabb, wenn es sein muss, aber nicht …

Er sah sich einem Meter gehärteten Stahl gegenüber. Langsam hob er den Blick, bis die Augen denen seines Cousins begegneten.

Nein, von meiner *Hand.*

Ein bedauerndes, aber gleichwohl raubtierhaftes Lächeln huschte über Zabbs Lippen, dann sprang er vor. Tach warf sich zurück, verlor auf dem schlüpfrigen Boden den Halt und fiel zu Boden. Das rettete ihm das Leben, denn die Klinge zischte nur Zentimeter über seinen Kopf hinweg. Das Krachen und Dröhnen hielt an, als die groteske graue Erscheinung in der Kabine umherwankte, Takisier abwehrte und vergeblich versuchte, Durg abzuwerfen. Benaf'saj betrat den Raum, und Zabb senkte die Klinge. Offensichtlich war er noch nicht bereit, einen Mord unter den Augen eines *Ajayiz'et* zu begehen. Tachyon war noch nie so froh gewesen, sie zu sehen.

Benaf'saj entfachte einen Strahl mentaler Energie, der die Synapsen aller Anwesenden im Raum erschütterte, und das Wesen brach zusammen wie ein gefällter Baum. Zerschundene Besatzungsmitglieder fielen über die reglose Gestalt her und fesselten sie.

Benaf'saj durchbohrte den Kommandanten mit kalten grauen Augen. »Würdest du mir diesen Tumult erklären?«

»Wir haben das Wesen gefunden.«

»Tatsächlich?« Ihr spöttischer Ton hatte eine ätzende Schärfe.

Zabb plusterte die Wangen auf, während er dem Blick der Urahnin auswich. »Tja, er scheint wieder die Gestalt gewechselt zu haben.«

Benaf'saj spießte Rabdan mit einem Blick auf. »Und dürfen wir annehmen, dass diese Fläschchen etwas mit den Verwandlungen zu tun haben?«

Ein nervöses Räuspern. »Das scheint logisch zu sein.«

»Und wo sind sie?«

»Ich weiß es nicht, *Kibr.* Vielleicht hat er sie irgendwo im Schiff versteckt.«

»Oder vielleicht sind sie nur anwesend, wenn er menschliche Gestalt hat.« Sie betrachtete die zerstörte Tür. »Che Chu-erh von Al Matraubi«, sagte sie, indem sie *Hellcats* vollen Namen und Stammbaum nannte, »wird einige Zeit brauchen, um diese Tür zu erneuern. Stellt Wachen auf. Sie können Tisianne und dieses Wesen bewachen. Wenn er wieder menschlich wird, durchsucht ihn. Wenn ihr dann die Fläschchen findet, nehme ich an, dass der Spuk ein Ende hat.« Ihr Abgang war vom Rascheln der Brokatröcke begleitet.

Tach zückte ein Taschentuch und kniete sich neben den seltsamen Gefangenen. »Sie sind …?«, fragte er, während er sanft das Blut abtupfte, das träge aus einer Wunde tröpfelte.

Der Mann funkelte zu ihm auf und knurrte dann widerstrebend: »Aquarius.«

»Angenehm. Ich bin Tisianne brant Ts'ara sek Halima sek Ragnar sek Omian, auch bekannt als Dr. Tachyon.«

»Ich weiß.« Kalt starrte er an Tachyons linker Schulter vorbei.

Tach beugte sich vor und flüsterte. »Haben Sie noch andere Trümpfe im Ärmel? Irgendwas, das uns helfen könnte« – sein Kinn ruckte zur Tür in Richtung der beiden stocksteif dastehenden Wachen –, »die beiden auszuschalten?«

Aquarius starrte giftig zu ihm auf. »Ich kann mich in einen Delfin verwandeln und verdammt schnell schwimmen.«

Seine Miene und der harsche, wütende Ton strapazierten Tachyons Geduld aufs Äußerste.

»Sie werden meine Offenheit entschuldigen, aber das nützt uns in unserer gegenwärtigen Lage herzlich wenig.«

»Ich habe mich nicht darum gerissen, hier zu sein, Landbewohner.« Aquarius schloss die Augen und ignorierte sowohl seinen Mitgefangenen als auch die beiden Wachen.

Tach zückte den Hüftflakon und verminderte auf der rastlosen Wanderschaft durch die Kabine den Brandy beträchtlich. Zwanzig Minuten später fiel ihm auf, dass Aquarius' Haut spröde und rissig wurde und sich abzuschälen begann.

»Ist alles in Ordnung mit Ihnen?«

»Nein. Ich muss feucht bleiben, sonst nehme ich Schaden.«

»Warum haben Sie das nicht schon vor einer Viertelstunde gesagt?« Aquarius antwortete nicht. Tach trottete mit einem verärgerten Schnauben in den Waschraum und kehrte mit einem Glas Wasser zurück. Es machte keinen großen Eindruck auf die große Gestalt am Fußboden.

»Andami, würdest du mir vielleicht einen Krug oder einen Eimer holen?«

Der jüngere Mann nagte auf seiner Unterlippe herum. »Mein Befehl lautet hierzubleiben.«

»Ihr seid zu zweit.«

»Ihr werdet versuchen zu fliehen.«

»Bin ich dein Prinz?«

»Ja. Aber Ihr werdet trotzdem versuchen zu fliehen, und ich habe nicht vor, mir noch einen Verweis von Zabb einzuhandeln.«

»Möge deine Linie verdorren«, knirschte Tach, der wieder in den Waschraum trottete.

Die nächsten dreißig Minuten vergingen nur langsam. Tach versuchte die rasche Austrocknung von Aquarius' Haut zu verhindern. Er goss ihm gerade ein Glas Wasser ins Gesicht, als die Gestalt plötzlich zu wabern anfing und sich veränderte, und plötzlich hatte er Captain Trips vor sich, der hustete und spuckte, weil ihm Wasser in die Nase lief.

Durch die abrupte Verwandlung erschreckt, schrie Tach auf, ließ das Glas fallen und wich zurück.

Trips sah sich benommen in der Kabine um und betrachtete dann seine lange, schlaksige Gestalt, die in locker sitzende Stricke gehüllt war. Mit Aquarius' Verschwinden hatte er auch an Körperfülle verloren, und als er sich erhob, fielen die Stricke von ihm ab und landeten in einem Haufen zu seinen Füßen.

Er nahm die Brille ab und putzte sie ausgiebig, wobei er

Tachyon die ganze Zeit kurzsichtig anblinzelte. Er setzte die Brille wieder auf, dann murmelte er: »Ach, Mist, Mann.«

Andami eilte herbei und durchsuchte eiligst Trips' Taschen. Er fand den Lederbeutel mit drei unbenutzten Fläschchen. Tachyon verrenkte sich fast den Hals, um einen Blick darauf zu werfen, aber die bunten Pulver sahen völlig harmlos aus. Es juckte ihn in den Fingern, die Substanzen in die Finger zu bekommen und sie einer gründlichen Analyse zu unterziehen. Etwas, das einen Menschen verwandeln konnte … und dann kam ihm die Erkenntnis. Captain Trips war kein Irrer – er war ein Ass.

»Captain.« Er streckte die Hand aus. »Ich muss mich bei Ihnen entschuldigen.«

»Äh … bei mir, Mann?«

»Ja.« Tach ergriff die schlaffe Hand des Mannes und drückte sie herzlich. »Ich habe Ihre Geschichte angezweifelt. Tatsächlich hielt ich Sie für einen harmlosen Spinner. Aber Sie *sind* ein Ass. Und noch dazu ein höchst ungewöhnliches. Diese Pulver …?«

»Helfen mir dabei, meine Freunde zu rufen.«

Tach trat ganz nahe an Trips heran und senkte die Stimme. »Ich nehme nicht an, dass Sie noch mehr haben …?« Er blinzelte, und Trips starrte ihn verständnislos an. Tach seufzte. Nett mochte der Mann sein, aber ein Wunder an Auffassungsgabe war er nicht gerade. »Haben Sie noch mehr versteckt?«

»O nein, Mann. Es dauert ziemlich lange, dieses Zeug herzustellen, und ich habe nicht erwartet, Außerirdischen zu begegnen. Ich meine, wir haben den Schwarm besiegt, und ich habe nicht damit gerechnet … Tut mir echt leid, Mann. Ich wollte Sie nicht im Stich lassen …«

»Nein, nein. Das konnten Sie nicht ahnen, und Sie waren sehr gut.« Der Captain strahlte, und Tach überkam ein überwältigendes Gefühl des Versagens und der Unwürdigkeit, als er begriff, dass dieser Mann ihn verehrte und bewunderte.

Und ich werde ihn enttäuschen.

Tach ging zum Bett und setzte sich. Die Hände hingen schlaff zwischen den Oberschenkeln. Mit einer Feinfühligkeit, die Tach nicht erwartet hatte, ging Trips auf die andere Seite des Zimmers und ließ ihn mit seinen trübsinnigen Gedanken allein. Einige Zeit später spürte er eine federleichte Berührung an der Schulter.

»Entschuldigung, Mann, tut mir leid, dass ich Sie stören muss, aber ich frage mich, wie lange es noch dauert, bis Sie uns …« Er brach ab, und sein Gesicht überzog sich mit roten Flecken. »Wissen Sie, ich habe dieses kleine Mädchen, und mittlerweile ist es bestimmt schon aus der Schule nach Hause gekommen, und irgendwann schließt der Laden, und ich fürchte, Susan wird nicht bei ihr bleiben, und Sprout braucht irgendwie jemanden, der auf sie aufpasst.« Seine langen Finger verstrickten sich hoffnungslos ineinander.

»Es tut mir leid. Ich wünschte, ich könnte etwas tun. Ich wünschte, ich wäre der Anführer, für den mich alle halten. Aber das bin ich nicht. Ich bin ein Schwindler, Trips, sowohl unter meinen Leuten als auch unter Ihren.« Der schlaksige Hippie legte einen Arm um Tachs Schultern, und er ließ den Kopf gegen die knochige Stütze von Trips' Schulter sinken.

Trips schüttelte traurig den Kopf. »Es ist ganz anders als in den Comics. In den Comics gewinnen immer die Guten. Sie haben immer die richtige Kraft zur richtigen Zeit.«

»Bedauerlicherweise ist das im Leben anders. Ich bin sehr müde.«

»Warum schlafen Sie nicht eine Weile? Ich passe solange auf.«

Worauf?, wollte Tach fragen, aber er wusste die Großzügigkeit zu schätzen, die in diesem Angebot lag, und schwieg.

Er streifte die Schuhe ab, und Trips zog ihm fürsorglich eine Decke unter das Kinn.

Während ihn der Schlaf übermannte, wurde ihm verschwommen bewusst, dass er das Bett und den Schnaps stets als Fluchtmöglichkeiten benutzt hatte, und heute hatte er auf beides zurückgegriffen. *Die richtige Kraft zur richtigen Zeit.* Der Gedanke nagte an seinem Unterbewusstsein. *Die richtige Kraft …*

»Beim Ideal!« Er schoss kerzengerade in die Höhe und schlug die Decke beiseite.

»Hey, was ist los, Mann?«

Er klammerte sich fieberhaft an die Aufschläge von Trips' Mantel. »Ich bin ein Idiot. Ein Idiot! Die Antwort lag die ganze Zeit direkt vor mir, und ich habe sie übersehen.«

»Was?«

»Der Apparat des Netzes.«

»Hä?«

Andami betrachtete ihn neugierig, und Tach senkte die Stimme rasch zu einem Flüstern. »Es ist keine Bowlingkugel, sondern ein Singularitätswandler.« Er glitt rasch in seine Schuhe. »Vor vielen Jahren, bevor ich meine Heimat verlassen habe, hat einer der Handelsmeister die Möglichkeit erörtert, meiner Familie eine neue Teleportationsvorrichtung zu verkaufen, die sich damals noch im Experimentalstadium befand. Er hat ein Exemplar vorgeführt und gesagt, dass sie nach einigen weiteren Tests wahrscheinlich in Serie produziert werden könnten. Das muss eine dieser Vorrichtungen sein. Sie befindet sich im Hauptfrachtraum.«

Trips schien durch seinen Redeschwall völlig verwirrt zu sein. Er schnappte nach der einzigen Bemerkung, die er verstanden hatte. »Ja, aber wir sind nicht im Hauptfrachtraum.«

»Wie schaffe ich uns alle dorthin?« Tachs Finger strichen sich durch das Haar. »Wenn wir alle zusammen wären, könnte ich vermutlich den Apparat bedienen und uns alle nach Hause bringen. Je größer die telepathischen Fähigkeiten, desto größer die Zielgenauigkeit und das Fassungsvermögen. So lautete die Theorie. Natürlich könnte der Handelsmeister auch nur geprahlt haben. Schwer zu sagen beim Netz. Es sind gierige Krämerseelen.«

»Äh … was ist das Netz?«

»Eine andere raumfahrende Rasse, tatsächlich sogar eine ganze Reihe raumfahrender Rassen, aber damit brauchen wir uns jetzt nicht zu beschäftigen. Der Witz ist, dass der Singularitätswandler hier auf diesem Schiff ist und er uns nach Hause bringen kann. Allerdings bedeutet die Tatsache, dass Turtle den Apparat hatte, dass das Netz auf der Erde präsent ist, und das könnte Ärger bedeuten.« Er rieb sich das Gesicht. »Nein, ein Problem nach dem anderen. Wie kommen wir in den Frachtraum?«

»Wozu dient er eigentlich?«

»Nun, offensichtlich wird er für die Lagerung irgendwelcher Frachtgüter benutzt, und wenn es keine Fracht gibt – wie es auf einem Schiff dieser Klasse zumeist der Fall ist –, wird er für Freizeitzwecke genutzt. Tanzveranstaltungen und so weiter.«

Trips' Miene drückte Zweifel aus. »Ich nehme nicht an, dass wir alle zum Tanz einladen können.«

Tach lachte. »Nein.« Sein Gesicht nahm plötzlich einen entschlossenen Ausdruck an. »Aber wir können sie zu einem Duell einladen.«

»Hä?«

»Seien Sie bitte einen Moment ruhig. Ich muss mir das durch den Kopf gehen lassen.«

Endlich tat er, was er schon von Anfang an hätte tun sollen. Er dachte wie ein Takisier und nicht wie ein Erdenmensch.

»Haben Sie's?«, fragte Trips, als er die Augen wieder öffnete.

»Ja.«

Er legte sich wieder auf das Bett und tastete nach einem vertrauten Geist.

Turtle. Es gibt einen Ausweg.

Ach ja? Turtles geistiger Ton drückte äußerste Niedergeschlagenheit aus.

Der Apparat, den du mitgebracht hast, er kann euch nach Hause schicken.

Ja, aber er ist …

Sei einfach nur still und hör zu. Wir werden uns alle im Frachtraum befinden …

Warum?

Hör jetzt bitte damit auf! Weil ich uns dorthin bringen werde. Die Aufmerksamkeit wird auf mich gerichtet sein, und wenn das der Fall ist, musst du dir diesen Apparat holen.

Wie?

Du weißt, wie.

Ich kann nicht!

Tom, du musst! Es ist unsere einzige Hoffnung.

Es ist unmöglich. Der Große und Mächtige Turtle könnte es, aber ich bin nur …

Thomas Tudbury – der Große und Mächtige Turtle.

Nein, ich bin nur ein gewöhnlicher Mann in der falschen Hälfte der Vierziger, der zu *viel Bier trinkt, nicht vernünftig isst und in einem verdammten Elektromarkt arbeitet. Ich bin kein verdammter Held.*

Für mich bist du einer. Immerhin verdanke ich dir meine Vernunft und wahrscheinlich auch mein Leben.

Das war Turtle.

Tom, Turtle ist ein Gebilde aus Stahlplatten, Kameras, Scheinwerfern und Lautsprechern. Was Turtle ausmacht, ist aber der Mann, der darin steckt. Du bist das Ass, Tom, es wird Zeit, aus deinem Panzer herauszukommen.

Der Verstand des Mannes verströmte reines Entsetzen in

mächtigen Wellen, die gegen Tachs Schirme brandeten und Zweifel an seinem Plan in ihm weckten. *Ich kann nicht. Lass mich in Ruhe.*

Nein, ich ziehe das jetzt durch, und du wirst mitmachen müssen, denn wenn du es nicht tust, sterbe ich vergebens.

Sterben! Was hast du …?

Er brach die telepathische Verbindung ab und fragte sich, ob er vielleicht zu viel Druck auf Turtles Gefühle ausgeübt hatte. Zu spät, sich deswegen noch Sorgen zu machen.

Kibr?

Was ist, Junge?

Wir finden Euren Ton ein wenig unerfreulich, Ajayiz'et Benaf'saj.

Sie änderte den Ton, indem sie ihn mit formellem Respekt unterlegte, der, wenn auch nicht ihm, so doch zumindest seiner Stellung galt. *Wie lauten Eure Wünsche, Familienoberhaupt?*

Versammle die Besatzung, wir haben eine Adoptionszeremonie zu vollziehen.

Was hast du dir jetzt für einen Trick ausgedacht?

Warte ab und erfahre es, oder lehne ab und bleib dein Leben lang neugierig, sagte er unverschämt.

Ihr Gelächter perlte durch seinen Geist. *Eine Herausforderung. Also gut, mein kleiner Prinz, wir werden sehen, was du vorhast.*

♣

Sie hatten sich alle im Frachtraum versammelt. Tom sah sich um und stieß einen gequälten Schrei aus. »Mein Panzer!«

Zabb bleckte die Zähne zu einem harschen Grinsen. »Wir haben ihn abgeworfen. Er hat zu viel Platz beansprucht.«

Tach zollte Turtles Bestürzung wenig Beachtung. Seine Blicke huschten rasch durch den Raum, bis er die Gewissheit hatte, dass sich der Singularitätswandler noch an Ort und Stelle befand.

»Er hatte Infrarot- und Zoom-Linsen und besonders bequeme Sitze und …«

Zabb lachte. »Du Kotzbrocken!«

Zabb trat mit erhobener Faust vor.

»Zabb brant Sabina sek Shaza sek Risala, rührt meinen *Stirps* an, und ich werde Euch nicht die Höflichkeit erweisen, dass Ihr mir gegenübertreten dürft. Ich werde Euch töten wie einen Straßenköter.« Zabb erstarrte und drehte sich langsam zu seinem Cousin um.

»Was für eine Farce ist das?«

»Als zeugungsberechtigtes Mitglied des Hauses Ilkazam mache ich von meinem Recht Gebrauch, meine Erblinie zu erweitern.«

»Du willst diese Menschen adoptieren?«, fragte Benaf'saj.

»Das will ich.«

Sie musterte sie mit gebieterischem Blick. »Sie werden, glaube ich, deiner Bedeutung wenig hinzufügen.«

Tach trat zwischen Trips und Turtle und packte ihre Handgelenke. »Ich würde lieber sie an mich binden als viele andere, die einen größeren Anspruch auf dieses Recht haben.« Sein Blick ruhte auf Zabb.

»Nun gut, es ist dein Recht.« Die alte Frau ließ sich auf einen Stuhl nieder, den *Hellcat* gehorsam für sie bildete. »Seid ihr mit dieser Adoption einverstanden, und begreift ihr die Pflichten aller so Geehrten?«

Drei Augenpaare starrten Tach an, der unmerklich nickte.

»Ja, das tun wir«, sagte Asta fest, als die beiden Männer zögerten.

»So wisset denn, dass ihr und alle eure Erben und Rechtsnachfolger für immer an die Linie der Sennari des Hauses Ilkazam gebunden seid durch seinen Sohn Tisianne. Tut euch in allen Dingen hervor und macht diesem Haus Ehre.«

»Sind wir jetzt irgendwie Takisier, Mann?«, fragte Trips in einem durchdringenden Flüsterton.

»Dieses Ritual soll Psi-Blinde an ein Haus binden. Man würde euch nicht gestatten, euch mit einem Mitglied der Mentatenklasse zu paaren, aber ihr seid unserer Hilfe und unseres Schutzes würdig.«

»Also sind wir Leibeigene«, keuchte Tom.

»Nein, eher Leibdiener. Gewöhnliche Dienstboten werden nie offiziell adoptiert.« Er drehte sich um und fixierte Zabb mit hartem Blick. »Aber bei meinen Vätern, Ihr, Cousin, habt mich beleidigt und meinen *Stirps* Verachtung und Misshandlung angedeihen lassen, und dafür verlange ich Genugtuung.«

Bevor Zabb antworten konnte, ergriff Benaf'saj das Wort. »Ihr braucht diese Herausforderung nicht anzunehmen. Die Regeln der Höflichkeit gelten für Psi-Blinde nicht rückwirkend.«

Der Kommandant verbeugte sich vor ihr. »Aber, Ajayiz'et, es wird mir ein großes Vergnügen sein, meinem geliebten Cousin entgegenzutreten. Rabdan, seid Ihr mein Sekundant?«

»Ja, Kommandant.«

»Und Sedjur, werdet Ihr mir sekundieren?«, fragte Tachyon.

Der alte Mann nickte mühsam.

Die beiden Männer gingen rasch in die Waffenkammer, und Tach gesellte sich zu seinen Freunden. Während er die Schuhe abstreifte, Jacke und Brokatweste ablegte und die Hemdsärmel aufkrempelte, sagte er leise: »Bleibt alle zusammen. Tom, du weißt, was du zu tun hast, aber beeil dich um Gottes willen.« Er missachtete das hektische Kopfschütteln des Menschen. »Glücklicherweise liegt der Vorteil bei den kleinen Schwertern in der Defensive, aber ich werde es trotzdem schwer haben, mir Zabb vom Leib zu halten. Die Aufmerksamkeit meiner Familie wird sich auf mich konzentrieren. Niemand wird dir Beachtung schenken, und sobald du den Apparat hast, schicke ich euch nach Hause.«

»Was ist mit dir?«, murmelte Tom.

Tachyon zuckte die Achseln. »Ich bleibe hier. Schließlich ist es eine Frage der Ehre. Ich werde nicht davonlaufen.«

»Ich hasse verdammte Helden.«

»Hat jemand von euch etwas, womit ich meine Haare zusammenbinden kann?«

Asta ließ sich auf ein Knie sinken und wühlte in ihrem geräumigen Beutel. Schließlich kam ein Ballettschuh zum Vorschein. Sie riss das rosafarbene Schuhband heraus und hielt es dem Takisier hin. Die Farbe biss sich furchtbar mit dessen metallisch roten Locken.

»Sir«, sagte Sedjur leise. Er hielt ihm einen gepanzerten Armschutz hin, der den Schwertarm bis zum Ellbogen schützte, und ein wunderbar gearbeitetes Schwert. Das Heft war mit Halbedelsteinen besetzt, und die Filigranarbeiten waren so zierlich, dass sie aussahen wie Spitze.

»Schau nicht so missmutig drein, alter Freund.«

»Ich habe keinen Grund zur Freude. Ihr seid ihm nicht gewachsen.«

»Sehr unfreundlich von dir, das zu sagen. Insbesondere, da du mich ausgebildet hast.«

»Und ihn. Und ich wiederhole, Ihr seid ihm nicht gewachsen.«

»Es muss sein.« Tachs Ton ließ keinen Zweifel daran, dass das Thema damit erledigt war. Herrisch starrte er über den Kopf des alten Gefolgsmannes hinweg, während dieser den gepanzerten Armschutz am rechten Unterarm festschnallte.

Asta kicherte hysterisch, als eine Dose mit Harz gebracht wurde und Tach sorgfältig die Sohlen seiner bestrumpften Füße damit präparierte. Sie schlug die Hände vor den Mund und verstummte.

Tach ging in die Mitte des Raums und schwang mehrmals

das Schwert, um sich an dessen Gewicht zu gewöhnen und die Muskeln an alte Fertigkeiten zu erinnern, die lange ungenutzt geschlummert hatten. Er verübelte es Asta nicht, dass sie gekichert hatte. Modernen Menschen musste dieser rituelle Kampf mit archaischen Waffen merkwürdig vorkommen, besonders bei einer raumfahrenden Rasse. Aber es gab vernünftige Gründe für die takisische Vorliebe für Hiebwaffen. Die Takisier verfügten über Atom- und Laserwaffen, aber für den Nahkampf innerhalb eines lebendigen Schiffs war eine Waffe mit geringer Reichweite besser geeignet. Das wahllose Abfeuern von Projektil- oder Lichtwaffen konnte ein Schiff schwer beschädigen, und in einem solchen Fall spielte es keine große Rolle mehr, wer die Auseinandersetzung gewann. Zudem war da noch die takisische Vorliebe für das Dramatische. Jeder Trottel konnte lernen, wie man eine Schusswaffe abfeuerte, aber es bedurfte echten Geschicks, um ein Schwertkämpfer zu werden.

Zabb gesellte sich zu ihm und sagte in beiläufigem Ton: »Auf diesen Augenblick freue ich mich schon seit Jahren.«

»Ich bin entzückt, dass ich dir zu Diensten sein kann. Es wäre bedauerlich, wenn einem so sehnsüchtigen Wunsch die Erfüllung versagt bleibt.«

Ihre Schwerter blitzten in einem kurzen Salut, dann traf klirrend Stahl auf Stahl.

Tom war kein Experte in den Feinheiten des Fechtens, aber er sah sofort, dass dieser Kampf wenig Ähnlichkeit mit olympischen Fechtturnieren besaß, die er im Fernsehen gesehen hatte. Das Tempo war dasselbe, aber von den beiden Männern ging eine unglaubliche, tödliche Intensität aus, da sie um ihr Leben kämpften. Sie hatten nur Augen für den Gegner, und die Bewegungen ihrer bestrumpften Füße auf dem Schiffsboden bildeten einen leise flüsternden Kontrapunkt zu Tachs keuchenden Atemzügen.

Seine Gefährten starrten ihn an, Trips mit der Miene eines

verzweifelten Bassethunds, und Asta, die sich die Lippen mit der Zungenspitze befeuchtete. Tom drehte langsam den Kopf und starrte die schwarze Kugel an, die nur ein paar Meter entfernt im Regal lag. Er streckte seine geistigen Fühler nach ihr aus, wobei er sich so sehr bemühte, dass Stirn und Unterlippe Augenblicke später schweißbedeckt waren, und er fand eine große, gähnende Leere. Der Apparat erbebte nicht einmal.

Trips ächzte, und Tom wandte gerade noch rechtzeitig den Kopf, um zu sehen, wie Zabbs Klinge schwach über Tachs Oberarm zuckte und einen roten Streifen hinterließ. Tach wich mit mehr Hast als Grazie zurück und parierte im letzten Augenblick einen bösartigen Stoß seines Cousins. Trips, dessen wässrige blaue Augen hinter den dicken Linsen seiner Brille weit aufgerissen waren, warf sich vorwärts und landete auf Zabbs Schultern. Mit einem wütenden Knurren griff der Takisier hinter sich und schleuderte den Hippie quer durch den Raum. Trips blieb benommen auf dem leuchtenden Deck liegen und keuchte wie ein Fisch. Mehrere von Zabbs Wachen trugen ihn zurück und luden ihn bei den anderen Menschen ab.

»Ich kann nicht, ich kann einfach nicht«, flüsterte Tom hektisch.

»Du verdammter Jammerlappen«, sagte Asta laut und kehrte ihm den Rücken, um ihre Aufmerksamkeit ganz auf das Duell zu richten, das wieder begonnen hatte.

♥

Tach blinzelte angestrengt und versuchte, die Augen von dem stechenden Schweiß zu befreien. Jeder Atemzug brannte, und winzige Flammenzungen schienen an den Muskeln seines Schwertarms zu lecken.

Pass auf, pass auf, ermahnte er sich.

Zabbs Klinge zuckte so rasch hoch, dass er sie nur noch verschwommen sah.

Er parierte mit einem scharfen Hieb, und die Wucht des Schlags vibrierte durch seine ohnehin bereits überstrapazierten Muskeln.

Eine Riposte … aber nicht mit der Klinge. Mit dem Verstand. Ein Abschnitt des Schirms waberte, zerfloss. Er stieß zu, traf, und Zabb wankte unter dem mentalen Angriff. Er schlug zurück. *Corps a corps.* Zabbs Atem strömte heiß über sein Gesicht. Die Klingen waren hoffnungslos zwischen ihnen verkeilt. Tach strengte sich an, versuchte Zabb zurückzustoßen, aber er war seinem Cousin kräftemäßig unterlegen. Und sein Verstand war eine graue, undurchdringliche Mauer. *Nein, nicht ganz!*

Tach wich einem Kniestoß aus, indem er sich zur Seite drehte. Er sprang zurück und trat Zabb das Standbein weg. Ein rascher Schwertstoß, aber sein Cousin war zu schnell. Zabb parierte und ließ eine schnelle Riposte und einen Gedankenblitz folgen, der von Tachs Schirmen abglitt.

Sein Blickfeld schien an den Rändern zu verschwimmen. Kein Durchhaltevermögen. Er hatte fast keinen Wind mehr in den Segeln. *Turtle!*

Er versuchte es mit einem wilden, verzweifelten Angriff, einer Terz. Zabb wehrte die Klinge fast verächtlich ab. Er war ein Dämon. Dieses Lächeln, das er immer noch aufgesetzt hatte; das einzige Anzeichen von Erschöpfung waren ein paar Schweißperlen in den gekräuselten Koteletten. Seine Lider schlossen sich ein wenig, sodass sie die Augen abschirmten. Er ging zum Angriff über. Übelkeit schnürte Tach die Kehle zu, als er plötzlich erkannte, dass Zabb bisher nur mit ihm gespielt hatte.

»Würdest du es gern dabei bewenden lassen, geliebter Cousin?«, flüsterte sein Peiniger. »Natürlich würdest du. Aber es soll nicht sein. Wie versprochen, werde ich dich töten.«

Ihm fehlte die Luft, um die Spöttelei zu beantworten. Er schüttelte nur den Kopf, mehr, um den Schweiß abzuschütteln, als um Zabb zu widersprechen. Er teilte einen verzweifelten mentalen Hieb aus, der von Zabbs Schirmen abgewehrt wurde, und dann, wie durch ein Wunder, sah er plötzlich eine Öffnung. Er sprang vor, die Klinge klirrte an Zabbs Klinge entlang. Zabb parierte blitzartig, und seine Riposte zielte genau auf Tachs Herz.

Eine Finte! Ein Köder für den Unachtsamen. Tod!

♦

Er war sicher, dass er es wieder sah: das kurze Blähen der Nüstern, das sardonische Grinsen. Steve Bruder hatte dasselbe Gehabe an den Tag gelegt, als er Toms Hand gequetscht hatte. *Zum Teufel mit dir!* schleuderte er Zabb entgegen, als ihn die Kraft durchströmte und in seinen Gliedern kribbelte. Er streckte eine mentale Hand aus und …

♠

Die Klinge schoss ihm entgegen, schnell und gezielt, und dann wich sie wunderbarerweise von ihrer geraden Linie ab. Nicht viel, aber es reichte! Tachyon riss sein Schwert hoch und parierte mit der starken Seite.

Eine Vielzahl von Zielen bot sich ihm. Das Herz, der Bauch, ein Schulterstoß? Tach biss sich auf die Unterlippe, und einen triumphalen Augenblick lang erwog er, sein Schwert tief in den verhassten Leib zu stoßen. Er sprang vor, und ihre Blicke begegneten sich für einen Moment, der eine Ewigkeit zu dauern schien. Die Klinge drehte sich in seiner Hand, und das Heft traf Zabb mit einem Geräusch am Kinn, als grabe sich eine Axt in einen Baumstamm. Zabbs Schwert klirrte zu Boden, und er fiel vornüber aufs Gesicht. Von der

Zuschauerversammlung erhob sich ein Keuchen wie ein rasch auffrischender Wind. Einen Moment lang starrte Tach auf sein Schwert, dann warf er es beiseite und kniete sich neben seinen Cousin. Er drehte ihn sanft um und nahm den größeren Mann in die Arme.

»Weißt du, ich konnte es nicht tun«, flüsterte er und fragte sich, warum Tränen unter seinen Lidern prickelten. »Ich weiß, dir wäre es lieber gewesen, wenn ich dich getötet hätte, aber ich konnte es nicht. Trotz unserer Ausbildung ist der Tod der Unehre nicht vorzuziehen.«

Tom stand da, die Hände an den Seiten zu Fäusten geballt, und schwelgte in den Wogen der Erregung und der Freude, die ihm den Körper überfluteten. Er hatte es *getan.* Zugegeben, er hatte genug Konzentration aufgewandt, um eine Planierraupe zu bewegen, und das Ergebnis war nur eine winzige Ablenkung der Klinge gewesen. *Aber es hatte gereicht!* Aufgrund von Toms Handlung würde Tach leben – hatte sogar den Kampf gewonnen. Ein wenig schwankend richtete er den Blick auf den außerirdischen Apparat. Er zischte durch die Luft und landete mit einem zufriedenstellenden *Klack* in Toms Händen.

»Komm schon, Tachy, Zeit zu verschwinden«, sang er förmlich, die rundlichen Wangen vor Aufregung gerötet.

Tach ließ Zabb sanft zu Boden sinken und sprang zu seinen Freunden. Kein einziger seiner Verwandten rührte sich.

Tom reichte ihm den Apparat mit einer unbeholfenen kleinen Verbeugung.

Tach erwiderte die Ehrenbezeugung. »Gut gemacht, Turtle. Ich wusste, du schaffst es.«

Sein Blick richtete sich auf Benaf'saj. Er vollführte einen eleganten Kratzfuß, blinzelte und befahl *nach Hause.*

♣

Es war eine Reise im Strudel des Nichts. Eiseskälte und vollkommene Finsternis, und Tachyon hatte das Gefühl, als werde sein Verstand von der Anstrengung, alle vier Reisenden innerhalb der Umhüllung des Singularitätswandlers zu halten, in winzige ausgefranste Bänder zerrissen.

Bei den Vorfahren, jammerte er. *Lass uns zumindest auf trockener Oberfläche landen.*

♥

Tachyon brach zusammen, der Apparat rollte aus den empfindungslosen Fingern. Trips hockte im Rinnstein, hielt sich den Kopf und murmelte immer wieder: »O wow, Mann!« Tom würgte ein paarmal, während sich sein überstrapazierter Magen darüber klar zu werden versuchte, wo in Raum und Zeit er sich gerade befand. Der Tumult um sie herum wurde immer größer, Leute schrien, Fenster wurden aufgerissen, Autos hielten an und hupten, die Insassen begafften die Szenerie auf dem Bürgersteig. Tom rieb sich die Augen, dann fiel sein Blick auf Tach. Rasch ließ er sich neben dem Takisier auf die Knie sinken. Blut rieselte träge aus der langen Schwertwunde am Arm und aus der Nase, und er war beunruhigend blass. Der Takisier schien kaum noch zu atmen. Tom legte ein Ohr auf die Brust seines Freunds. Sein Herzschlag war ein unregelmäßiges Flattern.

»Ist alles in Ordnung mit ihm, Mann?«, murmelte Trips.

»Keine Ahnung.« Tom legte den Kopf in den Nacken und sah zu einem Ring schwarzer Gesichter hoch. »Jemand soll einen Arzt holen.«

»Scheiße, Mann, die sind hier einfach aus dem Nichts aufgekreuzt.«

»Teleportierende Weiße. Glaubst du, das sind Asse oder was?«

»'n Arzt, holt 'n Arzt«, grölte ein stämmiger Mann.

Asta wich langsam vor dem Kreis der Zuschauer zurück, während sie sich rasch nach der schwarzen Kugel umsah. Ein paar Kinder untersuchten den Apparat, und sie ging zu ihnen.

»Ich gebe jedem von euch fünf Dollar dafür.«

»Fünf Dollar! Scheiße! Das ist doch nur 'ne Bowlingkugel ohne Löcher. Wofür soll die gut sein?«

»Ach, ihr wärt überrascht«, sagte sie leise und kramte ihre Geldbörse hervor. Der Austausch war rasch vollzogen, und sie verstaute den außerirdischen Apparat im Beutel.

Das Heulen von Sirenen kündete von der nahenden Ankunft der Polizei und eines Krankenwagens. Tach wurde auf einer Bahre eingeladen, und Tom stieg mit ihm ein. »Hey, wo ist der Apparat?«

Asta öffnete den Mund, blinzelte ein paarmal und schloss ihn wieder. »Jesus, ich weiß es nicht.« Sie sah sich um, als erwarte sie, dass er sich jeden Augenblick irgendwo hier in Harlem materialisieren würde. »Vielleicht hat ihn jemand aus der Menge mitgenommen.«

»Hey, Kumpel, willst du deinen Freund jetzt ins Krankenhaus bringen oder nicht?«, knurrte der Krankenwagenfahrer.

»Tja ... sucht danach«, befahl Tom und stieg ein.

Asta winkte dem abfahrenden Krankenwagen mit einem Lächeln hinterher. »O ja, das mache ich.«

Und Kien wird sich so sehr über dieses Ding freuen.

Sie schlenderte zur nächsten U-Bahn-Station davon, um sich so schnell wie möglich in die wartenden Arme ihres Liebhabers und Kommandanten zu werfen.

♦

Das Vorhängeschloss öffnete sich mit einem knirschenden Schnappen. Tach schob die kleine Seitentür zum Lagerhaus auf. Trips und Turtle folgten ihm in die hallende Düsternis, und beim Anblick des Schiffs, das in der Mitte des riesigen leeren Raums stand, murmelte Trips etwas Unverständliches vor sich hin. Die bernstein- und lavendelfarbenen Lichter an den Spitzen der Stacheln glommen schwach in der Dunkelheit, und Staub trieb von allen Seiten heran, als das Schiff die winzigen Partikel lautlos einsammelte und zu Treibstoff verarbeitete. Es sang eine der zahlreichen Heldenballaden, die einen großen Teil der Schiffskultur ausmachten, brach jedoch ab, als es Tachs Ankunft bemerkte. Für die beiden Menschen war die Musik natürlich unhörbar.

Baby, sagte er auf telepathischem Weg zu ihr.

Gebieter. Machen wir einen Ausflug? fragte sie mit pathetischem Eifer.

Nein, heute nicht. Öffne, bitte.

Es sind Menschen bei dir. Dürfen sie auch eintreten?

Ja. Das ist Captain Trips, und das ist Turtle. Sie sind wie Brüder für mich. Erweise ihnen Ehre.

Ja, Tisianne. Es freut mich, eure Namen zu kennen.

Sie können dich nicht hören. Wie die meisten ihrer Rasse sind sie psi-blind.

Kummer.

In seiner Brust wühlte der Schmerz eines anderen Kummers, als er zu seinem Privatsalon voranging. Die Erinnerung – sie konnte so klar sein – an den Tag, als sein Vater ihn mitgenommen hatte, um dieses Schiff auszusuchen. *Das ist jetzt alles vorbei.*

Er machte es sich auf dem Bett bequem und befahl *Suche und Kontakt.*

Es sind Gebieter anwesend?

Ja.

Und auch eine von meiner Art?, fragte Baby, wiederum mit jenem pathetischen Eifer.

Ja.

Sekunden dehnten sich zu Minuten, in denen sich Tach gemütlich auf dem Bett rekelte. Trips hockte auf einem kleinen Sofa wie ein nervöser Vogel auf der Stange, und Tom wippte unruhig auf den Fußballen hin und her.

Die Wand vor Tachyon schimmerte, und Benaf'sajs Gesicht erschien. Das Schiff verstärkte seine ohnehin starke Telepathie, und die Verbindung wurde hergestellt.

Tisianne.

Kibr. *Du hast damit gerechnet, dass ich mich melde?*

Natürlich. Ich kenne dich …

Seit meiner Geburt, ja, ich weiß.

Du hast mich überrascht, Tisianne. Ich glaube, die Erde hat eine wohltuende Wirkung auf dich gehabt.

Sie hat mich viele Dinge gelehrt, korrigierte er in trockenem Ton. *Manche davon angenehmer als andere.* Er hielt inne und spielte mit den Kragenspitzen unter dem Kinn. *Herrscht weiterhin Kriegszustand zwischen uns?*

Nein, Kind. Du kannst bei deinen Menschen bleiben. Nach der Niederlage, die du ihm beigebracht hast, kann Zabb jegliche Hoffnung auf das Zepter begraben. Du hättest ihn töten sollen, weißt du? Tach schüttelte nur den Kopf. Benaf'saj betrachtete stirnrunzelnd ihre Hände und rückte die Ringe zurecht. *Also trennen sich unsere Wege. Es ist enttäuschend, dass wir keine Musterexemplare haben, aber der Erfolg des Experiments lässt sich nicht leugnen, und es wird Bakonur entzücken, unsere Daten zu bekommen. Diese Bemühungen bedeuten die Rettung der Familie.*

Ja, erwiderte Tach hohl.

Ich schicke ungefähr alle zehn Jahre ein Schiff, um nach dir zu sehen. Wenn du zur Rückkehr bereit bist, werden wir dich willkommen heißen. Leb wohl, Tis.

Leb wohl, flüsterte er.

»Nun?«, fragte Tom.

»Sie werden uns in Ruhe lassen.«

»Irgendwie bin ich echt froh, dass du hierbleibst.«

»Ich auch«, sagte er, aber seinem Ton mangelte es an Überzeugung. Traurig starrte er auf die leuchtende Wand, als versuche er, das Bild seiner Urahnin zurückzuholen.

Eine warme, tüchtige Hand mit kurzen Stummelfingern schloss sich ihm fest um die Schulter. Einen Augenblick später hatte Trips den anderen Arm gepackt, und er saß schweigend da und badete in der Woge der Liebe und Zuneigung, die von den beiden Männern ausging und sein Heimweh vertrieb.

Er legte seine Hand auf Toms. »Meine teuersten Freunde. Was haben wir für ein Abenteuer erlebt.«

»Ja, das Leben ist irgendwie echt prima, Mann.«

»Warum hast du ihn nicht getötet?«, fragte Tom.

Tach wandte den Kopf und sah in Toms braune Augen. »Weil ich gern an die Möglichkeit der Wiedergutmachung glauben möchte.«

Toms Griff wurde ein wenig fester. »Glaub daran.«

♣♦♠♥

Mit ein wenig Hilfe von seinen Freunden

Victor Milán

UMSTRITTENER WISSENSCHAFTLER BRUTAL IN SEINEM LABOR ERMORDET, lautete die Schlagzeile.

»Sie sollten erst einmal sehen, was die *Daily News* schreibt«, sagte sie.

»Junge Frau«, sagte Dr. Tachyon, indem er das Blatt der *New York Times* mit spitzen Fingern von sich schob und sich gefährlich weit auf dem Drehstuhl zurücklehnte. »Ich bin kein Polizist, sondern Arzt.«

Sie musterte ihn stirnrunzelnd über den peinlich aufgeräumten Schreibtisch hinweg und räusperte sich, ein leiser, hektischer Laut. »Sie haben einen Ruf als Vater und Beschützer Jokertowns. Wenn Sie nicht handeln, wird ein unschuldiger Joker wegen Mordes verurteilt.«

Jetzt war es an ihm, die Stirn zu runzeln. Er stieß mit dem hohen Absatz seines Stiefels gegen die Metallkante des Schreibtischs. »Haben Sie Beweise? Wenn ja, ist der Rechtsbeistand des unglücklichen Mannes die Adresse, an die Sie sich wenden müssen.«

»Nein. Nichts.«

Er nahm eine Narzisse aus einer Vase neben seinem Ellbogen und zwirbelte den Kelch vor der Nase. »Ich wundere mich. Gewiss sind Sie scharfsinnig genug, um an mein Schuldgefühl zu appellieren.«

Sie erwiderte das Lächeln und winkte missbilligend ab, blitzschnell und beinahe verstohlen, aber auch ein wenig steif. Plötzlich kam ihm der – unerhebliche – Gedanke, wie unkultiviert er auf dieser Welt geworden war. Seine erste Reaktion hatte so ausgesehen, dass er sie als geradezu schmerzhaft mager eingestuft hatte, und erst jetzt würdigte er, wie nahe sie dem elfisch blassen takisischen Schönheitsideal kam. Sie war fast ein Albino mit einer Haut so weiß wie Papier, weißblonden Haaren und blassblauen Augen. Für seinen Geschmack war sie langweilig und farblos gekleidet – ein pfirsichfarbenes, streng geschnittenes Kostüm, darunter eine weiße Bluse und eine Halskette, die so blass und dünn war wie eines ihrer Haare.

»Das ist mein Job, Doktor, was Ihnen auch durchaus bewusst ist. Meine Zeitung erwartet von mir, dass ich weiß, was in Jokertown vorgeht.« Sara Morgenstern war seit ihrer Berichterstattung über die Jokertown-Krawalle vor zehn Jahren, die ihr eine Nominierung für den Pulitzerpreis eingebracht hatte, der Experte der *Washington Post* für Ass-Angelegenheiten.

Er antwortete nicht darauf. Sie schlug die Augen nieder. »Doughboy würde das nicht tun, würde niemanden umbringen. Er ist sanft und freundlich. Er ist zurückgeblieben, wissen Sie.«

»Ich weiß.«

»Er lebt mit einem Joker zusammen, der Shiner genannt wird, und zwar auf der Eldridge Street. Shiner passt auf ihn auf.«

»Ein unschuldiger Mensch.«

»Wie ein Kind. Oh, gewiss, er wurde 1976 verhaftet, weil er einen Polizisten angegriffen hatte. Aber das war … etwas anderes. Er – es lag in der Luft.« Sie schien noch mehr sagen zu wollen, aber ihr versagte die Stimme.

»In der Tat.« Er neigte den Kopf. »Sie scheinen ungewöhnlich betroffen zu sein.«

»Ich kann es einfach nicht ertragen, mit anzusehen, wie

Doughboy zu Schaden kommt. Er ist verwirrt, verängstigt. Da kann ich meine journalistische Objektivität nicht mehr wahren.«

»Und die Polizei? Warum gehen Sie nicht zur Polizei?«

»Die hat einen Verdächtigen.«

»Aber Ihre Zeitung? Die *Post* ist doch gewiss nicht ohne Einfluss.«

Sie warf ihr Haar zurück, das wie ein gefrorener Wasserfall aussah. »Oh, ich kann ein vernichtendes Exposé schreiben, Doktor. Vielleicht springen die New Yorker Zeitungen darauf an. Vielleicht sogar *Sixty Minutes.* Vielleicht – in ein oder zwei Jahren – gibt es einen öffentlichen Aufschrei der Entrüstung, und vielleicht wird dann Gerechtigkeit geübt. In der Zwischenzeit ist er in der Gruft, Doktor. Ein Kind, einsam und verängstigt. Haben Sie eine Ahnung, wie es ist, wenn man ungerechtfertigt beschuldigt und seiner Freiheit beraubt wird?«

»Ja, das habe ich.«

Sie biss sich auf die Lippen. »Ich vergaß. Es tut mir leid.«

»Schon gut.«

Tach beugte sich vor. »Ich bin ein beschäftigter Mann, werte Dame. Ich habe eine Klinik, die ich leiten muss. Ich versuche immer noch, die Behörden davon zu überzeugen, dass die Schwarmmutter nicht gleich verschwindet, nur weil wir ihren ersten Invasionsversuch abgewehrt haben. Möglicherweise bereitet sie einen neuen, tödlicheren Angriff vor.« Er seufzte. »Tja. Ich denke, ich muss mich der Sache annehmen.«

»Sie werden helfen?«

»Das werde ich.«

»Gott sei Dank.«

Er stand auf und ging um den Schreibtisch herum. Sie legte den Kopf in den Nacken, die Lippen sonderbar schlaff. Er hatte das Gefühl, als versuchte sie, verführerisch zu sein, ohne recht zu wissen, wie sie es anstellen sollte.

Was soll das? fragte er sich. Er war niemand, der eine Einladung von einer derart attraktiven Frau einfach ausschlug, aber hier war etwas verborgen, und die alten takisischen Blutfehden-Instinkte ließen ihn davor zurückscheuen. Nicht dass er eine Bedrohung gespürt hätte, nur ein Geheimnis, aber das war für einen Angehörigen seiner Kaste schon bedrohlich genug.

Einer Laune folgend und ein wenig gereizt, weil sie ein unannehmbares Angebot machte, streckte er die Hand aus und griff nach der Kette um ihren Hals. Ein schlichtes Silbermedaillon mit den eingravierten Initialen A. W. kam zum Vorschein. Sie griff schnell danach, doch er öffnete es katzengewandt.

Das Bild eines Mädchens, eines Kindes, nicht älter als dreizehn. Die Haare waren blond, die Züge voller und das Grinsen überheblicher, aber die Ähnlichkeit mit Sara Morgenstern war unverkennbar. »Ihre Tochter?«

»Meine – meine Schwester.«

»›A. W.‹?«

»Morgenstern ist der Name meines Exmannes, Doktor. Ich habe ihn nach der Scheidung behalten.« Sie wandte sich halb ab, die Knie zusammengepresst, die Schultern eingefallen. »Sie hieß Andrea. Andrea Whitman.«

»Hieß?«

»Sie ist gestorben.« Sie erhob sich rasch.

»Es tut mir leid.«

»Es ist schon lange her.«

♠

»Onkel Tachy! Onkel Tachy!« Ein blonder Wirbelwind traf ihn am Schienbein und wickelte sich wie Seetang um ihn, als er die Tür des Kosmischen Kürbis aufstieß (Nahrung für Körper, Geist & Seele), dem Head Shop und Delikatessenladen auf der Fitz-James O'Brien Street nahe der Grenze zu Jokertown und dem Village. Lachend bückte er sich, nahm das kleine Mädchen auf den Arm und drückte es an sich.

»Was hast du mir mitgebracht, Onkel Tachy?«

Er wühlte in einer Manteltasche und zog ein Karamellbonbon hervor. »Aber sag deinem Vater nicht, dass ich dir das gegeben habe.«

Mit ernst geweiteten Augen schüttelte das Mädchen den Kopf.

Er trug es in das behagliche Durcheinander des Ladens. Innerlich biss er die Zähne zusammen. Kaum zu glauben, dass dieses reizende neunjährige Kind wie Doughboy geistig zurückgeblieben war und niemals reifer als vier Jahre sein würde.

Bei Doughboy war es leichter gewesen. Er war riesig, über zwei Meter groß, eine beinahe kreisrunde Masse weißen Fleisches, haarlos und schwach bläulich, und aus dem bis fast zur Unkenntlichkeit aufgedunsenen Gesicht starrten zwei Augen aus Fett und Tränen. Er war Ende zwanzig. Er konnte sich nicht erinnern, je anders genannt worden zu sein als bei seinem grausamen Spitznamen, bei dem es sich um das eingetragene Warenzeichen einer Bäckerei handelte. Er war verängstigt. Er vermisste Mr. Shiner und Mr. Benson, den Zeitungsverkäufer, der unter ihnen wohnte, er wollte den GoBot, den Shiner ihm gekauft hatte, kurz bevor die Männer gekommen waren und ihn mitgenommen hatten. Er wollte nach Hause, weg von den seltsamen, groben Männern, die ihn mit den Fingern stießen und mit Spottnamen bedachten. Er war geradezu mitleiderregend dankbar, dass Tachyon ihn besuchen kam. Als Tach sich im gallegrünen Besuchszimmer der Gruft verabschiedete, hatte Doughboy sich an seiner Hand festgeklammert und geweint.

Tach hatte ebenfalls geweint, aber erst später, als Doughboy es nicht mehr sehen konnte.

Doughboy war offensichtlich ein Joker, ein Opfer des Wild-Card-Virus, den Tachs eigene Familie auf diese Welt losgelassen hatte. Sprout Meadows war rein körperlich ein wunderhübsches Kind, auserlesen selbst nach den strengen Maßstäben der Herrscherlinien der Ilkazam oder Alaa oder Kalimantari, liebenswürdiger als jede Tochter Takis'. Doch sie war nicht weniger missgebildet als Doughboy, nach den Maßstäben von Tachs Heimatwelt nicht weniger ein Ungeheuer – und wäre wie Doughboy augenblicklich getötet worden.

Er sah sich um. Vor dem Schaufenster nahmen ein paar Sekretärinnen einen verspäteten Lunch ein. »Wo ist dein Daddy?«

Ihr Mund schloss sich karamellkauend, und sie deutete mit dem Kopf nach links.

»Was starren Sie so, Freundchen?«, wollte eine Stimme wissen.

Er blinzelte, konzentrierte sich überrascht auf eine stämmige junge Frau in einem erdgrauen CUNY-Sweatshirt, die hinter der Glastheke der Delikatessenabteilung stand. »Wie belieben?«

»Hören Sie zu, Sie männlich-chauvinistisches Arschloch, ich weiß über Sie Bescheid. Passen Sie nur gut auf sich auf.«

Verspätet erinnerte sich Tach an Mark Meadows' Angestelltenpaar. »Äh – Brenda, nicht wahr?« Ein streitsüchtiges Nicken. »Schön, Brenda, lassen Sie mich Ihnen versichern, dass ich nicht die Absicht hatte, Sie anzustarren.«

»Oh, ich verstehe schon. Ich bin nicht der Debütantinnentyp wie Peregrine und überhaupt nicht nach Ihrem Geschmack. Ich bin eine dieser Frauen, die Männer wie Sie gar nicht sehen.« Sie fuhr sich mit der Hand durch einen stachelig-steifen rötlichen Haarschopf mit teefarbenen Wurzeln und schniefte.

»Doc!« Eine vertraute Storchengestalt stand geduckt in der Tür zum Head Shop.

»Mark, ich freue mich, dich zu sehen«, sagte Tachyon gefühlvoll. Er küsste Sprout auf die Stirn, zog einmal an ihrem Pferdeschwanz und setzte sie auf dem dunklen Linoleumboden ab. »Lauf und spiel, Kind. Ich möchte mit deinem Vater reden.«

Sie flitzte davon. »Hast du einen Augenblick Zeit, Mark?«

»Ja, klar, Mann. Für dich immer.«

Zwei Kids in Ledermänteln und mit wüster Haarmähne lungerten bei den Postern auf der anderen Seite herum, aber Mark war nicht der argwöhnische Typ. Er deutete mit einem Kopfnicken auf einen Tisch an der gegenüberliegenden Wand, nahm eine Teekanne und zwei Tassen und folgte Tach mit dem ihm eigenen schlaksigen Gang, wobei sein Kopf beim Gehen leicht hin und her schwankte. Er trug ein uraltes pinkfarbenes Brooks-Brothers-T-Shirt, eine Lederweste mit Fransen und eine unglaublich weite Jeans, die fast zur Farbe der aufgebatikten Feuerwerksexplosionen verblasst war. Das schulterlange Haar wurde an den Schläfen von einem geflochtenen Band zusammengedrückt. Hätte Tachyon ihn nicht in der ganzen Pracht seiner Geheimidentität gesehen, hätte er geglaubt, dass ihm jeglicher Sinn für Kleidung abging.

»Also, was kann ich für dich tun, Mann?«, fragte Mark, indem er ihn freundlich durch die Gläser seiner Drahtgestell-Brille anstrahlte.

Tach stützte die Ellbogen auf das – ebenfalls gebatikte – Tischtuch und spitzte die Lippen, während Mark einschenkte. »Ein Joker namens Doughboy ist wegen Mordes verhaftet worden. Eine junge Journalistin ist mit der Behauptung zu mir gekommen, er sei unschuldig.«

Er holte tief Luft. »Ich glaube es auch. Er ist ein netter Kerl, obwohl er groß ist, scheußlich aussieht und übermenschliche Kräfte besitzt. Er ist … zurückgeblieben.«

Er wartete einen Augenblick, wobei ihm das Herz im

Halse pochte, doch Mark sagte nur: »Also ist es ein Schwindel, Mann. Warum sagen die Bullen, dass er es getan hat?« In Marks verächtlicher Bezeichnung für die Polizei klang kein Groll oder Hass.

»Bei dem Ermordeten handelt es sich um einen gewissen Dr. Warner Fred Warren, einen Populärastronomen – im weitesten Sinn –, der für verschiedene Illustrierten als Autor tätig war. Um dir eine Vorstellung von seiner Arbeit zu geben: Letztes Jahr hat er einen Artikel geschrieben mit dem Titel: ›Hat uns der Komet Kohoutek AIDS gebracht?‹«

Mark schnitt eine Grimasse. Er war keineswegs der Standardhippie, der jegliche Wissenschaft verachtete oder ihr misstraute. Andererseits war er als Hippie ein Nachzügler, der zu einem Zeitpunkt auf Flower-Power abgefahren war, als für alle anderen in der Gegend um San Francisco längst Stalin angesagt gewesen war.

»Dr. Warrens jüngste Prognose lautete, dass ein Asteroid die Erde treffen und allem Leben oder zumindest der Zivilisation, wie wir sie kennen, ein Ende bereiten wird. Sie hat eine ziemliche Kontroverse ausgelöst. Erstaunlich, wie viel Aufmerksamkeit ihr Erdlinge solchen Dummheiten schenkt. Die Polizei vertritt die Theorie, dass Doughboy seine Freunde darüber reden hörte, Angst bekam und in der letzten Woche nachts in das Labor des Doktors gegangen ist und ihn erschlagen hat.«

Mark pfiff leise durch die Zähne. »Irgendwelche Beweise?«

»Drei Zeugen.« Tach hielt inne. »Einer von ihnen hat Doughboy eindeutig als denjenigen wiedererkannt, den er in der Mordnacht aus Warrens Apartmenthaus kommen sah.«

Mark wedelte mit der Hand. »Kein Problem. Wir kriegen ihn frei, Mann.«

Tachyon öffnete den Mund und schloss ihn wieder. Schließlich sagte er: »Wir müssen herausfinden, welche anderen Informationen sie in dem Fall zusammengetragen haben. Die Polizei erweist sich als nicht sehr kooperativ. Man hat mir gesagt, dass ich mich um meinen eigenen Kram kümmern soll!«

Marks blaue Augen umwölkten sich ein wenig. Tach nippte an seinem Tee. Er war kräftig und erfrischend, irgendeine Sorte mit Minze. »Ich weiß, wie du das regeln kannst. Hat Doughboy irgendeinen Rechtsanwalt?«

»Legal Aid.«

»Warum setzt du dich nicht mit ihm in Verbindung und stellst dich als ehrenamtlicher medizinischer Sachverständiger zur Verfügung?«

»Ausgezeichnet.« Er sah seinen Freund fragend an, den Kopf geneigt wie ein neugieriger Vogel. »Wie bist du auf die Idee gekommen?«

»Keine Ahnung, Mann. Es ist mir einfach so eingefallen. Also, wo komme ich hinein?«

Tach musterte die Tischdecke. Im Hintergrund spalteten Gabeln Tofu und klirrten gedämpft durch Endiviensalat gegen Tongeschirr. Tach war nach dem Besuch in der Gruft mindestens ebenso sehr wegen der belebenden Wirkung hergekommen, die Mark auf seine Lebensgeister hatte. Trotzdem …

Er war verunsichert und ein wenig ratlos. Er war, wie er Sara versichert hatte, kein Detektiv. Nun erweckte Mark Meadows, der letzte Hippie, auf den ersten Blick nicht gerade den Eindruck eines vielversprechenden Kandidaten für Detektivarbeit, aber zufällig war er auch Marcus Aurelius Meadows, PhD, der brillanteste lebende Biochemiker. Vor seinem Ausstieg war er für eine ganze Reihe von Durchbrüchen verantwortlich gewesen und hatte den Grundstein für viele weitere gelegt. Er war darin ausgebildet, zu beobachten und nachzudenken. Er war ein Genie.

Außerdem gefiel Tach der Schnitt seines Mantels, was an sich schon fast ein ausreichender Grund für den Takisier war.

»Du hast mir bereits sehr geholfen, Mark. Schließlich ist das hier deine Welt. Du verstehst ihren Lauf besser als ich.« *Obwohl ich länger auf ihr lebe,* wurde ihm klar. »Und da sind deine Freunde. Hast du noch, äh, andere als die beiden, denen wir auf dem Schiff meines Cousins begegnet sind?«

Mark nickte. »Noch drei andere bis jetzt.«

»Gut. Ich hoffe, sie erweisen sich als gefügiger als die anderen.« Er hoffte, dass das eine oder andere Alter Ego des Captains über Fähigkeiten verfügte, die vielleicht nützlich waren. Glücklicherweise konnte er sich keinen Zweck vorstellen, dem der bärbeißige Werdelfin Aquarius dienen mochte, aber der großspurige Feigling Cosmic Traveler war noch eine Spur schlimmer. Und er war nicht bereit, den Traveler nach so kurzer Zeit schon wieder zu ertragen, selbst wenn er den armen Doughboy dadurch vor dem Tod zu Lebzeiten bewahren konnte.

Er schob seinen Stuhl zurück und erhob sich. »Lass uns zusammen Detektiv spielen gehen.«

♣

Der Bengel trug eine Tarnanzughose und ein Rambo-T-Shirt. Er stand an der Ecke Hester und Bowery und versuchte die Seiten einer Illustrierten gegen den Zug des Winds unten zu halten. Tach warf einen Blick über die Schulter. Der Artikel war betitelt: *»Dr. Death: Selfmade-Cyborg-Glücksritter bekämpft Kommies in Salvo.«*

Der Bengel sah auf, als die beiden Männer an den Zeitungsstand traten, und gehässiger Trotz verhärtete schmale puerto-ricanische Züge. Dann zerfloss seine Miene wie Wachs und nahm einen Ausdruck ehrfürchtiger Scheu an.

Er starrte geradewegs auf den mittleren Knopf einer gelben Paisley-Weste. Hoch über seiner Stirn erblühte eine riesige grüne Fliege mit gelben Punkten vor einem pinkfarbenen Hemdkragen. Auf jeder Seite hing ein violetter Frackschoß herab. Ein gleichfalls violetter Zylinder, dessen grünes Band mit goldenen Peace-Zeichen verziert war, ragte bedrohlich hoch in den bewölkten Himmel.

Gelb behandschuhte Finger bildeten ein V. »Peace«, sagte das vogelartige *Norteamericano*-Gesicht, das dort oben über all der Buntheit schwebte.

Der Bengel warf dem Standbesitzer die Illustrierte zu und floh.

Captain Trips sah ihm gekränkt nach. »Was habe ich denn *gesagt,* Mann?«

»Macht nichts«, kicherte das Wesen hinter dem Tresen. »Er hätte die Zeitschrift sowieso nicht gekauft. Was kann ich für Sie tun, Doktor? Und für Ihren farbenprächtigen Freund hier?«

»Mm«, sagte Mark schnüffelnd mit geblähten Nüstern, »frisches Popcorn.«

»Das bin ich«, sagte Jube. »So rieche ich.« Tachyon zuckte zusammen.

»Total abgefahren!«

Einen Moment lang starrten ihn glasig aussehende Knopfaugen an, und blauschwarze Haut kräuselte sich auf Jubals Stirn: turmhohe Verblüffung. Dann lachte er.

»Jetzt begreife ich! Sie sind ein Hippie!«

Der Captain strahlte. »Stimmt genau, Mann.«

Traniger Speck bebte. »Goo-goo-goo-Jube«, bellte er. »Ich bin das Walross. Freut mich.«

Er sah in der Tat wie ein Walross aus, eineinhalb Meter schwabbelndes Fett, ein großer, glatter Schädel, aus dem hie und da ein paar Haarsträhnen wie rostige Rasierpinsel sprossen und der ohne Halsübergang in den Kragen des grün-gelb-schwarzen Hawaii-Hemds floss. Er hatte kleine weiße Stoßzähne zu beiden Seiten des breit grinsenden Mundes. Er streckte eine Hand aus, die einem Cartoon von

Warner Brothers entsprungen zu sein schien, drei Finger und ein Daumen, die der Captain eifrig schüttelte.

»Das ist Captain Trips. Ein Ass, ein neuer Partner von mir. Captain, darf ich dir Jubal Benson vorstellen? Jube, wir brauchen ein paar Informationen von Ihnen.«

»Schießen Sie los.« Er machte eine Pistolengeste mit der rechten Hand, sah Trips an und verdrehte die Augen.

»Was wissen Sie über den Joker namens Doughboy?«

Jubes Gesicht bebte vor Entrüstung. »Das ist 'ne falsche Anklage. Der Junge würde keiner Fliege was zuleide tun. Er wohnt sogar im selben Haus wie ich. Ich sehe ihn fast jeden Tag – jedenfalls war das so, bevor sie ihn abgeholt haben.«

»Er hat nicht irgendwie Leute über einen Asteroiden reden hören, der auf die Erde krachen wird, und sich darüber echt aufgeregt, oder?«, fragte Trips. Ein herrenloses Blatt Zeitungspapier war von einer Brise, die noch nicht bemerkt hatte, dass Frühling war, gegen die Rückseite seiner Oberschenkel getrieben worden und blieb dort haften. Er ignorierte das Papier ebenso wie die Kälte.

»Wenn er dergleichen gehört hätte, wäre er unter sein Bett gekrochen, und kein Mensch hätte ihn darunter hervorbekommen, ohne ihn zuvor davon zu überzeugen, dass es nur ein Witz war. Ist es *das*, was man behauptet?«

Trips nickte.

»Ihr müsst mit Shiner reden. Er hat die Wohnung gemietet, füttert Doughboy durch und lässt ihn bei sich wohnen. Er hat einen Schuhputzstand in der Bowery, fast auf Höhe der Delancey Street, dort, wo Jokertown touristenmäßiger ist.«

»Ist er jetzt zu Hause?«, fragte Tach.

Jube zog eine Mickey-Maus-Uhr hervor, deren Armband fast im gummiartigen Tran seines Handgelenks verschwand. »Die Mittagszeit ist vorbei, wahrscheinlich macht er gerade

Pause, um selbst zu Mittag zu essen. Er müsste zu Hause sein. Wohnung sechs.«

Tachyon dankte ihm. Trips tippte feierlich an seinen Hut. Sie wandten sich ab.

»Doc.«

»Ja, Jubal?«

»Sie regeln das besser schnell. Diesen Sommer könnte es hier ziemlich hoch hergehen, wenn Doughboy einen Job beim Gleisbau kriegt. Es heißt, Gimli sei wieder da.«

Eine Augenbraue hob sich. »Tom Miller? Aber ich dachte, er sei in Russland.«

Das Walross legte einen Finger an seine breite platte Nase. »Genau das meine ich, Doc. Genau das meine ich.«

♥

»Ich habe ihn gefunden vor … tja, fünfzehn, sechzehn Jahre ist das jetzt her.« Der Mann, der Shiner genannt wurde, saß auf dem Bett des einzigen Zimmers seiner Wohnung in der Eldridge Street und hatte die Hände zwischen die mageren Knie gezwängt, während er sich hin und her wiegte. »Das war 1970. Im Winter. Er saß neben einem Müllcontainer in der Gasse hinter diesem Maskenladen und heulte sich die Augen aus. Seine Mama hatte ihn einfach dorthin gebracht und ihn sich selbst überlassen.«

»Das ist schrecklich, Mann«, entfuhr es Trips. Er und Tach standen auf dem makellos sauberen Holzfußboden. Shiners Bett und eine große, mit fleckigem Drillich bezogene Matratze waren die einzigen Möbelstücke.

»Oh, ich schätze, ich kann es vielleicht verstehen. Er war elf oder zwölf und schon so groß wie ich, stärker als die meisten erwachsenen Männer. Muss mächtig schwer gewesen sein, auf ihn aufzupassen.«

Shiner war klein für einen Erdenbewohner, kleiner als

Tach. Aus der Ferne sah er mit seinem staubgrauen Haar und dem goldenen Eckzahn wie ein gewöhnlicher Schwarzer in den Fünfzigern aus. Aus der Nähe fiel einem auf, dass er einen unnatürlichen Glanz ausstrahlte, sodass die Haut wie Obsidian aussah. »Ich bin mein eigenes Reklameplakat«, hatte er Trips erklärt, als Tachyon sie einander vorstellte. »Rühr die Werbetrommel für meinen Schuhputzstand.«

»Wie gut findet sich Doughboy ohne Hilfe in der Stadt zurecht?«, fragte Tachyon.

»Gar nicht. Gut, in Jokertown kommt er klar, weil da immer Joker sind, die nach ihm Ausschau halten und dafür sorgen, dass er sich nicht verirrt.« Einen Moment lang saß er da und starrte auf einen Strahl Sonnenlicht, in dem ein Spielzeug-Ferrari auf der Seite lag. »Es heißt, er hätte diesen Wissenschaftler oben am Park ermordet. Er war überhaupt erst zweimal im Park. Er hat keine Ahnung von Astronomie.«

Er schloss die Augen. Tränen sickerten durch. »Ach, Doktor, Sie müssen was unternehmen. Er ist mein Junge, er ist wie mein Sohn, und er leidet. Und ich kann überhaupt nichts tun.«

Tachyon trat von einem Fuß auf den anderen. Der Captain pflückte ein Gänseblümchen aus dem Knopfloch in seinem Mantelrevers, ging in die Hocke und hielt es Shiner hin.

Schluchzend öffnete der Schwarze die Augen, die sich sofort vor Misstrauen und Verwirrung verengten. Trips blieb dort hocken und hielt ihm die Blume hin. Nach kurzem Zögern nahm Shiner sie.

Trips drückte Shiner die Hand. Eine Träne fiel auf Trips' Handrücken. Er und Tachyon verließen schweigend die Wohnung.

♦

»Dr. Warren war nicht irgendein Wissenschaftler«, sagte Martha Quinlan, als sie sie durch die Wohnung führte, »er war ein Heiliger. Die Aufgabe, die Wahrheit unter das Volk zu bringen, hatte für ihn nie ein Ende. Er ist ein Märtyrer für das Streben des Menschen nach Wissen.«

»Oh, wow«, sagte Captain Trips.

Soweit Tachyon in Erfahrung hatte bringen können, besaß der verstorbene Warner Fred Warren keine näheren Verwandten. Ein Rechtsstreit um das Treuhandvermögen zeichnete sich ab. Dieses Vermögen hatte es Warren ermöglicht, sich ein Penthouse am Central Park zu nehmen und sein Leben der Wissenschaft zu widmen – der Großvater war ein Ölmillionär aus Oklahoma gewesen, der seinen Erfolg auf Wünschelrutengänge zurückführte und mit der Behauptung auf den Lippen gestorben war, er sei Königin Viktoria. In ihrer Eigenschaft als Herausgeber des *National Informer* schien Ms. Quinlan als Warrens Nachlassverwalter zu fungieren.

»Es ist wirklich ganz reizend von Ihnen, Dr. Tachyon, einem entschlafenen Kollegen die letzte Ehre zu erweisen. Es hätte dem armen Fred so viel bedeutet, wenn er gewusst hätte, dass unser berühmter Besucher von den Sternen ein persönliches Interesse an ihm hat.«

»Dr. Warrens Beitrag zur Sache der Wissenschaft war ohne Beispiel«, sagte Tachyon mit ernster Stimme… *seit Trofim Lysenko,* fügte er im Geiste hinzu. *Ach, Doughboy, mögest du nie auch nur vermuten, was ich ertrage, um dir Gerechtigkeit zu verschaffen.* Tachyon hatte Quinlan angerufen, um festzustellen, ob sich der Tatort besichtigen ließ. Die Geschichte, die er ihr erzählt hatte, war ein reflexhaftes takisisches Stückchen Irreführung.

»Eine schreckliche Sache«, plapperte Quinlan, während sie durch einen Flur voranging, in dem gerahmte Drucke von Jagdhunden aus Magazinen der Zwanzigerjahre hingen. Sie war ein wenig größer als Tach und trug ein Kleid, das ihr wie ein schwarzer Sack von Hals und Ellbogen bis zu den Oberschenkeln reichte, eine scharlachrote Strumpfhose, weiße Schuhe und dicke Plastikarmreifen. Ihr aschblondes Haar war glatt gekämmt und schräg geschnitten. Ihre Augen waren zurechtgemacht wie die von Theda Bara. Sie hatte keinen Lippenstift aufgelegt. »Eine Tragödie. Welch ein Glück, dass sie den Kerl geschnappt haben, der es getan hat. Nicht ganz richtig im Kopf, heißt es, und obendrein ein Joker. Wahrscheinlich irgendein Perverser. Unsere Reporter kümmern sich *sehr* sorgfältig um diese Geschichte, das kann ich Ihnen versichern.«

Trips gab ein Geräusch von sich. Quinlan blieb am Ende des Flurs stehen. »Hier ist es, meine Herren. Noch genauso, wie es an seinem Todestag war. Wir haben die Absicht, ein Museum daraus zu machen, in Erwartung des Tages, an dem die Größe des armen Freds endlich vom wissenschaftlichen Establishment anerkannt wird, das ihn so drangsaliert hat.« Sie bedeutete ihnen mit großartiger Geste einzutreten.

Die Tür zu Dr. Freds Labor war aus schwarzem Holz gewesen, solide selbst für eine schicke New Yorker Wohnung. Sie schien seinen letzten Besucher jedoch nicht aufgehalten zu haben. Gewissenhafte Gnome des Labors der Spurensicherung im Ziegelbau am Police Plaza eins hatten die meisten Splitter aufgesammelt, aber ein zerschmetterter Türstummel hing immer noch an verbogenen Messingangeln.

Tachyon hatte gewisse Schwierigkeiten, sich an die nüchternen rechteckigen Formen irdischer wissenschaftlicher Geräte zu gewöhnen. Auf Takis war die Wissenschaft das Feld einiger weniger, selbst in der Mentatenklasse. Die Ausrüstung wurde unter Benutzung gentechnisch behandelter Organismen ebenso gezüchtet wie die Raumschiffe oder von Künstlern nach Maß gefertigt, denen daran gelegen war, aus jedem Stück etwas Einzigartiges, Bedeutendes zu machen.

Hier hatte er keine derartigen Probleme. Die Ausrüstungsgegenstände auf den gummiüberzogenen Werkbänken und Arbeitstischen waren alle zerschmettert. Überall lagen Papiere und Glassplitter verstreut.

»Hatte er hier auch sein Observatorium?«, fragte Trips, der seinen riesigen Zylinder in der Hand hielt und sich den Hals verrenkte.

»O nein. Er besaß ein Observatorium auf Long Island, wo er die meisten seiner Beobachtungen durchgeführt hat. Hier hat er die Ergebnisse analysiert, nehme ich an. Da vorne ist ein Fotolabor.« Sie legte sinnend einen langen Fingernagel an ihr Kinn. »Wie war noch mal Ihr Name? Captain …?«

»Trips.«

»Wie in dem Buch von Stephen King? Wie heißt es noch gleich? *Das Letzte Gefecht.*«

»Äh, nein. Er stammt vermutlich daher, dass man Jerry Garcia so genannt hat.« Als sie daraufhin kein Anzeichen der Erleuchtung erkennen ließ, fuhr er fort: »Er war der Kopf der Grateful Dead. Er, äh, ist es immer noch. Er hat kein Ass gezogen wie Jagger oder Tom Douglas und …« Er bemerkte, dass ihre Augen glasig geworden waren und ihr Blick ins Nichts gerichtet war. Er verstummte abrupt und schritt langsam den großen, verwüsteten Raum ab.

»Sag mal, Doc, was sind das für dunkle Flecke an den Wänden?«

Tach sah auf. »Ach, die? Getrocknetes Blut natürlich.« Trips erbleichte, und seine Augen schienen ein wenig aus den Höhlen zu quellen. Tachyon wurde klar, dass er schon wieder das Zartgefühl eines Erdlings verletzt hatte. Für eine derart robuste Rasse hatten die Terrestrier wirklich empfindsame Mägen.

Trotzdem war selbst er verblüfft über die Brutalität, die hier im Penthouse-Labor gewütet hatte. All dem haftete eine gedankenlose Rücksichtslosigkeit an, eine fast spürbare Emanation von Wut und Böswilligkeit. Unter Berücksichtigung der beschränkten Fantasie der meisten Polizisten, denen er bisher begegnet war, fand Tachyon es nicht mehr verwunderlich, dass Doughboy für sie ein plausibler Verdächtiger war. Sie hielten ihn für eine verrückte Missgeburt, für die Karikatur des irren Schlächters aus einem Horrorfilm, und das war auch durchaus eine zutreffende Beschreibung für Dr. Warner Fred Warrens Mörder. Dennoch war Tach mehr denn je davon überzeugt, dass dieses sanftmütige Kind zu solch einer Tat gar nicht fähig war, wie sehr Doughboy auch provoziert werden mochte.

Die Herausgeberin des *Informer* war verschwunden, zweifellos von ihren Gefühlen überwältigt. »Hey, Doc, sieh dir das mal an«, rief Trips. Er beugte sich über einen Zeichentisch, der mit Fotografien des Sternenhimmels übersät war, und starrte angestrengt auf das Ende des Tischs.

Tach trat neben ihn. Er bemerkte eine dünne graue Schicht an einer Stelle des Tischs, faltig wie ein Stück Küchen- oder Toilettenpapier, das befeuchtet und dann zum Trocknen auf den Plastiktisch gelegt worden war. Dem Material haftete eine merkwürdige membranartige Qualität an, die ein Kribbeln in seinem Unterbewusstsein auslöste.

»Was ist das für ein Zeug?«, fragte Trips.

»Keine Ahnung.« Neugierig betrachtete Tach die Fotografien. Ein auf den Rand eines Fotos gekritzeltes Datum erregte seine Aufmerksamkeit: 5. 4. 86, der Tag, an dem Warren ermordet worden war.

Aus einer Tasche zog Trips ein kleines Reagenzglas und ein Skalpell in einer Wegwerf-Plastikhülle. »Hast du solche Gerätschaften immer bei dir?«, fragte Tach, als Trips ein paar Flocken des grauen Zeugs abkratzte.

»Ich dachte mir, sie könnten nicht schaden, Mann. Wenn ich mich schon als Detektiv betätige und alles.«

Achselzuckend richtete Tach seine Aufmerksamkeit wieder auf das Foto, das ihm aufgefallen war. Es lag zuoberst auf einem kleinen Stapel. Er ging den Stapel durch und fand ein gutes Dutzend Fotografien, die für sein ungeübtes Auge alle denselben Ausschnitt des Sternenhimmels zu zeigen schienen.

»Okay, Doc, Captain«, plärrte eine unbekannte Stimme von der Tür. »Schenken Sie uns ein breites Lächeln für die Nachwelt.«

Mit einer Gewandtheit, die sogar ihn selbst überraschte, rollte Tach die Fotos ein und ließ sie in seinem weiten Jackenärmel verschwinden, um sich dann dem Eindringling zuzuwenden. Martha Quinlan stand strahlend in der Tür, während sich ein junger Schwarzer auf ein Knie sinken ließ und sie mit einer Kamera fotografierte, mit deren Blitzlicht man einen Laserstrahl zum Mars hätte schicken können.

Mit einem gewissen Widerwillen ließ Tach den übergroßen Holzkolben seiner Magnum los, die in einem Schulterhalfter unter der gelben Jacke verborgen war. »Ich nehme an, Sie haben eine Erklärung«, sagte er mit takisischer Eiseskälte in der Stimme.

»Oh, das ist Rick«, flötete Quinlan. »Er ist einer unserer Fotografen. Ich *musste* ihn einfach kommen lassen und dieses Ereignis festhalten.«

»Madam, ich fürchte, ich tue das hier nicht um der Publicity willen«, sagte Tach alarmiert.

Rick erhob sich wieder und winkte beruhigend ab. »Keine Panik, Mann«, sagte er. »Ist nur für unser Archiv. Habt *Vertrauen.*«

♠

»Tezcatlipoca«, sagte Dr. Allan Berg, indem er den Computerausdruck auf den Berg von Büchern, Papieren und Fotografien warf, unter dem vermutlich sein Schreibtisch lauerte.

»Wie bitte?«, sagte Trips.

»1954C-1100. Ein Gesteinsbrocken, meine Herren. Nicht mehr und nicht weniger.«

Das kleine Büro roch stark nach Schweiß und Pfeifentabak. Trips starrte aus dem Fenster auf den nachmittäglichen Campus der Columbia-Universität und beobachtete ein graues Eichhörnchen dabei, wie es einen Ahornbaum hochraste, unter dem gerade ein Schwarzer mit einem abgenutzten Aktenkoffer durchging.

»Ein merkwürdiger Name«, sagte Tachyon.

»Es ist der Name einer aztekischen Gottheit. Einer ziemlich verdrießlichen, nehme ich an, aber so ist es eben: Wenn man einen Asteroiden entdeckt, kann man ihn auch taufen.« Berg grinste. »Ich habe schon daran gedacht, selbst einen zu suchen, den ich nach mir benennen könnte. Was soll's – es ist eine Art von Unsterblichkeit.« Er sah wie ein gutmütiger Jude aus, hellwache Augen, langes, ovales Gesicht, große Nase, sein lockiges, ungekämmtes Haar war grau. Er trug ein blaues Hemd und eine braune Krawatte unter einem derart locker gestrickten Pullover, dass man mit ihm auch hätte fischen gehen können. Sein Gehabe war ansteckend.

»Ist er groß genug, um größeren Schaden anzurichten, wenn er die Erde trifft?«, fragte Trips. »Oder ist das nur eine Übertreibung?«

»Nein, äh, Captain, ich kann Ihnen versichern, dass es keine ist.« Er hatte ein paar Probleme mit der Anrede. Normale Menschen, insbesondere in New York, hatten sich an die Eigenheiten der Asse gewöhnen müssen, ganz besonders bei jenen, denen es gefiel, die früheren Comichelden nachzuahmen und farbenprächtige Kostüme zu tragen. Und Captain Trips war verdrehter als die meisten. »Tezcatlipoca ist ein länglicher Nickel-Eisen-Brocken, etwa einen mal anderthalb Kilometer groß und wiegt ein paar Millionen Tonnen. Je nach Aufprallwinkel könnte er verheerende Flutwellen und Erdbeben erzeugen, Wirkungen hervorrufen, die denen eines hypothetischen nuklearen Winters entsprächen – oder auch die Erdkruste aufbrechen oder einen Großteil der Atmosphäre wegblasen. Es wäre mit an Sicherheit grenzender Wahrscheinlichkeit die größte Katastrophe in der überlieferten Geschichte der Menschheit – ich könnte eine bessere Schätzung anstellen, wenn ich mir die Zeit nähme, alles schriftlich auszuarbeiten. Aber das werde ich nicht tun. Weil er die Erde nicht treffen wird.« Er schlürfte Kaffee aus einer Tasse, die einen großen Sprung aufwies. »Der arme Fred.«

»Ich gebe zu, ich war ziemlich verblüfft, dass sie so mitfühlend von ihm sprachen, als ich Sie anrief, Dr. Berg«, sagte Tachyon.

Berg stellte die Tasse ab und starrte in die pechschwarze Flüssigkeit. »Fred und ich waren zusammen beim MIT, Doktor. Wir waren ein Jahr lang Zimmergenossen.«

»Bisher hatte ich den Eindruck, dass jedermann Dr. Warren für eine Art Spinner hielt«, sagte Trips.

»So sagt man. Und er war ein Spinner, sosehr ich es auch hasse, es zuzugeben. Aber er war nicht *irgendein* Spinner.«

»Mir will nicht in den Kopf, wie ein ausgebildeter Wissenschaftler die Theorien vertreten kann, für die Dr. Warren so, äh …«

»Berüchtigt war, Doktor. Sagen Sie es nur. Wollen Sie auch bestimmt keinen Kaffee?«

Sie lehnten höflich ab.

Berg seufzte.

»Fred hatte, was man gemeinhin einen eisernen Willen nennt. Und er hatte eine romantische Ader. Er hatte immer das Gefühl, dass sich dort draußen fantastische Dinge befinden – uralte Astronauten, außerirdische Apparate auf dem Mond, der Wissenschaft völlig unbekannte Lebewesen. Er wollte der Erste sein, der sich aufmachte und viele Dinge bewies, über die die sogenannten seriösen Wissenschaftler die Nase rümpfen.« Sein Mund verzog sich zu einem traurigen Lächeln. »Und wer weiß? Als Fred und ich noch Kinder waren, hielten die Leute die Vorstellung von intelligentem Leben auf anderen Planeten für weit hergeholt. Vielleicht hätte er es schaffen können. Aber Fred war ungeduldig. Wenn er die Ergebnisse, die ihm vorschwebten, nicht sah – tja, dann sah er sie eben trotzdem, wenn Sie wissen, was ich meine.«

»Also verhält es sich so, wie Dr. Sagan in seinem Artikel in der *Times* geschrieben hat«, sagte Tachyon. »Dr. Warren stürzte sich auf einen Felsen, der in regelmäßigen Abständen an der Erde vorbeizieht, und machte ihn zu einer Bedrohung.«

Berg runzelte die Stirn. »Bei allem gebührenden Respekt, aber diesmal hat sich Dr. Sagan geirrt. Meine Herren, Dr. Warren besaß ein unendlich hohes Potenzial für Selbsttäuschung, aber er war nicht irgendein Idiot, den der *Informer* irgendwo auf der 7th Avenue ausgegraben hat. Er wusste, wie man Ephemeriden benutzt, und kannte mit Sicherheit die Geschichte von 1954C-1100. Er war ein ausgebildeter Astronom, und soweit es technische und observatorische Details betrifft, sogar ein verdammt guter.« Er schüttelte den Kopf. »Wie er dazu gekommen ist, diesen Unsinn über Tezcatlipoca zu glauben, weiß Gott allein.«

Trips putzte sich die Brille mit seiner fantastischen Fliege. »Irgendeine Möglichkeit, dass er recht haben könnte, Mann?«

Berg lachte. »Verzeihen Sie mir, Captain. Aber Tezcatlipocas jüngste Flugbahn ist erst vor acht Monaten von japanischen Astronomen beobachtet und berechnet worden. Sie schneidet tatsächlich die Umlaufbahn der Erde, aber ziemlich weit von dem Planeten entfernt.«

Er stand auf und glättete seinen Pullover, der bis zum Bauch hochgerutscht war. »Das ist der Jammer, meine Herren. Oh, nicht das hier« – er tätschelte den Ansatz eines

Kugelbauchs –, »sondern der schlechte Dienst, den Fred seinen Kollegen erwiesen hat. Unsere Instrumente sind viel empfindlicher als noch bei Tezcatlipocas letztem Vorbeiflug im Jahre 1970. Und trotzdem wird jeder Astronom, der es wagt, sein Teleskop auf ihn zu richten, von nun an bis in alle Ewigkeit mit von Däniken und Velikovsky in einen Topf geworfen.«

♣

Es war bereits spät in der Nacht. Tach saß in einer kastanienbraunen Smokingjacke im Halbdunkel seiner Wohnung auf einem Sessel, lauschte einem Violinkonzert von Mozart, schlürfte Brandy und versank immer tiefer in Gefühlsduseleien, als das Telefon klingelte.

»Doc? Ich bin's, Mark. Ich habe etwas entdeckt.«

Sein Tonfall durchschnitt den Brandynebel wie ein Wasserstrahl aus einem Feuerwehrschlauch. »Ja, Mark, was ist es?«

»Ich halte es für besser, wenn du vorbeikommst und es dir selbst ansiehst.«

»Bin schon unterwegs.«

Fünfzehn Minuten später befand er sich in dem Stockwerk über dem Kosmischen Kürbis und sah sich in ungläubigem Erstaunen um. »Mark? Du hast hier oben über deinem Head Shop ein komplettes Labor?«

»Es ist nicht komplett, Mann. Ich habe keinen richtig abgefahrenen Kram, kein Elektronenmikroskop oder so. Nur das, was ich mir im Laufe der Jahre zusammengestückelt habe.«

Es sah aus wie eine Kombination aus Crick & Watson und einer Hippiebude anno 1967, zusammengequetscht in einem Raum, kaum größer als ein Besenschrank. Diagramme von DNS-Strängen und Polisacchariden teilten sich die Wände mit Postern von den Stones, Jimi Hendrix, Janis Joplin und, natürlich, Marks Helden Tom Marion Douglas, dem Lizard King – dessen Bild Tach zusammenzucken ließ, weil er sich immer noch die Schuld für Douglas' Tod im Jahre 1971 gab. Das Werkzeug eines terrestrischen Biochemikers war Tach wesentlich vertrauter als das eines Astronomen. Er erkannte hier eine Zentrifuge, dort ein Mikrotom und ein paar andere Sachen. Eine ganze Menge davon war offenbar ausgiebig in Gebrauch gewesen, bevor Mark es in die Finger bekommen hatte, einiges war notdürftig repariert, aber alles sah verwendungsfähig aus.

Mark trug einen Laborkittel und machte einen grimmigen Eindruck. »Natürlich brauchte ich auch gar nichts Besonderes mehr, als ich die Gaschromatografie der Gewebeprobe sah.«

Tach blinzelte und schüttelte den Kopf, als ihm klar wurde, dass der große und spiralig gewundene Ausrüstungsgegenstand, über dessen Identität er sich in der letzten halben Minute den Kopf zerbrochen hatte, wahrscheinlich die kunstvollste Wasserpfeife der Welt war. »Was hast du also entdeckt?«, wollte er wissen.

Mark reichte ihm ein Blatt Papier. »Ich habe nicht genügend Daten, um die Struktur dieser Proteinkette zu bestätigen. Aber die chemische Zusammensetzung, die Proportionen …«

Tachyon hatte das Gefühl, als bohre sich ihm ein Messer in den Nacken. »Schwarmlings-Biomasse«, flüsterte er.

Mark deutete auf einen Berg von Papier auf einer Bank. »Du kannst die Quellen prüfen, Analysen der Schwarminvasion. Ich …«

»Nein, nein. Ich vertraue deiner Arbeit, Mark, mehr als der jedes anderen außer meiner eigenen.« Er schüttelte den Kopf. »Also haben Schwarmlinge Dr. Warren ermordet. Warum?«

»Wie wäre es zunächst mit dem *Wie,* Mann? Ich dachte, Schwarmlinge wären riesengroße Viecher wie aus einem japanischen Monsterfilm.«

»Zuerst ja. Aber eine Schwarmkultur, eine Mutter – wie soll ich es ausdrücken? – entwickelt sich als Reaktion auf Stimuli weiter. Ihr erster, mit brutaler Gewalt vorgetragener Angriff ist gescheitert. Jetzt hat sie ihre Strategie überdacht und verfeinert – wovor ich diese Narren in Washington die ganze Zeit über gewarnt habe.« Er presste die Lippen zusammen. »Ich habe den Verdacht, dass sie jetzt versucht, die Lebensform zu kopieren, von der sie zurückgeschlagen wurde. Das entspricht durchaus dem Verhaltensmuster dieses Ungeheuers.«

»Also hast du eine Menge Erfahrung mit den Dingern gesammelt?«

»Ich nicht. Aber mein Volk. Diese Schwarmkreaturen sind, so könnte man sagen, unsere erbittertsten Feinde. Und wir ihre.«

»Und jetzt infiltrieren sie uns?« Mark schauderte.

»Ich glaube, dass sie weit davon entfernt sind, unentdeckt bleiben zu können. Aber irgendetwas daran beunruhigt mich. Normalerweise sind sie in diesem Stadium eines Schwarmangriffs weniger scharfsinnig.«

»Und warum haben sie sich ausgerechnet den armen Fred ausgesucht?«

»Du hörst dich langsam wie diese schreckliche Frau an, mein Lieber.« Tach grinste und schlug ihm auf die Schulter. »Ich hoffe, wir finden die Antwort auf diese Frage, wenn wir diese Ungeheuer aufspüren – was wir als Nächstes tun müssen.«

»Was ist mit Doughboy?«

Tach seufzte. »Du hast recht. Morgen früh werde ich als Erstes die Polizei verständigen und melden, was wir herausgefunden haben.«

»Die Bullen werden dir die Geschichte nie abkaufen.«

»Ich kann es nur versuchen. Leg dich schlafen, mein Freund.«

♥

Sie kauften ihm die Geschichte nicht ab.

»Sie haben also Schwarmling-Gewebe in Warrens Labor gefunden«, krächzte die Polizeibeamtin vom Morddezernat Süd, die den Fall bearbeitete. Am Telefon klang ihre Stimme jung, puerto-ricanisch, gehetzt und so, als hege sie im Augenblick nicht die freundlichsten Gefühle für Tisianne brant Ts'ara aus dem Hause Ilkazam. »Für einen als Zeuge berufenen medizinischen Sachverständigen haben Sie ein recht aktives Interesse an diesem Fall, Doktor.«

»Ich versuche nur, meine Bürgerpflicht zu erfüllen und zu verhindern, dass ein Unschuldiger noch länger leidet. Und ganz zufällig liegt mir auch noch daran, die zuständigen Behörden auf eine schreckliche Gefahr aufmerksam zu machen, die möglicherweise die ganze Welt bedroht.«

»Ich weiß Ihre Besorgnis zu schätzen, Doktor. Aber ich bin nur eine Untersuchungsbeamtin der Mordkommission. Die Verteidigung des Planeten liegt außerhalb meiner Zuständigkeit. Ich muss schon um Erlaubnis bitten, wenn ich nur nach Queens will.«

»Aber ich habe einen Mord für Sie geklärt!«

»Doktor, der Fall Warren wird von kompetenter Seite untersucht, und diese Seite sind wir. Wir haben einen Zeugen, der Doughboy zur richtigen Zeit am Tatort gesehen hat.«

»Aber die Gewebeproben …«

»Vielleicht hat er sie in einem Einmachglas gezüchtet. Ich weiß es nicht, Doktor. Und ich kenne auch nicht das Leumundszeugnis desjenigen, der dieses angebliche Schwarmling-Gewebe bestimmt hat …«

»Ich versichere Ihnen, dass ich ein Experte für außerirdische Biochemie bin …«

»In mancherlei Hinsicht.« Er zuckte leicht zusammen. Perverserweise fing er an, die Frau zu mögen. »Ich sage nicht, dass ich Ihnen nicht glaube, Doktor. Aber ich kann nicht einfach winken und Ihren Mann freilassen. Das ist Sache des Bezirksstaatsanwalts. Was Sie auch haben, bringen Sie es zu Doughboys Anwalt und lassen Sie es von ihm vorlegen. Und wenn Sie wirklich weitere Schwarmlinge entdeckt haben, würde ich vorschlagen, dass Sie sich mit General Meadows bei SPACECOM in Verbindung setzen.«

Der zufälligerweise Marks Vater ist. »Und noch etwas, Doktor.«

»Und das wäre, Lieutenant Arrupe?«

»Halten Sie sich raus aus diesem Fall, oder Sie bekommen von mir ein neues Gelenk im Hintern verpasst. Ich kann keine Amateure brauchen, die das Bild trüben.«

♦

Chrysalis betrachtete ihn mit ihrem glasklaren Chinaporzellangesicht. »Ob irgendwelche merkwürdigen Dinge in Jokertown vorgefallen sind?«, fragte sie schleppend mit hermaphroditisch klingendem britischen Akzent. »Was führt dich zu der Annahme, dass hier irgendwelche merkwürdigen Dinge vorfallen?«

Er saß am Ende des Tresens, ein ganzes Stück von den morgendlichen Gästen entfernt. Obwohl er nicht gerade ein Fremder im Crystal Palace war, entspannte er sich hier nie vollkommen.

»Nicht nur in Jokertown. In diesem Teil Manhattans, angefangen von der Stadtmitte Süd.«

Sie stellte das Glas ab, das sie polierte. »Ist das dein Ernst?«

»Wenn ich sage *merkwürdig,* dann meine ich merkwürdig für Jokertown. Nicht die letzte Ausschreitung im Jokers Wild. Nicht die Tatsache, dass Black Shadow wieder einen Straßenräuber mit den Füßen an einer Straßenlaterne aufgehängt hat. Nicht einmal den letzten Pfeil-und-Bogen-Mord dieses Wahnsinnigen mit seinen Spielkarten. Etwas anderes als das, was in dieser Gegend als normal durchgeht.«

»Gimli ist wieder da.«

Tach nippte an seinem Brandy mit Soda. »So sagt man.«

»Was zahlst du?«

Er hob eine Braue.

»Verdammt noch mal, ich bin keine Hinterhof-Klatschtante! Ich bezahle für meine Informationen!«

»Und wirst selbst sehr gut dafür bezahlt. Ich habe meinen Teil längst beigetragen, Chrysalis.«

»Ja. Aber es gibt so viel, was du mir nicht sagst. Dinge, die in der Klinik vorgehen, vertrauliche Dinge.«

»Die auch vertraulich bleiben werden.«

»Na schön. In dieser Mutantengemeinde bin ich nicht nur auf Informationen, sondern auch auf guten Willen angewiesen, und du brauchst mich nicht daran zu erinnern, wie einflussreich du bist. Aber eines Tages wirst du zu weit gehen, du metallhaariger, kleiner außerirdischer Fuchs.«

Er grinste sie an. Gleich darauf war er gegangen.

♠

Dring. Tach öffnete ein Auge. Die Welt war dunkel, abgesehen von dem üblichen Lichtermeer Manhattans und ein wenig Mondschein, der durch die geöffneten Vorhänge fiel und den nackten Körper neben ihm auf dem kastanienfarbenen Laken seines Wasserbetts in einen silbrigen Glanz hüllte. Er blinzelte und versuchte sich an den Namen der Frau zu erinnern, der die ihm zugewandten Hinterbacken gehörten. Es waren wirklich außergewöhnliche Hinterbacken.

Dring. Drängender diesmal. Eine der teuflischsten Erfindungen dieser Welt, das Telefon. Neben ihm bewegte sich die prächtige Kehrseite ein wenig, und zwei Schultern kamen in Sicht.

Drrr… Er hob ab. »Tachyon.«

»Chrysalis hier.«

»Ich bin entzückt, von dir zu hören. Hast du eine Ahnung, wie spät es ist?«

»Ein Uhr dreißig, womit ich mehr weiß als du. Ich habe was für dich, Doktor Darling.«

»Wer is'n das, Tach?«, murmelte die Frau neben ihm.

Abwesend tätschelte er ihr Hinterteil und versuchte, sich an ihren Namen zu erinnern. Janet? Elaine? *Verdammt.*

»Und was?« Cathy? Candi? Sue?

Chrysalis summte eine Melodie.

»Was, im Namen des Ideals, war das?«, wollte er wissen. Mary? *Zum Teufel mit Chrysalis und ihrem verdammten Gesumme!*

»Ein Lied, das wir immer gesungen haben, als ich im Zeltlager war. ›Johnny Rebeck‹.«

»Du rufst mich nachts um halb zwei an, um mir ein Lagerfeuerlied vorzusingen?« Belinda? Langsam wurde es ihm zu viel.

»›Und all die Nachbarskatzen und -hunde werden nie wieder durch die Straßen ziehn/Sie wurden alle verwurstet in Johnny Rebecks Maschin‹.«

Tach richtete sich auf.

»Was ist los?«, wollte die Frau neben ihm in gereiztem Ton wissen, während sie ihm ihr vom Schlaf und dunklem Haar verhangenes Gesicht zuwandte.

»Du hast was.«

»Wie ich schon sagte, Schätzchen. Nicht in Jokertown, aber in der Nähe. In der Nähe der Division Street kurz vor Chinatown. Hunde und Katzen verschwinden – Streuner,

Haustiere. Die Leute in dieser Gegend kümmern sich nicht sonderlich um die Anleinvorschriften. Und Tauben. Und Ratten. Und Eichhörnchen. Mehreren Blocks fehlt plötzlich jegliche Fauna. Von Scherzen über die orientalische Küche einmal abgesehen, bin ich der Ansicht, dass dies durchaus ein merkwürdiges Vorkommnis ist.«

»In der Tat.« *Ihr Vorfahren, und wie!*

Sie schnurrte förmlich. »Du bist mir was schuldig, Tachyon.«

Er schwang die Beine aus dem Bett und wünschte sich, er könnte sich an den Namen dieser jungen Frau erinnern, damit er sie nach Hause schicken konnte. »Ja.«

»Ach so«, sagte Chrysalis, »sie heißt übrigens Karen.«

♣

»Doc«, sagte Trips durch eine Wolke seines Atems hindurch, »hast du eigentlich eine Ahnung, wie Brenda mich *genannt* hat, als ich sie um diese Uhrzeit anrief, um sie zu bitten, auf Sprout aufzupassen?«

In den Wochen, die er Mark jetzt kannte, war dies das erste Mal, dass er eine Beschwerde von ihm hörte. Mark hatte sein Mitgefühl. »Ich will es mir nicht mal vorstellen, Mark. Aber diese Sache ist entscheidend. Und ich habe das Gefühl, dass wir keine Zeit verschwenden dürfen.«

Mark gab nach. »Ja. Du hast recht. Doughboy hat es viel schlimmer, als ich es je hatte. Tut mir leid, Mann.«

Tachyon musterte diesen Mann, einen brillanten Wissenschaftler, dessen persönliche Dämonen ihn dazu getrieben hatten, sich so sehr zu zerstören, dass er kaum mehr als ein Wrack war, und er wunderte sich aufrichtig. Beruhigend strich er ihm über den Arm. »Schon gut, Mark.«

Nicht weit entfernt dröhnten Autos über die Manhattan Bridge. Sie befanden sich in einer dunklen Seitenstraße in einem wenig vornehmen Teil der Stadt, kleine Läden und Schatten und Kredithaie und verfallene Anwesen und hie und da ein graues Gebäude mit eingeworfenen Fensterscheiben, beleuchtet vom Schein einer einzigen blassen Straßenlaterne. Selbst wenn keine außerirdischen Gefahren gedroht hätten, würde er sich hier nicht länger als unbedingt nötig aufhalten wollen.

»Natürlich könnte es sich um falschen Alarm handeln«, sagte Tach. »Als Chrysalis mir vom Verschwinden der Tiere erzählt hat, kam mir der Gedanke, dass Schwarmlinge Nahrung benötigen, und sofern sich diese Kultur nicht viel schneller entwickelt, als mir bekannt ist, können sie sich diese Nahrung kaum im nächsten Supermarkt kaufen.«

Er blieb stehen, sah seinen Freund an und packte ihn an der Schulter. »Versteh das jetzt richtig, Mark. Es könnte nichts dort sein. Aber wenn wir finden, wonach wir suchen, bekommen wir es mit einem Ungeheuer wie aus einem Horrorfilm zu tun. Aber es ist echt. Es ist der Feind eines jeden lebendigen Organismus auf diesem Planeten, und es ist völlig gewissenlos.«

Mark deutete auf eine Stelle etwa einen Block weiter. »Sieht es vielleicht so aus, Mann?«

Tach starrte ihn an. Dann drehte er langsam den Kopf.

Eine Gestalt stand an der Ecke am Ende des Blocks in der Nähe der Überführung. Sie trug einen Mantel und hatte sich einen Hut tief ins Gesicht gezogen, aber trotz dieser Vermummung war nicht zu übersehen, dass ihre Proportionen in keiner Weise denen eines normalen menschlichen Wesens entsprachen.

»Entschuldige mich einen Augenblick, Mann«, sagte Trips. Er drehte sich um, hielt seinen Hut fest, rannte vor der Erscheinung davon und bog schließlich mit staksigen Schritten um die nächste Ecke.

Feigling!, brannte es heiß in Tachs Brust, aber dann dachte er: *Nein, ich kann nicht so hart mit ihm ins Gericht gehen; er ist kein Kämpfer, und diese Bedrohung ist seiner Rasse fremd.* Er straffte die Schultern, zog sein Halstuch zurecht und wandte sich der Kreatur zu.

Sie trat schwankend einen Schritt vorwärts, dann noch einen. Ein Fuß verursachte ein saugendes Geräusch, als er sich vom Asphalt löste. Aus der Dunkelheit hinter ihr schälte sich eine weitere ebenso gekleidete Gestalt, deren Umrisse anders, aber doch verwandt waren. *Ah, Benaf'saj, du hast zu Recht an mir gezweifelt. Ich hätte nie gedacht, dass es zwei geben könnte.* Er bereitete sich auf den Tod vor.

»Doc.«

Er fuhr herum. Eine junge Frau stand neben ihm, von Kopf bis Fuß in Schwarz gekleidet, das nur von dem Yin-Yang-Zeichen auf der Brust unterbrochen war. Dem Zeichen entsprach eine schwarze Maske, die sich vom linken Wangenknochen über die rechte Seite der Stirn zog und das halbe Gesicht frei ließ. Sie war größer als er. Ihr Haar war schwarz und glänzend. Was er von ihrem Gesicht sehen konnte, sah orientalisch und atemberaubend schön aus.

Er vollführte eine vornehme, wenn auch knappe Verbeugung. »Ich glaube nicht, dass ich schon das Vergnügen hatte.«

»Ich bin Moonchild, Doc. Ich habe die Ehre, Sie zu kennen – wenn auch nicht aus erster Hand.«

Langsam ging ihm ein Licht auf. »Sie gehören zu den Freunden des Captains.«

»So ist es.«

Gefahr brachte sein Blut stets besonders in Wallung. Wenigstens war das seine nachträgliche Entschuldigung für die Lüsternheit, die ihn jetzt überkam. »Mein liebes Kind«, hauchte er, indem er ihre Hände nahm, »Sie sind der schönste Anblick, den meine Augen seit Jahrzehnten zu Gesicht bekommen haben …«

Trotz des schummrigen Lichts sah er sie erröten. »Ich werde mein Bestes tun, um Ihnen zu helfen, Doktor«, sagte sie, ihn missverstehend … vielleicht.

Sie löste sich von ihm und glitt die Straße entlang, entspannt und gelassen und so tödlich wie ein sich anschleichender Leopard. Er bewunderte ihre Aura der Kraft, die fließende Eleganz, das Spiel der Hinterbacken unter dem engen schwarzen Anzug – heute Nacht hatte er es wirklich mit Hinterbacken. Er trabte ihr hinterher, ganz Takisier, nicht gewillt, eine Frau einer Gefahr gegenübertreten zu lassen.

Als sie noch zwanzig Meter von dem ersten Schwarmling entfernt war, beschleunigte sie ihre Schritte, bei zehn Metern stieß sie sich mit einer Kraft und Gewandtheit von der Straße ab, die ihn unwillkürlich aufkeuchen ließ. Sie drehte sich in der Luft, holte mit dem rechten Fuß aus und verpasste der Bestie einen perfekten Tritt gegen die Schulter. Er hörte ein trockenes Platschen, als sei ein Kürbis zu Boden gefallen. Das Ding wurde zurückgeschleudert. Moonchild landete und ging sofort in geduckte Kampfhaltung.

Der Arm des Ungeheuers fiel ab. Fiel geradewegs aus dem Ärmel.

Sie flippte aus.

Auf einmal war sie überall auf der Straße zugleich, ohne sich überhaupt zu bewegen. Sie schrie, kreischte und schlug um sich, wobei sie die ganze Zeit im Bürgersteig versank. Tachyon glotzte verdutzt. *Und dabei hatte sie so einen guten Start,* dachte er kläglich.

Einen Moment lang schienen die Schwarmlinge Moonchild ebenfalls anzustarren. Dann wandten sich beide Schwarmlinge gleichzeitig wieder Tachyon zu. Die Chemorezeptoren, die sie auf seine Nähe aufmerksam gemacht hatten, leiteten sie unweigerlich zu dem verhassten und gefürchteten Takisier. Ein leerer Ärmel flatterte grotesk an der Seite der ersten Kreatur.

Tach tastete nach dem Geist des Wesens. Es war, als wollte er Nebel greifen. Sein Gedanke drang wirkungslos durch die Diffusion elektrochemischer Signale, die den Verstand des Dings ausmachten.

Nicht im Geringsten überrascht, zog er den kurzläufigen Smith & Wesson. Er nahm eine breitbeinige, leicht geduckte Haltung ein, umklammerte den Kolben mit beiden Händen, visierte die Mitte jener unschönen Masse an, holte tief Luft und drückte zweimal ab. Die Pistole erzeugte eine äußerst befriedigende Menge an Flammen, Rückschlag und Lärm. Ansonsten gab es jedoch keine Ergebnisse.

Entsetzt senkte er die Pistole. Die Bestie war zwanzig Meter entfernt. Er hatte sie nicht verfehlen können. Dann sah er die zwei kleinen Löcher, genau dort, wo sie auch sein mussten, rechts und links der Knopfleiste des Mantels. Mentale Angriffe waren nicht das Einzige, was durch einen Schwarmling hindurchging.

Ich bin in Schwierigkeiten, gestand er sich ein. Er zielte auf den Schatten unter der Hutkrempe und gab zwei weitere Schüsse ab. Der Hut flog ebenso davon wie große Stücke der Stampfkartoffelmasse in dem, was dem Wesen als Kopf diente. Es ging weiter.

Moonchild hatte aufgehört, zu schreien und um sich zu schlagen. Sie hockte mit den Händen zwischen den Knien da und musterte die Wesen angestrengt. »Kugeln richten nichts gegen sie aus«, sagte sie mit vom Schreien rauer Stimme. »Das – das sind keine Menschen.«

»Sehr gut beobachtet.« Er gab die letzten beiden Schüsse ab und wich dann langsam zurück, während er in seiner Tasche nach einem Reservemagazin suchte und hoffte, dass er eins mitgenommen hatte.

»Ich dachte, ich hätte ein menschliches Wesen verstümmelt, einen Joker«, sagte sie. Sie erhob sich und rannte zu einem Gebäude rechts von Tach, wobei sie hinter den schwerfällig dahinstampfenden Schwarmlingen die Straße überquerte, um sich dann wieder vom Boden abzustoßen, diesmal auf einer Flugbahn, von der Tach geschworen hätte, dass sie sie unmittelbar in den zweiten Stock des Gebäudes befördern würde. Doch er konnte nichts sehen, weil sie verschwand, als sie in den Schatten des Gebäudes eintauchte.

Sekundenbruchteile später tauchte sie wieder auf und stieß mit den Füßen voran direkt durch die Körpermitte des zweiten Schwarmlings. Stoff zerriss, Biomasse gab nach, und das Wesen fiel auseinander, während sie sich auf dem Asphalt abrollte.

Einen Moment später war sie wieder auf den Beinen, rannte ein Stück vor und duckte sich tief, um sich mit einer Hand abzustützen, während sie mit dem rechten Bein einen perfekten Sicheltritt ausführte. Die Beine des ersten Schwarmlings brachen an den Knien unter ihm weg. Er landete auf den Stümpfen und stapfte ungerührt weiter. Moonchild setzte ihren Angriff grimmig fort.

Sirenen näherten sich jaulend, als sie fertig war. Als sie zu ihm kam, applaudierte Tachyon leise. »Ich muss mich bei Ihnen für das entschuldigen, was ich über Sie gedacht habe, reizende Lady.«

Sie wollte sich das Haar zurückstreichen, betrachtete ihre Finger und benutzte stattdessen den Unterarm. »Sie brauchen sich nicht bei mir zu entschuldigen, Doktor. Sie hatten Grund, das zu denken, was Sie dachten. Aber ich darf meine Fähigkeiten niemals dazu einsetzen, einem denkenden Wesen dauerhaften Schaden zuzufügen. Und ich dachte, ich hätte genau das getan.«

Er nahm sie in die Arme. Sie legte den Kopf an seine Schulter. *In der Tat,* dachte er. Er wusste nicht genau, wie er Mark das erklären würde …

Sie löste sich von ihm. »Es wäre nicht gut, wenn man mich hier fände. Zu viele Fragen.«

»Warten Sie. Gehen Sie nicht … Es gibt noch so viel zu sagen!«

»Aber die Zeit fehlt.« Sie küsste ihn auf die Wange. »Sei vorsichtig, Vater«, sagte sie und verschwand.

♥

»Sie haben tatsächlich Schwarmlinge aufgespürt, Doktor«, sagte Lieutenant Pilar Arrupe, nachdem sie einen schwarzen Zigarillo mit Plastikspitze aus dem Mund genommen hatte. »Sie sind ganz eindeutig der aktivste sachverständige Zeuge, der mir je begegnet ist.«

›*Vater*‹, dachte er. *Ein Ehrentitel, mehr nicht.* »Er hat an diesen Dingern ganze Arbeit geleistet«, stellte ein Streifenpolizist fest, der seine Schrotflinte umklammerte wie einen Talisman.

»Mit ein wenig Hilfe von seinen Freunden Dr. Smith und Dr. Wesson«, meldete sich jemand anders.

Die Straße war voller blinkender Blaulichter, Uniformen und Kamerateams. »Kanonen richten nicht viel gegen diese Schwarmwichser aus«, sagte der erste Cop.

»Wie haben Sie diese Wesen erledigt, Doktor?«, fragte ein Reporter, indem er ihm einen schaumstoffüberzogenen Phallus von einem Mikrofon unter die Nase hielt.

»Mit mystischen Kampfkünsten.«

»Schafft diese Penner hier weg«, sagte Arrupe. Zu Tachs Enttäuschung war sie nicht hübsch, sondern untersetzt und dickbeinig. Sie hatte ein Bulldoggengesicht und stachelige kurze Haare wie Brenda im Kürbis. Auf ihrer Stupsnase waren großzügig Sommersprossen verteilt. Aber ihre Augen waren so scharf wie Glasscherben.

»Nun, Lieutenant«, sagte er. »Werden Sie Doughboy jetzt freilassen?«

»Sie haben angeblich Schwarmlings-Gewebe im Labor des

Opfers gefunden, und Sie haben eine ganze Straße voller unverkennbarer Schwarmlingsteile, nur dass sie da, wo sie vorher wie Godzillas Baby ausgesehen haben, jetzt wie Ruinen aussehen, was eine Verbesserung sein könnte oder auch nicht. Es ist eine verteufelt komplizierte Angelegenheit.«

»Also nicht.«

»Ich habe einen Zeugen, Doktor.«

»Zum Henker, gute Frau, haben Sie denn kein Mitleid? Ist Ihnen die Gerechtigkeit völlig gleichgültig?«

»Glauben Sie, ich sei gerade in San Juan aus dem Boot gestiegen? Es handelt sich um einen anständigen Bürger, der Doughboy nicht vom Papst unterscheiden kann und keinen Groll gegen Joker hegt. Dieser Bursche kommt reinspaziert und beschreibt Doughboy, wie er leibt und lebt. Und kommen Sie mir jetzt nicht damit, dass Zeugen unzuverlässig sind. Das sind sie tatsächlich. Aber dieser ist *solide*.«

Tach strich sich durchs Haar und verkrallte seine Finger darin. »Lassen Sie mich mit ihm reden.«

Sie verdrehte die Augen.

»Es ist wichtig. Irgendwas ist los, und dabei geht es nicht nur um Doughboy. Das weiß ich genau.«

»Sie haben doch irgendeine verdammte außerirdische *Brujería* vor.«

Ein Schwerenötergrinsen: »Aber gewiss.«

Sie sank ein wenig in sich zusammen. »Sie haben sich hier mit diesen Schwarmlingen zum Helden gemacht, Doktor. Und Sie wissen mehr über diese Dinge als ich.« Ein schiefer Blick von der Seite: »Aber wenn Sie mich in dieser Sache mit einer Beschwerde von wegen bürgerliche Freiheiten nerven, *'manito,* dann leg ich Sie einfach um.«

♦

Tach hatte kaum den anderen Geist berührt, da wusste er schon Bescheid.

Er war Zahnarzt, ein athletischer, gesunder Mann in den Fünfzigern, der in dem Haus neben Warrens wohnte. Er hatte den Hund ausgeführt – um diese Nachtzeit eine gewagte Sache – und einen seltsam aussehenden Mann aus der Gasse kommen sehen, die hinter dem Apartmenthaus verlief. Der Fremde war einen Moment lang stehen geblieben, keine drei Meter entfernt, hatte dem unerschrockenen Zahnarzt direkt in die Augen gesehen und war dann in den Park geschlurft.

Die Geschichte stimmte mit der von den beiden anderen Zeugen überein. Einer war der Hausmeister von Warrens Wohnhaus, der sich gerade eine aufgebrochene Hintertür angesehen hatte, als er von hinten niedergeschlagen wurde. Der andere Zeuge war eine Frau, die aus Gründen, die nur ihr selbst bekannt waren, aus dem Fenster ihres Apartments auf der gegenüberliegenden Seite in die Gasse geschaut hatte. Beide hatten eine große, blasse, menschenähnliche Gestalt gesehen, die zur Hintertür herausgekommen und die Gasse entlanggetorkelt war. Doch keiner von beiden hatte mehr zu bieten als eine vage, allgemeine Beschreibung.

Tachyon brauchte den Geist des Zahnarzts nur einmal zu streifen, um zu wissen, dass seine Geschichte nicht stimmte. Sie war nicht etwa gelogen. Er glaubte sie tatsächlich, weil sie in sein Gedächtnis implantiert worden war.

Widerwillig grub Tach tiefer. Der alte Schmerz wegen Blythe war gewichen, und in ihm verkrampfte sich nicht mehr alles, wenn er auch nur daran dachte, seine geistigen Kräfte zu benutzen. Daran lag es nicht. Die Art des Implantats enthüllte eindeutig, was für ein Wesen es vorgenommen hatte. Blieb nur noch die Frage, welches spezielle Individuum von wenigen möglichen. Er hatte eine recht genaue Vorstellung.

In gewisser Weise spielte das nicht mal eine Rolle. Die

Implikationen waren bereits unübersehbar. Und sie waren weitaus monströser als alles, was Tach sich hätte träumen lassen.

♠

»Mir missfällt es hier«, knurrte Durgat'Morakh bo Zabb Vayawand-sa, als sie die wackelige Hintertreppe zu ihrer Absteige in einer wenig vornehmen Gegend des Village erklommen.

Rabdan wandte den Kopf und grinste höhnisch über seinen goldenen Schulterbesatz nach hinten. »Wie kannst du nörgeln? Du bist noch nie hier gewesen.«

»Der Torwächter, der Mann mit dem sonderbar toten Gesicht, wollte mich nicht einlassen.«

»Ha! Was würden die Vayawands sagen, wenn sie wüssten, dass einer ihrer kostbaren Morakhs einem Erdling gestattet hat, ihm etwas zu verwehren? Wahrhaftig, ihr Sperma fließt nur noch dünn.«

Durg ballte eine Hand zur Faust, die Granit pulverisieren konnte. Der zähe weiße Stoff seines Uniformärmels zerriss mit einem Geräusch wie ein Pistolenschuss über seinem Bizeps. »Zabb brant Sabina sek Shaza sek Risala hat befohlen, dass ich nur kämpfen soll, wenn es dem Auftrag dient«, knirschte er. »Er hat mir sogar befohlen, jemandem so Unwürdigem zu dienen wie Euch, um meine Ergebenheit zu prüfen. Aber ich warne Euch: Eines Tages wird Euch Eure Inkompetenz die Gunst des Herrn kosten. Und an diesem Tag reiße ich Euch jedes Glied einzeln aus, kleiner Mann, und zerquetsche Euren Schädel wie einen reifen Pickel.«

Rabdan wollte lachen. Er geriet ins Stocken, also versuchte er es erneut. »So feindselig. Ein Jammer, dass du es nicht sehen konntest: eine Frau, die ausgepeitscht, und eine Jungfrau, die zur Frau gemacht wurde. Ziemlich stilvolle Unterhaltung. Wenn die Erdlinge vernichtet werden, gehen einige ungewöhnliche Talente verloren, das muss ich zugeben.«

Sie erreichten den obersten Treppenabsatz und ihre Tür. Rabdan blieb davor stehen und runzelte die Stirn, während sein Geist die dahinterliegende Wohnung sondierte. Er hatte nicht die Absicht, in einen Hinterhalt von Erdling-Einbrechern zu geraten. Durg stand schweigend ein paar Stufen weiter unten. Seine Verwandtschaft gehörte der Mentatenklasse an, aber wie die meisten Morakhs war er so gut wie psi-blind. Wenn Rabdan eine Gefahr entdeckte, würde er seine Funktion erfüllen.

Zufrieden schloss Rabdan die Tür auf und trat ein. Durg folgte ihm und schloss die Tür hinter sich. Aus dem Flur zum Schlafzimmer trat eine Gestalt.

»Tisianne! Aber ich habe doch …«

»Von allen Gefolgsleuten meines Cousins warst du schon immer derjenige, der nie eine Sondierung vornehmen konnte, die ich nicht hätte ablenken können«, sagte Tachyon. »Es lässt Schlimmes für uns alle ahnen, dass ich dich hier finde. Tatsächlich vielleicht sogar für ganz Takis.«

»Aber das Schlimmste für dich«, sagte Rabdan. Er trat beiseite. »Durg, töte ihn!«

»Zabbs Ungeheuer!«, zischte Tach außer sich.

»Der kleine Prinz«, sagte Durg. »Das wird ein ganz besonderes Fest.«

Eine zweite Gestalt erschien neben Tachyon. »Doktor, wer ist das?«, fragte Moonchild, die wegen des hellen Lichts der einzelnen Lampe auf dem niedrigen Tisch ein wenig blinzelte.

Sie sah einen kleinen Mann – sogar für sie unverkennbar ein Takisier – mit feinen, scharf geschnittenen Zügen, metallisch blondem Haar und wässrigen Augen, die geweitet waren und unaufhörlich blinzelten. Das Wesen, das über den abgewetzten Teppich des kleinen Wohnzimmers stapfte, war schwerer zu klassifizieren. Es war klein, kaum einen

Meter fünfzig groß, aber unglaublich muskulös, buchstäblich fast so breit wie lang. Der Kopf war der eines takisischen Elf-Lords, lang und dünn und streng geschnitten. Schön. Der Gegensatz war erschütternd.

»Rabdan, der Speichellecker meines Cousins«, sagte Tach, »und dessen Ungeheuer Durg.« Trotz der Tatsache, dass er seit vier Jahrzehnten unter Jokern lebte, konnte Tach den Anblick des Morakh-Killers kaum ertragen. Dies war kein takisierähnlicher Erdbewohner mit einer grotesken Verunstaltung. Dies war der Anblick, der Tachs Volk am verhasstesten war, eine Perversion der takisischen Gestalt selbst. Was Morakhs im Krieg so furchtbar machte, war nicht zuletzt der Abscheu, den sie in ihren Feinden wachriefen.

»Er ist eine Kreatur, die von einer mit meiner Familie verfeindeten Familie gezüchtet wurde. Eine organische Mordmaschine, stark wie ein Elefant und zur Perfektion ausgebildet.« Durg war stehen geblieben und hatte beim Anblick des Neuankömmlings die Stirn gerunzelt. »Sogar nach unseren Maßstäben sind sie nahezu unverwüstlich. Zabb hat diesen bei einem Überfall erbeutet, als er noch klein war. Er hat seine Loyalität auf ihn übertragen.«

»Doktor, wie können Sie so von einem menschlichen Wesen reden?«

»Er ist kein Mensch«, knirschte er, *»und lassen Sie ihn nicht aus den Augen.«*

Durg warf sich mit einem Tempo vorwärts, dem kein Mensch etwas entgegenzusetzen gehabt hätte. Aber Moonchild war kein Mensch. Was sie auch war, woher sie auch kam, sie war ein Ass. Sie packte den goldbestickten Ärmel hinter der Hand, die nach ihr griff, zog, drehte sich in den Hüften. Durg schoss an ihr vorbei, um in einer Explosion von Gips gegen die Wand zu krachen.

»Wie hast du uns gefunden?«, fragte Rabdan, indem er sich gegen den Türrahmen lehnte.

»Sobald wir den Mann gefunden hatten, in dessen Verstand du herumgepfuscht hast, wusste ich, dass noch Takisier auf der Erde waren«, erklärte Tach, wobei er sich ein paar Schritte von Durg entfernte. »Aus der Ungeschicklichkeit der Technik schloss ich, dass es kein anderer als du gewesen sein konnte. Als wir wussten, wen wir zu suchen hatten, war es nicht mehr so schwierig, dich aufzuspüren. Dein Äußeres ist markant, und du würdest dich kaum in einem leerstehenden Lagerhaus verstecken und von Ratten und streunenden Katzen ernähren wie die Schwarmlinge.

Natürlich« – er deutete mit einem Kopfnicken auf Rabdans weißgoldene Montur – »hätte ich selbst dir nicht so viel Dummheit zugetraut, Zabbs persönliche Livree zu tragen.«

»Die Erdlinge finden, dass wir auf der Höhe der Mode sind. Würdest du Schwäne als Gänse verkleiden?«

»Wenn es der Auftrag der Schwäne wäre« – Durg löste sich stöhnend aus der Vertiefung in der Wand und schüttelte Gipsstaub ab wie Wasser –, »als Gänse durchzugehen, dann ja.«

Durgs Arm peitschte durch die Luft und traf Moonchild mit einem gemeinen Handkantenschlag in die Rippen, der sie gegen die Bar schleuderte, die Wohnzimmer und Küche trennte. Holz splitterte. Tach setzte sich mit einem Aufschrei in Bewegung. Grinsend kam Durg ihm entgegen.

Moonchild löste sich aus der ruinierten Bar, machte zwei grazile Schritte vorwärts und trat Durg seitlich gegen das Knie. Das Bein gab unter ihm nach. Sie landete einen zweiten Tritt an seinem Kinn. Er stöhnte – seine rechte Hand schoss nach oben, erwischte ihren Knöchel und riss sie näher zu sich in Reichweite seines linken Arms.

Er suchte nach einem Ansatzpunkt, um ihr das Rückgrat zu brechen. Tach setzte sich wieder in Bewegung. Rabdans

Hand kam mit der flachen, schwarz glitzernden Scheibe eines Hemmers aus seiner Tunika. »Greif ihn an, und ich erledige dich sofort, Tis.«

Moonchild rammte Durg den Ellbogen auf den Schädel. Tach hörte die Zähne zusammenschlagen wie eine Falle. Sie ließ ihre Handflächen auf Durgs Ohren niedersausen. Er stöhnte und schüttelte den Kopf, und sie entwand sich ihm.

Durg war auf den Beinen und trat ihr entgegen. Sie trat nach seiner Brust. Er wehrte den Tritt mühelos ab. Sie warf sich mit der Wut einer Furie auf ihn, trat nach Kopf, Knie und Schritt. Er wich zurück, sprang plötzlich hoch, als sie wieder zutrat, und stieß mit beiden Füßen zu. Moonchild wurde quer durch den Raum geschleudert und prallte gegen die Außenwand.

Tachyon zögerte. Er konnte versuchen, die Kontrolle über Durgs Verstand zu übernehmen, aber dann musste er gegen die einzige psionische Fähigkeit antreten, die Morakhs besaßen, eine praktisch unüberwindliche Widerstandskraft gegen mentalen Zwang. Und während er sich auf Durg konzentrierte, würde Rabdan ihn töten... Wenn er versuchte, Rabdans ziemlich schwache Schirme zu durchbrechen, würde Durg Moonchild töten. Er griff nach seiner Pistole in der Hoffnung, das Mädchen würde nicht zu schlecht von ihm denken...

Sie rührte sich. Durg war entsetzt. Wenn er jemandem einen derart harten Tritt verpasste, blieb der Betreffende unten. Rasend stürzte er sich auf sie.

Sie begegnete ihm auf halbem Weg. Sie packte seine Tunika, stemmte einen Fuß in seinen Bauch, ließ sich rückwärts fallen und schleuderte ihn über sich hinweg. Die vereinte Kraft seines Sprungs und ihres Stoßes katapultierte ihn wie einen Bolzen durch die Wand und vier Etagen abwärts auf die Straße.

»O je«, sagte sie, als sie sich erhob. »Ich hoffe, er ist nicht allzu schwer verletzt.« Sie lief zu dem Loch in der Wand. »Er bewegt sich noch.« Sie kletterte ohne Zögern hinaus.

In der Annahme, dass sie wohl auf sich selbst aufpassen konnte, ließ Tach sie gehen. Er war immer noch völlig benommen. Durg war ebenso stark wie einige der stärksten menschlichen Asse. Obwohl Moonchild übermenschliche Kräfte besaß, war sie ihm in dieser Beziehung nicht gewachsen – sie hatte ihn ganz allein durch ihre Geschicklichkeit besiegt, ihn, Durg, den Meisterkämpfer.

Rabdan erwachte aus seiner Starre und riss die Wohnungstür auf. Tachyon packte seinen Verstand mit eiserner Faust und drückte zu.

»Und jetzt, Freund Rabdan«, bemerkte er, »werden wir uns unterhalten.«

♣

Es war schlimm. Rabdan war unfähig und mehr als nur ein wenig feige. Doch Tach war ein Psi-Lord, und schließlich benahm er sich auch wie einer, was für ihn alles nur noch schlimmer machte. Kein gewöhnlicher Schirm, den Rabdan errichten konnte, hätte den erfahrenen Tisianne davon abhalten können, auch den letzten Krümel an Information aus seinem Verstand herauszuholen. Doch Rabdan legte in einem Anfall von Heldentum das Todesschloss vor und versiegelte es mit seinem Namen. *Alles, was er war,* widersetzte sich Tachyon, und keine Raffinesse, keine Kunstfertigkeit, keine Gewalt konnte einen derartigen Widerstand überwinden, ohne dabei Rabdans Geist zu zerrütten.

Vielleicht war das Rabdans letzte List. Er kannte die Weichheit seines entfernten Cousins und setzte darauf, dass Tisianne vor der schrecklichen Endgültigkeit zurückschrecken würde, seinen Verstand Schicht um Schicht abzuschälen, bis nichts mehr übrig war.

Rabdans Urteilsvermögen war noch nie das beste gewesen.

♥

Freude, Freude, Freude. Mein Herr kommt wieder zu mir, und das nach so kurzer Zeit. Oder ist etwas nicht in Ordnung, weil er auf einmal so viel Zeit für mich hat?

Hör auf damit, Baby.

»Hi, Baby. Was liegt an?« Sie blinkte in überschwänglicher Begrüßung mit den Lichtern und öffnete eine Schleuse für sie.

Der verdammte Asteroid hielt tatsächlich auf die Erde zu. Zabbs Leute hatten seinen Kurs schon vor Monaten geändert. Nicht sehr stark, da gewaltige Energiemengen erforderlich waren, um den Impuls der gewaltigen Masse merklich zu verändern. Sie hatten seine Richtung um den Bruchteil eines Grads geändert, kaum wahrnehmbar – aber es reichte.

Die Erdlinge kannten den Asteroiden, und sein Wiederauftauchen war wenig bemerkenswert. Rabdan und Durg waren nach unten geschickt worden, um zu gewährleisten, dass niemand etwas bemerkte. Welch ein Glück, dass die Kursänderung ausgerechnet von einem Mann entdeckt worden war, den niemand an verantwortlicher Stelle ernst nehmen würde. Hinzu kam, dass sein Ausschließlichkeitsanspruch hinsichtlich des Asteroiden und seiner Entdeckung zur Folge hatte, dass jeder andere Wissenschaftler auf dem Planeten die Beschäftigung mit dem Asteroiden mied wie der Teufel das Weihwasser. Die Takisier hätten sich nichts Besseres wünschen können, um das Schicksal des Planeten zu besiegeln. Niemand würde erkennen, was geschah, bis der Asteroid so nah war, dass über seine Flugbahn kein Zweifel mehr bestehen konnte. Dann würde es zu spät sein, und alle thermonuklearen Waffen der Welt konnten das Unheil nicht mehr abwenden.

Doch ihre Verbündete war in Panik geraten. Zabbs Verbündete. Sosehr er seinen Cousin auch hasste, Tachyon konnte sich kaum dazu überwinden, es zu glauben.

Der riesige Klumpen Boshaftigkeit, auch Schwarmmutter genannt, hatte *Hellcat* in der Umlaufbahn des Planeten geortet, den sie auf ihre beschränkte, aber beharrliche Art für sich gewinnen wollte, und angegriffen. Der Kriegsherr der Ilkazam hatte aus seinen ganz eigenen, verrückten Gründen nach der Abwehr des Angriffs ein Bündnis mit dem größten Feind seines Hauses und aller Takisier geschlossen.

Gemeinsam hatten sie einen Plan geschmiedet. Die halb bewusst denkende Mutter hatte nur wahrgenommen, dass der Plan durchschaut worden war, als Dr. Warren seine Entdeckung verkündete. Sie hatte in aller Hast gehandelt – und damit Rabdan unter Druck gesetzt, der versuchen musste, den angerichteten Schaden wiedergutzumachen.

Es war ihnen wie ein unglaublicher Glücksfall erschienen, als sie auf den Straßen Jokertowns ein Wesen entdeckten, das man mit einem Schwarmling verwechseln konnte. Also waren Rabdan und Durg zum Central Park gegangen und hatten für entsprechende Zeugenaussagen gesorgt. *Wie könnte das schiefgehen?*, hatte Rabdan frohlockt.

Tach hatte Rabdan die letzte Gnade erwiesen, die kein Takisier einem anderen verweigern konnte. Moonchild akzeptierte, dass Rabdans Herz unter der Belastung der Gedankensondierung unerwartet versagt hatte, und Tach schämte sich dafür, sie belogen zu haben. Er nahm die Bilder aus Warrens Labor mit zu *Baby*. Ihre astrogatorische Analyse bestätigte Rabdans Geschichte. Es folgte eine hastige Planungssitzung und eine Nacht, die er mit dem vergeblichen Versuch zu schlafen verbrachte.

Jetzt waren Trips und Tachyon bereit, einen durch und durch verrückten Plan in die Tat umzusetzen, um die Welt zu retten. Es blieb keine Zeit, sich einen besseren auszudenken. Vielleicht war es ohnehin bereits zu spät.

Und dort draußen wartete sein Cousin Zabb, der Tachs *Kibr* getötet hatte. Und ganz Takis verraten hatte. In seinem Kriegsschiff: Zabb.

♦

Jake schwankte die Straße entlang, in der Hand die Papiertüte mit einer Flasche La Copita. In der Hafengegend von Jokertown war das so spät in der Nacht gewiss nicht empfehlenswert, zumal dann, wenn man so schwer geladen hatte. Aber Jake wusste nicht mehr genau, wohin er gelaufen war, nachdem ihn der große Scheißer mit dem Eidechsenkopf aus der Bar geworfen hatte, weil er auf den Boden gekotzt hatte. Da traf es sich gut, dass er daran gedacht hatte, Nachschub mitzunehmen.

Plötzlich hörte er ein Grollen. Er blieb stehen und sah, wie sich von einem Gebäude unmittelbar vor ihm das Dach ablöste – es explodierte nicht und stürzte auch nicht ein, sondern hob sich säuberlich in einem Stück wie der Deckel eines Schuhkartons. Es senkte sich behutsam auf das Dach nebenan, und dann schwebte auf einmal diese riesige, über und über mit winzigen Lichtflecken übersäte Seemuschel aus dem Gebäude. Jake hörte so gut wie kein Geräusch. Die Muschel schwebte reglos vor dem matt orangefarbenen Himmel, während das Dach wieder zurück an Ort und Stelle glitt. Dann schoss sie aufwärts und strebte der großen Schwärze entgegen.

Entschlossen ging Jake zum nächsten Gully, zielte und ließ die halb volle Flasche La Copita hineinfallen. Dann verließ er Jokertown auf dem schnellsten Weg.

♠

»Ich hätte mir nie träumen lassen, ein Raumschiff von einem Schlafzimmer aus zu fliegen, Mann«, sagte Captain Trips, der ganz aus dem Häuschen war.

»Ich glaube, bei euch würde man das eine Luxuskabine nennen, nicht wahr?« Tatsächlich sah der Raum wie eine Kombination aus einem osmanischen Harem und den Karlsbader Höhlen aus. In der Mitte stand ein riesiges Bett mit weichen Kissen, und darauf lag der mit einem Hausmantel bekleidete Tach. Er hatte schon vor langer Zeit geschworen, dass er im Bett sterben würde. Die takisische Biotechnologie machte es möglich, dieses Ziel mit einem heroischen Ableben zu verbinden, wenn man den entsprechenden Drang verspürte.

»Auf einem Schiff wie diesem gibt es keinen Kommandostand, keine Brücke. Auf den meisten Kriegsschiffen wie der *Hellcat* meines Cousins durchaus, nicht aber auf einer Jacht.« Bei *Hellcats* Erwähnung verspürte er einen Anflug von Wut bei *Baby*. Sie waren schon seit langer Zeit Rivalinnen.

»Ein takisisches Symbiontenschiff wird auf psionischem Weg gesteuert. Der Pilot kann Informationen auch mental oder visuell empfangen. Zum Beispiel …« Tach gestikulierte, und auf der Wölbung eines Bullauges neben dem Bett erschien ein Bild der Erde. Sie war von einer gelben Linie umgeben, die ihre Umlaufbahn beschrieb. Dann wirbelte der Globus wie bei einer Computeranimation davon und wurde immer kleiner, bis eine Darstellung ihrer geplanten Flugbahn von der Erde zu 1954C-1100 angezeigt wurde.

Trips klatschte begeistert. »Das ist fantastisch, Mann. Irre.«

»Ja, das ist es. Ihr Erdlinge versucht, euren Computern Intelligenz einzuimpfen. Wir haben Intelligenz gezüchtet, die in der Lage ist, Computerfunktionen auszuführen. Und noch viel mehr.«

»Was empfindet *Baby* bei all dem?«

Das Bild verschwand. Wörter erschienen: *Ich bin geehrt, so bedeutende Lords wie meinen Herrn Tis und Euch* zu *befördern* –

obwohl ich befürchte, dass Ihr mich mit Eurem Hut stoßen könntet. Er ist sehr groß.

Trips fuhr zusammen. »Ich wusste nicht, dass sie das kann.«

»Ich auch nicht. Sie zapft mein Wissen sehr behutsam an – was eine gelinde Unartigkeit ist. Aber sie weiß, dass ich nachsichtig bin und ihr verzeihen werde.«

Trips schüttelte verwirrt den Kopf. Er saß auf einem Sessel, der aus dem Boden gewachsen war und sich seiner Körperform anpasste, als Tachyon ihn schließlich dazu hatte überreden können, Platz zu nehmen. »Nicht dass ich kein Vertrauen zu *Baby* hätte«, sagte er, »aber ist das Schiff deines Cousins nicht ein Kriegsschiff?«

»Ja. Und du brauchst die Frage nicht zu stellen. Unter normalen Umständen hätte *Baby* keine Chance gegen *Hellcat* – und veranstalte nicht so ein Theater in meinem Kopf, Baby, sonst versohle ich dir den Hintern! Es stimmt.

Aber *Baby* ist schnell, auch wenn sie nicht mehr in den Geisterflug gehen kann. Es gibt kein schnelleres und wendigeres Schiff. Und dann ist sie, offen gesagt, auch klüger als *Hellcat*. Aber wesentlich ist, dass *Hellcat* bei dem Angriff der Schwarmmutter schwer verwundet wurde. Eine Schwarmmutter, die so alt und groß ist wie diese, wird im Allgemeinen biologische Waffen – gewissermaßen Antikörper – gegen Takisier und ihre Geisterschiffe entwickelt haben. Wir benutzen ähnliche Waffen gegen sie, da nur eine ganze Kriegsflotte über ausreichend Feuerkraft verfügt, um auch nur einer kleinen Schwarmmutter ernsthaften Schaden zuzufügen, während sich Infektionen ganz von selbst ausbreiten. Zabb hat einen Enterversuch mit Schwert, Pistole und Biowaffen abgewehrt, und es ist ihm gelungen, die Schwarmlinge zu verjagen. Aber *Hellcat* ist infiziert und beschädigt worden, und obwohl sie die Krankheit isoliert haben, wird es lange dauern, bis *Hellcat* wieder gesund ist.«

Leise fuhr er fort: »Zabb hat jede ihrer Wunden gespürt, als wären sie seine eigenen, was man auch sonst über ihn sagen mag.« Plötzlich brannten ihm die Augen.

Trips schüttelte traurig den Kopf. »Dieses Gerede über Kämpfe macht mich echt fertig, Mann.«

»Bei deiner pazifistischen Überzeugung muss das ziemlich hart für dich sein. Aber deine Rolle in dem, was vor uns liegt, ist nicht gewalttätiger Natur, und ich kämpfe nur, wenn ich angegriffen werde.«

»Aber Moonchild hat gekämpft. Und die meisten anderen würden es auch tun. Ich habe in meinem ganzen Leben noch nie gekämpft. Ich habe nur einen einzigen Menschen jemals geschlagen, und der hat *mir* die Nase gebrochen, und dann bin ich plötzlich irgendwie im Körper einer anderen Frau, die einen muskelbepackten Außerirdischen durch eine Mauer schleudert.«

»Es war ein prächtiges Schauspiel«, sagte Tach kichernd.

»Ein Ass zu sein erweist sich zunehmend als Trip, der ziemlich heftig ist.«

Tisianne, ich spüre sie! Hellcat *kommt.*

Tach strich sich durch das Haar und seufzte. »Ich fürchte, es wird Zeit, mein Freund.« Er schwang die Beine aus dem Bett und erhob sich. »Ich bringe dich zur Schleuse.«

Sie folgten der Beleuchtung durch einen gewundenen Gang. »Bist du sicher, du kannst den Asteroiden finden?«, fragte Tachyon.

»Es ist nicht so, dass noch viele andere in der Nähe wären, Doc.«

Das Miststück ist auf Angriffskurs. In zwanzig Minuten gelangen wir in Reichweite ihrer Waffen.

Fang sie ab, Baby.

Sie blieben vor dem Innenschott der Mannschaftsschleuse stehen. Tach und Trips umarmten sich. Beide weinten und versuchten, es sich nicht anmerken zu lassen. »Viel Glück, Mark.«

»Gleichfalls, Doc. Sag mal, dieses ganze Schiff ist *Baby,* oder?«

»Genau.«

Verlegen beugte sich Trips vor und küsste eine Strebe, die aussah wie ein Stalagmit. »Alles Gute, *Baby.* Peace.«

»Auf Wiedersehen, Captain. Göttergleiche Geschwindigkeit.«

Du leistest primitivem Aberglauben Vorschub, schalt Tach, als sie sich höflich zurückzogen.

Belustigung. *Wie wird die neue Person sein, Tis?*

Ich weiß es nicht. Aber ich bin auch sehr gespannt. Auf eine weitere Moonchild konnte er nicht hoffen. Er konnte sich bereits glücklich schätzen, von einem Ass unterstützt zu werden, das eine Kombination von Kräften hatte, die ihnen wenigstens eine kleine Erfolgschance gab.

»Doktor?« Die Stimme rollte ihnen entgegen wie flüssiger Bernstein, tief und voll. Tachyon trat vor.

Der optische Eindruck ließ ihn wie angewurzelt stehen bleiben. Ein Ass wie ein griechischer Gott: groß, muskulös, ein Kinn wie ein Brückenpfeiler, leuchtend grüne Augen und blonde Locken, all das in einen hautengen gelben Anzug gehüllt, auf dessen Brust eine rote Sonne prangte.

»Ich bin Starshine.«

»Das Vergnügen ist ganz meinerseits«, sagte Tach.

»Ganz recht. Sie sind ein Militarist, der Vertreter einer dekadenten und repressiven Zivilisation. Ich stehe kurz davor, einen Versuch zu unternehmen, einen furchtbaren Schrecken abzuwenden, der von Ihrer ungezügelten Technologie auf meine Welt losgelassen wurde, während Sie sich in den Kampf mit einer anderen Fraktion derselben technokratischen Bande stürzen werden, die die Erde überhaupt erst mit diesem satanischen Virus infiziert hat. Unter diesen Umständen fällt es mir schwer, Ihnen Erfolg zu wünschen, Doktor. Aber ich tue es trotzdem.«

Tachyon schien plötzlich die Stimme zu versagen, und *Baby* erzeugte nur statisches Knistern in seinem Kopf. »Ich bin Ihnen ja so dankbar«, brachte er schließlich hervor.

»Ja.« Starshine strich sich das Heldenkinn. »Vielleicht werde ich ein Gedicht über das moralische Dilemma verfassen, dem ich mich stellen muss …«

»Sollten Sie sich nicht zuerst dem Asteroiden stellen?«, schrie Tach beinahe.

Starshine schnitt eine Grimasse wie Zeus, der gerade von Hera erwischt worden war. »Das nehme ich an.«

Das Schott öffnete sich. »Alles Gute«, sagte Tach.

»Vielen Dank.« Er trat hindurch.

Als sich die Außenschleuse öffnete, sendete *Baby* eine Ansicht von draußen – jeder Quadratzentimeter ihrer Haut war bei Bedarf lichtempfindlich – direkt in Tachs Verstand. Starshine schwebte in das Vakuum hinaus und schien tief Luft zu holen. Dann stieß er sich vom Schiff ab, legte die Arme an den Körper und wurde zu einem leuchtend gelben Strahl, der die ewige Nacht durchschnitt.

»Photonentransformation«, sagte Tach beeindruckt. »Wie die Tachyonentransformation unseres Geisterantriebs, aber sie gestattet nur Lichtgeschwindigkeit. Unglaublich.« Einen Moment lang war er beinahe stolz auf das Wild-Card-Virus.

Er schüttelte das Gefühl ab. »Es wird mir schwerfallen«, stellte er fest, »ihn zu mögen.«

Er ist ein ziemliches Arschloch. Der Captain hat mir viel besser gefallen.

Tis, sie kommen.

♣

Zeitloses Schweben. Schieres Loslassen, Koexistenz mit dem ganzen Universum. Die letzte Erfüllung: das Aufgehen in einem Laserstrahl.

Doch Ausharren war nötig. Entschlossenheit, abwärts zum Ego. Zur Materie.

Der Asteroid wartete. Ein hässlicher Klumpen aus Schlacke, der Starshine entgegenzustürzen schien, auch wenn sein Blickwinkel rechtwinklig zu seiner Flugbahn verlief.

Er rieb sich am Kinn und runzelte die Stirn. Er hatte diesem außerirdischen Doktor noch eine Menge zu sagen: über das Böse, das seine Rasse in die Welt gebracht hatte, über seine eigene Schuld, die darin bestand, dass er diesen jämmerlichen Trips in Gefahr brachte. Aber das musste noch warten. Zeit verging.

Er fragte sich, wie viel Zeit er hatte. Aus den Erinnerungen, die er mit Mark und den anderen teilte, wusste er, dass die Wirkung der Droge eine Stunde anhielt. Er hoffte, dass er das, was getan werden musste, in dieser Zeit schaffen konnte.

Er streckte eine Hand aus. Ein weiß glühender Lichtstrahl schoss von ihr hinunter auf Tezcatlipocas pockennarbige Oberfläche. Eine kreisförmige Gesteinsmasse durchlief das Farbspektrum und verpuffte in einer leuchtenden Gaswolke im Nichts.

Er war unglaublich stark. Doch all seine Kraft würde nicht ausreichen, um diese Gesteinsmasse abzulenken. Noch hatte er die Kraft, den Asteroiden zu zerstören. Er konnte seine Lichtstrahlen lediglich dazu einsetzen, Materie des Asteroiden so zu verbrennen, dass sie im rechten Winkel zu seiner Flugbahn ins All zischte und wie ein Schubstrahl wirkte. An dieser Stelle, Millionen von Kilometern von der Erde entfernt, reichte bereits eine winzige Ablenkung.

Doch um auch nur die unbedeutendste Kursveränderung vorzunehmen, waren fantastische Energiemengen erforderlich. Und eine unbekannte Menge Zeit.

Nach und nach erhöhte Starshine seinen Energieausstoß. Er fühlte sich lebendig und gewaltig, voller Kraft. Er konnte nicht versagen, nicht hier vor dem unverschleierten Antlitz der heiligen Sonne, die ihn mit ihrer Energie versorgte.

Auf dem Spiel stand ein Planet, sein Planet, die grüne, lebendige Erde. Und darüber hinaus sein Leben und auch das von Mark Meadows und den anderen Wesenheiten, deren Existenz in seine eingebunden war.

♥

Im Augenblick der Entdeckung wusste Tach, dass *Hellcats* tödlichste Waffe lahmgelegt war. Die kohärenten Tachyonen ihrer Geisterlanze hätten *Babys* – und auch seine – Atome in einer Nanosekunde über ein Dutzend Dimensionen verstreut, wenn sie noch funktioniert hätte, und mit *Babys* Geisterantriebsdrüse war auch ihr Tachyonensinn verloren gegangen, sodass sie nicht gewarnt worden wären. Doch Tach setzte alles darauf, dass der Angriff der Schwarmmutter den Tachyonenstrahler beschädigt hatte, der ihr vordringliches Ziel gewesen sein musste. Die Planetoidenwesen fürchteten die Lanze, sogar kleine Exemplare, wie sie Schiffe der Courser-Klasse trugen, zu denen *Hellcat* gehörte.

Zabbs Schiff war jedoch weit davon entfernt, hilflos zu sein. Als *Baby* einen Kurs einschlug, der sich wie eine Tangente zu *Hellcats* Kurs verhielt und dabei den Weg kreuzte, den Starshine genommen hatte, blitzte ein Strahl aus violettem Licht an Backbord vorbei. *Damit habe ich gerechnet,* sagte *Baby* selbstgefällig, während sie mit ihrem komplizierten Ausweichtanz begann, um dem anderen Schiff, das sich wie ein Raubvogel auf sie stürzte, ein möglichst schlechtes Ziel zu bieten.

Gemeinsam schickten sie eine Gedankensonde los. Tach dirigierte *Babys* größere psionische Kraft, um das andere Schiff abzutasten. Die Schäden, die er spürte, ließen bittere Galle in ihm hochsteigen: In *Hellcats* Flanken klafften große

Wunden mit verbrannten und abgestorbenen Rändern. *Sie will uns ans Leben*, dachte er, *aber kein takisisches Schiff verdient den Makel einer Vergiftung durch Schwarmlinge.*

Bevor er ein besseres Bild bekommen konnte, wurde es von einer mentalen Kraft wie die Klinge einer Guillotine abgeschnitten. Egal. *Baby* hatte genug gesehen, um einschätzen zu können, welche Kapazität ihre Rivalin noch besaß. Dennoch war er überrascht.

Lahme Schlampe, Geleitschiff von Barkassen! Tach spürte, wie *Hellcats* Wut *Baby* traf wie ein Speer. *Diese gelbsüchtige Sonne soll dich und deinen schwächlichen Herrn zu schmecken bekommen.*

Mutig gesprochen, du, die du nicht schnell genug bist, um mich zu fangen!

Deine geistigen Kräfte haben zugenommen, Cousin, sendete er.

Ein trockenes Kichern ertönte in seinem Geist. *Not fördert das Wachstum. Du bist gekommen, Tisianne. Ich nehme an, du hast meine Emissäre auf der Erde entdeckt?*

Baby erstattete Bericht über *Hellcats* Zustand: *Hülle in mehreren Abschnitten geschwächt, eine Verletzung an ihrem Hauptantriebsorgan …*

Das habe ich, dachte Tach.

Rabdan war ein Narr. Du hast ihn doch erledigt? Ich sehe, das hast du. Und Durg? Ich hoffe doch, dass er einen sauberen, schnellen Tod hatte.

Er lebt noch, Cousin. Und boshaft: *Er hat seine Loyalität auf den Erdling übertragen, der ihn besiegt hat. Auf deinen ehemaligen Gefangenen Captain Trips.*

Weiß glühender Zorn flammte auf: *Du lügst!* Ein Augenblick verging. *Nein, du sagst die Wahrheit. Vielleicht verstehst du jetzt, warum ich tat, was ich tun musste, Tis.*

Planmäßig umkreiste *Baby* das andere Schiff auf einer gewundenen Spirale. Trotz größter Bemühungen konnte *Hellcat* die Entfernung nicht weiter verringern. Ihr Feuerleitstand hatte ebenfalls gelitten. Auf diese Entfernung wurde die überwältigende Übermacht ihrer Feuerkraft durch die bessere Zielgenauigkeit von *Babys* einzelnem schweren Laser wettgemacht – der immer wieder nach ihr tastete und sie zwang, die Verfolgung zugunsten einiger Ausweichmanöver hintanzustellen.

Wie ich erfahren habe, hast du unsere Familie und unser Volk verraten, dachte Tach.

So scheint es, Tis. Aber bedenke: Dieses Virus, das auf dieser schweren, heißen Welt freigesetzt wurde, ist eine weitaus größere Bedrohung unserer Existenz als der geistlose Schwarm.

Das Experiment war ein Erfolg.

Darin liegt gerade die Gefahr. Diese veränderten Erdlinge, diese Asse, haben dir bei deiner Flucht geholfen, und unsere vereinte Kraft hat nicht ausgereicht, dich zu halten. Und jetzt erzählst du mir, dass ein schlaksiger Schwächling den tödlichsten Nahkämpfer besiegt hat, den Takis je erschaffen hat. Siehst du darin nicht so etwas wie einen Vorboten des Niedergangs deiner Rasse, Tisianne?

Vielleicht ist der Untergang der Psi-Lords längst überfällig.

Und du nennst mich *Verräter.* Der Gedanke klang eher belustigt als empört.

Du hättest die gesamte Rasse ausgelöscht.

Natürlich. Es sind Erdlinge.

Schmerzen überschwemmten Tachs Verstand wie Säure. Er wurde fast aus dem Bett geworfen, als *Babys* Beschleunigungskompensator aussetzte. *Baby! Ist alles in Ordnung?*

Ein Streifschuss, Lord Tis. Es geht mir gut. Doch ihre Stimme hatte einen zaghaften Unterton. *Baby* war noch nie zuvor im Kampf verwundet worden.

Er streichelte sie mit einem kurzen, heilenden Impuls und wandte sich dann wieder voller Wut an Zabb. *Also hast du mit der verabscheuungswürdigen Schwarmmutter gemeinsame Sache gemacht?*

Du hast gesehen, was sie der armen Hellcat *angetan hat. Diese*

Mutter ist schon vorher Takisiern begegnet oder hat Plasma mit einer Schwarmmutter getauscht, bei der das der Fall war, und überlebt – was dir einiges verraten sollte, verehrter Cousin. Sie hat in der Umlaufbahn auf der anderen Seite deiner Adoptivwelt in einer Schote Schwarmlinge herangezüchtet, wo sie untätig geblieben sind, bis wir zwischen sie trieben. Dann fielen sie über uns her, mit Säure, schnell wirkenden Pathogenen und brutaler Gewalt.

Wir haben sie abgewehrt. Tachs Verstand füllte sich mit Bildern, die er Rabdan gestohlen hatte, mit Bildern von einer Schlacht im wabernden Licht gegen amorphe Wesen, deren Berührung den Tod durch irreversible Auflösung bedeuten konnte. Von glitzernden Schwertklingen und Schreien und den verzweifelten Abwehrmaßnahmen, von blitzenden Laserpistolen in den Gängen, während *Hellcats* gesamtes Gefüge von krampfartigen Zuckungen erschüttert wurde. *Wir haben vier Mann verloren, darunter auch deinen alten Waffenmeister. Der nächste Angriff hätte uns getötet. Also entschloss ich mich* zu *Verhandlungen.*

Violette Augen schlossen sich. *Sedjur.*

Nachdem wir den Angriff abgewehrt hatten, fuhr Zabb fort, *gelang es mir, zu der aufgeblähten Dumpfheit des Bewusstseins der Mutter vorzudringen, während wir noch unsere Verwundeten pflegten und die Gänge mit antibiotischen Emulsionen fluteten. Wir vermittelten ihr, dass ich zu einem Handel bereit war. Sie begriff es vage. Ich glaube, sie empfand so etwas wie Neugier angesichts meiner Kühnheit und wollte mich aus der Nähe begutachten. Ich bin mit einem Rettungsboot zu ihr und in sie hineingeflogen.*

Baby hatte die Beherrschung über sich zurückerlangt. Ihre Manöver kräuselten nicht einmal mehr die Oberfläche des Brandys in dem Schwenker am Bett. Auf Tachs Stirn stand kalter Schweiß. Trotz allem empfand er so etwas wie Ehrfurcht vor seinem Cousin – sogar Bewunderung. Allein und unbewaffnet in den kolossalen Leib der Mutter, des alten

Feinds, vorzudringen – dazu bedurfte es schon eines Muts, wie er in den alten Epen besungen wurde.

Und das war der Hauptgrund, warum Zabb es getan hatte: Tach hatte ihn gedemütigt, ihn, der noch nie eine Niederlage erlitten hatte. Er musste eine fabelhafte Tat vollbringen, oder er würde sein Selbstwertgefühl, seine *Virtu* verlieren, so wie ein undichtes Gefäß Wasser verlor. Und für einen Takisier war selbst Verrat ruhmreich, wenn nur der Maßstab groß genug war.

In einer großen Höhle verließ ich mein Schiff und schritt hinaus auf die eigentliche Substanz unseres ältesten Feinds. Die Wände um mich herum schienen mit schwarzem Moos behangen zu sein und wurden von Hexenlichtern in einem halben Hundert verschiedener Formen erhellt. Der Gestank war so stark, dass sich mein Blick trübte. Aber ich stellte den Kontakt zu einem Geist her, der so gewaltig und gleichzeitig diffus wie ein Sternennebel war. Wir unterhielten uns mehr schlecht als recht.

Wir hatten beide ein Interesse daran, das Leben auf der Erde zu *vernichten. Also kamen wir zu einer Übereinkunft.*

Tach stieg die Galle hoch. *Also kamen wir zu einer Übereinkunft.* Mit welcher Unbekümmertheit sein Cousin den Gedanken weitergab, als beschreibe er nicht den größten Verrat und zugleich den mutigsten Akt, den seine Rasse je erlebt hatte.

Ich erweise dir die Ehre, Zabb. Ich muss. Wenn du heute gewinnst, wird man dein Lied noch tausend Generationen lang singen. Aber … ich verachte dich.

Ich versuche, damit fertigzuwerden.

Tach holte schaudernd Luft. *Und du hast Benaf'saj ermordet.*

Ich musste es tun. Sie hätte nie ihr Einverständnis gegeben, gegen dich und deine kostbare Erde vorzugehen, geschweige denn, mit dem Schwarm zu verhandeln. Allem Anschein nach ist sie bei dem Angriff der Schwarmlinge ums Leben gekommen. Es wird dich freuen zu erfahren, dass Rabdan dafür gesorgt hat.

Eine Träne fiel auf das Seidenlaken.

Zabb, ich bin gekommen, um dich zu töten.

Vielleicht schaffst du das sogar, so geschwächt ist Hellcat. *Vielleicht bin ich es auch, der dich tötet.* Ein müdes Kichern. *Von meinem Standpunkt aus sind beide Möglichkeiten zufriedenstellend.*

Baby schrie auf.

Plötzlich wurde Tach durch die organische Opulenz seiner Luxuskabine geschleudert. Er roch heißes Silikon. Sein Geist hallte von den Schmerzensschreien seines Schiffs wider.

Jetzt, du Schlampe, kam *Hellcats* Gedanke, der vor Hass knisterte. *Jetzt kannst du nicht mehr fliehen.* Ein blauweißes Leuchten breitete sich aus, als *Hellcat* ihren Antrieb im Triumph überlastete und näher heranflog, um *Baby* den Rest zu geben.

Baby, Baby! Ihr Verstand war von einem weißen Rauschen aus Entsetzen und Schmerz erfüllt. Symbiontenschiffe hatten Vorteile gegenüber nichtlebenden Schiffen, konnten selbstständig denken, konnten Schäden heilen. Aber sie hatten auch einen eigenen Willen, der gebrochen werden konnte.

Tach griff nach einem Vorsprung, klammerte sich daran fest und breitete seinen Geist aus, um sein gequältes Schiff darin einzuhüllen. Luft entwich aus einem zwei Meter langen Riss in ihrer Außenhaut und wirbelte sie durchs All. *Komm, Baby, beherrsch dich!*

Er spürte den Dämonenatem eines Lasers ganz knapp an ihr vorbeistreichen. *Daddy, Daddy, ich kann nicht, ich kann nicht!*

Auf den Wänden pulsierte Licht in wahllosen Farbklecksen. Er nahm all seine Heilkraft zusammen, all seine Liebe und sein Verständnis für das Schiff, breitete sein ganzes Wesen über die Flammen des Entsetzens in ihr aus. *Ich liebe dich, Baby. Aber du musst zulassen, dass ich dir helfe.*

Nein!

Unser Leben steht auf dem Spiel. Eine ganze Welt steht auf dem Spiel.

Langsam ebbte das Entsetzen ab. Die unkontrollierten Bewegungen des Schiffs ließen nach, und Tach spürte, wie er wieder von ihrem Kompensator-Telekinesefeld eingehüllt wurde. Er atmete wieder.

Hellcat war jetzt ohne Vergrößerung zu erkennen, eine stachelige Dunkelheit, auf der winzige Lichter blinkten und die auf einer feurigen Flutwelle ritt. Ihr Triumphgeschrei hallte durch Tachs Verstand, als ein Laserstrahl aufzuckte und *Babys* Außenhülle versengte. *Winsle um Gnade, Feigling! Du wirst bis in alle Ewigkeit im All treiben!*

SEI VERDAMMT! *Babys* Innenbeleuchtung trübte sich für einen Augenblick, als sie alle Energie in den Laser leitete. Eine rote Zacke traf *Hellcat* direkt vor ihrem Antrieb. Sie kreischte auf – dann noch einmal, lauter, eine Kakofonie der Qual, die nicht enden wollte, bis Tach glaubte, sein Gehirn würde platzen.

♦

1954C-1100 erbrach seine Substanz in den Weltraum. Einen Moment lang wünschte sich Starshine, er hätte ein Messgerät mitgebracht, mit dem er seine Fortschritte verfolgen konnte. Die Zeit wurde langsam knapp, aber noch immer war keine Spur von dem verräterischen außerirdischen Technokraten zu sehen. Er hätte gern gewusst, ob sein Opfer vergebens sein würde.

Er unterdrückte den Gedanken. Wenn er sterben würde, dann zumindest frei von allen subtilen Ketten der Technologie. Die grüne Erde würde noch eine Weile länger leben, bis die Landschänder und Techno-Freaks sie ausgebrannt hatten. Doch er würde seinen Teil geleistet haben.

Er begann mit der Abfassung seines letzten Gedichts, einem

ergreifenden Werk, erst recht, da es niemand sonst über den lautlosen Photonenschreien des Asteroiden hören konnte, abgesehen von den anderen Wesenheiten, aus denen sich die Mischkreatur zusammensetzte, die sich Captain Trips nannte.

♠

Als er wieder denken konnte: *Baby, ist alles in Ordnung?*

Wir haben gewonnen! Lord Tis, ich habe sie besiegt! – Ein Bild von *Hellcat,* unbeleuchtet und aufgerissen, die auf der Flugbahn eines Kometen davontrudelte und sich von der Welt entfernte, die ihr Herr hatte vernichten wollen.

Zabb! Zabb, lebst du noch?

Keine Antwort.

Er fragte sich, warum sein Puls vor Sorge schneller wurde.

Dann: *Ja. Sei verdammt. Kannst du nichts richtig machen?*

Was ist mit unseren Leuten?

Drei sind gestorben, als dein Schuss den Antrieb in die Luft gejagt hat: Aliura, Zovar S'ang und diese Dienerin, auf die du so scharf warst. Alle von den Flammen verschlungen. Bist du stolz auf dich, Tisianne?

Er saß totenstill da und spürte kalte Leere in sich. Er hatte Verwandte getötet, Blut von seinem Blut, zuerst Rabdan, dann die anderen. Und Talli, seine alte Spielgefährtin, die ihn vor Zabbs Absichten gewarnt hatte, als er, Turtle und Trips entführt worden waren. Natürlich alles für einen guten Zweck. Aber konnte Zabb nicht dasselbe behaupten?

Du hast gewonnen. Nimm deine Rache, Tisianne.

Baby, Anpassungsmanöver an Hellcat. *Beeil dich.*

Aber, Herr …

Was?

Starshine – er muss sich jeden Augenblick wieder in Captain Trips verwandeln.

Worauf wartest du noch? Ein leichtes Heben der Stimme.

Weidest du dich etwa daran, Tisianne? Das sieht dir gar nicht ähnlich. Mach ein Ende.

Tach starrte mit leerem Blick auf die Membranenwand vor sich, auf der *Baby* ein Bild ihrer getroffenen Feindin entstehen ließ. Sein Stolz verlangte die Vernichtung, und sein Sinn für das Notwendige verlangte sie ebenso. Solange Zabb lebte, schwebte Tachyon – und auch die Erde – in tödlicher Gefahr.

Tis, als meine Mutter, diese räudige Schlampe, die dich geworfen hat, die Treppe hinunterfiel, habe ich zugesehen. Ich stand auf der Balustrade und habe gelacht. Darüber, wie ihr Kopf von einer Seite auf die andere …

Doch Tachyon lachte. *Genug. Spar dir dein Gift für die Leere, Zabb.*

Dann schieß. Verdammt, schieß endlich.

Nein. Reparier dein Schiff, wenn du kannst, schleich dich nach Takis zurück oder flieg in das Herrschaftsgebiet des Netzes und lebe als Renegat weiter. Lebe mit dem Wissen, dass ich dich wieder besiegt habe. Dass du dein Geschlecht verraten – und versagt hast.

Er errichtete eine Mauer gegen die Flut des Zorns. *Baby, such den Captain, schnell!* Sie raste mit flammendem Antrieb los.

… vernichte dich, Tisianne, das schwöre ich … hörte er noch. Dann war Zabb verstummt, außer Reichweite, und torkelte in seinem Schiff in das endlose Loch der Nacht.

♣

Das Leuchten seiner Hände erlosch. Gleichzeitig empfand Starshine Übelkeit, eine Veränderung im Gefüge seines Wesens. *Wenigstens bin ich in der Umarmung der Sonne gestorben …*

Dreihundert Sekunden später bremste *Baby* ab, um ihre Geschwindigkeit einer scheinbar leblosen Gestalt anzupassen, die über einem noch glühenden Krater in der Flanke des

Asteroiden hing. Sie aktivierte ihren Traktorstrahl und fing die violett gekleidete Gestalt mit den Ringen aus getrocknetem Blut um Mund und Nase und dem Hut ein, der ihr folgte wie ein Satellit. Während sich ihr Herr weinend über seinen Freund beugte, nahm sie Kurs auf die Welt, die ihre Heimat geworden war.

♥

»Mark, Mark, alter Junge!« Dr. Tachyon platzte durch die Tür des Kosmischen Kürbis, die Arme voller Blumensträuße und Weinflaschen in Papiertüten.

Mark kam in einem Rollstuhl aus dem Head Shop gefahren. »Doc! Das ist irgendwie echt abgefahren, dich zu sehen. Wie kommt es?« Sein Gesicht hatte eine unnatürliche rötliche Farbe, wo das Vakuum Kapillargefäße in der Haut zum Platzen gebracht hatte. Bis seine Trommelfelle verheilt waren, hörte er mittels einer kleinen Überbrückungseinheit, die neben seinem linken Ohr angebracht war. Alles in allem sah er gar nicht so schlecht aus, wenn man bedachte, was er durchgemacht hatte.

»Wie es kommt? Man hat alle Anklagepunkte gegen Doughboy fallen gelassen, heute kommt er nach Hause. Du bist ein Held – das heißt, dein Freund, der Captain, ist einer. Und ich natürlich auch. Im Crystal Palace findet eine Feier statt, und alle Getränke gehen auf Kosten des Hauses.«

»Was ist mit diesen Flaschen?«

»Mit diesen?« Ein Lächeln. »Nach den Feierlichkeiten bei Chrysalis veranstalte ich vielleicht noch eine Privatparty.«

Er hielt Mark einen Blumenstrauß hin. »Die sind für dich. Lass mich der Erste sein, der dir gratuliert, Mark.«

Mark schniefte. »Äh, danke, Doc.«

»Sollen wir gehen? Warum ziehst du dir nicht schnell – du weißt schon – etwas Förmlicheres an?«

Mark sah weg. »Äh, irgendwie halte ich es für besser, wenn ich hierbleibe. Ich hab den Laden und Sprout, auf die ich aufpassen muss, und ich kann mich nicht so gut bewegen.«

»Unsinn. Du *musst* mitkommen. Du hast dir die Lobhudelei redlich verdient, Mark. *Du* bist ein Held!«

Tach wich seinem Blick aus. »Brenda wird überglücklich sein, für dich auf Sprout und den Laden aufzupassen.«

»Nicht so eilig, Freundchen«, sagte die Frau hinter der Ladentheke. »Und außerdem bin ich Susan.«

Tach fixierte sie durchdringend. Nach einem Augenblick gab sie nach. »Ich schätze, das ließe sich machen.«

»Aber dieser *Rollstuhl*«, jammerte Mark.

»Braucht Ihr Hilfe, Herrin Isis?«, fragte eine Stimme aus dem rückwärtigen Teil des Ladens, tief und volltönend wie ein Gong. Durg at'Morakh bo-Isis Vayawand-sa betrat den Delikatessenladen in einem Steppenwolf-T-Shirt mit Sammlerwert, das über seiner gigantischen Brust bis zum Zerreißen gespannt war. Er hinkte, und seine Wangen waren geschwollen und verschrammt, aber ansonsten schien es ihm gut zu gehen. »Ich kann Euch bringen, wohin Ihr wollt, Herrin.«

Marks Trauermiene vertiefte sich. »Ich wünschte, du würdest aufhören, mich so zu nennen, Mann. Ich heiße *Mark*.«

Durg nickte. »Wie Ihr wünscht, Herrin. Wenn Ihr geruht, Euren Namen vor dem Neid Eurer schwächeren Rassegenossen ebenso zu verbergen wie Eure Gestalt, werde ich von nun an diesen Namen benutzen, wenn Erdlinge anwesend sind.«

»Jesus«, sagte Mark.

Tach war verärgert, dass es dem Morakh gelungen war, in Erfahrung zu bringen, dass Moonchilds richtiger Name (was immer das auch bedeutete) Isis Moon lautete. Das war mehr, als er wusste. Er war außerdem mehr als belustigt.

»Prächtig«, sagte er, indem er die Last der Flaschen und Blumensträuße ein wenig umschichtete. »Du gehst nach oben und ziehst dich um, und wir treffen uns dann im Palace.«

»Wohin willst du denn?«

»Ich habe vorher noch eine Verabredung.« Durg hob Mark samt Rollstuhl hoch und trug ihn die Treppe hinauf.

♦

Sara Morgensterns Gesicht war in der spätnachmittäglichen Düsternis von Tachs Büro fast so tiefrot wie vorher das von Mark. »Also haben Sie es geschafft«, hauchte sie.

Er war sich ihres Dufts bewusst, spürte ihre Erregung und konnte seine eigene kaum zügeln. »Es war einfach«, log er.

»Erzählen Sie es mir. Wie wurde das Verbrechen begangen?«

Er erzählte es ihr mit einem Minimum an Ausschmückungen, da seine Begierde einen höheren Stellenwert genoss als die Aufblähung seines Egos. Als er fertig war, sah er zu seinem Erstaunen, dass der Ausdruck erregter Gespanntheit aus ihrer Miene verschwunden war.

»Außerirdische? Es waren Außerirdische?« Sie bekam die Worte kaum heraus. Ihre Enttäuschung brandete über seine Hirnlappen hinweg wie eine Flutwelle.

»Ja, nun, sicher, Schwarmlinge einer neuen Stufe im Verbund mit meinem Cousin Zabb. Und das ist ein wichtiger Teil der Geschichte, die Sie schreiben werden, die Gefahr, welche die neuen Manifestationen des Schwarms darstellen. Weil das bedeutet, dass die Mutter sich nicht geschlagen gibt und nicht bereit ist, diese Welt in Ruhe zu lassen.«

Das Bouquet, das er ihr gegeben hatte, fiel zu Boden. Ein Dutzend Rosen lag zu ihren Füßen wie Bäume, die von der Druckwelle einer Bombe entwurzelt und niedergemäht worden waren. »*Andi*«, schluchzte sie tränenüberströmt und mit verzerrtem Gesicht. Dann hatte sie das Büro verlassen, und ihre Absätze klackerten achtlos draußen über den Flur.

Während sie immer leiser wurden, kniete Tach nieder und hob beinahe zärtlich eine blutrote Rosenknospe auf. *Ich werde diese Erdlinge nie verstehen,* dachte er.

Er steckte sich die Blume ins Knopfloch seiner himmelblauen Jacke, machte einen großen Schritt über die anderen Blumen hinweg, schloss die Tür hinter sich, sperrte ab und ging dann pfeifend hinaus, um sich der Feier anzuschließen.

♣♦♠♥

Jube: Sechs

George R. R. Martin

U-Bahnen waren eine menschliche Perversion, an die sich Jube noch immer nicht ganz gewöhnt hatte. Sie waren erstickend heiß, der Gestank nach Urin in den Tunneln war mancherorts überwältigend, und er verabscheute die Art, wie die Lichter an und aus gingen, während die Züge über die Schienen ratterten. Die lange Fahrt mit der Linie A bis zur 190th Street war schlimmer als alle anderen. In Jokertown fühlte sich Jube wohl. Er war ein Teil der Gemeinschaft, jemand, der bekannt war und akzeptiert wurde. In Midtown und Harlem und Gegenden jenseits davon war er eine Missgeburt, jemand, den kleine Kinder anstarrten und den die Eltern peinlich bemüht nicht zur Kenntnis nahmen. Dabei kam er sich immer, nun ja, wie ein *Außerirdischer* vor.

Aber das ließ sich nicht vermeiden. Dem Zeitungsjungen, der allgemein Walross genannt wurde, würde es nicht gut zu Gesicht stehen, in einem Taxi bei den Kreuzgängen vorzufahren.

In den letzten Monaten hatte es manchmal den Anschein gehabt, als sei sein Leben ein Trümmerhaufen, aber das Geschäft ging besser denn je. Jube hatte herausgefunden, dass Freimaurer auch Zeitung lasen, also brachte er zu jeder Versammlung einen Packen mit und las sie im Zug (wenn die Lichter an waren), um sich von den Gerüchen, dem Lärm und dem Abscheu in den Mienen der anderen Fahrgäste abzulenken.

Der Aufmacher in der *Times* war ein Artikel über die Gründung einer Sondereinsatztruppe des Bunds, die sich mit der Schwarmgefahr befassen sollte. Die andauernden Zuständigkeitsstreitereien zwischen der NASA, den Vereinigten Stabschefs, SCARE und dem Verteidigungsminister – die alle den Schwarm für sich beanspruchten – würden endlich beendet sein, so hoffte man, und die neue Einrichtung würde darüber hinaus alle Anti-Schwarm-Aktivitäten koordinieren. Leiter der Einsatztruppe sollte ein Mann namens Lankester werden, ein Berufsdiplomat aus dem Innenministerium, der versprochen hatte, augenblicklich mit den Anhörungen zu beginnen. Die Einsatztruppe hoffte darauf, sich die ausschließlichen Nutzungsrechte für die VLA-Radioteleskope in New Mexico zu sichern, um die Schwarmmutter zu lokalisieren, aber diese Idee war seitens der wissenschaftlichen Gemeinde bereits unter schweren Beschuss geraten.

Der Leitartikel der *Post* stellte den jüngsten Pik-Ass-Mord in den Vordergrund und brachte Bilder des Opfers, das einen Pfeil durch das linke Auge bekommen hatte. Bei dem Toten handelte es sich um einen Joker mit einem Vorstrafenregister so lang wie sein Greifschwanz und Verbindungen zu einer Straßengang in Chinatown, die unter den drei verschiedenen Namen Schneevögel, Schneemänner und Die Makellosen Silberreiher bekannt war. Die *Daily News* – die den Mord in den Vordergrund stellte, allerdings ohne die Bilder – spekulierte, dass es sich bei dem Pfeil-und-Bogen-Mörder um einen Killer der Mafia handele, da bekannt sei, dass sich die Makellosen Silberreiher aus Chinatown und die Dämonenfürsten aus Jokertown in Gambione-Unternehmungen eingemischt hätten und Frederico »der Schlächter« Macellaio kein Mensch sei, der auf derartige Übergriffe freundlich reagiere. Diese Theorie lieferte jedoch keine Erklärung dafür, warum der Mörder Bogen und Pfeil benutzte, auf jeder Leiche ein Pik-Ass hinterließ und das Kilo

Angel Dust, das sein jüngstes Opfer bei sich trug, nicht angerührt hatte.

Der *National Informer* brachte ein Farbfoto von Dr. Tachyon auf der Titelseite, der mit einem schlaksigen, backenbärtigen Begleiter in einem violetten Uncle-Sam-Anzug in einem Labor stand. Das Bild war wenig schmeichelhaft. Die Bildunterschrift lautete: *Dr. Tachyon und Captain Zipp zollen Dr. Warner Fred Warren ihre Anerkennung. »Sein Beitrag zur Wissenschaft ohne Beispiel«, sagt außerirdischer Genius.* Der Artikel zu dem Foto legte nahe, dass Dr. Warren die Welt gerettet hatte, und regte an, sein Labor zu einem nationalen Denkmal zu erklären, ein Vorschlag, den man Dr. Tachyon zuschrieb. Die Mittelseiten des Blatts waren einer Putzfrau aus der Bronx gewidmet, die behauptete, ein Schwarmling habe versucht, sie in der U-Bahn zu vergewaltigen, bis sich ein Pendler in einen dreieinhalb Meter langen Alligator verwandelt und die Kreatur gefressen habe. Die Geschichte bereitete Jube ein gewisses Unbehagen. Er sah auf und betrachtete die anderen Fahrgäste in der Hoffnung, dass keiner von ihnen ein Schwarmling oder ein Alligator war.

Er hatte auch die neue Ausgabe vom *Aces*-Magazin mit der Titelgeschichte über Jumpin' Jack Flash dabei, »New Yorks heißestes neues Ass«. Flash war vor zwei Wochen noch völlig unbekannt gewesen, um dann plötzlich in einem bis zum Nabel geschlitzten, hautengen orangefarbenen Kostüm aufzutauchen. Er löschte einen Lagerhausbrand in der South Street, der auf die nahe gelegene Jokertown-Klinik überzugreifen drohte, indem er die Flammen irgendwie angezogen und dann absorbiert hatte. Seitdem schien er überall zu sein – er düste auf einer prasselnden Feuersäule über den Manhattaner Himmel, verschoss Flammenblitze aus den Fingerspitzen, gab sarkastische und rätselhafte Interviews und führte schöne Frauen ins Aces High, wo Hiram wegen seiner Vorliebe, sich sein Steak im wahrsten Sinne des Wortes »eigenhändig« zu flambieren, Anfälle bekam. *Aces* war das erste Magazin, das sein verschmitztes Lächeln auf der Titelseite präsentierte, aber es würde nicht das letzte sein.

An der Haltestelle 59th Street stieg ein schlanker, kahl werdender Mann in einem dreiteiligen Anzug zu und setzte sich Jube gegenüber. Er arbeitete für das Finanzamt und war im Orden unter dem Namen Vest bekannt. An der 125th Street gesellte sich eine schwergewichtige grauhaarige Schwarze in pinkfarbener Kellnerinnentracht zu ihnen. Jube kannte sie ebenfalls. Beide waren ganz gewöhnliche Leute. Sie besaßen weder Ass-Kräfte noch Joker-Missbildungen. Wie sich herausgestellt hatte, setzten sich die Freimaurer in der Hauptsache aus solchen Leuten zusammen: Bauarbeiter und Angestellte, College-Studenten und Möbelpacker, Straßenkehrer und Busfahrer, Hausfrauen und Huren. Bei den Versammlungen war Jube einem bekannten Rechtsanwalt begegnet, einem »Wetterfrosch« des Fernsehens und einem professionellen Kammerjäger, der gern über das Geschäft redete und ihm ständig Visitenkarten aufdrängte (»Ich wette, es gibt 'ne Menge Schaben in Jokertown«). Manche waren reich, einige wenige sehr arm, und die meisten arbeiteten schwer für ihren Lebensunterhalt. Keiner von ihnen schien sehr glücklich zu sein.

Die Anführer waren von ungewöhnlicherem Kaliber, aber jede Gruppe braucht eine Rangordnung und jede Armee die einfachen Soldaten. Und dorthin gehörte auch Jube.

Jay Ackroyd würde niemals erfahren, welchen Fehler er gemacht hatte. Er war von Beruf Privatdetektiv, gerissen und erfahren, und er war geradezu penibel vorsichtig gewesen, sobald ihm klar geworden war, womit er es zu tun hatte. Wäre er etwas weniger begabt gewesen, hätte Chrysalis eine gewöhnlichere Person beauftragt, und sie wären vielleicht damit durchgekommen. Sein Talent hatte ihn verraten, die verborgene Ass-Fähigkeit. Popinjay war sein Straßenname, den er hasste: Er war ein projizierender Teleporter, der einen Finger ausstrecken und Leute irgendwohin *poppen* konnte. Er hatte alles getan, um unverdächtig zu bleiben, hatte keinen einzigen Freimaurer gepoppt, aber Judas hatte seine Kraft dennoch gespürt, und das hatte gereicht. Jetzt besaß Ackroyd nicht mehr Erinnerungen an die Freimaurer als Chrysalis und Devil John Darlingfoot. Nur weil Jube offensichtlich ein Joker war – und wegen seines auffallenden Mangels an besonderen Fähigkeiten –, waren sein Geist und sein Leben verschont worden ... und wegen der Maschine in seinem Wohnzimmer.

Als der Zug in die Haltestelle 190th Street einfuhr, war es dunkel. Spoons und Vest verließen den Bahnhof mit raschen Schritten, während Jube mit den Zeitungen unter dem Arm hinter ihnen hertrottete. Das Halfter scheuerte unter dem Hemd, und er fühlte sich unsagbar allein. Er hatte keine Verbündeten. Chrysalis und Popinjay hatten alles vergessen. Croyd war als aufgeblähtes graugrünes Ding mit quallenartiger Konsistenz erwacht und hatte sich Blut schwitzend prompt wieder schlafen gelegt. Die Takisier waren gekommen und wieder gegangen, hatten nichts unternommen und noch weniger Interesse gezeigt. Der Singularitätswandler, falls er noch intakt war und funktionierte, war irgendwo in der Stadt verschollen, und der Tachyonentransmitter war ohne ihn nutzlos. Er konnte sich an keine Behörde der Menschen wenden. Die Freimaurer waren überall. Sie hatten die Polizei infiltriert, die Feuerwehr, das Finanzamt, die Verkehrsbehörde, die Medien. Bei einer Versammlung hatte Jube sogar eine Schwester gesehen, die in der Jokertown-Klinik arbeitete.

Das hatte ihm schwer zu schaffen gemacht. Er hatte mehrere schlaflose Nächte in seiner kalten Badewanne verbracht und sich gefragt, ob er sich jemandem mitteilen sollte. Aber wem? Er konnte Troll Schwester Greshams Namen zuflüstern, er konnte Harry Matthias bei seinem Captain melden, er konnte die ganze Geschichte Crabcakes vom *Cry* erzählen. Aber was, wenn Troll selbst ein Freimaurer war? Oder Captain Black oder Crabcakes? Die gewöhnlichen Freimaurer sahen ihre Anführer nur aus der Entfernung und stets maskiert, und es kursierten Gerüchte über andere hochrangige Initiaten, die niemals zu den Versammlungen kamen, Asse und Leute in Machtpositionen. Der Einzige, dem er wirklich trauen konnte, war er selbst.

Er war zu ihren Versammlungen gegangen und hatte zugehört und Dinge erfahren, hatte fasziniert zugesehen, wenn sie ihre Masken anlegten und ihre Umzüge und Rituale durchführten, hatte Nachforschungen über die Attribute ihrer mythologischen Götter angestellt, die sie nachäfften, hatte seine Witze erzählt und über ihre gelacht, hatte sich mit jenen angefreundet, die bereit waren, sich mit einem Joker anzufreunden, und jenen gehorcht, die es nicht waren. Und er hatte einen Verdacht geschöpft, einen ungeheuerlichen und beunruhigenden Verdacht.

Er fragte sich nicht zum ersten Mal, warum er das tat, und er stellte fest, dass er sich an eine längst vergangene Zeit erinnerte, als er noch an Bord des Netz-Raumschiffs *Gelegenheit* gewesen war. Der Handelsmeister war in der Maske eines alten Glabberaners, dessen stachelige Haare vom Alter schwarz waren, in seine Kabine gekommen, und Jhubben hatte ihn gefragt, warum ihm die Ehre dieser Mission zuteilwurde. »Du bist wie sie«, hatte der Handelsmeister gesagt. »Deine Gestalt ist anders, aber zwischen jenen, die von der takisischen Biowissenschaft entstellt wurden, wirst du untergehen und nur ein weiteres gesichtsloses Opfer sein. Deine Gedankenmuster, deine Kultur, deine Werte, deine Moralvorstellungen – in all diesen Dingen stehst du den menschlichen Normen näher als jeder andere, den ich auswählen könnte. Mit der Zeit und je länger du unter ihnen weilst, wirst du ihnen immer ähnlicher werden, und so wirst du sie immer besser verstehen und bei unserer Rückkehr von großem Wert sein.«

Es stimmte, alles stimmte. Jube war menschlicher, als er es sich je hätte träumen lassen. Aber der Handelsmeister hatte etwas ausgelassen. Er hatte Jhubben nicht gesagt, dass er diese Menschen mit der Zeit lieben und sich für sie verantwortlich fühlen würde.

Aus dem Schatten der Kreuzgänge traten zwei Jugendliche in Gangfarben hervor und bauten sich vor ihm auf. Einer der beiden hatte ein Schnappmesser. Mittlerweile kannten sie ihn, aber er musste ihnen immer noch den glänzenden roten Penny zeigen, den er in der Tasche hatte. So lauteten die Regeln.

Sie nickten ihm stumm zu, und Jube ging hinein in den großen Saal, wo sie mit ihren Masken und Kapuzen, mit ihren rituellen Worten und den Geheimnissen, die zu erfahren er sich fürchtete, bereits warteten. Wo sie auf ihn warteten, um seine Initiation vorzunehmen.

♣ ♦ ♠ ♥

Auf vergessenen Wegen
Pat Cadigan

Es war viel zu heiß für Mai, ein flüchtiger Vorgeschmack auf den Hochsommer, und die am Hydranten versammelten Kinder stellten eine zeitlose Szene dar. Das Einzige, was fehlte, war Fachwissen – niemand wusste, wie man das Wasser aus dem Hydranten bekam. Es kümmerte sie nicht, dass es zu einem jähen Absinken des Wasserdrucks in der näheren Umgebung führen würde. Das würde die Brandbekämpfung ernstlich behindern, weshalb Brandstifter immer bereit waren, einem Haufen verschwitzter Kinder an einem heißen Tag behilflich zu sein. Aber es war nie ein Brandstifter in der Nähe, wenn man einen brauchte.

Der Mann in dem Gemischtwarenladen beobachtete nicht die Kinder, sondern die junge Frau mit dem schulterlangen kastanienbraunen Haar und den großen grünen Augen, die wiederum die Kinder beobachtete. Er verfolgte sie, seit sie vor drei Tagen aus dem Bus gestiegen war, für gewöhnlich aus der Deckung einer seiner Lieblingszeitungen wie der, die er jetzt in den Händen hielt. Die Schlagzeile lautete: FRAU VERWANDELT SICH IN JOKER UND VERSPEIST MANN IN DER HOCHZEITSNACHT!! Harry Matthias hatte schon immer eine Vorliebe für das Grässliche gehabt.

Das Mädchen auf der anderen Straßenseite war jedoch alles andere als grässlich. *Mädchen* passte besser zu ihr als *junge Frau,* auch wenn er recht sicher war, dass sie über einundzwanzig war. Ihr herzförmiges Gesicht war makellos, faltenlos; unfertig. Natürlich und unverdorben und sehr attraktiv, wenn man genauer hinsah, und er stellte sich vor, dass das wohl die meisten Leute taten. Man würde nie auf den Gedanken kommen, dass sie irgendetwas anderes sein könnte als ein weiterer unschuldiger Leckerbissen, der sich dem gefräßigen Maul der großen Stadt vor die Zähne warf. Doch Harry, auch unter dem Namen Judas bekannt, wusste es besser. Für dieses Mädchen würde ihn der Astronom fürstlich belohnen.

Oder vielmehr würden das die Leute des Astronomen tun. Der Astronom gab sich nicht mit einem ab, nicht jedenfalls, wenn man Glück hatte, und Judas hatte sehr viel Glück gehabt, fast zu viel, um damit leben zu können. Er hatte sich von einem Joker-Groupie – die anderen nannten es Jokee (und lachten ihn dabei aus) – zu einem Ass entwickelt. Zu einem sehr subtilen Ass, sicher, aber durch die Fähigkeit, andere Asse und ihre Kräfte aufzuspüren, auch zu einem sehr nützlichen. Seine Kraft hatte sich in jener Nacht in diesem verrückten Kabarett ausgebildet, dem Jokers Wild, und ihm so das Leben gerettet. Sie hatten ihn gerade den Wölfen zum Fraß vorwerfen wollen, als das Virus aktiv wurde und er diese Gestaltwandler-Frau entdeckte. Welchen Veränderungen man sie unterworfen hatte, um es mal so zu formulieren. Er dachte nicht gern daran, aber besser sie als er. Besser jeder andere als er, sogar das Mädchen auf der anderen Straßenseite, obwohl es ihm wehgetan hätte. Sie *war* attraktiv. Doch er übergab sie lediglich den Freimaurern, dort würde ihr Talent nicht vergeudet sein. Und was für ein Talent sie besaß! Wahrscheinlich würden sie ihm einen Orden verleihen, wenn er sie mitbrachte. Nun, sie würden ihn jedenfalls bezahlen, und zwar reichlich, um dem Umstand, dass er Judas genannt wurde, den Stachel zu nehmen. Wenn er einen Stachel gespürt hätte, was nicht der Fall war.

Das Mädchen lächelte, und er bemerkte, wie er ebenfalls

lächelte. Er konnte spüren, wie sie ihre Kräfte sammelte. Zerstreut warf er dem Kassierer ein paar Münzen hin und trat mit der Zeitung unter dem Arm hinaus auf den Bürgersteig. Wieder stellte er fest, dass er staunte. Obwohl es einer besonderen Begabung bedurfte, ein Ass zu entdecken, verwunderte es ihn dennoch, dass die Leute nie wussten, wenn sie etwas gegenüberstanden, das größer war als sie selbst, sei es ein Ass, TIAMAT oder der Einzig Wahre Gott. Er warf einen Blick zum Himmel. Gott machte gerade eine Kaffeepause, und TIAMAT musste erst noch kommen. Im Augenblick gab es nur ihn und das Mädchen, und das war Gesellschaft genug.

Er allein spürte es, als sie losließ. Die Kraft strömte aus ihr heraus wie eine Welle und zugleich wie ein Hagel aus Teilchen. Das Ausmaß war beängstigend. Es war eine urzeitliche Kraft, etwas, das sich trotz der relativen Neuheit des Wild-Card-Virus alt anfühlte, als habe das Virus eine angeborene, aber seit Jahrhunderten ruhende Fähigkeit geweckt.

Könnte es sein, dachte er plötzlich – *gebot nicht jedes primitive Volk über irgendein Ritual, um den Regen herbeizurufen?*

Ohne Warnung knackte der Hydrant, und Wasser ergoss sich auf die Straße. Die Kinder wateten jubelnd und lachend in den Pfützen, und sie erfreute sich so an ihnen, dass sie seine Annäherung nicht bemerkte.

»Polizei, Miss. Kommen Sie bitte unauffällig mit.« Die vollkommene Überraschung auf ihrem Gesicht, als sie seine Marke anstarrte, die er ihr unter die Nase hielt, ließ sie noch jünger wirken. »Sie haben doch nicht geglaubt, Sie kämen damit durch, oder? Und spielen Sie nicht die Unschuldige – Sie sind nicht das einzige Ass, das wir je in dieser Stadt hatten.«

Sie nickte unterwürfig und ließ sich von ihm abführen.

♠

Die Kreuzgänge ließ sie völlig unbeachtet. Sie machte sich nicht einmal die Mühe, sich die erhabene französische Gotik des Bauwerks anzusehen oder die geschnitzte, reich verzierte Holztür, wo er sie wie so vieles andere den wartenden Händen von Kim Toy O'Toole und Red übergab. Er widerstand dem Drang, sie zu küssen. Für einen Burschen namens Judas war ein Kuss zu dick aufgetragen. Hey, kleines Mädchen. Ihr war nicht mal das Fehlen von Polizeiuniformen aufgefallen.

♣

Red besaß einen leicht rosigen Teint, bevor das Wild-Card-Virus zuschlug. Jetzt war er am ganzen Körper rot und außerdem kahl. Er hielt es für einen vergleichsweise erträglichen Zustand. »Vielleicht steckt ein Indianer in mir«, pflegte er von Zeit zu Zeit zu sagen. Was nicht der Fall war. Seine Frau, Kim Toy, war der Sprössling eines irischen Armeeoffiziers und der wahren Liebe, die ihm begegnet war, als er in Hongkong Urlaub gemacht hatte. Sean O'Toole war ein Freimaurer gewesen, aber er hätte die Organisation kaum wiedererkannt, in die seine Tochter eintrat, nachdem das Virus bei ihr zum Ausbruch gekommen war. Sie hatte entdeckt, dass die Kombination aus geistiger Kraft und Pheromonen Männer noch stärker blendete, als dies einer einigermaßen attraktiven Frau gelingen konnte. Red hatte diese Art des Blendens nicht gebraucht. Was auch ganz gut so war. Manchmal konnte sie nicht anders, als es tödlich enden zu lassen.

Sie nahmen die frische Beute in Empfang, die Judas ihnen gebracht hatte, und steckten sie in eines der alten Büros im Keller, wo die Verhöre (*Befragungen,* pflegte Roman stets zu korrigieren) in aller Abgeschiedenheit stattfinden konnten. Dann setzten sie sich zu einer außerplanmäßigen Pause auf den Flur. Roman würde jeden Augenblick kommen, und sie würden mit dem Mädchen verfahren, wie der Astronom es für das Beste hielt.

»Kleiner Scheißer«, murmelte Red, als er eine bereits angezündete Zigarette von Kim Toy nahm. *Kleiner Scheißer* war eine Bezeichnung, die sich auf den Astronomen bezog. »Manchmal glaube ich, wir sollten ihm den Schädel einschlagen und verschwinden.«

»Er wird die Welt beherrschen«, sagte Kim Toy gelassen. »Und uns Frieden schenken. Ich glaube, das ist es wert, ihn zu behalten.«

»Er *sagt*, er wird uns Frieden schenken. Als wäre er ein Feudalherr. Aber wir sind nicht alle Samurai, geliebtes Eheweib.«

»Ich auch nicht. Ich bin eine Chinesin, du Dummkopf. Schon vergessen?« Kim Toy sah an ihrem Mann vorbei. »Da kommt Roman. *Und* Kafka.«

Sie und Red richteten sich auf und versuchten, gleichmütig auszusehen. Roman war einer von den hochrangigen Lakaien des Astronomen, der in jenen Bereichen der Gesellschaft ein- und ausgehen konnte, die man als unerreichbar für die meisten der fragwürdigen Typen betrachten musste, die er angeworben hatte. Sein blondes Haar und die makellose äußere Erscheinung verschafften ihm so gut wie überall Zutritt. Man munkelte, dass er einer der seltenen »Umkehr-Joker« war, jemand, den das Virus von einem schrecklich entstellten Wrack zum gegenwärtigen Zustand männlicher Schönheit verholfen hatte. Roman selbst schwieg dazu.

Ihm folgte das genaue Gegenteil, derjenige, den sie Kafka oder die Schabe (wenngleich nicht in seiner Gegenwart) nannten, denn er ähnelte nichts so sehr wie der Vorstellung einer Schabe in Menschengestalt. Doch niemand machte sich über ihn lustig. Die Shakti-Vorrichtung, von der der Astronom behauptete, sie würde ihre Erlösung sein, war in erster

Linie Kafkas Werk. Er hatte das außerirdische Gerät untersucht, das sich seit Jahrhunderten im Besitz der Freimaurer befand, und ganz allein die Maschine entworfen und gebaut, die ihre Macht vervollständigte. Niemand belästigte ihn. Niemand wollte ihn belästigen.

Roman bedachte Red und Kim Toy mit einem unmerklichen Nicken, während er der Bürotür entgegenstrebte, und blieb dann abrupt stehen, sodass Kafka beinahe mit ihm zusammengestoßen wäre. Kafka sprang zurück, schlang die mageren Arme um sich und schien bei der Vorstellung, mit jemandem Kontakt zu haben, der sich weniger als zwölf- oder dreizehnmal am Tag wusch, in Panik zu geraten.

»Wohin wollen Sie eigentlich?« Romans Lächeln war ohne Wärme.

Kafka trat mutig einen Schritt vor. »Wir haben in den letzten drei Wochen sechs Außerirdische entdeckt, die sich als Menschen ausgegeben haben. Ich will mich nur vergewissern, dass sie ein Mensch ist.«

»*Sie* wollen sich vergewissern, dass sie ein Mensch ist?« Roman betrachtete ihn von oben herab. »Judas hat sie hergebracht, er bringt uns immer Menschen. Der Astronom will nicht, dass die Guten verschreckt werden, weshalb *ich* sie bei ihrer Ankunft befrage. Sie müssen entschuldigen, wenn ich das so offen sage, Kafka, alter Junge, aber ich glaube nicht, dass Ihr Aussehen sonderlich beruhigend wirkt.«

Kafkas Exoskelett verursachte ein schabendes Geräusch, als er sich umdrehte und den Flur zurückging. Kim Toy und Red sahen ihm nach, wobei keinem von beiden daran gelegen war, die Stille auch nur durch einen Atemhauch zu stören.

»Er saß an den Monitoren, als sie gebracht wurde«, sagte Roman, der seine teure, geschmackvolle Tweedjacke glättete. »Ein Jammer. Ich meine, dem Mann würde es offensichtlich nichts ausmachen, in die Nähe einer so netten Frau zu kommen, aber die Art, wie er …«

»Wie geht es Ihrer Frau, Roman?«, fragte Red plötzlich.

Roman erstarrte noch, während er sich ein imaginäres Stäubchen vom Jackenärmel wischte. Eine längere Pause trat ein. Eine der Leuchtstoffröhren an der Decke fing an zu summen.

»Gut«, sagte Roman schließlich, indem er langsam den Arm herunternahm. »Ich werde ihr sagen, dass Sie sich nach ihr erkundigt haben.«

Kim Toy stieß ihren Mann in die Rippen, als Roman das Büro betrat. »Warum zum Teufel hast du das getan? Was sollte das?«

Red zuckte die Achseln. »Roman ist ein Schwein.«

»*Kafka* ist ein Schwein! *Alle* sind Schweine. Und *du* bist ein Idiot. Das nächste Mal, wenn du dem Mann einen Schlag versetzen willst, steh auf und brich ihm die Nase. Ellie Roman hat dir noch nie irgendwas getan.«

»Erst erzählst du mir, dass du die Welt besitzen willst – Entschuldigung, ein Stück von ihr –, und dann schimpfst du mich aus, weil ich Roman seine Frau vorhalte. Geliebtes Eheweib, manchmal bist du wirklich ein chinesisches Puzzle.«

Kim Toy betrachtete stirnrunzelnd die summende Leuchtstoffröhre, die weiterhin flackerte. »Die ganze Welt ist ein chinesisches Puzzle, geliebter Ehemann.«

Red stöhnte auf. »Samurai-Quatsch.«

♥

»Nennen Sie bitte Ihren vollen Namen.«

Er war vermutlich der bestaussehende Mann, dem sie je begegnet war. »Jane Lillian Dow«, sagte sie. In der Großstadt gab es alles, sogar gut aussehende Männer, die einen verhörten. *Ich liebe New York,* dachte sie und unterdrückte die Hysterie, die sich in einem Gelächter Luft machen wollte.

»Und wie alt sind Sie, Ms. Dow?«

»Einundzwanzig. Geboren am ersten April neunzehnhundert …«

»Ich kann rechnen, vielen Dank. Wo sind Sie geboren?«

Sie war verängstigt. Was hätte Sal gedacht? *Ach, Sal, ich wünschte, du könntest mich jetzt retten.* Es war mehr ein Gebet als ein Gedanke, mit der schwachen Hoffnung an das Nichts gerichtet, dass das Wild-Card-Virus vielleicht das Leben nach dem Tod ebenso beeinflusst hatte und Salvatore Carbone aus dem Jenseits herangebraust kam wie ektoplasmische Kavallerie. Bisher reagierte die Realität immer noch nicht auf Wünsche.

Sie beantwortete alle Fragen des Mannes. Das Büro war nur spärlich möbliert – nackte Wände, ein paar Stühle und der Schreibtisch mit dem Computer. Der Mann hatte ihre Personalien in weniger als einer Minute aufgenommen und verglich die Fakten mit ihren Antworten. Mit dem Computer hatte er Zugang zu ihrem ganzen Leben, ein Grund, warum sie Abstand davon genommen hatte, sich bei der Polizei zu melden, nachdem vor fünf Jahren während ihrer High-School-Zeit das Wild-Card-Virus ausgebrochen war. Das Gesetz war in ihrer Heimatstadt lange vor ihrer Geburt in Kraft getreten und nie aufgehoben worden, nachdem sich das politische Klima verändert hatte. Andererseits hatte sich in der Kleinstadt in Massachusetts, in der sie aufgewachsen war, auch nicht viel geändert. »Man würde mich registrieren und nummerieren wie einen Hund«, hatte sie zu Sal gesagt. »Vielleicht sogar in irgendein Heim bringen und vergasen wie einen Hund.« Sal hatte sie überredet, sich zu melden, und gesagt, sie würde weniger Aufmerksamkeit auf sich ziehen, wenn sie den Gesetzen gehorchte. Wenn sie einen in eine Schublade stecken konnten, ließen sie einen in Ruhe. »Ja«, hatte sie gesagt. »Mir ist auch schon aufgefallen, wie gut das in Nazideutschland funktioniert hat.« Sal hatte nur den Kopf geschüttelt und versprochen, dass alles klappen würde.

Aber was ist jetzt, Sal? Sie lassen mich nicht in Ruhe, und es klappt nicht. New York war der letzte Ort, wo sie erwartet hätte, von der Polizei als Ass aufgegriffen zu werden. Als es eine Pause im Verhör gab, sagte sie das auch.

»Aber wir sind nicht von der Polizei«, sagte der gut aussehende Mann freundlich.

Ihr Mut sank noch tiefer.

»N-nicht? Aber er hat mir eine Marke gezeigt…«

»Wer? Ach so, er.« Der Mann – er hatte ihr gesagt, sie könne ihn Roman nennen – kicherte. »Judas ist in der Tat ein Cop. Aber ich bin keiner. Und das hier ist wohl kaum ein Polizeirevier. Haben Sie das nicht bemerkt?«

Jane schnitt eine Grimasse, als er ungläubig lächelte. »Ich bin nicht von hier, aber ich habe im Fernsehen gesehen, was vor ein paar Monaten passiert ist. Ich dachte mir, die Polizei würde sich jetzt überall niederlassen, wo sie es wollte oder musste.« Sie senkte den Kopf und sah in ihren Schoß, wo sich die verschränkten Hände bewegten wie zwei verschiedene Wesen, die in einen stummen Kampf verstrickt waren. »Ich hätte Ihnen nichts von Sal erzählt, wenn ich gewusst hätte, dass Sie nicht von der Polizei sind.«

»Welchen Unterschied macht das, Ms. Dow? Oder darf ich Sie Jane nennen, da es Ihnen nicht gefällt, Wasserlilie genannt zu werden?«

»Tun Sie, was Sie wollen«, sagte sie unglücklich. »Das tun Sie ja sowieso.«

Er überraschte sie, indem er aufstand und den Leuten im Flur sagte, sie sollten Kaffee und etwas zu essen bringen. »Mir scheint, dass wir Sie schon viel zu lange hier haben, ohne Ihnen eine Erfrischung angeboten zu haben. Die Polizei würde das nicht für Sie tun, Jane. Wenigstens nicht die New Yorker Polizei.«

Sie holte tief Luft und ließ sie langsam entweichen. »Sicher. Ich würde sagen, dass ich noch etwas Kaffee trinke und mich dann wieder auf den Weg mache.«

Der Mann hörte nicht auf zu lächeln. »Wohin wollen Sie?«

»Ich bin hierhergekommen – hierher nach New York, meine ich –, um Jumpin' Jack Flash zu suchen. Ich habe ihn in den Nachrichten gesehen …«

»Vergessen Sie's.« Das Lächeln war noch da, aber die Augen blickten kalt. »Sie können nichts füreinander tun.«

»Aber …«

»Ich sagte, *vergessen Sie's.*«

Sie betrachtete wieder ihren Schoß.

»Kommen Sie, Jane.« Seine Stimme wurde weicher. »Ich versuche nur, Sie zu beschützen. Sie brauchen Schutz. Ich kann mir gut vorstellen, was ein Heißsporn wie er einem unschuldigen kleinen Ding wie Ihnen antun würde. Wohingegen der Astronom durchaus Verwendung für Sie hat.«

Sie hob wieder den Kopf. *»Verwendung?«*

»Verwendung für Ihre Begabung, hätte ich sagen sollen. Verzeihen Sie mir.«

Janes Lachen war kurz und bitter. »Verwendung für meine Begabung ist Verwendung für mich. Vielleicht bin ich im Vergleich zu Ihnen tatsächlich unschuldig, aber ich bin nicht dumm. Davor hat mich Sal immer gewarnt.«

»Ja, aber Sal war kein Ass, oder? Er war nur eine jämmerliche kleine Tunte und gehörte zu dieser Art Joker, die es schon immer auf der Welt gab. Ein Fehler der Natur.«

»Reden Sie nicht so über ihn!«, tobte sie. Feuchtigkeit bildete sich auf ihrem Gesicht und rann Arme und Beine hinunter.

Der Mann starrte sie verwundert an. »Machen Sie das absichtlich? Oder ist das nur eine Stressreaktion?«

Bevor sie antworten konnte, kamen der rote Mann und die orientalische Frau mit einem Tablett voller Sandwiches herein. Jane beruhigte sich und sah zu, wie das Paar alles auf den Schreibtisch stellte und den Kaffee eingoss.

»Ganz frisch aus der Küche der Kreuzgänge«, sagte Roman, indem er auf das Tablett deutete. »Ein Ass muss immer bei Kräften bleiben.«

»Nein, danke.«

Er nickte dem Paar zu, das zu beiden Seiten der Tür Stellung bezog. Wasser rann über Janes Gesicht und tropfte ihr aus den Haarspitzen. Ihre Kleidung wurde feucht.

»Das Wasser wird aus der umgebenden Luft aufgesogen«, sagte sie zu Roman, der ein wenig beunruhigt wirkte. »Es geschieht manchmal, wenn ich unter Druck stehe oder – oder sonst was.«

»Kampf oder Flucht«, sagte er. »Adrenalin produziert Schweiß, um einen schlüpfriger zu machen, damit ist man schwerer festzuhalten. Wahrscheinlich ist hier dasselbe Prinzip am Werk.«

Sie betrachtete ihn mit neuem Respekt. Nicht einmal Sal hatte daran gedacht, und er war ziemlich clever gewesen und hatte sich all diese Experimente ausgedacht, um die Tiefe und Reichweite ihrer Kraft zu testen. Nur deshalb wusste sie, dass ihre Kraft nur auf Dinge wirkte, die nicht weiter als eine halbe Meile von ihr entfernt waren. Er hatte auch herausgefunden, dass sie Atome dazu veranlassen konnte, sich zu Wasser zu verbinden, wie auch bereits vorhandenes Wasser aus Dingen herauszuholen. Er war derjenige gewesen, der ausgerechnet hatte, dass sie achtundvierzig Stunden brauchte, um sich wieder aufzuladen, wenn die Kraft erschöpft war, er hatte mit ihr geübt, die Energie so einzuteilen, dass sie nicht auf einen Schlag verbraucht wurde. »Es kann nicht gut sein, völlig wehrlos zu sein«, hatte er gesagt. »Lass es nie dazu kommen.« Und seit jenem Tag in Massachusetts hatte sie es nie wieder dazu kommen lassen und würde es auch nie mehr tun. Sal hatte zwei Tage über sie gewacht, in denen sie halb gehofft und halb befürchtet hatte, ihre Kraft sei ein für alle Mal verschwunden. Doch Sal hatte recht behalten, was ihre Rückkehr betraf. Sie war bereit gewesen, sich ihm ganz und gar hinzugeben.

Er hatte sie zurückgewiesen. Noch einmal hatte sie sich ihm angeboten, und wiederum hatte er abgelehnt. Er könne nicht ihr Liebhaber sein, hatte er gesagt, und ihr Vater wolle er nicht sein. Sie würde für sich selbst verantwortlich sein müssen wie alle anderen auch. Und dann, als wollte er das unterstreichen, war er in seine Wohnung zurückgekehrt und in der Badewanne ertrunken.

Es war, als würde sich ein Sadist den grausamsten Witz der Welt ausdenken. Sal Carbone, ihr einziger echter Freund, war ausgerutscht, hatte sich den Kopf gestoßen und Seifenwasser verschluckt, bis er tot war. Das war erst fünf Wochen her.

»Sal, du bist mein Seelenverwandter«, hatte sie immer wieder zu ihm gesagt, und er hatte zugegeben, dass das stimmte. Sie hatten eine seltene Freundschaft geteilt, eine Begegnung von Geist, Herz und Seele. Wie füreinander geschaffen, abgesehen von der Tatsache, dass er schwul war. Der zweitgrausamste Witz der Welt.

»Wasserlilie.«

Der Name riss sie in die Gegenwart zurück. »Ich habe Ihnen doch gesagt, Sie sollen mich nicht so nennen. Nur Sal hat mich Wasserlilie genannt.«

»Sals Vorrecht ist mit ihm gestorben.« Der Mann wurde plötzlich wieder freundlicher. »Aber lassen wir das. Erzählen Sie mir lieber, was Sie über die Ereignisse der letzten Monate wissen.«

»So viel wie jeder andere.« Schüchtern streckte sie die Hand aus und nahm sich die nächste Tasse Kaffee. »Ich sehe mir die Nachrichten an. Ich glaube, das sagte ich bereits.«

»Nun, es ist noch nicht vorbei. Im nächsten Monat wird

diese Stadt – dieses Land, die ganze Welt – etwas erleben, neben dem sich das, was vor ein paar Monaten passiert ist, ausnehmen wird wie ein Sonntagsausflug. Nur die Leute, die wir rekrutieren, haben eine Chance, auf der richtigen Seite des Friedhofs zu enden.«

Mehr Wasser erschien auf ihrem Gesicht. »Wenn Sie nicht die Polizei sind, wer sind Sie dann?«

Der Mann lächelte beifällig, als sie ihren Kaffee trank. »Was wissen Sie über Freimaurer, Jane?«

»Freimaurer? *Freimaurer*?« Trotz der Situation brach sie in Gelächter aus. »Mein *Vater* ist Freimaurer!« Sie unterdrückte ein Kichern, bevor es hysterisch werden konnte. »Was haben die *Freimaurer* damit zu tun?«

»Schottischer Zweig.«

»Pardon?« Janes Gelächter erstarb.

Das Lächeln des Mannes war wieder kalt.

»Ihr Vater gehört vermutlich zum schottischen Zweig. Wir sind der ägyptische Zweig. Der ägyptische ist ganz anders.«

Das Kichern drohte zurückzukehren. »Das ist komisch, Sie sehen gar nicht ägyptisch aus.«

»Werden Sie nicht frech, das steht Ihnen nicht.«

Sie warf einen Blick auf den Mann und die Frau an der Tür. »Sie sind diejenigen, die alles wissen. Ich bin gerade erst angekommen.« Mehr Nässe bildete sich auf ihrem Gesicht und lief den Hals hinunter. »Und ich kann nicht gehen, nicht wahr?«

»Wir brauchen Sie, Jane.« Er klang jetzt beinahe nett.

Sie nahm eine Serviette vom Tisch und trocknete sich das Gesicht ab.

»Wir brauchen Sie ganz dringend. Ihre Kraft könnte der entscheidende Faktor sein.«

»Meine Kraft«, echote sie nachdenklich, als sie sich an den Jungen in der Cafeteria vor fünf Jahren erinnerte, dem die Tränen aus den Augen geschossen waren, als er schrie. Über

Debbies Selbstmord (Exsanguination infolge selbst beigebrachter Schnittwunden – medizinisches Fachchinesisch für *Sie hat sich die Pulsadern aufgeschlitzt und ist verblutet* – und, ach ja, das Opfer war in der dreizehnten Woche schwanger gewesen) hatte er nicht im Geringsten geweint. Sie fragte sich oft, was Debbie wohl über das gesagt hätte, was sie ihrem treulosen Freund angetan hatte. Debbie war vor Sal ihre beste Freundin gewesen, aber sie betete nie so zu Debbie, wie sie zu Sal betete, als gehöre Debbie irgendwie in ein anderes Universum. Vielleicht stimmte das sogar. Und vielleicht existierte ein anderes Universum, in dem Debbie sich nicht das Leben genommen hatte, als der Vater ihres Kindes sie zurückstieß. Wo es für Jane keinen Grund gab, die Tränen aus den Augen des Jungen zu zwingen, wo man vielleicht nicht einmal das Wild-Card-Virus kannte. Und vielleicht gab es auch ein Universum, in dem Sal nicht in seiner Badewanne ertrunken war und sie ohne jemanden zurückgelassen hatte, dem sie vertrauen konnte. Vielleicht …

Sie betrachtete den Mann, der vor ihr saß. Wenn Schweine Flügel hätten, könnten sie sich vielleicht so hoch erheben wie Adler. Wir brauchen Sie, hatte er gesagt. Wer auch immer *wir* sein mochte. Ägyptische Freimaurer oder was auch immer. Wie gut es wäre, sich in jemandes Obhut zu begeben und zu wissen, dass man auf sie aufpasste und sie beschützte.

Kannst du das verstehen, Sal?, dachte sie in die große Leere hinein. *Kannst du verstehen, wie das ist, völlig allein mit einer Kraft zu sein, die zu groß für dich ist? Sie brauchen mich, Sal, das sagen sie jedenfalls. Sie gefallen mir nicht – und* du *würdest sie hassen –, aber sie werden auf mich aufpassen, und im Augenblick brauche ich jemanden, der das tut. Ich bin ganz allein, Sal, wo ich auch bin, und ich bin auf vergessenen Wegen hergekommen, und ich kann sonst nirgendwo hin. Verstehst du, Sal?*

Aus der großen Leere kam keine Antwort. Sie nickte dem gut aussehenden Mann zu. »Also schön. Ich bleibe. Ich meine, ich weiß, Sie würden mich sowieso nicht gehen lassen, aber ich bleibe freiwillig.«

Sein antwortendes Lächeln hätte sie fast beruhigt. »Wir verstehen diesen Unterschied. Red und Kim Toy bringen Sie auf Ihr Zimmer.« Er stand auf und griff über den Schreibtisch nach ihrer Hand. »Willkommen, Jane. Sie gehören jetzt zu uns.«

Sie wich zurück und hob beide Hände, als stünde sie vor einer Revolvermündung. »Nein, das tue ich nicht«, sagte sie fest. »Ich bleibe aus freiem Willen hier, aber das ist alles. Ich gehöre nicht zu Ihnen.«

Die erschreckende Kälte kehrte in seine Augen zurück. Er ließ die Hand sinken. »Nun gut. Sie bleiben, aber Sie gehören nicht zu uns. Wir verstehen auch diesen Unterschied.«

♦

Das Zimmer, das sie ihr gaben, befand sich in der Ecke eines großen Gemäuers aus trostlosem, kaltem Stein, das mit Rigipsplatten in ein Labyrinth kleinerer Räume verwandelt worden war. Zuvorkommenderweise holten sie ihre wenige Habe aus dem winzigen Einzimmerapartment, das sie gemietet hatte, und stellten ihr, ebenso zuvorkommend, einen Fernseher und ein Bett zur Verfügung. Sie sah sich die Nachrichten an, wobei sie auf weitere Informationen über Jumpin' Jack Flash hoffte. Sie vertrieb sich die Zeit, indem sie kleine Wassertropfen an den Fingerspitzen erzeugte und zusah, wie sie sich langsam ablösten und zu Boden fielen.

♠

»Ist sie hübsch?«, fragte der Astronom, der in einem Rollstuhl am Grab von Jean d'Alluye saß. Auf der Steinfigur waren immer noch Blutspuren. Der Astronom hatte kürzlich die Notwendigkeit verspürt, seine Kräfte aufzufrischen.

»Ziemlich hübsch.« Roman nippte flüchtig an dem Glas Wein und stellte es dann auf dem Predigertisch in der Nähe ab. Der Astronom bot ihm immer Dinge an – Schnaps, Drogen, Frauen. Aus Höflichkeit probierte er alles, um es dann beiseitezustellen, was es auch war. Wie lange der Astronom das noch zuließ, war fraglich. Früher oder später würde er irgendeine bizarre Forderung stellen, die Romans Korrumpierung beinhalten würde. Niemand ging unbeschadet aus der Bekanntschaft mit dem Astronomen hervor. Romans Aufmerksamkeit richtete sich auf den im Schatten liegenden Bereich unter einem Ziegelbogen, wo die ausgemergelte Ruine namens Demise brütend hockte, den bodenlosen Blick auf etwas gerichtet, das niemand sonst sehen konnte. In einem anderen Teil des Raums, in der Nähe der Kandelaber, raschelte Kafka ungeduldig. Mit diesem verdammten Exoskelett konnte er gar nicht anders als rascheln. Es klang wie ein Haufen Schaben, die Flügel an Flügel marschierten. Roman gab sich gar nicht die Mühe, seinen Abscheu vor Kafkas Aussehen zu verbergen. Und Demise – nun, der war mehr als verabscheuungswürdig. Manchmal glaubte Roman, dass Demise sogar dem Astronomen nicht ganz geheuer war. Doch sowohl Demise als auch Kafka hatten ihre Demütigungen dank des Wild-Card-Virus bereits hinter sich, während er nur abwarten konnte, was sich der Astronom für ihn ausgedacht hatte. Er hoffte, ihm würde genug Zeit bleiben, um zu wissen, in welche Richtung er springen musste. Und dann war da noch Ellie … Der Gedanke an seine Frau war wie ein Faustschlag in den Magen. Nein, bitte, nicht noch mehr für Ellie. Er betrachtete das Glas Wein und widerstand zum millionsten Mal dem Verlangen nach Betäubung. *Falls ich untergehe – nein,* wenn *ich untergehe, dann wenigstens im Vollbesitz meiner geistigen Kräfte …*

Der Astronom lachte plötzlich. »Melodramatik passt zu Ihnen, Roman. Das liegt an Ihrem guten Aussehen. Ich könnte mir vorstellen, wie Sie in einem anderen Leben Waisen und Witwen vor Schneestürmen retten.« Das Gelächter verebbte, bis nur noch ein maliziöses Lächeln blieb. »Geben Sie in der Nähe des Mädchens auf sich acht. Sie könnten ein wenig früher zu dem Staub werden, zu dem wir alle werden.«

»Ich könnte.« Romans Blick wanderte zur oberen Galerie. Die italienischen Holzskulpturen waren jetzt nicht mehr da. Er konnte sich nicht mehr erinnern, wie sie ausgesehen hatten. »Aber ich werde nicht.«

»Und was macht Sie so sicher?«

»Sie ist eine rechtschaffene Person. Ein guter Mensch. Sie ist ein einundzwanzigjähriges Unschuldslamm, und in ihrer Seele lauern weder Mord noch Totschlag.« Verspätet warf er einen Blick auf Demise, der ihn so anstarrte, wie man nie von Demise angestarrt werden wollte.

Roman lehnte sich gegen einen abgebrochenen Sockel. Es würde schrecklich sein, aber es würde nicht lange dauern, nicht wirklich. Die Ewigkeit von ein paar Sekunden. Zumindest würde er sich für immer und ewig dem Zugriff des Astronomen entziehen. Aber es bedeutete auch, er würde Ellie nicht mehr helfen können. *Es tut mir leid, Liebling,* dachte er und wartete auf die Dunkelheit.

Eine Viertelsekunde später hob der Astronom einen Finger. Demise versank wieder in sich selbst und fuhr fort, ins Leere zu starren. Roman zwang sich, nicht zu seufzen.

»Einundzwanzig«, sann der Astronom, als sei nicht gerade einer seiner Leute um Haaresbreite dem Schicksal entgangen, von seiner Lieblingsmordmaschine umgebracht zu werden. »So ein schönes Alter. Viel Leben und Kraft. Nicht das ausgeglichenste Alter. Ein impulsives Alter. Sind Sie sicher, dass Sie nicht doch ein klein wenig Angst vor ihren Impulsen haben, Roman?«

Roman konnte nicht widerstehen und riskierte einen raschen Blick auf Demise, der den Vorgängen keinerlei Beachtung zollte. »Es macht mir nichts aus, mein Leben auf jemanden zu setzen, der das Herz am rechten Fleck hat.«

»Ihr Leben.« Der Astronom kicherte. »Wie wäre es mit etwas von Wert?«

Roman gestattete sich ein Lächeln als Antwort. »Entschuldigen Sie, Sir, aber wenn mein Leben keinen Wert für Sie hätte, hätten Sie mich schon längst Demise zum Fraß vorgeworfen.«

Der Astronom brach in überraschend herzhaftes Gelächter aus. »Verstand *und* gutes Aussehen. Das ist es, was Sie für uns alle so verdammt nützlich macht. Das wird es auch gewesen sein, was Ihre Frau an Ihnen so anziehend gefunden hat. Meinen Sie nicht auch?«

Roman lächelte. »Höchstwahrscheinlich.«

♣

Ihre Träume waren voller absonderlicher Bilder, voller Dinge, die sie noch nie zuvor gesehen hatte. Sie überfielen sie im Schlaf und zogen ihr mit einer Eindringlichkeit durch den Kopf, die sich gesteuert anfühlte und sie an Romans leidenschaftslose Bitte erinnerte, sich ihnen anzuschließen. Wer *sie* auch waren. Ägyptische Freimaurer. Ihre Träume verrieten ihnen alles über sie. Und den Astronomen.

Der Astronom. Ein kleiner Mann, kleiner als sie, spindeldürr, zu großer Kopf. Was Sal den bösen Blick genannt hätte, während er dieses Zeichen mit der Hand beschrieb, Zeige- und kleiner Finger wie Hörner ausgestreckt und die beiden mittleren über die Handfläche gekrümmt, irgendeine italienische Geschichte. Sals Gesicht schwebte kurz durch ihre Träume und wurde dann weggeschwemmt.

Sie sah den Eingang irgendeiner Kirche – nein, eines Tempels. Sie sah ihn, aber sie war nicht da, konnte auch nicht da sein. Dies fand zu einer Zeit lange vor ihrer Geburt statt. Ihre körperlose Präsenz betrachtete eine nächtliche Straße und schwebte dann die Tempelstufen empor und an dem Mann an der Tür vorbei, der erstarrt zu sein schien. Sie erhaschte einen flüchtigen Blick auf einen Raum, der vom Licht unzähliger brennender Kerzen erhellt wurde, auf zwei Säulen und einen Mann auf einer Plattform, der irgendein grellrot-weißes Etwas vor der Brust trug, bevor die Schreie einsetzten.

Nicht einfach nur Schreie, sondern *Schreie,* SCHREIE, drangen aus der Kehle einer Seele, deren Leben verwirkt war. Das Geräusch zerriss sie förmlich. Sie sah, dass es der kleine Mann war, der dort schrie, der Astronom, der vor ihr in den Saal taumelte. Dann sah sie eine rasche Abfolge von Bildern, ein Schakalsgesicht, einen Falkenkopf, noch einen Mann, dessen breites Gesicht bleich war. Licht glitzerte auf der Brille des Mannes, und dann sah sie irgendein Ding, ein Wesen-Ding-Schleim-Masse-Verdammtes-Ding-Ding-Ding …

Sie saß aufrecht im Bett und hatte die Hände vor das Gesicht geschlagen.

»TIAMAT.«

Ungebeten fiel ihr das Wort ein, und ungebeten hing es dort in der Dunkelheit. Sie rieb sich mit beiden Händen über das Gesicht und legte sich wieder hin.

Der Traum kehrte augenblicklich zurück und zog sie mit schrecklicher Gewalt fort. Der kleine Mann mit dem riesigen Kopf lächelte ihr zu – nein, nicht ihr, sie war gar nicht da, und darüber war sie froh. Sie wollte niemals so angelächelt werden. Ihr Blickwinkel wich zurück, und sie sah, dass er jetzt auf der Plattform stand und von mehreren Gestalten umgeben war – Roman, der rote Mann und die orientalische Frau, ein dünnes Wrack von einem Mann, der den Hauch des Todes an sich hatte, eine Frau, in deren Züge so deutlich Reue eingemeißelt war, dass es schmerzte, sie anzusehen (irgendwie wusste sie, dass die Frau Krankenschwester war), ein junger Albino mit einem vorzeitig gealterten Gesicht, ein Wesen – männlich, glaubte sie –, bei dem es sich um eine anthropomorphe Küchenschabe handeln konnte. Nur da, um die Gnade Gottes zu belegen, dachte sie.

Gott macht immer noch Kaffeepause, kleines Mädchen. Sie starrte in das Gesicht des Mannes, der sie hergebracht hatte und Judas genannt wurde. Er war der Einzige, der sie sehen konnte. *Es ist reines Glück, wie die Karten fallen, Baby, und du hast Glück gehabt. Und ich auch. Blackjack!*

Alles wurde schwarz. Sie hatte das Gefühl, sich unglaublich schnell zu bewegen. Irgendetwas beförderte sie zu einem winzigen Lichtpunkt in der Schwärze.

Und dann war sie plötzlich da. Das Licht schwoll von einer Nadelspitze zu einer feurigen Masse an, und sie flog mit Gedankenschnelle weiter darauf zu. Das Licht zersplitterte, und sie fiel weich auf den moosigen Boden eines Waldes. Sie überschlug sich einmal und kam am Fuße eines großen Baums zur Ruhe.

Nun, dachte sie, *das kommt der Sache schon näher. Ich muss das Weiße Kaninchen verpasst haben, aber der Verrückte Hutmacher sollte hier irgendwo in der Nähe sein.* Sie veränderte ihre Position und stellte fest, dass sie sich an einer großen Wurzel festhalten musste, um nicht davonzuschweben.

Sieh nur, flüsterte eine Stimme an ihrem Ohr. Sie wandte den Kopf, wobei ihr Haar zeitlupenhaft um ihren Kopf trieb, als befinde sie sich unter Wasser, aber sie sah niemanden. *Sieh nur. Sieh hin! Sieh hin, und du wirst sie erblicken!*

Zwischen zwei Lärchen vor ihr bildete sich eine Nebelwolke und löste sich dann auf, um einen Mann zurückzulassen, der die Kleidung des ausgehenden achtzehnten Jahrhunderts trug. Sein Gesicht war aristokratisch, der Blick so durchdringend, dass sie den Atem anhielt, als er auf sie fiel.

Aber sie hatte nichts zu befürchten. Er drehte sich um. Die Luft neben ihm schimmerte, und eine seltsame Maschine erschien. Sie blinzelte ein paarmal, um sie klarer zu erkennen, aber das Bild wurde nicht schärfer. Mochte sie sich auch noch so anstrengen, sie konnte nicht sagen, ob die Maschine groß mit scharfen Kanten oder klein und weich gerundet war, ob sie aus Marmor gehauen oder aus Holz und Lumpen zusammengestückelt war. Etwas glimmte auf und löste sich von der Maschine. Sie staunte. Ein Teil davon war soeben aufgestanden und weggegangen.

Nein. Was sie für einen Teil der Maschine gehalten hatte, war ein lebendes Wesen. Sie wollte den Blick abwenden, nur für einen Moment, aber sie konnte nicht. Das Lebewesen ließ es nicht zu. Es war außerirdisch. Es erinnerte sie an andere Außerirdische, die sie während des Angriffs in den Nachrichten gesehen hatte. *Jumpin' Jack Flash.* Der Gedanke wurde beiseitegeschoben.

Der Außerirdische wandte sich an den Mann und streckte einen Arm oder irgendein Anhängsel aus. Jetzt sah er mehr nach einem Lebewesen als nach dem Teil einer Maschine aus. Der Außerirdische nahm die Gestalt eines Zweifüßlers an, wenngleich er diese Gestalt nur durch reine Willenskraft zu halten schien – die ergotropische Hypothese (woher war *das* gekommen?). Das Anhängsel berührte die Maschine und verschmolz mit ihr. Einen Augenblick später drang in der Nähe des Mannes irgendetwas aus der Seite. Er ergriff es und löste es vorsichtig ab. Der Außerirdische wurde ein wenig kleiner. Ihr wurde klar, dass er einen Großteil seiner Lebenskraft verbraucht hatte, um dem Mann etwas zu geben – aber was?

Der Mann hielt das Ding an Lippen und Stirn und hob es dann hoch über den Kopf. Ganz kurz nahm es die Form eines menschlichen Knochens an, einer Keule, einer Pistole, dann eine andere Form.

Shakti, flüsterte die Stimme. *Vergiss das nicht. Die Shakti-Vorrichtung.*

Ich werde es nie vergessen, dachte sie. Das Gefühl zu schweben verließ sie, und sie bekam Angst.

Und jetzt schau. Sieh nach oben.

Unwillkürlich hob sie den Kopf und sah zum Himmel auf. Ihr Blickfeld schoss nach oben, raste durch das Licht, durch blauen Himmel, durch Wolken, bis es die Erde verließ und sie die nackten Sterne betrachtete. Die Sterne lösten sich vor ihr auf, und sie starrte in die Schwärze des Raums, aber immer noch flog ihr Blickfeld weiter.

Vor ihr war irgendetwas, unsichtbar in der Schwärze. Etwas … es war so weit entfernt, dass sie sich die Entfernung nicht einmal vorstellen konnte. Es war unterwegs zur Erde. Im Jahre 1777 war es noch weit entfernt gewesen, als der Mann (*Cagliostro,* sagte eine innere Stimme, und sie fragte nicht, woher sie das wusste) das Ding – Shakti – von dem Außerirdischen entgegengenommen hatte und dann – *und dann viele Taten vollbracht hatte, die als Wunder betrachtet wurden, darunter Gedankenlesen, Levitation und Transsubstantiation, und sämtliche Höfe Europas erstaunten, während er gleichzeitig leidenschaftlich Leute für die ägyptischen Freimaurer rekrutierte …*

Sie mühte sich, die Informationen aufzunehmen, die ihr der Traum vermittelte. Nicht dass es eine Rolle spielte, weil sie sich, wenn sie erwachte, ohnehin an nichts mehr erinnern würde. So verhielt es sich doch immer mit Träumen. Oder nicht?

… weil er eine Organisation wollte, die die Shakti-Vorrichtung behüten und bewahren und von Generation zu Generation weitergeben würde, bis ihre Geheimnisse erschlossen und enträtselt werden konnten, wenn sie für die Ankunft von …

Etwas wand sich in der Dunkelheit vor ihr. Oder vielleicht wand sich auch die Dunkelheit selbst aus Qual, dieses Ding beherbergen zu müssen, dieses …

... für die Ankunft von ...

Es brach über sie herein, ohne Vorwarnung, ohne Gnade, viel schlimmer als bei ihrer Berührung des Etwas im Geist des Astronomen. Es war die Versammlung, die Verschmelzung der höchsten, niedrigsten, am höchsten entwickelten, raffiniertesten Form des Bösen im Universum, eines Bösen, neben dem die größten menschlichen Gräueltaten winzig wirkten, eines Bösen, das sie nicht verstehen konnte, nur mit dem Bauch, eines Bösen, das seit Tausenden von Jahren dieser Welt entgegenstrebte und alles auf seinem Weg verschlang, eines Bösen, das jetzt jeden Tag eintreffen würde, jeden Tag ...

TIAMAT.

Sie erwachte schreiend. Hände waren auf ihr, und sie wehrte sich dagegen, wand sich, schlug um sich. Wasser lief über sie hinweg, befeuchtete die Luft, durchnässte das Bett und den Teppich.

»Sch, sch, es ist alles gut«, sagte eine Stimme. Nicht die Stimme aus ihrem Traum, sondern eine weibliche Stimme. Die orientalische Frau, Kim Toy, war da und versuchte sie zu beruhigen, als sei sie ein Kind im Fieberdelirium. Ein Licht ging an. Kim Toy schloss sie in eine beruhigende Umarmung. Sie ließ sich von ihr halten und zwang sich, den Fluss des Wassers, das sie beide durchnässte, zu beenden.

»Ich bin okay«, sagte sie, als sie wieder sprechen konnte. Aus ihren nassen Haaren tropfte Wasser in ihre Augen und vermischte sich mit ihren Tränen. Das ganze Bett war nass, aber sie sah mit ein wenig Erleichterung, dass sie den Rest des Raums ausgespart hatte.

»Sie haben geschrien«, sagte Kim Toy. »Ich dachte, jemand würde Sie umbringen.«

TIAMAT. »Ich hatte einen Albtraum.«

Kim Toy strich sanft über ihre nassen Haare. »Einen Albtraum?«

»Ich habe geträumt, jemand hätte mir einen Eimer voll Würmer ins Gesicht geschüttet.«

Der Astronom brüllte vor Lachen. »Oh, sie ist gut, sie ist wirklich gut!«

Der Albino, der neben dem Rollstuhl auf dem Boden lag, sah ihn flehentlich an.

»Dann war es also ein guter Traum?«

»O ja, der Traum war auch gut.« Der Astronom tätschelte das weiße Haar. »Sie haben es genau richtig gemacht, Revenant.«

Der Mann lächelte, und die vorzeitig gealterte Haut um die rosafarbenen Augen kräuselte sich vor kläglicher Freude.

»Roman.«

Auf der anderen Seite des düsteren Raums sah Roman von seinem Computerterminal auf.

»Wir lassen ihr noch ein wenig Zeit, damit sich der Schrecken ein wenig setzen kann, bevor Sie das Mädchen dem Rest unserer kleinen Konföderation vorstellen. Und Kim Toy soll sie weiter bemuttern.«

Roman nickte, während er verstohlene Blicke auf das Computerterminal warf.

»Morgen Nacht geht es weiter, Revenant«, sagte der Astronom zu dem Albino. »Sie werden den Traum wiederholen. Ich will, dass sie in den nächsten beiden Nächten schreiend aufwacht.«

Die rosafarbenen Augen senkten sich vor Scham.

»Na, na. Sie wissen, dass Sie besser dran sind als früher, als Sie allen möglichen Perversen für zehn Mäuse pro Kick feuchte Träume verkauft haben. Wenn Sie den Ausdruck entschuldigen.« Der Astronom kicherte. »Sie sind eines meiner nützlichsten Asse. Und jetzt sehen Sie zu, dass Sie selbst ein wenig Schlaf bekommen.«

Kaum war der Albino in einer dunklen Galerie verschwunden, als der Astronom in seinem Rollstuhl zusammensackte. »Demise.«

Demise stand augenblicklich neben ihm.

»Ja, Demise. Wir brauchen es jetzt beide, nicht wahr? Rufen Sie den Wagen.«

Roman blieb am Computerterminal, als Demise den Astronomen nach draußen schob. Jetzt würden sie sich irgendein armes Luder vom Straßenstrich aufgabeln, das nicht wusste, dass dies ihr letzter Geschäftstermin sein würde. Er weigerte sich, darüber nachzudenken. Keine von ihnen würde ihm leidtun, keine einzige. Sie alle – Revenant, Kim Toy, Red, Judas, John F. X. Black, Coleman Hubbard (oh, war das nicht ein Stück Arbeit gewesen, das große Ass im Ärmel des Astronomen, einsnull-null-eins), sogar das kleine Unschuldslamm Jane Wasserlilie – waren gleich, jeder von ihnen. Bauern im Spiel des Astronomen. Er auch, aber nur wegen Ellie, weil er versuchen musste, sie zu beschützen.

ELLIE tippte er, und die Buchstaben leuchteten auf dem Monitor auf. ICH LIEBE DICH.

Die Worte ICH LIEBE DICH AUCH blinkten kurz auf dem Schirm auf, bevor sie durch die Worte UNGÜLTIGE EINGABE, KEIN PROGRAMM ersetzt wurden.

♥

Irgendwo anders in der Stadt erwachte Fortunato schaudernd und schweißüberströmt.

»Ruhig, Baby, ruhig.« Michelles Stimme war sanft, ihre Hand weich und warm. »Michelle ist bei dir. Ich bin hier, Honey, ich bin hier.«

Fortunato gestattete ihr, ihn in die Arme zu nehmen, und schmiegte sein Gesicht an ihre perfekten Brüste.

»Es sind wieder diese Träume, oder? Keine Sorge. Ich bin hier.«

Er liebkoste sie, streichelte ihre warme Haut und suggerierte ihr, wieder zu schlafen. Dann löste er sich aus ihrer Umarmung und schloss sich in dem eleganten Badezimmer ein.

Wenn man einmal in etwas verwickelt war, war man darin verwickelt. Was man erfahren hatte, konnte man nicht wieder vergessen. Wissen war Macht, und Macht konnte einiges bewirken.

Er würde Tachyon anrufen müssen. Besser noch, ins Village gehen und ihn wecken.

Eileen.

Fortunato schloss die Augen, bis der Gedanke an sie vergangen war. Er hätte sich von Tachyon etwas geben lassen sollen, irgendeine Droge des Vergessens, damit er nicht immer wieder in seinen Gedanken über sie stolperte, aber irgendwie brachte er es nicht über sich. Weil sie dann wirklich weg sein würde.

Er spritzte sich Wasser ins Gesicht und hielt beim Abtrocknen inne, um sich im Spiegel zu betrachten. Eine halbe Sekunde lang hatte er ein anderes, mit Wasser bedecktes Gesicht gesehen: jung, weiblich, große grüne Augen, dunkles rötliches Haar, sehr hübsch, eine Fremde für ihn, die um Hilfe rief. Nicht ihn speziell, aber sie rief ohne Hoffnung auf eine Antwort. Betete. Dann war das Gesicht verschwunden, und er war wieder allein mit seinem Spiegelbild.

Er drückte sein Gesicht in das Handtuch. Eines aus einem weichen, luxuriösen Satz, den Michelle gekauft hatte. Als sie die Tücher mitbrachte, hatten sie alle übereinandergelegt und sich darauf geliebt.

Kundalini. Spür die Kraft.

(Lenore. Erika. Eileen. Alle für ihn verloren.)

Er ging wieder ins Schlafzimmer zu Michelle.

♦

Jane nahm die Tasse mit dampfendem grünen Tee aus Kim Toys Hand entgegen und nippte vorsichtig daran. »Ich trinke auf die zweite Nacht hintereinander ohne Albträume«, sagte sie mit einem schwachen Lächeln. »Das hoffe ich wenigstens.«

Kim Toys Lächeln war nicht unbedingt herzlich. Nach den Träumen, die der Astronom dem Mädchen schickte, hätte es eigentlich ein zitternder Geleehaufen sein müssen, und diese Träume waren lediglich ein Vorgeschmack auf TIAMAT. Ein echter Kontakt hätte sie unheilbar wahnsinnig gemacht. Aber sie saß einfach da, die kleine Unschuld, trank Tee und bekam ihre Gesichtsfarbe zurück. Sie war aus härterem Holz geschnitzt, als alle ihr zugetraut hatten. Es waren immer die Unschuldigen, auf die man ganz besonders achten musste, dachte Kim Toy. Sie hatten die Kraft von zehn Leuten, weil ihr Herz rein war und ihre Aufrichtigkeit sie tödlich machte. Sie fragte sich, ob verdrehte alte Perversos wie der Astronom auch nur die geringste Ahnung davon hatten oder ob er bereits so weit von allem, was auch nur eine flüchtige Ähnlichkeit mit Unschuld aufwies, entfernt war, dass er sich so etwas nicht einmal mehr vorstellen konnte. Wenn sie an die Art dachte, wie der Astronom seine Kräfte auflud, dann war das durchaus möglich. Was sollte ein kranker alter Furz wie er über Unschuld wissen?

Und er würde die Welt besitzen. Klar.

Aber sie glaubte das tatsächlich. Es war ihre felsenfeste Überzeugung. Oder war es gewesen. Nein, war es immer noch. Oder nicht? Und wen nannte sie da einen kranken alten Furz? Wie sollte man es nennen, wenn man einem Mann das Hirn umkrempelte, damit er sich in einen verliebte, und ihm dann, wenn er seinen Zweck erfüllt hatte, sein umgekrempeltes Hirn verflüssigte? Wenn man die Leute, die für den Astronomen die Leichen beseitigten, selbst beseitigte? Sie betrachtete Jane. Es war kein Wunder, dass sie die Gesellschaft von Frauen bevorzugte, wenn sie nicht bei Red sein konnte.

Jane beugte sich vor und drückte auf den Einschaltknopf der Fernbedienung. Der Fernseher erwachte flackernd zum Leben. »Letzte Nacht habe ich mir *Peregrine's Perch* angesehen, und danach hatte ich keine Träume«, sagte sie ein wenig verlegen. »Jetzt bin ich abergläubisch. Ich meine, ich müsste mir die Sendung ansehen, um die Albträume fernzuhalten. Auch wenn es nur eine Wiederholung ist.«

Kim Toy nickte. »Sie und ungefähr eine Milliarde andere Leute.«

»Sal hat Talkshows bewundert. Besonders *Peregrine's Perch.* Er sagte, er habe sich die Sendung angesehen, weil er unbedingt sehen müsse, wie sie jeden Abend um die Flügel herumarbeiten.« Sie hielt inne, als der Werbespot zu Ende war und den umwerfenden Gesichtszügen Peregrines wich. »Sal sagte, sie hätten ihn noch nie enttäuscht.«

»Wer?«

»Die Leute, die für ihre Garderobe zuständig sind.«

»Ach so.« Kim Toy verstummte und sah sich die Sendung pflichtgemäß mit dem Mädchen zusammen an. Nach einer halben Stunde erschien das Bild eines gut aussehenden rothaarigen Mannes mit rostbraunen Augen und einem länglichen, wie gemeißelt wirkenden Gesicht auf dem Schirm, was Jane veranlasste, von ihrem Stuhl aufzuspringen.

»Da ist er!« Sie kniete sich dicht vor den Fernseher. »Jumpin' Jack Flash. Ich habe alle Zeitungsartikel über ihn gelesen. Er ist einer meiner Helden.«

Kim Toy stellte den Ton lauter. Das Gesicht des Mannes verschwand und wich der Studiokulisse für die Talkshow, in der Peregrine eine teuer gekleidete Frau interviewte, die eine noch teurer aussehende Kamera in der Hand hielt.

»Ich glaube, Sie haben das Wesen von Jumpin' Jack Flash

ganz genau erfasst«, sagte Peregrine. »Das kann nicht leicht gewesen sein.«

»Nun, es war so schwierig, weil es ein Schnappschuss war«, sagte die andere Frau. »Ob Sie es glauben oder nicht, ich hatte einfach nur Glück, dass ich zur richtigen Zeit am richtigen Ort war. J. J. wusste nicht, dass ich das Foto machte, obwohl er mir später die Erlaubnis gab, es zu verwenden.«

»J. J.?«, fragte Peregrine.

Die Fotografin senkte verlegen den Blick. »So nennen ihn seine Vertrauten.«

»Darauf möchte ich wetten«, murmelte Kim Toy.

»Was?«, sagte Jane.

»Seine ›Vertrauten‹. Dass ich nicht lache. Wahrscheinlich sagt er allen Frauen, mit denen er schläft, sie sollen ihn J. J. nennen, damit er den Überblick behält. Es ist leichter, als sich ihre Namen zu merken, und macht viel weniger Ärger, als ihnen die Ohren einzukerben oder ihnen ein Brandzeichen zu verpassen.«

Jane sah ein wenig gekränkt aus. Einer ihrer Helden, richtig. Kim Toy schüttelte den Kopf. In ihrem Alter hätte das Mädchen längst wissen sollen, dass gewisse Helden – nun, nicht gerade einen Schwanz aus Eisen hatten, aber mit Sicherheit einen hyperaktiven.

Wie Ihre Helden, Madam? Wie der Astronom vielleicht?

Kim Toy schob den Gedanken beiseite und zwang sich dazu, sich auf das Interview zu konzentrieren. Die Fotografin hatte sich offenbar darauf spezialisiert, Asse zu knipsen. Weitere Fotos flackerten über den Bildschirm. Zu Janes Entzücken tauchte Jumpin' Jack Flash noch mehrmals zwischen Aufnahmen von Modular Man, Dr. Tachyon, dem Panzer des Großen und Mächtigen Turtle, Starshine und Peregrine selbst auf.

»Schade, dass die Frau Sie nicht fotografieren kann«, sagte Kim Toy bei der nächsten Werbeunterbrechung.

Jane zuckte die Achseln. »Ich bin ein Joker.«

»Sie gehen mir langsam auf die Nerven.«

»Aber der Witz geht auf meine Kosten. Eine der beiden Personen, die mir am meisten bedeutet haben, ist ertrunken. Die andere ist verblutet.« Sie wandte sich vom Fernseher ab. »Ja, der Witz geht nur auf meine Kosten, und er ist nicht im Geringsten lustig.«

Kim Toy wollte gerade antworten, als etwas neben dem Fernseher in der Luft schimmerte. Beide Frauen waren ganz ruhig, als sich das Bild des Astronomen aus der Dunkelheit schälte. »Kim Toy. Jane. Ich wünsche Sie zu sehen.«

Eine Antwort war unnötig. Kim Toy nahm eine respektvolle Haltung an und hoffte, dass man ihr die Verärgerung nicht anmerkte. Billige Theatralik für Jane. Der Astronom musste sie für eine ganz heiße Nummer halten, wenn er so weit ging, um sie zu beeindrucken. Er hätte sich die Energie sparen und Red schicken können, um sie zu holen.

♠

Dr. Tachyon präsentierte sich noch ganz extravagant gekleidet, obwohl es weit nach Mitternacht war. »Ich wusste, dass er ein paar Asse um sich versammelt hat. Aber die Maschine, die Sie in Ihren Träumen gesehen haben – nun, sie existiert und ist nach Ihren Maßstäben sehr alt.« Seine Augen verengten sich, während er Fortunatos geschwollene Stirn betrachtete. »Ziemlich ungewöhnlich für Sie, dass Sie spontan eine Körperlos-Erfahrung machen, nicht wahr?«

Fortunato wandte sich von Tachyon ab (gottverdammter Homo, genau das, was uns gerade noch gefehlt hat, Weltraum-Homos) und starrte aus dem Fenster in die Richtung der Kreuzgänge. »Ich bin nur hergekommen, um es Ihnen zu sagen. Dort drüben bündelt sich verteufelt viel Macht. Sie hat mich angezogen. Macht zieht Macht an.«

»In der Tat«, murmelte Tachyon. Weltraum-Homos. Fortunato würde ihn nie lieben, aber er hatte den hochgewachsenen exotischen Erdenmensch noch nie in einer derart aufgewühlten Verfassung erlebt.

»Sie rufen das Ding dort draußen an. TIAMAT. Die ganze Organisation existiert seit Jahrhunderten, und das nur zu dem Zweck, diesen Schrecken über uns zu bringen.«

Tachyon seufzte schwer. Mit einem Mal fühlte er sich sehr müde. Nach vierzig Jahren, in denen ein Schrecken den anderen gejagt hatte, war es sein gutes Recht, sich erschöpft zu fühlen. Ihm war klar, dass Fortunato mit seiner vorgewölbten Stirn, der in dem eleganten Wohnzimmer vor ihm stand und mit seiner Kraft praktisch die Luft zum Knistern brachte, anderer Ansicht gewesen wäre.

Macht zieht Macht an? Oh, was er ihnen *darüber* alles hätte erzählen können, dachte Tachyon. Hätte er weit genug zurücktreten können, um den großen Entwurf des Universums zu sehen, was hätte er dann über sein eigenes Volk und den Wild-Card-Tag und die Annäherung TIAMATs oder des Schwarms oder was es auch war erfahren? Vielleicht gab es tatsächlich einen großen, übergeordneten Entwurf des Universums. Oder vielleicht waren es auch nur die Wild-Card-Kräfte, die den Schwarm anzogen. Natürlich hätte das bedeutet, dass das Virus den Schwarm gerufen hatte, als es ihn noch gar nicht gab, aber Tachyon war es gewöhnt, sich mit den Absurditäten von Raum und Zeit auseinanderzusetzen.

Nicht dass irgendetwas davon eine Rolle gespielt hätte. Er beobachtete Fortunato, der mit Kundalini und Ungeduld aufgeladen war. Die Zeit, sich zu quälen, war lange, lange vorbei. Jetzt war es an der Zeit, etwas zu tun, und zwar alles, was er konnte, und kein bisschen weniger, um vielleicht für eine Zeit zu büßen, in der er mehr hätte tun können, aber versagt hatte.

In der er Blythe im Stich gelassen hatte.

Auch nach so vielen Jahren hatte das Gefühl des Verlusts nicht nachgelassen. Es wollte einfach nicht auf dem Grund der Flasche bleiben, es konnte auch nicht durch eine endlose Parade erlesenster Geliebter verdeckt werden. Nur die Arbeit in der Klinik schien ihm Trost zu vermitteln, unzureichend zwar, aber besser als gar nichts.

Er begegnete Fortunatos Blick und erkannte den Ausdruck in den Augen des Mannes. »Macht zieht Macht an, und Kummer zieht Kummer an.« Seine Lippen verzogen sich zu einem kaum merklichen Lächeln. »Wir haben alle etwas Kostbares in diesem Kampf gegen den Schrecken verloren. Aber wir müssen dennoch weiterkämpfen und versuchen, die Finsternis zu besiegen, wenn wir können.«

Fortunato erwiderte das Lächeln nicht. Alles schien nach einer seiner gottverdammten Homo-Reden zu verlangen. »Ja, klar«, sagte er grob und wandte sich ab. »Gehen wir also dorthin und treten jemandem in den Arsch, Sie und ich und welche Armee …?«

Tachyon griff nach dem Telefon. »Wir müssen sie erst zusammenrufen.«

♣

Der Cop warf tatsächlich ein Netz über ihn. Das war so schockierend, dass er wieder seine menschliche Gestalt annahm und sich Ellbogen und Knie aufschrammte, als er sich auf dem Bürgersteig hin und her wälzte. Der Cop lachte sogar noch, als er seine Kanone zog und den Lauf durch die Maschen des Netzes stieß.

»Denk nicht mal dran, dich zurückzuverwandeln«, sagte der Cop, »sonst muss ich dich von deinem Elend erlösen. Jesus, warte nur, bis sie dir in den Kreuzgängen auf den Zahn fühlen. Ich kann es selbst kaum glauben.«

Er zitterte in dem Netz, unfähig, den Blick von der Pistolenmündung abzuwenden. Der Cop würde ihn erschießen, daran zweifelte er nicht. Im Stillen verfluchte er sich, weil er sich nicht damit zufriedengegeben hatte, einfach nur über die Stadt zu segeln, sich an den Lichtern zu ergötzen und das eine oder andere Pärchen auf irgendeinem Dach zu Tode zu erschrecken. Wie viele Leute konnten schon von sich behaupten, von einem Pterodaktylus gestreift worden zu sein – in letzter Zeit?

Der Cop verstaute ihn auf dem Rücksitz seines Wagens und fuhr vor sich hin kichernd durch die Stadt. »Ich weiß nicht, was der Astronom mit dir macht, aber wahrscheinlich wird er sich vor Lachen kaum halten können. Du musst der kleinste Tyrannosaurus sein, den es je gegeben hat.«

»Ornithosuchus«, murmelte er, um dann hart zu schlucken. Noch ein Kerl mit einer Kanone, der keine Ahnung von Dinosauriern hatte. Er wusste nicht, wovor er mehr Angst haben sollte – vor der Kanone, vor diesem Astronomen oder vor seinem Vater, der in Kürze entdecken würde, dass er nicht in seinem Zimmer war und schlief. Er war erst dreizehn und durfte nicht so lange aufbleiben, wenn am nächsten Tag Schule war, ganz besonders nicht in Gestalt eines schnell laufenden Fleischfressers aus der Trias.

♥

»Kommen Sie her, meine Liebe. Dann kann ich Sie besser sehen.«

Jane zögerte. Die Aura des Bösen, die ihre Träume angekündigt hatten, umgab den alten Mann im Rollstuhl zu eindeutig. Auf Gesicht und Nacken bildete sich ein dünner Feuchtigkeitsfilm. Sie warf einen raschen Blick auf Kim Toy, aber die Aufmerksamkeit der Frau richtete sich ebenso wie die aller anderen in dem großen Saal auf den Astronomen. Wer all die anderen auch sein mochten. Freimaurer.

Sie erkannte den Mann, der sie hergebracht hatte – Judas, wie Roman ihn genannt hatte. Roman saß vor einem Computerterminal in der Nähe einer niedrigen Ziegelmauer, die anscheinend mit einer Spitzhacke bearbeitet worden war. In metallisch glänzenden Goldbuchstaben war die Aufschrift Iss MICH darauf gesprüht.

»Sie haben große Macht, meine Liebe«, sagte der alte Mann. »Eine Macht, die für den Besucher aus dem All, der auf uns zusteuert, von großem Nutzen wäre. TIAMAT.« Er hielt inne und wartete auf ihre Reaktion. Sie wand sich unbehaglich unter seinem Blick. Die zusätzliche Beleuchtung, die sie nachlässig angebracht hatten, machte die Schatten in den Ecken nur noch dunkler. Sie hatte das Gefühl, dass dort schreckliche Dinge auf ein Zeichen des Astronomen warteten, um hervorzukriechen und sie zu verschlingen. Iss MICH. Sie umfasste den linken Ellbogen mit der rechten Hand und presste die andere vor den Mund, damit sie nicht zu lachen anfing und nie wieder aufhörte.

»Ist Ihnen dieser Name bekannt? TIAMAT?«, hakte der Astronom nach.

Jane presste die Hand fester auf den Mund und zuckte unbeholfen die Achseln.

»Nun.« Der alte Mann beugte sich ein wenig vor. »Es wäre hilfreich, wenn wir eine Demonstration Ihrer Kraft bekommen könnten. Abgesehen von dem, was Sie auf der Straße mit dem Feuerhydranten angestellt haben.« Er blinzelte ihr zu. »Oder sind Sie bereits dabei, meine Liebe?«

»Oh, echt Wahnsinn«, sagte der spindeldürre Mann, der neben dem Astronomen stand. Seine Augen erinnerten Jane an Grabsteine. »Das hat uns gerade noch gefehlt, ein Ass, dessen unglaubliche Kraft darin besteht, stark zu schwitzen. Weltherrschaft, wir kommen.«

Der Astronom kicherte, und Jane glaubte, es sei der boshafteste Laut, den sie je gehört hatte.

»Na, na. Wir wissen alle, dass sie zu größeren Taten fähig ist. Nicht wahr? Zum Beispiel könnten Sie alles Wasser aus einem Körper entfernen und – nun, nicht viel übrig lassen.« Er deutete auf die Anwesenden und kicherte wieder, diesmal über ihren Gesichtsausdruck. »Nein, das dachte ich mir. Der Einzige, dem Sie im Augenblick eine derartige Behandlung angedeihen lassen würden, bin ich, und ich bin immun.« Er nickte Red zu, der unter einem der Mauerbogen verschwand. Augenblicke später tauchte er wieder in Begleitung zweier Männer auf, die einen Käfig auf Rädern in die Mitte des Saals schoben. Jane blinzelte mehrmals, da sie bei dem schlechten Licht ihren Augen nicht traute.

In dem Käfig steckte ein Dinosaurier. Ein *Tyrannosaurus Rex,* der einen Meter groß war.

Während sie ihn noch anstarrte, bleckte der Tyrannosaurus seine grausam aussehenden Zähne und trabte hinter den Gitterstäben hin und her, die kleinen Vorderläufe dicht an den schuppigen Körper gepresst. Ein dunkles Reptilienauge betrachtete Jane mit einem Funken Intelligenz.

»Eine bösartige Kreatur«, sagte der Astronom. »Sollte ich sie aus dem Käfig lassen, könnte sie Ihnen mit einem Biss das Bein durchtrennen. Töten Sie ihn. Entziehen Sie seinem Körper alles Wasser.«

Jane ließ die Arme sinken, die Hände zu Fäusten geballt.

»Ach, kommen Sie schon.« Ein weiteres boshaftes Kichern. »Erzählen Sie mir nicht, dass Sie jeder herumstreunende Dinosaurier, dem Sie begegnen, zu Tränen rührt.«

»In diesem ist jemand«, sagte sie. »Sie wollen ein Beispiel meiner Kraft? Hier ist ein besonders anschauliches!«

Etwas geschah *beinahe.* Sie hatte sich auf eine Stelle direkt vor dem Gesicht des Astronomen konzentriert, in der Absicht, ihm ein paar Liter Wasser in die Augen zu spritzen. Die Luft flimmerte für einen Augenblick und wurde dann wieder normal.

Der alte Mann warf den Kopf in den Nacken und brüllte vor Lachen. »Sie hatten recht, Roman, sie hat diese Anfälle von Tapferkeit in den sonderbarsten Augenblicken! Ich habe Ihnen doch gesagt, meine Liebe, dass Ihre Kraft nicht funktioniert, wenn ich es nicht will. Wie viel Macht *Sie* auch besitzen mögen, meine Macht ist größer. Stimmt das etwa nicht, Demise?«

Der magere Mann trat vor, offenbar bereit, einen Befehl auszuführen. Der Astronom schüttelte den Kopf. »Auf uns wartet jemand, der viel entgegenkommender ist und nicht versuchen wird, uns einen Eimer Wasser ins Gesicht zu schütten.«

Jane wischte sich über das Gesicht, ohne irgendeine Wirkung zu erzielen. Wasser sammelte sich um ihre Füße.

Der Astronom beobachtete sie ungerührt. »Wirkliche Macht zu besitzen heißt, in der Lage zu sein, sie anzuwenden und gewisse Dinge zu tun, wie schrecklich man sie auch finden mag. Zu der Fähigkeit, solche Dinge zu tun oder jemanden zu veranlassen, sie zu tun, gehört mehr Macht, als Sie sich vorstellen können.« Er deutete auf den Käfig. Jane folgte der Geste und schlug dann beide Hände vor den Mund, um nicht laut aufzuschreien.

An die Stelle des Tyrannosaurus war ein Junge getreten, der nicht älter als zwölf oder dreizehn Jahre alt sein mochte und sandfarbenes Haar, graublaue Augen und ein kleines rosafarbenes Muttermal auf der Stirn hatte. Das allein war schon verblüffend genug, aber hinzu kam, dass er auch noch völlig nackt war. Er duckte sich hinter den Gitterstäben und gab sich alle Mühe, seine Blöße zu bedecken.

»Es bleibt keine Zeit mehr, Sie zu umwerben, meine Liebe«, sagte der Astronom, und jeder Anschein von Freundlichkeit war aus seiner Stimme gewichen. »TIAMAT ist sehr nah, und ich kann keinen Augenblick mehr mit dem Versuch verschwenden, Sie in unsere Organisation zu locken.

Es ist jammerschade. Das Kind zu töten, und sei es auch in Gestalt eines gefährlichen Dinosauriers, hätte Sie an uns gebunden, traumatisch zwar, aber auch unlösbar. Hätte ich ein paar Wochen mehr Zeit, würden Sie sich uns ganz schmerzlos angeschlossen haben. Jetzt geht es nur noch darum, zwischen Ihrem Leben und Ihrer tapferen kleinen Ethik zu wählen. Für diese Wahl bleibt Ihnen gerade so viel Zeit, wie ich brauche, um diesen Raum zu durchqueren. Ich habe keinen Zweifel daran, wie Ihre Wahl ausfallen wird. Möge Ihnen Ihre Ethik im nächsten Leben nützlicher sein – wenn es eines gibt.« Er deutete auf den mageren Mann. »Demise …«

Alles geschah gleichzeitig. Der Schabenmann trat mit einem lauten, raschelnden Geräusch vor und rief *»Nein!«*, als Wasser mit solcher Wucht in Demises Gesicht spritzte, dass es ihn umwarf. Dann bellte eine andere, unglaublich laute Stimme: »HIER SPRICHT DER GROSSE UND MÄCHTIGE TURTLE! IHR WERDET ALLE GANZ FRIEDLICH HERAUSKOMMEN, WIR HABEN DAS GEBÄUDE UMSTELLT, NIEMAND MUSS VERLETZT WERDEN!« Und dann glaubte Jane verrückterweise etwas zu hören, das sich wie die Erkennungsmelodie aus den alten Mighty-Mouse-Zeichentrickfilmen anhörte, *Here I come to save the daaaaaaay!* Es folgte ein schreckliches Jaulen, das sich aus extremen Basstiefen in ohrenbetäubende Höhen schraubte und das gesamte Bauwerk erschütterte. Es krachte, als der Käfig zu Boden fiel und den Jungen ausspie. Jane kämpfte um ihr Gleichgewicht und darum, in dem allgemeinen Chaos von Leuten, die in alle Richtungen davonrannten, zu dem Jungen zu gelangen. Er verwandelte sich in einen anderen, nur gut einen halben Meter großen Dinosaurier, der sehr schlank war, äußerst behände aussah und dünne, krallenbewehrte Finger hatte. Sie zwang sich, die Finger zu nehmen, als er zu ihr gehuscht kam.

»Wir müssen hier raus!«, sagte sie atemlos und ziemlich überflüssigerweise und sah sich um. Demise und der Astronom waren verschwunden. Der kleine Dinosaurier zog sie durch den Saal auf eine dunkle Galerie unter den Bogengängen. *Mit einem Dinosaurier Händchen halten,* dachte sie, während sie über die Galerie flohen. *Das gibt es nur in New York.*

Sie bemerkte Kafka nicht, der hinter ihnen herlief.

♦

Es sei wirklich ein unglaublich schöner Anblick gewesen, sagte der Große und Mächtige Turtle später. Asse aller Art hatten sich aus den Bäumen in der Nähe der Kreuzgänge erhoben und stürzten sich auf die Freimaurer, die aus dem Gebäude strömten und sich auf die gepflasterten Wege und in die Gartenruinen ergossen. Er habe im Laufe des Kampfs so ungefähr alles mitbekommen. Eines der Dinge, die ihm jedoch entgingen, waren Jane und der Dinosaurierjunge, die einen Säulengang entlangkrochen, der ein völlig mit Unkraut überwachsenes Gelände umgab. Sie sahen Turtle, an dessen Panzer sich mehrere farbenprächtig kostümierte Asse festklammerten, über sie hinwegsegeln. Eines der Asse zeigte auf etwas, und im nächsten Augenblick schwebte es von der Kraft Turtles getragen sanft abwärts. Jane hörte den kleinen Dinosaurier alarmierend zischen. Als sie sich umdrehte, um zu sehen, was los war, hatte er sich wieder in einen Jungen verwandelt, dessen Nacktheit von der Dunkelheit verborgen wurde.

»Das ist Turtle!«, flüsterte er Jane zu. »Wenn wir ihn auf uns aufmerksam machen, kann er Sie hier rausholen!«

»Was ist mit dir?«

Anstelle einer Antwort verwandelte er sich wieder in einen Dinosaurier, diesmal in einen sehr muskulösen, der fast so wild und grausam aussah wie der Tyrannosaurus. Er kam Jane, die ein Krokodil nicht von einem Alligator unterscheiden konnte, vage bekannt vor. Sie versuchte sich an den Namen zu erinnern. Ein Alice-irgendwas. Alice oder vielleicht auch *alles?*, denn so gemein der Saurier auch aussah, er war nicht größer als ein Schäferhund. Er knurrte und schob sie mit seinen dreigliedrigen Händen vorwärts, scheuchte sie auf den Steinweg, der den unkrautüberwachsenen Garten umgab. Wiederum ertönte ein groteskes Heulen. Jane erbebte, und der kleine Dinosaurier – *Allosaurus* fiel ihr plötzlich ganz grundlos ein – brüllte als Erwiderung und schlug sich seine Klauenhände gegen den Kopf. Sie bückte sich und wollte ihn umarmen oder trösten, als sie ein Flügelschlagen hörte und dann ein metallisches Glitzern sah, bevor eine außergewöhnlich attraktive Frau auf einer niedrigen Mauer landete.

»Peregrine!«, hauchte Jane.

Der Allosaurus stieß einen leisen, erregten Laut aus und betrachtete die geflügelte Frau mit weit aufgerissenen Augen.

»Verschwinden Sie besser«, sagte Peregrine gut gelaunt. »Der Howler wird dieses ganze Gemäuer niederbrüllen. Schaffen Sie das, Sie und Ihre, äh, Schoßechse da unten?«

»Es ist ein Junge. Ich meine, in Wirklichkeit ist er ein kleiner Junge, ein Ass …«

Der Allosaurus röhrte, aus Zustimmung oder aus Protest darüber, kleiner Junge genannt zu werden.

»Bösartig, echt bösartig.« Peregrine lächelte Jane zu, während sie mit ihren großen Flügeln schlug und sich wieder in die Lüfte erhob. »Am besten, ihr verschwindet jetzt, das ist mein Ernst«, rief sie und rauschte davon, die berühmten Titankrallen ausgefahren.

Jane und der Allosaurus rannten um den Garten herum und folgten einem weiteren Säulengang. Sie hörte, dass der kleine Dinosaurier zurückfiel, blieb stehen und blinzelte in die Dunkelheit. »Was ist los?«

Sie konnte mühsam eine menschliche Silhouette erkennen. »Ich muss meine Gestalt ändern. Ich brauche einen schnellen

Läufer, ich werde langsam müde. Ein Hypsilophodon eignet sich besser zum Laufen als ein Allosaurus.«

Einen Augenblick später spürte sie, wie lange Krallen sanft nach ihr tasteten und sie vorwärtszogen. Dieser Saurier hatte in etwa die Größe eines ausgewachsenen Kängurus.

»Ich glaube nicht, dass wir auf dem richtigen Weg sind, wenn wir hier rauswollen«, keuchte sie, als sie zu einem matt erleuchteten Bereich gelangten und eine abwärts führende Treppe erblickten. Der Dinosaurier nahm kurz wieder die Jungengestalt an, bevor er sich in einen Pterodaktylus verwandelte und die Treppe hinunterglitt. Jane konnte ihm nur nachlaufen. Am Fuß der Treppe machte der Pterodaktylus plötzlich kehrt und kam wieder zu ihr zurück. Instinktiv duckte sie sich, stolperte und fiel zu Boden, um sich beim Aufstehen einem Mann gegenüberzusehen, der noch besser aussah als Roman. Er trug einen marineblauen Trikotanzug und eine engsitzende Schädelkappe, und an den Schultern waren Waffen montiert.

»Hi«, sagte er. »Habe ich Sie nicht bei der Flucht des Affen gesehen?«

Jane blinzelte und schüttelte verwirrt den Kopf. »Was – ich glaube nicht …« Und dann schwenkten die Waffen des Mannes herum und richteten sich auf den Pterodaktylus, der sie umkreiste. »Nicht! Er ist nur ein kleiner Junge, er gehört zu den *Guten*!«

»Oh, nun gut«, sagte der Mann lächelnd. »Ihr zwei verschwindet besser.«

Jane rannte an ihm vorbei, und der Pterodaktylus folgte ihr.

»Sind Sie ganz sicher, dass ich Sie nicht bei der Flucht des Affen gesehen habe?«, rief der Mann ihr nach.

Sie hätte nicht die Luft gehabt, um ihm zu antworten, selbst wenn sie gewollt hätte. Der Pterodaktylus segelte voraus, als sie spürte, dass ihre Kräfte nachließen. Keuchend stolperte sie vorwärts, während sie mit ansah, wie der Abstand zwischen ihr und dem Pterodaktylus immer größer wurde.

Der Pterodaktylus flog um eine Ecke und verschwand. Eine halbe Sekunde später blitzte es bläulich auf, und sie hörte ein Kreischen und einen dumpfen Aufprall. Jane blieb wie angewurzelt stehen und lehnte sich gegen die Steinmauer. *Bitte,* betete sie. *Nicht der kleine Junge. Lass nicht zu, dass sie dem kleinen Jungen etwas tun, dann können sie mit mir machen, was sie wollen.* Sie zwang sich weiterzugehen, wobei sie sich an der Steinmauer abstützte, und lugte um die Ecke.

Er hatte sich wieder in einen Jungen verwandelt, als er zu Boden gefallen war. Seine nackte Brust hob und senkte sich. Also atmete er. Der Schabenmann beugte sich mit einer gefährlich aussehenden, stachelförmigen Waffe über ihn.

»Ich musste ihn aufhalten«, sagte der Schabenmann, indem er zu ihr aufsah. »Aber ihm ist nichts geschehen. In ein paar Minuten kommt er wieder zu sich. Ehrlich. Ich brauche Ihre Hilfe.« Er streckte Jane die freie Hand entgegen.

Sie trat einen Schritt vor. Das Gesicht war unmenschlich, aber die Augen waren es nicht. Kurz bevor sie die Hand ergreifen konnte, riss er sie zurück.

»Das war nur als Geste gemeint. Rühren Sie mich nicht an. Wecken Sie ihn, und kommen Sie mit.«

Jane kniete sich neben den bewusstlosen Jungen.

♠

Judas stand am Grab und hielt sich die Ohren zu. Er konnte nicht lange genug klar denken, um zu entscheiden, was er tun sollte. Jedes Mal, wenn er sich bemühte, einen vernünftigen Gedanken zu fassen, ertönte wieder dieses schreckliche Heulen, das ihm durch Mark und Bein ging. Er hätte schwören können, dass seine Ohren bluteten.

Das Chaos war unglaublich. Die Leute des Astronomen waren kopflos aus dem Saal geflohen wie der Verliererhaufen Hühnerscheiße, der sie schließlich waren. Er hatte von Anfang an gewusst, dass sie nur ein Haufen Hühnerscheiße waren. Er war lange genug Cop, um die Sorte zu erkennen. Es reichte, um den Wunsch aufkommen zu lassen, die Seiten zu wechseln und selbst anzufangen, sie auszuradieren. Vielleicht war das gar keine so schlechte Idee, vor allem jetzt, wo das Gelände von Assen gestürmt wurde. Klar, er hatte seine Marke, er hatte seine Kanone, er konnte immer behaupten, er hätte verdeckt ermittelt, wer würde sich schon die Mühe machen und das nachprüfen, zumindest noch heute Nacht? Klar.

Er schaute sich um und sah Red und Kim Toy auf der Suche nach einem Weg nach draußen auf eine der dunklen Galerien zueilen. *Warum nicht gleich mit den beiden anfangen?*, dachte er und zog seine Kanone.

»Halt! Halt oder ich schieße!«

Kim Toys Kopf ruckte herum, und ihr langes glattes Haar flog mit der Bewegung.

Judas richtete seine Waffe von ihrem Gesicht auf Reds. »Ich sagte doch: Halt!«

Red hob eine Hand vor das Gesicht, als Judas abdrücken wollte, und dann war er plötzlich verliebt. Vögel sangen und bauten Nester in seinem Verstand, und die ganze Welt war wunderbar, besonders Kim Toy, die aufregendste und exotischste aller Frauen. Er warf die Waffe weg und wankte zu ihr, und er liebte sie viel zu sehr, um gekränkt zu sein, als sie mit Red vor ihm floh.

Seine Ohren bluteten jetzt wirklich, aber er interessierte sich nicht mehr genug dafür, um es zu bemerken.

♣

Wie alle Räume hier erinnerte sie auch dieser an eine Kapelle. Sie konnte erkennen, wo ein Altar oder ein Taufbecken gestanden haben mochte. Diese Stelle wurde jetzt von einer Maschine ausgefüllt.

»Das haben Sie in einem Traum gesehen«, sagte Kafka zu Jane, indem er die Hand auf einen der unmöglichen Winkel der Maschine legte.

Jane musste den Blick abwenden – die Verdrehtheit der Umrisse machte sie schwindelig. Sie starrte auf die prosaischere Form eines Computergehäuses in der Nähe, auf dem schweigend und dunkel ein großer Monitor stand.

»Die Shakti-Vorrichtung«, sagte sie.

»Ja. Die Shakti-Vorrichtung.« Er zuckte zusammen, als wieder ein schauderhaftes Heulen durch das Gebäude fuhr. »Heute Nacht sterben wir vielleicht alle, aber sie muss geschützt werden.«

Janes Mund zuckte vor Abscheu. »Diese TIAMAT-Kreatur …«

»Unsere einzige Chance …«

Es raschelte, als sich der Dinosaurierjunge – Kid Dinosaur, hatte er ihr gesagt – enger in das Laken von Kafkas Bett wickelte. Sie hatte ihn gebeten, in menschlicher Gestalt zu bleiben, sodass sie mit ihm reden konnte. Er hatte widerwillig zugestimmt, vorausgesetzt, der Schabenmann gab ihm etwas, womit er sich bedecken konnte. »Ich weiß nicht, ob Sie glauben, diesem Burschen trauen zu können«, sagte der Junge, »aber ich würde es ganz sicher nicht tun.«

Schritte hallten durch den Flur, und ein verstört wirkender Roman kam hereingeeilt. »Der Computer – ist er in Ordnung?« Ohne eine Antwort abzuwarten, schob er Kafka beiseite und lief zu dem Gerät. »Ellie! Ich bin hier, Ellie! Ich bin hier!«

Kafka ging zu ihm. »Wo ist der Astronom?«

»Zum Teufel mit ihm«, sagte Roman und schob Kafka aus

dem Weg. »Zum Teufel mit ihm, und zum Teufel mit euch allen!« Ein weiteres Heulen erschütterte das Gebäude, und beide fielen gegen den Computer. Eine der Seitenwände fiel zu Boden und enthüllte einen Teil des Innenlebens.

»Heilige Scheiße!«, sagte der Junge. »Das haut mich um!«

Trotz des schlechten Lichts sah Jane die Elektronik pulsieren, sah die Konsistenz der Schalttafeln und die Feuchtigkeit, sah die Mischung aus lebendigem Fleisch und harter, toter Maschinerie. Oder hatte sich das Fleisch auch verhärtet? Jane schlug die Hände vor das Gesicht, als eine plötzliche Übelkeit in ihr hochstieg.

»Wasserlilie!«

Kafkas Warnung kam in dem Augenblick, als sie die Hände auf ihren Schultern spürte. Sie wirbelten sie herum, und dann starrte sie in die Grabsteinaugen von Demise. Sie legte ihm ebenfalls die Hände auf die Schultern, und einen aberwitzigen Augenblick lang war es, als umarmten sie sich.

»Hast du Angst zu sterben?«, fragte er sie.

Unter solchen Umständen fand sie seine Frage nicht unangebracht. »Ja«, sagte sie nur.

Etwas in seinem Gesicht veränderte sich, und sein Griff lockerte sich ein wenig.

»Wasserlilie!«, rief Kafka wiederum mit verzweifelter Stimme.

Doch sie blieb stehen, blieb am Leben, legte eine Hand auf Demises hagere Wange. Er zuckte vor ihrer Berührung zurück.

»Es tut weh, nicht wahr?«

»Alles tut weh«, sagte er grob und schob sie von sich weg. Sie stürzte neben Kafkas Maschine zu Boden und wollte gerade wieder aufstehen, als ein dickes Buntglasfenster implodierte und den Raum mit vielfarbigen Glassplittern übersäte. Sie bedeckte den Kopf mit beiden Armen und warf sich flach auf den Boden. Eine Flammenzunge toste durch den

Raum und versengte Holz und Stein. Sie hörte Schreie und dann ein Rascheln, als Kafka zu ihr kroch und sie näher zur Maschine drängte.

»Das Einzige«, keuchte er. Ein weiteres Heulen schüttelte sie wie ein Erdbeben. »... TIAMAT ... schützen ... brauche Ihre Hilfe für TIAMATs ...«

Er wurde von ihr fortgerissen. Sie hörte ihn bei der Berührung aufkreischen. Dann zog sie jemand auf die Beine, und sie sah, wie Kafka einen Tritt an den Kopf bekam und zu Boden ging.

»Neeeiiin!«, schrie sie. »Tun Sie ihm nichts, *bitte nicht*!« Sie hatte die rostfarbenen Augen schon tausendmal gesehen, zum letzten Mal erst heute Abend. Ihr Mund arbeitete, aber sie bekam keinen Laut heraus. Rostauges Mund verzog sich zu einem flüchtigen Lächeln, bevor er sie beiseiteschob.

»Mach Platz, Honey, ich will dich nicht mit den Fritten in einen Topf werfen.« Er drehte sich um und zeigte auf Kafka und die Shakti-Vorrichtung und den Jungen, der sich wieder in einen Dinosaurier verwandelt hatte, diesmal in einen Stegosaurus, der allzu offensichtlich in der Schusslinie stand.

Jane rang um ihre Stimme und um die richtigen Worte, und schließlich sagte sie möglicherweise das Einzige, was ihn davon abhielt, einen großen Schlackehaufen aus ihnen zu machen.

»J. J., *nicht*!«

Jumpin' Jack Flash drehte sich wieder zu ihr um, sein Mund stand vor Überraschung weit offen.

Einen Augenblick später stellte er mit noch größerer Überraschung fest, dass sie völlig durchnässt war.

♥

Fortunato war auf der Suche nach Assen oder sonst jemandem in jeden Raum, in jede Galerie, in jede Nische gelaufen, die er finden konnte, den Weltraum-Homo immer dicht hinter sich. Bis jetzt hatten sie nur eine Witzfigur entdeckt, die auf dem Steinboden herumkroch, während ihr das Blut aus den Ohren lief. Der Weltraum-Homo hatte den Kerl untersuchen wollen, aber Fortunato verhinderte es. Dies sei nicht die Klinik zur Mittagszeit, hatte er gesagt und den Weltraum-Homo hinter sich her geschleift, und zwar am schicken Kragen seiner Homo-Jacke – Homo, ja, klar, Mann, reden wir mal über Homos, nennst du etwa Crowley einen Homo, und wo wir schon mal dabei sind, wie war das, als du den Jungen von den Toten zurückgeholt hast, wo wir gerade über Homos reden. Er brachte den Gedankenstrom rasch zum Verstummen, während er einen schmalen Gang entlanglief.

»Fortunato … wo … was haben … Sie vor?«, keuchte Tachyon.

»Ich spüre ihn«, rief Fortunato über die Schulter hinweg.

»Wen?«

»Er hat Eileen getötet. Und Balsam. Und viele andere …« Er taumelte, als der Howler wieder einen dieser furchtbaren, langgezogenen Schreie ausstieß. Tachyon stolperte gegen ihn, und fast wären beide gestürzt. »Scheiße, ich wünschte, er würde endlich das Maul halten«, murmelte Fortunato. Er blieb stehen und packte Tachyon am Revers seiner Homo-Jacke. »Hören Sie, halten Sie sich zurück. Er gehört ganz allein mir, verstanden?«

Tachyon betrachtete Fortunatos geschwollene Stirn und die dunklen, zornigen Augen. Dann befreite er sich aus Fortunatos Griff. »So habe ich Sie noch nie erlebt.«

»Nun, bis jetzt haben Sie auch einen Scheißdreck erlebt«, knurrte Fortunato und setzte sich wieder in Bewegung. Der Weltraum-Homo folgte ihm.

♦

Mehrere Sekunden lang schien es so, als wisse niemand, was er tun sollte. Roman hatte sich aufgerappelt und schirmte das offene Computergehäuse mit seinem Körper ab. Kafka war zur Shakti-Vorrichtung gekrochen. Der Stegosaurus sah von einem zum anderen. Sogar Jumpin' Jack Flash schien erstarrt zu sein, als sein Blick von Jane zu der seltsamen Maschine und zu Kafka und dann zu Roman und wieder zurück zu Jane wanderte.

Dann wandte er sich von ihr ab, die Zeit setzte sich wieder in Bewegung, und er richtete den ausgestreckten Arm auf Kafkas Maschine.

»Nicht ihn«, sagte Jane verzweifelt und griff nach ihm, und in diesem Augenblick sagte Demise so leise, dass es kaum zu hören war: »Hey. Du.«

Bevor Jumpin' Jack Flash reagieren konnte, verwandelte sich der Stegosaurus in einen nackten Jungen und dann in einen Tyrannosaurus und warf sich durch den Raum, um seine Zähne in Demises Oberschenkel zu graben. Demise schrie auf, fiel auf den Rücken und rang mit dem Tyrannosaurus. Kafka fing an zu schreien. Plötzlich gab es einen Lichtwirbel und ein Flimmern, und dann stand der Astronom in der Mitte des Raums. Sein Kopf schien direkt einem Albtraum entsprungen zu sein – er hatte ein seltsam gerundetes Maul, eckige Ohren und Schlitzaugen, aber Jane wusste, dass es der Astronom war. Sie hörte Kafka sagen: »Der Gott Setekh!« Sie vermochte nicht zu entscheiden, ob Furcht oder Erleichterung in Kafkas Stimme lag. Der Astronom lächelte Jane zu, und sie sah Blut auf seinen Zähnen und Lippen. Kein Rollstuhl mehr. Er schien von Vitalität und Kraft erfüllt zu sein. Wie um ihre Gedanken zu bestätigen, erhob er sich eineinhalb Meter in die Luft.

Jumpin' Jack Flash wich einen Schritt zurück, hob beide Hände und schaute verwirrt drein. Der Astronom drohte ihm mit dem Finger wie einem unartigen Kind und richtete seine Aufmerksamkeit auf Demise, der sich noch immer mit dem Tyrannosaurus über den Boden wälzte. Einen Augenblick später war der Tyrannosaurus wieder ein nackter Junge.

»Au, Scheiße!«, rief der Junge, indem er sich Demises Griff entwand und zur Tür lief. Gerade als er sie erreichte, tauchte ein großer Schwarzer mit gewölbter Stirn auf der Schwelle auf. Jane keuchte, nicht wegen seines Aussehens, sondern wegen der Aura der Macht, die ihn umgab. Sie spürte, wie die mühsam gezügelten Kräfte die Luft aufluden.

»Ich habe dich gespürt«, sagte der Astronom, »wie du hie und da an den Rändern herumgestochert hast.«

»Mehr als nur herumgestochert, Scheißkerl.« Der Mann straffte sich, sodass er noch größer aussah, und griff nach dem Astronomen, als wollte er ihn umarmen. Der Astronom sank ein wenig herab, immer noch lächelnd.

»Es würde mir Spaß machen, dich auf Herz und Nieren zu prüfen …«, sagte der Astronom, indem er sich zurückzog und durch den Raum zu Kafkas Maschine schwebte. Er schraubte seine Fäuste schroff nach oben. Der große Mann taumelte mehrere Schritte vorwärts, blieb dann stehen und stemmte sich mit gespreizten Beinen gegen den Zug.

»Nicht so schüchtern, Fortunato. Komm näher.« Der Zug an Fortunato schien stärker zu werden. Jumpin' Jack Flash sah Jane an.

»Wenn du noch andere Tricks kennst außer dem, dich zu ersäufen, Honey«, sagte er mit leiser Stimme, »solltest du sie jetzt besser anwenden.«

Ein weiterer Mann erschien in der Tür. Jane blieb gerade genug Zeit, um das unwahrscheinlich rote Haar und die pompöse Kleidung zu bemerken, bevor sie noch mehr Rot sah, einen vollständig roten Mann, der Red zu Boden stieß. Die beiden Gestalten wälzten sich über den Boden, wobei sich Red alle Mühe gab, den anderen Mann am Boden festzunageln. Kim Toy zerrte an ihrem Mann und sagte, er solle es vergessen, einfach vergessen, und sie sollten machen, dass sie hier rauskämen.

Ganz nah bei Kafkas Maschine standen sich noch immer der Astronom und Fortunato gegenüber. Jane hatte das Gefühl, dass der Astronom langsam die Oberhand gewann. Der Ausdruck der Anstrengung auf Fortunatos Gesicht verstärkte sich ebenso wie das seltsame Leuchten, das ihn umgab, und jetzt sprossen ihm auch noch Hörner aus seiner vorgewölbten Stirn. Als Reaktion darauf nahm der Astronom eine Tiergestalt an, die der eines Windhunds mit einem großen gegabelten Schwanz wie ein Giftstachel ähnelte. Janes Angst wurde immer stärker, und es gab niemanden, an dem sie sich festhalten konnte, niemanden, der ihr Schutz oder Trost oder Zuflucht bot.

Der Dinosaurierjunge, der jetzt schlank war und einen langen Schwanz hatte, lief in den Raum zurück, sprang Red an und stieß ihn von dem Mann in der pompösen Kleidung herunter. Kim Toy sprang zurück, und dann verwirrte eine vierte Person die Dinge, indem sie sich auf Kim Toy warf. Mit einem Schock erkannte Jane, dass es Judas war. Blut lief ihm aus den Ohren, aber er schien es nicht zu bemerken, da er sich auf Kim Toys Beine kniete, sie mit einer Hand zu Boden drückte und dann absurderweise anfing, sich die Hose auszuziehen.

Jane schüttelte ungläubig den Kopf. Es war eine verdrehte Vision der Hölle, der Astronom, Roman, der obszöne Computer, Kafka, die Shakti-Vorrichtung, der Dinosaurier und Red, der Schwarze mit seinen Hörnern, der andere Mann – jetzt erkannte sie ihn, es war Tachyon, und er schien benommen zu sein –, Jumpin' Jack Flash, der nichts tun konnte, und dieser niederträchtige Haufen Abschaum, der sie hergebracht hatte – dem sie es gestattet hatte, sie herzubringen, korrigierte sie sich, als sei sie jemandes Hund – und jetzt versuchte, inmitten eines Kampfs auf Leben und Tod Kim Toy zu vergewaltigen.

All das ging ihr in einer Sekunde durch den Kopf, und die Kraft sammelte sich mühelos in ihr und ergoss sich aus ihr.

Diesmal war Judas der Einzige, der nicht bemerkte, was sie tat. Er bekam es nicht mit, nicht einmal, als es ihn traf. Sie hatte ihn lediglich blenden wollen, indem sie eine Flut von Tränen in seinen Augen entstehen ließ, aber ihre Kräfte hatten sich so lange in ihr aufgestaut, ohne ein Ventil zu finden, und in ihrer Angst schätzte sie sie falsch ein. Er bekam es nicht mit, auch nicht, als er hochgerissen wurde. Dann war er nicht mehr da, und an seiner Stelle war jetzt eine Gestalt aus Pulver, die einen unglaublichen Moment lang reglos in der Luft hing, bevor sie sich auflöste. Wasser bespritzte die Wände, den Boden und Kim Toy.

Jane versuchte zu schreien, aber heraus kam nur ein schwaches Seufzen. Alles kam zum Erliegen, sogar der Kampf zwischen Fortunato und dem Astronomen schien an Intensität nachzulassen. Jumpin' Jack Flash schrie: »Keiner rührt sich, sonst macht sie es noch mal!«

Jane brach in Tränen aus.

Der ganze Raum brach in Tränen aus. Plötzlich ging ein Wolkenbruch auf den Raum nieder, und aus allen Richtungen spritzte Wasser. Jumpin' Jack Flash warf sich aus dem Fenster und schwebte reglos in der Luft. »Ersäuf sie oder hör auf damit!«, rief er.

Und dann hörte sie auf, als der Astronom eine schroffe Geste beschrieb. Er bedachte Jane mit einem widerlichen Lächeln. »Mach das noch einmal. Für mich.«

Sie spürte, wie sie von einer unsichtbaren Hand gedreht wurde und sich die Kraft in ihr bündelte, um sich auf den Schwarzen auszurichten, Fortunato …

Der nicht mehr da war, sondern hinter dem Astronomen mit erhobenen Armen über der Shakti-Vorrichtung stand …

Kafka schrie »*NEIN!*«, und das Wort hallte in Janes Bewusstsein wider, als die Kraft gegen ihren Willen aus ihr strömte. Mit letzter Willensanstrengung lenkte sie die Kraft ab, sodass sie alle verfehlte, sogar den Astronomen, und den Computer in dem Augenblick traf, als die Shakti-Vorrichtung mit einem Geräusch zusammenstürzte, das allzu sehr nach einem menschlichen Schrei klang.

Fortunatos Kräfte trafen die Maschine erneut, und ein weiterer Schrei ertönte, diesmal eindeutig menschlich, als die grässlichen lebenden Schaltkreise des Computers zu Staub zerfielen, der über Romans Brust und Arme rieselte.

Fortunato wandte sich dem Astronomen zu und griff nach ihm. Die Tiergestalt schmolz dahin, bis der Astronom wieder seine kleine menschliche Gestalt besaß. Er schwankte einen Moment lang in der Luft, und das Licht, das ihn umgab, trübte sich.

»Idiot«, flüsterte er, aber das Flüstern durchdrang den ganzen Raum und alle darin. »Dämlicher, blinder Nigger-Idiot.« Er sah sie der Reihe nach an. »Ihr werdet alle sterben.«

Und dann verschwand er wie Rauch.

»Warte! Warte, gottverdammt!« Demise rappelte sich auf, wobei er sich sein bereits heilendes Bein hielt. »Du hast es mir versprochen, gottverdammt noch mal, *du hast es mir versprochen*!« Romans Schluchzer waren ein bizarrer Gegensatz zu dem wütenden Gekreische.

Jane spürte, wie ihre Knie nachgaben. Alle Reserven waren verbraucht, und ihr fehlte jede Kraft. Tachyon war neben ihr und stützte sie. »Kommen Sie«, sagte er sanft, indem er sie zur Tür führte. Sie spürte, wie sich etwas über die beginnende Hysterie in ihrem Verstand legte, so behaglich wie eine warme Decke. Halb in Trance ließ sie sich von ihm wegführen. Ein anderer Teil ihres Verstands hörte, wie Kafka ihr etwas zurief, und sie empfand ganz schwach so etwas wie Trauer darüber, dass sie ihm nicht antworten konnte.

♠

Aus dem Schutz einer Baumgruppe beobachtete sie den Abschluss dessen, was später als Große Kreuzgang-Razzia bekannt wurde. Gelegentlich erhaschte sie einen Blick auf Peregrine, die den Turm umsegelte oder Schleifen um Turtles Panzer flog, manchmal in Begleitung eines grazilen, wenn auch – in ihren Augen – ziemlich kleinen Pteranodons. Feuersäulen schraubten sich in die Nacht, schossen durch Dächer, verbrannten Gestein. Vergeblich suchte sie nach einer Spur von Kafka oder Demise in der Gruppe der Leute – Freimaurer, dachte sie kopfschüttelnd ob der Absurdität, *Freimaurer –,* die von Turtles Kräften mühelos emporgehoben und aus der Gefahrenzone entfernt wurden.

»Am Ende habe ich mich um jemanden zu kümmern versucht. Ich habe versucht, mich um den kleinen Jungen zu kümmern«, murmelte sie, wobei ihr egal war, ob Tachyon neben ihr wusste, wovon sie redete, oder nicht. Aber er wusste es. Sie spürte, wie er ihre Gedanken durchforstete, auf ihre Erinnerungen an Debbie und Sal stieß und wie Judas sie gefunden hatte. Und an jeder Stelle, die er berührte, hinterließ er die Wärme von Trost und Verständnis.

Der Howler stieß noch ein letztes grässliches Jaulen aus, aber nur ein kurzes.

Sie hätte geweint, aber sie schien keine Tränen mehr zu haben.

♣

Wenig später rissen sie vertraute Stimmen in die Gegenwart zurück. Jumpin' Jack Flash war mit dem Dinosaurierjungen da, der eine weitere Gestalt angenommen hatte, die sie nicht kannte. (»Iguanodon«, flüsterte ihr Tachyon zu. »Schauen Sie anerkennend drein.« Und irgendwie tat sie das auch.) Fortunato trat aus einem Eingang, in dem die letzten Flammen erstarben. Er schritt über glühende Trümmer hinweg und kam zu ihnen. Er sah noch müder aus, als Jane sich fühlte.

»Ich habe sie verloren«, sagte er zu Tachyon. »Die Schabe, den Todesfreak und den anderen. Den roten Burschen und seine Frau. Sie sind entkommen, wenn Turtle sie nicht geschnappt hat.« Er deutete mit dem Kinn auf Jane. »Wie lautet ihre Geschichte?«

Sie sah an ihm vorbei auf die brennenden Kreuzgänge, riss sich zusammen, tastete nach ihrer Kraft. Es war noch eine überraschende Menge übrig, genug für das, was sie vorhatte.

Wasser ergoss sich auf die Flammen, was ein wenig half, aber nicht viel. Also war doch ein Brandstifter in der Nähe, wenn man einen brauchte, dachte sie mit einem Seitenblick auf Jumpin' Jack Flash.

»Verschwende deine Energie nicht«, sagte er, und wie zur Bestätigung seiner Worte hörte sie das Sirenengeheul sich nähernder Feuerwehrwagen.

»Ich wurde in einer Feuerwache geboren, meine Mutter hat es nicht mehr rechtzeitig ins Krankenhaus geschafft.«

»Faszinierend«, befand Jumpin' Jack Flash, »aber ich muss mich ziemlich rasch verabschieden.« Er sah Tachyon an. »Ich, äh, ich würde gern wissen, woher du mich – äh, *warum* du mich J.J. genannt hast.«

Sie zuckte die Achseln. »J.J. Jumpin' Jack. Es war einfach kürzer.« Ihr gelang ein dünnes Lächeln. »Das ist alles. Wir sind uns nie begegnet. Ehrlich nicht.«

Erleichterung zeichnete sich deutlich auf seinem Gesicht ab. »Aha. Gut, hör zu, irgendwann demnächst könnten wir uns miteinander bekannt machen, und …«

»Sechzig Minuten«, sagte Tachyon. »Ich würde sagen, Sie sind schon viel zu spät dran. Was wir den Cinderella-Faktor nennen könnten. Wenn sich jemand *verplappert*.«

Jumpin' Jack Flash warf ihm einen gemeinen Blick zu, bevor er sich in die Luft erhob. Eine Flammenaura bildete sich um ihn, als er in die Nacht davonraste.

Jane starrte ihm einen Augenblick lang nach, um den Blick dann traurig zu Boden zu richten. »Ich hätte ihm dort drinnen fast wehgetan. Ich *habe* jemandem wehgetan … ich …«

Tachyon legte den Arm um sie. »Lehnen Sie sich an mich. Es ist alles gut.«

Sanft nahm sie seinen Arm von ihrer Schulter. »Vielen Dank, aber ich brauche mich nicht anzulehnen.« *Okay, Sal?*

Sie richtete ihre Aufmerksamkeit wieder auf die brennenden Kreuzgänge und fuhr fort, Wasser auf die verheerendsten Flammen zu gießen.

♥

Demise lag zusammengerollt in einer Gasse und erbebte schaudernd. Sein Bein war so schlimm zugerichtet worden, dass es noch nicht völlig verheilt war, aber es würde verheilen. Das wusste er genauso, wie er wusste, dass er den Astronomen hasste, weil der ihn im Stich gelassen hatte, ihn überhaupt erst mit seinen Versprechungen und Gefälligkeiten eingewickelt hatte. TIAMAT, zum Teufel. Er würde den verdrehten alten Furz erwischen, bevor TIAMAT je herkam, und das war ein Versprechen. Er würde mit dem alten Furz ein Tänzchen aufführen, das er mit in die Hölle nehmen würde.

Er glitt in ein Halbdelirium. Nicht weit entfernt, aber

von ihm unbemerkt, beobachtete Kafka die Zerstörung der Kreuzgänge. Als sich das Wasser aus dem Nichts auf die Flammen ergoss, wandte er sich ab und zwang die kalte Leere des Hasses, in ihm zu bleiben.

♣♦♠♥

Mr. Koyamas Komet

Walter Jon Williams

Teil eins: März 1983

Im Juni 1981 zog sich ein hoher Mitsubishi-Funktionär der dritten Generation, Koyama Eido, unter dem außergewöhnlichen Lob und wohlverdienten Respekt seiner Kollegen und Untergebenen ins Privatleben zurück. Er betrank sich ausgiebig, zahlte seine Geliebte aus und setzte am nächsten Tag einen Plan in die Tat um, an dem er fast vierzig Jahre lang gearbeitet hatte. Er zog mit seiner Frau in ein Haus, das er sich auf der Insel Shikoku gebaut hatte. Das Haus lag in zerklüftetem Gelände auf der Südseite der Insel und war nur schwer zugänglich. Mr. Koyama hatte ein Vermögen für die Verlegung von Telefon- und Stromleitungen bezahlt; das Haus war in einem unüblichen Stil gebaut, hatte ein flaches Dach, das den Widrigkeiten des Wetters nicht sehr gut standhalten würde – aber all das war Mr. Koyama egal. Wichtig war nur, dass das Haus so abgelegen war, dass es kaum Luftverschmutzung gab, dass man nach Osten auf den Pazifik und nach Südwesten auf die Bungostraße hinaussah und die *Sicht* über dem Wasser besser war.

In einem auf dem Flachdach errichteten Verschlag installierte Mr. Koyama ein Vierzig-Zentimeter-Teleskop, das er eigenhändig zusammengebaut hatte. Bei gutem Wetter wollte er es auf die Plattform schieben und den Himmel betrachten, Sterne und Planeten und entfernte Galaxien, wollte sorgfältige Fotos von ihnen machen, sie in seiner Dunkelkammer entwickeln und sich später an die Wände hängen. Doch einfach nur den Himmel zu betrachten, reichte ihm nicht: Mr. Koyama wollte mehr. Er wollte, dass etwas dort oben seinen Namen trug.

Daher ging Mr. Koyama jeden Tag kurz nach Sonnenaufgang und kurz vor Sonnenuntergang mit einem Marinefernglas, das er 1946 in Chiba einem hungernden Ex-U-Boot-Kapitän abgekauft hatte, auf sein Dach. In einen warmen Wollmantel gehüllt, richtete er die Zwölf-Zentimeter-Linsen geduldig auf den Himmel und inspizierte ihn sorgfältig. Er hielt nach Kometen Ausschau.

Im Dezember 1982 entdeckte er einen Kometen, musste sich den Ruhm jedoch bedauerlicherweise mit Seki teilen, einem Kometensucher von einigem Ruf, der den Kometen einige Tage zuvor entdeckt hatte. Mr. Koyama war erzürnt, dass er Seki-Koyama 1982P um etwas mehr als zweiundsiebzig Stunden verpasst hatte, hielt jedoch weiterhin Ausschau, wobei er sich mehr Hingabe und Eifer schwor. Er wollte einen Kometen ganz für sich allein.

Der März 1983 begann kalt und regnerisch. Mr. Koyama zitterte unter seinem Hut und in dem Wollmantel, wenn er den Himmel Nacht für Nacht absuchte. Eine Grippe hielt ihn bis zum zweiundzwanzigsten vom Dach fern, und er nahm verärgert zur Kenntnis, dass Seki und Ikeya in der Zeit, als er bettlägerig gewesen war, gemeinsam einen neuen Kometen entdeckt hatten. Erneut schwor er sich verstärkte Hingabe und Eifer.

Am Morgen des dreiundzwanzigsten fand Mr. Koyama schließlich seinen Kometen. Dort, nahe der noch nicht aufgegangenen Sonne, sah er einen verschwommenen Lichtpunkt. Er nieste, umklammerte das Fernglas fester und sah erneut hin, um Gewissheit zu erlangen. In diesem Bereich des Himmels hätte sich eigentlich nichts befinden dürfen.

Das Herz schlug Mr. Koyama bis zum Halse, als er in das Arbeitszimmer eilte und den Telefonhörer abnahm. Er rief das Telegrafenamt an und schickte ein Telegramm an die Internationale Astronomische Vereinigung. (Telegramme sind ein Muss bei der IAV. Ein Telefonanruf würde als vulgär betrachtet werden.) Während er Stoßgebete an eine ganze Reihe von Göttern richtete, an die er in Wirklichkeit gar nicht glaubte, kehrte Mr. Koyama mit dem merkwürdigen Gefühl auf das Dach zurück, dass sein Komet verschwunden war, während er nicht hingesehen hatte. Er atmete erleichtert auf.

Der Komet war noch da.

♦

Die Bestätigung von der IAV kam zwei Tage später, und sie bestätigte auch, was Mr. Koyama bereits durch seine eigenen Beobachtungen wusste: Koyama 1983D war ein flinker Bursche. Er entfernte sich mit wahnwitziger Geschwindigkeit von der Sonne.

Weitere Berichte zeigten alle möglichen Anomalien auf. Eine routinemäßige Spektralanalyse ergab, dass Koyama 1983D in der Tat ein äußerst merkwürdiger Vogel war: Anstelle der normalen Wasserstoff- und Kohlenstoffverbindungen wies Mr. Koyamas Komet große Mengen Sauerstoff, Stickstoff, Wasserstoff, Kohlenstoff, Silizium und verschiedene Mineralsalze auf. Kurzum, all das, was für organisches Leben erforderlich war.

Sofort brach eine stürmische Kontroverse über Koyamas Kometen aus. Wie anomal war er, und war organisches Leben im kalten, staubigen Umfeld der Oort-Wolke möglich? Mr. Koyama wurde von Teams der BBC und NBC und dem sowjetischen Fernsehen interviewt. Das *Time*-Magazin veröffentlichte seinen Lebenslauf. Er gab bescheidene Kommentare bezüglich seines Amateurstatus und seines Erstaunens über den ganzen Wirbel ab, aber innerlich freute er sich darüber mehr als über alles andere in seinem Leben, die Geburt seines ältesten Sohns eingeschlossen. Seine Frau sah ihn mit dem elastischen Schritt eines Zwanzigjährigen und dem breiten Grinsen eines Clowns im Haus umherschreiten.

Jede Nacht und jeden Morgen war Mr. Koyama auf dem Dach. Es würde schwierig werden, seine Entdeckung zu übertreffen, aber er würde es versuchen.

Teil zwei: Oktober 1985

Der Astronomie wurde dieser Tage infolge des Wiederauftauchens von P/Halley 1982I mehr Beachtung geschenkt, aber Mr. Koyama bewahrte im Angesicht des Tumults die Ruhe. Er war jetzt ein alter Hase. Seit Koyama 1983D hatte er vier weitere Kometen entdeckt, und ihm war ein hervorragender Platz in der Kometengeschichte sicher. Jeder seiner Kometen war vom sogenannten »Koyama-Typ« und wies das merkwürdige Spektrum und die wahnwitzige Geschwindigkeit auf. Kometen vom Koyama-Typ wurden von allen möglichen Amateuren entdeckt, jedes Mal in der Nähe der Sonne.

Die Kontroverse war nicht erloschen, sondern hatte sich im Gegenteil sogar verstärkt. War es möglich, dass ein Kometenschwarm mit organischen Elementen das Sonnensystem passierte, oder handelte es sich um ein ganz gewöhnliches Ereignis, das man bisher nur irgendwie übersehen hatte? Fred Hoyle strahlte und veröffentlichte einen Ich-habe-es-doch-gesagt-Kommentar, in dem er die Theorie von den kosmischen Sämlingen wiederaufwärmte, die organisches Leben enthielten. Selbst seine erbittertsten Gegner räumten ein, dass diese Runde möglicherweise an den lästigen alten Mann aus Yorkshire ging.

Mr. Koyama bekam viele Einladungen zu Vorträgen, lehnte jedoch alle ab. Zeit auf einer Vortragsreise war Zeit, die er nicht in seinem Dachobservatorium verbringen konnte. Der gegenwärtige Rekord von einer Person entdeckter Kometen stand bei neun und wurde von einem australischen Minister gehalten. Mr. Koyama würde die Ehre für Japan erobern oder bei dem Versuch sterben.

Teil drei: Ende Juni 1986

Da: ein weiterer Komet, kaum sichtbar, der ganz nahe der Sonne über den Himmel jagte. Das machte insgesamt sechs. Mr. Koyama ging in sein Arbeitszimmer und rief das Telegrafenamt an. Sein Puls beschleunigte sich. Er brauchte dringend die Bestätigung – keine Bestätigung der Entdeckung, sondern eine des Spektrums.

Mr. Koyama kletterte in der Rangliste der Kometen-Entdecker beständig aufwärts, und dies in einer Phase nervöser, intensiver Himmelsbeobachtung. Die Leute schauten dieser Tage sehr viel nach oben, in der Hoffnung, die dunkle, nichtreflektierende Schwarmmutter zu finden, die angeblich irgendwo in der Nähe lauerte. Doch es war nicht die Aussicht auf Nummer sechs, die Mr. Koyama so erregte – mittlerweile ließ ihn die Entdeckung neuer Kometen sogar ziemlich kalt. Was er brauchte, war die Bestätigung seiner neuen Theorie.

Mr. Koyama nahm die Glückwünsche des Telegrafenbeamten entgegen und legte auf. Stirnrunzelnd betrachtete er die Tabelle auf seinem Schreibtisch. Sie legte etwas nahe, von dem er glaubte, dass es ihm als Einzigem aufgefallen war. Es war etwas, das nur von Leuten bemerkt wurde, die ihre Nächte auf Dächern verbrachten, die Stunden und Tage zählten, den Tau abschüttelten und immer wieder Teile des Sternenhimmels durch große Linsen betrachteten.

Die Kometen vom Koyama-Typ schienen nicht nur ein merkwürdiges organisches Spektrum und eine ungewöhnlich hohe Geschwindigkeit aufzuweisen, sondern darüber hinaus eine noch merkwürdigere Periodizität. Ziemlich genau im Abstand von drei Monaten tauchte ein neuer Koyama-Komet in der Nähe der Sonne auf. Es war, als speie die Oort-Wolke zur Begrüßung jeder neuen irdischen Jahreszeit einen Ball mit organischen Stoffen aus.

Lächelnd genoss Mr. Koyama die Vorstellung, welche Sensation seine Entdeckung hervorrufen und welche Panik unter den Kosmografen ausbrechen würde, wenn sie versuchten, neue Formeln auszuarbeiten, um eine Erklärung zu finden. Sein Platz in der Welt der Astronomie war gesichert. Koyama-Kometen wiesen eine ähnliche Regelmäßigkeit auf wie Planeten. In gewisser Weise, dachte er, hatte er Glück gehabt, dass der Schwarm gelandet war, weil diese Beobachtung sonst womöglich schon früher gemacht worden wäre ...

Der Gedanke hallte in seinem Verstand nach. Mr. Koyamas Lächeln verwandelte sich in ein Stirnrunzeln. Er sah auf seine Tabelle und stellte im Kopf ein paar Berechnungen an. Sein Stirnrunzeln vertiefte sich. Er nahm einen Taschenrechner und überprüfte seine Berechnungen. Sein Herz tat einen Sprung. Er setzte sich rasch.

Der Schwarm: eine harte, kilometerlange Hülle, die riesige Mengen Biomasse schützte. Solch ein Gebilde musste anfällig für Temperaturveränderungen sein. Wenn es in die Nähe der Sonne kam, würde es die überschüssige Hitze abbauen müssen. Das Ergebnis wäre eine Fluoreszenz, die große Ähnlichkeit mit einem Kometen aufwies.

Angenommen, der Schwarm befand sich in einer schnellen Umlaufbahn mit der Sonne an einem Scheitelpunkt und der Erde am anderen. Da sich die Erde relativ zur Sonne bewegte, würde die Umlaufbahn sehr kompliziert, aber nicht unmöglich sein. Doch bei all den Sichtungen von Kometen des Koyama-Typs musste es möglich sein, die ungefähre Position des Schwarms zu ermitteln. Ein paar hundert Raketen mit Atomsprengköpfen würden den Krieg der Welten mit einem großen Knall beenden.

»Muthafucka«, hauchte Mr. Koyama, ein starkes Wort, das er während der Besatzung von GIs gelernt hatte. Wem zum Teufel sollte er davon erzählen? Die IAV war das falsche Forum. Dem Premierminister? Der Jieitai?

Nein. Sie hatten keinen Grund, einem Geschäftsmann im Ruhestand zu glauben, der sie anrief und ihnen etwas vom Schwarm vorfaselte. Wie die Dinge standen, erhielten sie zweifellos bereits genügend ähnliche Anrufe.

Er würde seine ehemaligen Kollegen bei Mitsubishi anrufen. Sie hatten genug Einfluss, um dafür zu sorgen, dass er angehört wurde.

Als er nach dem Telefon griff und zu wählen begann, spürte Mr. Koyama, wie ihm das Herz in die Hose sank. Sein Platz in der Astronomiegeschichte war gesichert, das wusste er, aber nicht so, wie er sich das vorgestellt hatte. Statt sechs Kometen hatte er nur einen verdammten Hefeklumpen entdeckt.

♣♦♠♥

Toter als tot

John J. Miller

I.

Brennan folgte dem Mercedes voller Makelloser Silberreiher zum Friedhofstor in einem grauen BMW, den er der Gang drei Tage zuvor gestohlen hatte.

Er hielt hundert Meter hinter ihnen mit ausgeschalteten Scheinwerfern an, während einer der Silberreiher aus dem Mercedes ausstieg und das schief hängende schmiedeeiserne Friedhofstor öffnete. Er wartete, bis sie auf den Friedhof gefahren waren, glitt dann aus dem BMW, nahm seinen Bogen und den Köcher mit Pfeilen vom Rücksitz, zog sich die Kapuze über den Kopf und folgte ihnen.

Die einen Meter achtzig hohe Ziegelmauer um den Friedhof war mit dem Schmutz der Stadt bedeckt und vom Alter bröckelig. Er zog sich mühelos hoch und ließ sich auf der anderen Seite fallen, ohne ein Geräusch zu verursachen.

Der Mercedes befand sich irgendwo im Zentrum des Friedhofs. Der Fahrer stellte den Motor ab und schaltete die Scheinwerfer aus. Wagentüren öffneten sich und schlugen wieder zu. Von seinem derzeitigen Standort konnte er nichts Weltbewegendes erkennen, also musste er näher an die Silberreiher heran.

Es war eine dunkle Nacht, da sich der Vollmond immer wieder hinter dichten, treibenden Wolkenbänken verbarg. Die wild wachsenden Bäume auf dem Friedhof schirmten den größten Teil des Lichts ab, das von der Stadt einfiel. Er bewegte sich langsam in der Dunkelheit, und die Geräusche, die er dabei machte, wurden vom Wind übertönt, der mit hundert flüsternden Stimmen durch das Geäst der Bäume fuhr.

Ein Schatten bewegte sich zwischen den Bäumen, und Brennan ging hinter einem alten Grabstein in Deckung, der sich wie ein verwachsener Zahn im Mund eines verwahrlosten Giganten zur Seite neigte. Er beobachtete, wie drei der Silberreiher ein Mausoleum betraten, das früher einmal das krönende Glanzstück des Friedhofs gewesen war. Es war das Monument einer einst reichen und nun vergessenen Familie, das man ebenso hatte verfallen lassen wie den Rest des Friedhofs. Der Marmor seiner Außenmauern war vom sauren Regen und Vogelkot angefressen, und die goldenen Verzierungen waren mit den Jahren der Vernachlässigung abgeblättert. Einer der Silberreiher blieb zurück, während die anderen durch das schmiedeeiserne Tor in das Mausoleum gingen. Er schloss die Tür hinter den anderen und lehnte sich gegen die Mauer der Grabstätte. Er zündete sich eine Zigarette an, und sein Gesicht wurde kurz von der Flamme des Streichholzes erhellt. Es war Chen, der Leutnant der Silberreiher, den Brennan seit zwei Wochen verfolgte.

Brennan duckte sich stirnrunzelnd hinter den Grabstein. Er wusste seit Vietnam, dass Kien sein Heroin über eine Chinatown-Straßengang mit dem Namen Makellose Silberreiher in die Staaten brachte. Er hatte die Gang ausgekundschaftet und sich an Chens Fersen geheftet, der einen ziemlich hohen Rang in der Organisation zu bekleiden schien. Er hoffte, unwiderlegbare Beweise für eine Verbindung zwischen den Silberreihern und Kien zu finden. In den letzten paar Wochen war er Zeuge eines guten Dutzends Straftaten gewesen, aber über Kien hatte er überhaupt nichts herausgefunden.

Eines war unerklärlich: In den letzten Wochen waren unglaubliche Mengen Heroin in die Stadt geflossen, so viel, dass der Straßenpreis gefallen und eine Rekordanzahl von Junkies an einer Überdosis gestorben war. Die Makellosen Silberreiher verkauften das Heroin zu Tiefstpreisen und machten der Mafia und Sweet Williams' Harlemer Truppe die Kunden streitig. Doch Brennan war es nicht gelungen herauszufinden, wie sie so billig an solche Mengen Stoff herankamen.

Noch länger hinter dem Grabstein zu hocken brachte ihn auch nicht weiter. Die Antworten, falls der Friedhof welche bereithielt, würden sich in dem Mausoleum finden.

Nachdem er sich einmal entschlossen hatte, zog er einen Pfeil aus dem Köcher, der mit Klettband am Gürtel befestigt war, und legte ihn auf die Sehne. Er atmete tief und gleichmäßig, einmal, zweimal, hielt dann den Atem an und erhob sich. Dabei sah er den Namen, der in den verwitterten Grabstein eingemeißelt war. Archer*. Er hoffte, dass der Name kein schlechtes Omen war.

Es war kein schwieriger Schuss, aber er bemühte dennoch seine Zen-Ausbildung, um seinen Geist zu klären und die Muskeln zu beruhigen. Sein Ziel lag zwei Handspannen unterhalb und ein wenig links von der aufglühenden Zigarette; als der richtige Zeitpunkt gekommen war, ließ er die Bogensehne los.

Sein Kompositbogen hatte elliptische Nocken, die die Zugkraft von hundertzwanzig Pfund auf sechzig reduzierten, sobald der Spannungspunkt erreicht war. Die Nylon-Bogensehne surrte und ließ den Pfeil durch die Nacht schnellen wie einen Falken, der auf ein argloses Ziel herabstieß. Als der Pfeil traf, hörte er einen dumpfen Schlag und ein ersticktes Ächzen. Wie ein vorsichtiges Tier glitt er aus den Schat-

* Archer = Bogenschütze – *Anm. des Übersetzers*

ten und rannte zu der Stelle, wo Chen vor der Mausoleumsmauer zusammengebrochen war.

Er verweilte lange genug, um sich zu vergewissern, dass Chen tot war, und um eine seiner Karten, ein Pik-Ass, auf die Pfeilspitze zu spießen, die aus Chens Rücken ragte.

Er legte einen neuen Pfeil auf die Sehne und öffnete die quietschende Tür, die das Innere des Grabmals vor der Außenwelt verbarg. Im Innern des Mausoleums führte eine Treppe ein Dutzend Stufen zu einer weiteren Tür hinab, die in ein trübes Licht getaucht war, das in einer dahinterliegenden Kammer brannte. Er wartete einen Augenblick, lauschte und ging dann lautlos die Treppe hinab. Er blieb vor der Tür der Innenkammer stehen, um erneut zu lauschen. Jemand bewegte sich dort drinnen. Er zählte langsam bis zwanzig, hörte jedoch nur leise, scharrende Schritte. Er war bis hierher gekommen, da hatte es keinen Sinn, jetzt wieder umzukehren.

Brennan hechtete durch die Tür und kam auf einem Knie hoch, die Bogensehne bis zum Ohr gespannt. Ein Mann in den Farben der Makellosen Silberreiher befand sich in dem Raum. Er zählte Plastikbeutel mit weißem Pulver und führte Buch auf einem Notizblock, den er in der Hand hielt. Sein Mund öffnete sich in fassungslosem Erstaunen, als Brennan den Pfeil abschoss. Er traf den Mann hoch in der Brust und schleuderte ihn rückwärts über den kniehohen Stapel Plastikbeutel.

Brennan eilte durch die Kammer, aber als er den Mann erreichte, war dieser ebenso tot wie alle anderen Bewohner des Friedhofs. Brennan wandte den Blick von der Leiche ab und sah sich um.

Was war mit den beiden anderen Schneevögeln geschehen, die in die Grabstätte gegangen waren? Sie hatten sich in Luft aufgelöst – oder waren durch eine verborgene Geheimtür verschwunden.

Er streifte sich den Bogen wieder über die Schulter und untersuchte die Mauern, indem er mit den Händen über sie strich und nach verborgenen Kanten oder Ritzen suchte, wobei er immer wieder gegen das Gestein klopfte und auf ein hohl klingendes Geräusch lauschte. Er hatte eine Wand vollständig untersucht, ohne etwas gefunden zu haben, und begann gerade mit der zweiten, als er ein gedämpftes Zischen in seinem Rücken hörte und einen feuchtwarmen Luftzug spürte.

Er wirbelte herum. Der Ausdruck des Erstaunens auf seinem Gesicht entsprach dem der beiden Männer, die aus dem Nichts mitten in dem Mausoleum erschienen waren. Einer, der die Farben der Silberreiher trug, hatte Satteltaschen auf den Schultern. Der andere, ein dünner, reptilienhaft aussehender Joker, trug etwas, das wie eine Bowlingkugel aussah. Sie hatten sich tatsächlich in Luft aufgelöst, wurde Brennan verblüfft klar. Und jetzt waren sie wieder da.

Der Silberreiher mit den prall gefüllten Satteltaschen war ihm am nächsten. Brennan riss seinen Bogen von der Schulter, schwang ihn wie einen Baseballschläger und traf den Silberreiher seitlich am Kopf. Der Mann ging ächzend zu Boden und fiel direkt neben die heroinbeladene Palette.

Der Joker wich zischend zurück. Er war größer als Brennan und so dünn, dass er ausgemergelt aussah. Sein Schädel war haarlos, seine Nase eine Knolle mit zwei geblähten Nüstern. Überlange Eckzähne ragten aus seinem Oberkiefer. Seine Augen blinzelten nicht, als er Brennan anstarrte. Als er seinen lippenlosen Mund öffnete und zischte, entblößte er eine lange, gegabelte Zunge, die hektisch in Brennans Richtung zuckte. Er packte die Bowlingkugel fester.

Nur dass es keine Bowlingkugel war, die der Joker hielt. Das Ding hatte die richtige Form und Größe, aber es hatte keine Löcher für die Finger, und während Brennan das Ding noch betrachtete, begann die Luft in seiner Umgebung zu flimmern, da sich eine Energie aufzubauen schien. Offensichtlich handelte es sich um ein Gerät, das es dem Joker und seinem Kumpan ermöglicht hatte, sich im Mausoleum zu materialisieren. Sie benutzten es, um das Heroin herzubringen – von irgendwoher. Und der Joker wollte es wieder aktivieren.

Brennan schwang seinen Bogen nach dem Joker, der mit müheloser, leichter Eleganz auswich. Das Flimmern um das Ding wurde stärker. Brennan ließ den Bogen fallen und ging zum Nahkampf über, entschlossen, dem Joker den Apparat zu entreißen, bevor dieser entkommen oder die Energien des Dings gegen ihn einsetzen konnte.

Der Joker ließ sich widerstandslos packen, aber dann stellte Brennan fest, dass sein Gegner unerwartet stark war. Der Joker wand sich in Brennans Griff auf eine seltsam geschmeidige Art, als seien seine Knochen unvorstellbar biegsam. Einen Moment lang zerrten sie aneinander, dann starrte Brennan den Joker direkt an, dessen Gesicht nur ein paar Zentimeter von seinem entfernt war.

Die lange, groteske Zunge des Jokers zuckte vor und strich auf eine zögerliche, beinahe sinnliche Art über Brennans Gesicht. Brennan zuckte unwillkürlich zurück und bot dem größeren Joker dadurch unfreiwillig Hals und Kehle dar. Das Reptilienwesen sprang vor, wobei es den seltsamen Apparat losließ, und presste den Mund auf Brennans Halsansatz.

Brennan spürte, wie sich die Zähne des Jokers in seinen Hals bohrten. Der Joker bewegte den Mund und pumpte Speichel in die Wunde. Die Umgebung der Bisswunde wurde augenblicklich taub, und Brennan geriet in Panik.

Das Entsetzen verlieh ihm zusätzliche Kräfte, die ihn befähigten, sich von dem Joker loszureißen. Er spürte, wie sein Hals aufgerissen wurde und ihm Blut über Kehle und Brust lief. Die Taubheit breitete sich rasch auf seine ganze rechte Seite aus.

Der Joker ließ Brennan mit dem Apparat zurückweichen. Er lächelte grausam und leckte sich mit seiner gegabelten Zunge Brennans Blut vom Kinn.

Er hat mich vergiftet, dachte Brennan, der die Symptome eines schnell wirkenden Nervengifts erkannte. Er wusste, dass er in der Klemme saß. Er war kein Ass. Er hatte keinen besonderen Schutz, keine außergewöhnlichen Abwehrkräfte, keine Rüstung oder übermenschliche Konstitution. Der Joker war von der Wirksamkeit des Gifts offenbar überzeugt. Er hielt sich zurück, um Brennan sterben zu sehen. Brennan wusste, dass er rasch Hilfe brauchte. Es gab nur eine Person, die vielleicht in der Lage war, den Schaden rückgängig zu machen, den das Gift bereits in seinem Körper angerichtet hatte. Sie befand sich in diesem Moment in Tachyons Jokertown-Klinik, aber es gab keine Möglichkeit, sie zu erreichen. Er hatte bereits Mühe, sich auf den Beinen zu halten, da sein Herz das Gift in jede Zelle seines Körpers pumpte.

Mai konnte ihm helfen, wenn er zu ihr gelangte.

In einem Aufbranden verzweifelter Energie schrie Brennan lautlos ihren Namen. *Mai!*

Trüb war er sich der pulsierenden Energie in dem Apparat bewusst, den er an die Brust gedrückt hatte. Er fühlte sich warm und tröstlich an, und er umklammerte ihn noch fester. Das Lächeln des Jokers verwandelte sich in ein Stirnrunzeln. Er zischte und sprang vorwärts. Brennan konnte sich nicht bewegen, aber das spielte keine Rolle.

Er erlebte einen Augenblick Übelkeit erregender Desorientierung, die sein betäubter Geist und sein tauber Körper nur halb spürten, und dann befand er sich plötzlich in einem hell erleuchteten Flur mit pastellfarbenen Wänden. Mai stand dort und unterhielt sich mit einem kleinen, ziemlich stutzerhaft gekleideten Mann, der lange, lockige rote Haare hatte.

Sie drehten sich um und musterten ihn erstaunt. Brennan selbst war über derartige Empfindungen hinaus.

»Gift«, krächzte er durch steife, schwere Lippen; er brach zusammen, wobei er den Apparat fallen ließ, und versank in tiefe Dunkelheit.

♠

Es war eine wogende, strahlende Dunkelheit, die nach moschusartigen Dschungelgerüchen duftete. Die winzigen Lichtpünktchen, die er wahrnahm, waren die glühenden Zigarettenspitzen der Männer und die weit entfernten, über den vietnamesischen Himmel versprengten Sterne. Er war von Stille umgeben, die nur durch leise Atemgeräusche und tierische Laute aus den Tiefen des Dschungels unterbrochen wurde. Er warf einen Blick auf das Leuchtzifferblatt seiner Armbanduhr. Vier Uhr früh.

Gulgowski, sein Sergeant, hockte neben ihm im Unterholz.

»Er hat Verspätung«, zischte Gulgowski.

Brennan zuckte die Achseln. »Hubschrauber haben immer Verspätung. Er wird schon kommen.«

Der Sergeant grunzte etwas Unverständliches. Brennan lächelte in die Nacht hinein. Gulgowski war immer der Pessimist, immer derjenige, der die Schattenseite der Dinge sah. Aber das hielt ihn nie davon ab, sein Äußerstes zu geben, wenn es haarig wurde, hielt ihn nie davon ab, die anderen aufzurichten, wenn sie das Gefühl hatten, dass alles hoffnungslos war.

Aus weiter Ferne kam das schrappende Geräusch eines Hubschraubers. Brennan drehte sich zu ihm um und grinste. Gulgowski spuckte auf den Dschungelboden.

»Sagen Sie den Männern, sie sollen sich fertig machen. Und lassen Sie die Aktentasche nicht aus den Augen. Es hat 'ne Menge gekostet, sie zu bekommen.«

Mendoza, Johnstone, Big Al … drei der zehn ausgesuchten

Männer des Zugs, den Brennan in ein Kommandounternehmen gegen regionale Vietcong-Hauptquartiere geführt hatte, waren tot. Aber sie hatten ihr Ziel erreicht. Sie hatten Dokumente erbeutet, die bewiesen, was Brennan schon seit langer Zeit vermutete. Sowohl in der vietnamesischen Armee als auch in der Armee der Vereinigten Staaten gab es Männer, die korrupt waren und mit dem Feind zusammenarbeiteten. Er hatte nur einen flüchtigen Blick auf die Papiere werfen können, bevor er sie in die Aktentasche gestopft hatte, aber sie hatten seinen Verdacht bestätigt, dass der General der ARVN namens Kien der größte Dieb und der schlimmste Verräter von allen war. Diese Papiere waren sein Todesurteil.

Der Hubschrauber landete auf der Lichtung, und Gulgowski, der die Beweise an sich drückte, die eine Gruppe von Männern als Verräter brandmarkte, scheuchte die anderen zu ihrem Heimatexpress. Brennan wartete im Unterholz und beobachtete den Pfad, über den der Vietcong, der ihnen auf den Fersen war, jeden Moment kommen musste. Endlich überzeugt, dass sie die Verfolger abgeschüttelt hatten, wich er langsam rückwärts auf die Lichtung zu, als unerwartet Schüsse durch die Nacht hallten.

Er hörte die Schreie seiner Männer, drehte sich halb um und spürte einen sengenden Schmerz, als eine Kugel seine Stirn streifte. Er ging zu Boden, sein Gewehr wurde in die Dunkelheit geschleudert. Die Schüsse waren von der Lichtung gekommen. Aus dem Hubschrauber.

Er lag still auf dem Boden und starrte mit schmerzvernebelten Augen auf die Lichtung. Seine Männer lagen tot im Sternenlicht. Alle. Andere Männer wanderten zwischen ihnen umher und durchsuchten sie. Er blinzelte sich Blut aus den Augen, als einer der Suchenden, der einen Drillich nach Art der ARVN trug, Gulgowski mit einer Pistole in den Kopf schoss. Der Sergeant hatte gerade versucht aufzustehen.

Der Strahl einer Taschenlampe beleuchtete das Gesicht des

Mörders. Es war Kien. Brennan verbiss sich die Flüche, die ihm auf den Lippen lagen, während er mit ansah, wie einer von Kiens Handlangern Gulgowski die Aktentasche aus den starren Händen wand und sie Kien gab, der den Inhalt kurz durchblätterte, zufrieden nickte und die Dokumente dann einzeln verbrannte. Während das Papier zu Asche zerfiel, starrte Kien hinaus in den Dschungel und hielt, das wusste Brennan, nach ihm Ausschau. Er verfluchte den lähmenden Schock, der von seinem Körper Besitz ergriffen hatte und ihn wie im Fieber zittern ließ. Das Letzte, woran er sich erinnerte, war Kien, wie er zum Hubschrauber ging. Dann ließ ihn der Schock das Bewusstsein verlieren.

Es gab kein Licht in der Dunkelheit, aber plötzlich lagen Hände aus kaltem Feuer auf seinen Wangen. Sie brannten in einer beruhigenden Berührung. Er spürte, wie all sein Schmerz, sein Kummer und seine Wut Stück für Stück von ihm genommen wurden wie ein abgetragener Mantel. Er seufzte tief, zufrieden damit, in der heilenden Dunkelheit zu bleiben, als eine Woge unbeschreiblicher Gelassenheit über ihn hinwegspülte. Für ihn war es vorbei, dachte er, der Kampf und das Töten. Das Töten hatte ohnehin zu nichts geführt. Das Böse lebte. Das Böse und Kien. Er hat meinen Vater getötet, aber ich kann ihm, sollte ihm nichts tun. Es ist falsch, einem anderen denkenden Wesen Schaden zuzufügen, falsch …

Verwirrt zwang sich Brennan, die Augen zu öffnen. Er war nicht in Vietnam. Er war in einem Krankenhaus. Nein, in der Jokertown-Klinik von Dr. Tachyon. Ein Gesicht war gegen seines gepresst, die Augen geschlossen, den Mund fest zusammengekniffen. Jung, feminin, auf eine heitere, gelassene Art wunderschön, wenngleich von extremem Schmerz erfüllt. Mai. Das lange, glänzende Haar hüllte ihr Gesicht ein wie die Schwingen eines Vogels. Ihre Hände lagen auf seinen Wangen. Blut lief zwischen ihren gespreizten Fingern hindurch und über die Handrücken.

Sie benutzte ihre Wild-Card-Kraft, um die Schäden, die sein Körper erlitten hatte, zu übernehmen, Reparaturen vorzunehmen und Brennans Körper zu befehlen, dasselbe zu tun. Ihr Wesen und ihr Verstand hatten sich vermischt, und für einen Augenblick wurde er ein Stück von ihr, während sie ein Stück von ihm wurde. In einer wirren Verschmelzung ihrer Erinnerungen durchlebte er Mais Kummer über den Tod ihres Vaters durch die Hände von Kiens Männern.

Sie öffnete die Augen und lächelte mit der heiteren Gelassenheit einer Madonna.

»Captain Brennan«, sagte sie mit einer Stimme, die so leise war, dass nur er sie hören konnte. »Sie sind wieder wohlauf.«

Sie nahm die Hände von seinen Wangen, und die Vermischung ihres Verstands endete mit der Unterbrechung des Körperkontakts. Er seufzte, weil er ihre Berührung sofort vermisste, vor allem die Gelassenheit, die er in tausend Jahren nicht wiederfinden würde.

Der Mann, der mit Mai im Flur gestanden hatte, trat an sein Bett. Es war Dr. Tachyon.

»Eine Zeit lang stand es auf Messers Schneide«, sagte Tachyon mit besorgter Miene. »Dem Ideal sei Dank für Mai …« Seine Stimme verlor sich, während er Brennan eingehend musterte. »Was ist passiert? Wie kommt es, dass Sie im Besitz des Singularitätswandlers sind?«

Brennan richtete sich vorsichtig auf. Die Taubheit war aus seinem Körper gewichen, aber er fühlte sich noch ein wenig schwindlig und desorientiert von Mais Behandlung.

»Heißt der Apparat so?«, fragte er.

Tachyon nickte.

»Was ist das für ein Ding?«

»Eine Teleportationsvorrichtung. Eines der seltensten Artefakte in der Galaxis. Ich hielt ihn für verschwunden, für immer verloren.«

»Dann gehört er Ihnen?«

»Ich hatte ihn eine Weile.« Tachyon erzählte Brennan die Geschichte des von Hand zu Hand wandernden Singularitätswandlers, wenigstens so weit er sie kannte.

»Wie haben ihn die Silberreiher bekommen?«

»Wie bitte?« Tachyon sah von Brennan zu Mai. »Silberreiher?«

»Eine Straßengang aus Chinatown. Die Makellosen Silberreiher. Sie sind auch als Schneevögel bekannt, weil sie einen Großteil des Handels mit harten Drogen in dieser Stadt kontrollieren. Offenbar haben sie den Apparat dazu benutzt, Heroin zu schmuggeln. Ich habe ihnen das Ding abgenommen, wurde dabei aber von einem ihrer … ausgefalleneren Mitglieder verwundet.«

»Der Wandler verschwand nach unserer Landung in Harlem«, sagte Tachyon. »Vielleicht war ein Silberreiher in der Menge, die sich um uns versammelt hat?«

»Und hat ihn dann mitgenommen, weil er wusste, worum es sich handelte? Unwahrscheinlich«, sagte Brennan leise, den Blick nach innen gerichtet. »Sehr unwahrscheinlich. Außerdem gehört Harlem nicht zum Revier der Silberreiher. Sie haben Spione und Mittelsmänner dort, aber nicht viele.«

»Nun, wie er auch aufgetaucht sein mag, ich bin froh, dass er wieder da ist«, sagte Tachyon. »Er bietet uns eine ausgezeichnete Alternative zu Lankesters idiotischem Plan, den Schwarm im Weltraum anzugreifen.«

»Den Schwarm?« Brennan wusste von den halb intelligenten außerirdischen Invasoren, die in den vergangenen Monaten versucht hatten, auf der Erde Fuß zu fassen, aber die Kampfvorbereitungen waren ihm entgangen. »Welchen Nutzen könnte dieses Wandlerding gegen den Schwarm haben?«

»Das ist eine lange Geschichte.« Tachyon seufzte und fuhr sich durch die Haare. »Ein Angehöriger des Innenministeriums namens Lankester leitet die Anti-Schwarm-Einsatztruppe. Er bedrängt mich seit Wochen, meinen Einfluss bei den Assen zu benutzen, um sie zu einem Angriff auf die Schwarmmutter – dem Ausgangspunkt der Angriffe – zu überreden, die sich auf einer exzentrischen Umlaufbahn um die Sonne befindet. Natürlich ist das eine unsinnige Idee. Es wäre selbst für die mächtigsten Asse Selbstmord, das Ding anzugreifen. Es wäre so, als würden sich ein paar Mücken auf einen Elefanten stürzen. Mit dem Singularitätswandler bieten sich jedoch ein paar interessante Möglichkeiten.«

»Kann er einen Menschen so weit teleportieren?«, fragte Brennan, der nun selbst einige der Möglichkeiten sah.

»Jemand, der mit ihm völlig unvertraut ist wie zum Beispiel Sie selbst«, sagte Tachyon, »könnte den Wandler nur für Sprünge über geringe Entfernungen benutzen. Es bedürfte eines sehr starken Telepathen, um die Schwarmmutter zu erreichen. Aber es wäre möglich. Ein Mann könnte in das Innere des Dings springen. Ein Mann, der zum Beispiel mit einem taktischen Atomsprengkopf bewaffnet wäre.«

Brennan nickte. »Ich verstehe.«

»Dessen war ich mir sicher. Ich erkläre Ihnen all das, weil der Singularitätswandler, pragmatisch gesprochen, Ihnen gehört.«

Brennan sah von Tachyon zu Mai, die schweigend neben dem Bett stand, und dann wieder zu Tachyon. Er hatte das Gefühl, dass Mai Tachyon etwas über ihn erzählt hatte, aber er wusste, dass Mai dem Doktor nur das erzählt haben würde, was sie erzählen musste. Und auch das nur, weil sie ihm vertraute.

»Ich stehe in Ihrer Schuld«, sagte Brennan. »Er gehört Ihnen.«

Tachyon umschloss Brennans Unterarm auf eine warme, freundliche Art.

»Vielen Dank«, sagte er. Er warf einen Blick auf Mai,

wandte sich dann aber sofort wieder an Brennan. »Ich weiß, dass Sie in irgendeine Vendetta mit Leuten hier aus der Stadt verwickelt sind. Mai hat mir etwas darüber erzählt, als sie mir Ihren Hintergrund und Ihre Fähigkeiten erklärte. Keine Einzelheiten. Es waren keine notwendig.« Er hielt inne. »Ich kenne mich nur allzu gut mit Ehrenschulden aus.«

Brennan nickte. Er glaubte Tachyon und vertraute ihm bis zu einem gewissen Grad. Tachyon hatte wahrscheinlich nichts mit Kien zu tun, wohl aber eines der Asse, die bei ihm gewesen waren – Turtle, Fantasy oder Trips. Eines dieser Asse musste den Wandler gestohlen und ihn Kien gegeben haben. Und eines Tages würde Brennan herausfinden, welches Ass es gewesen war.

II.

Brennan verließ die Klinik kurz vor Mitternacht und ging nach Hause zu seinem Einzimmerapartment am Rande Jokertowns, das seine Operationsbasis war. Dem Apartment mit Badezimmer, Kochnische und einem Wohnzimmer mit Schlafcouch, altem Schaukelstuhl und einer Werkbank haftete eine Atmosphäre des organisierten Chaos an. Die Werkbank quoll über von Gegenständen, die jeder Bogenmacher sofort erkennen würde. Und von anderen, die kein Bogenmacher erkennen würde.

Er zog die Couch aus, entkleidete sich und legte sich mit einem tiefen Seufzer völliger Erschöpfung hin. Er schlief vierundzwanzig Stunden, in denen der Heilungsvorgang beendet wurde, den Mai eingeleitet hatte. Er erwachte mit Heißhunger und machte sich gerade etwas zu essen, als es an der Tür klopfte. Er warf einen Blick durch den Spion. Wie erwartet, war es Mai, die einzige Person, die wusste, wo er wohnte.

»Ärger?«, fragte Brennan, als er die Sorge in ihren sonst so sanften Zügen sah. Er trat beiseite, um sie einzulassen.

»Ich weiß es nicht. Ich glaube schon.«

»Erzähl mir davon.« Er ging hinter die Anrichte, die die Kochnische vom Rest des Apartments trennte, und goss Wasser aus dem pfeifenden Kessel in zwei kleine, henkellose Teetassen. Sie waren aus Porzellan und in den Farben eines Traums handbemalt. Sie waren außerdem älter als die Vereinigten Staaten und die kostbarsten Gegenstände, die Brennan besaß. Eine Tasse gab er Mai, die in dem Schaukelstuhl saß, und setzte sich ihr gegenüber auf das zerwühlte Bett.

»Es ist Dr. Tachyon.« Sie nippte an dem heißen, aromatischen Tee und suchte offenbar nach den richtigen Worten. »Er verhält sich … sonderbar.«

»Inwiefern?«

»Er ist sehr brüsk, streng. Und er vernachlässigt seine Patienten.«

»Seit wann?«

»Seit gestern, seit seiner Rückkehr aus der Besprechung mit dem Mann vom Innenministerium. Und da ist noch etwas.«

Sie balancierte die kostbare Teetasse auf dem Schoß und zog eine zusammengefaltete Zeitung aus der Handtasche, die sie neben dem Schaukelstuhl abgestellt hatte.

»Haben Sie das schon gesehen?«

Brennan schüttelte den Kopf.

Die Schlagzeile lautete: TACHYON SOLL ANGRIFF DER ASSE GEGEN BEDROHUNG AUS DEM ALL ANFÜHREN. Ein Bild unter den fett gedruckten Großbuchstaben zeigte Tachyon neben einem Mann, der als Alexander Lankester, Leiter der Anti-Schwarm-Einsatztruppe, ausgewiesen wurde. In dem Artikel wurde mitgeteilt, dass Tachyon Asse rekrutierte, die ihn bei einem Angriff auf die Schwarmmutter begleiten sollten, welche die Erde außerhalb der Reichweite irdischer ballistischer Raketen umkreiste. Captain Trips und Modular Man hatten bereits zugesagt.

Da stimmt etwas nicht, dachte Brennan. Tachyon hatte gehofft, der Singularitätswandler werde dem ständigen Drängen nach einem derart sinnlosen Angriff ein Ende bereiten. Stattdessen schien das Gegenteil der Fall zu sein.

»Glaubst du, die Regierung erpresst ihn, das zu tun?«, fragte Brennan. »Oder kontrolliert irgendwie seinen Geist?«

»Es wäre möglich.« Mai zuckte die Achseln. »Ich weiß nur, dass er vielleicht Hilfe braucht.«

Er betrachtete sie eingehend, und sie erwiderte gelassen seinen Blick.

»Hat er keine Freunde?«

»Viele seiner Freunde sind arme, hilflose Joker. Andere sind schwer zu erreichen oder vielleicht nicht bereit, rasch zu handeln, wenn die Regierung darin verwickelt ist.«

Brennan stand auf und drehte ihr den Rücken zu, während er seine Teetasse zur Anrichte brachte. Das Netz menschlicher Beziehungen griff wieder nach ihm und versuchte, ihn in seine klebrigen Fäden zu verwickeln. Er schüttete den Bodensatz des Tees in den Ausguss und starrte auf den Boden der Teetasse. Es war das Blau eines perfekten, bodenlosen Teichs, das Blau eines leeren, endlosen Himmels. Hineinzuschauen war so, als würde er das Nichts betrachten. Es war in seiner vollkommenen Friedlichkeit angenehm, aber nicht der Weg zur Erleuchtung.

Als er eine Entscheidung getroffen hatte, drehte er sich zu Mai um.

»Also gut. Ich kümmere mich darum. Aber ich weiß nicht das Geringste über solche Dinge wie Gedankenkontrolle. Ich brauche Hilfe.«

Er griff zum Telefon und wählte eine Nummer.

♣

Brennan war erst ein paarmal in den öffentlichen Räumen des Crystal Palace gewesen, wenngleich er mehr als eine Nacht in den – nicht öffentlichen – Räumen im zweiten Stock verbracht hatte. Elmo nickte, als er hereinkam, ohne eine Bemerkung über den Koffer zu machen, den Brennan bei sich hatte. Der Zwerg deutete auf einen Ecktisch, wo Chrysalis mit einem Mann saß, der schwarze Jeans und eine braune Lederjacke trug. Er hatte hübsche, regelmäßige Züge, wenn man von seiner vorgewölbten Stirn absah.

»Du?«, fragte Fortunato, als Brennan an ihren Tisch kam. Er sah von Brennan zu Chrysalis. Sie betrachtete ihn mit einem gemessenen Blick, während das Blut stetig durch die Arterien ihrer glasklaren Kehle pulsierte. Sie sah Brennan an und nickte kühl, ließ nichts von der Leidenschaft erkennen, die Brennan aus der Zeit kannte, die er im zweiten Stock des Palace verbracht hatte.

»Das ist Yeoman«, sagte sie, als sich Brennan auf den dritten Stuhl am Tisch setzte. »Ich glaube, er hat ein paar Informationen, die dich interessieren könnten.«

Fortunato runzelte die Stirn. Ihre letzte Begegnung war nicht gerade freundschaftlich verlaufen, wenngleich keine Feindschaft zwischen ihnen herrschte.

»Es heißt, du hältst nach einer Möglichkeit Ausschau, an den Schwarm heranzukommen. Ich weiß etwas, das dir dabei helfen könnte.«

»Ich höre.«

Brennan erzählte ihm von dem Singularitätswandler. Er log nicht, bog aber einige Dinge zurecht, da ihm Chrysalis gesagt hatte, wie er vorgehen musste, um Fortunato dazu zu bringen, ihm bei der Untersuchung von Tachyons unerklärlichem Verhalten zu helfen.

»Was kannst du, außer deinen Verstand sonst wohin wandern zu lassen?«, fragte Fortunato, als Brennan seine Geschichte beendet hatte.

»Ich kann auf mich aufpassen – und mich um die meisten anderen kümmern, die versuchen könnten, uns Steine in den Weg zu legen.«

»Bist du dieser verrückte Killer, über den in letzter Zeit so viel in den Zeitungen spekuliert wird?«

Brennan griff in die Hüfttasche seiner Hose und zog eine Karte heraus. Er legte sie mit der Bildseite nach oben vor Fortunato auf den Tisch. Der Zuhälter betrachtete sie und nickte.

»Black Shadow und ich selbst sind die einzigen Pik-Asse, die ich kenne.« Er musterte Brennan. »Aber ich schätze, dass noch Platz für ein weiteres ist. Das Einzige, was ich nicht verstehe, ist, was du davon hast«, sagte er an Chrysalis gewandt.

»Wenn das hier klappt, was ich will. Von euch beiden …«

Fortunato grunzte. Er stand auf.

»Ja. Du hast immer etwas davon.« Er wandte sich an Brennan. »Also gut, lass uns gehen. Wir überzeugen uns besser davon, ob dieser außerirdische Beau Brummell noch alle Tassen im Schrank hat.«

Brennan fuhr sie durch die frühmorgendliche Dunkelheit zu Tachyons Wohnung. Aus dem Augenwinkel sah er, dass Fortunato ihn ab und zu eingehend musterte, aber das Ass zog es vor, keine Fragen zu stellen. Fortunato hatte ihn noch nicht akzeptiert, wurde Brennan klar, und er war immer noch auf der Hut und wachsam, wenn er ihm auch nicht mit offenem Misstrauen begegnete. Aber das war in Ordnung. Er war sich auch noch nicht über Fortunato im Klaren.

Brennan parkte den BMW in der Gasse neben Tachyons Wohnhaus. Fortunato und er stiegen aus und sahen zu dem Gebäude hoch.

»Nehmen wir den Vordereingang oder den Hintereingang?«, fragte Fortunato.

»Wenn ich die Wahl habe, nehme ich grundsätzlich den Hintereingang.«

»Klug, der Mann«, murmelte Fortunato, »wirklich klug, der Mann.«

Fortunato sah mit unschlüssigem Blick zu, sagte jedoch nichts, als Brennan seinen Koffer aus dem Kofferraum des BMW holte, ihn öffnete, sich den Kompositbogen über die Schulter streifte und den Köcher mit Pfeilen am Gürtel befestigte.

»Wir können.«

Sie gingen zum Hintereingang des Wohnhauses. Fortunato verbrannte ein wenig von seiner psychischen Energie, indem er die Feuerleiter zu ihnen herunterzog. Sie stiegen die Feuerleiter empor, bis sie zum Fenster von Tachyons Wohnung kamen, und lugten in sein Schlafzimmer.

Der Raum, der vom Licht einer umgeworfenen Nachttischlampe erhellt wurde, war ein einziges Chaos. Offenbar war er von einer sehr ungeduldigen Person durchsucht worden, die sich nicht die Mühe gemacht hatte, alles wieder in Ordnung zu bringen. Brennan und Fortunato sahen einander an.

»Hier gehen seltsame Dinge vor«, murmelte Fortunato.

Das Fenster war verriegelt, aber das war kein Hindernis für Brennan. Mit einem Glasschneider schnitt er ein kreisrundes Loch in die untere Fensterhälfte, entriegelte das Fenster und schob es geräuschlos hoch. Er streckte einen Arm aus, um Fortunato am Eintreten zu hindern, und legte einen Finger auf die Lippen. Sie lauschten einen Augenblick, hörten jedoch nichts.

Brennan stieg zuerst ein und sprang lautlos wie eine Katze vom Fensterbrett, den Bogen in der linken Hand, während die rechte in der Nähe des Köchers schwebte. Fortunato folgte ihm und machte dabei so viel Lärm, dass Brennan ihn vorwurfsvoll ansah. Das Ass zuckte die Achseln, und Brennan ging durch das Zimmer voran. Im Flur, der zu Küche, Wohnzimmer und Gästeschlafzimmer führte, hörten sie eine

Reihe dumpfer Geräusche und ein gelegentliches Klirren, als durchwühle ein sorgloser oder unachtsamer Besucher die anderen Räume der Wohnung.

Sie gingen leise den Flur entlang, vorbei an einer geschlossenen Tür, die ins Gästeschlafzimmer führte. Der Flur mündete ins Wohnzimmer, das so verwüstet aussah wie ein Campingplatz nach einem Wirbelsturm. Ein schlanker kleiner Mann mit langen roten Locken zog methodisch Bücher aus den Regalen und schaute dahinter.

»Tachyon«, sagte Brennan laut.

Der Mann drehte sich um und betrachtete die beiden gelassen und ohne das geringste Anzeichen von Erschrecken. Er ging mit völlig ausdruckslosem Gesicht auf sie zu.

Fortunato legte Brennan plötzlich eine Hand auf den Rücken und schob, sodass Brennan auf den Teppich fiel.

»Das ist nicht Tachyon!«, rief er.

Die nächsten Sekunden kamen Brennan vor, als würde er sich ein Video im Schnellvorlauf ansehen. Fortunato stellte irgendetwas mit der Zeit an. Er wurde zu einem Schemen, der auf die Tachyon-Kopie losraste, wurde jedoch beiseitegeschleudert, als sich die beiden berührten.

Brennan zog einen Pfeil und gab kniend einen Schuss ab.

Der Pfeil hatte ein schwarz-rotes Gefieder. Der Schaft bestand aus Aluminium und war hohl, die Höhlung war mit Plastiksprengstoff vollgepackt. Seine Spitze war ein druckempfindlicher Aufschlagzünder. Der Pfeil war zu schwer, um über größere Entfernungen aerodynamisch stabil zu sein, aber das Ding, das sich als Tachyon ausgab, war weniger als acht Meter entfernt.

Brennans Pfeil traf es in der Brust und explodierte. Ein Regen aus Fleischfetzen und einer grünen zähen Flüssigkeit ging auf sie nieder. Das Ding wurde durch die Wucht des Aufpralls zurückgeschleudert. Sein Oberkörper verschwand und hinterließ ein zuckendes Beinpaar unter einem Rumpf, der unmenschliche Organe und die zähe grüne Flüssigkeit ausspie. Es dauerte noch ein paar Augenblicke, bis die Beine ihre Gehversuche einstellten.

»Was war das?«, rief Brennan über das Tosen in seinen Ohren hinweg.

»Ich will verdammt sein, wenn ich das weiß«, sagte Fortunato, indem er sich aus der Ecke erhob, in die ihn das Wesen geworfen hatte. »Ich habe versucht, seine Gedanken zu lesen, aber das waren keine Gedanken. Jedenfalls keine menschlichen.«

»Es hat ausgesehen wie Tachyon«, sagte Brennan leise, da das Tosen in seinen Ohren nachgelassen hatte. »Bis ins letzte Detail.« Er runzelte die Stirn und betrachtete Fortunato. »Nicht Tachyons Verstand ist übernommen worden. Er wurde einfach ausgetauscht.«

»Wann hast du den echten Tachyon zuletzt gesehen? Mit Sicherheit, meine ich.«

»Gestern, in der Klinik. Bevor er zu einem Treffen mit diesem Lankester aus dem Innenministerium ins Olympia Hotel ging.«

»Dann sollten wir dort einchecken.«

♥

Der zerbrechlich aussehende, weißhaarige alte Mann in der Uniform eines Hotelpagen hob Brennan hoch über den Kopf und warf ihn gegen die Wand. Brennan schlug schwer auf und fiel auf den Teppich, während er wie ein Hund japsend nach Atem rang. Er hatte ein Problem.

Plötzlich ragte der Hotelpage vor ihm auf. Sein runzliges Gesicht war völlig ausdruckslos. Brennan schob sich mit brennender Lunge auf die Knie und sah, wie der Page die Augen verdrehte. Der Page torkelte mit wild rudernden Armen rückwärts, als habe ihn ein Wirbelsturm erfasst. Er führte einen seltsam schwankenden Tanz auf und flog dann durch das Fenster am Ende des Flurs. Der Weg nach unten auf die Straße war lang.

Brennan richtete sich auf, während Fortunato die Finger beugte und streckte. Er nahm Brennans Arm und sagte: »Kein Verstand, den man kontrollieren könnte, aber man kann sie herumschubsen.«

»Wahrscheinlich hat das jemand gehört«, keuchte Brennan, der langsam wieder zu Atem kam.

»Wenn ich nicht eingegriffen hätte, wärst du von dem Ding zerquetscht worden.«

»Da ist was Wahres daran.« Er nahm einen tiefen, dankbaren Atemzug. »Wir müssen uns eine Weile bedeckt halten.«

Sie blieben vor einem der Zimmer stehen.

»Wie wär's mit dem hier?«, fragte Fortunato.

Brennan zuckte nur die Achseln.

Fortunato legte die Hand auf den Türknauf und streckte seine Gedankenfühler aus. Schlösser klickten, Riegel hoben sich, und die Tür öffnete sich.

»Sie werden einige Zeit brauchen, bis sie uns aufgespürt haben«, sagte das Ass, nachdem sie das dunkle Hotelzimmer betreten hatten. »Was glaubst du, wie viele Leute haben sie ersetzt?«

»Keine Ahnung«, sagte Brennan, der vorsichtig seinen schmerzenden Rücken streckte. »Jedenfalls mehr, als ich vermutet habe.«

»Ich dachte, du wärst so leise und verstohlen wie nur irgendwas.«

Brennan schüttelte den Kopf. Der Plan hatte vorgesehen, dass er die Etage auskundschaftete, in der sich Lankesters Suite befand, und dabei so viele Informationen wie möglich sammelte, während Fortunato seine geistigen Kräfte einsetzte, um seine Fortschritte vom Treppenhaus aus zu überwachen. Der falsche Page hatte ihn sofort entdeckt und angegriffen. Brennan war nichts anderes übrig geblieben als auszuhalten, bis Fortunato eingetroffen war.

»Wir versuchen es besser mit unserem Alternativplan«, sagte Brennan.

»Das könnte einige Zeit dauern.«

Fortunato setzte sich mit gekreuzten Beinen auf das Doppelbett. Sein Rücken war gerade, und seine Hände baumelten lose im Schoß. Er starrte ins Leere. Brennan stand zwischen ihm und der Tür und horchte nach Geräuschen auf dem Flur, während er den Bogen und den Köcher mit Pfeilen aus dem Koffer holte, den er bei Fortunato gelassen hatte, als er sich daranmachte, das Hotel auszukundschaften.

Fortunato schien in eine tiefe Trance zu versinken, ganz ähnlich, dachte Brennan, wie ein Student des Zen, der sich in Zazen vertiefte, den Zustand der Meditation. Einen Augenblick später ragten zwei Widderhörner aus Fortunatos vorgewölbter Stirn, die vage in der Dunkelheit schimmerten.

Brennan sah mit gespitzten Lippen zu. Seine Zen-Ausbildung hatte ihn gelehrt, dass es so etwas wie Magie nicht gab, aber hier, vor seinen Augen, war ein Beweis für das Gegenteil. War Magie vielleicht nichts anderes als unerklärte Wissenschaft?

Als Fortunato abrupt die Augen öffnete, verschob Brennan das eingehendere Nachdenken darüber auf später. Sie waren Teiche der Dunkelheit, die Pupillen so sehr geweitet, dass sie beinahe die Iris verschluckten. Seine Stimme klang heiser und ein wenig zittrig.

»Wir sind von diesen Dingern umgeben«, sagte er. »Es sind mindestens zwanzig. Vielleicht mehr. Sie sind nicht menschlich, nicht einmal von dieser Erde. Ihr Geist, wenn man das so nennen kann, ist vollkommen fremdartig und liegt jenseits jeglicher Erfahrung.«

»Sind es Schwarmkreaturen?«

Fortunato, der sich mit müheloser Eleganz erhob, zuckte die Achseln.

»Möglich. Ich hatte angenommen, sie könnten nur ungeschlachte Klumpen fabrizieren, die wie Doughboy aussehen. Ich dachte, Pagen und solche Sachen seien zu hoch für sie.«

»Vielleicht haben sie ihre Technik verfeinert.« Brennan hob eine Hand und legte ein Ohr an die Tür. Die Schritte im Flur wurden lauter und dann wieder leiser, während er und Fortunato schweigend warteten. »Was ist mit Tachyon?«

Fortunato runzelte die Stirn. »Ich bin auf einen menschlichen Geist gestoßen. Er gehörte einem Zimmermädchen. Das Mädchen ist völlig ahnungslos. Es ist nur genervt, dass die Gäste auf dieser Etage nicht allzu viel Trinkgeld geben. Eigentlich gar keins. Außerdem bin ich noch in der Nähe der Aufzüge auf etwas gestoßen. Es könnte Tachyons Geist gewesen sein, aber es lag eine Art Decke darauf. Es war, als sei er von einer Hülle umgeben. Ich konnte nur unbestimmte, gefilterte Eindrücke aufschnappen. Von Müdigkeit. Und Schmerz.«

»Könnte es Tachyon gewesen sein?«

»Ja.«

Brennan holte tief Luft. »Irgendwelche Vorschläge?«

»Wir werden wohl nachsehen müssen.«

Die beiden sahen einander an. Brennan berührte den Köcher an seinem Gürtel.

»Ich wünschte, du hättest eine Waffe«, sagte er.

»Die habe ich. Mehrere.« Er tippte sich gegen die Stirn. »Und sie sind alle hier drinnen.«

Sie warteten, bis es auf dem Flur ruhig war, öffneten dann die Tür und liefen so leise wie möglich den Flur entlang, bogen nach rechts ab, als sie eine Gabelung erreichten, und standen plötzlich vor den Aufzügen. Auf einer Seite in einer Nische war etwas, das wie ein Wäscheschrank aussah. Brennan legte einen Pfeil auf die Sehne und spannte den Bogen, während Fortunato die Tür mit einer Geste öffnete.

Brennan senkte den Bogen.

»Großer Gott im Himmel«, murmelte er.

Fortunato sah von ihm zum Wäscheschrank und erstarrte.

Tachyon war darin. Sein schweißnasses Haar hing ihm wirr im Gesicht. Seine Augen starrten durch den Filz. Sie waren aufgedunsen und blutunterlaufen und glasig vor Schmerzen und Erschöpfung. Regale und Wäsche waren aus dem Schrank entfernt worden, um Platz für Tachyon und das Wesen zu schaffen, das ihn umarmte. Tachyon wurde gegen eine große violette Couch aus Biomasse gepresst, die ihn mit zahllosen Ranken um Hals, Brust, Arme und Beine gefesselt hatte. Das Ding pulsierte rhythmisch und bebte wie eine dicke Frau, die auf einem Wasserbett herumhüpfte. Tachyon lag in einer Höhlung der Oberfläche, die seinen Konturen und Abmessungen genau angepasst war.

Sein Blick richtete sich auf Fortunato, dann auf Brennan.

»Hilfe«, krächzte er, wobei sich seine Lippen mehrere Augenblicke lang stumm bewegten, bevor er den ersten Laut herausbrachte.

Brennan griff sich an die Wade, zog das Messer aus seiner Knöchelscheide und säbelte an den Ranken herum, die Tachyon an das Ding banden. Es war, als schneide er hartes, elastisches Gummi, aber er machte verbissen weiter und ignorierte das zunehmende Pulsieren des Dings und die grünliche Flüssigkeit, die Tachyon und ihn selbst bespritzte.

Es dauerte eine Minute, bis er alle Ranken durchtrennt hatte, aber das Ding klebte weiterhin an Tachyon. Erst jetzt bemerkte Brennan die Saugnäpfe, die an Tachyons Nacken und seitlich am Hals hafteten.

»Wie kriegen wir Sie da raus?«, fragte er.

»Einfach ziehen«, flüsterte Tachyon.

Brennan tat es. Tachyon fing an zu schreien.

Schließlich kam der Doktor frei. Nach Schweiß, Angst und fremdartigen Absonderungen stinkend, sackte er in Brennans Arme. Er war totenbleich und blutete an den Stellen, wo die Saugnäpfe gesessen hatten. Die Wunden sahen nicht besonders schlimm aus, aber wie Brennan rasch klar wurde, ließ sich nicht sagen, wie ernst sie tatsächlich sein mochten.

»Pass auf«, sagte Fortunato, »wir haben Gesellschaft.«

Brennan sah auf. Ein Dutzend der Menschen-Ebenbilder näherten sich ihnen über den Flur. Sie trugen die Kleidung von Pagen und Zimmermädchen sowie die von gewöhnlichen Frauen und Männern, Kleider und dreiteilige Anzüge. Lankester vom Innenministerium befand sich ebenfalls unter ihnen.

Brennan schleifte Tachyon zum Aufzug, während die Kreaturen stetig vorrückten. Ihre Mienen waren gefasst und völlig gefühllos. Fortunato gesellte sich zu ihm und fragte in besorgtem Ton: »Was machen wir jetzt?«

»Drück auf den Fahrstuhlknopf.«

Die Dinger waren noch gut fünf Meter entfernt, als sie das Läuten des eintreffenden Aufzugs hörten.

»Nimm ihn«, sagte Brennan, indem er die schlaffe, halb bewusstlose Gestalt Tachyons in Fortunatos Arme gleiten ließ. Als sich die Fahrstuhltür zischend öffnete, zog er einen Pfeil aus dem Köcher. In der Kabine befanden sich bereits drei Männer mittleren Alters in konservativen Geschäftsanzügen und mit Templer-Hüten auf den Köpfen. Mit weit aufgerissenen Augen sahen sie zu, wie Fortunato Tachyon in den Fahrstuhl schleifte. Das Ass blickte sie an.

»Erdgeschoss, bitte«, sagte er.

Derjenige, der den Bedienknöpfen am nächsten stand, drückte automatisch den entsprechenden Knopf, während Fortunato einen Fuß in die Tür stellte, um zu verhindern, dass sie sich schloss. Brennan schoss drei Explosivpfeile auf die vorrückenden Kreaturen ab. Der erste traf Lankester in die Brust, die anderen explodierten rechts und links von ihm und verspritzten grünes Blut und Protoplasma über den Hotelkorridor. Er wich in die Fahrstuhlkabine zurück. Fortunato nahm den Fuß aus der Tür, die sich zischend schloss.

Brennan stützte sich auf seinen Bogen und holte tief und erleichtert Luft. Die Templer kauerten sich ängstlich in der äußersten Ecke des Aufzugs zusammen. Fortunato sah sie an.

»Sind Sie zum ersten Mal in der Stadt?«

III.

»Dann ist Lankester also vor einiger Zeit durch einen Schwarmling dieser neuesten Generation ersetzt worden?«, fragte Brennan.

Tachyon nickte und nahm einen tiefen Schluck aus der Tasse, die Mai ihm gab. Sie war mit starkem schwarzem Kaffee gefüllt, der großzügig mit Brandy angereichert war.

»Bevor ich ihn – es – je getroffen habe. Deshalb hat es auch so auf diesen verrückten Angriffsplan gedrängt. Es wusste, dass wir nicht in der Lage sein würden, der Schwarmmutter wirklich zu schaden, aber ein solcher Angriff hätte jeden davon überzeugt, dass etwas Konkretes unternommen wird, um die Gefahr zu beseitigen.« Er hielt inne und nahm einen weiteren tiefen Schluck aus der Tasse. »Und da ist noch etwas anderes. Die Schwarmmutter will vielleicht Musterproben von Assen in die Finger bekommen.«

Brennan betrachtete ihn fragend. »Musterproben?«

»Um sie zu sezieren und aus dem Vorrat ihrer eigenen Biomasse zu replizieren.«

»Scheiße«, murmelte Fortunato. »Sie will ihre eigenen Asse züchten.«

Sie befanden sich in Tachyons Büro in der Klinik. Tachyon

hatte geduscht und frische Kleidung angezogen, war aber immer noch blass und ziemlich geschwächt von der Tortur, die er durchgemacht hatte. Am Hals, wo die Schwarmkreatur ihre Saugnäpfe befestigt hatte, war er bandagiert.

»Und wie geht es jetzt weiter?«, fragte Brennan.

Tachyon seufzte und stellte die Tasse ab.

»Wir greifen die Schwarmmutter an.«

»Was?«, fragte Fortunato. »Hat Ihnen das Schwarmding den Verstand geraubt? Sie sagten doch gerade, es sei Wahnsinn, die Mutter anzugreifen.«

»Das ist es auch. Aber es ist die beste Möglichkeit, die uns offensteht.« Er sah von Fortunato, der ihn ungläubig anstarrte, zu Brennan, der unverbindlich dreinschaute. »Hören Sie, der Schwarm hat eine neue Angriffswelle gestartet, die viel raffinierter ist als die vorherigen. Es lässt sich unmöglich sagen, wie tief sie bereits in die Regierung eingedrungen sind.«

»Wenn sie Lankester ersetzen konnten«, murmelte Brennan, »wen haben sie dann sonst noch erwischt?«

»Genau. Wen hat es sonst noch erwischt?« Tachyon schauderte. »Die Möglichkeiten sind atemberaubend. Wenn der Schwarm genügend Schlüsselpersonen ersetzen kann, könnte er einen weltweiten Atomkrieg auslösen und die erforderlichen Jahrtausende abwarten, bis die Oberfläche des Planeten wieder bewohnbar ist. Es ist offensichtlich, dass wir niemandem in der Regierung vertrauen können, uns bei einem Angriff auf die Schwarmmutter zu helfen. Wir müssen es selbst tun.«

»Und wie sollen wir das anstellen?«, fragte Fortunato in einem Ton, der keinen Zweifel daran ließ, dass Tachyon ihn noch nicht überzeugt hatte.

»Wir haben den Singularitätswandler«, sagte Tachyon mit erhobener Stimme. »Aber wir brauchen eine Waffe. Die Takisier haben in der Vergangenheit mit Erfolg biologische Waffen gegen Schwarmmütter eingesetzt, aber auf der Erde ist die Biologie noch nicht weit genug, um eine geeignete Waffe produzieren zu können. Vielleicht kann ich etwas …«

»Es gibt eine Waffe«, sagte eine ruhige Stimme.

Die drei Männer drehten sich zu Mai um, die ihrer Unterhaltung schweigend zugehört hatte.

Tachyon starrte sie an und richtete sich dann kerzengerade auf, wobei er seinen Brokatmorgenmantel mit dem brandyhaltigen Kaffee bekleckerte.

»Reden Sie keinen Unsinn«, sagte er scharf.

Fortunatos Blick wanderte zwischen Tachyon und Mai hin und her. »Was soll der Quatsch?«

»Gar nichts«, sagte Tachyon. »Mai arbeitet bei mir in der Klinik. Sie hat ihre Kräfte benutzt, um einigen meiner Patienten zu helfen, aber es kommt überhaupt nicht infrage, dass sie in diese Geschichte verwickelt wird.«

»Was für Kräfte?«

Mai hob die Hände und drehte die Handflächen nach außen. »Ich kann die Seele einer Person berühren«, sagte sie. »Wir werden eins, und ich finde die Krankheit in ihr. Ich übernehme die Krankheit und beschwichtige sie, glätte die Kurven des Lebensmusters und heile die Brüche darin. Dann können wir beide wieder gesund werden.«

»Und was bedeutet das im Klartext?«, fragte Fortunato.

»Sie manipuliert genetisches Material«, sagte Tachyon mit einem Seufzer. »Sie kann ihm praktisch jede Form geben, die sie sich vorstellt. Ich nehme an, sie könnte ihre Kräfte gegen die Schwarmmutter auf eine zerstörerische Art einsetzen und unkontrolliertes Zellwachstum in großem Maßstab hervorrufen.«

»Sie könnte bei der Mutter Krebs auslösen?«, fragte Fortunato.

»Wahrscheinlich«, räumte Tachyon ein. »Wenn ich zulassen würde, dass sie darin verwickelt wird, was ich nicht tun werde. Es wäre wahnsinnig gefährlich für eine Frau.«

»Es ist für jeden wahnsinnig gefährlich«, sagte Fortunato scharf. »Wenn sie es versuchen will, dann soll sie es auch tun. Das ist jedenfalls meine Meinung.«

»Und ich verbiete es!«, sagte Tachyon, indem er weiteren Kaffee verschüttete, als er die Tasse gegen die Armlehne seines Stuhls stieß.

»Es steht Ihnen nicht zu, es zu verbieten«, sagte Mai. »Ich muss es tun. Es ist mein Karma.«

Tachyon wandte sich an Brennan. »Können Sie sie nicht zur Vernunft bringen?«

Brennan schüttelte den Kopf. »Es ist ihre Entscheidung«, sagte er zögernd. Er wünschte, er hätte mit Tachyon übereinstimmen können, aber Brennan wusste, dass er sich nicht in Mais Karma, in den von ihr gewählten Pfad zur Erleuchtung, einmischen durfte. Aber sie würde diesen Pfad nicht allein beschreiten, beschloss er.

»Dann wäre das also geklärt«, sagte Fortunato entschieden. »Wir bringen Mai zur Schwarmmutter, und sie verpasst ihr eine tödliche Dosis Krebs. Ich komme mit. Ich will diesem Scheißding selbst ans Leder.«

Tachyon sah von Fortunato zu Mai, dann zu Brennan, und er begriff, dass nichts, was er sagte, ihre Meinung ändern würde. »Also gut«, seufzte er. Er wandte sich an Fortunato. »Sie werden den Singularitätswandler mit Energie versorgen müssen, ich selbst kann es nicht.« Er strich sich durch die Locken. »Die Schwarmlinge haben mich vorübergehend einiger meiner Kräfte beraubt, als sie versucht haben, sich für das Tachyon-Duplikat meine Erinnerungen anzueignen. Wir können es uns nicht leisten zu warten, bis sie wieder zurückgekehrt sind. Aber in *Baby* kann ich eine Entermannschaft nahe an die Schwarmmutter heranbringen. Fortunato kann die Mannschaft dann mit dem Wandler in die Mutter versetzen. Schnelligkeit und Unauffälligkeit sind von entscheidender Bedeutung, aber die Entermannschaft wird

Schutz benötigen. Vielleicht Modular Man oder auch einer von Trips' Freunden …«

Brennan schüttelte den Kopf. »Sie sagten, Schnelligkeit und Unauffälligkeit seien von entscheidender Bedeutung. Wenn Sie Modular Man mit wehenden Fahnen hineinschicken, wird die Schwarmmutter Augenblicke später Abwehrmaßnahmen ergreifen.«

Tachyon massierte sich müde die Stirn. »Sie haben recht. Irgendwelche Vorschläge?«

»Natürlich.« Brennan holte tief Luft. Dies hatte nichts mehr mit den Gründen zu tun, weshalb er in die Stadt gekommen war, aber er konnte nicht zulassen, dass Mai dem Schwarm ohne ihn gegenübertrat. Er würde es nicht zulassen. »Ich.«

»Sie?«, fragte Tachyon zögernd. »Sind Sie dem gewachsen?«

»Immerhin war er der Aufgabe gewachsen, Sie vor dem Blob zu retten«, warf Fortunato ein. Er betrachtete Brennan, und der Zweifel in seinen Augen war mittlerweile Gewissheit gewichen. »Ich habe ihn in Aktion gesehen. Er kann auf sich aufpassen.«

Tachyon nickte entschlossen. »Dann ist es entschieden.« Er wandte sich an Mai. »Es gefällt mir ganz und gar nicht, eine Frau in Gefahr zu bringen, aber Sie haben recht. Sie sind die Einzige, die eine Chance hat, die Schwarmmutter zu vernichten.«

»Ich werde tun, was getan werden muss«, sagte sie ruhig.

Tachyon nickte ernst und nahm ihre Hand in seine, aber Brennan überlief es bei ihren Worten eiskalt. Er war sicher, dass Tachyon eine ganze andere Bedeutung aus ihren Worten herausgehört hatte als er.

♦

Der Start war eine Erfahrung, die Brennan als interessant abhakte. Er würde sie nicht freiwillig wiederholen wollen, aber der Anblick der Erde auf *Babys* Sichtschirm war eine Szene von ehrfurchtgebietender Schönheit, die ihn den Rest seines Lebens begleiten würde. Er fühlte sich dieses Anblicks beinahe unwürdig und wünschte, Ishida, sein Roshi, hätte ihn erleben können.

In der märchenhaften Umgebung von Tachyons Kontrollraum befanden sich noch drei andere Personen. Tachyon steuerte sein Schiff schweigend. Er litt immer noch unter den Misshandlungen durch die Schwarmkreaturen. Brennan konnte erkennen, dass er sich allein mit Willenskraft auf den Beinen hielt. In sein Gesicht hatten sich tiefe Linien der Erschöpfung und einer außergewöhnlichen Anspannung eingegraben.

Fortunato knisterte buchstäblich vor nervöser Energie. Er hatte die Zeit vor dem Start damit verbracht, seine Batterien aufzuladen, wie er es nannte. Er war jetzt bereit und konnte es kaum abwarten, in Aktion zu treten.

Nur Mai machte einen gelassenen, ungerührten Eindruck. Sie saß ruhig auf dem Sofa des Kontrollraums, die Hände im Schoß, und beobachtete alles mit sorglosem Interesse. Brennan beobachtete sie beim Beobachten. Sie hatte Tachyons Plan bereitwillig zugestimmt. Doch wie sie ihn ausführen würde, war eine andere Frage. Dieser Gedanke beunruhigte ihn.

Nach einer Weile meldete sich Tachyon zu Wort, und Müdigkeit und Anspannung ließen seine Stimme spröde klingen.

»Da ist sie.«

Brennan betrachtete über Tachyons Schulter hinweg die kugelförmige Monstrosität, die *Babys* vordere Sichtschirme ausfüllte.

»Sie ist riesig«, sagte er. »Wie finden wir uns in ihr zurecht?«

Tachyon wandte sich an Fortunato. »Weisen Sie den Singularitätswandler an, Sie ins Zentrum des Schwarms zu bringen. Sie sollten nicht weit von der Stelle landen, zu der Sie gelangen wollen. Sie finden das Nervenzentrum, indem Sie dem Geist der Mutter nachspüren.« Tachyon fühlte, wie der Geist des Schiffs an seinem Bewusstsein zerrte. *Was ist los, Baby?*

Wir nähern uns der Detektorreichweite der Schwarmmutter.

Danke. Er wandte sich an die anderen. »Sie machen sich jetzt besser bereit. Es ist gleich so weit.«

Fortunato holte den Singularitätswandler aus dem Rucksack, in dem Tachyon ihn im Gästeschlafzimmer seiner Wohnung versteckt hatte. Ganz unten im Rucksack lag eine .45er Automatik mit Schulterhalfter.

»Was soll das?«, fragte Fortunato. Er sah Tachyon an.

»Die werden Sie vielleicht brauchen«, erwiderte der Doktor. »Diesen Sprung auszuführen wird Sie mehr Energie kosten, als Sie glauben.«

Fortunato berührte den Kolben der Waffe und sah Tachyon an. Er zuckte die Achseln. »Was soll's«, sagte er und schnallte sich das Halfter um. Er nahm den Singularitätswandler. Brennan, Mai und Fortunato bildeten einen Kreis. Alle halfen dabei, den Wandler zu halten. Brennan musterte Mai. Sie erwiderte den Blick voller Gelassenheit. Aus den Augenwinkeln sah er einen grellen Lichtblitz über den Sichtschirm huschen, der von der Schwarmmutter ausging. *Baby* bockte, als sie der organisch erzeugte Partikelstrahl traf, aber ihre Abwehrschirme hielten stand. Brennan hörte ein leises Flüstern in seinem Bewusstsein.

Vergessen Sie nicht. Sie dürfen nicht zulassen, dass Mai oder Fortunato der Schwarmmutter in die Hände fallen.

Er sah Tachyon an, der sie einen Moment lang mit eisiger Ruhe betrachtete und seine Aufmerksamkeit dann wieder dem Sichtschirm zuwandte.

»Los!«, rief Tachyon.

Fortunato schloss die Augen, und seine Stirn legte sich in Falten, als er sich konzentrierte. An den Seiten seines Kopfes flimmerten geisterhafte Widderhörner. Brennan empfand ein plötzliches Zerren, ein Reißen, als würden alle Zellen seines Körpers auseinandergewirbelt. Er konnte nicht mehr atmen, mit einer Lunge, die es nicht mehr gab, er konnte Muskeln nicht mehr entspannen, die in ihre molekularen Bestandteile aufgelöst und durch Hunderte von Millionen Meilen Vakuum geschleudert wurden. Er unterdrückte einen Schrei, und sein Bewusstsein kämpfte gegen eine Woge der Übelkeit an. Der Sprung war schlimmer als sein Hüpfer zur Klinik, denn er schien eine Ewigkeit zu dauern, obwohl Tachyon gesagt hatte, dass eine Reise mit dem Singularitätswandler überhaupt keine Zeit in Anspruch nahm.

Dann war er plötzlich wieder vollständig. Fortunato, Mai und er standen in einem Gang, der durch große blaue und grüne phosphoreszierende Zellen in den durchscheinenden Wänden und der Decke trübe erhellt wurde. Faserige Ranken verliefen unter ihren Füßen, vermutlich Leitungen für das, was in dem Schwarm als Blut und Nährstoffe benutzt wurde. Die Luft war feuchtheiß, und es roch wie in einem Treibhaus, in dem alle Pflanzen verfault waren. Der Sauerstoffgehalt war so hoch, dass Brennan schwindelte, bis er seine Atmung darauf eingestellt hatte. Er fühlte sich leicht, wenngleich es eindeutig eine Schwerkraft gab. Die Schwarmmutter, wurde ihm klar, musste sich drehen und auf diese Weise eine künstliche Schwerkraft erzeugen, die für zielgerichtetes organisches Wachstum unerlässlich war.

»Alles in Ordnung?«, fragte er seine Begleiter.

Mai nickte, aber Fortunato atmete schwer. Sein Gesicht war eine schmutzig graue Maske.

»Der … Weltraumhomo hat recht gehabt …«, keuchte er.

»Das war hart.« Seine Hände zitterten, als er den Wandler wieder im Rucksack verstaute.

»Entspann dich …«, begann Brennan und brach gleich darauf ab.

Irgendwo vor ihnen in dem gewundenen, sich dahinziehenden Gang ertönte ein lautes Sauggeräusch.

»In welche Richtung müssen wir gehen?«, fragte Brennan leise.

Fortunato konzentrierte sich. »Ich spüre eine Art Bewusstsein voraus und ein wenig über uns.« Er zeigte in die Richtung des Sauggeräuschs. »Wenn man es Bewusstsein nennen kann …«

»Toll«, murmelte Brennan und streifte seinen Bogen von der Schulter.

»Hör mal«, sagte Fortunato, indem er Mais Arm ergriff. »Du könntest mir helfen …«

»Dafür ist keine Zeit«, sagte Brennan. »Außerdem wird Mai all ihre Energie brauchen, um zu diesem Ding durchzudringen. Und ich auch.«

Fortunato wollte etwas sagen, aber das Sauggeräusch, das immer lauter wurde, war jetzt mitten unter ihnen, als sich eine groteske gelblich-grüne Protoplasmamasse um die Biegung in dem röhrenförmigen Gang vor ihnen wälzte. Der kugelförmige Körper des Dings, das fast den ganzen Gang ausfüllte, war mit zahlreichen Saugnäpfen übersät.

»Jesus!«, fluchte Fortunato. »Was ist das für ein Ding?«

Es klebte an einer Seite des Gangs und überzog Wände und Boden mit Myriaden saugnapfähnlichen Mündern, die von Hunderten armlanger Wimpern umringt waren.

»Ich weiß es nicht und will es auch nicht herausfinden«, sagte Brennan. »Es geht los.«

Er zog einen Pfeil aus dem Köcher, legte ihn auf die Sehne seines Bogens und schlich sich an dem Ding vorbei. Mai und Fortunato folgten ihm vorsichtig. Das Ding setzte seinen

Weg unbeirrt fort. Die Wimpern der vor ihnen liegenden Münder zitterten begierig, wenn sie sie passierten, aber das Ding selbst machte keine Anstalten, sich auf sie zu stürzen.

Brennan seufzte erleichtert.

Die blaue phosphoreszierende Beleuchtung tauchte ihre Umgebung in ein unwirkliches Dämmerlicht, während sie dem Gang folgten und tiefer in die Schwarmmutter eindrangen. Die stehende Luft war so von den Ausdünstungen lebender Wesen angereichert, dass Brennan an die Dschungel Vietnams erinnert wurde. Er sah sich dauernd um, zuckte vor Nervosität ständig zusammen und hatte das Gefühl, sich im Fadenkreuz eines Scharfschützen zu befinden. Er konnte das bedrückende Gefühl, beobachtet zu werden, nicht abschütteln.

Sie folgten dem wellenförmigen Gang etwa eine halbe Stunde lang in angespanntem Schweigen, wobei sie ständig mit einem tödlichen Angriff von Killermaschinen der Schwarmmutter rechneten, aber nichts dergleichen geschah. Als sich der Gang vor ihnen Y-förmig verzweigte, blieben sie stehen. Beide Wege schienen in die Richtung zu führen, der sie folgen mussten.

»Welche Richtung?«, fragte Brennan.

Fortunato rieb sich müde die geschwollene Stirn.

»Ich höre von überall her leises Gezwitscher. Es sind keine bewusst denkenden Geister, aber der Lärm macht mich noch wahnsinnig. Das große Bewusstsein ist immer noch irgendwo vor uns.«

Brennan warf einen Blick auf Mai. Sie erwiderte den Blick gelassen, als sei sie gewillt, ihn alle Entscheidungen treffen zu lassen. Brennan warf im Geiste eine Münze, und es erschien Kopf.

»Da entlang«, sagte er, indem er die rechte Abzweigung nahm.

Sie waren vielleicht hundert Meter weit gekommen, als

Brennan klar wurde, dass sich in diesem Gang etwas verändert hatte. Die Luft roch fast widerlich süßlich. Das Atmen fiel ihm schwer, aber gleichzeitig war es fast berauschend. Der Geruch wurde stärker, je weiter sie vordrangen.

»Ich weiß nicht, ob mir das gefällt«, sagte Brennan.

»Haben wir eine Wahl?«, fragte Mai.

Brennan sah sie an und zuckte die Achseln. Sie gingen weiter, folgten einer scharfen Biegung des Gangs und blieben dann wie angewurzelt stehen, als sie die vor ihnen liegende Szenerie erblickten.

Der Gang erweiterte sich zu einem Durchmesser von einem Dutzend Metern. Auf beiden Seiten hingen oben nahe der Decke zahllose groteske Schwarmlinge mit verschrumpelten Gliedmaßen und großen geschwollenen Unterleibern. Sie nuckelten an Gebilden, die wie geschwollene Nippel aussahen und aus den Wänden des Gangs ragten.

Schwarmkreaturen jeder Größe und Form drängten sich um die hängenden Schwarmlinge und rissen sich um einen Platz an einer der Röhren, die aus den angeschwollenen Unterleibern baumelten. Die Größe der Schwarmkreaturen reichte von winzigen insektenähnlichen Wesenheiten bis hin zu tentakelbewehrten Monstrositäten, die mehrere Tonnen wiegen mussten. Es mussten Hunderte sein.

»Das sieht aus, als würden sie essen«, flüsterte Fortunato.

Brennan nickte. »Hier kommen wir nicht durch. Wir müssen zurück und die andere Abzweigung nehmen.«

Sie kehrten um und blieben abrupt stehen, als sie aus der Richtung, aus der sie gekommen waren, ein leises Summen wie von unzähligen kleinen Flügeln hörten.

»Scheiße«, sagte Fortunato ungläubig. »Wir hängen hier mitten in einem verdammten Schichtwechsel fest.«

»Die erste Schwarmkreatur, auf die wir gestoßen sind, hat uns nicht beachtet«, sagte Brennan. »Vielleicht ignorieren uns diese auch.«

Sie kauerten sich an der Wand des Gangs zusammen – sie war warm, stellte Brennan fest, und gab bei Berührung nach – und versuchten so leise und unaufdringlich wie möglich zu sein. Sie warteten.

Ein Schwarm der insektoiden Wesen schwirrte durch den Gang. Sie waren zehn bis fünfzehn Zentimeter lang und hatten längliche, segmentierte Leiber und Membranenflügel. Die ersten flogen an ihnen vorbei in die Fütterungskammer, und Brennan glaubte schon, sie seien außer Gefahr. Doch dann zögerte eins der Insektenwesen und landete auf Mai. Ein weiteres gesellte sich hinzu, dann noch eins und noch eins. Sie betrachtete sie ganz ruhig. Eins landete auf Brennans Schulter. Er starrte es an. Sein Maul bestand aus einer Anordnung verschiedener Kiefer. Ein Kieferpaar riss an dem Stoff von Brennans Hemd, während ein anderes Stoffstücke in das kleine Maul schaufelte.

Brennan wischte das Ding angewidert weg und trat darauf. Es knackte laut unter seinem Fuß, wie eine Schabe, aber zwei weitere hatten bereits den Platz auf Brennans Körper eingenommen. Er hörte Fortunato fluchen und wusste, dass sie auch auf ihm krabbelten.

»Lasst uns versuchen, von ihnen wegzukommen«, sagte er leise, aber das nützte ihnen nichts. Die Insektenwesen folgten ihnen und setzten sich immer zahlreicher auf ihnen fest.

»Lauft!«, rief Brennan, und sie rannten wie von Furien gehetzt durch den Gang.

Ein Teil des Schwarms flog weiter in die Fütterungskammer, aber die Mehrzahl der Insekten folgte ihnen in einer wütend summenden Wolke durch den Gang. Brennan schlug im Laufen nach ihnen und pflückte ein paar aus der Luft. Er wischte immer wieder welche weg, die auf ihm herumkrabbelten, aber diejenigen, die er wegwischte oder zerquetschte, wurden rasch durch überreichlich vorhandene

Nachrücker ersetzt. Sie landeten auf Gesicht und Armen, und er spürte das Gekrabbel Tausender winziger Füße auf seinem Körper. Sie schienen in erster Linie an der Kleidung und, was noch wichtiger war, an Pfeil und Bogen interessiert zu sein. Es war, als seien sie Aasfresser, die darauf gedrillt waren, alle nichtlebende Materie zu beseitigen. Aber das machte sie nicht harmlos. Brennan spürte das Zwicken ihrer scharfen Kiefer. Das Summen ihrer Flügel und das Klicken ihrer Kiefer hallte ihm laut in den Ohren. Sie mussten sie loswerden.

Sie erreichten die Stelle, an der sich der Gang gabelte, und hielten verzweifelt nach etwas Ausschau, mit dem sie die kleinen Aasfresser abschütteln konnten. Fortunato rannte in die andere Abzweigung hinein, Brennan und Mai folgten ihm. Der Boden war hier feucht und glitschig, die Oberfläche uneben. Die Nässe sammelte sich in flachen Pfützen, aus denen eine feine Gischt aufstieg, wenn sie hindurchplatschten. Die Flüssigkeit war warm und ein wenig trüb. Sie rannten den Gang entlang, und der Insektenschwarm schien zurückzufallen. Fortunato warf sich in eine Pfütze, die sich in einem der tieferen Löcher gesammelt hatte, wälzte sich wie irrsinnig darin herum und zerquetschte die Insektoiden, die immer noch auf ihm herumkrabbelten. Brennan und Mai taten es ihm nach. Brennan hielt die Lippen fest geschlossen, aber die trübe Flüssigkeit, in der winzige Partikel schwammen, durchnässte ihn von Kopf bis Fuß. Brennan war nicht besonders erpicht darauf, etwas davon zu schlucken.

Brennan betrachtete seine Begleiter, als sie sich wieder aufrichteten. Ihre Kleidung sah aus, als seien sie von einer Legion Motten angegriffen worden, und alle hatten zahllose Schnitte und Bisswunden davongetragen, aber keiner schien ernstlich verletzt zu sein. Der Schwarm der beharrlichen Insektoiden schwebte summend und, wie es Brennan schien, irgendwie zornig über ihren Köpfen.

»Wie werden wir sie los?«, fragte er gereizt.

»Vielleicht habe ich noch genug Kraft, um diese kleinen Wichser irgendwohin zu schicken«, knirschte Fortunato.

»Ich weiß nicht…«, begann Brennan, bekam jedoch keine Gelegenheit weiterzureden.

Der Boden unter ihren Füßen kippte plötzlich weg, als sich so etwas wie ein Schließmuskel öffnete. Die gesamte Flüssigkeit in dem Gang rauschte hinab. Brennan hatte gerade noch Zeit, tief Luft zu holen und seinen Bogen fest zu packen. Er streckte die freie Hand aus und hielt Mai am Knöchel fest, während sie in die Dunkelheit gesogen wurde und er ihr einen Augenblick später folgte. Er fluchte laut, als er die Hälfte der Pfeile in seinem Köcher verlor.

In dem Gang war mehr Flüssigkeit gewesen, als zu vermuten gewesen war. Sie befanden sich in einem Strudel, und es gab weder Luft noch Licht. Brennan hielt Mais Knöchel fest: Er hatte Tachyons stumme Warnung nicht vergessen.

Sie fielen in eine große Kammer. Dort war ein Teich aus der Flüssigkeit, so groß wie ein olympisches Schwimmbecken. Brennan und Mai tauchten auf und sahen sich wassertretend um. Glücklicherweise wurde die Kammer von derselben blauen Phosphoreszenz erhellt wie der Gang über ihnen. Fortunato schwamm zu ihnen, wobei er gegen eine Strömung ankämpfte, die sie zum anderen Ende des Beckens zog.

»Was ist das, verdammt?«, fragte Fortunato.

Brennan stellte fest, dass es schwierig war, die Achseln zu zucken und gleichzeitig Wasser zu treten. »Keine Ahnung. Vielleicht ein Reservoir? Alle Lebewesen brauchen Wasser, um zu überleben.«

»Wenigstens sind diese Insekten verschwunden«, sagte Fortunato. Er schwamm zum Ufer, und Brennan und Mai folgten ihm.

Sie erklommen die nicht sehr steile Böschung, wobei sie

nicht besonders schnell vorankamen, weil die Oberfläche nass und schlüpfrig war. Schließlich ließen sie sich keuchend zu Boden sinken, um einen Augenblick auszuruhen. Brennan verband die schlimmsten Schnitte und Bisswunden mit Bandagen aus dem kleinen Erste-Hilfe-Koffer, den er am Gürtel trug.

»Wohin jetzt?«

Es dauerte eine Zeit, bis sich Fortunato orientiert hatte, dann zeigte er in eine Richtung. »Dorthin.«

Sie gingen weiter durch den Bauch der Bestie. Es war ein albtraumhafter Marsch durch ein absonderliches Reich organischer Monstrositäten. Der Weg, dem sie folgten, öffnete sich zu gewaltigen Sälen, in denen menschenähnliche Wesen in halb fertigem Zustand vor sich hin wimmerten, während sie an Nabelschnüren von der pulsierenden Decke hingen. Der Weg führte durch Galerien, in denen Säcke mit gestaltloser Biomasse zitterten und bebten wie eklige Quallen, während sie der Gestaltung nach dem Willen der Schwarmmutter harrten, sie passierten Kammern, in denen Ungeheuer in hundert verschiedenen Gestalten für Zwecke hergestellt wurden, die nur die Schwarmmutter kannte. Einige dieser letzten waren bereits so entwickelt, dass sie sich der Eindringlinge bewusst waren, aber sie waren alle noch mit protoplasmischen Nabelschnüren am Körper der Mutter befestigt. Sie schnappten und fauchten und zischten, als Brennan und die anderen vorbeigingen, und er war gezwungen, einigen hartnäckigeren Kreaturen Pfeile in den Kopf zu schießen.

Nicht alle hatten die unmenschliche Gestalt von Schwarmlingen. Manche waren in Gestalt und Aussehen anthropomorph und hatten sogar menschliche Gesichter. Bekannte menschliche Gesichter. Dort hing Ronald Reagan mit fettglänzenden, zurückgekämmten Haaren und einem Zwinkern in den Augen, und dort war Maggie Thatcher, die streng und unnachgiebig aussah. Gorbatschows Kopf mit dem erdbeerfarbenen Muttermal saß auf einer Masse aus bebendem Protoplasma, die so weich und aufgedunsen war wie ein aus Brotteig gestalteter menschlicher Körper.

»Großer Gott«, sagte Fortunato. »Sieht so aus, als seien wir gerade noch rechtzeitig gekommen.«

»Ich hoffe es«, murmelte Brennan.

Der Gang wurde schmaler und niedriger. Sie mussten sich ducken und auf Händen und Knien weiterkriechen. Brennan drehte sich zu Fortunato um, das Ass nickte bestätigend.

»Es ist vor uns. Ich spüre es pulsieren: essen und wachsen, essen und wachsen.«

Das Fleisch der Tunnelwand war gummiartig und warm. Brennan missfiel es, die Wand zu berühren, aber er kroch weiter. Der Tunnel wurde immer schmaler, bis er so eng war, dass Brennan besorgt feststellte, dass er seinen Bogen nicht mehr anlegen und spannen konnte. Sie waren hilflos und gerade dabei, in den gefährlichsten Bereich der Schwarmmutter vorzudringen, ihr Nervenzentrum. Er schob sich noch etwa hundert Meter weiter durch die enge Röhre aus lebendem Fleisch, bis er in einer Kammer herauskam. Mai und Fortunato waren dicht hinter ihm und folgten ihm ins Freie.

Sie sahen sich um. Die Kammer war klein und bot kaum Platz für die drei Menschen und das große dreilappige, grau-rosafarbene Organ, das in der Mitte der Kammer in einem Netz faserartiger Ranken hing, die in Boden, Decke und Wänden verschwanden.

»Das ist es«, murmelte Fortunato erschöpft. »Das Nervenzentrum der Schwarmmutter. Ihr Hirn oder Kern oder wie man es nennen soll.«

Er und Brennan drehten sich zu Mai um. Sie trat vor, und Brennan hielt sie am Arm fest.

»Töte sie«, drängte er. »Töte sie, und lass uns von hier verschwinden.«

Sie betrachtete ihn gelassen. Er konnte sein Spiegelbild in ihren großen dunklen Augen sehen. »Sie wissen, dass ich geschworen habe, niemals einem anderen bewusst denkenden Lebewesen Schaden zuzufügen«, sagte sie ruhig.

»Bist du verrückt?«, rief Fortunato. »Warum sind wir wohl hergekommen?«

Brennan ließ ihren Arm los, und sie ging zu dem Organ, das in dem Netz aus Nervensträngen hing. Fortunato sah Brennan an. »Ist die Kleine verrückt geworden?«

Brennan schüttelte den Kopf. Er konnte nicht sprechen, da er wusste, dass er wieder jemanden verlor. Egal wie sich diese Sache weiterentwickelte, er würde wieder jemanden verlieren.

Mai wand sich um die Fasern herum und legte die Handflächen auf das Fleisch der Schwarmmutter. Ihr Blut floss an dem Organ der unvorstellbar fremdartigen Kreatur herab.

»Was tut sie?«, fragte Fortunato, der zwischen Furcht, Zorn und Verwunderung hin- und hergerissen war.

»Verschmelzen.«

Der schmale Tunnel, der zum Zentrum der Schwarmmutter führte, begann sich zu erweitern. Brennan wandte sich der Tunnelöffnung zu.

»Was geschieht jetzt?«

Brennan legte einen Pfeil auf die Bogensehne. »Die Schwarmmutter wehrt sich«, sagte er und schloss dann seine Umgebung, schloss Fortunato, schloss sogar Mai aus seinem Bewusstsein aus. Er verengte den Fokus seines Wesens, bis die Tunnelmündung sein Universum war. Er spannte den Bogen und stand breitbeinig da, bereit wie der Pfeil selbst, um sich in das Herz des Feinds zu schießen.

Die mit Klauen und Fangzähnen bewehrten Killermaschinen der Schwarmmutter stürzten durch die Öffnung. Brennan schoss. Seine Hände bewegten sich ohne bewusste Steuerung, ziehen, spannen, schießen. Kadaver stapelten sich vor der Tunnelmündung und wurden von den Schwarmkreaturen beiseitegefegt, die in die kleine Kammer und an den Explosivpfeilen vorbeizukommen versuchten. Die Zeit blieb stehen. Nichts zählte außer der perfekten Koordination von Geist und Körper und Ziel, die der Einheit aus Geist und Fleisch entsprang.

Es schien eine Ewigkeit zu dauern, aber die Kräfte der Schwarmmutter waren nicht unerschöpflich. Der Strom der Kreaturen versiegte, als Brennan noch drei Pfeile übrig hatte. Er starrte über eine Minute lang in den Tunnel, bevor ihm klar wurde, dass keine Ziele mehr in Sicht waren. Er senkte den Bogen.

Sein Rücken schmerzte, und die Arme brannten, als stünden sie in Flammen. Er warf einen Blick auf Fortunato. Das Ass starrte ihn an und schüttelte wortlos den Kopf. Brennans Bewusstsein kehrte aus den Tiefen zurück, in die es seine Zen-Ausbildung versenkt hatte.

Aus dem Augenwinkel bemerkte er eine hastige Bewegung und drehte sich um. Seine Hand zuckte zum Köcher am Gürtel, erstarrte jedoch, bevor sie einen Pfeil herausziehen konnte. In der Tunnelmündung standen drei Gestalten, mannsgroß, menschenähnlich. Ein Gefühl der Verlagerung, der Desorientierung durchfuhr Brennan wie ein kalter Wind, und er senkte den Bogen. Er kannte die drei.

»Gulgowski? Mendoza? Minh?«

Er trat vor wie in einem Traum, als sie um die explodierten Leiber der Schwarmlinge herumgingen und ihm entgegenkamen. Brennan war wie betäubt, hin- und hergerissen zwischen Freude und Unglaube.

»Ich wusste, dass Sie kommen würden«, sagte Minh, Mais Vater. »Ich wusste, dass Sie uns vor Kien retten würden.«

Brennan nickte. Ein Gefühl unsäglicher Müdigkeit überkam ihn. Er hatte das Gefühl, sein Verstand sei vom Rest seines Körpers isoliert, als sei er irgendwie in Baumwolle gehüllt. Er hätte sich von Anfang an denken können, dass Kien hinter dem Schwarm steckte. Er hätte es wissen müssen.

Gulgowski hob die Aktentasche, die er trug. »Wir haben alle Beweise, die wir brauchen, um das Schwein festzunageln, Captain. Kommen Sie und sehen Sie sich das an.«

Brennan ließ den Bogen fallen und trat vor, um sich die Aktentasche anzusehen, die Gulgowski ihm hinhielt, wobei er die Schreie hinter sich und auch den dröhnenden Knall ignorierte, der durch die Kammer hallte.

Gulgowski, der ihm die Aktentasche hinhielt, taumelte. Brennan sah ihn an. Es war merkwürdig. Er hatte jetzt nur noch ein Auge. Das andere war ihm herausgeschossen worden, und eine zähe grüne Flüssigkeit lief träge die Wange hinunter. Brennan schien sich zu erinnern, dass Gulgowski schon zuvor einen Kopfschuss abbekommen und überlebt hatte. Schließlich war er hier. Er betrachtete die Aktentasche. Der Griff verschmolz mit dem Fleisch von Gulgowskis Hand. Sie waren eins. Aus dem Maul der Aktentasche ragten mehrere Reihen spitzer Dolchzähne. Die Aktentasche warf sich ihm förmlich entgegen, und die Zähne schnappten nach ihm.

Er empfand einen jähen Schock, als sich etwas gegen seine Kniekehlen warf. Er fiel zu Boden und lag mit der Wange auf dem Boden der Kammer, spürte die pulsierende Wärme und sah sich verärgert um.

Fortunato hatte ihn umgeworfen. Das Ass ließ Brennan los, kniete sich hin und zog erneut die .45er. Brennans Blick wanderte zu den Männern. Fortunato schoss Stücke aus ihnen heraus, ein Teil eines Gesichts hier, ein Stück von einem Arm dort. Fortunato fluchte unablässig, während er mit der .45er schoss. Brennans Männer starben erneut.

Brennan wurde von einer Woge gewaltigen Zorns überrollt. Er richtete sich auf und schloss die Augen. Das Dröhnen der Pistole verstummte, als Fortunato das leere Magazin auswarf, aber der Pulvergestank hing in der Luft, das Donnern der Schüsse dröhnte ihm in den Ohren, und der heiße, feuchte Geruch des Dschungels stach ihm in die Nase. Er öffnete die Augen wieder.

Grässliche Karikaturen von Menschen, denen Gesichts- und Körperteile weggeschossen worden waren und aus denen grüner Schleim tropfte, schwankten auf ihn zu. Das waren nicht seine Männer. Mendoza war bei dem Überfall auf das Vietcong-Hauptquartier gefallen. Gulgowski war später in der Nacht von Kien erschossen worden. Und Minh war Jahre danach von Kiens Männern in New York getötet worden.

Sein Verstand war immer noch umnebelt. Brennan hob den Bogen auf und schoss den letzten Explosivpfeil auf die Trugbilder ab. Er traf die Karikatur von Minh und explodierte. Fetzen von Biomasse spritzten durch die Kammer. Der Rückschlag warf Brennan um und erledigte auch die beiden anderen Simulacra.

Brennan holte tief Luft und wischte sich Schleim und Protoplasma vom Gesicht.

»Die Schwarmmutter hat die Bilder deinem Verstand entnommen«, sagte Fortunato. »Die anderen Dinger sollten ihr nur die Zeit verschaffen, die sie brauchte, um diese wandelnden Wachsfiguren anzufertigen.«

Brennan nickte mit harter, entschlossener Miene. Er wandte sich von Fortunato ab und sah Mai an.

Sie war jetzt fast ganz verschwunden, fast völlig bedeckt von dem grau-rosafarbenen Fleisch des außerirdischen Wesens. Ihre Wange ruhte auf dem pulsierenden Organ, und die Gesichtshälfte, die Brennan sehen konnte, war unberührt. Ihr Auge war geöffnet und klar.

»Mai?«

Das Auge bewegte sich, folgte dem Klang seiner Stimme und richtete sich auf ihn. Ihre Lippen bewegten sich.

»So riesig«, flüsterte sie. »So wundersam und riesig.«

Das Licht in der Kammer trübte sich einen Augenblick und wurde dann wieder heller.

»Nein«, murmelte Mai. »Das werden wir nicht tun. In dem Schiff befindet sich ein bewusst denkendes Lebewesen. Und das Schiff lebt ebenfalls.«

Der Boden der Kammer erbebte, aber das Licht blieb an. Mai sprach wieder, doch mehr zu sich selbst als zu Brennan oder Fortunato.

»So lange gelebt zu haben, ohne nachzudenken ... so viel Macht zu haben, ohne dass es Bedeutung hätte ... so weit gereist zu sein und so viel gesehen zu haben, ohne sich darüber klar zu sein ... das wird sich ändern ... alles ändern ...«

Das Auge richtete sich wieder auf Brennan. Er sah Erkennen darin, das jedoch mit jedem Wort schwächer wurde.

»Trauern Sie nicht, Captain. Eine von uns hat sich aufgegeben, um ihren Planeten zu retten. Die andere hat ihre Rasse aufgegeben, um ... wer weiß was zu retten. Vielleicht eines Tages das Universum. Seien Sie nicht traurig. Denken Sie an uns, wenn Sie in den Nachthimmel sehen, und dann wissen Sie, dass wir zwischen den Sternen sind und entdecken, untersuchen, grübeln und unzählige wundersame Dinge denken.«

Brennan blinzelte ein paar Tränen weg, als sich das Auge in Mais Gesicht schloss.

»Leben Sie wohl, Captain.«

Der Singularitätswandler sprühte plötzlich Funken. Fortunato schnallte den Rucksack ab. Er musterte ihn verblüfft. »Das bin nicht ich, der das tut. Sie ... es ...«

Sie befanden sich wieder auf der Brücke von Tachyons Schiff. Die drei Männer sahen einander an.

»Hatten Sie Erfolg?«, fragte Tachyon nach einem Augenblick.

»O ja, Mann«, sagte Fortunato, während er auf einem Kissen zusammenbrach. »O ja.«

»Wo ist Mai?«

Brennan spürte einen Stich der Wut.

»Sie haben sie gehen lassen«, schnauzte er, indem er einen Schritt auf Tachyon zuging, die Hände zu bebenden Fäusten geballt. Doch seine Augen verrieten, wen er tatsächlich für den Verlust Mais verantwortlich machte. Am ganzen Körper zitterte er wie ein Hund, der Wasser abschüttelt, dann wandte er sich abrupt ab. Tachyon starrte ihn an und bedachte Fortunato mit einem fragenden Blick.

»Lassen Sie uns nach Hause fliegen«, sagte Fortunato.

Nach einer Weile würde sich Brennan an Mais Worte erinnern und sich fragen, welche Philosophien, welche Gedankengebilde die Verschmelzung des Geists eines sanften buddhistischen Mädchens mit dem eines Wesens von beinahe unvorstellbarer Macht im Laufe der Jahrhunderte entwickeln würde. Nach einer Weile würde er sich daran erinnern. Aber jetzt empfand er nur ein Gefühl des Schmerzes und des Verlusts, das ihm so vertraut war wie sein Name, und fühlte nichts von alledem. Er fühlte sich nur toter als tot.

♣ ♦ ♠ ♥

Jube: Sieben

George R. R. Martin

Es klopfte an der Tür. Mit einer bunt karierten Bermudashorts und einem T-Shirt der Brooklyn Dodgers bekleidet, watschelte Jube durch den Keller und lugte durch den Spion.

Dr. Tachyon stand vor der Tür. Er trug einen weißen Sommeranzug mit breitem Revers über einem lindgrünen Hemd. Sein orangefarbenes Halstuch entsprach farblich dem Seidentaschentuch in der Brusttasche und der armlangen Feder auf dem weißen Filzhut. Er hielt eine Bowlingkugel in den Händen.

Jube schob den Riegel zurück, löste die Kette, zog den Haken aus der Öse, drehte den Schlüssel im Sicherheitsschloss und drückte auf den Knopf in der Mitte des Türknaufs. Die Tür schwang auf. Dr. Tachyon trat gut gelaunt ein, wobei er die Bowlingkugel von einer Hand in die andere warf. Dann kegelte er sie über den Wohnzimmerfußboden. Sie blieb neben dem Bein des Tachyonentransmitters liegen. Tachyon sprang in die Luft und klickte dabei seine Stiefelabsätze zusammen.

Jube schloss die Tür, drückte den Knopf, drehte den Schlüssel, hakte den Haken ein, befestigte die Kette und schob den Riegel wieder vor, bevor er sich umdrehte.

Der rothaarige Mann lüftete seinen Hut und verbeugte sich. »Dr. Tachyon, zu Ihren Diensten«, sagte er.

Jube stieß einen gurgelnden Laut der Verachtung aus. »Takisische Prinzen sind niemandem zu Diensten«, sagte er.

»Und weiß ist nicht Tachyons Farbe. Zu, äh, farblos. Hattest du irgendwelche Probleme?«

Der Mann setzte sich auf das Sofa. »Es ist kalt hier drinnen«, beschwerte er sich. »Und was ist das für ein Gestank? Du versuchst doch wohl nicht etwa, die Leiche aufzubewahren, die ich dir gebracht habe, oder?«

»Nein«, sagte Jube. »Das ist nur ein Stück Fleisch, das, äh, verdorben ist.«

Die Umrisse des Mannes waberten und verschwammen. Im Bruchteil einer Sekunde war er zwanzig Zentimeter gewachsen und hatte fünfzig Pfund zugelegt. Das rote Haar war lang und grau geworden, die lilafarbenen Augen waren schwarz, und auf seinem eckigen Kinn spross ein struppiger Bart.

Er verschränkte die Hände um ein Knie. »Überhaupt keine Probleme«, berichtete er mit einer Stimme, die viel tiefer als Tachyons klang. »Als ich hereinkam, sah ich aus wie eine Spinne mit einem Menschenkopf und sagte in der Anmeldung, ich hätte Fußpilz. An allen acht Füßen. Niemand außer Tachyon wollte sich mit diesem Fall befassen, also steckten sie mich hinter einen Vorhang und gingen ihn holen. Ich verwandelte mich in eine Krankenschwester und versteckte mich auf der Damentoilette in der Nähe seines Labors. Als sie ihn verständigt hatten, ging er in die eine Richtung und ich mit seinem Gesicht in die andere. Falls jemand die Überwachungsmonitore beobachtet hat, kann er nur gesehen haben, dass Dr. Tachyon sein Labor betreten hat, mehr nicht.« Er hob abschätzend die Hände und drehte sie hin und her. »Es war ein irres Gefühl. Ich meine, ich konnte meine Hände sehen, geschwollene Knöchel, Haare auf den Fingerrücken, schmutzige Fingernägel. Offensichtlich war es keine körperliche Veränderung. Aber immer, wenn ich an einem Spiegel vorbeikam, sah ich die Person, die ich sein sollte, genau wie alle anderen auch.« Er zuckte die Achseln.

»Die Bowlingkugel war hinter einer Glaswand. Er hatte sie mit Scannern, Röntgenstrahlen und ähnlichem Zeug untersucht. Ich habe sie mir unter den Arm geklemmt und bin einfach gegangen.«

»Sie haben dich einfach *gehen lassen*?« Jube konnte es nicht glauben.

»Tja, nicht ganz. Ich dachte, ich wäre zu Hause, als Troll an mir vorbeiging und ganz nett und brav guten Tag sagte. Ich habe sogar eine Schwester in den Hintern gezwickt und mich für Sachen, die gar nicht meine Schuld waren, entschuldigt, womit der Fall, wie ich dachte, endgültig erledigt sein würde.« Er räusperte sich. »Dann hielt der Fahrstuhl im Erdgeschoss, und als ich ausstieg, stieg der echte Tachyon ein. Das hat mir 'n ziemlichen Schock versetzt.«

Jube kratzte sich an einem Stoßzahn. »Was hast du getan?«

Croyd zuckte die Achseln. »Was *konnte* ich tun? Er stand direkt vor mir, und meine Kraft hat ihn nicht eine Sekunde getäuscht. Ich verwandelte mich in Teddy Roosevelt, in der Hoffnung, dass ihn das umhauen würde, und wünschte mich sehnlichst anderswohin. Und plötzlich war ich auch woanders.«

»Und wo warst du?« Jube wusste nicht genau, ob er es wirklich wissen wollte.

»In meiner alten Schule«, sagte Croyd ein wenig verlegen. »In der neunten Klasse, dort, wo wir immer Algebra hatten. Hinter demselben Pult, an dem ich auch saß, als es Jetboy 46 über Manhattan erwischt hat. Ich muss sagen, ich kann mich nicht erinnern, dass die Mädchen damals, als ich in der neunten Klasse war, auch schon so ausgesehen haben.« Er klang ein wenig traurig. »Ich wäre zum Unterricht geblieben, aber es verursachte einen ziemlichen Aufruhr, als plötzlich Teddy Roosevelt mit einer Bowlingkugel unter dem Arm in der Klasse auftauchte. Also bin ich gegangen, und jetzt bin ich hier. Keine Sorge, ich habe zweimal die U-Bahn und viermal die Gestalt gewechselt.« Er stand auf und reckte sich. »Walross, das muss man dir lassen, für dich zu arbeiten ist nie langweilig.«

»Und ich zahle auch nicht schlecht«, sagte Jube.

»Das ist wahr«, gab Croyd zu. »Und wo du gerade davon sprichst… Kennst du eigentlich Veronica? Sie ist eines von Fortunatos Mädchen. Ich hatte die Idee, mit ihr ins Aces High zu gehen und zu sehen, ob ich Hiram dazu bringen kann, uns Lammrücken zu servieren.«

Jube hatte die Steine in der Tasche. Er zählte sie Stück für Stück in die Hand des Schläfers. »Weißt du«, sagte Jube, als sich Croyds Finger um seinen Lohn schlossen, »du hättest das Gerät auch behalten können. Vielleicht hätte jemand anders viel mehr bezahlt.«

»Das hier reicht mir völlig«, sagte Croyd. »Außerdem spiele ich kein Bowling. Ich glaube, dazu braucht man Algebra.« Seine Umrisse flimmerten kurz, und plötzlich stand James Cagney in einem schicken hellblauen Anzug mit einer Blume im Knopfloch da. Während er die Treppe zur Straße erklomm, pfiff er den Titelsong eines alten Musicals namens *Stiehl niemals Kleinigkeiten.*

Jube schloss die Tür, drückte den Knopf, drehte den Schlüssel, hakte den Haken ein und befestigte die Kette. Als er den Riegel vorschob, hörte er leise Schritte hinter sich und drehte sich um.

Red zitterte in einem gelb-grünen Hawaii-Hemd, das er sich aus Jubes Wäscheschrank geborgt hatte. Bei der Kreuzgang-Razzia hatte er seine Kleidung eingebüßt. Das Hemd war so weit, dass er wie ein aufgeblasener Luftballon aussah. »Ist das das Wunderding?«, fragte er.

»Ja«, erwiderte Jube. Er ging durch den Raum und hob die schwarze Kugel mit vorsichtiger Ehrerbietung auf. Sie war warm.

Jube hatte sich die Pressekonferenz im Fernsehen angesehen, als Dr. Tachyon aus dem All zurückgekehrt war und verkündet hatte, dass die Schwarmmutter keine Bedrohung mehr sei. Tachyon redete in aller Ausführlichkeit über seine junge Kollegin Mai und ihr großes Opfer, ihren Mut im Leib der Mutter, ihre selbstlose menschliche Größe. Jhubben hatte mehr Interesse an dem gehabt, was der Takisier unausgesprochen ließ. Er spielte seine Rolle in der Angelegenheit herunter und erwähnte mit keinem Wort, wie Mai in die Schwarmmutter hineingelangt war, um die Bewusstseinsverschmelzung durchzuführen, von der er in so bewegenden Worten sprach. Die Reporter schienen anzunehmen, dass Tachyon mit *Baby* in die Mutter geflogen war und dort angelegt hatte. Jube wusste es besser.

Als der Schläfer erwacht war, hatte Jube beschlossen, seiner Eingebung nachzugehen.

»Ich sag's nicht gern, aber für mich sieht das Ding aus wie eine Bowlingkugel«, sagte Red liebenswürdig.

»Damit könnte ich die gesammelten Werke Shakespeares zu der Galaxis schicken, die Sie Andromeda nennen«, erwiderte Jube.

»Kumpel«, sagte Red, »sie würden sie nur zurückschicken und sagen, sie könnten im Moment nichts damit anfangen.« Er war jetzt in viel besserer Verfassung als bei seinem ersten Auftauchen auf Jubes Türschwelle vor drei Wochen, nachdem die Asse den neuen Tempel zerstört hatten. Er hatte einen abscheulichen mottenzerfressenen Poncho, Arbeitshandschuhe, eine Skimaske und eine verspiegelte Sonnenbrille getragen. Jube hatte ihn erst erkannt, als er die Brille abgenommen und die rote Haut um seine Augen gezeigt hatte. »Hilf mir«, hatte er gesagt. Dann war er zusammengebrochen.

Jube hatte ihn in seine Wohnung geschleift und die Tür verriegelt. Red war abgemagert und fieberte. Nachdem er dem Chaos in den Kreuzgängen entkommen war (Jube hatte von der ganzen Sache nichts mitbekommen, wofür er außerordentlich dankbar war), hatte Red Kim Toy in den Bus nach San Francisco gesetzt, wo sie alte Freunde in Chinatown besaß, die sie verstecken würden. Er hatte jedoch unmöglich mitfahren können. Seine Haut machte ihn zu verdächtig. Nur in Jokertown konnte er hoffen, Anonymität zu finden. Als ihm nach zehn Tagen auf der Straße das Geld ausgegangen war, hatte er sich von den Abfällen aus den Mülltonnen hinter Hairy's ernährt. Roman war verhaftet und Matthias tot (von einem neuen Ass gefriergetrocknet, dessen Name man der Presse vorenthalten hatte), und der Rest des inneren Kreises war zum Ziel einer die ganze Stadt umfassenden Menschenjagd geworden.

Jube hätte ihn ausliefern können. Stattdessen fütterte und säuberte er ihn und pflegte ihn wieder gesund. Zweifel und Befürchtungen nagten an ihm. Einiges von dem, was er über die Freimaurer erfahren hatte, entsetzte ihn, und die größeren Geheimnisse, über die sie Andeutungen gemacht hatten, waren noch viel, viel schlimmer. Vielleicht hätte er die Polizei rufen sollen. Captain Black war entsetzt über die Beteiligung eines seiner eigenen Männer an der Verschwörung und hatte öffentlich geschworen, jeden Freimaurer in Jokertown ans Kreuz zu nageln. Wenn Red hier gefunden wurde, hatte Jube gewiss nichts zu lachen.

Doch Jube erinnerte sich an die Nacht, in der er und zwölf andere in den Kreuzgängen initiiert worden waren, erinnerte sich an die Zeremonie, an die Schakals- und Falkenmaske und an die kalte Helligkeit Lord Amuns, als dieser streng und schrecklich über ihnen schwebte. Er erinnerte sich an den Klang des Wortes TIAMAT, als die Initiaten es zum ersten Mal ausgesprochen hatten, und er erinnerte sich auch an die Geschichte, die ihnen der Ehrwürdige Meister erzählt hatte: über die geheiligten Anfänge des Ordens, über Giuseppe Balsamo, genannt Cagliostro, und über das Geheimnis, das ihm vom Leuchtenden Bruder in einem englischen Wald anvertraut worden war.

In dieser Nacht der Nächte waren ihnen keine weiteren Geheimnisse anvertraut worden. Jube war nur ein Initiat ersten Grades, und die höheren Wahrheiten waren für den inneren Zirkel reserviert. Doch es hatte bereits gereicht. Sein Verdacht hatte sich bestätigt, und als Red in seinem Fieberdelirium in Jubes Wohnzimmer starrte und »*Shakti!*« rief, hatte er Gewissheit.

Er konnte den Freimaurer nicht dem Schicksal überlassen, das er verdiente. Eltern überließen ihre Kinder nicht ihrem Schicksal, wie verkommen und verderbt sie im Laufe der Jahre auch wurden. Verdreht und verwirrt und unwissend mochten die Kinder sein, aber sie blieben Blut vom eigenen Blut, ein Baum, der aus dem eigenen Samen erwachsen war. Der Lehrer überließ den Schüler nicht seinem Schicksal. Der Schüler hatte niemand anderen. Die Verantwortung lastete auf dem Lehrer.

»Wollen wir den ganzen Tag hier stehen?«, fragte Red, während der Singularitätswandler Jubes Handflächen zum Kribbeln brachte. »Oder überzeugen wir uns davon, ob es funktioniert?«

»Pardon«, sagte Jube. Er hob ein gewölbtes Paneel am Tachyonentransmitter und ließ den Wandler in das Matrixfeld gleiten. Er stellte die Verbindung zu seiner Fusionszelle her und sah zu, wie das Kraftfeld den Wandler einhüllte. Elmsfeuer tanzten über die absonderliche Geometrie der Maschine. Texte wanderten über glänzende Metalloberflächen, Texte in einer spitzen Schrift, die Jube halb vergessen hatte, und verschwanden in Winkeln, die sich in die falsche Richtung zu beugen schienen.

Red verfiel in die Verhaltensweisen des irischen Katholizismus und bekreuzigte sich. »Jesus, Maria und Josef«, rief er.

Er funktioniert, dachte Jhubben. Er hätte frohlocken müssen. Stattdessen fühlte er sich schwach und verwirrt.

»Ich brauche einen Drink«, sagte Red.

»Unter der Spüle steht eine Flasche mit braunem Rum.«

Red fand die Flasche und füllte zwei Gläser mit Rum und zerstoßenem Eis. Er trank seins sofort aus. Jube saß auf dem Sofa, das Glas in der Hand, und starrte auf den Tachyonentransmitter, dessen dünnes, hohes Arbeitsgeräusch vom Lärm der Klimaanlage fast völlig verschluckt wurde.

»Walross«, sagte Red, nachdem er sein Glas nachgefüllt hatte, »ich hatte dich für einen Irren gehalten. Gut, für einen netten Irren, und ich bin dir auch dankbar dafür, dass du mich aufgenommen hast und alles, wo die Polizei so wild hinter mir her ist. Aber als ich gesehen habe, dass du deine eigene Shakti-Maschine baust, tja, wer kann es mir verdenken, dass ich dich für etwas zurückgeblieben hielt.« Er trank einen Schluck Rum. »Deine ist viermal so groß wie Kafkas«, sagte er. »Sieht aus wie ein misslungenes Modell. Aber das Gerät der Schabe hat nie so aufgeleuchtet.«

»Sie ist größer, als sie sein müsste, weil ich sie mit primitiver Elektronik gebaut habe«, sagte Jube. Er breitete die Hände aus, drei dicke Finger und einen stumpfen gekrümmten Daumen. »Und diese Hände eignen sich nicht für Feinarbeit. Die Maschine in den Kreuzgängen hätte auch aufgeleuchtet, wäre ihr je Energie zugeführt worden.« Er sah Red an. »Wie wollte der Ehrwürdige Meister das eigentlich bewerkstelligen?«

Red schüttelte den Kopf. »Kann ich nicht sagen. Klar, du bist ein Prinz, weil du meinen süßen roten Arsch gerettet hast, aber du bist trotzdem nur ein Prinz ersten Grades, wenn du verstehst, was ich meine.«

»Könnte ein Initiat ersten Grades eine Shakti-Maschine bauen?«, fragte ihn Jube. »Wie viele Grade musstest du aufsteigen, bevor sie dir überhaupt gesagt haben, dass das Gerät existiert?« Er schüttelte den Kopf. »Schon gut, ich kenne die Pointe. Wie viele Joker braucht man, um eine Lampe einzuschalten? Einen, solange seine Nase Wechselstrom liefert. Der Astronom wollte der Maschine die Energie selbst zuführen.«

Reds Gesichtsausdruck lieferte die Bestätigung, die Jube brauchte. »Kafkas Shakti sollte dem Orden die Herrschaft über die Erde geben«, sagte der Freimaurer.

»Ja«, sagte Jube. Der Leuchtende Bruder im Wald hatte Cagliostro das Geheimnis übergeben und ihm gesagt, er solle es sicher aufbewahren und von Generation zu Generation weitergeben, bis die Dunkle Schwester kommen würde. Wahrscheinlich hatte der Leuchtende Bruder Cagliostro noch andere Artefakte gegeben, darunter zweifellos auch eine Kraftquelle, da er das takisische Wild-Card-Virus vor zwei Jahrhunderten unmöglich hatte voraussehen können.

»Schlau«, sagte Jube laut, »aber trotzdem ein Mann seiner Zeit. Primitiv, abergläubisch, gierig. Er hat die Dinge, die ihm gegeben wurden, selbstsüchtig für persönlichen Gewinn benutzt.«

»Wer?«, fragte Red verwirrt.

»Balsamo«, erwiderte Jube. Balsamo hatte den Rest selbst erfunden, den ägyptischen Mythos, die Grade, die Rituale. Er hatte die Dinge genommen, die ihm gegeben worden waren, und sie seinen persönlichen Zwecken unterworfen. »Der Leuchtende Bruder war ein Ly'bahr«, verkündete er.

»Was?«, fragte Red.

»Ein Ly'bahr«, wiederholte Jube. »Das sind Cyborgs, Red, mehr Maschine als Fleisch und furchtbar mächtig. Die Joker des Alls, keine zwei sehen sich ähnlich, aber man würde keinem auf der Straße begegnen wollen. Ein paar meiner besten Freunde sind Ly'bahr.« Er verplapperte sich, wurde ihm klar, aber er konnte einfach nicht aufhören. »Oh, gewiss, es kann auch eine andere Rasse gewesen sein, vielleicht ein Kreg oder sogar ein Angehöriger meines Volks in einem Flüssigmetall-Raumanzug. Aber ich glaube, es war ein Ly'bahr. Weißt du, warum? TIAMAT.«

Red starrte ihn nur an.

»TIAMAT«, wiederholte Jhubben; der Zeitungsverkäufer war aus seiner Stimme und seinem Gehabe verschwunden. Er redete jetzt, wie ein Wissenschaftler des Netzes reden mochte. »Eine assyrische Gottheit. Ich habe das nachgeschlagen. Doch warum trägt die Dunkle Schwester gerade diesen Namen? Warum ist sie nicht nach Baal oder Dagon oder einer der anderen albtraumhaften Gottheiten benannt worden, die ihr Menschen erfunden habt? Warum ist das ultimative Wort der Macht *assyrisch,* wo doch der Rest der Mythologie, die sich Cagliostro ausgesucht hat, ägyptisch war?«

»Ich weiß es nicht«, sagte Red.

»Ich schon. Weil TIAMAT vage wie etwas klingt, das der Leuchtende Bruder gesagt hat. *Thyat M'hruh.* Dunkelheit-für-die-Rasse. Der Ly'bahr-Ausdruck für den Schwarm.« Jube lachte. Er erzählte seit über dreißig Jahren Witze, aber noch nie hatte jemand sein *richtiges* Lachen gehört. Es klang wie das Bellen eines Seehunds. »Der Handelsmeister hätte euch die Weltherrschaft nie *gegeben.* Wir verschenken nichts. Aber wir hätten sie euch verkauft. Ihr wärt eine Elite von Hohepriestern gewesen, mit ›Göttern‹, die tatsächlich zuhören und auf Wunsch Wunder vollbringen.«

»Du bist verrückt, Kumpel«, sagte Red mit gezwungener Heiterkeit. »Die Shakti-Vorrichtung sollte …«

»*Shakti* bedeutet ganz einfach Macht«, sagte Jhubben. »Das Gerät ist ein Tachyonentransmitter, und mehr ist es nie gewesen.« Er erhob sich vom Sofa und stellte sich neben die Maschine. »Setekh hat ihn gesehen und mich verschont. Er hielt mich für einen Verirrten, für ein Überbleibsel irgendeines Zweigs, der sich abgespalten hatte. Wahrscheinlich hatte er das Gefühl, es wäre klug, mich am Leben zu lassen, falls Kafka etwas zustoßen würde. Er wäre längst gekommen, aber als TIAMAT zu den Sternen zurückgekehrt ist, muss ihm die Shakti-Vorrichtung bedeutungslos erschienen sein.«

»Klar, ist sie das nicht?«

»Nein. Der Transmitter ist kalibriert worden. Wenn ich die Nachricht abschicke, wird sie in wenigen Wochen vom nächsten Außenposten des Netzes empfangen. Ein paar Monate später würde die *Gelegenheit* kommen.«

»Von welcher Gelegenheit redest du, Bruder?«, fragte Red.

»Der Leuchtende Bruder wird kommen«, erwiderte Jhubben. »Sein Streitwagen ist so groß wie Manhattan Island, und Armeen von Engeln und Dämonen und Göttern kämpfen auf sein Geheiß. Was sie auch tun sollten. Schließlich haben sie bindende Verträge, sie alle.«

Reds Augen verengten sich zu schmalen Schlitzen. »Willst du damit sagen, dass es noch nicht vorbei ist?«, fragte er. »Dass es immer noch passieren kann, auch ohne die Dunkle Schwester?«

»Es könnte passieren, aber es wird nicht passieren«, sagte Jube.

»Warum nicht?«

»Ich habe nicht die Absicht, die Nachricht abzuschicken.« Er wollte, dass Red verstand. »Ich hielt uns für die Kavallerie. Die Takisier haben eure Rasse als Versuchstiere missbraucht. Ich hielt uns für besser als sie. Aber das sind wir nicht. Verstehst du denn nicht, Red? *Wir wussten, dass sie kommt.* Aber wir hätten keinen *Gewinn* gemacht, wenn sie nicht gekommen wäre, und das Netz verschenkt nichts.«

»Ich glaube, ich verstehe allmählich«, sagte Red. Er nahm die Flasche, aber sie war leer. »Ich brauche noch einen Drink«, sagte er. »Wie ist es mit dir?«

»Nein«, sagte Jube.

Red ging in die Küche. Jube hörte ihn Schubladen öffnen